村上春樹クロニクル

)BOOK1(2011–2016

小山鉄郎

楽しい惑星直列

「まえがき」に代えて

全国の新聞社と共同通信社のニュースサイト「47NEWS」に、二〇一一年五月から二〇二一年三月まで、「村上春樹を読む」というコラムを十年間毎月連載してきました。村上春樹は『風の歌を聴け』（一九七九年）でのデビュー以来、現在まで、文学の前線に立ち続けている世界的な作家ですが、この十年間にも作品を書き続けました。

小説だけ挙げてみても、長編では二〇一三年に『色彩を持たない多崎つくると、彼の巡礼の年』を、二〇一七年に『騎士団長殺し』を刊行。短編集も二〇一四年の『女のいない男たち』と二〇二〇年の『一人称単数』を刊行しています。

その他にも、自らのルーツと父親の日中戦争の従軍体験について書いたノンフィクション「猫を棄てる――父親について語るときに僕の語ること」を「文藝春秋」二〇一九年六月号に発表するなど（単行本は『猫を棄てる　父親について語るとき』二〇二〇年）、作品発表のたびに大きな話題となりました。

「村上春樹を読む」では、それらの作品が発表された直後に、読者としての私の読みをリアルタイムで連載してきました。通信社の文学担当の記者として書く連載ですから、村上春樹作品と関連する同時代の動きなども時に反映させながら書きました。ですから十年間にわたる村上春樹作品に対する「読み」のドキュメントとなっています。

書籍化するにあたり、書名を『村上春樹クロニクル』とし、すべての章の文中に中見出しをたくさん入れたり、大切な引用部についてはゴシック体で組んだりしましたので、読みやすい本になったと思っています。本書はその前半の五年分をまとめたものです。

☆

『村上春樹クロニクル』では、村上春樹文学の特徴と、私が考えていることをたくさん記しました。その多くはあまりこれまで指摘されてこなかったことです。

ベストセラー『ノルウェイの森』（一九八七年）の冒頭部に、「僕」が「直子」という女性と草原を歩いた記憶が書かれています。そこに「僕は僕自身のことを考え、そしてまた僕自身のことを考えた。それは何を見ても何を感じても何を考えても、結局すべてはブーメランのように自分自身の手もとに戻ってくるという年代だった」とあります。そのときとなりを並んで歩いていた一人の美しい女のことを考え、僕と彼女とのことを、そしてまた僕自身のことを考えた。

そのように、相手のことを考えると同時に、同じ問題がぐるっと回って、自分の問題となるように村上春樹作品は進んでいきます。「相手」と「自分」、「向こう側」と「こちら側」は深く繋がっていて、その両者を同時に問わないと、本当の問題は解決しないと村上春樹は考えているのでしょう。気を付けて読み進めると、村上春樹作品の随所に「ブーメラン的思考」が表れています。AとBという二つの物語が並行して進んでいく小説が村上春樹は好きですが、Aの世界を問うと同時にBの世界を問うという思考が作品世界の成り立ちにも反映しているのだと思います。この「ブーメラン的思考」についてもわかりやすく紹介しました。

☆

もう一つ、デビュー作以来、村上春樹作品全体を貫く、際立つ特徴は近代日本に対する「歴史意識」です。デビュー作『風の歌を聴け』以来、「八月十五日」に対する強いこだわりを村上春樹は持ち続けています。村上春樹は戦後の生まれですが、この「八月十五日」へのこだわりは父母たちの世代が体験した「戦争」の問題を引き受け、それを引き継いでいくことへのこだわりだろうと、私は考えています。

第二作『1973年のピンボール』（一九八〇年）に「208」「209」という双子の女の子が登場しますが、この「208」「209」が何を意味するのかについても、村上春樹の「歴史意識」から考えてみました。村上春樹文学の中には広島、長崎の原爆体験に対する言及も少なくないのですが、この点も具体的に指摘しました。

☆

その「歴史意識」の反映として、村上春樹文学が描いているのは「近代日本の効率優先主義社会との闘い」だと思います。

日本が近代化していく中で、人間一人ひとりの個性を認めず、全体をただ一つの視点から見通せるように人びとを効率よく整列させる社会が作られてきました。学校、軍隊、監獄などを考えてみればよくわかりますが（例えば、学校での整列の際の「前へ倣え」など）、それは一つの視点（命令者・監視者）から全体が統御された社会です。そのような効率優先社会が行き着いたところが「戦争」でした。この効率優先社会と闘い、各人間の個性を大切にして生きる社会を目指し、物語を書き続けているのが村上春樹だと思います。

この連載を始める前年に『村上春樹を読みつくす』という本の中で「ブーメラン的思考」や「近代日本の効率優先主義社会との闘い」という視点からの村上春樹作品への読みを記したのですが、本書の連載が始まった翌月、村上春樹がカタルーニャ国際賞授賞式の受賞スピーチで、東日本大震災とそれによって起きた東京電力福島第一原子力発電所の爆発事故に触れて、「効率」という言葉を繰り返し使いながら、自らの「ブーメラン的思考」を通して、日本社会について話しました。

そのスピーチを聴き、村上春樹作品から「ブーメラン的思考」や「効率優先主義社会との闘い」を受け取る私の考えがあながち的外れなものではないことを知ったのも、この連載が十年も続いたことの力の一つとなったように思います。

☆

あと二つ、三つほど村上春樹文学の特徴を記しておきましょう。

「生の世界」と「死の世界」が非常に近いということが作品群を貫いています。その「生の世界」（現実）と「死の世界」（異界）が非常に近い文学という視点から、『ノルウェイの森』の「赤」と「緑」の斬新な装丁（村上春樹の自装です）の意味するところについて考えてみました。村上春樹は「赤」と「緑」ばかりでなく、さまざまな「色」を配置して物語を進めていく作家ですが、『ねじまき鳥クロニクル』（一九九四年、九五年）に頻出する「青」の意味についても、私の考えを示してあります。

☆

そして、これらの長編のほとんどは日本を舞台にして書かれています。そのように日本にこだわる村上春樹作品が、なぜ世界中で読まれているのでしょう。この理由も考えなくてはなりません。

私たちが生きる世界は、いま混乱に満ちています。もう欧米社会の論理だけでは、世界の問題を解決できないことは明らかです。人びとを繋ぎ、この世界を再構築するためには、すべての人びとに共通する基盤を見つけなくてはなりません。

村上春樹作品では主人公が他者と繋がる時、他者に向けて横へ手を伸ばしていくのではなく、自分の心の中を独り深く深く下りて行きます。このことも際立つ特徴です。心の中の底は暗闇の世界で危険にも満ちていますが、心の底の底まで下りていけば、そこには他の人びとと響き合う世界が開けてきます。心の底の底の世界には国境もありませんから。

主人公たちは自分の心の底の異界を巡って、また現実世界まで戻ってきます。その人間を支える内在的な力を深く自己の底まで下りて探ることで、人びとの繋がりを村上春樹は回復しようとしているのです。これがいま世界中に読者を持つ理由でしょう。インタビュー時に、そんな人間存在を家の形にたとえて、とてもわかりやすく語った村上春樹の言葉も紹介しました。それは人間存在の家の「地下二階」まで下りていく物語論です。

☆

もう一つ、世界中にたくさんの読者がいる理由には、神話的な世界を初期作品から意識して書き続けていることがあると思います。

神話の世界では、どこの国の神話が、他の神話に勝るということはありませんし、世界中によく似た神話が共通してあることも事実です。例えば、死んでしまった妻を取り戻すために冥界を訪ねると、妻の姿を見ないように約束させられるという話は、日本神話ではイザナギ・イザナミの神話ですが、これはギリシャ神話のオルフェウスの神話と同型です。神話は人びとを繋ぎ、この世界を再構築するための共通する基盤となり得るのです。村上春樹作品の中にある日本神話や世界の神話との繋がりについても具体的に記しました。

☆

スコット・フィッツジェラルドやドストエフスキーとの関係は村上春樹自身がしばしば語っていますが、私はT・S・エリオットの詩と村上春樹作品との関係を考えてみることも大切ではないかと思っています。そのような視点から何章か連続して書きました。

また、村上春樹作品には数字の「四」や「四」の倍数が頻出します。その「四」の意味するもの、村上春樹作品の数字が表す意味についても、私の考えを示しています。「猫」や「カラス」など、村上春樹作品に頻出する動物たちについても記しています。

「もっと成長して大人になりなさい。私はあなたにそれを言うために寮を出てわざわざここまで来たのよ」。『ノルウェイの森』の最後、「直子」とサナトリウムの寮で同室だった「レイコさん」が「僕」にそう告げています。成長小説としての村上春樹作品についてもたくさん書きました。

☆

本書のもととなった「村上春樹を読む」というコラムの成り立ちについても記しておきたいと思います。連載開始は前記したように東日本大震災が発生してから間もない頃でした。東日本大震災に伴って、東京電力福島第一原子力発電所の爆発事故が起こり、報道陣たちもいったん全員が避難した後、私は二〇一一年四月七日に福島第一原子力発電所から近い福島県南相馬市に入りました。共同通信社の記者としては、報道陣退避後、最も早い時期でした。そこで目にした荒涼とした悲惨な光景は今でも忘れることができません。

文学担当の記者として、いま自分は何ができるのか……。そのような思いを深く抱かせる光景でした。そして、日本人が自然災害からどのようにして立ち直り、復興してきたのか、そのことを、災害を描いた日本文学から考えたいと思い、各災害の現場を訪ねて、大震災二カ月後の同五月十一日から「大変を生きる――災害と文学」という連載を一年間、毎週書いていきました。まだ社内が騒然とする中、私はその連載開始のための原稿を書いていたのですが、そんな時、私と同年生まれで（村上春樹とも同年です）、文化部時代に一緒に文学担当をしたこともある、友人の小松美知雄君が「47NEWS」の担当となり、彼からインターネットでの連載を依頼されたのです。

まさに「大変」の時でしたが、「村上春樹についてなら、書いてみたいことがある」と小松君に伝えました。述べたように、村上春樹の作品は人間の心の底で自己を支える内在的な力の姿を探ることで人間や社会、世界の再生を希求する物語として、私にはあったからです。

　ネットでの連載は初めての経験でしたし、「大変」の時期でのスタートでしたので、本書の最初のほうで、同じ月に二度掲載されたり、コラムの長短に差があるのは、ネット連載のインターバルや文字数の感覚を摑み切れていなかったからです。なお、書籍化にあたり本文中に登場する人びとの肩書きは連載時のままとしています。

☆

　私が村上春樹を初めてインタビューしたのは『世界の終りとハードボイルド・ワンダーランド』の刊行時、一九八五年六月十四日に、当時、村上春樹が住んでいた神奈川県藤沢市の自宅で取材した時でした。

　この初対面の取材の冒頭、私が質問をしようとすると、「にゃあ」と、当時、村上春樹の家にいたシャム猫が鳴いて、それからインタビューが始まったことが忘れられません。この取材以降も繰り返し村上春樹へのインタビューをしてきたのですが、その取材の始まりが猫の声だったのです。その日、質問や答えの間にも、しばしばシャム猫が「にゃあ」と鳴いていました。

　その後、繰り返しおこなってきたたくさんのインタビューの中から、忘れられない言葉を二つほど記しておきたいと思います。

　一つは『世界の終りとハードボイルド・ワンダーランド』が、その年の谷崎潤一郎賞を受けたので、もう一度、インタビューした時の言葉です。当時、谷崎潤一郎賞は中堅以上の作家の素晴らしい仕事に与えられるとても大きな賞でした。この賞の〈受賞者には、芥川賞選考委員の資格あり〉とも言われる賞でした。その賞を戦後生まれで、村上春樹は初めて受賞したのです。

　受賞をもちろん喜んでいたと思いますが、村上春樹は「群像新人賞をもらった時、うれしかったが、これぐらいしか書けないのかと悔しかった。水の中を泳いでいてやっと手が岸に着いて身を持ち上げて、陸に足を掛けようか、というところまできました」と語ったのです。大きな賞を受けたことに、浮かれた様子がまったくなく、次の作品に向かっていこうとする村上春樹の発言と姿勢が深く印象に残りました。ちなみに『世界の終りとハードボイルド・ワンダーランド』の次の長編が『ノルウェイの森』です。私が『ノルウェイの森』でインタビューした時は、まだ同書の刊行前でしたが、「今回、陸に上がって、歩き始めたという手応えがある」と村上春樹は静かに語っていました。

一九八九年はベルリンの壁が壊れ、中国では天安門事件があり、日本でも昭和が終わり、平成の時代となった年でした。その年に村上春樹の長編作品が欧米で初めて翻訳され、紹介されました。米国での『羊をめぐる冒険』（A・バーンバウム訳『A Wild Sheep Chase』）の英訳出版です。一九八九年に欧米社会に翻訳されていったことが持つ意味も本書の中で記していますが、この出版のためのオーサーズ・ツアーで村上春樹が渡米、「ニューヨーク・タイムズ」「ワシントン・ポスト」「ウォールストリート・ジャーナル」など全米の有力紙や「Elle」などの雑誌に、次々に書評やインタビューが掲載されました。出版元の講談社インターナショナルも「これほどアメリカの文学界、出版界で取り上げられた日本の現代小説は初めてです」と話していました。

そのオーサーズ・ツアーから帰国直後の村上春樹を取材したことがあるのですが、米国での評判ぶりを質問する私に、村上春樹は「日本語で書くということは、日本とは何か、日本人とは何かを考えることですよ。僕はそう思って書いています」と語ったのです。

この言葉に、不意を衝かれ、本当に驚きました。私が村上春樹作品と日本社会との関係を深く考え出したのは、この言葉に接した力が大きいと思います。

☆

述べたように、私は村上春樹に繰り返しインタビューしてきました。もちろん、インタビューのやりとりから得た村上春樹作品への読みのヒントもあると思います。そのことを否定するわけではありません。

村上春樹はあらゆる質問にしっかり答える人で、私の経験からしても、質問への答えを拒否するということがありません。難しい質問にも、しっかり考えた答えが返ってきます。でも、村上春樹という作家は自分の作品について、自己解説をしない稀有な作家です。いつも、作者と質問者と作品の間に適度な距離が保たれています。その適度な距離が、読者たちの自由な読みを保障しています。ですから本書も、村上春樹作品の一読者として、自分の自由な読みを展開したものです。

インタビューで聞いた言葉はとても大切ですが、でもインタビューをするために、何度も村上春樹作品全体を読み返したことから得たものが本書を書くための大きな力となっています。村上春樹作品は反転に富み、旋回する記述が多く、一つの物語の中だけで、その意味を摑むことが難しい場合もありますが、他の作品の中で響き合うような箇所を考えることで、その意味することをよく受け取れることが多いのです。

同じような言葉、メタファー、考えが他の作品の中に記されていたり、少し意味や形を変えて書かれていたりします。それらの表現を集積し、その集積の方向性を考えると、まるで惑星が気を利かせて、一列に並んでくれたように、その表現の意味することが明瞭に伝わってくるのです。それを私は個人的に村上春樹作品の「惑星直列」と呼んでいます。

本書は私の独自な読みにすぎません。でも単なる独り善がりの思いつきになってはいけませんので、その読みに呼応するたくさんの例を具体的に「惑星直列」のように並べながら書きました。つまり『村上春樹クロニクル』は、村上春樹作品の楽しい「惑星直列」を巡る本です。

☆

本書のもととなったコラム「村上春樹を読む」を始める際に一つだけ決めたことがあります。文中に引用する他の人たちには敬称を付けて書いていますが、村上春樹についてだけは敬称を付さずに書いてみたいと思ったのです。記者として繰り返しインタビューしている作家ですし、「村上春樹さん」と記すことが自然で書きやすいのですが、それでも「村上春樹さん」と記す文体では書けないことがあります。

自分独自の読みを存分に書いていくとき、内容が批評的な世界に入ってくると「村上春樹さん」を使った文体では書いていけない領域があるのです。そこに、ある「距離」が必要でした。長年取材してきた記者として、深い敬愛の念を抱いた「村上春樹」であることを理解していただけたらと思います。

何よりも、わかりやすく、面白い村上春樹作品の読みを心がけたつもりです。好きな村上春樹作品について、また気になるテーマについて書いている回から読めるように、各章ごとに単独でも読めるように心がけました。楽しんでいただけたらと思います。

村上春樹クロニクル BOOK1 2011―2016［目次］

2013

2016

2011

1月　『村上春樹 雑文集』（新潮社）刊行

4月　インタビュー「僕は走り続けてきた、ばかみたいに延々と」が『Sports Graphic Number Do』（4月号）に掲載

6月　スペインの国際的な賞である「カタルーニャ国際賞」を受賞。授賞式で東日本大震災と東京電力福島第一原子力発電所の爆発事故について語るスピーチを行い話題となった

［翻訳］サム・ハルパート編『私たちがレイモンド・カーヴァーについて語ること』（中央公論新社、村上春樹翻訳ライブラリー）刊行

7月　『おおきなかぶ、むずかしいアボカド　村上ラヂオ2』（マガジンハウス）刊行

9月　［翻訳］ジェフ・ダイヤー『バット・ビューティフル』（新潮社）刊行

11月　『小澤征爾さんと、音楽について話をする』（新潮社）刊行

001 主人公たちは大粒の涙をこぼす

泣く村上春樹①

2011. 5

村上春樹の小説の主人公や、大切な登場人物は重要な場面でよく泣きます。大粒の涙をこぼして泣くのです。いくつか具体的な例を挙げてみれば、その泣きぶりがわかります。一番大泣きしているのは『羊をめぐる冒険』（一九八二年）のラストでしょうか。

僕は川に沿って河口まで歩き、最後に残された五十メートルの砂浜に腰を下ろし、二時間泣いた。そんなに泣いたのは生まれてはじめてだった。二時間泣いてからやっと立ち上ることができた。

『羊をめぐる冒険』の最後に、そのような言葉が記されています。

デビュー作『風の歌を聴け』（一九七九年）では「犬の漫才師」と呼ばれるラジオのディスクジョッキーが何度か出てきます。この作品を動かしていく人物だとも思いますが、同作の最後にも登場した彼が、病気で三年も入院しているという十七歳の女性の聴取者からの手紙をもらって、それを読む場面があります。

この手紙を受け取って、ディスクジョッキーは「急に涙が出てきた。泣いたのは本当に久し振りだった」と同作に書かれています。そして、この次のページで、主人公の「僕」が東京に帰り、物語は終わりに向かうのです。

▼ほとんどなんの予告もなく

日本国内だけでも単行本、文庫の上下巻合わせて一〇〇〇万部を超えているという驚異的なベストセラー『ノルウェイの森』（一九八七年）では、どうでしょうか。この小説は「緑」という女性に「君と会って話したい」と「僕」が電話する場面で終わっています。

この場面はかなり有名ですが、その直前に「僕」がレイコさんという女性と握手して別れる場面があります。そこでもレイコさんは次のように語っています。

「あなたと会うことは二度とないかもしれないけれど、私どこに行ってもあなたと直子のことをいつまでも覚えているわよ」

僕はレイコさんの目を見た。彼女は泣いていた。

「直子」はこの小説に登場し、自殺してしまう女性です。そして、レイコさんが泣いた後、その一ページ後で『ノルウェイの森』は終わっているのです。

さらに他の作品について加えましょう。『海辺のカフカ』

（二〇〇二年）は米国のニューヨーク・タイムズ紙で二〇〇五年の「ベスト十冊」にも選ばれた作品ですが、この長編の最後に主人公の「僕」が現実世界である東京に戻っていく場面が書かれています。
その時、「僕」は新幹線で帰るのですが、名古屋を過ぎたあたりから雨が降り始めます。「僕」は車窓の雨粒を眺めながら、

目を閉じて身体の力を抜き、こわばった筋肉を緩める。列車のたてる単調な音に耳をすませる。ほとんどなんの予告もなく、涙が一筋流れる。

とあって、やはり次のページで、この長編小説は終わっているのです。

▼泣いたら物語が終わる

もう一つ、例を挙げてみましょう。二〇〇四年に刊行された『アフターダーク』です。この長編の主人公は深夜のファミリーレストラン「デニーズ」で独り本を読む、マリという女子学生です。そのマリは誰にも話したことのない悩みを抱えています。それはマリの姉エリが家で二カ月も眠ったままで、以来マリは家でうまく眠れないのです。その不眠のマリが眠れて、眠ったままの姉エリに目覚めがやってくるという小説ですが、作品の最後にマリがエリに添い寝をする場面があります。するとマリの目から、

何の予告もなく、涙がこぼれ出てくる。とても自然な、大きな粒の涙だ。その涙は頬をつたい、下に落ちて姉のパジャマを湿らせる。それからまた一粒、涙が頬をこぼれ落ちる。

と書かれているのです。
まだまだいくつも紹介できますが、村上春樹の小説にとって、主人公や重要な人物が泣く場面がたくさんあることはわかってもらえたと思います。紹介したように、最後に泣く場面が多いので、そこに向かって物語が進んでいく感覚がありますし、主人公が泣いたら物語が終わりというふうに考えることもできます。

〇〇2 涙は「切実な問題」の表れ
泣く村上春樹②

2011.5

さて、では村上春樹の小説の主人公や重要人物たちはなぜ泣くのでしょう。その問題を考えなくてはならないと思います。

話をわかりやすくするために、結論を先に記してしまいましょう。

村上作品の主人公や重要人物たちはなぜ泣くのか。それは彼らが自分にとっての「切実なこと」に気づいたからだと思います。

感動して、泣いちゃった……。悔しくて、泣けた……。人が泣く理由はいろいろあると思いますが、でもその人間が泣くことは、ある「切実なこと」の反映なのです。年をとると、つい涙もろくなり、よく泣きますが、でもそれも考えてみれば、その人なりの人生を歩んできて、ある切実な感情の反映が涙の中にあると思います。

深い悲しみと涙の原因には、自分のことだけでなく、家族のこと、友人のことなどに不幸や不安がおとずれたり、そのことによって自分の過去の記憶をはっきり思い出したり、様々なことがありますが、これらはみな、その人間にとって「切実なこと」なのです。そして人は泣くことで、日頃は忘れている、自分の大切なものにハッと気がつくのです。

登場人物たちは、きっとこのことがよくわかっていて、たくさん泣くのだと思います。

例えば『アフターダーク』のマリはベッドの上で頬の涙を拭いながら思います。

ひどく唐突な感情だ。でも切実な感情だ。涙はまだこぼれ続けている。マリの手のひらに、落ちてくる涙を受けとめる。落ちたばかりの涙は、血液のように温かい。体内のぬくもりをまだ残している。

マリの思いか、筆者の思いか、どちらとも受け取れるような文体で書いていますが、ここで村上春樹は「切実な感情」と「涙」との関係を簡潔に述べているのだと思います。

▼どのような意味を持っているのか

この「泣く」という行為が、われわれにとってどのような意味を持っているのか。そのことを村上春樹自身が作中で述べていると思われる部分が『アフターダーク』にあるので、それを紹介しましょう。

主人公マリが「デニーズ」で分厚い本を読んでいると、背の高い若い男から声をかけられます。それは「高橋」という若者で、彼の親友がマリの姉エリと一時付き合っていたことがあって、二年前の夏に、その高橋も含めて四人でホテルのプールに行ったことがあるのです。その高橋と偶然、デニーズで出会ったというわけです。

マリも高橋のことを覚えていました。彼の頬には深い傷跡があったからです。何だか『ねじまき鳥クロニクル』（一九九四、九五年）の「オカダ・トオル」や赤坂ナツメグの父親の頬の青いあざを思い出してしまいますが、高橋のその傷は子供の頃、自転車の事故で負ったものです。

二人がしばらく話したところで、高橋はトロンボーンの練習のために去っていきますが、今度は大柄の女性がマリの前に現れて、中国人との通訳をしてくれないかとマリに頼みます。マリが中国語を話せることを高橋から聞いたので、頼みにきたのです。

その女性はラブホテルのマネージャーをしている「カオル」で、日本人の客からひどい暴行を受けた中国人の女性がいるので、一緒にそのラブホテルまで来てほしいというのです。そうやって、動き出していく物語です。

▼ゴダールの『アルファヴィル』

そして、そのラブホテルの名前は「アルファヴィル」と言います。それはジャン＝リュック・ゴダールの映画（一九六五年）からとられた名前です。

『アルファヴィル』という作品は、マリが「いちばん好きな映画のひとつ」でした。『夢を見るために毎朝僕は目覚めるのです』（二〇一〇年）という村上春樹へのインタビュー集によると、村上春樹自身も、この『アルファヴィル』がすごく好きで、高校時代に見たそうです。「ジャン＝リュック・ゴダールは、十代の僕にとってのヒーローの一人だった」とも語っているので、マリの言葉は村上春樹自身のものでしょう。

でも、そのラブホテルのマネージャーであるカオルのほうは命名の理由が分かりません。逆に「で、どういう意味なんだい、アルファヴィルって?」とマリに質問します。

そこでマリが、近未来の架空の都市の名前であること、観念的な映画であること、白黒映画であることなどを説明します。そして「観念的」であることについて、こう説明しています。

「たとえば、アルファヴィルでは涙を流して泣いた人は逮捕されて、公開処刑されるんです」

「なんで?」

「アルファヴィルでは、人は深い感情というものをもってはいけないから。だからそこには情愛みたいなものはありません。矛盾もアイロニーもありません。ものごとはみんな数式を使って集中的に処理されちゃうんです」

「(……)そのアルファヴィルには、セックスは存在するわけ?」

「セックスはあります」

「情愛とアイロニーを必要としないセックス」
「そう」
カオルはおかしそうに笑う。「それって考えてみれば、ラブホの名前にはけっこうあってるかもな」

確かにラブホテルの経営者による自覚的な名づけだとすれば、かなりアイロニカルな命名ですね。

▼効率社会、管理社会の恐怖

このゴダールの『アルファヴィル』の内容をマリが説明した部分に、いくつか村上春樹作品を読んでいくうえでの、重要なヒントが含まれていると、私は考えています。

例えば、アルファヴィルでは「矛盾もアイロニーもありません。ものごとはみんな数式を使って集中的に処理されちゃうんです」というのは、村上春樹が一貫して批判的に考えている「効率社会」のことでしょう。効率を求めて、一つの視点から人を整列させて、集中的に処理してしまうシステムのことです。

そんな効率社会、管理社会の恐怖を描いてみせた『アルファヴィル』を、マリは「いちばん好きな映画のひとつ」に数えているのです。

マリが通訳した中国人娼婦は自分と同じ十九歳の女の子でした。郭冬莉《グオ・ドンリ》というその中国人女性について、マリは高橋に話します。

「一目見たときから、その子と友だちになりたいと思ったの。とても強く。そして私たちは、もっと違う場所で、違うときに会っていたら、きっと仲のいい友だちになれたと思うんだ。私が誰かに対してそんな風に感じることって、あまりないのよ。あまりっていうか、全然っていうか」

さて、誰かに対して友だちになりたいなんて感じることは全然ないマリが、その郭冬莉をなぜ「一目見たときから、その子と友だちになりたいと思ったの」か。その理由は、最初にまだ話しかける前（一目見たときから）郭冬莉が「両手で顔を覆って声を出さずに泣いて」いたからではないでしょうか。私は、そう考えています。

「アルファヴィルでは涙を流して泣いた人は逮捕されて、公開処刑」されてしまいます。郭冬莉は、その公開処刑されてしまう一人です。つまり泣いている郭冬莉は「深い感情というものをもって」いる人なのです。「情愛みたいなもの」をもっている人なのです。

▼身体が震えて、とまらない

紹介したように、この『アフターダーク』という作品は最後にマリが姉のエリに添い寝をすると、マリの目から「何の予告もなく、涙がこぼれ出てくる」物語です。つまり、マリもアルファヴィルでは「逮捕されて、公開処刑」されてしまうような人なのです。マリも「深い感情」と

「情愛みたいなもの」をもっている人で、だからマリは郭冬莉を「一目見たときから、その子と友だちになりたいと思ったの。とても強く」感じたのでしょう。

そういう目で、この『アフターダーク』を読んでみると、高橋という青年も少し違う感じに見えてきます。今はトロンボーンに熱中しているが、これから司法試験を目指したいと思っている高橋が、霞が関の東京地方裁判所で刑事事件の傍聴をした体験をマリに話す場面があります。

それは立川であった放火殺人事件で、老夫婦を鉈《なた》で殺して預金通帳と印鑑を奪い、証拠隠滅のために家に放火した男への死刑判決の裁判でした。それを傍聴しながら高橋は、国家や法律などが持つ、〝異様な生き物のような姿〟に対して「深い恐怖」を感じるのです。

それはまるで巨大なタコのようなもので、

「どれだけ遠くまで逃げても、そいつから逃れることはできないんだという絶望感みたいなもの。そいつはね、僕が僕であり、君が君であるなんてことはこれっぽっちも考えてくれない。そいつの前では、あらゆる人間が名前を失い、顔をなくしてしまうんだ。僕らはみんなただの記号になってしまう。ただの番号になってしまう」

と、そのようにマリに語るのです。これは「矛盾もアイロニーもありません。ものごとはみんな数式を使って集中的に処理されちゃう」アルファヴィルの恐怖ですね。

そして、極悪非道な男の死刑判決を聴き、家に帰ってきた高橋は、なぜか「身体が細かく震え始めて、とまらなくなった。そのうちにうっすらと涙まで出てきた」とマリに語っています。死刑判決を聴いて、涙する高橋もアルファヴィルでは「逮捕されて、公開処刑」される一人です。ですからおそらく、ここは「死刑判決」と「公開処刑」との対応が意識的に描かれている場面ではないかと思うのです。

この高橋もマリも郭冬莉も「深い感情」と「情愛みたいなもの」をもっている人なので、マリと高橋も友だちになってもいい人ではないかと思います。

▼雨降りのような音を立てて

その『アフターダーク』に続く大長編『1Q84』（二〇〇九、一〇年）の主人公たちの涙はどうでしょうか。この小説では主人公の一人である青豆は女性の殺し屋ですし、ハードボイルドタッチで書かれていますから、主人公が泣いているイメージがあまりないかもしれません。

でも、その青豆も自分の遊び仲間である「あゆみ」という婦人警官が死ぬと泣きます。「顔を両手で覆い、声を出さずに肩を細かく震わせて静かに泣い」ているのです。しかしその姿について「自分が泣いていることを、世界中の誰にも気取られたくないという様子で」と書いてあるので、ハードボイルド小説の主人公のような泣き方とも言えます。

そして、この大長編の最後には次のようなことが記されています。『１Ｑ８４』ＢＯＯＫ３の最後で、青豆は愛し、探し続けていた天吾と再会。二人は初めて結ばれるのですが、その時、

青豆は泣く。ずっとこらえていた涙が両方の目からこぼれる。彼女はそれを止めることができない。大粒の涙が、雨降りのような音を立ててシーツの上に落ちる。

とあります。やはりここでも「物語の最後に泣く村上春樹」は維持されています。

▼世界はまだまだ造り直せる

もう一人の主人公である天吾は、この場面で泣いていません。青豆と天吾。その二人の主人公のうち、どちらか一方をあえて選ぶとしたら、大粒の涙で泣く青豆のほうが『１Ｑ８４』の主人公なのかもしれない、そんなふうにも思えます。

でも、天吾も次のようなことを考えている人物として描かれています。それは『１Ｑ８４』ＢＯＯＫ２の終盤。療養所で昏睡している父親に語りかける場面です。

「僕にとってもっと切実な問題は、これまで誰かを真剣に愛せなかったということだと思う。生まれてこの方、僕は無条件で人を好きになったことがないんだ。この相手になら自分を投げ出してもいいという気持ちになったことがない。ただの一度も」

つまり『１Ｑ８４』ＢＯＯＫ３のラストの青豆の「大粒の涙」と『１Ｑ８４』ＢＯＯＫ２の終盤の天吾の「切実な問題」の自覚とが対応しているのです。『アフターダーク』のマリも頬の涙を拭いながら「ひどく唐突な感情だ。でも切実な感情だ」と思います。

この切実な感情を通して、いま自分にとって、どんなことが切実な問題か、それが本当にわかれば、そこから世界はまだまだ造り直せるはずです。そんなふうにして書かれているのが、村上春樹の小説だと私は思います。

▼「私には愛があります」

『アフターダーク』のラブホテル「アルファヴィル」は「情愛とアイロニーを必要としないセックス」の場所でした。天吾にやってきた切実な問題の自覚の内容は「これまで誰かを真剣に愛せなかったということ」です。

でも『１Ｑ８４』の青豆は、殺害のためにリーダーと対決したときに「私には愛があります」と告げています。つまり青豆は「私という存在の中心にあるのは愛だ」と自覚している人間なのです。「青豆」は「グリーンピース」のことですが、その「green peas」の「pea」は「愛」の象

徴です。そんな意味も込められた命名でもあるでしょうか……。

『1Q84』は「私という存在の中心にあるのは愛だ」と自覚している、その青豆が求め続けていた天吾と再会し、初めて結ばれて泣く長編小説です。「ずっとこらえていた涙が両方の目からこぼれる。彼女はそれを止めることができない。大粒の涙が、雨降りのような音を立ててシーツの上に落ちる」という物語になっているのです。

村上春樹は、いま、その愛の力で、世界を再構築しようとしているのだと思います。

003

効率社会と闘う

カタルーニャ国際賞受賞スピーチを読む①

2011.6

東日本大震災と東京電力福島第一原子力発電所の爆発事故に触れて語った、村上春樹のカタルーニャ国際賞授賞式（二〇一一年六月九日）での受賞スピーチが話題となりました。「カタルーニャ」はジョージ・オーウェルの『カタロニア讃歌』の舞台です。一九三六年からのスペイン内戦の際、報道記事を書くつもりでバルセロナにやってきたオーウェルは、同年暮れに共和政府側の義勇軍に参加して戦います。この従軍体験記が『カタロニア讃歌』です。スペイン人たちの夢と情熱への讃歌ですが、一方で共和政府内部の権力争いや、時が経つにつれて労働者の手から権力が奪われていくさまが、明晰な視線で描かれています。そこでの体験が全体主義的な社会への批判の書である近未来小説『1984年』（一九四九年）の執筆に繋がっていきました。

この『1984年』を意識して、村上春樹が書いた長編が『1Q84』（二〇〇九、一〇年）です。オーウェルの『1984年』にはスターリニズムを寓話化した独裁者「ビッグ・ブラザー」が登場しますが、村上春樹の『1Q84』のほうには「リトル・ピープル」なるものが登場します。

▼答えは簡単です。「効率」です

その「カタルーニャ」での村上春樹のスピーチです。村上春樹はオーウェルのことなどに触れて語ってはいませんが、頭の中には『カタロニア讃歌』の舞台の地でのスピーチであること、自作の『1Q84』にも繋がる地でのスピーチであることは、もちろん意識されていただろうと、思います。

そんな「カタルーニャ」での受賞スピーチで村上春樹は、今回の原発事故に触れて、歴史上唯一、核爆弾を投下された経験を持つ日本人にとって、福島第一原発事故は二度目の大きな核の被害であることを述べ、我々日本人は核に対する「ノー」を叫び続けるべきだったと訴えたのです。

原爆の惨禍を体験した日本社会から「核」への拒否感がどんな理由で消えてしまったのか。それについて、村上春樹は「答えは簡単です。「効率」です」と語っています。「効率」という言葉は、このスピーチで六回も使われていますが、これを読みながら、村上春樹の一貫した姿勢というものを感じました。

▼全力で闘い叩きつぶさなくてはいけないもの

村上春樹にとって、明治以降の日本の問題点は「一つの視点から、効率を求めて人を整列させるシステムとして、近代というものがある」ことだと、私は考えています。

例えば、近代以降の日本の学校、軍隊、監獄などは、みな一点からすべてが見通せるようになっています。それらは日本が近代となって、効率を求め、一つの視点から、人を整列させるシステムとしてできたものです。

こういう効率社会と闘ってきたのが、村上春樹の文学です。その例を一つだけ挙げてみましょう。

『1Q84』と同じ時代設定、つまり一九八四年（正確には一九八四〜八五年）の日本を舞台にして書いた長編『ねじまき鳥クロニクル』（一九九四、九五年）に、綿谷ノボルという人物が出てきます。この綿谷ノボルは主人公「僕」の妻の兄ですが、日本を戦争に導いたような精神の持ち主として描かれています。『ねじまき鳥クロニクル』という作品は、「僕」が、この綿谷ノボルと対決し、彼を叩きつぶして、綿谷ノボル側に連れ去られた妻を自分の側に取り戻す物語です。

そして「僕」が最初にこの綿谷ノボルと会った際、彼はこう言うのです。

「私にとってはこれがいちばん重要なことなのだが、私の個人的な時間をこれ以上奪わないでほしい」

これは、つまり「効率が一番重要」なこととして生きているということです。ですから「僕」は、綿谷ノボルに対して「余分な部分もなければ、足りない部分も」ない人物、「効率」しか考えていない人物だと思うのです。

そんな綿谷ノボルを「それは全力で闘い、叩きつぶさなくちゃいけないもの」だと村上春樹は語っています（「メイキング・オブ・『ねじまき鳥クロニクル』」＝「新潮」一九九五年十一月号」）。つまり、綿谷ノボルに象徴されるような効率を追求し、一つの視点から、人を整列させるシステムを作ってきた日本近代が行きついたところが「戦争」であり、その効率社会と闘い続けてきたのが、村上作品なのだと、私は考えています。

▼森の中の風力発電所

「私たちは技術力を総動員し、叡智を結集し、社会資本を注ぎ込み、原子力発電に代わる有効なエネルギー開発を、国家レベルで追求すべきだったのです」と、村上春樹は語りました。

その言葉に接して、『世界の終りとハードボイルド・ワンダーランド』のことを思い出しました。この作品は「世界の終り」の話と「ハードボイルド・ワンダーランド」の話が交互に進んでいく物語ですが、「世界の終り」のほうに「発電所」という章があります。

主人公の「僕」が仲良くなった図書館の司書の女性と二人で、ある日、森の中にある「発電所」を訪ねる場面です。

ガラス窓の向うでは（……）巨大な扇風機のようなものが激しい勢いで回転していた。それはまるで何千馬力というモーターが軸を回転させているかのようだった。おそらくどこかから吹きこんでくる風圧でファンを回転させ、その力を利用して電気を起しているのだろうと僕は想像した。

その建物の中にいた若い管理人の男に「風ですね」と「僕」が言うと、「そうだ」というふうに男が肯きます。さらに男は「この街の電力は風の力でまかなわれています」と語るのです。

『世界の終りとハードボイルド・ワンダーランド』は一九八五年の刊行ですが、この時点で既に風力発電のことを村上春樹は考え、書いていたのです。

二〇〇二年刊行の『海辺のカフカ』にも十五歳の少年「僕」が、高知の森の中の小屋に行く場面がありますが、その森にある発電所も、小さな風力発電所です。何しろデビュー作のタイトルが『風の歌を聴け』（一九七九年）なのです。風力発電への関心も当初からあったことなのかもしれません。

ですから、エネルギー問題のこと、原発事故に関することも、突然の発言というわけではなくて、村上春樹の一貫した考えの表明だったのだと思います。

004 ブーメラン的思考

カタルーニャ国際賞受賞スピーチを読む②

2011.7

東日本大震災と東京電力福島第一原子力発電所の爆発事故に触れて語った、このスピーチには、もう一つ、非常に村上春樹らしい思考方法が表明されています。そのことを紹介しましょう。

村上春樹は、このカタルーニャ国際賞の受賞スピーチの中で広島の原爆死没者慰霊碑に刻まれた「安らかに眠って下さい／過ちは／繰返しませぬから」という言葉を紹介しながら、この言葉の中には「我々は被害者であると同時に、加害者でもある」という意味が込められていると述べました。

▼あらゆる問題を自分のものとして捉え直す

「被害者であると同時に、加害者でもある」というのが、実に村上春樹らしい考え方です。あらゆる問題を、相手に対する問題として捉えるだけでなく、自分の問題として捉え直して、常に二重に考えを進めていくのです。

この思考方法を、私は「村上春樹のブーメラン的思考」と呼んでいます。

少し気をつけて、村上春樹の書いたものを読んでみれば、この思考は随所に示されています。カタルーニャ国際賞の受賞スピーチの中から、これはそうだなと思える言葉を幾つか紹介してみましょう。

村上春樹は東日本大震災での福島第一原発事故について、「原子力発電所の安全対策を厳しく管理するはずの政府も、原子力政策を推し進めるために、その安全基準のレベルを下げていた節が」あることをまず指摘した上で、「しかしそれと同時に私たちは、そのような歪んだ構造の存在をこれまで許してきた、あるいは黙認してきた我々自身をも、糾弾しなくてはならないはずです」、そう続けているのです。私たちは「我々自身をも、糾弾しなくてはならない」。

これが村上春樹のブーメラン的思考です。

▼被害者であると同時に加害者

村上春樹は、今回の原発事故は「日本が長年にわたって誇ってきた『技術力』神話の崩壊」であると同時に、「そのような『すり替え』を許してきた、私たち日本人の倫理と規範の敗北」でもあったと語っています。

つまり相手を糾弾するとともに、その問題を自分の問題として村上春樹は常に考えるのです。原爆についても被害者であると同時に、その力を引き出したという点、力の行使を防げなかったという点では加害者なのだと考えるのです。

今回の原発事故も「私たち日本人自身がそのお膳立てをし、自らの手で過ちを犯し、自らの国土を汚し、自らの生活を破壊しているのです」とも語っています。

そういうブーメラン的思考は、村上春樹の小説の中でも一貫して書かれています。

例えば『ノルウェイの森』（一九八七年）の冒頭は三十七歳になった「僕」が乗ったボーイング747がハンブルグ空港に着陸する場面から始まっています。その時、飛行機の天井のスピーカーからビートルズの「ノルウェイの森」が聞えてきます。

▼ブーメランのように自分自身の手もとに

その曲をきっかけに十八年前、直子という女性と歩いた草原の風景を僕は思い出すのです。直子が「ノルウェイの森」を好きだったからです。

僕は（……）十八年後もその風景を細部まで覚えているかもしれないとは考えつきもしなかった。正直なところ、そのときの僕には風景なんてどうでもいいようなものだったのだ。僕は僕自身のことを考え、そのときとなりを並んで歩いていた一人の美しい女のことを考え、僕と彼女とのことを考え、そしてまた僕自身のことを考えた。それは何を見ても何を感じても何を考えても、結局すべてはブーメランのように自分自身の手もとに戻ってくるという年代だったのだ。

「何を見ても何を感じても何を考えても、結局すべてはブーメランのように自分自身の手もとに戻ってくる」ということは、どんな問題もブーメランのようにぐるっと一周して、自分の問題としてかえってくるということです。

この言葉は『ノルウェイの森』の冒頭部分に記されたものですから、『ノルウェイの森』の中で書かれたことは、すべてが自分の問題として、問われているのです。

▼「ワタナベ・ノボル」「ワタナベ・トオル」「ワタヤ・ノボル」

『ねじまき鳥クロニクル』（一九九四、九五年）の中で、「僕」は綿谷ノボルと対決し、彼をバットで叩きつぶします。

いくら悪い奴でも、自分の妻の兄ですから、何もバットで叩きつぶさなくてもいいのではないか。そんなふうに考える読者もいます。

でもここにも、私は村上春樹のブーメラン的思考を受け取るのです。

村上春樹の本のイラストも多く描いているイラストレーターの安西水丸さんの本名は渡辺昇という名前なのですが、短編「ファミリー・アフェア」（一九八五年）では「渡辺昇」という名の人物が出てきます。そして『ねじまき鳥クロニクル』の出発点となった短編「ねじまき鳥と火曜日の女たち」（一九八六年）では、その「ワタナベ・ノボル」という名前が妻の兄の名前として、またその兄の名から命名された猫の名前として使われています。

さらに『ノルウェイの森』の「僕」は「ワタナベ・トオル」という名前です。

この「ワタナベ・ノボル」「ワタナベ・トオル」と『ねじまき鳥クロニクル』の「ワタヤ・ノボル」(綿谷ノボル)は非常によく似た名前です。また「ワタヤ・ノボル」は『ねじまき鳥クロニクル』で、やはり猫の名前としても使われています。

「ワタナベ・ノボル」「ワタナベ・トオル」「ワタヤ・ノボル」は違う作品に登場する人物ですので、もちろん異なる三人として考えていいと思います。でもここに「何を見ても何を感じても何を考えても、結局すべてはブーメランのように自分自身の手もとに戻ってくる」という考え方を置いてみると、これらの人物を通して、一人の人間のいろいろな側面が描かれていると考えることも可能だと思います。

▼自分の中の「日本を戦争に導いたような精神」

『ノルウェイの森』の「僕」(ワタナベ・トオル)や『ねじまき鳥クロニクル』の「綿谷ノボル」(ワタヤ・ノボル)を同じ人間のいろいろな側面として考えてみると、『ねじまき鳥クロニクル』の「僕」が綿谷ノボルと対決して、彼をバットで叩きつぶすということは、「僕」が自分の中にある「日本を戦争に導いたような精神」の部分を自らの手で徹底的に叩きつぶすということなのだと思います。自分の中にある「効率」を求めて生きるような部分を徹底的に叩きつぶすのです。

そうやって、問題を常に自分の問題として捉え直して、日本社会を再び構築し直そうとしているのが、村上春樹の小説ですし、村上春樹のブーメラン的思考です。

「そのような歪んだ構造の存在をこれまで許してきた、あるいは黙認してきた我々自身をも、糾弾しなくてはならない」というカタルーニャ国際賞の受賞スピーチの言葉は、そのような形で作品と対応しているのです。

村上春樹は、相手を糾弾するだけではなく、自分の問題として考えることを通して、我々の倫理や規範を新しくつくり直していこうとすることを語りました。

「損なわれた倫理や規範の再生を試みるとき、それは私たち全員の仕事になります」「みんなが力を合わせてその作業を進めなくてはなりません」

ここに村上春樹のブーメラン的思考の行く手が表明されています。今回の東日本大震災と福島第一原発の事故を一人ひとりが自分の問題として受け止めて、素朴に黙々と、忍耐強く向き合いながら「我々は新しい倫理や規範」を再構築するのです。

それが、村上春樹のブーメラン的思考なのです。きっとこの言葉の先に、新しい物語が生まれてゆくのでしょう。

005 いろんな野菜の心があり、いろんな野菜の事情がある

『おおきなかぶ、むずかしいアボカド 村上ラヂオ2』 2011.8

今日の昼ご飯はざるそばくらいでいいな、と思うことがありますよね。それほど空腹は感じないけど、何かちょっとお腹《なか》にいれておきたいというような場合。ところが外国に住んでいると、これができない。（……）

そういうときに僕はよくシーザーズ・サラダを注文します。

久しぶりの村上春樹のエッセイ集『おおきなかぶ、むずかしいアボカド　村上ラヂオ2』（二〇一一年）の中に「シーザーズ・サラダ」というエッセイがあって、こう書いてありました。

「新鮮なロメインレタス」に「具はクルトンと卵黄とパルメザン・チーズだけ。味付けは上質のオリーブオイル、すりおろしたガーリック、塩、胡椒《こしょう》、搾《しぼ》ったレモン、ウースター・ソース、ワイン・ビネガー」というシーザーズ・サラダの正統レシピも紹介されていますので、私も一度チャレンジしてみたいと思います。

特にレタスは「ぴちぴちした新鮮なロメインレタス」でなくてはだめで、「普通のヘッドレタス」は論外だそうです。「サニーレタスなんか使われた日にはたまったものじゃない」とも注記されています。

▼野菜がどうしても食事の中心になる

「あまり肉を食べない人間なので、野菜がどうしても食事の中心になる」という言葉も別のエッセイにありますが、野菜や果物への村上春樹の愛着がよく伝わってくる本です。何しろ本の名が『おおきなかぶ、むずかしいアボカド　村上ラヂオ2』。野菜と果物を合わせたタイトルですからね。

私は村上春樹の小説を愛する者ですが、村上春樹のエッセイも非常に楽しみに読んできました。ユーモアの中にちょっとシリアスなこと、怒り、そして人間生活の機微が記されていて、笑っているうちに、ふと何かについて考えている自分に気づいたりもするからです。しかし近年の村上春樹は小説の執筆に集中しているためでしょうか、エッセイ集の刊行が少なく、残念な気持ちでおりました。

ですから、この久しぶりのエッセイ集をとても楽しく読みました。

そのタイトルのうち「村上ラヂオ2」のほうは、二〇〇一年に同じ村上春樹・文、大橋歩・画のコンビで雑誌「アンアン」に連載された『村上ラヂオ』のカムバック版ということです。

ですから本の題名は『村上ラヂオ2』だけでもよかった

はずですが、それではあまりに素っ気ないと思ったのでしょうか、「おおきなかぶ、むずかしいアボカド」がメインタイトルとして付けられました。

▼新鮮なレタスの選び方

さて、ここで、その「おおきなかぶ、むずかしいアボカド」という題名はいったい何を示しているのかということを少し考えてみたいと思います。もちろん、エッセイを楽しく味わいながらですが。

この題は「おおきなかぶ」と「アボカドはむずかしい」という二つのエッセイを合わせたものです。「おおきなかぶ」は有名なロシア民話「おおきなかぶ」についてのエッセイ。「アボカドはむずかしい」のほうは「世界でいちばんむずかしいのは、アボカドの熟《う》れ頃を言い当てることではないか」と考える著者のアボカドを巡るエッセイです。

読んでいただければわかりますが、本当に野菜や果物の登場回数が多い本です。何しろ巻頭のエッセイが「野菜の気持ち」というタイトルです。どうしてもパイナップルの絵だけは描かなかった画家ジョージア・オキーフについての「オキーフのパイナップル」というエッセイもあれば、決闘の間、サクランボを食べ続けるプーシキンの短編小説を巡る「決闘とサクランボ」もあります。

個人的には「うなぎ屋の猫」というエッセイが楽しかったです。青山の有名なスーパー「紀ノ国屋」で思案しつつ野菜を買っていた二十代の村上春樹のところへ、年配の店員がやってきて、新鮮なレタスの選び方を熱情を込めてレクチャーするのです。その人はもしかすると「紀ノ国屋」の社長さんかもしれないのですが、そこで村上春樹は「レタスの選び方を覚えた」と書いています。

▼調教済みのレタス

紹介したように「シーザーズ・サラダ」にはロメインレタスやヘッドレタス、サニーレタスのことが出てきますが、この「レタス」という野菜に対する村上春樹の思い入れもなかなかのものです。

私が「うなぎ屋の猫」を楽しく読んだのは、村上春樹の長編『ダンス・ダンス・ダンス』（一九八八年）に出てくる「レタス」のことを思い出したからです。

『ダンス・ダンス・ダンス』の「僕」はスーパー紀ノ国屋が好きで、しばしばレタスを買いに行きます。理由は「この店のレタスがいちばん長持ちする」からです。「閉店後にレタスを集めて特殊な訓練をしているかもしれない」と「僕」は思ったりもします。

村上春樹は同作で、このレタスのことを「調教済みのレタス」と呼んでいますが、同作の刊行後、「調教済みのレタス」を買うためにわざわざ紀ノ国屋まで行った村上春樹ファンもいました。そんなことを思い出したのです。

「うなぎ屋の猫」には「新鮮なレタスの選び方」が具体的

に書かれていないのがちょっと残念ですが、このエッセイを読みながら「へー、あれは紀ノ国屋の社長（かもしれない人）に学んだのか」と思いました。

▼どうも視覚的に落ち着かない

さてさて、なぜ「おおきなかぶ」と「むずかしいアボカド」がタイトルに付けられたのか。その問題です。

そのことを考えるのに、適した印象的なエッセイがあるので、それを紹介しながらタイトルの意味を探ってみたいと思います。

それは「体型について」というエッセイです。これは野菜・果物に関するエッセイではなくて、村上春樹がときどき参加する千葉県でのフルマラソンの話です。このレースに参加すると、近くにあるホテルの大浴場の割引入場券がもらえます。四十二キロを走り終えて汗が乾いて白く塩になっているし、「これはいいや」と思って、村上春樹も一度、その浴場に足を運んでみたそうです。

浴場に入り、しばらくしてふと気がつくと、周囲の人が全員ほとんど同じ体つきをしています。みんなだいたい痩《や》せて、日焼けして、髪が短く、引き締まった二本の脚を持っている……。そこにいる全員がレースを走り終えたランナーだったのです。そこで村上春樹は「どうも視覚的に落ち着かない」気分になって、早々に風呂を引きあげてしまうのです。

村上春樹は『走ることについて語るときに僕の語ること』（二〇〇七年）という本があるほどのマラソン好きです。でも、まわり中が同じマラソンランナーばっかりだったら「どうも視覚的に落ち着かない」気分になり、居心地が悪くなってしまう人間なのです。

そしてエッセイの最後には、こんな言葉が置かれています。

そういう風に考えると、いろんな体型の、いろんな顔つきの、いろんな考え方をする人たちが適当に混じり合い、適当にゆるく生きている世界というのが、僕らの精神にとっていちばん望ましいのかなと思う。

▼単一的な視点への嫌悪

ここに記されているのは単一的なもの、すべてが同じものにそろっていることへの嫌悪です。別に一緒に走ったランナーが嫌いというわけではないでしょう。そういうことではなくて、たった一つのタイプの人間しかいない、規格外のものは排除されてしまうような世界というものへの嫌悪や拒否、居心地の悪さを書いているのです。

なぜなら村上春樹にとって、日本の近代社会とは、効率を求めて、一つの価値観、一つの視点から人間を整列させるような社会であり、その一つの価値観に合わない人間は排除されてしまうような社会なのです。

そんな社会に一貫して抗するように書かれてきたのが村上春樹作品です。これは、前回で紹介したカタルーニャ国際賞の受賞スピーチでも述べられていました。同様のことが、自分の好きなマラソンのランナーたちと一緒に風呂に入っていながらも考えられている点が、実に村上春樹らしいと思います。

　さてそこで巻頭エッセイ「野菜の気持ち」を読むと、こんなことが書いてあります。

『世界最速のインディアン』という映画の中でアンソニー・ホプキンス演じる老人が隣家の男の子に向かって「夢を追わない人生なんて野菜と同じだ」と言うのだそうです。それに対して、男の子が「でも野菜って、どんな野菜だよ？」と突っ込みを入れます。すると老人が「ええと、どんな野菜かなあ。そうだなあ、うーん、まあキャベツみたいなもんかなあ」と答えるのです。こんな老人と少年のやりとりを紹介しながら、村上春樹は自分のキャベツ好きとロールキャベツへのつらい記憶を語っています。そして、こう続けます。

「夢を追わない人生なんて野菜と同じだ」などと誰かにきっぱり言われると、つい「そうかな」と思ってしまいそうになるけど、考えてみれば野菜にもいろんな種類の野菜があるし、そこにはいろんな野菜の心があり、いろんな野菜の事情がある。（……）何かをひとからげにして馬鹿《ばか》にするのは良くないですね。

▼異なったものの魂が心の深いところで呼応

これは同じ体型ばかりの中にいると「どうも視覚的に落ち着かない」気分になってしまう感覚、価値観と同じです。風呂でマラソンランナーたちの中にいても、また野菜についても、村上春樹はこのように一つの視点、一つの価値観から一元的に見るという考え方を嫌っているのです。

　この「おおきなかぶ」「むずかしいアボカド」という野菜と果物が並んだタイトルはきっと「野菜にもいろんな種類の野菜がある」「何かをひとからげにして馬鹿《ばか》にするのは良くないですね」という村上春樹の考え方の反映でしょう。

　さらに少し加えれば、村上春樹は二つの世界が交互に進んでいく小説をよく書きます。『世界の終りとハードボイルド・ワンダーランド』『ノルウェイの森』『海辺のカフカ』『1Q84』などがその例ですが、よく読むと、それ以外の作品にも二つの世界が並行的に書かれているものはかなりあります。

　これも一元的な価値観への抵抗の形が、そのまま物語の形になっていると考えてもいいと思います。村上作品の世界は、いろいろ異なったものの魂が心の深いところで呼応して、それらが響き合うという形をしています。

　この「おおきなかぶ」「むずかしいアボカド」と二つ並

べたタイトルも、一つだけの視点に抗して、二つパラレルにある世界への愛着があらわれたタイトルだと思います。

▼蟹の視点から見た『蟹工船』

もう一つ、指摘しておきましょう。

「おおきなかぶ」にも「むずかしいアボカド」にも言葉の感覚として、一般的な価値観からは少し外れたような感じがあります。

効率を求めて、一つの価値観からすべてを判断して、その価値観から外れたものは排除されてしまう社会が村上春樹の考える近代日本社会ですが、そういう社会の価値観に抗する意味が「おおきなかぶ」と「むずかしいアボカド」に込められているのかもしれません。一般的な価値観からは少し外れたように見える「おおきなかぶ」や「むずかしいアボカド」を自分は大切にしたいという思いです。

この本の中に「医師なき国境団」というエッセイがあるのですが、これは「国境なき医師団」を逆転させたタイトルです。そこには、小林多喜二『蟹工船』が近年話題になったことについて書かれています。古典が見直されることは良いことですが、でも「虐《しいた》げられたものの視点で世界を眺めるのなら、いっそ蟹の視点から見た『蟹工船』を書いてみたらどうだろう」と村上春樹は考えています。

たとえ虐げられた世界を考えるにしても、つい人間は無意識のうちに人間中心的な思考に陥りがちです。人間中心の、一つの考えだけで社会を判断しがちです。「おおきなかぶ」「むずかしいアボカド」という野菜や果物の、やや規格外のものの視点から、世界を考えてみるのも大切ではないでしょうか。そんなことを思って、付けられたタイトルかもしれませんね。

○○6 消えてしまった海
1963年へのこだわり①

2011.9

佐々木マキさんの自選マンガ集『うみべのまち』(二〇一一年)が刊行されました。佐々木マキさんは村上春樹の初期三部作『風の歌を聴け』(一九七九年)、『1973年のピンボール』(一九八〇年)、『羊をめぐる冒険』(一九八二年)などの表紙の絵でも知られるマンガ家で、村上春樹が、その『うみべのまち』の帯に推薦の言葉を書いています。

▼圧倒的な新鮮さの佐々木マキ

それによると、一九六〇年代の後半、高校時代に神戸に住んでいた村上春樹は、新しいスタイルのコミックを興奮して読んでいて、中でも佐々木マキさんの作品に圧倒的な新鮮さを感じていたようです。ですから最初の小説『風の歌を聴け』の単行本化が決まると、「その表紙はどうしても佐々木マキさんの絵でなくてはならなかった」と帯文に書いています。

私も佐々木マキさんの新作が載るマンガ雑誌「ガロ」を楽しみにしていた一人ですし、『やっぱりおおかみ』『ピンクのぞうをしらないか』『ぶたのたね』などの絵本を笑いながら読んだものです。あまりにその作品が好きだったので、絵本担当の記者となった際、京都のご自宅までインタビューにうかがったこともありました。

そんな佐々木マキさんの絵本に「やぎ」の魔術師・ムッシュ・ムニエルが活躍する『ムッシュ・ムニエルをごしょうかいします』という作品があって、その中に、少年とマッチ売りの少女が、倉庫が並ぶ波止場の岸壁でおしゃべりをしている場面があります。

▼空にたくさんの「月」

二人はその後、ムッシュ・ムニエルが魔術を使って海に浮かべた小さな瓶の中に閉じ込められてしまうのですが、それを読むと、村上春樹のデビュー作『風の歌を聴け』の終盤の、ある場面を思い出します。主人公の「僕」が、左手の小指のない女の子と港の静かな倉庫街をゆっくりと並んで歩き、人気のない突堤の倉庫の石段に腰を下ろして海を眺める場面です。『風の歌を聴け』の表紙に使われた絵には「8」「2」「6」の番号が書かれた倉庫が並んでいますが、きっとそれは『風の歌を聴け』の物語が終わるという「1970年」の「8月26日」のことを表しているのでしょう。

『ムッシュ・ムニエルをごしょうかいします』には「ニッチモはかせ」と「サッチモはかせ」という双子の「月」の研究家が出てきて、ムッシュ・ムニエルが魔術で空から落として手に入れた「月」を奪い、顕微鏡などを使って研究する場面もあります。その研究の間、空から消えてしまったほんものの「月」の代わりに、ムッシュ・ムニエルが魔術で空にたくさんの「月」を出すのです。今、数えてみると、十三個も「月」が空に浮かんでいて、街中の人たちが、驚いて空を見上げています……。

村上春樹の長編『1Q84』（二〇〇九、一〇年）では、「1Q84」の側の空に「月」が二つ出ています。その「月」が、現実の「1984」年と「1Q84」年の世界を分けるシンボルのようにして記されていました。それを読んだ時にも、『ムッシュ・ムニエルをごしょうかいします』のことをちょっと思い出しました。

▼重要な位置を占める作品集

いやいや、前置きが長くなってしまいましたが、その佐々木マキさんが表紙を描き、本の中にも佐々木マキさんの絵がたくさん入った村上春樹の比較的初期の本に『カンガルー日和』（一九八三年）という作品集があります。この本には村上春樹にしては珍しく「あとがき」がついていて、その最後に「マキさんには僕の長篇の表紙の絵をずっと描いていただいていたのだが、本文の方で一緒に仕事をしたいという念願がかなって、とても嬉しい」と記してあるのです。村上春樹が佐々木マキさんの作品をとても好きだったことがよくわかります。

そして、そのあとがきはこう書き出されています。

ここに集めた23編の短かい小説——のようなもの——は81年4月から83年3月にわたって、僕がある小さな雑誌のために書きつづけたものである。

村上春樹自身「短かい小説——のようなもの」と記していますし、村上春樹の作品集としては、やや軽いものと受け取られているかもしれませんが、村上春樹という作家を考えていく時に、この『カンガルー日和』は、かなり重要な位置を占める作品集ではないかと、私は思っています。

その証拠というわけではありませんが、米国で最初に刊行された村上春樹の短編選集『象の消滅』には「四月のある晴れた朝に100パーセントの女の子に出会うことについて」と「窓」（「バート・バカラックはお好き?」を改題）の二編が入っていますし、米国刊行二冊目の短編選集『めくらやなぎと眠る女』では「鏡」「カンガルー日和」「かいつぶり」「スパゲティーの年に」「とんがり焼の盛衰」の五編が収録されているのです。

▼「1963／1982年のイパネマ娘」

前章でエッセイ集『おおきなかぶ、むずかしいアボカド　村上ラヂオ2』を取りあげ、野菜好きな村上春樹を紹介しましたが、この『カンガルー日和』に「1963／1982年のイパネマ娘」という短編があって、その中にも野菜好きな「僕」と「女の子」が出てきます。

　同作の「僕」は「イパネマの娘」という曲を聴くたびに、高校の廊下を思い出します。それは暗くて、少し湿った、高校の廊下です。なぜ思い出すのか、その脈絡は自分でもよくわからないのですが、高校の廊下といえば「僕はコンビネーション・サラダを思い出す。レタスとトマトとキュウリとピーマンとアスパラガス、輪切りたまねぎ、そしてピンク色のサザン・アイランド・ドレッシング」なのだそうです。作中にもありますが「ここにもやはり脈絡なんてない」のです。

　そして、さらに「1963／1982年のイパネマ娘は形而上学的な熱い砂浜を音もなく歩きつづけている」というのです。これもさらにさらに、コンビネーション・サラダとの脈絡がつかみがたいですね……。

　そこで、今回は、簡単にはその意味がつかみがたい「1963／1982年のイパネマ娘」という作品はどんなことを述べているのかということを考えてみたいと思うのです。

『カンガルー日和』は「トレフル」という雑誌に連載された作品です。「1963／1982年のイパネマ娘」は、その「トレフル」の一九八二年四月号に掲載された作品ですので、この「1982年」のほうは、その時代の「現代」という意味でしょう。

▼頻出する「1963年」

　では「1963年」のほうは、いったい何でしょうか？村上作品のファンならば、ご存じのかたもいらっしゃると思いますが、この「1963年」という年に村上春樹は、作家として出発した時からたいへんなこだわりと興味を持っています。いくつか、デビュー作『風の歌を聴け』から、その例を挙げてみましょう。

　一番はっきりと「1963年」が出てくるのは「僕」が関係した女性を振り返る場面です。


僕は彼女の写真を一枚だけ持っている。裏に日付けがメモしてあり、それは1963年8月となっている。


　この「彼女」は次の作品『1973年のピンボール』で「直子」という名前を持って登場してくる女性で、このデビュー作でも彼女は死んでしまう人として描かれています。もちろん、その「直子」は『ノルウェイの森』の中で縊死してしまう「直子」と繋がっています。

『風の歌を聴け』の彼女はまだ無名ですが、「彼女は14歳で、それが彼女の21年の人生の中で一番美しい瞬間だった」と記されています。若くして死んでしまう、その女性の一番美しい時が「1963年」なのです。

　また同作にはデレク・ハートフィールドという架空のアメリカ作家が出てくるのですが、それは次のように書かれています。

僕が絶版になったままのハートフィールドの最初の一冊を偶然手に入れたのは股の間にひどい皮膚病を抱えていた中学三年生の夏休みであった。

この中学三年生の夏休みも「１９６３年」なのです。

さらに「僕」は子供時代に「ひどく無口な少年」だったのですが、「14歳になった春、信じられないことだが、まるで堰を切ったように僕は突然しゃべり始めた」のです。この14歳の春もまた「１９６３年」です。「僕」の誕生日は一九四八年十二月二十四日ですから、そうなると思います。

▼ジェイズ・バーが街に引っ越してきた

その「僕」も「左手の小指のない女の子」も「僕の友人・鼠」もジェイズ・バーというバーに集まります。初期三部作にずっと出てくる、そのジェイズ・バーが「僕」や「鼠」の住む街に引っ越してきたのも「１９６３年」なのです。そのことが『羊をめぐる冒険』に記されています。ですから『風の歌を聴け』『１９７３年のピンボール』『羊をめぐる冒険』の三部作は「１９６３年」を結節点のようにして書かれている小説だとも言えるのです。

まだまだ他にも「１９６３年」にかかわる村上作品を挙げられるかと思いますが、ともかく村上春樹が「１９６３年」に、非常にこだわって出発した作家であることは理解していただけたかと思います。

「１９６３／１９８２年のイパネマ娘」の「１９６３」とは、その「１９６３年」のことです。では、この「１９６３年」とは、どんな年のことでしょうか。この村上作品の中に頻出し、たくさん潜在する「１９６３年」とは何かということを考えるのが、村上春樹の小説世界はどのようなものなのかを考えることに深く繫がっていると思うのです。

そこで、なぜ村上春樹が「１９６３年」にこだわるのか、その理由について、私なりの仮説のようなものを幾つか提示してみたいと思います。そして、話を分かりやすくするために、結論を先に書いてしまいますと、村上春樹が「１９６３年」に、なぜこだわるのか、その理由の一つは「海の喪失」だと思います。

▼村上春樹の原点とも言える「海」

「１９６３／１９８２年のイパネマ娘」は「すらりとして、日に焼けた／若くて綺麗なイパネマ娘が歩いていく」というボサノバの歌曲「イパネマの娘」の歌詞から書き起こされています。そして歌詞の最後はこうなっています。

僕のハートをあげたいんだけれど
彼女は僕に気づきもしない。

ただ、海を見ているだけ

という言葉です。それに続いて、

1963年、イパネマの娘はこんな具合に海を見つめていた。そしていま、1982年のイパネマ娘もやはり同じように海を見つめている。

と書かれています。つまりこの作品は「海」を巡る小説です。

この「海」や「海岸」は、村上春樹にとって原点とも言える場所でした。それが高度成長という中で失われていくのです。そのことに対する強い怒りが村上文学の出発点です。

『カンガルー日和』の中で「1963／1982年のイパネマ娘」の次の次に置かれている短編に「5月の海岸線」という作品があります。これは「1963／1982年のイパネマ娘」のちょうど一年前の「トレフル」一九八一年四月号に掲載された作品です。「5月の海岸線」は「トレフル」の連載では最初に書かれた短編ですが、これもタイトルにもあるように「海」についての作品です。

▼古い堤防だけが記念品のように

僕が友人の結婚式で十二年ぶりに帰郷すると「海は消えていた」のです。正確に言うと、海は何キロも彼方に押しやられ、古い堤防だけが何かの記念品のように残っていました。

二十年前には、夏になると毎日僕が泳いでいた海なのです。

砂浜で犬を放してぼんやりしていると何人かのクラスの女の子たちに会えた。運がよければ、あたりがすっかり暗くなるまでの一時間くらいは彼女たちと話しこむことだってできた。長い丈のスカートをはき、髪にシャンプーの匂いをさせ、目立ち始めた胸を小さな固いブラジャーの中に包み込んだ一九六三年の女の子たち。彼女たちは僕の隣りに腰を下ろし、小さな謎に充ちた言葉を語り続けた。

このように「5月の海岸線」に記されています。その海が消えていたのです。

ここに「一九六三年」の海と、その海岸線を歩く日本の女の子が書かれていて、おそらく「1963／1982年のイパネマ娘」は、この「5月の海岸線」の日本の女の子に対応して書かれた作品でしょう。この「一九六三年の女の子たち」の誰かが「1963／1982年のイパネマ娘」なのかもしれません。

夏になると毎日僕が泳いでいた二十年前の海。運がよければ、あたりがすっかり暗くなるまでの一時間くらいは彼女たちと話しこむことだってできた、その海岸が埋め立てられ、広大な宅地と化していたのです。

その荒野には何十棟もの高層アパートが、まるで巨大な墓標のように見渡す限りに立ち並んでいた。
（……）僕は預言する。君たちは崩れ去るだろう、と。

このように、村上春樹は珍しく非常に激しい言葉で書いています。

▼山を崩し、海を埋める自然破壊への怒り

人びとは山を崩し、海を埋め、井戸を埋め、死者の魂の上に何十棟もの高層アパートを建て、「僕」が二十年前には夏になると毎日泳いでいた海は、わずかに「五十メートルばかりの幅の小さな海岸線」としてだけ残っているような「海」になってしまったのです。

これは現実的には、昔の芦屋浜を埋め立てて、その土地に建てた芦屋浜シーサイドタウンのことです。私も、この埋め立て後、芦屋川河口に残された「五十メートル」の砂浜に何度か立ってみたことがあります。それは何回見ても、村上春樹の怒りが伝わってくるような本当に荒涼とした風景でした。

村上春樹のことを〝お洒落な都会的な小説を書く作家〟と思っている人も多く、そのため、「海辺」と「高層アパート群」の対比で考えると、「高層アパート群」のほうの価値観に立つ作家と感じている人も少なくないのですが、実際の作品を読んでいくと、そういう価値観とはまったく逆の「海」「海岸線」を護る側に立つ作家であることがよくわかります。

そして二十年前には、夏になると毎日僕が泳いでいた海。運がよければ、あたりが暗くなるまでクラスの女の子たちと話しこむことができた海岸。その海を埋め立てて、高層アパート群を建てるという案が兵庫県によって提案されたのが、まさに「1963年」なのです。

この山を崩し、海を埋めるという自然破壊の計画へ深い怒りを抱くゆえに、村上春樹は「1963年」にこだわっているのではないかと、私は考えているのです。

「1963／1982年のイパネマ娘」の「彼女の足の裏に指を触れると、微かな波の音がした。波の音までもが、とても形而上学的だ」とあります。イパネマの娘は変わらぬ「海」の象徴なのでしょう。でもその海は消えて、高層アパート群となってしまいました。「海」を護ることは、夢や理想や形而上学的にしか存在しないのかもしれません。

1963／1982年のイパネマ娘は今も熱い砂浜を歩きつづける。レコードの最後の一枚が擦《す》り切れるまで、彼女は休むことなく歩きつづける。

こんな言葉で、この短編は終わっています。つまり「イパネマ娘」とは村上春樹自身のことなのでしょう。自らの力が尽きるまで、海を護り、山を護り、自然を護るという夢を追求したいということが同作の最後の言葉の意味だと思います。

▼十年も昔のこと

最後にもう一つだけ加えておきたいと思います。それは、こんな「1963年」に注目すると『1973年のピンボール』という作品のタイトルの意味することを少しだけ受け取れるような気がするのです。『1973年のピンボール』の題名は大江健三郎『万延元年のフットボール』のパロディーかと思いますが、それはそうとして、この「1973年」とは何か。そんなことをつい考えてしまいます。

　この作品は、こんなふうに書き出されています。

> **見知らぬ土地の話を聞くのが病的に好きだった。**
> **一時期、十年も昔のことだが、手あたり次第にまわりの人間をつかまえては生まれ故郷や育った土地の話を聞いてまわったことがある。**

「1969――1973」とプロローグの初めにあるので、この「十年も昔のこと」という言葉は、一九七九年か、または同作が発表された一九八〇年から「十年も昔のこと」と受け取るのが、普通の読み方だと思います。この章の前半でも紹介した「直子」という女性が、自分の育った街のことを「僕」に語っているのが、一九六九年の春だからです。

　でもこの「十年も昔のこと」という言葉を、同作の終わる年である「1973年」から「十年も昔のこと」と受け取ってみると、これも「1963年」のこととなります。一瞬、そんなことも思わせる書き出しなのです。『1973年のピンボール』とは「1963年」の十年後の日本社会という意味なのかなと……。

▼自然を体現する女性「直子」

『1973年のピンボール』での直子は十二歳の時、一九六一年に、彼女が語る土地に引っ越してきました。

　直子が移り住んだ家の「庭は広く、その中には幾つかの林と小さな池があった」そうですし、「池には水仙が咲き乱れ、朝になると小鳥たちが集ってそこで水を浴びた」そうです。その土地には冷たい雨が降り、そして「雨は土地に浸み入り、地表を湿っぽい冷ややかさで被った。そして地底を甘味のある地下水で満たした」のです。

　直子が住む街には井戸掘り職人が住んでいて、彼は井戸掘りの天才でした。ですから「この土地の人々は美味い井戸水を心ゆくまで飲むことができた。まるでグラスを持つ手までがすきとおってしまいそうなほどの澄んだ冷たい水だった」と書いてあります。

でも、直子が十七歳の秋（これはたぶん一九六六年のことかと思われますが）、その井戸掘り職人が電車に轢かれて死んでしまうのです。息子たちも跡は継がずに土地を出て、この土地では美味い水の出る井戸は得難いものとなってしまったのです。

この時代の変化を村上春樹はこう書いています。

時が移り、都心から急激に伸びた住宅化の波は僅かながらもこの地に及んだ。東京オリンピックの前後だ。山から見下ろすとまるで豊かな海のようにも見えた一面の桑畑はブルドーザーに黒く押し潰され、駅を中心とした平板な街並が少しずつ形作られていった。

この東京オリンピックの開催は一九六四年のことです。「東京オリンピックの前後」とは、まさに「１９６３年」から一九六五年ぐらいの時代のこと。一面の桑畑が「まるで豊かな海のようにも見えた」という言葉にも注目したいです。ここでも「海のような桑畑」が消えていったのです。『１９７３年のピンボール』という作品は、美味い水を生む井戸が消え、海のような桑畑が消えた土地のことを語った「直子」が死に、その「直子」の死んだ後の世界を「僕」が生きていく物語です。「直子」とは消えていった「海」や「井戸」、「山」や「畑」など、「自然」の中にある魂のようなものを体現する女性なのでしょう。そんな「直子」の死の後をどう生きていくのか。そのように『１９７３年のピンボール』を読めば、村上春樹の時代への認識が鮮明に浮かび上がってくると思います。

007 ヴェトナム戦争への反対
1963年へのこだわり②

2011.10

村上春樹の『風の歌を聴け』（一九七九年）の中に、なぜかケネディー米国大統領のことが繰り返し書かれています。

ここでは、そのケネディー大統領のことが出てくる場面をまず列挙しながら、このことの意味を考えてみたいと思います。

『風の歌を聴け』にはデレク・ハートフィールドという架空の小説家が出てきます。そのハートフィールドが「良い文章について」こんなことを書いていると言うのです。

> 「文章をかくという作業は、とりもなおさず自分と自分をとりまく事物との距離を確認することである。必要なものは感性ではなく、ものさしだ。」（「気分が良くて何が悪い？」1936年）

そして、こう続きます。

▼ケネディー大統領のこと

> 僕がものさしを片手に恐る恐るまわりを眺め始めたのは確かケネディー大統領の死んだ年で、それからもう15年にもなる。

また同作には「鼠」という「僕」の友人が登場しますが、その「鼠」がビールを飲みながら女と話す場面があります。現実なのか、小説の中のことか、または夢想なのかわからないぐらい断片的な場面です。「鼠」は女に言います。

> 「ねえ、人間は生まれつき不公平に作られてる。」
> 「誰の言葉？」
> 「ジョン・F・ケネディー。」

「僕」がこれまで付き合った女の子のことを回想する場面については前回でも紹介しましたね。三番目の女の子は若くして亡くなってしまいます。「僕」はその子の写真を一枚だけ持っていて、その写真の裏には「1963年8月」という日付けがメモしてありました。そしてその年について、「ケネディー大統領が頭を撃ち抜かれた年だ」と記されているのです。

さらに同作では僕が左手の小指のない女の子と知り合う場面がありますが、前夜泥酔していた彼女がその夜のことを覚えておらず、「ねえ、昨日の夜のことだけど、一体どんな話をしたの？」と問うと、「ケネディーの話。」と「僕」が答えるのです。

つまり『風の歌を聴け』の中では、非常に重要な人物との関係の中で、ケネディーのことが語られているのです。

▼ヴェトナム戦争へのこだわり

ハートフィールドは「僕」が「文章についての多くをデレク・ハートフィールドに学んだ。殆んど全部、というべきかもしれない」という作家です。「鼠」は「僕の分身」とも言うべき存在です。僕が関係した三番目の女の子は、第二作目の『1973年のピンボール』(一九八〇年)では「直子」という名前を持って出てくる女性の原型と思われますし、それは『ノルウェイの森』(一九八七年)で自死してしまう「直子」にまで繋がる女性です。さらに左手の小指のない女の子は、この小説の中で唯一現実的に(?)「僕」がデートをしている女性なのです。

これらの人が登場したところで、ケネディーのことが語られるのです。ですから『風の歌を聴け』の中での「ケネディーとは何か」ということを考えることが、村上春樹という作家の出発点を考える上で、とても重要なポイントなのではないかと、私は考えています。

例に挙げた中にもありますが、そのケネディーが死んだ年は「1963年」のことです。

「僕」が文章について殆んど全部を学んだというデレク・ハートフィールドの「気分が良くて何が悪い?」が書かれたのは「1936年」となっているので、「36年」を反転して「63年」と対応させるための提示かもしれませんが、このケネディーについての記述の繰り返し、こだわりは、ケネディーが暗殺された「1963年」への村上春樹のこだわりを示しているのだと、私は思います。

そして話を簡単にするために、私の考えを先に書いてしまうと、このケネディーへの記述の繰り返し、ケネディーが暗殺された「1963年」の頻出は、ヴェトナム戦争への村上春樹のこだわりの表明ではないかと、私は思うのです。

▼ジェイズ・バーの歴史

いくつか村上春樹作品の中でヴェトナム戦争と「1963年」の関係を示す具体例を挙げて、話を進めてみましょう。まず村上春樹の初期作品の中で直接それを示すものは、ジェイズ・バーの歴史です。

『風の歌を聴け』『1973年のピンボール』『羊をめぐる冒険』(一九八二年)の初期三部作に登場するジェイズ・バーは「僕」も「鼠」も「左手の小指のない女の子」もみな集まる場所です。ジェイズ・バーの経営者である中国人のジェイはもともと基地で働いていたのですが、彼はその仕事を一九五四年にやめ、基地の近くに初代のジェイズ・バーを開きます。

そしてヴェトナム戦争が激しくなってきた一九六三年に僕たちの街に引っ越してくるのです。そのことが『羊をめぐる冒険』の中に記されています。

「1963年」はケネディーが暗殺された年ですが、それはまたアメリカがヴェトナム戦争に本格介入した年でもあります。ケネディーが暗殺されて、ジョンソンが次のアメリカ大統領となった年なのですが、そのジョンソンはヴェトナム戦争を拡大し、北爆を始めた人です。

ヴェトナム戦争が激しくなってきた一九六三年にジェイズ・バーが僕らの街に移転してくるわけですが、この年にケネディーが暗殺され、さらにヴェトナム戦争が拡大していくのです。その転換点としてケネディー暗殺の年「1963年」が『風の歌を聴け』に置かれていて、ヴェトナム戦争への村上春樹のこだわりゆえに、同作に「ケネディー」が頻出するのではないかと、私は思います。

第三作『羊をめぐる冒険』にはフランシス・コッポラがヴェトナム戦争を描いた映画『地獄の黙示録』の影響も指摘されていますが、私は、村上春樹という作家は、そのデビュー以来、ずっとヴェトナム戦争への思いを内にどこか深く抱いて、作品を書き続けているのだろうと考えています。

▼赤坂ナツメグの結婚生活

村上春樹のヴェトナム戦争へのこだわりと、同戦争への強い反対意識に気がついて、私が一番エッとびっくりしたのは、『ねじまき鳥クロニクル』(一九九四、九五年)を何度目かに読み返していた時のことです。

『ねじまき鳥クロニクル』の第3部に赤坂ナツメグと呼ばれる女性が出てきます。その息子・赤坂シナモンとともに、『ねじまき鳥クロニクル』を動かしていく人物として新たに加わってくる人です。

「僕」は満州生まれの赤坂ナツメグと「いつも同じレストランで、同じテーブルをはさんで話」をするようになり、彼女は何カ月もかけて自分の生い立ちを「僕」に語ってくれるのです。

それによると、彼女は洋服のデザイナーとして活躍し始めていた二十七歳の時、業界のパーティーで、一つ年下の新進デザイナーと出会います。その男も大陸生まれでした。

そして翌年二人は結婚します。それは一九六三年のことなのです。翌年(東京オリンピックの年)に子供が生まれます。それが赤坂シナモンです。

ところが二人の仕事が順調に進みだした頃から、ナツメグと夫の関係が疎遠になり始め、ナツメグが四十歳の一九七五年、夫は三十歳前後の綺麗《きれい》な女と入った赤坂のホテルの部屋で、刃物で切り刻まれて殺されてしまい、二人の夫婦関係は終結してしまうのです。

さて、この夫が殺された一九七五年という年はサイゴンが陥落して、ヴェトナム戦争が終結した年です。つまり赤坂ナツメグの結婚はケネディーが暗殺され、ヴェトナム戦争が激しくなった一九六三年に始まり、この戦争が終結した一九七五年に終わっているのです。

夫と一緒にホテルに入った女が殺し屋だったとすると、『1Q84』（二〇〇九、一〇年）の主人公・青豆に繋がる女性かもしれませんが、この赤坂ナツメグの結婚生活の始終に関する年の記述に、村上春樹のヴェトナム戦争へのこだわりを感じて非常に驚きました。

赤坂ナツメグの夫の惨殺ぶりは心臓と、胃と、肝臓と、二つの腎臓と、膵臓が残らずなくなっていて、首は胴体から切断されて便器の蓋の上に正面を向けて載せられていたというものです。このような残虐な殺戮ぶりは、戦争というものを、この場面の横に置いて、初めて受け取ることができるものです。

やはりここはヴェトナム戦争にかかわる場面として書かれているのだと思いますし、ヴェトナム戦争と我々が無関係ではあり得ないということを示しているのだと思います。

▼理想主義みたいなものを取り戻す

もう一つ、村上春樹の一貫したヴェトナム戦争へのこだわりを強く感じたのは、二〇〇九年二月、イスラエルでのエルサレム賞受賞スピーチに関するものでした。二〇一一年六月のカタルーニャ国際賞の受賞スピーチも大きな話題となり、本書でも紹介しました。でも「壁と卵」というエルサレム賞の受賞スピーチも、それに劣らず話題となりました。後に『村上春樹　雑文集』（二〇一一年）に収録されました。

授賞式前から、イスラエル軍のガザ侵攻に抗議して辞退すべきだという声があって話題となっていましたし、そしてこのスピーチの、

もしここに硬い大きな壁があり、そこにぶつかって割れる卵があったとしたら、私は常に卵の側に立ちます。


との言葉も印象的でした。

日頃、自分の両親のことを語らない村上春樹が、その前年の夏に九十歳で亡くなった父親のことに触れて話したのも珍しいことでした。村上春樹の父親は大学院在学中に徴兵され、中国大陸の戦闘に参加。村上春樹が子供の頃には、父親は毎朝、仏壇の前に向かって長く深い祈りを捧げていて、その祈りは味方、敵の区別なく、戦地で命を落とした人々のためだと語っていたそうです。

そして、このエルサレム賞受賞スピーチの英語版と日本語版とともに、村上春樹が語る「僕はなぜエルサレムに行ったのか」が、雑誌「文藝春秋」の二〇〇九年四月号に掲載されました。それを読んで、再び村上春樹のヴェトナム戦争へのこだわりを知ったのです。

そこでは「インタビュー」ということで、村上春樹が一人語りで、エルサレム賞のスピーチについて語っているのですが、その最後にこうあります。

ベトナム反戦運動や学生運動は、もともと強い理想主義から発したものでした。それが世界的な規模で広まり、盛り上がった。

村上春樹もその世代の一人ですが、しかし、その世代の大多数が、運動に挫折したとたんにあっさり理想を捨て、生き方を転換して企業戦士となり日本経済の発展に貢献する側にまわり、結果、バブルをつくって弾けさせてしまいました。

そういう意味では日本の戦後史に対して、我々はいわば集合的な責任を負っているとも言える。（……）もう一度それぞれのかたちで理想主義みたいなものを取り戻す道を模索するべきなのかもしれません。僕自身も、漠然とではあるけれど、まわりを見渡してそういうことを感じています。我々にはそういう責務があるのではないかと。

語りは、こう締めくくられています。

話題となったイスラエルでのエルサレム賞受賞スピーチについて語ることの、その結論の起点に「ベトナム反戦運動や学生運動」を置いて、村上春樹は話しているのです。

ここにもデビュー以来、変わらずヴェトナム戦争、ヴェトナム反戦にこだわる村上春樹がいますし、そのこだわりは「理想主義」の追求から発せられたものなのです。

▼リクエスト曲はビーチ・ボーイズ

ここで、少し『風の歌を聴け』のことに戻りますと、この作品にラジオの「ポップス・テレフォン・リクエスト」という番組が出てきます。それがデビュー作の物語の現実の時間を動かしていく役割を果たしているのですが、そこにも「1963年」関係のことが出てきます。

それはこんなことです。「僕」が、その番組を聴くともなしに聴いていると、ディスクジョッキーの男から「僕」の家に電話がかかってきて「君にリクエスト曲をプレゼントした女の子が……」と言います。

その「リクエスト曲はビーチ・ボーイズの〈カリフォルニア・ガールズ〉」です。「僕」がやっと彼女の名前を思いだすと、〈カリフォルニア・ガールズ〉がかかるのです。

さて『意味がなければスイングはない』（二〇〇五年）という音楽エッセイ集を読むと、

初めてビーチ・ボーイズの音楽に出会ったのは、たしか1963年のことだ。僕は十四歳で、曲は「サーフィンUSA」だった。

とありますので、「リクエスト曲はビーチ・ボーイズ」であることも「1963年」に関係したことなのでしょう。

また「ウディー・ガスリー」についての章では「僕が十代を送ったのは1960年代で」と記した後に、ボブ・ディ

ランやジョーン・バエズたちのプロテスト・ソングの流れに触れて、

それは時代的にいえばケネディー政権の成立から、公民権運動の高まり、そしてヴェトナム反戦へと向かう若者の政治志向に強く支えられたものだった。（……）そのような理想主義的なムーヴメントは、ケネディー暗殺からヴェトナム戦争の圧倒的なエスカレーションという流れを受けて、短期間のあいだに激しく先鋭化し……

と若者文化の変転について、村上春樹は述べていくのですが、ここにも「１９６３年」のケネディー暗殺とヴェトナム戦争の激化、また理想主義的ムーヴメントということが論じられているのです。

▼なんだか『いちご白書』みたい

さらに『村上ソングズ』（二〇〇七年）では、ビーチ・ボーイズのアルバム『サーフズ・アップ』に収録された「１９５７年のディズニー・ガールズ」という曲を紹介しながら、こう書いています。

この曲が作られたのが１９６８年であることを思い起こしていただきたい。暴動とヴェトナム戦争とドラッグ文化まっただ中の時代である。

ここにも、村上春樹の中でのビーチ・ボーイズとヴェトナム戦争に繋がりを見ることができます。

このように、村上春樹作品の中にある、本当にたくさんの「ヴェトナム戦争へのこだわり」を指摘することができるのですが、前回に紹介した「１９６３／１９８２年のイパネマ娘」という短編に触れながら、そのことを少し述べてみたいと思います。

同作に『いちご白書』のことが何回か出てきます。例えばこんな具合です。

人々が野菜を食べつづける限り世界は美しく平和であり、健康で愛に満ちあふれているであろう、と。なんだか「いちご白書」みたいな話だ。

この作品はあまりに飛躍が多く、意味の関係がつかみにくい短編ですが、この『いちご白書』は１９６８年にコロンビア大学で実際に起きた学生運動を描いた映画です。そこではヴェトナム戦争を進める米国の政府、それに従い協力する大学に対して抗議行動をする大学生たちが描かれています。そんな映画のことが、「１９６３／１９８２年のイパネマ娘」の中に出てくるのです。

「１９６３／１９８２年のイパネマ娘」というタイトルから考えてみれば、ここでもヴェトナム戦争が激化していった年としての「１９６３年」のことが村上春樹の中で意識されているのではないでしょうか。そうでなければ作中の『いちご白書』の登場を受け取ることができないと思います。

長編で言えば『ダンス・ダンス・ダンス』（一九八八年）には、ヴェトナム戦争で片腕をなくしたディック・ノースという詩人が出てきますし、『国境の南、太陽の西』（一九九二年）の「僕」は中越戦争に関する本を読んだりしています。

つまり村上春樹はいつも忘れずに「ヴェトナム戦争」にこだわり続けているのです。

『ノルウェイの森』がトラン・アン・ユン監督で映画化されましたが、それを村上春樹が許可したのは、もしかしたらトラン・アン・ユンさんがヴェトナム出身だったということも関係していたかもしれません。

そして、もちろん『1Q84』にもヴェトナム戦争を反映した部分があります。いや、むしろ『1Q84』は、ヴェトナム戦争と、現代社会との相克を描いた作品と読むこともできると、私は考えています。

でもそれについては『村上春樹を読みつくす』（二〇一〇年）という本の中で書きましたので、興味があったら、そちらをのぞいてみてください。

008 「死者」と「霊魂」の世界への入り口

「旭川」と「高松」①

2011. 11

先日、出張で「旭川」まで行ってきました。旭川は人口約三十五万人、札幌に次ぐ北海道第二の都市です。碁盤の目のように通りがきれいに交差していて、古代の都市の条坊制、また耕作地の条里制に似たようなつくりの街で、なかなか素敵なところでした。

▼「でも人は旭川で恋なんてするものなのかしら？」

別に村上春樹の小説の取材のために訪れたわけではないのですが、その旅の間に、何度か村上春樹のことを思い出しました。それは村上作品の中に「旭川」が繰り返し登場するからです。

「でも人は旭川で恋なんてするものなのかしら？」。二〇一〇年末に公開された映画『ノルウェイの森』でも、こんな謎のような言葉が、宣伝映像に使われ、全国の書店で繰り返し流されていました。その「旭川」が、なぜ村上作品に多く登場するのか。「でも人は旭川で恋なんてするものなのかしら？」とは、いったいどんなことを意味しているのか。その問題について、少し考えてみたいと思います。

「旭川」の登場で、一番有名な作品は『羊をめぐる冒険』

（一九八二年）と『ノルウェイの森』（一九八七年）ですが、まず『ノルウェイの森』のほうの「旭川」から先に紹介してみましょう。

この長編小説には、ビートルズの「ノルウェイの森」が好きな「直子」という女性が出てきます。直子は森の奥で自殺してしまう人です。また同作には、もう一人、生命力あふれる「緑」という女性が登場します。その対照的な二人の女性の間を主人公の「僕」が揺れ動きながら展開していく物語が『ノルウェイの森』です。

そして直子のほうは精神を病み、京都のサナトリウム・阿美寮に入っているのですが、この寮で直子は「レイコ」という女性と同室になっています。ですから「僕」が直子の所に会いに行くと、レイコさんとも会い、よく話をするという具合に話が進んでいきます。

「旭川」のことは、このレイコさんと「僕」の会話の中に出てくるのです。直子が森の中で死んだ後、レイコさんはサナトリウムを出て、京都から「旭川」に行く途中、東京の「僕」の所に、会いに来ます。

レイコさんが「旭川」に行くのは、彼女が音大生だった時に仲の良かった友人が「旭川」で音楽教室をやっていて、手伝わないかと誘われていたからです。

「僕」の家に立ち寄ったレイコさんは、ギターでビートルズの「ノルウェイの森」「イエスタデイ」などを弾き、ボブ・ディラン、ビーチ・ボーイズの曲なども弾いて、五十一曲目にバッハのフーガを演奏します。そして、その後に二人が関係するのです。

▼作りそこねた落とし穴みたいなところじゃない？

「僕」よりも、レイコさんは十九歳も年上の女性ですが、それは素晴しいセックスだったようで、「僕」は言います。

「ねえ、レイコさん」（……）

「あなたは誰かとまた恋をするべきですよ。こんなに素晴しいのにもったいないという気がしますね」

これに対して、レイコさんがこう言うのです。

「でも人は旭川で恋なんてするものなのかしら？」

さらに、レイコさんが「僕」の家に来て、最初に話す場面では、こんな会話もあります。

「これから先どうするんですか、レイコさんは？」

「旭川に行くのよ。ねえ旭川よ！」と彼女は言った。「（……）やっと自由の身になって、行き先が旭川じゃちょっと浮かばれないわよ。あそこなんだか作りそこねた落とし穴みたいなところじゃない？」

「そんなにひどくないですよ」僕は笑った。「一度行った

「ことあるけれど、悪くない町ですよ。ちょっと面白い雰囲気があってね」

これらのレイコさんの発言は、旭川関係者にはかなりショッキングだったようです。

実際、インターネットなどで旭川在住または旭川の関係者らしい村上春樹ファンの書き込みなどを読んでいますと、このレイコさんの「旭川」に対する「あそこなんだか作りそこねた落とし穴みたいなところ」と「でも人は旭川で恋なんてするものなのかしら?」という発言に、かなり傷ついているような感じを受けました。「いくらなんでもちょっとひどくないですか……」という感じです。

ですから、どういう発想からレイコさんは「人は旭川で恋なんてするものなのかしら?」とつぶやくのか、なぜ「旭川」は「作りそこねた落とし穴みたいなところ」なのかということについて、私なりに考えてみたいと思うのです。結果的に旭川関係の村上春樹ファンのみなさんに、これまでとは少し異なる意味で、それらの言葉が伝わってくるようになればと願っています。

▼これより先には人は住めない「十二滝町」

その「旭川」が登場する最初の長編は『羊をめぐる冒険』です。この長編では行方不明となっている友人の「鼠」を捜して、「十二滝町」という北海道の果てにある町へと、主人公の「僕」が旅をします。

「僕」は札幌から「旭川」に向かうのですが、目指す「十二滝町」は「旭川」で列車を乗り換えて、塩狩峠を越え、さらに奥へ進んだところにある町です。「これより先には人は住めない」という場所です。

そこで「僕」は頭からすっぽり羊の皮をかぶった「羊男」と出会います。「十二滝町」のさらに山の上の古い牧場跡に「鼠」の父親の別荘があり、雪の季節には人の往来も途絶えるという、そんな場所に「羊男」は住んでいるのです。

「羊男」と出会った「僕」が「どうしてここに隠れて住むようになったの?」と質問すると、「羊男」は「戦争に行きたくなかったからさ」と答えています。つまり羊男は「戦争忌避者」で、それゆえに、これより先には人は住めない土地、人の往来も途絶える場所に隠れ住んでいるのです。

「僕」はこの土地で「鼠」を待ち続けます。すると、捜していた「鼠」が「羊男」の姿を借りて、「僕」の前に現れます。真っ暗な闇の中で「僕」は「鼠」と対話をするのですが、そこで「鼠」は既に死んでいることが、鼠自身から明かされています。

さらに、戦争忌避者である「羊男」にも日露戦争をはじめとする戦争の死者の姿が重なってきます。日露戦争で日本の兵隊たちは羊毛の防寒具を着て戦い、亡くなっているからです。

その「十二滝町」に向かう「僕」は、札幌から「旭川」へ行く早朝の列車の中で、ビールを飲みながら箱入りの分厚い『十二滝町の歴史』を読みふけっています。それは明治十三（一八八〇）年から昭和四十五（一九七〇）年までの九十年間の歴史です。その間に日本人はたくさんの戦争を経験し、多くの人が亡くなりました。

このように『羊をめぐる冒険』という長編は、主人公「僕」の友人「鼠」を捜す旅が、戦争の多かった日本の近代史を探る旅にも繋がっていくように書かれているのです。

その旅の終着点「十二滝町」は、これより先には人は住めない土地です。さらに山の上の古い牧場跡は、人の往来も途絶える場所。つまり、そこは「死者の世界」「霊魂の世界」です。「鼠」も「羊男」も、その「死者の世界」「霊魂の世界」に住む人たちなのです。

▼「死者」「霊魂」と繋がる「旭川」

そして、その入り口に位置するのが「旭川」なのです。「旭川」が村上春樹の作品に出てくる時、それは必ずと言っていいほど、「死者の世界」や「霊魂の世界」と繋がっているのです。

以下、具体的に列挙してみましょう。

例えば『ノルウェイの森』の次の長編である『ダンス・ダンス・ダンス』（一九八八年）にも「旭川」が出てきます。

『ダンス・ダンス・ダンス』は『羊をめぐる冒険』の続編的な作品ですが、この長編には、ホテルのフロントで働いている「ユミヨシさん」という二十三歳の女性が出てきます。眼鏡がよく似合う、感じの良いユミヨシさんに、主人公の「僕」は好意を抱きます。

そのユミヨシさんが勤務し、「僕」が宿泊する「ドルフィン・ホテル」で、ある日、ユミヨシさんがエレベーターから出て、十六階の廊下に立って、ふと気づくと、あたりは真っ暗な闇の世界です。エレベーターの方へ振り返ってみても、エレベーターのスイッチ・ランプも消えています。その時の恐怖をユミヨシさんは「僕」に語ります。


「何も見えないの。全部死んじゃったのよ、完全に。そりゃ怖かったわ。当たり前でしょう？　真っ暗な中に私一人きりなんですもの」


同作では、「僕」も、この真っ暗な闇の世界に侵入し、そこに住む「羊男」と会話をする場面がありますし、物語の最後には「僕」とユミヨシさんが一緒に、この闇の世界に入る場面もあります。

この十六階の真っ暗な闇は『羊をめぐる冒険』で「僕」と「鼠」が出会い会話した、あの闇の世界と繋がっています。つまり「ドルフィン・ホテル」の十六階の闇の世界も「死者の世界」「霊魂の世界」のことなのです。

その「闇の世界」に侵入するユミヨシさんについて「彼女の実家は旭川の近くで旅館を経営して」いると村上春樹は書いています。つまり「闇の世界」に入るユミヨシさんは「旭川」近くの出身なのです。

そのユミヨシさんと「僕」とのこんな会話があります。

「フロントに立っていると君は何だかホテルの精みたいに見える」
「ホテルの精？」と彼女は言って笑った。「素敵な言葉。そういうのになれたら素敵でしょうね」
「君なら、努力すればなれる」

この「ホテルの精」とは「ホテルの精霊」のことです。ユミヨシさんは「精霊」、すなわち「霊魂の世界」に近い人で、その実家が「旭川」近くなのです。

ユミヨシさんは真っ暗な「闇の世界」に侵入することができる人ですし、そこで「全部死んじゃったのよ、完全に」と感じることができる人です。ここにも「旭川」と「死者の世界」「霊魂の世界」の繋がりがあります。

▼老霊能者・本田さんの故郷

『ねじまき鳥クロニクル』（一九九四、九五年）にも「旭川」は何度か出てきます。この大長編は「僕」が突然行方不明になった妻・クミコを捜し続けて、取り戻す物語です。でも、その「僕」とクミコの結婚は、妻の実家の反対に遭っていました。

しかし実家が信頼する老霊能者の本田さんが、結婚に反対したら「非常に悪い結果をもたらすことになる」と断言してくれたので、二人は結婚できたのです。この本田さんはノモンハン事件の生き残りでした。その本田さんが死に、形見分けのために戦友の間宮中尉が「僕」のところにやってきて、ノモンハン事件でのことを語ります。

こうやって一九八四、八五年ごろの日本社会と、日中戦争に突入していく時代の日本の姿が重ね合わされて進んでいく物語が『ねじまき鳥クロニクル』なのです。

そして亡くなった老霊能者・本田さんの故郷が、また「旭川」なのです。ここでも戦争という「死者の世界」、霊能者という「霊魂の世界」とが「旭川」で繋がっています。

『ねじまき鳥クロニクル』で「旭川」が出てくる例をもう一つ紹介してみましょう。

それは『ねじまき鳥クロニクル』の第3部で最も重要な場面です。妻・クミコを「向こう側」に連れ去ってしまった妻の兄・綿谷ノボルと「僕」が対決するところです。

ホテルのロビーの大型モニターテレビでは、ＮＨＫのニュース番組が放送されていて、衆議院議員の綿谷ノボルが暴漢に襲われて重傷を負ったというニュースが伝えられます。

そのニュースが放送される直前に、ある事故のニュースが流れるのです。

旭川では大雪が降って、視界不良と道路凍結のために観光バスがトラックと衝突してトラックの運転手が死亡し、温泉旅行に行く途中の団体観光客が何人か負傷した。（……）僕は占い師の本田さんの家のテレビを思いだした。そういえばあのテレビはいつもＮＨＫにあわせられていたんだな。

この場面では、「旭川」の「死亡事故」が「死者の世界」と、「旭川」出身の霊能者・本田さんが「霊魂の世界」と繋がっているように村上春樹が書いていると思います。

以上、村上春樹の小説の中では「旭川」が「死者の世界」「霊魂の世界」と繋がる土地であることについて紹介してきました。そのことをしっかり頭に入れておいてください。

▼直子の洋服を着たレイコさん

さてここで最初の問題である、レイコさんは、どんな発想から「人は旭川で恋なんてするものなのかしら？」とつぶやいたのかという問題に戻ってみたいと思います。

ここは話をわかりやすくするために、結論の部分を先に書いてしまいましょう。

私は、この「レイコさん」とは「レイコン」「霊魂」のことではないかと考えています。「レイコさん」には「石田玲子」という名前があるのですが、でも作中は一貫して「レイコさん」と呼ばれています。これは「レイコ」が「霊子」であり、「レイコさん」は「レイコン」「霊魂」を表す名前ではないかと、私は考えているのです。

その理由を以下、述べてみたいと思います。

レイコさんは、「僕」に会いに来るとき、ツイードの上着と素敵な柄のマドラス・チェックの半袖のシャツを着てきます。それらの服装はすべてが死んだ直子のものです。

レイコさんと直子は洋服のサイズが殆ど一緒でした。直子は死ぬ時、誰にあてても遺書を書かなかったのですが、「洋服は全部レイコさんにあげて下さい」という走り書きをメモ用紙に書き、机の上に残していたのです。

レイコさんは、その直子の洋服を着て、新幹線に乗って、東京に来ます。その新幹線のことを「棺桶みたいな電車」とレイコさんは言います。窓が開かないからでしょうか。

この「棺桶みたいな電車」に乗って、直子の服を着て「僕」に会いに来る、直子と同じ体型のレイコさんとは、つまり死んだ直子のお化けです。直子のレイコン・霊魂です。

「私はもう終ってしまった人間なのよ。あなたの目の前にいるのはかつての私自身の残存記憶にすぎないのよ。私自身の中にあったいちばん大事なものはもうとっくの昔に死

んでしまっていて、私はただその記憶に従って行動しているにすぎないのよ」

こんなことをレイコさんは「僕」に言います。この言葉もレイコさんが既に死者であり、直子のレイコン・霊魂であることを頭に入れて読んでみれば、よく受け取れると思います。

『ノルウェイの森』の冒頭、直子は繰り返し「私のことを覚えていてほしいの」と言います。同作で、直子は大切な記憶の化身のようにしてあるのですが、最後にレイコさんもまた「僕」に「私のこと忘れないでね」と、全く同じ意味のことを言います。これもレイコさんが直子のお化け、霊魂であることを示しています。

▼「その夜我々は四回交った」

そして「僕」はレイコさんと交わります。なぜ「僕」が十九歳も年上のレイコさんとセックスをしなくてはならないのか。それはレイコさんが直子だからです。レイコさんが直子のお化けであり、直子のレイコン・霊魂だからなのだと思います。

このレイコさんと「僕」について「結局その夜我々は四回交った」とあります。さらに「四回の性交のあとで」と、村上春樹は「四回」を強調するように繰り返しています。

そして、この「四回」も私には「死回」「死界」と読めます。「死の世界」のセックスと受け取れるのです。

これだけの紹介ですと、それは、ちょっと考えすぎではないかと思う方も多いかと思いますが、でも村上春樹には「四」という数字に対するたいへんなこだわりがあります。その具体的な例については本書の中でも繰り返し述べています。

ただこの章で紹介したことの中から、一例だけ挙げておけば、『ダンス・ダンス・ダンス』の「ドルフィン・ホテル」の十六階の真っ暗な闇の「死者の世界」「霊魂の世界」に「羊男」が住んでいる理由にも村上春樹の「四」(死)へのこだわりがあると思います。これはおそらく、4(死)×4(死)=16だから、「羊男」は十六階にいるのでしょう。

以上で『ノルウェイの森』の最後、「僕」に会いに来るレイコさんは、直子のお化け、直子のレイコン・霊魂ということを理解していただけたでしょうか。

その霊魂であるレイコさんが、向かう土地が「旭川」なのです。そんな「旭川」は、これより先には人は住めない土地「十二滝町」への、人の往来も途絶える場所である暗闇の世界、あの「死者の世界」や「霊魂の世界」への入り口の土地なのです。

物語の最後に、霊魂であるレイコさんが「死者の世界」「霊魂の世界」への入り口の「旭川」に行く小説です。これが「でも人は旭川で恋なんてするものなのかしら?」とレイコさんがつぶやく理由でしょう。

「霊魂」は「恋なんてするものなのかしら?」、まして「霊魂の世界」への入り口の「旭川」で「恋なんてするものなのかしら?」という意味のレイコさんの言葉だと、私は思います。

ですから現実の旭川の人たちが恋をできないという意味ではありません。村上春樹の作品世界の中で「旭川」は「死者の世界」「霊魂の世界」への入り口として、描かれているという意味です。

▼「もっと成長して大人になりなさい」

その霊魂であるレイコさんが「僕」にこう言います。

「辛いだろうけれど強くなりなさい。もっと成長して大人になりなさい。私はあなたにそれを言うためにわざわざ寮を出てわざわざここまで来たのよ」

これは村上春樹の小説にとって、霊的なものとの対話、死者との対話、死者に対する記憶（歴史も含みます）が、とても重要だということをよく示している言葉です。

大切なものを失ったとき、私たちは本当の自分の心の姿に気がつきます。

大切なものを失っていることにすら、ふだん気がつかない時もありますが、でも人は、その大切なものを失っていることに、ふと気づく時があります。その時、人は成長するのです。

亡くなった人で、記憶に深く残っている人は、自分がこれまで生きてきたなかで、とても大切な人だからです。そういう大切な記憶、大切な人（忘れられない死者）と対話することで、人は成長していくのです。

村上春樹の小説をことさら難しく読む必要はありません。村上春樹は一貫して、そういう人間の成長、成長することの大切さということを書いているのです。そこから聞こえてくるものに耳を澄ませながら読むことが、村上春樹の作品を読む際の最大のポイントだと、私は考えています。

そうそう、「旭川」は「作りそこねた落とし穴みたいなところ」とレイコさんは言いました。それはどんな意味なのか。そのことについては、次回で、四国の「高松」についても取りあげながら、考えてみたいと思います。

００９「雨月物語」と古代神話、そして近代日本

「旭川」と「高松」②

2011.12

村上春樹は中華料理というものが苦手のようです。『村上朝日堂』（一九八四年）に「食物の好き嫌いについて（1）」というエッセイがあって、その中で「中華料理となると一切食べられない」と書いています。

日本のラーメンが正確な意味で中華料理かというと、少し考えてしまいますが、難しいことはさておいて、中華料理嫌いの村上春樹は、ラーメンはさらに苦手のようです。千駄ケ谷に住んでいた時分、「家の近くのキラー通りに美味《うま》いという評判のラーメン屋が二軒並んであって、その前を通ると嫌いなラーメンの匂《にお》いがぷんぷんするので、僕は家に帰るのにいつも大変苦労をした」と、同じエッセイの中に記してあるのです。これは遠回りして帰ったのか、はたまた呼吸を止めてラーメン屋の前を通過したということでしょうか……。

こんなことから書き出したのは、最近、私が訪れた旭川はラーメン屋が街のいたる所にあったからです。『ノルウェイの森』（一九八七年）の中で主人公の「僕」はレイコさんに対して、旭川について「一度行ったことあるけれど、悪くない町ですよ。ちょっと面白い雰囲気があってね」と言っているのですが、このラーメン屋の群雄割拠を見たらどのように感じるのでしょうか。いやいや、村上春樹が旭川を訪れたのは『羊をめぐる冒険』（一九八二年）を書くための取材旅行だったと思われるので、私が「旭川」を訪れた時から三十年前のことですが……。

▼ラーメンは嫌いだが、うどんは大好き

そのように村上春樹はラーメンは嫌いですが、でも麵類が嫌いというわけでは決してありません。うどんは大好きのようです。

紀行エッセイ集『辺境・近境』（一九九八年）に「讃岐・超ディープうどん紀行」という章があって、その中に、自分は「もともとうどん好き」と書いています。

このエッセイは、村上春樹がおいしい讃岐うどん屋を三日間にわたり、食べ歩く話ですが、ここでは村上春樹の麵類の好き嫌いを紹介したいわけではありません。

この回のテーマは讃岐のことです。讃岐といえば、香川県です。「讃岐・超ディープうどん紀行」には香川県の県庁所在地・高松にあるうどん屋も出てきますが、村上作品に繰り返し出てくる、この香川県とは何か、高松とは何か、四国とは何かということを考えてみたいのです。

「讃岐・超ディープうどん紀行」の冒頭はこうです。

＝　あるいは、香川県という土地には他にもいろいろと驚く

べきことがあるのかもしれない。しかし僕が香川県に行ってみて何よりも驚いたのは、うどん屋さんの数が圧倒的に多いことであった。

この書き出しにある「あるいは、香川県という土地には他にもいろいろと驚くべきことがあるのかもしれない」とは何かを考えることで、村上作品の中での北海道、旭川の持つ意味についてもさらに考えてみたいと思います。

その香川県高松が出てくる村上春樹の作品で一番有名なものは『海辺のカフカ』(二〇〇二年)でしょう。この長編は自分の父親を殺したかと思われる、主人公の「僕」が十五歳の誕生日に家を出て、夜行バスに乗り、知り合いもいない高松に向かう話です。

『海辺のカフカ』は、その十五歳の少年「僕」の話と、知能障害のあるナカタさんとそれにお供するトラック運転手の星野青年の話が交互に展開していく物語で、両者をはじめ登場人物たちが、四国、香川県の高松にある甲村記念図書館という私立図書館に結集するという長編小説です。

ちなみに「僕」はバスで高松に到着すると、高松駅近くのうどん屋に入って、うどんを食べます。「それは僕がこれまでに食べたどんなうどんともちがっている。腰が強く、新鮮で、だしも香ばしい。値段もびっくりするくらい安い。あまりうまかったのでおかわりをする」と書いてあります。

一方、ナカタさん・星野青年のコンビのほうは、神戸からバスで四国に渡ります。徳島駅前でバスを降りて一泊。そして今度はJRで高松に二人は向かうのですが、高松駅で降りると、この二人も駅前にあるうどん屋に入ってうどんを食べます。その店はもしかしたら「僕」が入ったのと同じうどん屋かもしれませんが、そこでナカタさんも「とてもおいしいうどんであります」と言っています。

▼「高松」と読めなくもなかった

その高松は『ねじまき鳥クロニクル』(一九九四、九五年)にも出てきます。この長編は何度か紹介しましたが、すごく簡単に言うと、主人公「僕」が突然行方不明になった妻クミコを捜し続けて取り戻す物語です。

そして失踪中の妻クミコから、「僕」のところに手紙がくる場面が同作にあります。妻からの手紙の消印はかすれていて、はっきりとは読みとれないのですが、「「高松」と読めなくもなかった」と書かれているのです。

さて、なぜこのように村上春樹の作品には四国や高松がしばしば登場するのでしょうか。またそれについての説明が長くなりそうですから、私の考えを最初に書いてしまいましょう。その理由は四国、香川県、高松が、村上作品の中では「死者の世界」「霊魂の世界」と繋がっているからなのだと思います。

紹介した『海辺のカフカ』には、村上春樹が大好きな上田秋成の『雨月物語』が何回か登場します。例えば、星野青年の前にケンタッキーフライドチキンの人形、カーネル・サンダーズが現れて、「我今仮に化《かたち》をあらはして語《かた》るといへども、神にあらず仏にあらず、もと非情の物なれば人と異なる慮《こころ》あり」などと言う場面があります。その意味は「今私は仮に人間のかたちをしてここに現れているが、神でもない仏でもない。もともと感情のないものであるから、人間とは違う心の動きを持っている」ということですが、これは『雨月物語』の「貧福論」に登場するお化けが話す言葉の引用です。

また「僕」のほうの話では、甲村記念図書館を手伝っている大島さんから、『雨月物語』の「菊花の約《ちぎり》」という話について「僕」が教えてもらう場面があります。

つまり登場人物たちは高松と図書館、うどんと『雨月物語』で繋がっているのです。

その『雨月物語』はほとんどがお化け、霊魂、死者の物語です。そして『雨月物語』の冒頭の「白峯《しらみね》」という話は、西行が讃岐（香川県）に向かう話なのです。

保元の乱で敗れて都を追われ、讃岐に流されて、その地で亡くなった崇徳院の墓を西行は参り、崇徳院の亡霊と語らいます。

私も、この崇徳院の墓を訪ねたことがありますが、それは香川県坂出駅からかなり遠い山の中にあります。こんな遠くまで、崇徳院の遺体を運んだのかと驚くほどの地でした。

崇徳院のことは、鴨長明『方丈記』などにも出てきますが、崇徳院の死後、都では天災・人災が相次ぎ、院の怨霊の仕業ではないかと長く恐れられたそうです。その怨霊の地が「讃岐」、今の「香川県」であり、その香川県の県庁所在地が「高松」です。つまり『雨月物語』は四国、香川県と強く繋がった作品なのです。

▼高松の旅館で一家心中した宮脇さん

「死者の世界」「霊魂の世界」（忘れられない記憶・忘れてはならない記憶）と交わって、主人公が成長して行くというのが、村上春樹の物語の原型をなしていますし、『海辺のカフカ』も、この典型のような物語です。

その『海辺のカフカ』に繰り返し登場してくる『雨月物語』も「死者」「霊魂」の世界であり、冒頭の「白峯」では西行が讃岐に向かうのです。だから『海辺のカフカ』の登場人物たちは香川県の高松に向かうのでしょう。私はそう考えています。

四国は四国遍路、四国八十八カ所の霊場巡りで有名です。その霊場を巡るお遍路さんの姿は死出の旅姿です。

前回で、村上春樹には「四」という数字へのこだわりがあることを紹介しましたが、「四国」は村上春樹にとって「死国」です。事実、高知県出身の作家・坂東眞砂子さんの小説で、映画化もされた『死国』という四国霊場巡りの作品もあるぐらいです。つまり「四国」は「死者の世界」

「霊魂の世界」であり、村上春樹作品の中では、その世界への「入り口」が香川県であり、高松なのです。

でも香川県の高松をそのように断定するには少し例証が足りないのではないかと思う人もいるかもしれません。

ですからもう一つ、香川県の高松と「死者の世界」「霊魂の世界」の繋がりを示す例を挙げてみましょう。

『ねじまき鳥クロニクル』の「僕」の家の近くの路地に面して空き家があります。その家の元の持ち主は「宮脇さん」という名前でした。ファミリーレストランを経営していたのですが、ある日、夜逃げのようにしていなくなってしまったのです。

その空き家には深い井戸があって、「僕」が縄梯子を使って井戸の底に降りていくと、その底は土で、空井戸になっているのです。

「僕」は壁抜けのように、この井戸を通過して別の世界に出て、その異界で闘い、最後に妻のクミコを取り戻します。ですから宮脇さんの家だった「空き家」と「井戸」は非常に重要な設定なのです。

そして『ねじまき鳥クロニクル』第3部の冒頭部分で、その宮脇さん一家が、高松市内の旅館で一家心中した事実が明かされるのです。次女は絞殺され、宮脇さん夫妻は首を吊って自殺、長女は行方不明とのことです。ここでも「高松」は「死者の世界」「霊魂の世界」と繋がっているのです。

さらにもしかすると「高松」は宮脇さんの故郷か、そのルーツと繋がる地だったのかもしれません。全国展開している「宮脇書店」という本屋さんがありますが、その本社は「高松」にありますし、「高松」に勤務した先輩の話によりますと、「高松には宮脇という名前が非常に多い」とのことでした。

以上で、四国や香川県や高松が村上春樹の作品世界では「死者の世界」「霊魂の世界」と繋がる地であることを、かなり納得していただけたのではないかと思います。

▼イザナギ・イザナミの神話

次に、失踪した妻クミコからの手紙は、なぜ「高松」と読めるような消印で来るのか。そのことを考えてみたいと思います。

これは、おそらく『古事記』のイザナギ・イザナミの神話と繋がっているのではないかと思います。イザナギは死んだ妻のイザナミを生の世界に連れ戻そうと「死者の世界」である、地下の「黄泉の国」を訪れます。

この「高松」から来る妻クミコの手紙とは「死者の世界」である「黄泉の国」から来た手紙のことでしょう。『古事記』では妻を取り戻そうとするイザナギに対して、妻のイザナミは「黄泉の国」の神と相談すると言います。でもその時、イザナミは「私の姿を見ないように」とイザナギに約束させるのです。

でもイザナギは妻との約束を破って、イザナミの姿を見てしまいます。すると、その姿はウジ虫だらけでした。驚いて逃げるイザナギを、約束をやぶったことをゆるせないイザナミが追いかけてきます。

一方『ねじまき鳥クロニクル』では元・宮脇さん宅の井戸に下り、そこから異界に入って闘っている「僕」が「君を連れて帰る」と妻クミコに言う場面があります。さらに暗闇の中にいるクミコから、懐中電灯で「私の顔を照らさないってちゃんと言ってくれる?」と約束させられる場面まであります。そして「君の顔を照らさない。約束する」と「僕」は断言するのです。これらはみなイザナギ・イザナミ神話と対応した場面です。

▼「入り口の石」

そして『海辺のカフカ』には「高松」の神社で拾った「入り口の石」というものが出てきます。カーネル・サンダーズと『雨月物語』のことを話した星野青年が、カーネルに導かれて、「高松」の神社に行くと、樫の木の下に小さな祠があります。その中をカーネルが懐中電灯で照らすと、古びた丸い石があって、それを星野青年が拾うのです。

それが「入り口の石」です。この石は非常に不思議な石で、動かそうとすると、たいへんな重さとなっているのです。でも怪力の星野青年が渾身の力で「入り口の石」をひっくり返すと「入り口」が開くのです。

何の「入り口」なのか、もう余分な説明は必要ないかもしれませんが、この世の「生の世界」から、あの世の「死者の世界」「霊魂の世界」への「入り口」です。その「入り口の石」が「高松」にあるのです。

その「入り口の石」が開けられると、「僕」が森の中に入って行って、そこで、佐伯さんという甲村記念図書館の責任者の女性と出会います。その時には現実の佐伯さんはもう既に死んでいるのですが、この森の中での佐伯さんは、まだ十五歳の少女の姿です。

つまり「入り口の石」の蓋を開けて、入っていった世界は、時間も空間もねじ曲がった「死者の世界」「霊魂の世界」なのです。

▼「千引の岩」

そして、今度は「僕」がその「死者の世界」「霊魂の世界」から戻ってくるのですが、僕が「生の世界」に戻る時に、ナカタさんは死んでしまいます。

そのナカタさんの死体の口から、ぬめぬめと、白く光る物体が出てくる場面がありますが、これがなかなかリアルで気持ち悪いですね。こんなことを書ける村上春樹の文章力にはすごいものがあると思います。

ぬめぬめとした、白く光る物体を星野青年は刺身包丁で何度も刺しますが、何の手応えもなく、ずるずるとナカタさんの口から、外に出続けています。ところが星野青年がまた全力を尽くして、重たい「入り口の石」をひっくり返すと、その物体を意外と簡単に片づけることができたのです。

『古事記』では「千引の岩」というものが出てきますが、これが「入り口の石」に対応しているのでしょう。ウジ虫だらけのイザナミの姿に驚いて逃げるイザナギを、怒った妻のイザナミの追っ手が追いかけてきます。

イザナギは黄泉比良坂《よもつひらさか》という坂の途中に千人がかりでも動かないような大岩を置いて、ようやく追っ手を振りきるのです。それが「千引の岩」です。その大岩が「生の世界」と「死者の世界」「霊魂の世界」との境界線です。

「僕」は冥界である森の中で、少女の佐伯さんと会った後、二人の兵隊に守られて「入り口」(帰りは出口ですが)までやってきます。すると兵隊が「ここをいったん離れたら、目的地に着くまで、君は二度とうしろを振りかえっちゃいけないよ」などと言います。そして僕は「わかりました」と約束をします。

つまり『海辺のカフカ』のこの場面もまた『古事記』のイザナギ・イザナミ神話の反映なのでしょう。でもギリシャ神話のオルフェウスの神話も、この神話と非常によく似た話ですので、村上春樹が東西の神話をよく意識して書いている場面だと思います。

そんな「死者の世界」「霊魂の世界」への「入り口」が「四国」であり、「香川県」であり、「高松」なのです。

▼私のことを覚えていてほしいの

さて『海辺のカフカ』の「僕」は「死者の世界」「霊魂の世界」で、十五歳の佐伯さんと出会います。その佐伯さんは「僕」にこう話します。「あなたに私のことを覚えていてほしいの」と言うのです。

これって、前回紹介した『ノルウェイの森』の自殺してしまう直子やレイコさんの言葉とそっくりですね。同作の冒頭、直子は繰り返し「私のことを覚えていてほしいの」と言います。また最後のほうではレイコさんも「僕」に「私のこと忘れないでね」と、全く同じ意味のことを言うのです。

同じことを言う佐伯さんは『海辺のカフカ』の中でもはっきり記されていますが、既に死者です。この関係を見ても「レイコさん」が死んだ直子のお化けであり、その直子の「レイコン」(霊魂)であることがわかっていただけるのではないかと思います。

『ノルウェイの森』の最後、直子の霊魂である「レイコさん」が「辛いだろうけれど強くなりなさい。もっと成長して大人になりなさい。私はあなたにそれを言うために寮を出てわざわざここまで来たのよ」と言います。

『海辺のカフカ』の最後には、既に死者である佐伯さんが「もとの場所に戻って、そして生きつづけなさい」と「僕」に言います。すると「入り口」を通って「生の世界」に出てきた「僕」に、甲村記念図書館の大島さんが「君は成長したみたいだ」と言うのです。

日本人には「霊魂の世界」「死者の世界」が身近に存在していますが、その我々の日常の生の近くにある「霊魂の世界」「死者の世界」(忘れられない記憶・忘れてはならない記憶)と交わり、主人公が成長していくというのが、村上作品の特徴で、いずれもそのことがよくあらわれている場面だと思います。

▼「辺境」であり「近境」

さてさて、前回から続くテーマの出発点である、「旭川」の話に戻りましょう。

私は「旭川」も「高松」も村上作品の中で「死者の世界」「霊魂の世界」と繋がる場所、「死者の世界」「霊魂の世界」への「入り口」の場所であると思っています。

ではなぜ「旭川」と「四国」「香川県」「高松」が「死者の世界」「霊魂の世界」に繋がる場所なのでしょう。

『海辺のカフカ』の冒頭、「僕」が四国に向かう時の文章には、こんなことが書かれています。「四国はなぜか僕が向かうべき土地であるように思える」。その理由は「東京よりずっと南にあり、本土から海によって隔てられ、気候も温暖だ」とあるのです。この中で最も重要な言葉は「本土から海によって隔てられ」ているということでしょう。

また星野青年がナカタさんに「入り口の石」を探すために、どうして四国に来なくてはいけなかったのかを問う場面では、ナカタさんが「大きな橋を渡ってくることが必要だったのです」と答えています。

ですから「北海道」の「旭川」も、「四国」「香川県」の「高松」も、本土から隔てられている、つまり一般的な「日本」とは異なる地だということを村上春樹は述べようとしているのではないでしょうか。

なにしろ讃岐は崇徳院の配流の地です。島流しの土地なのです。最初のほうで紹介したエッセイ集『辺境・近境』の中に、なぜ「讃岐・超ディープうどん紀行」という文章が入っているのか、という問題も讃岐(香川県)が崇徳院の配流の地であることを考えれば、よく分かります。

「配流の地」ならば「辺境」ですし、「死者の世界」への「入り口の地」であり、「霊魂の世界」が近い土地ならば、それは同時に「近境」でもあるのです。日本人にとっては「霊魂の世界」「死者の世界」がたいへん身近に存在しているのですから。

▼作りそこねた近代日本の落とし穴

最後に、前回の初めに紹介した問題、つまりレイコさんが「旭川」について「あそこなんだか作りそこねた落とし穴みたいなところじゃない?」と言うことについて考えてみなくてはなりません。なぜ旭川が「作りそこねた落とし穴みたいなところ」なのかを。

「四国」や「高松」は古代神話まで繋がるような「落とし穴」「入り口」です。でも「旭川」は古代神話にまで繋がるような「落とし穴」「入り口」として、村上作品の中で記されているわけではありません。

むしろ近代日本の戦争の「死者の世界」「霊魂の世界」に繋がる「落とし穴」「入り口」として描かれていると思います。

村上春樹の作品は、戦争を繰り返してきた近代日本への強い批判を常にどこかに秘めながら一貫して書かれていいます。村上春樹が自分にとって永遠のヒーローであると考える「羊男」は近代日本の中での戦争忌避者でした。

『羊をめぐる冒険』（一九八二年）の「僕」と「羊男」との会話によると、「羊男」は「十二滝町」の生まれのようです。「羊男」は、その「十二滝町」のさらに山の上の古い牧場跡に住んでいるのですが、下の町は「好きじゃないよ。兵隊でいっぱいだからね」と語っています。

その「十二滝町」に至る「入り口」としてあるのが「旭川」です。ですから「旭川」は近代日本の戦争の「死者の世界」「霊魂の世界」に繋がる「落とし穴」「入り口」として描かれているのではないかと思うのです。

つまり「作りそこねた」とは「作りそこねた（近代日本の）近代日本」のことではないでしょうか。「作りそこねた近代日本」落とし穴（入り口）みたい」とレイコさんが言っているのだと、私は考えています。

▼「四国」と「旭川」を結ぶ人

そのレイコさんは、レイコン、霊魂、直子のお化けであると前回から書いてきました。なぜなら、レイコさんは、死んだ直子の洋服を着て、「棺桶みたいな電車」である新幹線に乗って、東京の「僕」に会いに来るからです。そして「旭川」に旅立って行きます。

レイコさんはサナトリウムに入る前には結婚をしていました。彼女の結婚相手の実家は「四国の田舎の旧家」とのことです。

ですからレイコさんは「霊魂の世界」への「入り口」である「四国」（死国）と繋がりがある人で、「霊魂の世界」のような京都のサナトリウムからやってきて、僕と四回（死回・死界）交わり、「霊魂の世界」の「入り口」である「旭川」に向かう人です。つまり「四国」と「旭川」を結ぶ人でもあるのです。

そういえば『海辺のカフカ』の甲村記念図書館も「高松市の郊外に、旧家のお金持ちが自宅の書庫を改築してつくった私立図書館」でした。四国の田舎の旧家と高松市の郊外の旧家では、両者は同じものではないでしょうが、でもどこか繋がっていくような感覚もありますね。

2012

4月	［翻訳］マーセル・セロー『極北』（中央公論新社）刊行
7月	『サラダ好きのライオン　村上ラヂオ3』（マガジン・ハウス）刊行
9月	「魂の行き来する道筋」が『朝日新聞』（9月28日）に掲載
10月	2011年に刊行した『小澤征爾さんと、音楽について話をする』で第11回小林秀雄賞受賞 国際交流基金賞を受賞
12月	［翻訳］レイモンド・チャンドラー『大いなる眠り』（早川書房）刊行

010

朗読の力、村上春樹を聴く体験

松たか子さんによる「かえるくん、東京を救う」など

2012.1

今年（二〇一二年）の正月、NHKのラジオ第2で「特集　村上春樹を読む」が、元旦から五日連続で放送されました。ラジオ第2で二十年以上も続いている「朗読」の特番ということのようです。

朗読された作品は「かえるくん、東京を救う」「七番目の男」「蜂蜜パイ」の三作。朗読は女優の松たか子さんでした。私も元日の朝から、起きて聴きましたが、この朗読がとてもよかった。文字ではなくて、朗読で聴いて、えっと思ったり、なるほどと思ったりしたことがありました。今回はこのNHKラジオ第2「特集　村上春樹を読む」を聴いて感じた「朗読の力」について考えてみたいと思います。

▼話の流れをあるがままに受け入れる

放送された三作はいずれも、二〇一一年の東日本大震災を意識して選ばれたのでしょう。震災や災害に関する短編小説でした。首都直下型大地震を阻止するために闘うカエルを描いた「かえるくん、東京を救う」と、震災以降の自分と愛する人たちとの心の再生、復興の祈りと誓いが込められたような「蜂蜜パイ」は、いずれも神戸の阪神大震災を受けて書かれた連作短編集『神の子どもたちはみな踊る』（二〇〇〇年）に入っています。

「七番目の男」は、短編集『レキシントンの幽霊』（一九九六年）に入っていますが、台風の大波に友達がさらわれるのを見殺しにしたと悩む主人公が、長い時間を経て罪の意識から解放されていく話です。

本書の「005」で『おおきなかぶ、むずかしいアボカド　村上ラヂオ2』（二〇一一年）のことを紹介しました。

その中に「太宰治は好きですか？」というエッセイがあって、そこに「僕はここのところ、朗読された太宰の作品をiPodにダウンロードして、旅行の車中なんかでちょくちょく聴いています」と記されています。

この「太宰治は好きですか？」によると村上春樹は、

> 実を言うと僕は長い間、この作家が苦手だった。文体やものの見方がもうひとつ肌に馴染《なじ》まないというか、なかなか最後まで読み通せなかった。作家としての価値を否定するわけじゃなくて、ただテイストがあわないだけ。

だったそうです。しかしiPodで聴いてみると、

肌があうとはやはり言いがたいし、ところどころ「やれや

れ」とため息をついたりもするけど、活字ではなく朗読で聴いているとなぜか、話の流れをあるがまま、鷹揚《おうよう》に受け入れることができる。たぶんその癖のある文体が、活字を目で追うときほど直截《ちょくさい》な力を持って迫ってこないからだろう。

と、朗読で聴く、刷新体験について書いているのです。

▼地下五十メートルの闘い

また『村上ラヂオ』によると、村上春樹は「朝早く起きるので（普通は五時前後）、よくラジオを聴く」そうです。普通は五時前後に朝起きる、というのはすごいですね。冬の時期ですと、まだまだ夜が明けないうちです。でも小説を書いている時には、さらに早く目が覚めることもあるようです。

ともかく五時前後に起きると村上春樹は「台所でコーヒーを作ったり、パンをトーストしたりしているあいだ、だいたいNHKの早朝のラジオ番組をつけている」のだそうですが、それでも「とくに熱心に喜んで聴いているというのではない。ほかにやることもないので、なんとなく聴いているわけだ」と書いてあります。ですから、もしかしたら、このNHKラジオ第2での「特集　村上春樹を読む」を聴いたりもしたのでしょうか……。

まあそれはさておいて、朗読で聴いて、太宰治作品に対する感覚が刷新された体験について、村上春樹が記しているわけですが、私も朗読「特集　村上春樹を読む」を聴いて、そうか……と、文字で読んでいる時には気づかなかったことが、幾つか自分の中に迫ってきました。

例えば、それはこんなことです。

「かえるくん、東京を救う」は信用金庫の新宿支店に勤務する片桐がアパートの部屋に戻るところから始まります。帰ると、巨大な蛙が待っていました。二本の後ろ脚で立ちあがった背丈は二メートル以上ある蛙です。片桐のほうは身長一メートル六十センチしかなく、やせっぽちでまったく風采の上がらない男です。

その大きな「かえるくん」が、三日後に起きる地震を防ぐため力を貸してくれと片桐に頼むのです。「とてもとても大きな地震です。地震は2月18日の朝の8時半頃に東京を襲うことになっています」と言うのです。

その地震は地下五十メートルにすむ巨大なみみずくんの中で長く蓄積された憎しみの力によって起きると、かえるくんは言います。

そして、片桐が勤務する東京安全信用金庫新宿支店の地下ボイラー室が巨大なみみずくんが住む地下への「入り口」です。そこから縄梯子をつかって地下五十メートルばかり降りると、みみずくんのいる場所にたどり着けます。二人は真夜中にボイラー室で待ち合わせて、その地下五十メートルに降り、みみずくんと闘います。

これは『ねじまき鳥クロニクル』（一九九四、九五年）の「僕」が元「宮脇さん」の家だった、空き家の深い空井戸に縄梯子を使って降りていき、この井戸を〝壁抜け〟のように通過して別の世界に出て、その異界の世界で闘う場面とよく似た設定ですね。

そうやって、かえるくんは片桐の協力を得て、巨大なみみずくんと引き分けに持ち込み「とてもとても大きな地震」の襲来を未然に防ぐのです。

▼かえるくんの自己解体

以上の紹介だけでも、この作品が非常に象徴性の強い小説であることが、分かっていただけるかと思います。もともと文学作品というものは、いろいろな読みを許すものですし、村上春樹の小説は、本当にいろいろな読みが可能なものばかりです。そして「かえるくん、東京を救う」は、さらにいろいろな読みができる小説なのです。

かえるくんは地下五十メートルの闇の中で闘うのですが、闇の世界はみみずくんに有利です。ですから片桐は運び込んだ足踏みの発電器を用いて、その場所に力のかぎり明るい光をそそぎます。『世界の終りとハードボイルド・ワンダーランド』（一九八五年）や『ねじまき鳥クロニクル』に出てくる発電所が、風力発電所であり、この「かえるくん、東京を救う」の発電が「足踏みの発電器」であることなど、村上春樹の一貫したエネルギー観がよくわかったりもします。

しかし、この作品の難関は物語の最後に、地震の原因であるみみずくんのほうではなく、地震を未然に防いだかえるくんの身体《からだ》のほうが解体してしまうことです。身体中が醜い瘤だらけとなり、その瘤がはじけ皮膚が飛び散り、悪臭だらけの存在となり、そこからさらに虫のようなものがうじゃうじゃと出てきて、もぞもぞと不気味な音を立てながら部屋中に拡がっていくことです。無数の蛆虫につづいて、むかでやみみずのようなものも出てきて、蛍光灯やスタンドを覆い、明かりを遮断して、さらに片桐の身体の中に侵入しようとするのです。

これはいったい何でしょう。どんなことが描かれているのでしょう。何しろ、作品の最後の場面ですから、とても気になっていました。

おそらく、この作品はこれまでに五回ぐらいは読んでいるはずですが、最後のこの部分がうまく受け取れなかったのです。でも、この正月のＮＨＫのラジオ第２の松たか子さんの朗読を聴いているうちに、ふっと、「もしかしたら……」というような思いが、自分にやってきました。

▼ぼく自身の中には非ぼくがいます

巨大なみみずくんとの闘いを引き分けに持ち込んで「とてもとても大きな地震」の襲来を未然に防いだ、かえるくんは片桐にこう言います。

「ぼくは純粋なかえるくんですが、それと同時にぼくは非かえるくんの世界を表象するものでもあるんです」（……）「目に見えるものが本当のものとはかぎりません。ぼくの敵はぼく自身の中のぼくでもあります。ぼく自身の中には非ぼくがいます」

この部分を松たか子さんは、少しゆっくり、ややはっきりした声で読みました。

かえるくんが地下でみみずくんと闘って、巨大地震を未然に防ぐという、あり得ないがとても面白い物語の、それまでの展開がこの場面まできて、村上春樹の深い考えを読者に伝えようとしているのです。何度も読んでいて、ストーリーのほうはすべて知っているから、朗読のこの言葉がすっと自分の中に入ってきたのかもしれません。

これは村上春樹が「ブーメラン的思考」で書いている部分なのだと思えました。

この連載の冒頭近くで、村上春樹独特の思考法として、この「ブーメラン的思考」のことを紹介しました。

問題を相手に対する問題として捉えるだけでなく、その問題を常に自分の問題として捉え直して、常に二重に考えを進めていく、という思考法です。相手に向かって投げた問題がぐるっと回って、同時に自分の問題として問われる。村上春樹の小説は、そのほとんどが、このような形をしています。私は、これを「村上春樹のブーメラン的思考」と呼んでいるのです。

かえるくんは、闘う相手であるみみずくんを打ち破るのではなく、自分の中の地震を起こすような何か、大きな災いを起こすようなものを打ち破らなくてはならないのです。そのように問題はブーメランのように一回りして、自分のところにやってくるのです。

何かを阻止したり、世界を新しく再編成していくには、自分の中にある、それにかかわる部分を再編成しなくては、本当の意味で、新しい世界は生まれないと村上春樹は考えているのだと思います。

▼自分の中の組成を新しく組み換える

相手を打ち破ったり、抹殺することで、新しい世界が出来上がる。そのように、人間は考えがちですが、それでは相手と同じものが別の形で出現したことに変わりないかもしれません。

本当に新しい世界ができるには、自分の中の組成が新しく、組み換えられなくては、本当の意味での再編成はできないのではないか。おそらく村上春樹はそう考えていて、独特の「ブーメラン的思考」を展開しているのではないでしょうか。

私は、そのように村上春樹の物語を読んでいるのですが、この「かえるくん、東京を救う」のかえるくんの自己解体も、まさに、再編成のためのブーメラン的な解体なのだと、松たか子さんの朗読を聴くうちに、思えてきたのです。

朗読の力というのは不思議ですね。「活字ではなく朗読で聴いているとなぜか、話の流れをあるがまま、鷹揚《おうよう》に受け入れることができる」という朗読の力によって、「かえるくん、東京を救う」という作品が、私の中で刷新されたのです。

もう一つ、朗読を聴くうちに「そう言えば、なんだろう?」という疑問がわいてきたことを書いておきたいと思います。

それは「七番目の男」の朗読を聴いていた時のことです。この作品の最後に、文章のほうでは一行分の空行の後、こうあります。

七番目の男はしばらくのあいだ、黙って一座の人々を見回していた。

この時も松たか子さんは、ほんの一瞬だけ、間を置いて読んだように記憶しているのですが、その二行先に(もちろん朗読では行数は分からないですが……)また、こうあるのです。

人々は七番目の男の話の続きを待っていた。

つまり朗読で聴いていると、立て続けに「七番目の男」という言葉が繰り返されるような感じがするのです。

▼なぜ「七番目の男」なのか

そして「七番目の男」とは、いったいどんな意味なのか? という疑問がやってきたのです。なぜ「七番目の男」なのか、ということです。なぜ「八番目の男」ではないのか、「九番目の男」でも「十番目の男」でもないのかということです。朗読を聴いた後も、しばらくそのことを考えていました。そして「もしかしたら」という考えが、またやってきたのです。

この「七番目の男」の冒頭はこうです。

「その波が私を捉えようとしたのは、私が十歳の年の、九月の午後のことでした」と七番目の男は静かな声で切り出した。

その夜、何人かの人が話をするような会合があって、最後に七番目の男が自分の話をするのです。

その「七番目の男は五十代の半ばに」見えました。その七番目の男が小さな咳払いをして自分の話を始めるという小説です。

それは男が、少年であった時代の話です。「私」が住む町に台風が来襲するのですが、台風の目に入って、一瞬強い風が静まり、私は親しいKと近くの海岸に出かけます。

Kは私より一学年下でしたが、学校に一緒に通い、学校から帰っても、二人はいつも一緒に遊んでいたのです。台風の静寂の中、そんなKと海岸まで出かけるのですが、でも二人が気づかない間にも波は近づいていて、ついにKは大波にさらわれてしまうのです。急いでKをつかんで逃げようと私は思うのですが、実際は自分一人で逃げてしまうのです。

友達を見捨てた私は、海のある町に住めなくなり、長野県で暮らしている。そこから私は、どうやって回復してくるのかということが、描かれています。

▼台風と地震という自然災害

『村上春樹全作品　1990〜2000』（三巻、二〇〇三年）の村上春樹自身による解題によると「僕には実際に溺死した友だちもいる（現場には居合わせなかったが）」とあります。

この言葉に対応するように、短編「5月の海岸線」（一九八一年。『カンガルー日和』所収）にも「僕」が六歳の頃、友人が「集中豪雨で増水した川に呑まれて死んだ」ことが出てきます。

そしてこの「七番目の男」という作品は阪神大震災があり、村上春樹が米国から帰国した後、まもなく書かれた作品です。おそらく台風と地震という自然災害が、村上春樹の中では、どこか結び付いて考えられているのでしょう。

東日本大震災について語って話題となったカタルーニャ国際賞の受賞スピーチでも、「日本人であるということは、多くの自然災害と一緒に生きていくことを意味しているようです。日本の国土の大部分は、夏から秋にかけて、台風の通り道になります。毎年必ず大きな被害が出て、多くの人命が失われます」と、述べられていました。

さらに『村上ラヂオ』の中の「かなり問題がある」というエッセイの中にも、台風と地震についてのこんな表現があります。

デビュー作『風の歌を聴け』（一九七九年）が群像新人賞を受けた際に、出版社に挨拶に行くと「君の小説にはかなり問題があるが、まあ、がんばりなさい」と言われたことから、エッセイのタイトルが採られています。その時は、内心かなり怒ったようですが、時がたつうちにこんな心境になってきたそうです。

僕という人間にも、僕の書く小説にも、かなり問題があった（そして今でもある）ことは確かだという気がしてくる。だとしたら、かなり問題を抱えた人間がかなり問題を抱えた小説を書いているんだもの、誰に後ろ指をさされてもしょうがないよな、と思う。（……）不適切なたとえかもしれないが、台風や地震がみんなに迷惑がられても、「しょーがねーだろ。もともとそれが台風（地震）なんだからさ」と言うしかないのと同じことだ。

ここでも台風と地震とが、村上春樹の中で結びついていることが、よくわかります。

さてさて、ちょっと横道にそれました。

▼「四」(死)の近くまで行って戻ってきた

そこでなぜ「七番目の男」なのかです。

台風の来た日の事件から、四十年がたち、「私」はKが得意だった絵を見ます。かつてKが描いた水彩画を私は見るのです。それは実に優しい絵でした。自分が見殺しにしたKが私を恨んでいるように感じていたのは、自分の心の中の深い恐怖の投影にすぎなかったのではないか。そんなふうに思わせるような穏やかな絵だったのです。

これがきっかけとなり、私は、昔、Kと遊んだ町を訪れて、海とKと和解するのです。

同作の冒頭部にも三回ほど「七番目の男」という言葉が出てきます。これは物語の立ち上がりの部分なので気にならなかったのですが、「私」の語りが終わりかけたところに、また「七番目の男」という言葉が繰り返されるのです。

なぜ「私」は「七番目の男」なのか。そう考えてみると、それは確かに不思議なタイトルです。「もしかしたら……」と思って、朗読を聴いた後、読み返してみたのです。

紹介したように、この作品の冒頭は、

「その波が私を捉えようとしたのは、私が十歳の年の、九月の午後のことでした」と七番目の男は静かな声で切り出した。

と、始まっています。この書き出しの部分には、数字の「十」「九」「七」を含んで記されていますが、なぜか（偶然かもしれませんが）「八」だけがありません。

この本でも繰り返し指摘していますが、村上春樹にとって「四」という数字は「死」と繋がる霊数です。

この「七番目の男」は「四＋三」番目の男ということではないでしょうか。「四」とは死んだKのことです。「三」は「四」（死）の直前の数字です。自分の中に友人Kの「四」（死）を含み、自分も「四」（死）の直前まで行った男というのが、「七番目の男」なのではないでしょうか。

でも「七番目の男」は「八番目の男」とはならずに、「四」（死）の近くまで行って、この世の「生」の世界に戻ってきたのです。

村上春樹も「七番目の男」の冒頭近くに「彼がその夜に話をすることになっていた最後の人物だった」と書いています。

つまり「八番目の男」の話はなく、自分の中に一人の男の「四」（死）を含み、自分も「四」（死）の直前まで行ったが、そこから生の側に戻ってくる話が、最後に用意されているということです。

▼恐怖を乗り越える

その生の側に戻れる力は何なのか。それは恐怖を乗り越えるということだと思います。

「七番目の男」は、こう語ります。

「自分が最後にこうして救われ、回復を遂げたことに、私は感謝しております。そうです。救いを受けないまま、恐怖の暗がりの中で悲鳴を発しながらこの人生を終えてしまう可能性だって、じゅうぶんあったのです」

そのような言葉で語りを終えているのです。「かえるくん、東京を救う」では、

「ニーチェが言っているように、最高の善なる悟性とは、恐怖を持たぬことです。片桐さんにやってほしいのは、まっすぐな勇気を分け与えてくれることです。友だちとして、ぼくを心から支えようとしてくれることです」

と、かえるくんも言っています。

両者とも、自分の中の暗闇での闘いと、恐怖との闘いだと言っています。

この「恐怖との闘い」は、村上春樹作品の中心をなすものです。でもそれについてはまた別な機会に書いてみたいと思います。

▼その人にまだあるピュアな感情

最後に、松たか子さんの朗読の素晴らしさについて、述べておきましょう。

松たか子さんの朗読は癖のないナチュラルな読みなのに、ふっと高まる一瞬を意識して、しかも静かに語るという非常に見事なものでした。

実は収録の合間に、松たか子さんに話を聞ける機会がありました。本格的な朗読は初めてという松さんは、このように語っていました。

「距離感があまり遠くになりすぎないように、上から目線になるわけでもないし、へりくだるわけでもなく、すごく力の抜けた視線で読めたらと思いました。うねりというのか、お話がたんたんとして進んでいるようで、いきなり展開したりするようなところが、今回の三作には、みなあるので、話のうねりみたいなものは意識しながら、読めたらいいなと思っています」

さらに朗読した村上春樹作品について、こう語っていたのも、とても印象的でした。

「『かえるくん、東京を救う』のように現実をコミカルに飛び越えたようなお話の中で、ふっと勇気や正義とかをさりげなく伝えるお話とか、お互いに利害関係のない、ただ

そこにいて、そこで見守り支えるという友情はすごく魅力的だと思う。純粋な友情とか、少年時代のピュアな感情とか、あきらめないで、その人にまだあるということを、聴いた人が思ってくれたらいいなと思います。また、いろんなものを無くした時に、何が残るのだろうということをすごく考えさせる短編だと思いました」

この朗読、もう一度聴いてみたいと思います。また作品が違う姿で迫ってくるかもしれません。さらに『海辺のカフカ』(二〇〇二年)が好きだという松たか子さんによる、村上春樹の長編の朗読も聴いてみたいと思いました。

011 読者を引っ張る「リーダブル」という力
「桃子」と「緑」から考える

2012.2

村上春樹作品の特徴の一つに「リーダブル」ということがあります。ともかく最後まで読めてしまうということです。

私の昔からの知り合いにも、村上春樹作品があまり好きでないと言いながら、いったん読み出すと最後まで読んでしまい、最後まで読んだことを少し悔いているような不思議な読者もいます。でもそんな読者でも、最後まで引っ張っていく「リーダブル」という力が、村上春樹の作品にはあるのです。この章では、村上作品のその「リーダブル」ということについて、考えてみたいと思います。

▼私のお姉さん桃子っていうのよ

『ノルウェイの森』(一九八七年)に「直子」と「緑」という対照的な女性が登場します。「直子」のほうは、「僕」の死んだ友人の恋人だった女性です。ビートルズの「ノルウェイの森」が好きな「直子」は、最後に森の奥で自殺してしまいます。「緑」は「僕」と同じ大学に通う女性で、まるで「春を迎えて世界にとびだしたばかりの小動物のように瑞々しい生命感」に満ちた女性です。

『ノルウェイの森』を読んだ人は多いと思いますが、その「緑」にお姉さんがいることを覚えていますか？

映画になった『ノルウェイの森』を観ていたら、「僕」が「緑」の家を訪ねると、家には「緑」以外は誰もいなくて、「緑」が家族のことを話す場面がありました。

そこで「緑」が「お姉さんは婚約者とデートをしてる」と話していますし、別の場面では「僕」からの電話に「緑」が出ないので、その電話に出なくていいの？　と、お姉さんが言うところもあります。お姉さんは、声だけの出演ですが。

小説のほうでは、「僕」と「緑」が初めて会話するところで、「緑」がお姉さんのことを話しています。それはこんな場面です。

「僕」が大学から近い小さなレストランでオムレツとサラダを食べていると、「緑」も同じレストランに来ています。そこで「緑」が「緑色は好き？」と「僕」に聞くのです。それは、緑色のポロシャツを「僕」が着ていたからです。


「私ね、ミドリっていう名前なの。それなのに全然緑色が似合わないの。変でしょ。そんなのひどいと思わない？まるで呪われた人生じゃない、これじゃ。ねえ、私のお姉さん桃子っていうのよ。おかしくない？」

「それでお姉さんはピンク似合う？」

「それがものすごくよく似合うの。ピンクを着るために生まれてきたような人ね。ふん、まったく不公平なんだから」


つまり「緑」の姉の名が「桃子」なのです。私が村上春樹作品の「リーダブル」ということについて、考え出したのは、この場面からです。「緑」の姉が「桃子」。「桃子」の妹が「緑」なのか……と。

▼ピンクの『自転車の唄』

村上春樹を初めて取材したのは『ノルウェイの森』の一つ前の長編『世界の終りとハードボイルド・ワンダーランド』（一九八五年）が刊行された時でした。

その単行本は（現在出ている版は異なるのかと思いますが）箱も桃色が基調で、箱から取り出すと、全身桃色の本でした。

何しろ最初にインタビューした作品ですので、村上春樹というと、この桃色の本を持ち歩いて、読んでいた感覚をまず思い出します。

当時、新潮社の看板シリーズだった「純文学書下ろし特別作品」の一冊で、六〇〇ページ以上あって、手に持ってしばらく読んでいると重たくなってくる感覚が忘れられません。布張りで、箱入り。村上春樹の本の中では一番、立派な造本ではないかと思います。

この本の中にピンクのスーツが似合う十七歳の女の子が出てきます。太ってはいますが、活発で魅力的な女の子です。主人公の「私」が、その子と地下の世界に降りて、二人で唄を歌いながら、地底を行く場面があるのですが、そこでピンクのスーツの似合う女の子が『自転車の唄』というものを歌います。

四月の朝に／私は自転車にのって
知らない道を／森へと向った
買ったばかりの自転車／色はピンク
ハンドルもサドルも／みんなピンク
ブレーキのゴムさえ／やはりピンク

そんな歌い出しです。「なんだか君自身の唄みたいだな」と主人公の「私」が言うと「そうよ、もちろん。私自身の唄よ」と彼女が言います。「気に入った?」と聞かれて、「気に入ったね」と「私」も言います。さらに、

四月の朝に／似合うのはピンク
それ以外の色は／まるでだめ
買ったばかりの自転車／靴《くつ》もピンク
帽子もセーターも／みんなピンク
ズボンも下着も／やはりピンク

と続いていく、実に楽しい唄です。

▼よみがえった「志のある失敗作」

『世界の終りとハードボイルド・ワンダーランド』のピンク一色の装丁は、このピンクの娘の存在と、この唄からできていることは間違いないでしょう。何しろこの本に付いているしおりの紐糸《スピン》までピンクなのです。

唄のように言えば、「箱もピンク／本もみんなピンク／しおりもやはりピンク」なのです。

『世界の終りとハードボイルド・ワンダーランド』という作品は開放系の「ハードボイルド・ワンダーランド」の話と閉鎖系の「世界の終り」の話が交互に展開する長編ですが、そのピンクのスーツが似合う十七歳の女の子は「ハードボイルド・ワンダーランド」のほうに出てきます。

村上春樹には「街と、その不確かな壁」という「文學界」（一九八〇年九月号）に掲載された中編小説があって、これは村上春樹自身が「志のある失敗作」として、かなり長い作品なのに唯一、単行本に収録していない小説としてファンの間では知られています。

そして『世界の終りとハードボイルド・ワンダーランド』の「世界の終り」のほうは、この「街と、その不確かな壁」を基にして書き直された部分です。

つまり村上春樹が「志のある失敗作」を、作品として生き返らせるために書き直した長編が『世界の終りとハードボイルド・ワンダーランド』なのです。

この作品で、村上春樹は戦後生まれとして初めての谷崎

潤一郎賞を受賞しました。その時もインタビューをしたので、私は短期間に二回、この作品を読むことになったのですが、二度目に読んだ時に、このピンクの女の子のおかげで『世界の終りとハードボイルド・ワンダーランド』が成功作となっているのだと思いました。

▼ピンクの女の子が救助にやってくる

村上春樹の言う「志のある失敗作」とは、どんなことかと考えてみると、「リーダブルでない」ということではないかと私は思います。

「街と、その不確かな壁」は決して悪い作品ではありませんが、読んでいると、少し目が詰まってくるというか、息が抜けないというか、作品世界が、重たく感じられてきます。

『世界の終りとハードボイルド・ワンダーランド』のほうは、この闊達で魅力的なピンクの女の子の登場を楽しみに読み進めていくと、作品のもともとのテーマである「世界の終り」のほうの話をじっくり読んでしまいます。

「世界の終り」は、主人公の「僕」をはじめとする人々が高い壁に囲まれた不思議な街に住んでいる世界です。人々は街に入る時に、門の所で自分の「影」を切り離し、門番に預けます。それと引き換えに、人々は安らぎに満ちた生活を街で送ることができるのです……。

そんな世界は、本当に生きるべき価値がある世界なのか。いやその世界を生きる価値ある世界に作っていくには何が大切なのか。そんなことが問われる話ですので、読み進めると、話がだんだん重たくなってきます。

するとまた物語世界に、みんなピンクの女の子が救助にやってきてくれるのです。その彼女の明るさ、楽しさの力で、読者はついつい大団円まで読んでしまうのです。

読むという行為は、たいへんエネルギーが要ることですし、このせわしない時代、最後まで作品にタッチしながら読めるという小説はそんなに多くはないと思います。でも、このピンクの女の子のような力もあって、村上春樹の作品は「つい最後まで読んでしまう」のです。『世界の終りとハードボイルド・ワンダーランド』の、あのピンクの本を手にすると、作品を成功に導いた、ピンクの女の子のことを思い出します。その記念のようにして、あのピンク一色の本があるように感じられてくるのです。

▼一番描きたい部分は

その「ピンク」が、ものすごくよく似合って「ピンクを着るために生まれてきたような人」の妹が「緑」なのです。「緑」も『世界の終りとハードボイルド・ワンダーランド』の中のピンクの女の子と同じ役割を、『ノルウェイの森』の中で果たしているということなのではないでしょうか。

『ノルウェイの森』は、とても不思議な小説です。最後に自殺してしまう「直子」と、活発で魅力的な「緑」との間を主人公の「僕」が往還しながら、最後に「僕は緑に電話をかけ、君とどうしても話がしたいんだ」と伝える場面で終わる物語です。なのに、それから十八年後の回想から始まる冒頭まで戻って、再読してみると、あの活発で魅力的な「緑」のことは、一言も書かれていないのです。なぜでしょうか?

『ノルウェイの森』の冒頭に、「直子」のことを「僕」が回想する場面があり、その最後にこう書かれています。

もっと昔、僕はまだ若く、その記憶がずっと鮮明だったころ、僕は直子について書いてみようと試みたことが何度かある。でもそのときは一行たりとも書くことができなかった。その最初の一行さえ出てくれれば、あとは何もかもすらすらと書いてしまえるだろうということはよくわかっていたのだけれど、その一行がどうしても出てこなかったのだ。

この部分を読むと「街と、その不確かな壁」を、自ら「志のある失敗作」として『世界の終りとハードボイルド・ワンダーランド』を書いた村上春樹のことを思うのです。

『ノルウェイの森』の「直子」のことを、必ずしも実在の人間と考える必要はないと思います。でも村上春樹が書きたかったことは、この「直子」のことなのです。「直子」のことを考えることが、『ノルウェイの森』のことを考えることなのだと思います。

そして「直子」は最後に自殺してしまう、死の世界の人です。その「直子」の話だけを読むのは、ちょっとつらいでしょう。だから、活発で魅力的な「緑」が『世界の終りとハードボイルド・ワンダーランド』の「ピンクの女の子」のように、『ノルウェイの森』を「リーダブル」な長編とするために、生み出されたのではないでしょうか。

▼「もう少し明るい話をしない?」

『ノルウェイの森』の上巻の終わりごろに、こんな場面があります。

「もう少し明るい話をしない?」と直子が言った。

でも僕には明るい話の持ちあわせがなかった。突撃隊がいてくれたらなあと僕は残念に思った。あいつさえいれば次々にエピソードが生まれ、そしてその話さえしていればみんなが楽しい気持になれるのに、と。

この「突撃隊」は学生寮に生活している僕の同室の学生のことですが、彼は「ある国立大学で地理学を専攻」しています。そして「緑」もアルバイトで「地図の解説を書いて」います。

その「緑」が『ノルウェイの森』に登場すると、バトンタッチをするかのように「突撃隊」は物語から消えていきます。まるで「明るい話」は「緑」に任せたという具合に、です。

この『ノルウェイの森』という作品は、短編「螢」を長編化したものですが、「螢」にも「僕」と学生寮で同居する地理学専攻の学生が出てきます。彼は毎朝のラジオ体操で、僕を悩ませるやつです。

「直子」に相当する女性は、「彼女」という呼び方で登場してくるのですが、その「螢」の中に、こんなところがあります。

僕が同居人と彼のラジオ体操の話をすると、彼女はくすくす笑った。笑い話のつもりではなかったのだけれど、結局は僕も笑った。彼女の笑顔を見るのは——それはほんの一瞬のうちに消えてしまったのだけれど——本当に久し振りだった。

「もう少し明るい話をしない？」という「直子」の発言は、この場面とも対応しているのでしょう。

この愉快な「同居人」である「突撃隊」と「緑」と「ピンクの女の子」が、私の中では一つに繋がっています。

村上春樹の作品の一番描きたい部分、つまり「直子」や「世界の終り」の部分を「リーダブル」にするという役割を担っているような気がするのです。村上春樹という作家は、そのことを自分で、とてもよくわかって書いているのだと私には思えるのです。これが「最後まで読めてしまう」秘密でしょう。

「緑」の名誉のために、最後に加えておきますと、あの「緑」の生命力あふれた魅力は、この回で紹介したような経緯を超えて、とても生き生きと輝いていて、『ノルウェイの森』という作品を大きく広げていると思います。

『ノルウェイの森』でも、村上春樹をインタビューしたことがあるのですが、それは、あの有名な装丁がまだ出来ていない段階でした。

後日、「赤」と「緑」のシンプルな装丁の『ノルウェイの森』を手にした時の、驚きのようなものは忘れることができません。なにしろ最初に取材した本が「桃色」の本だったのですから。

その『ノルウェイの森』の装丁の「赤」と「緑」についてのことなどは、次の回で別の角度から記してみたいと思います。

012

非常に近い「死」と「生」の世界

『ノルウェイの森』の装丁の意味

2012.3

村上春樹は作中にも、装丁にも色《カラー》をいくつも配置して書いていく作家です。

その村上春樹の作品や装丁に示される色はどんな意味を持っているのでしょうか。この問題を、私がはっきり意識的に考えるようになったのは『ノルウェイの森』（一九八七年）の装丁を手にした時からです。

そして、村上春樹作品の内容を理解していくときに、一番わかりやすい入り口が、この『ノルウェイの森』の装丁のことではないかと私は思っています。ですから、ここで『ノルウェイの森』の装丁について、私なりの考えを示しておきたいと思うのです。

▼血を思わせる濃い赤、死の森を思わせる深い緑

この装丁は、あまりに有名ですが、上巻が赤、下巻が緑という、とてもシンプルなものです。前回でも述べたように、私が『ノルウェイの森』で、村上春樹にインタビューするために読んだのは、まだこの本の装丁が出来上がっていない段階でした。その後、この「赤」と「緑」の上下本を手にした時の不思議な感覚は忘れることができません。

『ノルウェイの森』の前の長編『世界の終りとハードボイルド・ワンダーランド』（一九八五年）の装丁がピンク一色で、それに続く長編が「赤」と「緑」という装丁だったわけです。しかもその『ノルウェイの森』の装丁は、村上春樹が自ら手がけたものでした。

紹介したように『世界の終りとハードボイルド・ワンダーランド』のピンク一色の装丁については「この作品を成功に導いたピンクのスーツの似合う女の子の活躍の記念碑としてあるのだろう」と受け取ることができましたが、ならば、この『ノルウェイの森』の「赤」と「緑」の装丁は、どのような意味を持っているのだろうか。しかも村上春樹自身がその装丁を手がけているとすれば、そこには、さらに深い意味が込められているのではないだろうか。そんなことを思いながら、インタビュー記事を書いていたのです。

『ノルウェイの森』には、ビートルズの「ノルウェイの森」が好きで、最後に森の奥で自殺してしまう「直子」という女性が出てきます。その「直子」のことに触れながら、この本の「赤」と「緑」の装丁について、インタビュー記事の中で、次のように書きました。

著者自ら装丁したというこの本は、上巻が血を思わせる濃い赤。下巻は直子が死んだ森を思わせる深い緑。そして本文中に唯一ゴシックで書かれた「死は生の対極としてで

はなく、その一部として存在している」という一文を反映するように、上下巻のタイトルはそれぞれ逆の色で表紙に刷り込まれている。

二十五年前（一九八七年）に書いた自分の記事を引用するのも、懐かしくもあり、また不思議な気持ちでもありますが、赤と緑の『ノルウェイの森』の装丁についての私の考察は、この時、記したことから基本的に変化していません。

▼そのままの装丁に表現されている

この装丁に使われた「赤」と「緑」は、村上春樹が初期から、一貫してこだわっている色です。例えば初期三部作の『羊をめぐる冒険』（一九八二年）の最後のほうにはこんな言葉があります。

緑のコードを……緑のコードだ。そして赤のコードを赤のコードに。

さらに『海辺のカフカ』（二〇〇二年）には、こう記されています。

緑は森の色だ。そして赤は血の色だ。

その『海辺のカフカ』に書かれているように、「赤」は血の色、「緑」は森の色ですが、この『ノルウェイの森』の「赤」も血のような生命力を表していて、「緑」のほうは直子が死んだ森の色、つまり死を表していると、私は考えています。

インタビュー記事の中でも触れていますが、『ノルウェイの森』の装丁をよく見てみると、その上巻は全体が赤の中に、タイトルと著者名だけが緑になっています。逆に下巻のほうは全体が緑の中に、タイトルと著者名だけが赤になっています。

そして、この本の中で、唯一、ゴシック体で印刷された「死は生の対極としてではなく、その一部として存在している」という言葉に「赤」と「緑」の意味を当てはめてみると、上巻は「死（緑）は生（赤）の対極としてではなく、その一部として存在している」という装丁になっています。

つまり、このゴシック体で印刷された言葉が、そのまま『ノルウェイの森』の上巻の装丁に表現されているのです。

ですから、下巻のほうは「生（赤）は死（緑）の対極としてではなく、その一部として存在している」となります。

▼日本人と「異界」の近さ

では、村上春樹は「死は生の対極としてではなく、その一部として存在している」という言葉と、それを表現した装丁で、いったいどんなことを伝えたいのでしょうか。

それは、つまり「死」の世界と「生」の世界が非常に近いということです。日本人というものは「死」と「生」が非常に近い世界を生きているということだと思います。

そして、この「死」と「生」の世界が、非常に近いということが、村上春樹作品の最大の特徴でもあるのです。

「死」の世界や霊的存在、異界的存在、お化けのようなものと、「生」の世界が日本人は非常に近い。その「死」の世界と「生」の世界の近さを描くのが村上春樹作品だと言われても、ちょっと簡単には理解できないかもしれません。

そこでわかりやすい例を一つだけ挙げてみましょう。前にも紹介した『海辺のカフカ』の星野青年とケンタッキーフライドチキンの前に立つ白いスーツ姿の人形、カーネル・サンダーズとの対話の場面がそれです。

カーネル・サンダーズはポン引きで、「ホシノちゃん、ホシノちゃん」「いい女の子がいるよ」と声をかけてくるのですが、それに対して星野青年のほうも「ふうん」「なるほど。おじさん客引きなんだ」と平気で会話をしています。

星野青年は、この幽霊のようなもの、ケンタッキーフライドチキンの人形、カーネル・サンダーズが話しかけてくるという異界との突然の遭遇に、驚いていないのです。

歩き、話すカーネル・サンダーズは明らかに幽霊のような存在、お化けのような存在ですが、そういうものと出会っても、あまり驚かないのが日本人で、そんな日本人の一人として、星野青年もカーネル・サンダーズと『雨月物語』の話をしたり、とびっきりの女を紹介してもらったりしています。つまりこんな奇妙な場面をすんなり受け入れてしまうところが日本人にはあるのです。

そして、その「お化け」「幽霊」「異界」とわれわれ日本人の近さをよく知って物語を書いているのが、村上春樹なのです。

▼「緑色は好き？」

さて、そこで『ノルウェイの森』の表紙の色の話に戻りますと、この物語には「春を迎えて世界にとびだしたばかりの小動物のように瑞々しい生命感」をもった「緑」という女の子が出てきます。つまり「死」の象徴である森の色が、「生」のかたまりのような女性の名前に付けられているのです。

そして「直子」の恋人で「僕」の高校時代の友人だったキズキという男の子が赤いホンダのN３６０の中で自殺しています。映画『ノルウェイの森』は、自動車の中で排気ガスでキズキが死ぬ場面から始まっていますが、そのことです。

このため「赤」のほうが「死」の色で、生命力溢れる「緑」のほうが「生」の色だと考える人もいます。こういう反転がいくつも書かれているのが、村上春樹作品の特徴なのですが、この「赤」＝「死」、「緑」＝「生」という考えに従えば、下巻の装丁のほうが「死（赤）は生（緑）の対極としてではなく、その一部として存在している」を表しているということになります。

ただ、私の考えをもう少し加えておきますと、村上春樹にとって、「森」という場所は「死」や「霊魂」「記憶」などが在る、混沌とした世界です。その「森」を表す緑色は、村上春樹作品の中で、このような「死」「霊魂」に近い色として使われていることが多いと思います。

例えば、『ノルウェイの森』の第四章で、「緑」という女性と「僕」が初めて、大学のキャンパスで会話する場面があります。

前回も紹介しましたが、ここで「僕」は緑色のポロシャツを着ています。それを見て「緑」が「緑色は好き?」と質問をするのです。それ対して「僕」は「とくに好きなわけじゃない」と答えています。

この時、「僕」は金沢から能登半島をまわって新潟まで、二週間ぐらいの一人旅から帰ってきたばかりです。『ノルウェイの森』の終盤、「直子」が死んでしまった後、やはり「僕」が山陰のほうまで一人旅に出る場面があります。その二回の「僕」の一人旅が、作中で対応している場面です。後者のほうは、映画『ノルウェイの森』でも出てきましたね。

でもこれらの一人旅について、「緑」と「僕」が出会った、この最初の一人旅の時点で、実はもう「直子」は既に死んでいたのではないか。そのことを村上春樹は記しているのではないか、という指摘もあります(加藤典洋著『村上春樹イエローページ』の中で、そのような考えが提示されています)。

確かに、そのように読むことも可能な場面です。もしそうであれば、直子の死の直後ということになるので、緑色のポロシャツが「死」や「霊魂」と近い色としてあるということになります。

また、そういうふうに読まなくても、つまり普通に読んでも、この場面で「僕」が身に着けている「緑色」は、生命力の側を表すような記述にはなっていないと思います。

二週間ぐらいの一人旅から帰ってきたばかりの「僕」は「孤独が好きなの?」と「緑」に問われて、「無理に友だちを作らないだけだよ。そんなことをしたってがっかりするだけだもの」と答えているのです。やはり緑色のポロシャツを着た「僕」は、生命力とは反対側にいるような気がしますね。

▼「緑色」の似合わない「ミドリ」

そしてこの後に、「私ね、ミドリっていう名前なの。それなのに全然緑色が似合わないの。変でしょ。そんなのひどいと思わない? まるで呪われた人生じゃない、これじゃ」という「緑」の言葉が発せられているのです。

「ミドリっていう名前」、つまり死を表す色の名前なのに、実際の「緑」という女性は生命力がある人間なので「全然緑色が似合わない」のです。そういう意味が込められた言葉なのでしょう。また物語の終盤では「私は生身の血のかよった女の子なのよ」と「緑」が「僕」に語ってもいます。「緑」は赤い血・生命と繋がった女の子なのです。

ですから、私は上巻のほうが「死（緑）は生（赤）の対極としてではなく、その一部として存在している」で、下巻のほうは「生（赤）は死（緑）の対極としてではなく、その一部として存在している」という装丁になっているのだと思っています。

それに、「メメント・モリ」（死を想え。死ぬことを忘れるな）という言葉がありますが、『ノルウェイの森』の「森」は「モリ」（死）という言葉の意味が重ねられているかもしれません。村上春樹はそんな言葉遊びが好きな作家でもありますから。

▼死とは変形された生に過ぎない

でも、それでもやはり「緑」を生の色、「赤」を死の色と考える人たちもいるかもしれません。そして、そういう考えも可能だろうと、私は思います。

たとえ、そのどちらであっても、この『ノルウェイの森』の「赤」と「緑」の装丁から受け取るべき最も大切なことは「死は生の対極としてではなく、その一部として存在している」ということが、そのまま装丁となっているということなのです。

この「死は生の対極としてではなく、その一部として存在している」という言葉は『ノルウェイの森』のもとになった短編「螢」の中でも、唯一ゴシック体で印刷されているところで、村上春樹の文学世界の中心的な考えの一つです。

「僕の『方丈記』体験」という副題のついた「八月の庵」という日本の古典文学についての珍しい村上春樹のエッセイがあります。

それは、小学生の村上春樹が、父親に連れられて琵琶湖近くにある芭蕉の庵を訪ねる話です。村上春樹の父親は俳句サークルのようなものをやっていて、何カ月かに一度、句会を兼ねた遠出をしていたようです。

小学生の村上春樹は、もちろんその句会に参加せず、句会の間、一人縁側で外の景色を眺めています。そこで、少年・村上春樹は死について考えるのです。

「死は存在する、しかし恐れることはない、死とは変形された生に過ぎないのだ」と考えるのです。

この考えは『ノルウェイの森』の装丁に表された「死は生の対極としてではなく、その一部として存在している」という言葉に非常に近いものですね。

このエッセイは一九八一年の雑誌「太陽」十月号の『方丈記』特集に寄稿されたものです。一九七九年の『風の歌を聴け』のデビューからわずか二年後の文章です。

そして『ノルウェイの森』の原型となった短編「螢」が発表されたのが「中央公論」一九八三年一月号です。

いかに村上春樹が、その出発から一貫して自分の世界を追究し、作品世界を広げ続けてきたかがよくわかります。

その世界が、装丁の中に凝縮された形で表現されているのが、『ノルウェイの森』なのです。私はこの本の中で、村上春樹の作品世界に出てくる「霊魂」や「お化け」のことを紹介したり、「四」という数へのこだわりについて書いたりしていますが、その世界への理解の出発点となったのが『ノルウェイの森』の装丁なのです。

ぜひ「生の世界」と「死の世界」が近いという視点から、村上春樹の作品を読んでみてください。その作品世界が、今までと違った別の角度から、見えてくるでしょう。

O13

なぜ「青いティッシュペーパー」が嫌いか

『ねじまき鳥クロニクル』の「青」を考える①

2012.4

手もとに二種類の『ねじまき鳥クロニクル』の文庫があります。一つは平成九（一九九七）年に刊行された旧版の文庫、もう一つは平成二十二（二〇一〇）年に改版された新版の文庫です。旧版に比べて、新版は文字も少し大きくなり、組みもゆったりしており、そのかわりにページ数が増えています。

その他に大きく変わっているのは、カバーの装丁です。新版では第1部は「青緑」、第2部が「赤」、第3部が「青紫」です。これに対して、旧版は第1部は「青緑」、第2部が「紫」、第3部が「青」でした。

この移動は何だろうか……。そんなことを考えたことがあります。

『世界の終りとハードボイルド・ワンダーランド』（一九八五年）の最初の単行本の表紙の色はピンクでした。そのピンクとは何か。「赤」と「緑」の『ノルウェイの森』（一九八七年）の表紙はあまりに有名ですが、その「赤」と「緑」が意味することは何か……。この連載の中で、村上春樹作品と「色」の問題を考えてきました。

今回は、この『ねじまき鳥クロニクル』（一九九四、九五年）

という大長編と「色」の問題を考えてみたいと思います。

▼基調となる色は「青」

新版の文庫では、「青」が外され、かわりに「赤」が表紙に加わりました。もっとも第3部の「青紫」は、かなり「青」に近い「紫」ですので、単に「青」が省かれたというわけではないようです。むしろ「赤」が加わった変更と受け取ったほうがいいのかもしれません。

それに余談的に加えておくと、新潮文庫では文庫の背の色を自分の好きな色に選ぶことができます。一冊目の文庫は白い背ですが、二冊目の文庫が刊行される時点で好きな色が選べるようになっています。そして村上春樹作品の新潮文庫の色は「青」です。推測ですが、おそらく村上春樹が自分の色として「青」を選んだのでしょう。

さて『ねじまき鳥クロニクル』と色の問題ですが、話を簡単にするために、結論を先に書いてしまいましょう。この『ねじまき鳥クロニクル』という作品の基調となる色は「青」だと私は思っています。

旧版の表紙の色は第1部の「青緑」で「青」を含んでいて、第2部の「紫」という色も「青」が混ざった色です。第3部の「青」を含めて、その表紙にも「青」が貫かれています。『ねじまき鳥クロニクル』の中で、その「青」が出てくる場面を紹介しながら、このことを考えてみたいと思います。

色に注目してこの作品を読めば、「青」が非常に重要な役目を果たしていることが、自然にわかるのです。以下、具体的に紹介してみましょう。

この大長編は非常に縮めて言えば、ある日、自分の前から、突然いなくなってしまった妻クミコを、主人公が長い時間をかけて取り戻す物語です。その第1部の最初のほうで、主人公の「僕」とクミコが言い合う場面があります。「どうしてこんなものを買ってきたのよ?」とクミコが疲れた声で「僕」に言います。

▼それを嫌う理由は何かあるのかな?

「僕」が何を買ってきたのかと言うと、それは「青いティッシュペーパーと花柄のついたトイレットペーパー」です。それに対してクミコは言います。

「私は青いティッシュペーパーと、柄のついたトイレットペーパーが嫌《きら》いなの。知らなかった?」
「知らなかった」と僕は言った。「でもそれを嫌う理由は何かあるのかな?」
「どうして嫌いかなんて、私にも説明できないわよ」

村上春樹は「青いティッシュペーパーと花柄のついたトイレットペーパー」をめぐる会話の一部の「青い」と「花柄のついた」にわざわざ傍点を打って書いています。「花柄のついた」のほうは、もしかしたらあまり重要ではない

のかもしれません。なぜなら紹介したように、次の会話で「私は青いティッシュペーパーと、柄のついたトイレットペーパーが嫌いなの」というように、「花柄」が単に「柄」に置き換えられているからです。

　私には、この部分は単なる些細なことを巡る夫婦の言い合いを述べている部分とは思えません。この大長編全体が、クミコがどうして「青いティッシュペーパーを嫌いか」を解明する物語のように読めるのです。

　ともかく、このように最初に「青いティッシュペーパー」のことが出てきます。それからかなり長く、「僕」と妻の「クミコ」は論議しています。文庫版で十ページ近くも「青いティッシュペーパー」のことについて、書かれているのです。

　その章の最後にはこうあります。

> 僕らは数日のうちにそんなつまらないいさかいのことは忘れてしまうだろう。
> 　しかし僕にはその出来事が妙に気になった。（……）
> 　僕はいつかその全貌《ぜんぼう》を知ることができるようになるのだろうか？

▼僕はまさに問題の核心に足を踏み入れていた

　そして、こうまで村上春樹は書いているのです。

> それがそのときに僕の考えたことであり、その後もずっと断続的に考えつづけたことだった。そしてもっとあとになってわかったことだが、そのとき僕はまさに問題の核心に足を踏み入れていたのだ。

「私は青いティッシュペーパーと、柄のついたトイレットペーパーが嫌いなの。知らなかった？」「いつかその全貌《ぜんぼう》を知ることができるようになるのだろうか？」。『ねじまき鳥クロニクル』は、そのように始まる物語なのです。実に奇妙な言葉ですが、でも『ねじまき鳥クロニクル』という大長編をしっかり受け取るためには、この「青いティッシュペーパー」の「青」とは何かを考えることがとても大切なのだと、私は思っています。

　そして「青いティッシュペーパー」だけではなく、同作にはたくさんの「青」が出てくるのです。それらを紹介しながら、考えを進めてみたいと思います。

　同作の冒頭近くに、「僕」の家の猫がいなくなって、それを路地の奥の空き家の庭まで探しに行く場面があります。そこで「僕」は、笠原メイという十六歳の女の子に出会います。その笠原メイと最初に会った時、彼女は「袖のないライトブルーのTシャツを着て」います。

　これはたまたまではありません。物語が一〇〇ページぐらい進んで、「僕」と笠原メイが再会する時にも「彼女は前と同じライトブルーのアディダスのTシャツを着て」いるのです。

▼紺色のスーツにその水玉のネクタイ

さらに妻のクミコと「青」に関するエピソードで見逃せないことが、もう一つ冒頭近くにあります。

クミコからの電話があって、「僕」が品川の駅前にあるパシフィック・ホテルのコーヒールームで加納マルタと会う場面です。彼女は初対面の「僕」のことを識別するために「水玉のネクタイをしめてきてください」と言います。「僕」は紺にクリーム色の小さな水玉の入ったネクタイを持っていました。それは二、三年前の誕生日に妻のクミコがプレゼントしてくれたものです。紺色のスーツにその水玉のネクタイをしめるとよくあって、クミコもその水玉のネクタイのことを気に入っていました。でもその水玉のネクタイがどうしても見つからない。仕方がないので、「僕」は紺のスーツを着て、ブルーのシャツにストライプのネクタイをしていきます。もし紺の背広に、ブルーのシャツに、紺に水玉のネクタイをしていたら、青ずくめですね。その後、この水玉のネクタイは駅前のクリーニング屋で見つかります。

ここに紹介した「青いティッシュペーパー」と「ライトブルーのアディダスのTシャツ」と「紺に水玉のネクタイ」は、物語の立ち上がりの部分に出てきます。クミコ、笠原メイ、加納マルタ。これら主要な人物が読者の前に登場する、ある意味でとても重要な場面が、すべて「青」に関係しているのです。

そして、妻のクミコは「青いティッシュペーパー」を毛嫌いしていますが、「僕」の誕生日にプレゼントした「紺に水玉のネクタイ」のことは気に入っていました。つまりクミコは一方的に「青」を嫌っているのではなく、彼女にとって「青」の価値、「青」への好悪は両義的であるように思えます。

第2部には「僕」が夢の中で、紺色のスーツに青い水玉のネクタイをして、加納マルタの妹・加納クレタと会い、性的に交わる場面があります。夢の中での、その加納クレタはクミコの淡いブルーのワンピースを着ているのです。

このように、『ねじまき鳥クロニクル』は、重要な場面のほとんどが「青」に関係している物語なのです。

▼モンブランのブルー・ブラック・インクに似た

さらにもう一つ、重要な「青」が、同作に出てきます。この長編には井戸の存在が大きな役割を果たしているのですが、その空井戸の底に「僕」が降りていって、そこに長く留まり、再び出てくる場面が第2部にあります。井戸の中に長くいたので、「僕」は髭が伸びていました。

「僕」は顔を熱いタオルで蒸して、たっぷりとシェーヴィング・クリームをつけて、注意深く髭を剃ります。顎を剃り、左の頬を剃り、右の頬を剃り終わってふと鏡に目をやると、「右の頬に何か青黒いしみのようなものがついていた」のです。

顔を鏡に近づけて、そのあざをもっと詳しく観察してみた。それは右の頬骨の少し外側あたりにあり、大きさは赤ん坊の手のひらくらいあった。色は黒に近い青で、それはクミコのいつも使っているモンブランのブルー・ブラック・インクに似ていた。

それは「黒に近い青」のあざですが、「黒に近い」という意味よりも、ここでも「青」のほうに意味があると思います。

よく知られるように、この『ねじまき鳥クロニクル』という長編は、一九九四年にまず第1部、第2部が刊行されて、それでいったん完結した物語でした。その第2部のエンディングは僕が区営プールに行くところです。

▼第3部を繋ぐ「青いあざ」

そのプールにはいつもバックグラウンド・ミュージックが流れているのですが、そのときはフランク・シナトラの『リトル・ガール・ブルー』などがかかっているのです。

翌一九九五年に第3部が新たに書かれ、刊行されました。その第3部には赤坂ナツメグという女性が新たに登場しますが、彼女は満州からの引き揚げ者で、父親は新京動物園の主任獣医でした。

そして赤坂ナツメグの父は「三十代後半の背の高い男で、顔だちは整っていたが、右の頬に青黒いあざがついていた」のです。このように第3部は、その「青いあざ」で、第1部、第2部と繋がっているのです。

その第3部の冒頭に笠原メイの章が置かれていて、僕のことを「ねじまき鳥さん」と呼ぶ彼女から僕に手紙がきます。

ねじまき鳥さんと会わなくなってからも、私はねじまき鳥さんの顔のあざのことをよく考えていました。突然ねじまき鳥さんの右の頬《ほお》に現われたあの青いあざのこと。ねじまき鳥さんはある日穴ぐまみたいにこそこそと宮脇さんの空き家の井戸の中に入って、しばらくして出てきたらあのあざがついていたのよね。（……）私は最初に見たときからずっと、そのあざのことをなにかとくべつなしるしなんじゃないかと思っていました。そこにはたぶん何か、私にはわからない深い意味があるんだろうって。だってそうでなければ、急に顔にあざができたりしないものね。

これは最初に紹介したクミコの「青いティッシュペーパー」が嫌いということに発する、夫婦のいさかいについて「いつかその全貌を知ることができるようになるのだろうか？」「そのとき僕はまさに問題の核心に足を踏み入れていたのだ」と書いていることと対応している場面だと思います。

つまり村上春樹は「『ねじまき鳥クロニクル』の「青」とは何か」について考えることを、読者に要請しているのです。

ですから、私も、以上、例に挙げたことを通して、その「『ねじまき鳥クロニクル』の「青」とは何か」、さらに「村上春樹の「青」とは何か」について、何回かにわたって考えてみたいと思います。

014

『国境の南、太陽の西』の青い歴史

『ねじまき鳥クロニクル』の「青」を考える②

2012. 5

『ねじまき鳥クロニクル』は、村上春樹がノモンハン事件など戦争のことを中心に据えて書いた物語なので、著者にかなりの労を強いる作品だったようです。作品への労力に関しては、村上春樹はいつも惜しみなく注ぎ込む人なので、このことは変わりないのだと思いますが、ふつうは作品が発表される時には、格闘ぶりが読者には見えないような形で出てきます。でも『ねじまき鳥クロニクル』については、外に現れただけでも、その格闘ぶりが幾つかうかがえるのです。

▼カバーを外すと「青」一色

前回紹介したように『ねじまき鳥クロニクル』は第１部と第２部が一九九四年に発表され、それでいったん完結した作品として刊行されました。ところが翌一九九五年になって、その続編の第３部が刊行されるという異例の形式となりました。

同じ「１９８４」年の日本を舞台とした『１Ｑ８４』もＢＯＯＫ１、２が、二〇〇九年に刊行されて、ＢＯＯＫ３が二〇一〇年に刊行されているのですが、この『１Ｑ８４』は当初からBOOK3が刊行されることは織り込み済みだったようです。でも『ねじまき鳥クロニクル』の場合は第1部、第2部が書かれた後に、第3部が書き出されているのです。これは、ずいぶん作品と格闘したことの痕跡でしょう。

そして『ねじまき鳥クロニクル』には、もう一つ特徴があって、同作の一部として作中に含まれるはずだった部分が、別の長編として取り出されているのです。それが一九九二年に刊行された『国境の南、太陽の西』です。

この回は前に続いて『ねじまき鳥クロニクル』と「青色」との関係について考えることがテーマですが、その前に、元々は同作の一部だった『国境の南、太陽の西』について紹介してみたいと思います。

なぜなら『国境の南、太陽の西』の単行本のカバーを外してみると、この本は「青」一色であるからです。『世界の終りとハードボイルド・ワンダーランド』(一九八五年)は箱から出してみればピンク一色、『ノルウェイの森』(一九八七年)の上下巻は「赤」と「緑」、そして『国境の南、太陽の西』のカバーを外してみると「青」一色なのです。さらにこの本は、カバーも、単行本の中の扉も、「青」から「白」へのグラデーションとなっています。やはり『国境の南、太陽の西』の「青」について、考えなくてはいけないと思うのです。

この『国境の南、太陽の西』の最後には「僕」が眠らずに夜明けを待つ場面があるのですが、そこにこんなことが書いてあります。

> 空の端の方に一筋青い輪郭があらわれ、それが紙に滲む青いインクのようにゆっくりとまわりに広がっていった。それは世界じゅうの青という青を集めて、そのなかから誰が見ても青だというものだけを抜き出してひとつにしたような青だった。僕はテーブルに肘をついて、そんな光景を何を思うともなくじっと見ていた。

これだけの引用に「青」が六回も登場。まさに「僕」の見た夜明けは「青」ずくめです。文章は次のように続き、「青」は白い雲の描写へと移動していきます。

> しかし太陽が地表に姿を見せると、その青はやがて日常的な昼の光の中に吞み込まれていった。墓地の上にひとつだけ雲が浮かんでいるのが見えた。輪郭のはっきりとした、真っ白な雲だった。

ちなみに同作の真ん中あたりには「寝室の窓からは青山墓地が見えた」とあるので、ここに引用した文章の最後の「墓地の上に……」という墓地は「青山墓地」のことです。

単行本の「青」一色の本体、さらにカバーや扉の「青」から「白」への移行などの装丁は、おそらく、この「青」山墓地から真っ白な雲への移行を反映したものでしょう。

▼私は昔からずっと青い服が好きなの

その『国境の南、太陽の西』という小説の中身を少しだけ紹介しましょう。同作では主人公の「始」が通う小学校に「島本さん」という女の子が転校してきて、「僕」(始)は同級生の島本さんと親しくなります。

冒頭近くに「僕」が島本さんの家に遊びに行って、レコードでナット・キング・コールの『プリテンド』などを聴く場面があるのですが、その時、小学生の島本さんは「丸首の青いセーター」を着ています。さらに続けて「彼女は何枚か青いセーターを持っていた。たぶん青い色のセーターが好きだったのだろう」とも記されているのです。

二人で聴く『プリテンド』はこの作品では重要な役割を担う歌ですが、その歌を小学生の「始」と「島本さん」はあまりに繰り返し聴いたので「始めの部分を口真似で歌うことができた」と書いてあります。それは小学生の二人には呪文のような歌詞でした。

プリテンニュアハピーウェニャブルウ
イティイズンベリハートゥドゥー

今ではもちろんその意味はわかる。「辛いときには幸せなふりをしよう。それはそんなにむずかしいことではないよ」。

英語では「Pretend you're happy when you're blue／It isn't very hard to do」という歌詞で、その中にも「blue」という言葉が出てきます。訳の中で村上春樹が「辛い」と訳した部分です。その「始めの部分を口真似で歌うことができた」というのですが、ここは「僕」の「始」という名を織り込んだ文章ともなっています。

そして「僕」と「島本さん」は小学校を出た後、別の中学に進みます。さらに「僕」が電車の駅で二つ離れた町に越してしまい、まもなく二人は別れてしまうのですが、三十六歳の時、「僕」が経営するジャズ・クラブに島本さんが訪ねてきて再会するのです。

その時の島本さんの服装が「青い絹のワンピースの上に、淡いベージュのカシミアのカーディガン」なのです。さらに「ワンピースの色によく似た色合いのバッグ」を持っているのです。

そこで、「僕」が「君は今でも青い服を着ているんだね」と言うと、島本さんは「そうよ。私は昔からずっと青い服が好きなの。よく覚えているのね」と答えています。

その「僕」の経営するジャズ・クラブは「青山」にあります。再会後、島本さんはしばらく店に姿を見せなかったのですが、「僕」が三十七歳となった時にまたやってきます。その夜の島本さんは「ライト・ブルーのタートルネックのセーターに、紺色のスカート」姿なのです。

▼原『ねじまき鳥クロニクル』の物語

そして、今度は「白いワンピースの上に、ネイヴィー・

ブルーの大ぶりなジャケット」姿で現れた島本さんと、「僕」は箱根の別荘に行って、ついに二人は結ばれるのです。しかし一夜明けると島本さんは、あとかたもなく、何の痕跡もなく「僕の前から消えてしまった」という小説です。

前の回でも紹介しましたが、『ねじまき鳥クロニクル』の第2部には、夢の中で「僕」が紺色のスーツに、紺にクリーム色の小さな水玉の入ったネクタイをして、加納クレタと性的に交わる場面があって、その時、加納クレタは「僕」の妻クミコのワンピースを着ています。そのクミコの夏物のワンピースは「淡いブルーで、鳥の模様がパターンとして、透かし彫りのように入っている」とあります。

この文章は「青」を共通色として、三冊ともに鳥の模様が透かしのように入った『ねじまき鳥クロニクル』の旧版文庫の表紙の装丁などにも対応していますね。単行本の『ねじまき鳥クロニクル』の装丁にも鳥の模様が透かしのように入っているのですが、そんな模様の入ったクミコの夏物のワンピースは「淡いブルー」の色なのです。

つまり『ねじまき鳥クロニクル』のクミコも、『国境の南、太陽の西』の島本さんも「青」をめぐる女性なのです。村上春樹はなぜ、これほどまでに「青」にこだわるのでしょう。

村上春樹自身が「メイキング・オブ・『ねじまき鳥クロニクル』」（「新潮」一九九五年十一月号）で明かしていることですが、この『国境の南、太陽の西』の第1章が『ねじまき鳥クロニクル』の第1章となるはずのものでした。

もちろん現在われわれが読める作品とは随分異なる形だったでしょうが、『国境の南、太陽の西』と『ねじまき鳥クロニクル』とを合わせた、原『ねじまき鳥クロニクル』ともいうべき物語が存在したということです。それはきっと、青い色で貫かれた作品だったのではないかと思われます。

▼「歴史」を表す「青」

さて『国境の南、太陽の西』と『ねじまき鳥クロニクル』を貫く、「青」について紹介してきましたが、その「青」が村上春樹作品の中で、いったいどんな意味を持っているのかということを、考えなくてはなりません。

村上春樹作品にとって「青」とは何か。また長くなりそうなので、私なりの結論を先に記しておきましょう。村上春樹作品にとっての「青」、それは「歴史」または「歴史意識」というものを示す色なのではないかと私は考えています。

その村上春樹作品の中の「青」と「歴史」の繋がりについて、具体的に挙げてみましょう。まず『国境の南、太陽の西』からです。「僕」が三十七歳となった後、「僕」が経営する「青山」のジャズ・クラブに「島本さん」が再び訪ねてくるのですが、この時、「僕」はカウンターに腰掛けて、本を読んでいます。

「何を読んでいるの？」と彼女は僕の本を指さして言った。僕は彼女に本を見せた。それは歴史の本だった。ヴェト

ナム戦争のあとに行われた中国とヴェトナムとの戦争を扱った本だ。彼女はそれをぱらぱらと読んで僕に返した。
「もう小説はあまり読まないの？」

その後に、新しい小説はほとんど読まなくなってしまった「僕」と「新しいのも古いのも。小説も、小説じゃないのも」読んでいるという「島本さん」の話がしばらくあるのですが、私はこの場面は、新しい小説を「僕」があまり読まなくなってしまったことよりも、「僕」が「歴史の本」を読んでいることに注目すべきだと思っています。

なぜなら『国境の南、太陽の西』という小説自体が「歴史」を描いた物語だからです。

そして、この作品の主人公の命名は村上春樹作品の中でも非常に変わったものです。同作の書き出しはこうです。

僕が生まれたのは一九五一年の一月四日だ。二十世紀の後半の最初の年の最初の月の最初の週ということになる。記念的といえば記念的と言えなくもない。そのおかげで、僕は「始（はじめ）」という名前を与えられることになった。

▼「昭和」へのこだわり

村上春樹は登場人物の名づけに非常にこだわる作家ですが、冒頭で、その名前と由来が示される長編はこの作品だけではないかと思います。

そして、「僕」と「島本さん」が箱根で激しく結ばれた後、「島本さん」が忽然と消えてしまいます。二人が三十七歳の時です。

計算してみると、それは一九八八年のことです。年号でいえば昭和六十三年のことです。昭和六十四年は実際にはわずか七日で終わってしまいます。ですから昭和六十三年というのは、もうすぐ「昭和」が消えていくという年なのです。

つまり『国境の南、太陽の西』は二十世紀の後半の最初の年に生まれた「始」が、ほぼ「昭和が終わる」までの日本社会を生きていく小説となっているのです。『国境の南、太陽の西』の刊行は一九九二年十月十二日。同作は村上春樹が「昭和」という時代が終焉して書いた初めての長編作品です。このように受け取ってみれば、「始」という村上春樹の長編の主人公としては随分変わった名前も、すんなり届く名前だと思えるのです。

その「始」と「島本さん」は小学生時代、十二歳の時に、島本さんの家でレコードを聴きながら、じっと手を握りあったことがあります。そして小学校を卒業して、二人は会わなくなります。その二人が三十七歳の時に、こんな会話をします。

「若く見えるわよ。三十七にはとても見えないわ」
「君もとても三十七には見えない」

「でも十二にも見えない」「十二にも見えない」

また計算してみると、二人が十二歳の時とは、つまり一九六三年のことです。「一九六三年」は、この連載で何度も記していますが、村上春樹にとって、原点とも言うべき年です。

「ケネディー大統領が頭を撃ち抜かれた年」。「僕」や「鼠」や「左手の小指のない女の子」が集う「ジェイズ・バー」が「僕」の「街」にやってきた年。その頃からヴェトナム戦争が激しくなった年です。『風の歌を聴け』の「僕が寝た三番目の女の子」で、二十一歳で死んでしまった彼女が「人生の中で一番美しい瞬間」の年でもありました。

▼島国日本の「島本さん」

ここで「僕」と「島本さん」が語っているのは、単に十二歳から三十七歳までの二人の別れと再会の話ではありません。「僕」と「島本さん」が、じっと手を握りあった十二歳の頃から、日本は山を崩して、海を埋め立てて、高層アパート群を建てるというような計画を進め始めました。そのような「昭和」という時代がまもなく終わろうとしているのです。そんな日本の「歴史」が語られているのです。少しの飛躍があることを知って記すのですが、私は「島本」さんの名前は「島国日本」の省略形だろうと考えています。

それはともかく「青」を「歴史」を表す色と考えると、『国境の南、太陽の西』は二十世紀後半の「昭和」という時代が終わるまでを書いた物語だと思えてきますし、それはバブル経済真っ盛りの時代ですが、この「昭和」の終わりとともに「青」の「島本さん」が「僕」の前から消えてしまうことも理解できるのです。

「青」が「歴史」や「歴史意識」のことであり、「島本さん」は「島国日本」のことであり、その「島本さん」の消滅は「昭和」の終わりのことでしょう。私はそう思っているのですが、でもやはり、それは考えすぎだと感じられる人もいるかもしれませんので、一つだけ加えておきたいと思います。

『1Q84』（二〇〇九、一〇年）という長編が『ねじまき鳥クロニクル』と対応して書かれていることは、よく知られています。それは前記したように『ねじまき鳥クロニクル』の作中の時代が「1984」年から始まっているからです。

そして『1Q84』は、主人公の一人である「青豆」という女性が、高速道路を走るタクシーの中でヤナーチェックの『シンフォニエッタ』という曲を聴いている場面から始まっています。このため『1Q84』の本ばかりでなく、ヤナーチェック『シンフォニエッタ』のCDがよく売れたほどです。

▼年号が昭和に変わった

その『シンフォニエッタ』は一九二六年作曲の作品です。それは年号でいえば大正十五年、昭和元年のことです。作中にも「一九二六年には大正天皇が崩御し、年号が昭和に変わった」と記されています。つまり「昭和」の開幕を告げる年に生まれた音楽から、『1Q84』は始まっているのです。これも「昭和」を強く意識した作品であることは間違いないでしょう。その『1Q84』は『ねじまき鳥クロニクル』の時代を意識した作品でしたし、『ねじまき鳥クロニクル』から生まれた作品が『国境の南、太陽の西』でした。

このように、村上春樹は「昭和」へのこだわりをとても強く持っている作家だと思います。

さてさて、では『ねじまき鳥クロニクル』の「青」と「歴史」は、どのような形で描かれているでしょうか。そのことをここで続けて書きたいのですが、ここまででもかなり長い文章となってしまいましたので、続きは次回にしたいと思います。

O15

ある日、突然、頬に青いあざが出来る体験

『ねじまき鳥クロニクル』の「青」を考える③

2012.6

村上春樹作品の中の「青」は「歴史」のことを表しているのではないでしょうか。

そんな考えを前回で述べました。そして今回のサブタイトルにもあるように、『ねじまき鳥クロニクル』（一九九四、九五年）に出てくる「青」とは何かについての考察が、思いがけず三回続きとなってしまいました。

それほど村上春樹にとって、「青」が持つ意味が大切なものであるということなのですが、『ねじまき鳥クロニクル』でも、「青」はやはり「歴史」を表していると、私は考えています。もともと『ねじまき鳥クロニクル』の「クロニクル」（年代記）というタイトル自体が「歴史」のことですが、同作の「青」と「歴史」関係について、さらに具体的な例をいくつか挙げてみたいと思います。

▼「青山」のイタリア・レストランで

まず『国境の南、太陽の西』（一九九二年）と同じように『ねじまき鳥クロニクル』の中の「青山」と「歴史」の関係から考えてみましょう。

『ねじまき鳥クロニクル』の第3部には、第1部、第2部

にはほとんど出て来なかった赤坂ナツメグという女性が登場します。

新宿西口で広場のベンチに「僕」が座ってダンキン・ドーナツを食べながら、通り過ぎる人たちを見ていると「濃いサングラスをかけ、肩にパッドのはいったくすんだブルーの上着を着て、赤いフラノのスカート」をはいた女に声をかけられます。一年前にも同じ所で出会った中年の女で、それが「赤坂ナツメグ」です。一年前には「鮮やかなピンク色のワンピース」だった彼女が、第3部では「くすんだブルーの上着」を着て話しかけてきたのです。

その次に登場する場面では「オレンジ色のコットンの上着を着て、トパーズ色のタイト・スカート」姿ですが、その彼女は「いらっしゃい」と言って、「僕」をタクシーに乗せ、運転手に「青山」の所番地を告げるのです。

そこはブティックで、彼女は「僕」にスーツを二着買ってくれます。その一着は「ブルーグレイ」のスーツです。さらに、靴や時計まで買ってくれます。このあたり、バブル経済と、その崩壊前夜の雰囲気もありますね。

そして「夕食を食べましょう」と、彼女は「僕」を近くのイタリア・レストランに連れて行くのです。それから「僕らはいつも同じレストランで、同じテーブルをはさんで話を」するようになりました。「長いあいだ赤坂ナツメグは僕にとって、この世界でただ一人の話し相手となった」のです。


そうやって二人の年代記・歴史が語られていきます。「赤坂ナツメグ」の父親が満州の新京動物園の主任獣医であったこと、その主任獣医に起きた昭和二十年八月の出来事、その主任獣医の右の頬に「僕」と同じような青黒いあざがあったこと。昭和二十年八月十五日、日本へ向かう途中、「赤坂ナツメグ」が乗った輸送船が米国の潜水艦に沈められそうになったこと。これらの「歴史」が「青山」のイタリア・レストランで語られます。ここでも「青山」は「歴史」と繋がる場所になっています。

村上春樹作品の中での「青山」は単なる東京の地名として出てくるのではなく、それは「青」の色が示す「歴史」と繋がる場所としてあるのです。

▼井伏鱒二『黒い雨』

この「赤坂ナツメグ」が、「僕」を「青山」のイタリア・レストランに連れて行く前に、彼女が「僕」を美容院に連れて行って、髪を切り、シャンプーをする場面があります。

その「青山」の美容院は壁一面に鏡が張り巡らされていて、「僕」の「青いあざ」も鏡に映っています。「僕」は「ときどき誰かの視線をそのあざの上に感じる」こともありますが、「でも鏡の中に映った像の数が多すぎて、いったい誰が僕を見ているのかは」わかりません。ただその視線を感じるだけです。

前にも紹介しましたが、この「青いあざ」で、それまでの第1部、第2部と第3部が繫がっています。「僕」の「青いあざ」は、ある日、井戸の中に入っていて、出てくると突然、右頬に出来ているのです。その井戸はノモンハンに繫がっていたりする「歴史」の通路のような井戸ですが、その井戸から出てくると別に何の罪もないような普通の人である僕の頬に突然、青黒いあざが出来ているのです。

こんなことがあり得るのでしょうか？

でもそういうことは歴史上あったのではないかと私は思います。それを少し紹介したいと思います。

目もくらむほど強烈な光の球が見えた。同時に、真暗闇になって何も見えなくなった。瞬間に黒い幕か何かに包み込まれたようであった。

閑間重松がそんな体験をした後、国道を歩いていると、知り合いの女性から「閑間さん、顔をどこかで打たれましたね。皮が剝《む》けて色が変わっております」と言われます。

両手で顔を撫《な》でると、左の手がぬらぬらする。両の掌《てのひら》を見ると、左の掌いちめんに青紫色の紙縒《こより》状のものが着いている。（……）

僕は顔をぶつけた覚えはなかったので不思議でならなかった。（……）

べつに痛みはなかったが、薄気味わるくて首筋のところがぞくぞくした。

そんな文章が井伏鱒二『黒い雨』にあります。主人公・閑間重松が原爆で受けた顔の青紫色の傷は左の頬で、『ねじまき鳥クロニクル』の「僕」とは反対側ですが、『黒い雨』の中でも閑間の顔の青紫色の傷は、被爆の象徴のように繰り返し出てきます。

この『黒い雨』は昭和四十年の「新潮」一月号から連載が始まった時、「姪《めい》の結婚」という題名だったことは有名ですし、書き出しも「この数年来、小畠《こばたけ》村の閑間《しずま》重松《しげまつ》は姪《めい》の矢須子《やすこ》のことで心に負担を感じて来た」というものです。その矢須子と閑間が被爆後、再会する時にもこんな会話をしています。

矢須子は僕の顔を見て「まあ、おじさんの顔、どうしたんでしょう」と云った。

「なに、ちょっと火傷《やけど》しただけだ」と僕は云った。

この顔の青紫色の傷は閑間だけのものではなく、閑間が電車に乗っていると、右隣に立っていた男は顔の左半分を火傷して、皮膚がくるりと剝げていました。その男は、閑間に「あんた、どこでやられましたか」と話しかけています。閑間は横川駅でやられたのですが、その男は「防空壕《ぼうくうごう》を出たところでやられました」と話しています。

しばらくしてから洗面所の鏡に向かって、閑間が左の頬の状態を確かめる場面がありますが、鏡を見ると閑間の「左の頬は一面に黒みを帯びた紫色になって」いたのです。

▼われわれ日本人にあり得た体験

『ねじまき鳥クロニクル』第3部の冒頭で、「僕」のことを「ねじまき鳥さん」と呼ぶ笠原メイから「私はねじまき鳥さんの顔のあざのことをよく考えていました。突然ねじまき鳥さんの右の頬《ほお》に現われたあの青いあざのこと」という手紙が、「僕」にくることを前に紹介しました。『黒い雨』では姪の矢須子が「まあ、おじさんの顔、どうしたんでしょう」と「僕」に声をかけてきます。両作のこの「メイ」と「姪」との関係が、少し気にもなってはいるのですが……でもこれはきっと、私の妄想でしょう。

ですから、私は『黒い雨』の閑間の青紫色の左頬の傷と、『ねじまき鳥クロニクル』の「僕」の右頬に出来ていた青いあざとが、強く関係しているということが言いたいわけではありません。

ただわれわれ日本人の歴史の中で、何の罪もないかもしれない人たちが、ある日、突然、自分の頬に青紫色の傷が出来る体験をするということがあり得たことを述べたいのです。

さて、村上春樹『ねじまき鳥クロニクル』を読んだ人で、誰もが忘れられない場面は〝皮剝ぎ〟と呼ばれる場面でしょう。

これは昭和十三（一九三八）年の旧満州・モンゴル国境のノモンハンで情報活動していた山本という男が生きたまま全身の皮をナイフで剝がされて殺される場面です。

「僕」と妻「クミコ」が結婚するに際しての恩人である本田さんもノモンハン事件の生き残りでした。その本田さんが亡くなった後、戦友の「間宮中尉」という人が「僕」の前にやってきて語るのが〝皮剝ぎ〟の話です。

▼「広島」と「長崎」

「間宮中尉」は衝撃的な戦争の話を「僕」に伝えるのですが、「間宮中尉」が次のようなことを語ることも忘れてはならないでしょう。彼はノモンハンでの〝皮剝ぎ〟を語り、さらに抜け殻となった自分の心と、抜け殻の肉体と、抜け殻の人生を語ります。

私の中のある何かはもう既に死んでいたのです。そしておそらく私は、そのときに感じたように、あの光の中で消え入るがごとくすっと死んでしまうべきだったのです。（……）

私は片腕と、十二年という貴重な歳月を失って日本に戻りました。広島に私が帰りついたとき、両親と妹は既に亡《な》くなっておりました。妹は徴用されて広島市内の工場で働いているときに原爆投下にあって死にました。父親もそのときちょうど妹を訪ねに行っていて、やはり命を落としました。母親はそのショックで寝たきりになり、昭和二二年

に亡くなりました。

つまり〝皮剝ぎ〟という残虐でショッキングな戦争中での出来事を語る「間宮中尉」は広島出身で、原爆による過酷な傷の癒えぬ広島から上京して、「僕」に戦争の歴史を語るのです。

そんなことが語られる『ねじまき鳥クロニクル』という物語で、「僕」が行方不明となった妻「クミコ」を奪還するためのルートは、「僕」の家の近くにある空き家の深い井戸です。「僕」はこの井戸を壁抜けのように通過し、別の世界に出て、その異界の世界で「綿谷ノボル」と闘い、最後に「クミコ」を取り戻すのです。

物語の終盤、「僕」が異界の世界で「綿谷ノボル」的なるものをバットで叩きつぶすと、すると現実世界の「綿谷ノボル」はとつぜん、脳溢血のような症状で、意識不明となってしまいます。村上春樹はこう書いています。

「綿谷ノボルさんは長崎で大勢の人を前に講演して、そのあとで関係者と食事をしているときにとつぜん崩れ落ちるように倒れて、そのまま近くの病院に運ばれたの。一種の脳溢血《のういっけつ》だって」

ノモンハンで残虐な〝皮剝ぎ〟を「僕」に語る「間宮中尉」は〝皮剝ぎ〟を目撃後、井戸に落とされて奇跡的に助かった人ですが、その「間宮中尉」が「広島」の人であり、「僕」が井戸に降りて、異界で戦う「綿谷ノボル」は「長崎」で倒れているのです。おそらく、これは偶然ではないでしょう。ここで村上春樹は、日本人が受けた二度の原爆と戦争のことに触れて、『ねじまき鳥クロニクル』という作品を書いているのだと、私は思います。

「僕」が「綿谷ノボル」と闇の中で戦う時、「これは僕にとっての戦争なのだ」と考えています。その「僕」の右頰に出来た「青いあざ」を「歴史」を表す色のことだと考えると、『ねじまき鳥クロニクル』は昭和十三（一九三八）年のノモンハンから、昭和二十（一九四五）年の原爆、敗戦、さらにシベリア抑留などの時代と、一九八四（昭和五十九）年という時代を往還しながら「昭和の歴史」を書いた物語なのだと思えてくるのです。

▼変わらない歴史意識

「安らかに眠って下さい／過ちは／繰返しませぬから」

二〇一一年、スペイン・バルセロナのカタルーニャ国際賞授賞式の受賞スピーチで、村上春樹は広島にある原爆死没者慰霊碑に刻まれた、このような言葉を紹介しながら話しました。おそらく、広島の地、その原爆死没者慰霊碑を村上春樹は訪れたことがあるのでしょう。そうでなくては、語り得ない力がスピーチにありました。

一九四五年八月、広島と長崎という二つの都市に、米軍の爆撃機によって原子爆弾が投下され、合わせて二十万を超す人命が失われたことを村上春樹は話しました。

その原爆投下から六十六年が経過して、東日本大震災による福島第一原子力発電所の事故が起きたことに触れ、「これは我々日本人が歴史上体験する、二度目の大きな核の被害です」と述べました。そして「広島と長崎」という言葉を三度も繰り返して、村上春樹は語ったのです。このスピーチに『ねじまき鳥クロニクル』を書いた村上春樹の変わらぬ「歴史意識」を受け取ることができると思います。このような悲惨な結果をもたらす戦争という過ちを繰り返してはいけないという決意と、その歴史意識が伝わってきます。

『ねじまき鳥クロニクル』では前回記したように「淡いブルーで、鳥の模様がパターンとして、透かし彫りのように入っている」という妻の「クミコ」の夏物のワンピースが本の装丁に使われています。村上春樹はわざわざ「夏物のワンピース」と書いています。その「夏」とは、昭和二十年八月の「夏」のことを示唆しているのではないかと、私は考えております。

満州の新京動物園の主任獣医だった「赤坂ナツメグ」の父親に起きた昭和二十年八月の出来事。その娘である「赤坂ナツメグ」が日本に向かう輸送船の中で迎えた昭和二十年八月十五日のこと。あの〝皮剝ぎ〟の話を「僕」と「クミコ」に伝えにきた間宮中尉の妹と父親が広島への原爆投下で亡くなったのも昭和二十年八月の夏のことです。そのような「歴史」が透かし彫りのように入った「淡いブルー」の「夏物のワンピース」なのだと思います。

▼「青が消える(Losing Blue)」

最後に、これはあまり馴染みがない作品かもしれませんが「青が消える(Losing Blue)」という短編があるので、それを紹介して、この回を終わりにしたいと思います。

「青が消える(Losing Blue)」は「1999年の大晦日」に、新しいミレニアムを迎える夜、この世のすべての青い色が消えてしまうという短編です。これは一九九二年にスペインのセビリア万国博を特集する雑誌のために書かれたものです。英仏伊西の各新聞社が共同で作った雑誌に載った作品です。ミレニアムの大晦日を舞台にした短編を一九九一年に頼まれて執筆したもののようです。

日本版は二〇〇二年刊行の『村上春樹全作品　1990〜2000』の短篇集Ⅰに初めて収録されました。その村上春樹自身の解題によると、この短編を執筆直後に『ねじまき鳥クロニクル』にとりかかったので、一時、忘れてしまったそうです。でも『ねじまき鳥クロニクル』や『国境の南、太陽の西』と同じ頃に書かれた作品で「青が消える(Losing Blue)」という名前の作品は、村上春樹作品と「青」との関係を考えてきた私にとって、非常に興味深いものです。

シャツの青色が消え、青い海が消え、空の青も消えてしまうのです。同作の最後の行には「でも青がないんだ」「そしてそれは僕が好きな色だったのだ」という部分がゴシック体で印刷されています。

▼「それが歴史なのですよ」

そこで「僕」は内閣総理府広報室に電話をかけ、総理大臣を呼び出してみます。総理大臣はコンピューターで合成された声で答えるというシステムのようです。

「ねえ総理大臣、青がなくなってしまったんですよ」と僕は電話に向けて怒鳴った。
「かたちあるものは必ずなくなるのです、岡田さん」と総理大臣は言い聞かせるように僕に言った。「それが歴史なのですよ、岡田さん。好き嫌いに関係なく歴史は進むのです」

「それが歴史なのですよ」は、私には、消えた「青は歴史なのですよ」と読めます。ここにも村上春樹にとって、「青」が「歴史」また「歴史意識」であることが表明されていると思います。この「青」を「歴史」また「歴史意識」と受け取れば「青が消える（Losing Blue）」とは、多くの戦争があった二十世紀が消えていく、その「歴史意識」がなくなってしまうという意味ではないでしょうか。そんなふうに読むことができます。

コンピューターで合成された声の総理大臣は「岡田さん」と話しかけていますが、これは『ねじまき鳥クロニクル』の「僕」こと「オカダ・トオル」のことでしょう。つまり、この「青が消える（Losing Blue）」での村上春樹は『ねじまき鳥クロニクル』の「青」についても語っていると思います。

考えてみれば『国境の南、太陽の西』の最後に昔からずっと青い服が好きだという「島本さんが消える」のも「青が消える」ですし、『ねじまき鳥クロニクル』の僕の前から、モンブランのブルー・ブラック・インクを愛用する「クミコが消える」のも「青が消える」です。そして『ねじまき鳥クロニクル』では「歴史意識」をしっかり獲得して、「歴史」の奥に潜む悪なるものと戦うことで、消えた「クミコ」が帰ってくる物語となっています。

▼なぜ「青いティッシュペーパー」が嫌いなのか

さてさて最後の最後に、この三回続きとなった「『ねじまき鳥クロニクル』の「青」を考える」の「①」の冒頭近くで紹介した、妻の「クミコ」がなぜ「青いティッシュペーパー」が嫌いなのかという問題を考えなくてはいけないと思います。

この「クミコ」は、実は「青」が好きな人、「歴史」が好きな人なのではないでしょうか。

だって「クミコ」は、紺にクリーム色の小さな水玉の入ったネクタイを「僕」の誕生日にプレゼントしていますし、「僕」が紺色のスーツにその紺にクリーム色の小さな水玉のネクタイをしめるとよく合って、「クミコ」もそのネクタイのことを気に入っていました。

「クミコ」にとって、青いティッシュペーパーは「歴史」という大切なものである「青」を使い捨てにするようなものとして、嫌っているのだろうと私は考えています。

ともかく、村上春樹は「青」に非常にこだわって書く作家です。「青が消える（Losing Blue）」の中で、「青」について「それは僕が好きな色だったのだ」と記していますし、『海辺のカフカ』（二〇〇二年）の刊行直後の読者とのインターネットメールでの応答集『村上春樹編集長　少年カフカ』（二〇〇三年）の読者とのやり取りに使われたメールアドレスもlosingblue@kafkaontheshore.comが使われていました。

O16

『1Q84』の青豆と『大菩薩峠』の青梅

「青梅街道」沿いに直列する大長編

2012.7

村上春樹の作品の中を「青」の色が貫通しています。そのことを『ねじまき鳥クロニクル』（一九九四、九五年）や『国境の南、太陽の西』（一九九二年）などを通して紹介してきましたが、この回では『１Ｑ８４』（二〇〇九、一〇年）と「青」の関係について、考えてみたいと思います。なにしろ、『１Ｑ８４』の女主人公が「青豆」という名前ですから。

この「青豆」の「青」は、村上春樹作品の中を貫通する「青」と、どう関係しているのかということを考えてみたいのです。

さていつものように、私なりの結論を先に記して、そこから考えを進めてみたいと思います。私は、この『１Ｑ８４』という物語は、中里介山の大長編『大菩薩峠』と関係しているのではないかと、考えています。

『１Ｑ８４』と『大菩薩峠』。その直接の関係を示すものには、まず次のようなことがあります。『１Ｑ８４』の男主人公「天吾」が、死の床にある父親を入院先の療養所に訪れて、父の病室の本棚に並んだ本の背表紙を眺める場面が『１Ｑ８４』ＢＯＯＫ２にあるのですが、この場面に

「その大半は時代小説だった。『大菩薩峠《だいぼさつとうげ》』の全巻が揃っている」と記されているのです。

▼死の床で読んでいた大長編

『大菩薩峠』という巨大長編は、私が読んだ富士見書房文庫版でも全二十巻、一九九五年から刊行された、ちくま文庫版も持っているのですが、これもやはり二十巻という超大作です。つまり、その長い長い小説を主人公「天吾」の父親が死の床で読んでいたのです。

さらに『１Ｑ８４』ＢＯＯＫ３では、父親の死後、「天吾」が父の病室に案内されてみると「本棚には一冊の本もなく、それ以外の私物もすべてどこかに運び去られていた」というふうに、「天吾」の父親が読んでいた『大菩薩峠』も無くなっていることが、それとなくわかるように示唆されてもいるのです。

大菩薩峠は江戸を西に距《さ》る三十里、甲州裏街道が甲斐国東山梨郡萩原村に入って、その高く最も険しきところ、上下八里にまたがる難所がそれです。

原稿用紙で計算したら一万五〇〇〇枚という、この超大作『大菩薩峠』は、そのように書き出されています。

その大菩薩峠は東に流れる多摩川と西に流れる笛吹川の分水嶺ですが、江戸を出て、八王子から小仏、笹子を越えて甲府に出る、

それがいわゆる甲州街道で、一方に新宿の追分を右にとって往くことを十三里、武州青梅の宿へ出て、それから山の中を甲斐の石和へ出る、これがいわゆる甲州裏街道（一名は青梅街道）であります。

青梅から十六里、その甲州裏街道第一の難所たる大菩薩峠は、記録によれば、古代に日本武尊《やまとたけるのみこと》、中世に日蓮上人の遊跡があり……

と続いていきます。

つまりこの中里介山『大菩薩峠』は甲州裏街道である青梅街道を舞台とする物語なのです。村上春樹の『１Ｑ８４』も、単に「天吾」の父親の書棚に『大菩薩峠』全巻が置かれていただけでなく、この中里介山の超大作に強く関係している物語なのではないだろうかと、私は思っています。さらに主人公「青豆」の名前も「青梅街道」の「青梅」と関係して名づけられているのではないのかなと、考えたりもしているのです。

▼「丸ノ内線はまだ動き出していないのかしら？」

このことに関して、いくつかの具体的な例を挙げてみましょう。

『１Ｑ８４』で誰もが息をのんで読む場面は、オウム真理

教の教祖・麻原彰晃をも思わせるような「リーダー」という男を女性の殺し屋「青豆」が東京のホテルオークラで対決して殺害する場面でしょう。BOOK2の7章、9章、11章、13章、15章と計五章にわたって、「青豆」がリーダーと対決し、殺害するまでが描かれています。そのことに、計五章も費やしているのですから、いかに二人の対決が『1Q84』という作品にとって大切であるかということが理解できるかと思います。

そして「青豆」が、リーダー殺害後、雷雨の中、タクシーで新宿西口に向かう場面があります。新宿西口は『ねじまき鳥クロニクル』で、父親の右の頰に「青黒いあざ」がついていたという、あの赤坂ナツメグと「僕」が出会った場所ですが、それはさておき、「青豆」は新宿駅のコインロッカーに預けておいた旅行バッグとショルダーバッグを出して、その後に自分の逃走を助けてくれるタマルという男の指示を受けるため、電話をかけなくてはならないのです。

その新宿に向かうタクシーの中で、運転手が「道路の水があふれて、地下鉄赤坂見附駅の構内に流れ込んで、線路が水浸しになったそうです」「銀座線と丸ノ内線が一時運転を中止しています。さっきラジオのニュースでそんなこと言っていました」と「青豆」に伝えます。

そして、「青豆」はタマルからの指示が「新宿から丸ノ内線を使わなくてはならないものごとであれば、話はいくぶん面倒になるかもしれない」と思うのです。

「丸ノ内線はまだ動き出していないのかしら?」と「青豆」はタクシーの運転手に質問しています。単行本で言うと、二ページの間に四回も「丸ノ内線」のことが繰り返し出てきます。

そしてタマルからの指示は「高円寺の南口」にタクシーで向かうことでした。環七近くの「高円寺の南口」のマンションに隠れ家が用意されていたのです。

▼「青梅街道」を通って「高円寺の南口」へ

さて、ここで重要なことは、「青豆」は、ほぼ間違いなく「青梅街道」を通って、「高円寺の南口」の隠れ家のマンションに向かったということです。西新宿から「高円寺の南口」に車で向かうとき、それ以外のルートはほとんど考えられません。

先日も新宿付近を拠点にしている親しいタクシーの運転手さんに「新宿西口からお客を乗せて、高円寺の南口へ行ってくれと言われたら、どのルートで行きますか?」と質問したら、その運転手さんも「それは、青梅街道ですね」と答えていました。

つまりこの「高円寺の南口」は（地図を見てもらえばわかりますが）、あの大菩薩峠に通じる甲州裏街道・青梅街道沿いに位置しているのです。

そして「青豆」があれほど気にしていた丸ノ内線も新宿——荻窪間は青梅街道の地下を走っています。

紹介したように「新宿の追分を右にとって往くことを十三里、武州青梅の宿へ出て、それから山の中を甲斐の石和へ出る、これがいわゆる甲州裏街道（一名は青梅街道）でありますと『大菩薩峠』に記されているのですが、「新宿」という場所は、その大菩薩峠に通じる青梅街道の起点なのです。この『1Q84』では「新宿」が重要な場所として出てきます。だからこそ、「青豆」はリーダーを殺害後、新宿に向かったのだと私は思っています。

そして高円寺には、もう一人の主人公である「天吾」も住んでいるのです。

『1Q84』という小説は、小学校の同級生だった「青豆」と「天吾」が、十歳の時、人影のない教室で手を強く握り合い、その後、別々の人生を歩んでいるのですが、二人とも他の人を愛したことがなく、その二人がついに再会して結ばれるまでの長い物語です。

その二人が再会する児童公園の滑り台のあるところも、やはり青梅街道沿いにあります。

▼荻窪駅で電車を降りる母子

さらに「天吾」と「青豆」と「青梅街道」の関係を具体的に挙げてみましょう。

この『1Q84』に「ふかえり」という十七歳の美少女作家が登場します。二十九歳である「天吾」は、塾の数学講師をしながら、小説家を目指しているのですが、その「天吾」が「ふかえり」の『空気さなぎ』という小説をリライトして、ベストセラーになります。

その「ふかえり」が「天吾」と一緒に、「ふかえり」を育ててくれた「戎野先生」という文化人類学者を訪ねる場面があります。二人は新宿駅から中央線に乗って、立川駅で、青梅線に乗り換えて、「二俣尾《ふたまたお》」という駅で降ります。

青梅線は青梅街道沿いも走る電車ですが、『大菩薩峠』を書いた中里介山は青梅近くの東京都羽村市に明治十八（一八八五）年に生まれています。「二俣尾」は、青梅よりさらに先の駅ですが、そこから二人はタクシーに乗って、戎野先生の家に向かうのです。

戎野先生は、ずいぶん前に研究生活とは縁を切った人ですが、一九六〇年代には十歳ほど年下の、「ふかえり」の父親・深田保と長いあいだの親密な友だちでした。同じ大学、同じ学部で教えていて、性格や世界観は違いましたが、なぜか気があう仲だったのです。

この「ふかえり」の父親・深田保こそが、『1Q84』の中で「青豆」によって殺害されることになるリーダー、その人です。

「天吾」は戎野先生から、「ふかえり」の父・深田保のことについていろいろ教えられて、帰ります。そして帰りは「ふかえり」が一緒ではなく、一人電車に乗って戻ります。

立川駅に出て、立川で中央線に乗り換えて帰るのですが、三鷹駅で、「天吾」の向かいに親子連れが座ります。

こざっぱりとした身なりの母と娘で、娘は小学校の二年生か三年生ぐらいの目の大きな、顔立ちの良い女の子でした。その母娘はシートに腰掛けたまま、終始黙り込んでいるのですが、娘は手持ちぶさたで、自分の靴や床を見たり、向かいに座っている「天吾」の顔をちらちら見たりしています。

そしてその母子は荻窪駅で電車を降ります。母親が席を立つと、娘もすぐにそれに従って、素早く席を立ち、母親の後ろから電車を降りていきます。

その娘が席を立つときに、もう一度ちらりと「天吾」の顔を見るのですが、

> そこには何かを求めるような、何かを訴えるような、不思議な光が宿っていた。ほんの微《かす》かな光なのだが、それを見てとることが天吾にはできた。この女の子は何かの信号を発しているのだ――天吾はそう感じた。

と、村上春樹は書いています。そして、

> その少女の目は、天吾に一人の少女のことを思い出させた。彼が小学校の三年生と四年生の二年間、同じクラスにいた女の子だ。彼女もさっきの少女と同じような目をしていた。その目で天吾をじっと見つめていた。そして……

と、「天吾」と「青豆」という『１Ｑ８４』の二人の主人公の出会いと関係が語られていくのです。

さて、なぜ「天吾」は「何かを求めるような、何かを訴えるような、不思議な光が宿っていた」目を持った娘の視線と、自分の視線がクロスすると、大切な「青豆」のことを思い出すのでしょうか。

私は、そこが「荻窪」だからなのだと思います。紹介したように、「天吾」は「二俣尾」から中央線に乗り換えて帰ってくるのですが、青梅街道はその「荻窪」で中央線とクロスしているのです。「新宿」を起点に考えると、そこからいったん中央線の南側を走っていた青梅街道が「荻窪」で中央線と交わり、「荻窪」以西は中央線の北を走るようになっています。その「荻窪」で少女は「何かを求めるような、何かを訴えるような、不思議な光が宿っ」た視線で「天吾」をとらえるのです。

▼電車が「荻窪駅に停まりかけているところ」で

「青豆」はリーダーを殺害後、「新宿」にタクシーで向かい、タマルの指示で「高円寺の南口」に向かいます。「天吾」は「ふかえり」と一緒に、新宿駅から中央線で立川まで行き青梅線に乗り換えて「二俣尾」からタクシーで戎野先生を訪ね、その帰途、中央線の「荻窪」で降りた娘の視線を受け取ったことから、「青豆」のことを思い出していきます。『１Ｑ８４』を再読してみるとわかりますが、この場面は「天吾」と「青豆」が長い、長い物語の果てに、

「荻窪」と同じ青梅街道沿いの土地「高円寺の南口」で再会することの予告ともなっていると思います。

『1Q84』の中で「荻窪」が非常に意識的に書かれていることをもう一つ指摘すれば、「ふかえり」と戎野先生の所に向かう往路で、「天吾」は中央線の電車の中でうとうとと眠ってしまうのですが、電車が「荻窪駅に停まりかけているところ」で目を覚ましています。

このように、これまで紹介してきた「新宿」「高円寺南口」「荻窪」「青梅」「二俣尾」「大菩薩峠」はすべてが「青梅街道」という裏街道で一本に繋がっている土地なのです。

その「青梅街道は、慶長八年、徳川家康が幕府を開いて江戸城を築くとき、西多摩郡の成木《なりき》村（現在の青梅市成木）から出していた漆喰壁《しっくいかべ》の材料を江戸に運ぶため、武蔵野台地を一直線に切り拓《ひら》いて作った道」だと、井伏鱒二『荻窪風土記』にあります。

それは『杉並区史探訪』（森泰樹著）からの紹介のようですが、前章で述べた『黒い雨』の著者・井伏鱒二も青梅街道からすぐ近くの荻窪に住んでおりました。もちろんこれは『1Q84』とは、関係のないことですが……。

でも青梅街道は、井伏鱒二が『荻窪風土記』で書いたように「新宿」「高円寺南口」「荻窪」「青梅」「二俣尾」を一直線に結ぶ裏街道なのです。

▼「惑星直列みたいなもんだ」

このような事実を並べてみれば、村上春樹の『1Q84』と中里介山『大菩薩峠』とが、密接に関係した作品であることが少しわかっていただけるかと思うのです。

この『1Q84』という長編の「天吾」のほうの物語は新宿を起点に始まっています。その最初は、「ふかえり」が書いた小説『空気さなぎ』について、新宿の喫茶店で「天吾」と小松という編集者が話し合っている場面です。

この『空気さなぎ』を認め合う「天吾」と小松ですが、小松が「てにをはもなってないし、何が言いたいのか意味がよくわからない文章だってある」と言うと、「天吾」は「でも最後まで読んでしまった。そうでしょう?」と問いかけます。

すれっからしの編集者である小松はこう答えます。

「そうだな。たしかにおっしゃるとおりだ。最後まで読んだよ。自分でも驚いたことに。新人賞の応募作を俺が最後まで読み通すなんて、まずないことだ。おまけに部分的に読み返しまでした。こうなるともう惑星直列みたいなもんだ」

さて、この「惑星直列みたいなもんだ」とは何でしょうか。非常に珍しい現象という意味でしょうか……。小松は小説家志望の「天吾」に無署名での原稿依頼もしていて、その中には「星占い」の原稿もあるようなので、両者間で「惑星」の話が出てもよいのかもしれません……。でも、それにしても「惑星直列みたいなもんだ」という言葉が、二人の会話の流れの中では少し異質で、頭の隅に引っかかっていました。

しかし、中里介山『大菩薩峠』と『1Q84』との関係を考えながら読むうちに、この新宿の喫茶店での「惑星直列みたいなもんだ」という言葉は、この『1Q84』という大長編自体が「惑星直列みたい」になっていくことの予告なのではないか……という気がしてきたのです。

つまり、いま「天吾」と小松が語り合っている「新宿」から「高円寺南口」「荻窪」「青梅」「二俣尾」が「惑星直列みたい」に並んでいく予告ではないのかということです。

▼「青豆」と「机竜之助」

他にもいくつか、『1Q84』と中里介山『大菩薩峠』について、その関係を述べてみたいことがありますので、それらをもう少し紹介してみましょう。

『1Q84』の主人公「青豆」は女の殺し屋で、同作は渋谷のホテルの四階でいきなり男を殺す場面から始まっています。これに対して、中里介山『大菩薩峠』も「音無しの構え」を使う剣術の名手・机竜之助が、大菩薩峠の頂上で巡礼の老爺に「あっちへ向け」と言って、いきなり胴体をまっぷたつに切って、殺してしまう場面から始まっているのです。そのような関係を考えると、「青豆」はまるで、女・机竜之助と言ってもいいかもしれません。

また『1Q84』は発表当時、エンターテインメントの手法を使った大長編として、話題となりました。中里介山『大菩薩峠』も大衆文学、時代小説の金字塔と呼ばれる作品であり、その面も似ていますね。

さらに『1Q84』は登場人物たちが、現実の「1984」年の世界から、ちょっと時空間がねじれた別の世界に侵入してしまう物語です。主人公たちは、まるで線路のポイントが切り替えられたかのように、別世界に入り込んでしまうのです。

十歳の「青豆」と「天吾」が人影のない教室で手を強く握り合ったとき、午後三時半のまだ明るい空には月がぽっかりと浮かんでいて、二人は白昼の月を見るのですが、その「月」が、現実の「1984」年と『1Q84』年の世界を分けるシンボルのようにして記されています。『1Q84』の世界には月が二個出ていて、「天吾」にも、「青豆」にも、その二つの月が見えるのです。

▼時間がねじ曲がっている

そして中里介山『大菩薩峠』のほうも、かなり時間軸がねじ曲がった作品なのです。それを紹介しましょう。

この大長編に「裏宿の七兵衛」という怪盗が出てきます。一晩で数十里も走るほどの俊足健脚の泥棒です。

この「七兵衛」は盗んだ金を貧民に分け与えたという義賊で、現在の青梅市裏宿町に実在した人物です。青梅市裏宿町の青梅街道沿いには「七兵衛公園」という公園があるほどです。でもこの「裏宿の七兵衛」は実際には元文四（一七三九）年には刑死しています。

中里介山『大菩薩峠』という作品は、安政五（一八五八）年から慶応三（一八六七）年にいたる幕末の九年間の物語です。当然、「裏宿の七兵衛」は、その時代を生きているはずがありません。でも「七兵衛」は、この大長編の中で活躍する主要人物として描かれているのです。

例えば、冒頭で机竜之助に大菩薩峠で殺されてしまう老爺は、孫娘お松と一緒に巡礼していたのですが、そのお松を助けるのが「七兵衛」なのです。

ちなみにもう一つ、時間がねじれた例を『大菩薩峠』の中から挙げてみましょう。

この大長編の終盤に「農奴の巻」という章があって、そこに村岡融軒著『史疑』という書物のことが出てきます。この本は徳川家康の真実の素性を突き止めようとした書物です。「結局この著者の研究の結果は、家康は簓者《ささらもの》の子であって、松平氏の若君でもなんでもない、十九歳までは乞食同様の願人坊主《がんにんぼうず》であった」という言葉が記されています。

でも、そんなことを記した『史疑』は、明治三十五（一九〇二）年に刊行されたもので、当然、幕末を舞台に描いた『大菩薩峠』の時代に出版されているものではありません。ここでも『大菩薩峠』の中の時間は『1Q84』と同じように、ねじ曲がっているのです。

▼何かが、二つに分かれた「二俣尾」

「二俣尾」。「駅の名前には聞き覚えがなかった。ずいぶん奇妙な名前だ」と村上春樹は『1Q84』の中で書いています。

もう二十年以上前のことですが、安岡章太郎さんが『大菩薩峠』について書いた『果てもない道中記』（一九九五年）の雑誌連載が始まる前に、安岡さんのお供をして、羽村、青梅をはじめ、御岳など、中里介山と『大菩薩峠』のゆかりの土地を泊まりがけで歩いたことがあります。ですから、私も「二俣尾」という名前も、知らないわけではありません。

でも『1Q84』の中に置かれた「二俣尾」について考えてみますと、この名前は、何かが、二つに分かれて、その痕跡が「尻尾」のようにして残っているような感覚を伝える地名として、この作品の中にあるのではないかと思えてくるのです。

中里介山『大菩薩峠』の時代設定として始まる年、安政五年とは、安政の大獄が始まった年にあたります。また中里介山は日露戦争に際しては平民社の運動に参加して、非戦論に与《くみ》した人でもありました。その後、社会主義運動に対する懐疑をつよめて、平民社のグループからは距離をおくようになるのですが、それでも親交のあった幸徳秋水らが、大逆事件で逮捕されて処刑されたことに大きなショックを受け、そのことが『大菩薩峠』という大作に影響を与えていることはよく知られています。

紹介した村岡融軒著『史疑』は、出版するとすぐに発禁となってしまいます。つまり徳川家康の真実を語る形をとりながら、当時の明治政府の元勲たちの氏素性が、それほど立派なものではないことを書いていたからです。

▼あり得たかもしれないもう一つの世界

そのようなことを幕末を舞台にした『大菩薩峠』の中に平気で取り入れてしまう中里介山という人は明治政府に対する強い批判の精神を抱いていた小説家なのでしょう。

表街道である甲州街道ではなく、裏街道である青梅街道を舞台に『大菩薩峠』を書いているのですから、そこにもう一つ別の世界があり得たことを書こうとしたのだと思います。「裏宿の七兵衛」という人物の活躍にも、私は「裏」という言葉への中里介山の深い愛着を感じるのです。

さらに犯罪者でありながら、善をなす、義賊の「裏宿の七兵衛」と、「青豆」の存在が少し重なって私には感じられてくるのです。

少し横道にそれるかもしれませんが、二〇〇〇年に刊行された雑誌「ユリイカ」の特集「村上春樹を読む」の年譜をみると、マラソン好きの村上春樹は一九九〇年二月に「青梅マラソン」に参加しているようです。「二俣尾」も青梅マラソンのコースですので、村上春樹にとって、未知の場所ではありません。「裏宿の七兵衛」は一晩に数十里も走れる健脚です。マラソンランナーたちも、その「七兵衛」の健脚にあやかりたいらしく、「七兵衛」のお墓には、マラソンの瀬古利彦さんもお参りにきたというほどの人気のようです。

また、村上春樹は『平家物語』が大好きで、『1Q84』の中にも「ふかえり」が暗唱している「壇ノ浦の合戦」の安徳天皇入水の場面を長々と語るところがありますが、中里介山も九歳の頃から『平家物語』を愛読していたそうですから、これもかなり共通した部分があると思います。

そういう両者の共通点のようなものを妄想して挙げていくときりがないのですが、村上春樹も明治以降の日本の近代というものに対して、批判的な視点を抱き続けて物語を書き続けてきた人だと、私は考えています。

そして、私が述べてきたように、村上春樹『1Q84』が中里介山『大菩薩峠』と強い対応性を秘めて書かれているとすれば、この『1Q84』という長編も、現実の「1984」年ではなく、あり得たかもしれないもう一つの世界を描こうとしているのではないだろうかと思えてくるのです。

▼先生はむずかしい顔をして言った

そんな視点から『大菩薩峠』と『1Q84』の対応性に

ついて、もう一つ例を挙げてみたいと思います。

それは両作が描く世界に、ユートピアの追求とユートピアの崩壊ということが一致してあるということです。

『大菩薩峠』には机竜之助と運命的に結ばれる、お銀様という激しく、驕慢な女性が出てきます。その、お銀様は、胆吹山付近にユートピア建設の夢に燃えます。『大菩薩峠』は、そのユートピアが終盤に崩壊していく話でもあります。

『１Ｑ８４』では「天吾」が「ふかえり」と「二俣尾」の戎野先生の家を訪れて、「ふかえり」の父である深田保（リーダー）について話を聞く場面があります。深田保は大学を離れた後、「タカシマ塾」というコミューンのような組織の中に家族ごと入っていったのです。

「深田はそういうタカシマのシステムにユートピアを求めたということになっている」と先生はむずかしい顔をして言った。

そう村上春樹は書いています。

そのタカシマ塾も「さきがけ」という組織に分派し、深田保は、その「さきがけ」の農業コミューンのリーダーを務めるようになります。さらに「さきがけ」が分裂して、「ふかえり」はそこから脱出してしまいます。その分派コミューンは、今度は「あけぼの」という武闘派組織を作ります。このようにユートピアが、分裂し、崩壊していく話でも『１Ｑ８４』は『大菩薩峠』と通じ合う世界を持っていると思うのです。

▼どのようにして、ユートピアは可能か

そして、その「あけぼの」は本栖湖近くの山中で警官隊と銃撃戦を起こします。警官隊との銃撃戦と言えば、まず思い出されるのは「浅間山荘事件」ですが、大菩薩峠との関係で言えば、赤軍派が大菩薩峠付近で武装訓練中に五十人以上が逮捕された「大菩薩峠事件」という事件もあって、そのことも対応して描かれているのではないかと思います。その後「さきがけ」のほうが、カルト集団となっていくという展開です。

ならば、中里介山『大菩薩峠』も、村上春樹『１Ｑ８４』もユートピアの崩壊や消滅だけを描いた小説と言えるのか。私はそうとは思えません。

中里介山はユートピアを追求して、「二俣尾」に「隣人道場」というものを作っています。理想の教育を目指して、図書館や武道館として開放していました。

そして村上春樹の書いた『１Ｑ８４』という作品も、ユートピアを追求し、そのユートピアが崩壊した後もそこに立ち留まり、実はあり得た、もう一つの世界の可能性を探り続け、考え抜こうとしている物語のように読めるのです。

「深田はそういうタカシマのシステムにユートピアを求め

たということになっている」と戎野先生がむずかしい顔をして、「天吾」に言います。

しかしこれは、深田がユートピアを求めたことについて、否定している言葉ではないでしょう。「システムにユートピアを求めた」ことに対して、戎野先生は否定的で「むずかしい顔」をしているのではないかと、私は思います。そのように受け取るべき言葉だと思っています。人はユートピアを求めるものであるし、村上春樹もユートピアを追求し続けていると思います。しかしシステムにユートピアを求めてはいけないのです。

ならば、どのようにして、ユートピアの実現は可能か? それを考え抜いた作品が『1Q84』という大長編なのだろうと、私は思っています。そんな視点から、『1Q84』を読んでみるのも、きっと面白いと思いますよ。

▼非伝統的な構成の『シンフォニエッタ』

さてさて、そうです。「青豆」と「青」の関係について、述べなくてはいけません。私は村上春樹の「青」は「歴史」を表す色ではないかと考えているのですが、「青豆」のことが『1Q84』の冒頭近くで、次のように記されています。

歴史はスポーツとならんで、青豆が愛好するもののひとつだった。小説を読むことはあまりないが、歴史に関連した書物ならいくらでも読めた。(……)中学と高校では、青豆は歴史の試験では常にクラスで最高点をとった。

やはり「青」は「歴史」の色であり、「青豆」も「歴史」を表していると、私は思います。どんな歴史でしょうか? 「青豆」とその音も似ていますが、まず「青梅街道」の「青梅」に繋がった「歴史」であるのだろうと思います。「豆」とは「食用の実」のことです。ですから「青豆」とは「歴史の実」という意味ではないかな……と妄想しているのです。

以前も紹介しましたが、『1Q84』は主人公「青豆」が、高速道路を走るタクシーの中でヤナーチェックの『シンフォニエッタ』という曲を聴いている場面から始まっています。もう一人の主人公「天吾」も高校時代に、吹奏楽部の助っ人でティンパニを担当、やはりヤナーチェックの『シンフォニエッタ』を演奏しています。

さらに『1Q84』BOOK3で、新たに視点人物に加わる「牛河」も、また自宅のラジオで同じ『シンフォニエッタ』を聴く直前までいく場面があります。ちなみに、「牛河」は『ねじまき鳥クロニクル』にも登場した人物ですね。その「牛河」はリーダーを殺害した者を追跡するために、「天吾」のアパートの一階に部屋を借ります。つまり『1Q84』の視点人物の「青豆」「天吾」「牛河」の三者が「青梅街道」に近い高円寺に結集する物語となっているのです。

そして「天吾」は、ヤナーチェックの『シンフォニエッタ』を高校時代に演奏して以来、「それは天吾にとっての特別な意味を持つ音楽になっていた。その音楽はいつも彼を個人的に励まし、護《まも》ってくれた」そうです。

なぜ「天吾」にとって「特別な意味を持つ音楽」なのか。それは「非伝統的」ということなのではないでしょうか。『1Q84』の中に「青豆」が図書館に行って、ヤナーチェックの『シンフォニエッタ』について調べる場面があるのですが、その曲の「構成はあくまで非伝統的なもの」と記されているのです。つまりこの曲を聴く人たちは「非伝統的なもの」で繋がっている人たちなのでしょう。

その『シンフォニエッタ』は一九二六年の作曲。大正十五年、つまり昭和元年に出来た曲ですが、その「昭和」という時代がバブル経済の直前まできた日本を舞台にして、そうではない日本、あり得たはずの別な日本を追求した作品が『1Q84』なのだと思います。

そのあり得たはずの近代日本の歴史をたどっていくと、その分かれ道が「二俣尾」という場所なのではないでしょうか。「青豆」はそんな歴史を体現している主人公なのだと思います。

▼新宿警察署の中野あゆみ

最後に、私事に関することを少し加えておきたいのですが、私は共同通信社の文化部記者となる前の二年間、社会部の事件記者として、四方面と呼ばれる部署を担当しておりました。東京の新宿区、中野区、杉並区の事件や話題を取材する記者です。ですから「青梅街道」沿いに展開する『1Q84』の土地を毎日、移動しながら記事を書いていました。

『1Q84』に、「青豆」と親しくなる新宿署交通課の「中野あゆみ」という婦人警官が出てきますが、私たち四方面担当の記者たちも、日ごろ新宿署に詰めていました。その新宿署は青梅街道に面して建っています。ですから「中野あゆみ」も『1Q84』という作品の中で惑星直列的に青梅街道沿いに並ぶ人物です。

さて、『大菩薩峠』に関連した本を紹介して、この回を終わりにしたいと思います。一つは、今回の「村上春樹を読む」でも紹介した安岡章太郎さんの『果てもない道中記』です。村上春樹が『若い読者のための短編小説案内』(一九九七年)で安岡章太郎さんの作品世界を紹介する中で「近作の『果てもない道中記』はとてもおもしろかった」と書いています。お薦めです。もう一つは野口良平さんの『「大菩薩峠」の世界像』(二〇〇九年)です。これもお薦めですよ。

017

「今でも耳は切るのかい？」

村上春樹作品と白川文字学①

2012.8

講談社現代新書から『村上春樹を読みつくす』（二〇一〇年）という本を出した際、村上春樹ファンの人たちから感想をいただいたのですが、その中に「一部、著者の深読みが過ぎる部分もあるが……」というような声もありました。知り合いで、その本を読んだ人たちにうかがってみると、白川静さんの漢字学に触れながら、私が『1Q84』（二〇〇九、一〇年）の物語世界を読み解いている部分について、同じような感想を持っている人がおりました。

▼読者の前に自由に開かれている

私は漢字学の第一人者・白川静さんの最晩年の四年間、白川静さんから直接、漢字という文字の成り立ちを教えていただく機会があり、「白川文字学」と呼ばれる、その漢字学の世界、またそこからわかる古代中国の世界について、紹介する本を数冊書いております。その私の個人的な読書体験から、白川静さんの文字学と村上春樹作品を合わせて読み解き、書いているのではないかとの感想のようでした。

小説作品の読みには「これが正解」というものがありません。各読者がまず自分なりの読み方で読むことが、一番大切なことだと私は思っていますし、この本で記していることも、私の個人的な読みにすぎません。

ですから、そのような指摘が間違っているわけではありません。また村上春樹は自作についての自己解説を絶対にしない人なので、その作品は読者の前に自由に開かれています。これは素晴らしいことです。読者が自由に自分の感想を述べ合うことができるのです。

私が、白川文字学と村上春樹作品の関係について記した部分についても、確かに私の個人的な読書体験を通しての妄想の一つにすぎないのですが、でもまったく根拠のない妄想でもありません。この回では、その白川静さんの漢字学の一部を紹介しながら、白川文字学が村上春樹作品の物語と関係しているのではないかと、私が考える点について、具体的な例を挙げて、少し述べてみたいと思います。

▼「命はひとつしかない。耳は二つある」

まず『アフターダーク』（二〇〇四年）から考えてみましょう。同作は主人公マリの姉、エリが家で二カ月も眠り続けているので、いたたまれなくなったマリが家を出て、深夜の都会（私には渋谷のように思えます）をさまよう物語です。

マリは中国語を学ぶ学生です。そして、この渋谷らしき場所にあるラブホテルで、中国人の娼婦が日本人の客から暴行を受けるという事件が起きます。マリは中国語が話せるために、暴行を受けた中国人娼婦の通訳のようなことをすることになり、物語の世界が展開していくのです。

逃走した暴行犯を探して、中国人組織の男が大型バイクに乗り、ラブホテル周辺にやってきます。そこで、ラブホテル「アルファヴィル」のマネージャーの「カオル」という女性が、その中国人の男と言葉を交わす場面があります。カオルは元女子プロレスの悪役で活躍した経歴の持ち主ですが、二十九歳の時に引退して、今はそのラブホテルの用心棒的なマネージャーをしています。そのカオルが「アルファヴィル」の〝防犯カメラに写っていた暴行犯の男の写真があるよ〟と電話をしたので、中国人組織の男がバイクに乗って、写真を受け取りに来たのです。

カオルは、その男に言います。

「今でも耳は切るのかい？」

男は唇を微かにゆがめる。「命はひとつしかない。耳は二つある」

「そうかもしれないけどさ、ひとつなくなると眼鏡がかけられなくなる」

「不便だ」と男は言う。

このやりとりは、ユーモアセンスもあって、いかにも村上春樹らしい会話でしょう。

でも、その会話の「今でも耳は切るのかい？」は、少し意味を受け取りがたい部分ではないでしょうか？

▼左耳だけを切り取る

これは「馘耳《かくじ》」と呼ばれる行為です。

「取」という文字は、見てわかるように「耳」と「又」を合わせた文字です。この「又」は、三千年前の甲骨文字を見てみれば、「手」を表す形をしています。「耳」に、その「手」を加えた「取」という文字は、白川静さんの漢字学によれば「死者の耳を、手で切り取っている」文字なのです。

戦争の際、討ち取った敵の遺体を一つ一つ運ぶのはたいへんな労力なので、一つの取りきめとして、敵の遺体の左耳を切り取り、その数で戦功を数えたのです。その行為が「馘耳」です。「馘首《かくしゅ》」という言葉は「首を切る」ことですが、耳を切ることを「馘耳」と言います。

凱旋の際には、先祖の霊を祭る廟に「馘耳」した「耳」を献じたそうです。戦場で多くの耳を取る人がいたのでしょう。「取」は後にすべてのものを「とる」意味になりました。

白川静さんが住んでいた京都、また村上春樹の生地でもある京都に耳塚がありますが、これも「馘耳」の跡です。豊臣秀吉の朝鮮侵略の時に、武将たちが戦功の証拠のようにして持ち帰った耳を集めた塚です。非戦闘員の耳まで切って集めて戦功に加えたようで、江戸時代に来日した朝鮮通信使たちが、江戸へ向かう途中、この耳塚を見て、たいへん心を痛めたという話もあります。

「今でも耳は切るのかい？」というカオルの言葉は、この

「聝耳」についての質問です。中国人組織の男の「命はひとつしかない。耳は二つある」という答えも、左耳だけを切り取る「聝耳」を前提にした答えです。左耳だけを切るのは、両方の耳を切り取ったら、討ち取った敵の人数が倍になってしまうからです。両方の耳は切り取らないのです。そういう文化を前提にした会話なのです。

　ちなみに「最」という文字にも「取」の字形が含まれていますが、この「最」の「曰」の部分は「冃《ぼう》」という字で、頭巾のことです。この「最」の古代の文字では袋（頭巾）のようなものが「取」の字形を覆っています。きっと戦場で「耳」をたくさん取りすぎて袋に入れて持っていたのでしょう。最も多くの耳を集めた、その者を「最」と言いました。あまり良い言葉ではないですが、最も耳を取って戦功をあげた「最高殊勲戦士」が「最」のもともとの意味です。

　ですから、この『アフターダーク』の「今でも耳は切るのかい？」というカオルの言葉は「今でも戦争をするのかい？」「でも命は一つしかないよ！」という意味にも受け取ることができるのです。

▼「白川」と「高橋」

　さて、その「取」が、ただ「聝耳」のことを表しているだけでしたら、それは村上春樹の中にある、古代中国文化への知識が表出されているだけで、取り立てて、この本で取りあげる必要もないことだと思います。

　でも、ラブホテルで中国人娼婦に暴行した男の名前は「白川」というのです。白川静さんは偉大な学者であるとともに、たいへんな人格者でもありました。ですから「白川」が悪人の名前として付けられているのはおかしいと思う人もいるかもしれません。しかし、村上春樹という作家は、そのように敢えて価値を反転させて記したり、名づけたりすることがあり得る作家だと、私は思っています。このことが村上春樹作品を単純に読み解くことを阻んでいますし、計量的にはかることも阻んでいる点なのだと、考えています。

　ですから「白川」が中国人娼婦にひどい暴行を加えたからといって、では「白川静さん」と無関係であるとは言えないと思うのです。

　カオルは、中国人の男に犯人（白川）の顔写真を渡しながら言います。

「この近辺の会社で働いているサラリーマンらしい。夜中に仕事をすることが多くて、前にもここに女を呼んだことがあるみたいだ。おたくの常連かもな」

　実際、作中での白川は、同僚たちが帰ってしまった後のオフィスで「彼の机のある部分だけを、蛍光灯の光が天井から照らしている」中、一人だけ残って仕事をしています。

　一人、職場に残って、仕事をすることは、文字学者としての白川静さんもそうでした。

▼高橋和巳『わが解体』

作家で中国文学者の高橋和巳が、その死の直前の一九七一年三月に刊行した『わが解体』の中で、大学紛争時代の立命館大学で、夜遅くまで研究を続ける白川静さんについて書いた部分があります。少し長いですが、そのところを引用してみます。

立命館大学で中国学を研究されるS教授の研究室は、京都大学と紛争の期間をほぼ等しくする立命館大学の紛争の全期間中、全学封鎖の際も、研究室のある建物の一時的封鎖の際も、それまでと全く同様、午後十一時まで煌煌と電気がついていて、地味な研究に励まれ続けていると聞く。団交ののちの疲れにも研究室にもどり、ある事件があってS教授が学生に鉄パイプで頭を殴られた翌日も、やはり研究室には夜おそくまで螢光がともった。内ゲバの予想に、対立する学生たちが深夜の校庭に陣取るとき、学生たちにはそのたった一つの部屋の窓明りが気になって仕方がない。その教授はもともと多弁の人ではなく、また学生達の諸党派のどれかに共感的な人でもない。しかし、その教授が団交の席に出席すれば、一瞬、雰囲気が変るという。無言の、しかし確かに存在する学問の威厳を学生が感じてしまうからだ。たった一人の偉丈夫の存在が、その大学の、いや少くともその学部の抗争の思想的次元を上におしあげるということもありうる。

そのように高橋和巳はS教授（白川静さん）のことを書いています。これは一般の読者にはまだよく名前が知られていない白川静さんの姿を著名作家の高橋和巳が初めて記し、紹介した文章です。

この高橋和巳が立命館大学の講師として採用される時に、四人の候補者の中から高橋和巳を選抜したのが白川静さんでした。高橋和巳の書いた「六朝期の文学論」がとても優れていたので、白川静さんが高橋和巳を選んだのだそうです。そんな関係もあっての『わが解体』の文章なのかもしれません。

その文章の中に、白川静さんの研究室には「午後十一時まで煌煌と電気がついていて」「夜おそくまで螢光がともった」ことが記されています。『アフターダーク』の「白川」も同僚たちが帰ってしまった後のオフィスで「彼の机のある部分だけを、螢光灯の光が天井から照らしている」中、一人だけ残って仕事をしている人物なのです。

そして『アフターダーク』には、マリと知り合いとなる「高橋」という青年が登場します。つまり「白川」と「高橋」なのです。「白川」と「高橋」となると、つい私は、夜、煌煌と螢光灯がともる下で、漢字学、さらに中国文学や日本の『万葉集』の研究を続けた白川静さんのことを考えてしまうのです。まだ世間的には、それほど有名人ではなかった白川静さんのことを、大学内の「抗争の思想的次元を上におしあげる」偉大な存在として、最大級の賛辞を持って書き記した高橋和巳のことを思ってしまうのです。

▼「逃げ切れない。どこまで逃げてもね」

しかも『アフターダーク』の中の「白川」と「高橋」は繋がりを持つ人間として描かれています。「白川」は中国人娼婦から奪った携帯電話を帰宅途中に寄ったセブンイレブンのチーズの箱の隣りに並べて置いていきます。それから一時間ほどして、「高橋」が同じコンビニの店内に入ると、「高橋」の前で「白川」が放置した携帯電話が鳴り始めます。その電話に「高橋」が出るという展開になっています。

「もしもし」と「高橋」が言うと、「逃げ切れないよ」「逃げ切れない。どこまで逃げてもね、わたしたちはあんたをつかまえる」と男が言うのです。おそらく中国人組織の男でしょう。

さらに「白川」はセブンイレブンで「タカナシのローファット牛乳」を買っていますし、「高橋」も同じ店で牛乳を買っています。「牛乳は彼の生活にとって大きな意味を持つ食品なのだ」と村上春樹は書いています。

このように「白川」「高橋」は繋がりを持つ人間として、『アフターダーク』の中にあるのです。そして、白川静さんも高橋和巳も同じ中国文学者です。

▼わずか一メートルほどの距離しかない

でもこれだけでは、まだやはり私の妄想と言われても仕方がないかもしれません。

そこで『アフターダーク』の中で村上春樹が、この「白川」という男と中国人との関係を意識的に記述していると思われる場面があるので、その部分を紹介しましょう。

「白川」は午前四時ぐらいまで、仕事をしてタクシーで「哲学堂」にある自宅に帰ります。白川の乗ったタクシーはしばらく進んだところで赤信号で停車します。するとその隣に、例のバイクに乗った中国人の男が停車するのです。

タクシーのとなりで、中国人の男の乗った黒いホンダのバイクがやはり信号待ちをしている。二人のあいだにはわずか一メートルほどの距離しかない。しかしバイクの男は、まっすぐ前を見ており、白川には気づかない。白川はシートの中に深く沈み込んで、目を閉じている。

この時、「白川」は漢字の母国・中国の男と、わずか一メートルほどの至近距離にいる人として描かれています。

さらに、この「白川」が、まだ一人で職場にいる時に自宅の妻から電話がかかってくるのですが、妻は「夜食に何を食べたのか」を聞きます。すると「白川」は「ああ、中華料理。いつも同じだよ」と答えています。村上春樹の中華料理嫌いは有名ですし、本書でも紹介しました。〝中華料理をいつも食べている白川〟という人物は、私には〝中国の文字をいつも研究している白川静〟とも受け取れてしかたがないのです。

「白川」が住む「哲学堂」は、今は東京都中野区の区立公園となっていますが、これは元々は東洋大学の創設者で、妖怪研究なども知られる井上円了が、釈迦、孔子、ソクラテス、カントを祀った「四聖堂」を建設したのが始まりです。そして、白川静さんの代表作の一つに『孔子伝』（一九七二年）という著作もあるのです。だから「白川」は「哲学堂」に住んでいるのではないか……と、私は考えています。

『アフターダーク』における以上のようなことが、私が考える村上春樹作品と白川静さんの文字学との関係の第一歩ですが、実はそれよりも前の作品『スプートニクの恋人』（一九九九年）にも、白川文字学について述べているのではないかと感じられる部分があるので、そのことも紹介しましょう。

▼古い魂は呪術的な力を身につける

「昔の中国の都市には、高い城壁がはりめぐらされていて、城壁にはいくつかの大きな立派な門があった」ということを、この長編の語り手である「ぼく」が「すみれ」に語る場面があります。「すみれ」は職業的作家になることを決意して、苦闘している女性ですが、その「すみれ」に「ぼく」は恋をしているという設定で物語が始まっています。

「門は重要な意味を持つものとして考えられていた。人が出たり入ったりする扉というだけではなく、そこには街の魂のようなものが宿っていると信じられていたんだ。（……）昔の中国の人たちがどうやって街の門を作ったか知ってる？」

「知らない」とすみれは言った。

「人々は荷車を引いて古戦場に行き、そこに散らばったり埋もれたりしている白骨を集められるだけ集めてきた。歴史のある国だから古戦場には不自由しない。そして町の入り口に、それらの骨を塗り込んだとても大きな門を作った。慰霊をすることによって、死んだ戦士たちが自分たちの町をまもってくれるように望んだからだ。でもね、それだけじゃ足りないんだ。門が出来上がると、彼らは生きている犬を何匹か連れてきて、その喉を短剣で切った。そしてそのまだ温かい血を門にかけた。ひからびた骨と新しい血が混じりあい、そこではじめて古い魂は呪術的な力を身につけることになる。そう考えたんだ」

これは白川静さんの文字学でいうと、「京」と「就」という文字に表れている古代中国の思想です。私には、そのように思えます。

「京」はアーチ状の門の形で、上に望楼などが設けてある門をそのまま文字にした象形文字です。これを軍営や都城の入り口に建てたもので「京観《けいかん》」と言います。

古代中国で、この「京観」を作る時、戦場での敵の遺棄死体を集めて、それを塗り込んで築きました。のちの凱旋門にあたるものです。そのようにすると、強い呪力があると考えられていたのです。

▼小説を書くのもそれに似ている

「門」は人が出たり入ったりする扉というだけではなく「そこには街の魂のようなものが宿っていると信じられていたんだ」と村上春樹は書いていますが、白川静さんも、その「京はもと聖域の門をいう字であった」と述べています。そのような門を表している象形文字が「京」という漢字です。

その「京」が完成する時に、生け贄の「犬」が埋められたり、殺された「犬」の血が門にかけられました。その殺された「犬」の血が「京」にかけられているのが、「就」という文字です。

「就」の右側の字形が、生け贄の「犬」です。その殺された「犬」の血がかけられることによって、凱旋門「京」が完成、成就するので「就」の文字ができたのです。

「ひからびた骨と新しい血が混じりあい、そこではじめて古い魂は呪術的な力を身につけることになる」と「ぼく」は「すみれ」に言います。そして、こう続けます。


「小説を書くのも、それに似ている。骨をいっぱい集めてきてどんな立派な門を作っても、それだけでは生きた小説にはならない。物語というのはある意味では、この世のものではないんだ。本当の物語にはこっち側とあっち側を結びつけるための、呪術的な洗礼が必要とされる」

「つまり、わたしもどこかから自前の犬を一匹見つけてこなくちゃいけない、ということ?」

ぼくはうなずいた。

（……）「できたら動物は殺したくないな」

「もちろん比喩的な意味でだよ」と僕は言った。「ほんとに犬を殺すわけじゃない」

▼包丁を研いで、石の心をもって

これは、村上春樹が自分の物語論を語っている部分でしょう。

そしてこの場面は『スプートニクの恋人』という物語全体を述べているような場面でもあると、私は思います。

なぜなら同作には数カ所だけゴシック体で記された部分があるのですが、「いいですか、人が撃たれたら血は流れるものなんです」という言葉が、その一つですし、「血は流されなくてはならない」というゴシック体での言葉の後に「わたしはナイフを研ぎ、犬の喉をどこかで切らなくてはならない」という言葉が、すみれの書き残した文章の中に記されてもいるのです。

その『スプートニクの恋人』は『ノルウェイの森』（一九八七年）のラストと非常によく似た場面で終わっています。行方不明となった「すみれ」が、まるで霊のようにして「ぼく」のところに電話をかけてきます。「今どこにいる？」と「ぼく」が聞くと、「昔なつかしい古典的な電話ボックスの中よ」と「すみれ」が答えます。

これは『ノルウェイの森』の最後に「僕」が電話ボックスから「緑」に電話する場面と対応しているところです。「あなた、今どこにいるの？」と「緑」が「僕」に尋ねる場面です。「古典的な電話ボックスの中よ」というのは携帯電話世代からすると、しだいに街から消えつつある「公衆電話ボックス」のようにも読めるかもしれませんが、もちろん『ノルウェイの森』の最後に登場してきた「電話ボックス」のことでもあると思います。

「すみれ」は、最後にこう言います。

「ねえ、わたしはどこかで――どこかわけのわからないところで――何かの喉を切ったんだと思う。包丁を研いで、石の心をもって。中国の門をつくるときのように、象徴的に。わたしの言うこと理解できてる？」

「できてると思う」

「ここに迎えにきて」

▼こっち側とあっち側を結びつける

そして『1Q84』BOOK1の最後にも、「犬」が血なまぐさく殺される場面が出てきます。

『1Q84』の女主人公の「青豆」に「リーダー」の殺害を依頼する老婦人は、男性から暴行を受けた女性たちを保護する施設・セーフハウスをもっているのですが、その施設の門の近くに「ブン」という名の雌のドイツ・シェパードが番犬として飼われています。

そのブンは「なぜか生のほうれん草を好んで食べる」という、けったいな犬ですが（ちょっと、ポパイみたいですね）、そのブンがある日、腹の中に強力な爆弾をしかけられて、それが爆発したかのように、ばらばらになって、肉片が四方八方に飛び散って死んでいたのです。

『1Q84』BOOK2の冒頭は、そんな「血なまぐさい」死に方をしたブンの話から始まっていて、この「犬」の死にショックを受けた「つばさ」という少女が、セーフハウスからいなくなります。そして「リーダー」の殺害という方向に物語が大きく動き出していくのです。つまり『1Q84』のBOOK1とBOOK2とを、殺された「犬の血」が繋いでいるとも言え、私は、ここにも『スプートニクの恋人』の「ぼく」が言うような「こっち側とあっち側を結びつけるための、呪術的な洗礼」のようなものを感じるのです。

『スプートニクの恋人』というタイトルは、ソ連が打ち上げた世界初の人工衛星・スプートニク号からとられています。同作の最初の扉のところに、［スプートニク］とあって、一九五七年十月四日に一号が打ち上げられ、翌月三日にはライカ犬を乗せたスプートニク二号が打ち上げに成功して、そのライカ犬は「宇宙空間に出た最初の動物となるが、衛星は回収されず、宇宙における生物研究の犠牲となった」とあります。これまで、私が述べてきたことの延長線上に考えてみると、この宇宙研究のために生け贄となった「犬」を乗せたスプートニク二号のほうに、大きな比重をおいたタイトルだと言えるのではないでしょうか。

▼ひとりぼっちであるというのは

さて『スプートニクの恋人』には、次のような「犬」の話も載っています。それを紹介して、この章を終わりにしたいと思います。

同作の主人公の「ぼく」は小学校の教師で、自分の教え子の母親と付き合ってもいるのですが、物語の終盤、その教え子がスーパーマーケットで万引きをして警備員に捕まってしまいます。その教え子を引き取りに行っての帰り、その教え子に「ぼく」は「犬」のことを語ります。自分が小学生時代、犬を飼っていて、家族の中でその犬のことだけはすごく好きだったのに、小学校五年生の時に、家の近くでトラックにはねられて死んでしまったことを、その教え子に話すのです。

その「犬が死んでからというもの、ぼくは部屋に一人でこもって本ばかり読むように」なり、なにか困ったことがあっても「一人で考えて、結論を出して、一人で行動」するようになりました。

ここでも「犬」の犠牲が、「ぼく」を転換させているのです。「ぼく」はさらに、大学生時代の友だち（すみれ）と会ってから、「少し違う考え方をするようになった」、「ひとりぼっちであるというのは、ときとして、ものすごくさびしいことなんだって思うようになった」と続けます。

この「ぼく」の語りは、本のページにしたらかなり短いものですが、それをたどってみると、単に「犬」の死によって「ぼく」が変化したのではなくて、すごく好きだった「犬」の死を転換点にして、そこからさらに「すみれ」と出会い、「ぼく」が成長していったことが話されています。

そして「ひとりぼっちであるというのは、ときとして、ものすごくさびしいことなんだって思うようになった」という、その感情についてこう語ります。

「ひとりぼっちでいるというのは、雨降りの夕方に、大きな河の河口に立って、たくさんの水が海に流れこんでいくのをいつまでも眺めているときのような気持ちだ」（……）「たくさんの河の水がたくさんの海の水と混じりあっていくのを見ているのが、どうしてそんなにさびしいのか、ぼくにはよくわからない。でも本当にそうなんだ。君も一度見てみるといいよ」

私はこの文章を繰り返し、何度も読んでいるのですが、そのたびに立ち止まり、私の中にとても深い印象を残します。短編「5月の海岸線」（一九八一年）に記されたような、幼い友人が集中豪雨で川に呑まれて死んだことが重なっていくようなさびしさなのでしょうか……。でも私には、この深い印象を残す文章のよさを的確に述べることができません。こういうところが小説を読む、最大の楽しみですね。

村上春樹作品と白川静さんの文字学の関係を追って、とても深い印象を残すが、その意味をうまく伝えることができない、小説を読むことのそんな楽しさにまで到達したことを喜びとして、この回を終わりにしたいと思います。

018

「水に放り込んで、浮かぶか沈むかを見てみろ」

村上春樹作品と白川文字学②

2012.9

『1Q84』（二〇〇九、一〇年）のBOOK1とBOOK2は、女主人公「青豆」と、男主人公「天吾」の章が交互に語られていくという村上春樹の得意なスタイルで描かれています。

小説家志望の「天吾」が最初に登場する第2章は、小松という年上の編集者と新宿駅近くの喫茶店で打ち合わせをしている場面から始まり、「天吾」は「ふかえり」という十七歳の美少女が応募してきた小説『空気さなぎ』のリライトを持ちかけられます。そして次の第4章が、その「ふかえり」と「天吾」が初めて会う場面で、二人は新宿の中村屋で待ち合わせをします。

▼呪術的な世界

本書の「016」でも紹介したように、「天吾」が「ふかえり」と青梅の二俣尾近くに住む戎野先生を訪ねる場面でも、二人は新宿駅から中央線に乗っていますし、「青豆」はリーダーを殺害後、新宿駅のコインロッカーに預けておいた荷物をピックアップして、新宿から高円寺の南口の隠れ家に逃走しています。「青豆」と親しくなる「中野あゆみ」は、警視庁新宿署交通課の婦人警官でした。

この『1Q84』における「新宿」の頻出ぶりに、日本橋ではなく「新宿」を起点とする青梅街道が物語に関係する中里介山『大菩薩峠』との関係をつい感じてしまうのですが、それはさておき、この「新宿」での「天吾」との初対面の時、「ふかえり」は遅刻してきます。

でも「天吾」は待ち合わせの前に紀伊國屋書店で本を買ってきたので、彼女を待つ間、買ったばかりの本を読み始めるのです。それは「呪術についての本だ」とあり、その内容はこうです。

日本社会の中で呪《のろ》いがどのような機能を果たしてきたかを論じている。呪いは古代のコミュニティーの中で重要な役割を演じてきた。社会システムの不備や矛盾を埋め、補完することが呪いの役目だった。なかなか楽しそうな時代だ。

その後に現れた「ふかえり」は非常にきれいな少女で、まっすぐな黒い髪に手をやって、美しい指ではさんで梳いたりします。「そこには何かしら呪術的なものさえ感じられた」とも村上春樹は加えています。このように『1Q84』の「天吾」に関する冒頭は「呪術」に関する記述が非常に目立つ書き出しになっています。

古代中国の呪術的な世界に注目して、漢字と呼ばれる文字の成り立ちを解明し、漢字を新しく体系づけたのが、白川静さんの研究ですが、呪術的な世界から始まっている『1Q84』にも、白川静さんの文字学と響き合うものを、私は感じるのです。それについて、具体的に何点か挙げながら、述べてみたいと思います。

▼水占《みなうら》の法

冒頭で紹介した「新宿」の喫茶店の場面で、小松は「ふかえり」について、「物語を語りたいという意志はたしかにある。それもかなり強い意志であるらしい」と言います。新人賞の下選考を依頼され、これまでたくさんの候補作を読んできた中で、「手応えらしきもの」を感じたという「天吾」も最終候補から落とすのではなく、「チャンスを与えてやるのは悪いことじゃないでしょう」と言います。すると、二人の間でこんな会話がされます。

「水に放り込んで、浮かぶか沈むか見てみろ。そういうことか？」
「簡単にいえば」
「俺はこれまでにずいぶん無益な殺生《せっしょう》をしてきた。人が溺《おぼ》れるのをこれ以上見たくはない」

小松と「天吾」の間では、この「水に放り込んで、浮かぶか沈むか見てみろ。そういうことか？」ということの意味内容は共有されているようですが、果たしてこれは、どんなことを意味しているのでしょうか。みなさんは、どのように、この部分を読まれましたか。

これは古代中国の殷王朝を滅ぼした周の始祖・后稷《こうしょく》の神話などについて述べているのかなと、私には感じられました。后稷は隘巷に棄てられ、林の中に棄てられ、また氷の上に棄てられたので、その名も「棄」と名づけられましたが、いずれも奇瑞によって救われて生育、周王朝の始祖となったと言われております。

この后稷の名である「棄」という文字は、その三千年前の甲骨文字の形を見ると、生まれたばかりの赤子を籠に入れて両手で川の流れの中に入れている姿を表しています。その赤子の周りには水滴がついた字形になっていて、この水滴が川の流れのことです。そこから「棄」が「すてる」意味となったのです。

こんな后稷の神話にあるような新生児流棄の俗は、中国ではしばしば行われていたようで「水に放り込んで、浮かぶか沈むか見てみろ」という天吾と小松の会話は、中国にあった、その「水占の法」について語っているのではないかと考えています。

西晋の張華（二三二〜三〇〇年）という人が書いた『博物志』に「婦人妊娠して七月にして産す。水に臨みて兒を生む。便《すなわ》ち水中に置き、浮くときは則ち取りてこれを養い、沈むときは便ちこれを棄つ」とあるそうです。そのことを白川静さんが『漢字の世界1』の中で紹介しています。これが「水占の法」です。

「水占の法」に関係する文字は「棄」だけでなく、わかりやすい漢字では「浮」もその一つでしょう。「浮」の右側の字形の上部は「爪」の形で「手」の意味。その下に「子」を加え、さらに「氵《さんずい》」を加えた「浮」は水中に没している「子」を上から手で救おうとしている形で、そこから「うく」意味となったのです。

聖書のモーセもパピルスの茎を編んで作った籠に入れてナイル川支流に棄てられましたが、ファラオの娘に救われて「モーセ」（エジプト語で「子」の意味）と名づけられています。日本にも新生児を一度棄てて、拾う俗がありますので、新生児流棄の話は、なにも中国ばかりではありません。

ですから「水に放り込んで、浮かぶか沈むか見てみろ。そういうことか？」という部分も欧米の人たちが読んだら、これはモーセについてのことかなと感じるかもしれません。でも「天吾」が「ふかえり」と会う直前に「呪術」についての本を読んでいることなどを考えると、やはりこれは水占の法などについて触れながら、天吾と小松が話し合っている場面ではないかと、私は思うのです。

古代の中国や日本にもあった、このような呪術的な側面に注目して、漢字の体系的な仕組みを解明したのが、白川静さんの文字学です。もちろんこれは私の空想にすぎませんが、遅れてくる「ふかえり」を待つ間、「天吾」が読んでいた呪術に関する本も、もしかしたら白川静さんのものでは……と、つい考えてしまうのです。

その白川静さんの文字学の業績で最も有名なものは「口《サイ》」の発見です。漢字の中の「口」の字形は顔にある「くち」の意味ではなく、「神様への祈りの言葉である祝詞《のりと》を入れる器『口《サイ》』であることを発見して、「口」を含む漢字を新しく体系づけたのです。例えば「右」の「口」も「くち」ではなく、「口《サイ》」です。「ナ」の部分は「手」の形。つまり「右」という文字は、祈りの言葉を入れる器「口《サイ》」を右手に持って、神様に祈る形です。「口《サイ》」を持って神様へ祈る時には、いつも右の手に「口《サイ》」を持ったので「右」の字が「みぎ」の意味となったのです。

さて、以上のようなことを理解したうえで、『1Q84』の次のような場面を考えてください。

▼「兄」と「妹」の可能性

「天吾」は「ふかえり」との初対面の時、こう感じます。

> ふかえりという十七歳の少女を目の前にしていると、天吾はそれなりに激しい心の震えのようなものを感じた。それは最初に彼女の写真を目にしたときに感じたのと同じものだったが、実物を目の前にすると、その震えはいっそう強いものになった。恋心とか、性的な欲望とか、そういうものではない。おそらく何かが小さな隙間《すきま》から入ってきて、彼の中にある空白を満たそうとしているのだ。そんな気がした。それはふかえりが作り出した空白ではない。天吾の中にもともとあったものだ。彼女がそこに特殊な光をあてて、あらためて照らし出したのだ。

これは『村上春樹を読みつくす』（二〇一〇年）でも示したことですが、私はこの場面は、「天吾」と「ふかえり」が、実は「兄」と「妹」の関係にあることを述べているのではないかと考えています。

「恋心とか、性的な欲望とか、そういうものではない」「天吾の中にもともとあったものだ。彼女がそこに特殊な光をあてて、あらためて照らし出したのだ」というのは、二人が「兄」と「妹」だからではないかと思うのです。

『1Q84』という大長編の「天吾」のほうの物語は、新宿での打ち合わせ中に起きた「天吾」の「発作」の描写から始まっています。

それは「天吾」の最初の記憶、一歳半の時の記憶です。その記憶の中で、「天吾」の母親は、父親以外の男と関係しているのです。それに続いて、「天吾」が千葉県市川市で生まれ育ったこと、母親は「天吾」が生まれてほどなく、病を得て死んだと父親が言っていたこと、兄弟はいないこと、また今は高円寺に住んでいることなどが紹介されています。そこに「兄弟はいない」と書かれていますが、でも「妹」がいないとは記されていません。

母親が「天吾」を育ててくれた父親ではない、若い男と関係しているという幻影、その「発作」は何度か『1Q84』の中で繰り返し書かれています。その「若い男が、自分の生物学的な父親ではないのか、天吾はよくそう考えた」とありますし、「自分の父親ということになっている人物」は「あらゆる点で天吾には似ていなかった」とも記されています。「天吾は背が高く、がっしりした体格で、額が広く、鼻が細く、耳のかたちは丸まってくしゃくしゃしている。父親はずんぐりとして背が低く、風采《ふうさい》もあがらなかった。額が狭く、鼻は扁平《へんぺい》で、耳は馬のように尖《とが》っている」のです。

▼「とくに意味のない動作だったが」

その「天吾」と「ふかえり」が「兄」と「妹」なのではないのかと、私が考えている理由の一つに、白川静さんの漢字学による読みが反映しています。それは次のような場面です。

　初めて「ふかえり」と会い、「天吾」は強く激しい心の震えのようなものを感じます。そして「ふかえりの真っ黒な瞳《ひとみ》が何かを映し出すように微《かす》かにきらめいた」と「天吾」が感じると、そこで彼は次のような奇妙なかっこうをします。

> **天吾は両手で、空中にある架空の箱を支えるようなかっこうをした。とくに意味のない動作だったが、何かそういった架空のものが、感情を伝えるための仲立ちとして必要だった。**

村上春樹自身が「とくに意味のない動作だったが」と記しているほど、この「天吾」のかっこうは非常に意味をつかみがたいものです。

　でも、意味のつかみがたい、この部分に白川静さんの文字学を当ててはめてみますと、「両手で、空中にある架空の箱を支えるようなかっこう」とは「兄」という漢字が表している姿なのです。

「兄」という文字は「口」と「儿《じん》」を合わせた形をしています。「儿」は横から見た人間を表す形です。「儿」の上にある「口」は、前記したように顔の「くち」ではなく、神様への祈りの言葉である祝詞を入れる器「口《サイ》」のことです。つまり「兄」は、この祈りの言葉を入れる器「口《サイ》」を捧げ持って、家の祭りをしている人を横から見た文字です。家の祭りは兄弟の中で一番上の「兄」が行ったので、「兄」が「あに」の意味となったのです。

「ふかえりの真っ黒な瞳《ひとみ》が何かを映し出すように微《かす》かにきらめいた」と「天吾」が思うと、彼は白川静さんの文字学でいう「兄」のかっこうで応えるのです。それゆえに、その「天吾」と「ふかえり」が「兄」と「妹」の関係にあるのではないかと、私は考えているのです。

▼「ちょうど君くらいの体格だ」

そして「天吾」と「ふかえり」が「兄」と「妹」だとすれば、「ふかえり」の父親で、作中、「青豆」に殺されるリーダー（深田保）が、「天吾」の実の父親であるということになります。

「天吾」と「ふかえり」が、青梅街道沿いの二俣尾に住む、「ふかえり」の育ての親である戎野先生を訪ねる場面がありますが、そこで戎野先生は深田保について、彼は「身体《からだ》も大きい。そうだな、ちょうど君くらいの体格だ」と「天吾」に説明します。

「天吾」は、自分の父親ということになっている人とは、あらゆる点で似ていません。でも、「ふかえり」の父親は「ちょうど君くらいの体格」なのです。この戎野先生の発言も、「天吾」と「ふかえり」が「兄」と「妹」であるならば、その意味をよく受け取ることができるのです。

以上が「天吾」と「ふかえり」が実は「兄」と「妹」なのではないかと、私が妄想する理由です。もちろん「天吾は両手で、空中にある架空の箱を支えるようなかっこうをした」と村上春樹が記した部分に、白川文字学をそのまま当てはめて、その部分が「兄」の字形であると考えることが許されるならばという前提でのことなのですが。

『1Q84』のBOOK2で、「青豆」がリーダー殺害のため、対決している場面と同時刻、雷鳴が激しく響く中、「天吾」と「ふかえり」が交わります。これは私の考え方からすると、「兄」「妹」の近親相姦の場面ということになりますが、同作のBOOK3になると、「ふかえり」ではなくて、「青豆」のほうが「天吾」の子をお腹に宿しているという話に展開しています。「天吾」は「ふかえり」と交わり、その子を「青豆」が妊娠しているのです。

雷鳴轟く大雨の夜に、そのような〝ねじれ〟が物語の中に出現するのですが、このあたりの転位は実に村上春樹らしい展開だと思います。もちろん、その時点では「青豆」は、まだ「天吾」との再会を果たしていません。でも青豆自身の考えによると「リーダーはそのためにあの雷雨の夜、異なった世界を交差させる回路を一時的に開いて、私と天吾くんをひとつに結び合わせたのかもしれない」のです。

▼「すでに特別な存在になっているからだ」

リーダーは、自分が殺されれば、カルト的な集団である「さきがけ」に「一時的な空白が生じる」ため、「青豆」が「わたしの命を奪うことを妨げようとしている」と言います。でもその後で、予言めいたことを口にするのです。

「彼らには君を破壊することはできない」
「どうして」と青豆は尋ねた。「なぜ彼らには私を破壊することができないの？」
「すでに特別な存在になっているからだ」
「特別な存在」と青豆は言った。「どのように特別なの？」

「君はそれをやがて発見することになるだろう」
（……）「あなたの言っていることは理解できない」
「いずれ理解するようになる」

これは読者に対する予告ですね。

つまり『1Q84』BOOK3での「青豆」の妊娠が予告されているという部分でしょう。「青豆」の妊娠は性行為を含まない〝処女懐胎〟のような謎の妊娠ですが、どうもその「青豆」の妊娠を知ったことから、あれほど「青豆」を追撃しようとしていた「さきがけ」の人たちが、「青豆」のお腹の子の確保へと向かっていくのです。

そのことをめぐる「青豆」と、「青豆」の逃走を助けるタマルとの次のようなやりとりがあります。

「リーダーの殺害とその謎《なぞ》の受胎とのあいだに、何か因果関係はあるのだろうか？」
「私には何とも言えない」
「ひょっとして、あんたのお腹《なか》の中にいる胎児がリーダーの子供だという可能性は考えられないか？　どんな方法だかわからんが、なんらかの方法をとって、リーダーがそのときにあんたを妊娠させたと。もしそうであれば、連中があんたの身柄をなんとか手に入れようとしているわけはわかる。彼らはリーダーの後継を必要としている」（……）
「そんなことはあり得ない。これは天吾くんの子供なの。私にはそれがわかる」（……）
「しかしそれにしてもものごとの筋道がまだ見えてこない。彼らは最初のうちはあんたを捕まえて厳しく罰しようとしていた。しかしある時点で何かが起こった。あるいは何かが判明した。そして彼らは今ではあんたを必要としている。あんたの安全を保障するし、彼らの側にもあんたに対して与えられるものがあると言う」

▼「さきがけ」の方針転換

タマルは「牛河」というさきがけ側の追跡者を殺害した後に、さきがけ側に連絡を取って、彼らの「青豆」に対する方針転換を知ります。「我々は彼女に害をなすつもりはありません」「青豆さんをこれ以上追及するつもりはありません」と彼らは言うのです。

そして、その理由は「彼らは声を聴くものを必要としている」ということのようなのです。

「つまりあんたのお腹の中にいる子供が、その〈声を聴くもの〉ということになるのか？」「しかしいったいどのような理由で、川奈天吾とあんたとのあいだにできる子供が、そんな特別な能力を身につけることになるのだろう？」とタマルは問いかけますが、それは「青豆」にも「わからない」ことなのです。

これらは村上春樹が、「青豆」の妊娠と、さきがけ側の急なる方針転換について、読者にそれはなぜなのだろうという問いを発している部分ですね。ここで、これまで述べてきたように、「天吾」と「ふかえり」が「兄」と「妹」の関係であるということを置いてみれば、すべてのことがそのまま受け取れるのではないでしょうか。

「天吾」と「ふかえり」が「兄」と「妹」であり、「天吾」がリーダーの子であるならば、「青豆」のお腹の中にいる子供はリーダーの血を引き継ぐ子供であり、リーダーの死によって生まれる「空白」をうめることが可能な存在となり得るからです。

そして私がそう考える出発点に、白川静さんの文字学があるのです。「天吾」がリーダーの娘である「ふかえり」と初めて会った時の「天吾は両手で、空中にある架空の箱を支えるようなかっこうをした」という謎の振る舞いを、白川静さんの漢字学から「兄」の字形を示す姿だと受け取ってみれば、物語の最初に、そのことを村上春樹が告げていたのではないか、と私には思えるのです。

O19

「殺される王」と〈声を聴くもの〉
村上春樹作品と白川文字学③

2012.10

村上春樹の『1Q84』のBOOK3（二〇一〇年）を読んで、やはり一番驚いたのは女主人公「青豆」が生きていたことでしょう。

『1Q84』はBOOK1、2が二〇〇九年に刊行されましたが、「青豆」が登場してくる最後の場面は、高速道路上で拳銃の銃口を口の中に入れた「青豆」が愛する「天吾」のために死ぬことを思い、最後に「天吾くん」と言って、「青豆」が「そして引き金にあてた指に力を入れた」という一文で終わっていたのです。

▼妊娠する「青豆」

果たして「青豆」はそのまま死んでしまうのか……。はたまた助かるのか……。

私の周辺にも翌年刊行された『1Q84』BOOK3を読んで、「青豆」が生きていたのでほっとした人、もう「青豆」は生きていないと思っていたのでちょっと不機嫌な人、などなどいろいろいました。

読者がその次に『1Q84』BOOK3で驚いたのは、「青豆」が妊娠していたことではないでしょうか。私も

「青豆」の妊娠には驚きました。いや、もっと重要な驚きは、「青豆」に殺害されたリーダーがトップであるカルト集団「さきがけ」の人たちが、その「青豆」の妊娠を知ったとたんに、「青豆」の追撃をやめてしまったことです。青豆追撃の方針を突如転換して「青豆」のお腹の子の確保に向かったことです。この急な方針転換の理由は「彼らは声を聴くものを必要としている」からです。

「017」から続けて、漢字学の第一人者・白川静さんの文字学と村上春樹作品の繋がりについて記してきましたが、このさきがけ側が「青豆」追撃をやめた理由、〈声を聴くもの〉という存在は、白川静さんの漢字学を学んだものにとって、非常に親しみ深いものです。そのことを紹介しましょう。

『1Q84』の中で〈声を聴くもの〉が、最初に読者に紹介されるのは、リーダー殺害のために、「青豆」とリーダーが対決する場面です。

▼「フレイザーの『金枝《きんし》篇』を読んだことは？」

リーダーが「青豆」に「フレイザーの『金枝篇』を読んだことは？」と問います。イギリスの人類学者、ジェイムズ・フレイザーの代表作が『金枝篇』ですが、それについてリーダーは語ります。

「興味深い本だ。それは様々な事実を我々に教えてくれる。歴史のある時期、ずっと古代の頃だが、世界のいくつもの地域において、王は任期が終了すれば殺されるものと決まっていた。任期は十年から十二年くらいのものだ。任期が終了すると人々がやってきて、彼を惨殺《ざんさつ》した。それが共同体にとって必要とされたし、王も進んでそれを受け入れた。その殺し方は無惨で血なまぐさいものでなくてはならなかった。またそのように殺されることが、王たるものに与えられる大きな名誉だった」

これに続いて〈声を聴くもの〉のことが出てきます。

「どうして王は殺されなくてはならなかったか？　その時代にあっては王とは、人々の代表として〈声を聴くもの〉であったからだ。そのような者たちは進んで彼らと我々を結ぶ回路となった」

▼「殺される王」と『地獄の黙示録』

『金枝篇』と「殺される王」と言えば、村上春樹が大好きな映画、フランシス・コッポラがヴェトナム戦争を描いた『地獄の黙示録』を思う人もいると思います。

『地獄の黙示録』に登場するカーツ大佐もカンボジアのジャングルの中に独立王国を築き、王のように君臨していました。そのカーツ大佐殺害の命令を受けたウィラード大尉によって、最後に「王」のようなカーツ大佐が殺されるという映画が『地獄の黙示録』ですが、そのカーツ大佐も『金枝篇』を読みながら、自分を殺しにやってくる人間を待っていました。

そして『1Q84』のリーダーも自分を殺しに来る者を待つ王のような存在で、自分を殺しにきた「青豆」に『金枝篇』について語るのです。

『地獄の黙示録』を観た人には、このリーダーの姿に『地獄の黙示録』でカーツ大佐を演じたマーロン・ブランドのことを思った人もいたようです。その場合、「青豆」はカーツ大佐を殺しに行くウィラード大尉ですね。

そのようなことを指摘したうえで、でも私には、「青豆」に語りかけるリーダーの『金枝篇』についての話にも、白川静さんの考え方に響き合うものを感じるのです。そのことについて紹介しておきたいと思います。

白川静さんの『中国古代の文化』(一九七九年)という本の中に「殺される王」という項があって、そこで、やはりフレイザー『金枝篇』を引用して、古代の王たちが呪術師であり、最後には犠牲として殺される運命にあるものだったことが述べられています。

例えば、ある系統の王によって治められていた南太平洋の珊瑚島では、その王は同時に大司祭であり、食物を増殖させると信じられていたので、飢饉が来ると民衆は怒って王を殺してしまったそうです。次々に殺害されるので、遂に誰も王の位に即くことを欲しなくなり、その王朝は没落してしまいました。また、朝鮮では作物が実らぬ場合は、王は譴責され、位から退けられたり、殺されたりしたそうです。こうした例が、『金枝篇』の中から紹介されているのです。

▼「王」はまさに〈声を聴くもの〉

白川静さんによると、古代中国では、王は神に仕える巫祝《ふしゅく》(聖職者)でした。神と交信・交通ができる者、権力を形成している巫祝たちの長として、存在していたのです。占いで、神と交信して、神の声を聴き、その聴いた神の声を記録するために生まれた道具が、後に漢字と呼ばれる文字です。ですから「王」はまさに〈声を聴くもの〉だったのです。

『1Q84』で「青豆」がリーダーのいるホテルの部屋に入る前、リーダーについている者が「あなたがこれから足を踏み入れようとしているのは、いうなれば聖域のようなところなのです」「これからあなたが目になさるものは、そして手に触れることになるものは、神聖なものです」と言います。

その「聖域」「神聖」の「聖」という漢字こそが、神の〈声を聴くもの〉という文字なのです。この「聖」の「耳」の右にある「口」は顔にある「くち」ではなくて、「018」で言及したように、神様への祈りの言葉である祝詞《のりと》を入れる器「口《サイ》」です。

「聖」の下の「王」に似た字形は「つま先で立つ人を横か

ら見た姿」です。その神に祈り、つま先立ちで、耳を澄ませて、神のお告げを聴いている人の姿を文字にしたものが「聖」です。つまり、これは神の〈声を聴くもの〉を文字にしたものなのです。

〈声を聴くもの〉の「聴」にも「耳」がありますが、この「聴」も〈声を聴くもの〉の文字です。その旧字「聽」の左部分は「耳」と、「聖」の下部にもある、つま先で立つ人の姿を合わせた形です。それに、「徳」の旧字の右部分を合わせた文字が「聽」という文字で、この「聽」は神のお告げを聴いて、理解できる聡明な人の「徳」のことを表した漢字です。

ここで白川静さんの文字学全般について、述べたいわけではないのですが、村上春樹の作品で、白川静さんの文字学と響き合っているように感じられるものについて、もう少し紹介しておきたいのです。

▼巫祝自身が火で焼かれて

古代中国でも日照りが続く時には、巫祝たちが雨乞いの祈りをしました。それでも雨が降らないときには、巫祝自身が火で焼かれて、雨乞いの祈りに捧げられました。

「嘆願」の「嘆」や、「飢饉」の「饉」の右側や、「艱難」の「艱」の左側の字形はすべて「日照り」の意味で、それらは両手を縛られ、頭上に神様への祈りの言葉を入れる器「口《サイ》」を載せた巫祝たちが、下から火で焚殺されている姿を文字にしたものです。

「嘆願」の「嘆」とは「祝詞を唱え、巫祝を焚き、雨を求めて神に嘆き訴えること」であると白川静さんは説明しています。つまり、日照りで雨のないことを「なげく」文字が「嘆」なのです。

紹介したように古代中国の「王」は〈声を聴くもの〉の長、巫祝長（聖職者長）でしたから、さらに日照りが続けば、雨乞いのために「王」も自らの身体を火で焼き、殺されてしまう存在でした。そのような「殺される王」として「王」があったことが、殷の始祖とされる湯《とう》の説話にも残っています。

「古代の世界においては、統治することは、神の声を聴くことと同義だった。しかしもちろんそのようなシステムはいつしか廃止され、王が殺されることもなくなり、王位は世俗的で世襲的なものになった。そのようにして人々は声を聴くことをやめた」

リーダーは、このように「青豆」に説明します。「青豆」が「そしてあなたは王になった」というと、リーダーは「王ではない。〈声を聴くもの〉になったのだ」と答えるのです。

▼世界のバランスを保つために抹殺される

「古代の世界において、統治することは、神の声を聴くことと同義」ですから、「王ではない。〈声を聴くもの〉になったのだ」とは、世俗的・世襲的な王ではなく、「古代の王になった」という意味の言葉でしょうか。

「あなたに命を奪ってもらいたいとわたしは思う」と男は行った。「どのような意味合いにおいても、わたしはもうこれ以上この世界に生きていない方がいい。世界のバランスを保つために抹消されるべき人間なのだ」

リーダーがそう言います。実に古代の王らしい言葉です。このように、この古代の「殺される王」の持つ力が〈声を聴くもの〉という言葉によって、『1Q84』の中で表されています。私はここにも、白川静さんの文字学が述べている古代中国の「殺される王」の世界と木霊のように響き合う村上春樹作品の世界を感じているのです。

020 『風の歌を聴け』から『1Q84』まで
村上春樹作品とカラス①

2012. 11

本書は、私が村上春樹作品を読むうちに気がついた物語の姿やディテールの形を具体的に列挙して、その「惑星直列」のような繋がりぶりを示し、それに対する私の考えを書いていくというものです。

「気がついた」と言っても、一人の読者としての私の気づきにすぎませんし、その考えも一読者としての読みにすぎません。

▼チェコ語で「カラス」

それでも、具体的な繋がりを挙げた後に、私の考えをいつも示してきました。

今回のテーマは、以前から気になっていて、その具体例を「惑星直列」のように並べることができるのですが、でもその「惑星直列」の姿は何なのかについて、的確に自分の考えを述べることができないのです。しかし、どうしても気になる繋がりの形ですので、それを示して、一緒に考えていきたいと思います。

今回の「惑星直列」、それは「カラス」です。村上春樹作品の中に一貫して、登場してくる「カラス」のことです。

村上春樹と「カラス」の関係が、一番はっきり出てくるのは『海辺のカフカ』（二〇〇二年）でしょう。村上春樹の愛読者によく知られたことですが、「カフカ」はチェコ語で「カラス」のことです。作家のフランツ・カフカの「カフカ」も「カラス」のことです。フランツ・カフカの父親ヘルマン・カフカが経営していたフランツ・カフカ商会のカラスのマークが『海辺のカフカ』の文庫版の装丁にも使われていました。そして同作には「カラスと呼ばれる少年」が出てきます。

でも、村上作品の中に出てくる「カラス」は、何も『海辺のカフカ』だけではありません。例えば『1Q84』（二〇〇九、一〇年）の中にもカラスは何度も登場します。同作のBOOK2には、リーダー殺害後、隠れ家に逃避中の「青豆」のマンションにカラスが姿を見せます。「大きなカラスが出し抜けにベランダにやってきて、手すりにとまり、よく通る声で何度か短く鳴いた。青豆とカラスはしばらくのあいだ、ガラス窓越しにお互いの様子を観察していた」のです。

▼母校の校舎の高みにとまっていた「カラス」

『1Q84』BOOK3では、作中小説『空気さなぎ』の作者である美少女作家「ふかえり」のもとにカラスがやってきています。「カラスがやってくる」。一日に「いちどじゃなくなんどかやってくる」と「ふかえり」は「天吾」に話しています。「ふかえり」は、そのカラスと会話が可能な人間として物語の中に存在していて、日々、彼女はカラスと意見交換をしているようです。

そんな村上作品と「カラス」の関係について、考え出したのは、一つの具体的なきっかけがあります。私は二〇〇八年三月から、一年間「風の歌　村上春樹の物語世界」という企画記事を毎週、各新聞の文化面に連載しておりました。この連載では村上作品に登場する場所などを訪れ、その地に立って、作品について考えるということをしておりました。

この取材の中で、村上春樹が学んだ高校にも行ったことがあります。ファンの常として、「ミーハー」そのもので、校門で記念撮影などをいたしました。この時は、ちょっと校舎に近づいた程度で、学校関係者への取材などは何もしなかったのですが、ふと見上げると、学校の校舎のてっぺんの塔のような高みに「カラス」が一羽とまって、私を見下ろしていたのです。

「おいおい。村上作品のことを考えるなら、そんな校門で記念撮影なんかしてないで、オレのことを考えたらどうなんだ!?」

いやいや、その時には〝カラスがとまっているな〟とただ思っていただけなのですが、このカラスをカメラで撮影して、何度か写真を眺めるうちに、そんな具合にカラスが話しかけていたのではないかと思うようになったのです。

これが「カラス」と村上春樹作品の関係について、意識的に考えるようになった始まりです。

他にも「カラス」が登場する重要な例を挙げてみれば、『ねじまき鳥クロニクル』（一九九四、九五年）の「カラス」です。

▼スパゲティーをゆでているときに電話が

この『ねじまき鳥クロニクル』の第1部は「泥棒かささぎ編」と名づけられております。

『泥棒かささぎ』は、ロッシーニのオペラで、序曲が有名ですね。そして『ねじまき鳥クロニクル』という大長編の冒頭は「台所でスパゲティーをゆでているときに、電話がかかってきた。僕はFM放送にあわせてロッシーニの『泥《どろ》棒《ぼう》かささぎ』の序曲を口笛で吹いていた。スパゲティーをゆでるにはまずうってつけの音楽だった」という文章で始まっています。

その『泥棒かささぎ』はこんな話です。裕福な小作農家の息子ジャンネットが戦争からまもなく帰還する場面から始まります。ジャンネットは召使いニネッタと恋仲ですが、家の女主人は息子とニネッタとの結婚に反対です。

ニネッタは家財の扱いがいい加減で、先日もフォークが一本なくなったばかり。そして今度はスプーンがなくなって、ニネッタが泥棒で逮捕され裁判にかけられ、有罪となるのです。その過程で、村の権力者によるニネッタへの横恋慕もからんで物語が展開していきますが、実は泥棒の犯人は「かささぎ」で、かささぎがフォークやスプーンなどを盗んで、教会の塔にある巣にため込んでいることがわかります。

そのように、真犯人は「かささぎ」であることが分かって、ニネッタは救出され、彼女とジャンネットが結ばれるという話です。

『ねじまき鳥クロニクル』という長編も、ある日、突然、妻が自分の前から失踪してしまう話です。何かの力で、とらわれの身となっている妻を、長い時間をかけて、最後に主人公が救出するという物語です。

だからこそ、ロッシーニの『泥棒かささぎ』は、その物語にはぴったりの音楽なのでしょう。『ねじまき鳥クロニクル』第1部「泥棒かささぎ編」では、まだ妻は失踪していませんし、失踪は第2部「予言する鳥編」の冒頭ですので、妻の失踪と奪還を物語の中心と考えれば、それまでの序章として「『泥棒かささぎ』の序曲」が「うってつけの音楽だった」ということになるのでしょう。

さて、その「かささぎ」ですが、カササギは「スズメ目カラス科」の鳥なのです。カラスよりも少し小さいですが、肩の羽根と腹の面とが白色であるほかは黒色で金属的な光沢のある鳥です。つまり「泥棒かささぎ」のカササギも「カラス」の仲間なのです。

そして、今回、このコラムを「カラス」をテーマにして書きたいと思ったのに、もう一つのきっかけがあります。

　中国文学者で、東大教授の藤井省三さんから「「レキシントンの幽霊」におけるアジア戦争の記憶」(『魯迅と世界文学』二〇二〇年所収)との論考を送ってもらい、それを読んだ時のことです。

「レキシントンの幽霊」は、米国マサチューセッツ州ケンブリッジに二年ばかり住んだことがある語り手の「僕」(この語り手は作家なので、村上春樹に近い存在のようにも読めます)が体験した幽霊屋敷での話です。

▼アメリカの対アジア戦争の記憶

「僕」は、五十歳すぎの建築家・ケイシーと知り合います。そのケイシーは三十代半ばぐらいのピアノ調律師・ジェレミーと一緒に暮らしています。僕はケイシーが所有する古いジャズ・レコードの見事なコレクションに関心を抱いて、彼の家を訪ねるのです。

　そのケイシーの家はレキシントンにあり、ケンブリッジの「僕」の住まいから車で三十分ぐらいのところにあります。そこで体験する幽霊譚です。

　藤井省三さんの論は、この短編の中に秘められた日米戦争、およびアメリカの対アジア戦争の記憶というものを具体的かつ詳細に述べたものでした。

　少しだけ、藤井さんの論を紹介すれば、「レキシントンはアメリカ独立戦争において最初の銃声が放たれた土地」であり、それゆえか、「レキシントン」は太平洋戦争で活躍したアメリカ海軍航空母艦の名前にもつけられており、太平洋戦争初期には日本空母祥鳳を撃沈し、同翔鶴に大損害を与えましたが、自らも日本軍艦載機の攻撃を受けて大火災を起こし、米軍駆逐艦の魚雷により処分されており、日本海軍が撃沈した最大のアメリカ空母であるのだそうです。

　その空母「レキシントン」の名前は一九四三年二月就役の新空母に継承され、同空母は一九四四年六月のサイパン攻撃などで活躍。戦後は訓練空母となり、村上春樹が米国に滞在中の一九九一年十一月に退役しました。この空母レキシントンは映画『トラ・トラ・トラ!』(一九七〇年)に出演して日本海軍空母「赤城」を演じ、映画『ミッドウェイ』(一九七六年)でもアメリカ海軍空母艦を演じているそうです。

　またケイシーと一緒に暮らすジェレミーの、その母親が住む「ウェスト・ヴァージニア」も日本海軍による真珠湾攻撃により大破した戦艦の名前でもあるのです。

　藤井さんは、これらの事実を挙げながら「「レキシントンの幽霊」におけるアジア戦争の記憶」を書いています。

　藤井さんの論の中で、私が興味をひかれたのは二隻目の空母「レキシントン」の愛称が「ブルー・ゴースト」であったことです。

　それを知って、「へえ……」と驚きました。この「村上春樹を読む」では村上作品の中に現われ「色」の問題を繰り返し、論じていますが、私は「青《ブルー》」は村上春樹の作品の中では「歴史」を表す色だと書いてきたので、「ブルー・ゴースト」の愛称に驚いたのです。

私も藤井さんとは別な角度から、この「レキシントンの幽霊」が「歴史」へのこだわりを抱いた作品ではないかと思ってきました。

それは、いま記した「色」の問題です。

「僕は四月の午後に緑色のフォルクスワーゲンに乗って」ケイシーの古いレキシントンの三階建ての家を訪れます。

その家は「庭はまるで広い林のようになっており、四羽の青カケスたちが派手な鋭い声をあげながら、枝から枝へと順番に飛び移るのが見えた。ドライブウェイには新しいBMWのワゴンが停まっていた」と村上春樹は書いています。

▼四羽の青カケス

「青カケス」の「青」は歴史を表す色です。「四」という数字は村上春樹作品の聖なる霊数で、それは幽霊や霊的なもの、死や異界と繋がったものを示しています。このことも繰り返し、本書で書いてきましたが、「四月」に僕がレキシントンに行くと、「四羽の青カケスたち」が派手な鋭い声をあげて迎えるのです。

また、この短編には「僕」が幽霊と出会い「あれは幽霊なんだ」と思う場面がありますが、やがて「僕」は眠りこんでしまいます。そして、翌朝九時前に目を覚ますと「軒下で青カケスが鳴いて」いたりしているのです。

翌朝九時前に目を覚ますと「軒下で青カケスが鳴いて」いたということは、つまり「歴史」の力で「僕」もしっかり目を覚ましたということを村上春樹は書いているのでしょう。

そして、ケイシーの古いレキシントンの家のドライブウェイに停まっていた新しいBMWのワゴンも実は「青」のようです。同短編の最後に「ときどきレキシントンの幽霊を思い出す」とあって、「息を飲むほど立派なレコード・コレクションのことを。ジェレミーの弾くシューベルトと、玄関前に停まっている青いBMWワゴンのことを」という文章があるからです。

私も「レキシントンの幽霊」が「歴史」に関係しているらしいことは、わかっていたつもりでしたが、それが具体的にどのように関係しているのかという点について、つかみがたく感じていたのです。藤井さんの論考を読んで、それが「歴史の具体」として、私の中に入ってきたのです。

そして「僕」がレキシントンのケイシーの家に行く時に乗っている車は「フォルクスワーゲン」であり、レキシントンのケイシーの家の前に停まっている車が「BMW」という、両方がドイツの自動車であることも、おそらく第二次世界大戦を意識したことではないかと思われます。言葉遊びが好きな村上春樹のことですから、もしかしたら「レキシントン」には「レキシ（歴史）」という言葉がタイトルの中にも懸けられているのでしょうか……。いやいや、これは私の妄想でしょう。

▼荒ぶれた波の音が聞こえてきそう

このように、藤井省三さんの指摘は非常に説得力に富むものです。その指摘に導かれて、「レキシントンの幽霊」を読み返してみますと、「レキシントン」「ウェスト・ヴァージニア」という空母の影響を受けているためか、「海」のイメージに満ちています。

ケイシーの家の居間の壁の高い本棚には美術書や各種専門書が並んでいますが、その「三方の壁には、どこかの海岸を描いた油絵が、大小取り混ぜていくつかかかっていた。風景の印象はどれもよく似ていた。どの絵にも人の姿はまったく見えず、ただ寂しげな海辺の風景があるだけだ」と書かれています。その絵に耳を近づけると、そこからは「冷ややかな風の音と、荒ぶれた波の音が聞こえてきそうだった」とも加えられているのです。

「レキシントン」が、米軍駆逐艦の魚雷により処分され、海に沈んだことを反映しているのか、ケイシーの家で留守番中の「僕」は「近所に学生の多い、にぎやかなケンブリッジのアパートメントから移って来ると、なんだか海の底にいるみたいな気分だった」とも村上春樹は書いています。そして、騒ぎの音で目覚め、「誰かが下にいる」と思う直前には「音だ。海岸の波の音のようなざわめき――その音が、僕を深い眠りからひきずりだしたのだ」と記しているのです。

▼青い「カケスのバー」

ささて、藤井省三さんの論文で驚いたことが、もう一つあります。

それは、この論文の最後の言葉です。藤井さんは、「僕」が幽霊に出会って、その翌朝、青カケスたちが鳴いていたことに触れて、こう書いています。

ところでレキシントンの古屋敷で悪夢から目覚めた「僕」が最初に聞くのは、青カケスの鳴き声である。青カケスとは英語でBlue Jay、それは『風の歌を聴け』から『羊をめぐる冒険』まで「僕」の良き理解者であった在日中国人、朝鮮戦争からベトナム戦争までを在日アメリカ軍基地で働きながら体験したあのジェイと同じ名前の鳥なのである。

野球の大リーグで、唯一アメリカ以外のカナダ・トロントに本拠地を置くチームに「ブルージェイズ」というチームがあります。

その「ブルージェイズ」が日本語では「青カケス」であり、村上春樹作品の出発点である「ジェイズ・バー」は「カケスのバー」なのかもしれないのです。もちろん「ジェイ」は単に「J」のことで、「ジェイズ・バー」は「J's Bar」と英語で書くのかもしれません。私も漠然と、そのように理解していました。

でも藤井さんの指摘を受けて「カケス」について調べてみると、なんと、これがまた「スズメ目カラス科」の鳥なのです。広辞苑には「ハトよりやや小形。全体ぶどう色で翼に白と藍との美しい斑がある。尾は黒い。他の動物の音声や物音をまねることが巧み」などと記されています。

「ジェイズ・バー」は、藤井さんも書いているように『風の歌を聴け』（一九七九年）『１９７３年のピンボール』（一九八〇年）『羊をめぐる冒険』（一九八二年）の初期三部作に登場する海辺にあるバーの名前です。

この「ジェイズ・バー」は「僕」も「鼠」も「左手の小指のない女の子」もみな集まる場所です。藤井さんも述べているように、この「ジェイズ・バー」の経営者である中国人の「ジェイ」はもともとは基地で働いていたのですが、彼はその仕事を一九五四年にやめ、基地の近くに初代の「ジェイズ・バー」を開きます。そしてヴェトナム戦争が激しくなってきた一九六三年に、僕たちの街、海辺の街に引っ越してくるのです。

▼『海辺のカフカ』

つまり藤井さんの指摘を受け止めて、その先を考えてみると「ジェイ」も「カラス」であり、「カフカ」も「カラス」なのですから、デビュー作『風の歌を聴け』の海に近くある、その「ジェイズ・バー」もまた『海辺のカフカ』なのです。

『１Q８４』のＢＯＯＫ３で、死の床にある父親を「天吾」が、付き添って看病をしている場面にも「カラス」が出てきます。

「天吾」が父の病室に入って、カーテンをあけ、窓を大きく開いて、気持ちのいい朝を迎えます。見ると、一羽のかもめが風に乗り、両脚を端正に折り畳み、松の防風林の上を滑空していきました。

そして「くちばしの大きなカラスが一羽、水銀灯の上にとまって、あたりを用心深く見回しながら、さてこれから何をしようかと思案していた」と村上春樹は書いています。

この時、父と「天吾」のいるところは海沿いの療養所です。つまり、その「カラス」もまた『海辺のカフカ』なのです。

村上春樹がいかに一貫性をもって世界を書き続け、自分の物語を広げ続けてきているのかが、非常によく分かりますね。

村上春樹の作品の中にデビュー作『風の歌を聴け』から『１Q８４』まで、一貫して登場してくる「カラス」の意味について、これからみなさんと一緒に、考えていきたいと思います。

＊「J's Bar」については、村上春樹が愛するスコット・フィッツジェラルド『グレート・ギャツビー』の主人公「ジェイ・ギャツビー（Jay Gatsby）」との関係も考えてみないといけないのではないかと考えています。本書の「０７０」でも、これについて書いています。

Q21 鵲《かささぎ》の渡せる橋に

村上春樹作品とカラス②

2012.12

村上春樹の長編『1Q84』（二〇〇九、一〇年）に『空気さなぎ』という作中小説が出てきます。それは「ふかえり」という十七歳の美少女が、ある新人賞に応募して賞を受けるという作品です。

『1Q84』はBOOK1、2では女主人公「青豆」の話と、男主人公「天吾」の話が交互に進んでいく物語ですが、その『空気さなぎ』は、まず「天吾」の話のほうに出てきます。

「天吾」は小説家を目指している青年ですが、「天吾」が最初に登場する『1Q84』BOOK1の第2章は小松という編集者から、新人賞の応募作である『空気さなぎ』のリライトを「天吾」が依頼される場面から始まっています。

▼さなぎとまゆを混同しています

「天吾」は小松から回ってくる新人賞の候補を決める前の「下読み」という仕事をやっているのですが、『空気さなぎ』という作品についてこんなふうに話しています。

「何年か仕事として、山ほど応募原稿を読んできました。まあ読んだというよりは、読み飛ばしたという方が近いですが。（……）とにかくそれだけの数の作品に目を通してきて、仮にも手応えらしきものを感じたのはこの『空気さなぎ』が初めてです。読み終えて、もう一度あたまから読み返したいという気持ちになったのもこれが初めてです」

それに対して、小松も「たしかにおっしゃるとおりだ。最後まで読んだよ。自分でも驚いたことに。新人賞の応募作を俺が最後まで読み通すなんて、まずないことだ。おまけに部分的に読み返しまでした。こうなるともう惑星直列みたいなもんだ」と応えるのです。

ならば『空気さなぎ』は、そんなに上手い作品かというと、そうではないのです。

小松は「いや、でも、おそろしく下手だね。てにをはもなってないし、何が言いたいのか意味がよくわからない文章だってある」と言います。「天吾」も「たしかに文章は荒削りだし、言葉の選び方も稚拙です。だいたい題名からして、さなぎとまゆを混同しています」と同意しています。

でも二人とも『空気さなぎ』に人を引き込む何かを感じていて、この作品を「天吾」がリライトして、新人賞を受賞させようとするのです。そうやって『空気さなぎ』は見事に新人賞を受賞。「ふかえり」は記者会見までするようになります。

さて、この『空気さなぎ』は、少し変わった題名の小説ですね。今回の「村上春樹を読む」では、このちょっと変わった名の『空気さなぎ』とは何かについて考えてみたいと思います。それに関連して「ふかえり」という美少女作家とは何者なのかということも考えてみたいのです。

その『空気さなぎ』と「ふかえり」に迫る糸口として、『1Q84』にしばしば登場する「カラス」との関係から進んでいきたいと思います。なぜ、カラスが同作に繰り返し出てくるのか。その問題をまず考えてみたいのです。

前回も少し紹介しましたが、「天吾」が死の床にいる父親の看護のために海沿いの療養所にいる場面が、『1Q84』BOOK3の中にあります。その療養所で「天吾」が朝、病室に入っていって、カーテンをあけ、窓を大きく開くと「くちばしの大きなカラスが一羽、水銀灯の上にとまって、あたりを用心深く見回しながら、さてこれから何をしようかと思案していた」ように見えたりしています。

▼七夕神話

普段、「天吾」は高円寺のアパートに住んでいるのですが、看護のために「天吾」が留守をしている部屋には、その後、知り合いになった「ふかえり」がいます。「天吾」が「ふかえり」に電話をすると、その「天吾」の部屋にも「カラスがやってくる」と言うのです。同じカラスが毎日「いちどじゃなくなんどかやってくる」と「ふかえり」が話します。「ふかえり」は、そのカラスと話をして、毎日を過ごしていると言うのです。

『1Q84』という大長編は、すごく簡単に言うと、十歳の小学生時代にたった一度だけ、手を握り合った「天吾」と「青豆」という男女が、互いを忘れることなく求めて、二十年後に再会し、結ばれるという物語です。

そのもう一人の主人公「青豆」のところにもカラスがやってきます。女性の殺し屋である「青豆」はカルト集団「さきがけ」のリーダーの男を殺害後、「高円寺の南口」のマンションに隠れ潜んでいるのですが、このマンションにも「大きなカラスが出し抜けにベランダにやってきて、手すりにとまり、よく通る声で何度か短く鳴いた。青豆とカラスはしばらくのあいだ、ガラス窓越しにお互いの様子を観察していた」というのです。

「ふかえり」も「青豆」も、これらの場面では「高円寺の南口」に住んでいるわけですから、やってくるカラスは同じカラスの可能性もあります。

まだまだカラスは『1Q84』の中に登場してくるのですが、それはまた紹介するとして、これらのカラスとは何かということから、『空気さなぎ』とは何か、「ふかえり」とは何者なのかということに迫ってみたいのです。

話を簡単にするために、今回の方向性を示しておきますと、このカラスの頻出、「ふかえり」という少女の存在、さらに『空気さなぎ』という小説は、いずれも七夕伝説・七夕神話と関係しているのではないかと、私は考えています。それについて、以下具体的に述べてみましょう。

▼鵲が翼を連ねて橋をつくった天の川

■ 鵲《かささぎ》の渡せる橋に置く霜の白きを見れば夜ぞ更けにける

「百人一首」にもある大伴家持作という歌に、そんな有名な歌があります。これは七夕神話を受けて詠われた歌です。

この歌の「鵲の渡せる橋」は天の川を渡る橋のことです。中国の七夕伝説では、織姫と彦星を七夕の日に逢わせるため、鵲が翼を連ねて橋をつくって天の川を渡しました。「霜」は天の川にあるたくさんの星が霜のように見えることです。

「冬の夜空の白く冴え渡る天の川、鵲が翼を連ねて渡したという橋の上に置いた霜のように星々が白く見えるのを見ると、夜も更けたのだなあ」という意味の歌です。

この歌の「橋」には、宮中を天上の世界と考えて、その宮中への御階《みはし》とする解釈もあります。その解釈からすると、「橋に置く霜」の部分は宮中の階段の欄干などに霜がついているさまを歌っているとも受け取れます。

このような説に従えば、つまり天を仰いで天の川を見た作者が、七夕伝説の鵲の橋を思い、そこから地上の、宮中への階段に霜がついているのを眺めると、その清冽な寒さに身が引き締まるような気持ちがするという歌になります。

そして「霜」のほうには、有名な張継の詩「楓橋夜泊」の「月落ち烏啼いて霜天に満つ」との関係も指摘されていますし、家持作と思われてきたこの歌が、実際は家持の歌ではなかったというのが定説になってもいるようです。

それはともかく、この「鵲の渡せる橋」という言葉が七夕伝説から発想されていることは間違いありません。そのことをまず理解してください。

▼「泥棒かささぎ編」

『１Ｑ８４』は村上春樹の大長編『ねじまき鳥クロニクル』（一九九四、九五年）と深い関係を持っている作品です。それは『ねじまき鳥クロニクル』の小説の時代が「１９８４年」を主に舞台としていて、それを受けたようなタイトルとして『１Ｑ８４』があり、この『１Ｑ８４』という物語が『ねじまき鳥クロニクル』と同じ時代である「１９８４年」から、少しだけズレた時間を舞台としているからです。

その『ねじまき鳥クロニクル』の第1部は「泥棒かささぎ編」と名づけられております。そして「かささぎ」は「スズメ目カラス科」の鳥なのです。カラスよりは少し小さいですが、肩の羽根と腹の面とが白色であるほかは黒色で金属的な光沢がある鳥です。

紹介したように、鵲は七夕神話では、牽牛・織女を隔てている川を渡らせる橋の役目を担った鳥。『１Ｑ８４』のたくさんのカラスの登場は、『ねじまき鳥クロニクル』の「かささぎ」(鵲)と対応しているのではないかなと、私は考えています。つまり「天吾」「ふかえり」「青豆」のところへカラスがやってくるのは、鵲と同じように「天吾」と「青豆」の二人を逢わせるべく、両者を隔てる天の川に橋を架けるためにやってきているのであろうと、私は思っているのです。

日本人はこの七夕のことが大好きで、大伴家持が選者として加わったといわれる『万葉集』にも非常にたくさんの歌が収められています。

我が背子《せこ》にうら恋ひ居れば天の川夜舟漕ぐなる楫《かぢ》の音聞こゆ

(『万葉集』二〇一五)

(いとしい夫《せ》の君に早く逢いたいと待ち焦がれていると、時あたかも、天の川から、夜舟を漕いでやって来る櫓の音が聞こえる)

天の川川の音清し彦星の秋漕ぐ舟の波のさわきか

(『万葉集』二〇四七)

(天の川の川音がすがすがしく聞こえてくる。あれは、彦星が、この秋の宵に川を漕ぎ渡る舟、その舟のかき立てる波のざわめきであろうか)

いにしへゆ織りてし服《はた》をこの夕衣《ゆふへ》に縫ひて君待つ我れを

(『万葉集』二〇六四)

(ずっと以前から織り続けてきた織物、その織物を、この七夕の宵には着物に縫いあげて、あの方のお越しをお待ちしている私なのです)

などなど『万葉集』巻第十にとても多くの七夕歌が残されているのです。

このように日本人が大好きな七夕伝説ですが、でもこれは日本の固有のものではなくて、中国から渡来したものです。そして、中国では「織姫が七夕に河を渡ろうとすると き、鵲に命じて橋にならせる」という話でした。

日本の『万葉集』にも「天の川棚橋《たなはし》渡せ織女《たなばた》のい渡らさむに棚橋渡せ」(天の川に棚橋でも渡しておくれ。別れを惜しむ織姫様がお渡りになれるように、棚橋でも渡しておくれ/『万葉集』二〇八一)という歌があって、これは織女のほうから川を渡っていく歌です。でもこの歌は例外中の例外です。

「これは、中国の七夕伝説と同じ発想に立つ歌で、織女の方が天の川を渡って行くことを詠んでいる。牽牛が川を渡って逢いに行く日本的な七夕歌とは大きく違っている」と万葉学者の伊藤博さんも『萬葉集釋注』に記しています。

つまり中国では織姫のほうが川を渡るのに対して、なぜか日本では彦星のほうが川を渡って織姫に逢いに行くように転換されているのです。このように七夕神話は中国から渡来して、話が日本的に転換されていった神話ですが、鵲という鳥自体が、もともと日本にいた鳥ではありませんでした。

▼「織姫」の「ふかえり」

『魏志倭人伝』にも「その地には牛・馬・虎・豹・羊・鵲なし」とあって、もともと日本には鵲はいないことが記されていますし、『日本書紀』の「推古天皇」の時代に新羅に遣わせた使者が、帰国して「鵲二羽をたてまつった」ことが書かれているので、最初は新羅からの献上品として日本に入ってきたもののようです。

つまり見たこともない鳥である「鵲」が牽牛織女のために連なって橋をつくり、二人の逢瀬の仲立ちをするという話が歌に詠み込まれているわけですから、当時の〝最新の外来知識〟を競うように歌にしたもののようです。

さてさて、『1Q84』における「ふかえり」は、この七夕神話と深く繋がっている女性ではないかと私は考えているのですが、その理由を具体的に挙げてみたいと思います。

まず「ふかえり」という少女には「織姫」としてのイメージが強くあります。

例えば、「天吾」は『空気さなぎ』について、小松と話す際に、今回の最初のほうで紹介したように、その弱点として「だいたい題名からして、さなぎとまゆを混同していますよ」と話しています。まったく、その通りで、なぜ『空気さなぎ』と命名しなかったのかと思うほど、『空気さなぎ』の物語は「さなぎ」ではなく、「繭」に近いイメージで書かれています。

作中小説である『空気さなぎ』の中に出てくる少女がリトル・ピープルから「くうきさなぎ」の作り方を教えてもらう場面がありますが、そこは次のように記されています。

リトル・ピープルたちは「空気の中から糸を取りだして、それですみかを作っていく。それをどんどん大きくしていくぞ」と少女に言うのです。

そして少女にとって「空気の中から糸を取り出すのは、いったん慣れてしまえばそんなにむずかしいことではなかった。少女は手先が器用な方だったから、すぐにその作業を素早くこなせるようになった。よく見ると、空気の中にはいろんな糸が浮かんでいた。見ようとすれば、それは見える」と思うのです。リトル・ピープルたちも「そう、それの調子だ。それでいいぞ」と言います。

「空気の中から糸を取りだして、それですみかを作っていく。それをどんどん大きくしていく」のが『空気さなぎ』だとすれば、取り出すのが「糸」なのですから、これは明らかに「さなぎ」ではなく「まゆ」です。「天吾」が「題名からして、さなぎとまゆを混同しています」というのは、このような小説の内容からだと思います。

そして、空気の中にある「いろんな糸」を取り出して、すみかを作り、それをどんどん大きくしていく、という行為には「織物」の感覚がありますし、それを行う少女には「織姫」のイメージがあるのです。

▼水面を歩くことができる

このように「ふかえり」が「織姫」なのではないかと、私が考える理由をもう一つ挙げてみましょう。紹介したように、中国の七夕神話を見てみると、川を渡っていくのは織姫のほうなのですが、『１Ｑ８４』の「ふかえり」にも水上を渡っていく女性のイメージがはっきりと記されています。

『１Ｑ８４』ＢＯＯＫ３で、「牛河」という男が物語の視点人物に新たに加わります。つまりＢＯＯＫ１、２では「天吾」と「青豆」の視点が交互に入れ替わる物語だったのが、ＢＯＯＫ３では「天吾」「青豆」「牛河」の三人の目から見た物語として展開していくのです。その「牛河」が、カルト集団「さきがけ」のリーダーを殺した「青豆」を追跡する目的で、「天吾」のアパートの部屋を監視していると、「天吾」の部屋にいた「ふかえり」が外に出てきて、「牛河」が彼女を追跡する場面があります。

その時の「ふかえり」の歩き方は「歩くという行為にひたすら神経を集中していた。さざ波ひとつない広い湖面を歩いて横断しているみたいな歩き方だ。このような特別な歩き方をすれば、沈むこともなく靴を濡らすこともなく水面を歩くことができる。そういう秘法を会得しているかのようだ」と、「牛河」は思うのです。

これは単なるレトリックとして村上春樹が記しているわけではありません。

スーパーマーケットに入って買い物をして、店から出てきた「ふかえり」を尾行するときも「ふたつの買い物袋はかなり重そうだったが、少女は軽々と両腕にそれを抱え、水たまりを移動するアメンボウみたいにすいすいと道路を歩いていった」と村上春樹は記していて、「ふかえり」について水の上を自在に渡っていく女として、意識的に書いているのです。

▼「たなばたつめ」（棚機津女）

ここには中国型の七夕神話の織姫としての「ふかえり」が記されていると私は思います。

少しだけ個人的なことを記しますと、私の生家は群馬県の織物業者でした。織物業という言葉も土地ではあまり使わず「機屋《はたや》」と自分たちの生業《なりわい》を呼んでいましたが、そういう家に生まれ育ったので、絹や繭や桑というものに興味が向いてしまうのかもしれません。

折口信夫の『古代研究』の中に「水の女」というものがあって、その中に「たなばたつめ」という項があります。日本の「たなばたつめ」は漢字で記せば「棚機津女」です。その「たなばたつめ」は、水辺に建てられた機屋の中にいる女性で、織女のことです。

折口によりますと、海辺、または海に通じる川の淵など、また山野では川や池・湖の近くの「水辺」を選んで建てられた建物の中に、神様の嫁となる、村の女から選ばれた処女が住んでいて、来たるべき神のために機《はた》を構えて、布を織っていました。

「驚くばかり多い万葉の七夕歌」と折口も書いています。『万葉集』の七夕の歌の多さは、本当に驚くほどの数ですが、中国からの新しい外来知識に反応しただけでなく、そのような新知識が入ってくる前に「たなばたつめ」のようなものが日本にあって、それと外来の七夕神話が習合して、あのような大量の七夕歌が生まれたようです。

確かに「来たるべき神のために機《はた》を構えて、布を織っていた」行為には「いにしへゆ織りてし服《はた》をこの夕衣《ゆふへ》に縫ひて君待つ我れを」という彦星の訪れを待つ日本型の織女を詠った万葉歌と繋がるものがありますね。

▼髪を梳く「ふかえり」

『１Ｑ８４』ＢＯＯＫ１の第４章に「ふかえり」と「天吾」が初めて出会う場面があります。その時、「ふかえり」が「天吾」の前で自分の髪を梳きます。

> ふかえりはまっすぐな黒い髪に手をやり、少しのあいだ指ではさんで梳《す》いていた。素敵な仕草だった。素敵な指だった。細い指の一本一本がそれぞれの意思と方針を持っているみたいに見えた。そこには何かしら呪術的なものさえ感じられた。

そのように村上春樹は書いています。「ふかえり」はたいへんな美少女ですから、そんな仕草をされたら、まだ若い「天吾」もたまらないですね。

でも篠田知和基さんの『竜蛇神と機織姫』（一九九七年）という本によりますと、「水のほとりに現れる妖精は西洋でも髪を梳く。髪を梳くのは誘惑の仕種であるとともに、機織りや紡績を表す仕種でもある」と記されています。

髪を梳く「ふかえり」が、そのような「機織りや紡績」の妖精、または神に仕える巫女のような女性であることを村上春樹は告げていたのかもしれません。その仕草に「そこには何かしら呪術的なものさえ感じられた」と書いているわけですから。

古代社会の中で、繭から糸を紡ぎ、新しい布を織っていくことには、新しい秩序を織り上げていく、呪術的・儀式的な側面もあったと思います。だからこそ世界中に機織り、織女の神話が残っているのでしょう。「ふかえり」が髪を梳くとき「細い指の一本一本がそれぞれの意思と方針を持っているみたいに見えた」と記されていますが、その言葉に、新しい世界の再構築への村上春樹の思いを感じたりもいたします。

神のために新しい布を織る「たなばたつめ」（棚機津女）は選ばれた処女でした。『１Ｑ８４』の中で、処女についてのことが繰り返し出てきますが、もしかしたら「たなばたつめ」（棚機津女）の話と関連しているのかもしれません。

▼神話的な広がりの中で

思えば『1Q84』は長い間、逢うことがかなわなかった「天吾」と「青豆」が、願いかなって再会する話です。私たちが知っている同型の神話では、七夕神話が一番なじみ深いものです。ですから七夕神話のことを考えるのは自然な成り行きですが、そのように読み始めるとちゃんと七夕神話が織り込まれた物語となっているのです。そのように私には読めます。

冒頭で紹介した「天吾」と編集者の小松との会話の中で、「こうなるともう惑星直列みたいなもんだ」と小松が言います。この「惑星直列」という言葉も、「ふかえり」と『空気さなぎ』が、天空の星々をめぐる天の川と七夕伝説に繋がっていることの予告としての発言であったのかもしれません。

もう一つ「星」について紹介しましょう。「ふかえり」が「さざ波ひとつない広い湖面を歩いて横断しているみたいな歩き方」で「沈むこともなく靴を濡らすこともなく水面を歩く」ように進んでいく姿を「牛河」は尾行中に見るのですが、その尾行前、「天吾」と同じアパートに隠れて、望遠レンズを付けたカメラで「牛河」が監視していると、アパートの玄関に現れた「ふかえり」が望遠レンズの反対側から「牛河」を覗き見るような場面があります。

「少女は玄関先に立ち、牛河の潜んだ方向を見ていた。その感情を欠いた視線をただ揺るぎなく牛河に注いでいた。星明かりが名もなき岩塊を照らすように」と記されています。「ふかえり」の視線は「星明かり」と書かれているのです。「ふかえり」は織女星、そしてこの場合、「ふかえり」に照らされる「牛河」のほうが牽牛星ということなのかもしれません。

七夕神話の源流は、中国を越えて、イランあたりにまで求めることができるという研究もあるようです。『1Q84』という大長編は、そのような神話的な広がりの中で読まれるべき物語ではないかと、私は考えています。

最後に、この回に引用した『万葉集』の歌と解釈は伊藤博さんの研究に従ったことを記しておきたいと思います。

2013

2月	『パン屋を襲う』（イラスト：カット・メンシック、新潮社）刊行
4月	『色彩を持たない多崎つくると、彼の巡礼の年』（文藝春秋）刊行
5月	「河合隼雄　物語賞・学芸賞」創設記念の公開インタビュー「魂を観る、魂を書く」が京都大学で開かれる
8月	「魂のいちばん深いところ 河合隼雄先生の思い出」が『考える人』（2013年夏号）に掲載
9月	［翻訳・編集］アンソロジー『恋しくて　TEN SELECTED LOVE STORIES』（中央公論新社）刊行。書き下ろしの「恋するザムザ」も掲載
	東京ヤクルト・スワローズのHPに、村上春樹さんメッセージ「第1回　球場に行って、ホーム・チームを応援しよう」が掲載
12月	「ドライブ・マイ・カー」が『文藝春秋』（12月号）に掲載

022 殺される「牛河」と七夕神話

村上春樹作品とカラス③

2013.2

『1Q84』のBOOK3（二〇一〇年）を読んでいくと、えっと驚くことがいくつかあります。まず『1Q84』BOOK2（二〇〇九年）の最後に死ぬのかな……と思った「青豆」が死ななかったというのも驚きですし、その「青豆」が妊娠していたというのも、やはり驚きでした。村上春樹の長編で主人公の女性が妊娠していて、その子を産もうとしているという話はこれまでないですからね。

▼あっさり殺されてしまう

でももう一つ、えっと驚くのは、それまでの『1Q84』BOOK1、2の「青豆」「天吾」に加えて、BOOK3で第三の視点人物として物語に加わる「牛河」が、物語の終盤、あっさり殺されてしまうことでしょう。

『1Q84』BOOK3が発売された直後、まだあまり評なども出ていない時期だったと記憶していますが、地下鉄の中で他社の文芸担当の女性記者と一緒になったのですが、彼女は「わたし、牛河がかわいそうで……」と言っていました。

私も、牛河に〝いい感じ〟が出てきたところで、彼が殺されてしまうのを知って、本当に驚きました。だって「牛河」は視点人物の一人なのですから。

この大長編は天吾の父親が病床で中里介山の『大菩薩峠』を読んでいるように、『大菩薩峠』という作品と関係があるのではないかと、私は考えています。『大菩薩峠』には甲州街道の裏街道である青梅街道が出てきますが、『1Q84』という話は、その青梅街道沿いに展開する物語です。そのことは本書の「016」で詳しく紹介しましたが、例えば、主人公の一人である「天吾」も、その青梅街道沿いの高円寺南口に住んでいますし、「リーダー」という男を殺害した後の女主人公「青豆」も、その近くに隠れ潜んでいます。二人が二十年ぶりに再会する児童公園の滑り台も青梅街道沿いにあります。

牛河も、天吾の部屋があるアパートの一室を借りて、張り込みを続けているのですから、当然、高円寺南口の青梅街道沿いにいることになります。つまり視点人物の三人が青梅街道に近い高円寺南口に結集する物語となっているのです。

▼これはもともと俺のいた世界ではない

そして、現実の「1984」年の世界と『1Q84』の世界を分ける象徴である、二つの月を牛河が見ることにも驚きました。

牛河が天吾を尾行していくと、天吾は高円寺南口にある児童公園に入っていって、滑り台の上に上って空を見ています。天吾が去った後、彼を追わずに、牛河も天吾が腰をおろしていた滑り台に上ってみるのですが、すると普通の月と、もう一つ、苔が生えたような緑色の小さい月を見るのです。

「ここはいったいどういう世界なんだ」「俺はどのような仕組みの世界に入り込んでしまったのだ」と牛河は思うのです。「これはもともと俺のいた世界ではない」とも考えるのです。

それは、まさに天吾と青豆がいる『1Q84』の世界です。また牛河は、この世界に既視感のようなものを感じます。なぜなら、それは「ふかえり」の小説『空気さなぎ』にも、物語の最後に近いところで、二つの月が登場するからです。でもともかく牛河は『1Q84』側の世界の人物なのです。

こんな視点人物・牛河が殺されてしまうのです。

どうしてなんだろう。「牛河」という人物はどういう形で『1Q84』の中に存在しているのだろう……。この長編を読み返すたびに考えてきました。私の考えはまだまだ妄想・空想段階なのですが、でもその思いを少しだけ記しておきたいと思います。

▼これはもともと俺の中にあったもの

牛河の変化は、張り込み中にふかえりと視線を交わすところから始まっています。天吾のアパートに潜んでいたふかえりが、アパートから出てきて、牛河は一階の張り込み用に借りた部屋から望遠のカメラで彼女の姿を見ているのですが、その時、ふかえりが牛河の潜んでいる窓のほうに視線を向けます。牛河の望遠レンズに目の焦点をあわせるのです。

牛河は、ふかえりから目をそらせることができなくなってしまいます。しばらくしてふかえりは牛河を見つめるのをやめるのですが、牛河のほうは、身体《からだ》が痺《しび》れたようになってしまい、動きがとれなくなってしまいます。そして、彼の中には奇妙なスペースが生まれています。「それは純粋な空洞だった」と記されているのです。

その空洞について、「これはもともと俺の中にあったもので、彼女はそれが存在することをただ俺に教え示したに過ぎないのかもしれない」と牛河は思います。

「牛河は自分が深田絵里子という少女に、全身を文字通り揺さぶられていることに気づいた」「まるで激しい恋に落ちた人のように。牛河がそんな感覚を持ったのは生まれて初めてのことだ」とも書かれています。

さらに「これはおそらく魂の問題なのだ」「言うなれば魂の交流だった」と牛河は思いますし、「彼女は遥《はる》かに深いところで俺を理解したのだ」とも思います。

「俺が深田絵里子と巡り合うことはもう二度とあるまい。これはたった一度しか起こり得ないことなのだ」と考え、別れた後に「我々は今では再び遠く離れた世界の両端に立っている」とも思うのです。

▼どうして牛河は殺されてしまうのだろう

牛河は、幸せとはいえない育ちかたをしていますし、また結婚した家庭も壊れて、妻や娘二人とも一緒に暮らしてはいません。牛河の心には、凍土の塊のような堅く冷ややかな芯があって、それとともに人生を送ってきたのです。

その氷の芯を、ふかえりの視線が融かしてしまったのです。同時に牛河は胸の奥に鈍い痛みを感じ始めました……。

これは例えば、恋のようなもの、また改心というようなことが、ふかえりの視線によって、一瞬、起きたと言ってもいいかと思うのですが、それゆえに「牛河」って、なかなかいいやつだなと思って読んでいくと、突然、彼が殺されてしまい、読者はえっと驚くのです。

ここに紹介したことを読むだけでも、牛河の心の変化はわかりますので、何も、理屈っぽく考える必要はないのですが、でもやはり私に妄想癖のようなものがあって、「牛河とは『1Q84』の中で、どんな人物としてあるのか……」「どうして牛河は殺されてしまうのだろう……」と、つい考えてしまうのです。

▼大きなカラスが一羽やってくる

私は、ここ数回にわたってカラスや七夕神話などを通して、村上春樹作品について考えてきました。天吾のアパートに潜んでいる「ふかえり」のところにカラスがやってきますし、「ふかえり」はカラスと話すことができる少女です。リーダー殺害後、隠れ家に潜んでいる「青豆」のマンションに大きなカラスがやってきます。さらに「天吾」が父親の看護をしていると、天吾の前にもカラスがやってきます。

そしてBOOK3で新しく視点人物に加わる「牛河」の前にもカラスが現れるのです。

「これはおそらく魂の問題なのだ」「彼女は遥《はる》かに深いところで俺を理解したのだ」「俺が深田絵里子と巡り合うことはもう二度とあるまい」などの言葉が記された後、一晩、深い眠りについて、目覚めると、「十時前に大きなカラスが一羽やってきて、人気のない玄関のステップにしばらく立っていた」とあります。続けて「カラスはあたりを注意深く見回し、何度か肯《うなず》くような素振りを見せた。太い大きなくちばしが空中を上下し、艶《つや》やかな黒い羽が太陽の光を受けて輝いた。それからいつもの郵便配達人が赤い小型バイクに乗ってやってきて、カラスは不承不承、翼を大きく広げて飛び立っていった。飛び立つときに短く一度だけ鳴いた」と書かれています。

記されたカラスの意味が明確に受け取れるわけではありませんが、村上春樹がカラスを非常に意識的に書いていることだけは明らかだと思い、少しだけ長く紹介いたしました。

▼「牽牛」と「天の河」

前回のコラムで、『1Q84』の中で「ふかえり」が七夕神話の「織姫」のようなイメージも伴って描かれていることをいくつかの例を挙げて紹介しました。

中国の七夕神話では、日本とは逆に織姫のほうが天の河を渡っていきます。「ふかえり」にも、水の上を渡っていく女性のイメージがはっきりと記されていました。例えば、牛河が天吾のアパートから出てきたふかえりを尾行追跡する場面があるのですが、その時の「ふかえり」の歩き方は「さざ波ひとつない広い湖面を歩いて横断しているみたいな歩き方だ。このような特別な歩き方をすれば、沈むこともなく靴を濡《ぬ》らすこともなく水面を歩くことができる。そういう秘法を会得《えとく》しているかのようだ」と牛河は思います。

そして中国の七夕神話では「織姫が七夕に河を渡ろうとするとき、鵲《かささぎ》に命じて橋にならせる」のです。鵲は「スズメ目カラス科」の鳥です。私は、深い眠りから覚めた「牛河」が見ることになるカラスも、七夕神話・七夕伝説と関係があるのではないか……と思うのです。

だって七夕神話とは牽牛と織女の話です。しかも河をはさんで、牽牛と織女が年に一度だけ会う話です。「牛河」は「牽牛」の「牛」と「天の河」の「河」を合わせた名前となっています。

もう、とっくに妄想の域、いや「牛」ですので「モー想」かもしれませんが、『1Q84』を七夕神話と合わせながら読んでいくと、私にはそのようにも思えてくるのです。

▼元来の神話的な存在が人間化した

養蚕や織物は三千年以上前の古代中国・殷王朝の時代からありました。

そして「牛」のほうは農業の象徴です。「牛」などに牽《ひ》かせて田畑を耕作する「犂《からすき》」という農具があります。日本ふうの書き方をすれば「唐鋤」ですが、これは外国風の鋤という意味ですね。「犂」は、まさに牛を使い耕す農具という字です。犂を使った耕作のことですから、「牛」は農業の象徴と言えるのです。

小南一郎さんの『西王母と七夕伝承』という本によりますと、中国では春の耕作を始めるに際して、犂や鍬を手に持っている男女各二体の人像が土で作られ、土で作った牛が加えられることもあったそうです。男女の結合が農作物の豊穣をもたらす、そのような農耕儀礼を基礎にした行事があったようです。牛が犂を使った耕作を象徴するだけでなく「男女の間を取り結び、橋わたしをするのが、そのより根本的な機能であったことを示唆」しているとのことです。

「牛を用いた祭礼の中でも特に重要であったのは、天と密接な関係を持つ牛の存在なのであって、牽牛・織女の伝承においても、それが農耕儀礼と不可分であった最初期の段階では、牛が特に重要な役割りを果していたにちがいない。そうした元来の〝牛〟から牽牛が派生し、その牽牛が伝説の中で主人公の一人となったのは、これもまた元来の神話的な存在が人間化した結果なのである」と書かれています。

小説の世界を学術的な論で読んでしまうと、物語の世界が一面的な見方になってしまいがちですが、でも「ふかえり」を織女、「牛河」を牽牛というように考えて（ちょっと妄想的ですが）、神話的な世界にまで遡って読んでみるのも、一度ぐらいは許されるのではないかと思っています。

▼再び世界の両端に立っている

牛河は自分の中に生まれた空洞について「これはもともと俺の中にあったもので、彼女はそれが存在することをただ俺に教え示したに過ぎないのかもしれない」と思います。「彼女は遥《はる》かに深いところで俺を理解したのだ」とも思います。これも牽牛と織女の関係なら、受け取ることができるのではないかと思うのです。

七夕神話では、天の河の東に織女がいます。そして天の河の西に牽牛がいます。織女は天帝の娘ですが、二人を結婚させてあげると、織女はまったく機織りをやめてしまいます。天帝は怒って、再び織女を天の河の東側に戻させました。そして毎年、七月七日の夜だけ、織女が天の河を渡って牽牛に会いに行くのです。

「我々は今では再び遠く離れた世界の両端に立っている」と牛河は思いますが、これは再び、天の河の東に戻された織女と、西にいる牽牛のことを言っているのではないかな……などと、私は空想しているのです。

さて、そこで「牛河」があっさり殺されてしまうことについて、考えなくてはいけません。

『西王母と七夕伝承』でも、また大林太良さんの『銀河の道　虹の架け橋』という本の中でも紹介されていますが、中村喬さんの説によれば「牽牛」の言葉は犂を牽かせて耕作することが一般的となる以前からあり、これは豊穣を祈り、河の祭の犠牲となる牛のことだそうです。そして「織女」は河の神と儀礼的に結婚する女性であったようです。

こういう説を『1Q84』という物語にそのまま当てはめるのも、あまりよい読みとは言えないかもしれませんが、「牛河」は豊穣を祈る犠牲となってしまったのでしょうか。もしそうであるならば、突然、殺されてしまうことも受け取ることができるのですが……。

紹介したように鵲《かささぎ》はカラスの仲間ですが、中国では、鵲とカラスには少し違いもあるようです。鵲の声を聞くと、良い事がやってくると考えられ、カラスが鳴くと禍《わざわい》が起きるのではないかと考えられているようです。

もしそのような考えを反映して『1Q84』があるとすれば、「牛河」の前に現れたカラスは「飛び立つときに短く一度だけ鳴いた」と書かれていますので、この時に「牛河」の死が予告されていたということなのかもしれません。

▼農業関係の男性

さてさて以上は、私が七夕神話についての本を読んで学んだことを記したものです。

ただ、その結果、私の『1Q84』の読みに大きく影響を与えたことがあります。それを記して、今回の「村上春樹を読む」を終わりにしたいと思います。

「牛河」が「牽牛」であり、農業に関係した男性で殺される人だとすると、この『1Q84』では、もう一人、「青豆」によって殺害される「リーダー」もまた農業関係の男性であることに気づきます。「青豆」に殺される「深田保」は、自給自足の農業コミューン、エコロジー農業のはしりのような集団「さきがけ」の「リーダー」です。

ふかえりは、その娘「深田絵里子」です。「牛河」が視点となる章の中で「牛河は自分が深田絵里子という少女に、全身を文字通り揺さぶられていることに気づいた」「俺が深田絵里子と巡り合うことはもう二度とあるまい」というように「深田絵里子」の名が繰り返されます。それは農業関係で繋がる「リーダー」(深田保)とのことを、示唆しているのかもしれません。「リーダー」を天帝と考えてみれば、ふかえりは天帝の娘で織女です。

そういえば「リーダー」も対話ができるような魅力的な人物でした。「牛河」も魅力的に見え始めたところで、殺されています。つまり『1Q84』BOOK3で視点人物に加わった「牛河」という男は、『1Q84』BOOK2まで消えていってしまった「リーダー」と入れ替わるような存在として、物語の中に在るのではないかと思うのです。

「牛河」が殺されてしまった後、「さきがけ」で事後処理をする「坊主頭」が「さきがけ」の上司に対して、「牛河さんはもともとリーダーが、どこかから個人的に連れてこられた人物です」と話しています。ここにも「牛河」と「リーダー」の繋がりを感じます。

▼ラジオのスイッチを切ってしまう

最後に若干の付け足しです。

「牛河」は『ねじまき鳥クロニクル』(一九九四、九五年)にも登場してきました。結構、印象深く、憎めない存在でしたね。私の妄想・空想の延長線上に、『ねじまき鳥クロニクル』の「牛河」は牽牛や、農業とどう関係しているのかということも、今後、考えなくてはいけないと思います。

もう一つ、確かに「牛河」は視点人物ですが、今回『1Q84』を再読して気づいたことを記しておきます。「青豆」「天吾」という視点人物が、ちゃんとヤナーチェックの『シンフォニエッタ』を聴いているのに比べて、「牛河」は東京都文京区小日向にある自宅でラジオを聴いているとき、シベリウスのヴァイオリン協奏曲の放送の後、「次の曲はヤナーチェックの『シンフォニエッタ』です」とアナウンサーが告げたにもかかわらず、ラジオのスイッチを切ってしまうのです。ここにも「牛河」が殺されてしまう予告があったのかもしれませんね。

023

北欧神話の森

『ノルウェイの森』とは何か①

2013. 3

『1Q84』(二〇〇九、一〇年)以来の村上春樹の長編が四月十二日に刊行されます。タイトルは『色彩を持たない多崎つくると、彼の巡礼の年』です。村上作品にしては、ちょっと変わった題名ですね。このコラム「村上春樹を読む」では村上作品の装丁や作中にあらわれる「ピンク」や「赤」や「緑」、そして「青」という色に注目して、何回か書いたこともありますので、「色彩を持たない」という言葉を含む題名の作品には、非常に心が動きます。

まだ作品名などが発表されず、久しぶりの「長編」が刊行されるという予告だけの二月の広告には「短い小説を書こうと思って書き出したのだけど、書いているうちに自然に長いものになっていきました。僕の場合そういうことってあまりなくて、そういえば『ノルウェイの森』以来かな」との村上春樹のメッセージが寄せられていました。

わざわざ『ノルウェイの森』(一九八七年)の名前が挙げられているのですから、新しい作品の何らかの部分が『ノルウェイの森』と関係があるのかもしれません。ともかく『1Q84』BOOK3以来、三年ぶりの長編です。楽しみにして読みましょう。

▼「森」なのか、「家具」なのか

さて、今回のコラム「村上春樹を読む」では、この『ノルウェイの森』とは何かということを考えたいと思っていました。そんなところへ、新作についての、このような言葉に出合い、ちょっと驚いています。『ノルウェイの森』刊行時にインタビューしたこともありましたので、ベストセラーとなる以前から、同作をめぐっていろいろ考えてきました。

特に『ノルウェイの森』の「赤」と「緑」の装丁には同作の重要なメッセージが表現されているのではないかと思い、そのことは刊行当時の記事でも、私の考えを書きましたし、本書でも、同様のことを書いております。興味のある方は本書や『村上春樹を読みつくす』(二〇一〇年)などの本をお読みください。

ここで考えたいのは『ノルウェイの森』のタイトルのことです。日本だけでも現在、単行本、文庫本の上下巻を合わせると一〇〇〇万部を超えるという驚異的なベストセラーである『ノルウェイの森』の題名とは何かということを考えてみたいのです。

そうです。この『ノルウェイの森』は、ビートルズの曲名です。なぜその曲の名が、小説の題名に付けられたのでしょう。読んでいくと、この長編小説にビートルズの『ノルウェイの森』が好きな「直子」という女性が出てくるからだということがわかります。でもそれなら、たくさんあるビートルズの曲の中から、直子の好きな曲として、なぜ『ノルウェイの森』が選ばれたのでしょう。問いの形をそのように置き換えてもいいかと思います。なぜ『ノルウェイの森』なのでしょうか。

ビートルズの『ノルウェイの森』というタイトルは「ノルウェイの森」ではなくて、「ノルウェイ製の家具」のことで『ノルウェイの森』というのは誤訳であるということが、村上春樹の本がベストセラーとなるのにともなって、話題となりました。さらに、その誤訳が村上作品の『ノルウェイの森』との関係でも記されたりもしました。まるで村上春樹の『ノルウェイの森』というタイトルまでが間違っているかのような話までありました。

▼その歌詞の意味すること

これはちょっと理解に苦しむことですが、村上春樹には関係のないことですね。だって、仮にもし誤訳だとしても、日本での曲名が『ノルウェイの森』なのですから。

この訳に関しては、当事者であり、一九六四年ビートルズ来日の際の担当ディレクターの高嶋弘之さんがインタビューを受けて、その経過を語っています。

歌詞を自分の知ってる単語で適当に訳すんですよ。それから歌を聴いて、自分でひらめいたところでメインのタイトルをつける。後で振り返ってみてね、一番最悪だったのは、「ノルウェーの森」ですよ。

あれ「ノルウェー製家具」ですよ。そんなもん知るかってことですよ。パッと聞いたら「ノルウェーの森」って、浮かんだんですよ。

と、その経過を語っていました。

このようなインタビューが存在すること自体が、村上作品の『ノルウェイの森』が、いかに大きく社会的な話題となったか、ということの反映なのでしょう。そして、誤訳説を喧伝する人たちも曲名としては「ノルウェイ製の家具」よりも、「ノルウェイの森」のほうが遥かにいいタイトルであることは認めているのではないでしょうか……。

また、仮に「ノルウェイ製の家具」だとしても、その歌詞の意味することが非常につかみにくいものです。この歌詞には意味の飛躍もあって、その飛躍ぶりが歌の膨らみを生み出しているのかもしれませんが、ともかく「ノルウェイ製の家具」と訳して、意味がぴたりと納得できるものではありません。

▼「ノルウェイの木を見て森を見ず」

たくさんの米国文学の翻訳者でもある村上春樹自身、「ノルウェイの森」か「ノルウェイ製の家具」かの問題について、ちょっともの申したい気持ちがあったのか、次のようなことをエッセイで書いています。

「Norwegian Wood」について、正しくはノルウェイ製の家具なんだということが一つの定説のように広まっているようだが、「この見解が一〇〇パーセント正しいかというと、これはいささか疑問ではないかと思う」と述べ、アメリカ人やイギリス人に聞いても「あれはノルウェイ製の家具だよ」と言う人と、「いや、あれはノルウェイの森のことだよ」と言う人にはっきり二分されることを紹介しています。そして「これはどうも英語と日本語の言語的ギャップというだけの問題でもないようだ」として、「翻訳者のはしくれとして一言いわせてもらえるなら、Norwegian Wood ということばの正しい解釈はあくまで〈Norwegian Wood〉であって、それ以外の解釈はみんな多かれ少なかれ間違っているのではないか」と書いています。

さらにジョージ・ハリソンのマネジメントをしているオフィスに勤めている女性から、「本人から聞いた話」として、教えてもらったこととして、次のようなことも紹介しています。

「Norwegian Wood」の最初のタイトルは"Knowing She Would"というもので、彼女が性的な関係をOKであることをわかっているという意味の言葉だったのが、そのままではヤバイので、ジョン・レノンが即席で"Knowing She Would"を語呂合わせで「Norwegian Wood」としたらしいというのです。そんなことを村上春樹が書いています。

このエッセイは『村上春樹　雑文集』（二〇一一年）の中に収録されていますが、同書の裏表紙にも、Norwegian Wood は「ノルウェイの森」なのか？　とあって、このエッセイ集の中でもかなり重要な位置を占める文章のようです。

そのエッセイのタイトルは「ノルウェイの木を見て森を見ず」というものでした。つまりこの題に従えば、みんな「木」ばかりを見て、肝心な「森」を見ていないじゃないか、「木」を見ないで「森」を見てほしいと村上春樹は言っているのかもしれません。

ですから『ノルウェイの森』の「森」を見る視点から、この世界的なベストセラー作品のタイトルの意味するものに迫ってみたいと思います。

▼なぜか頻出する「ドイツ」

『ノルウェイの森』のタイトルの意味とは何か。そのことへのヒントになるのではないかと思えるようなことが冒頭の文章の中に記されています。

『ノルウェイの森』の冒頭は三十七歳の「僕」が乗っているボーイング747がハンブルク空港に着陸すると飛行機の天井のスピーカーからビートルズの「ノルウェイの森」が聞こえてくる場面から始まっています。その曲をきっかけに十八年前、直子と歩いた草原の風景を「僕」は思い出していくのです。

そして、この場面、飛行機が着陸するのが、なぜドイツのハンブルクの空港なのか……ということから、『ノルウェイの森』のタイトルの意味について考えてみたいのです。着陸態勢に入ったボーイング747から見える風景は「十一月の冷ややかな雨が大地を暗く染め、雨合羽を着た整備工たちや、のっぺりとした空港ビルの上に立った旗や、BMWの広告板やそんな何もかもをフランドル派の陰うつな絵の背景のように見せて」います。そして「やれやれ、またドイツか、と僕は思った」と村上春樹は記しています。

この「僕」が到着したハンブルクはエルベ川下流に位置するドイツ最大の港湾都市です。中世以来の自由都市としてハンザ同盟の中心的都市の一つでもありました。六世紀には、すでに港湾都市として存在していて、バイキングの襲来を受けているそうです。

ハンブルクはベルリンに次ぐドイツ第二の都市ですが、「僕」が「やれやれ、またドイツか」と思うように、この『ノルウェイの森』という作品は、なぜかドイツが頻出する長編小説なのです。

▼永沢さんもドイツへ

いくつか例を挙げてみましょう。

例えば、「僕」が直子のいる京都の阿美寮というサナトリウムから帰ってきて、大学に行くと、直子とは対照的に生命力の塊のような女性「緑」と出会います。「どこに行くの?」と彼女から話しかけられるので、「僕」は「図書室」と答えます。

「そんなところ行くのやめて私と一緒に昼ごはん食べない?」と「緑」が誘うのですが、「さっき食べたよ」と答えます。「僕」は「旅行から帰ってきて少し疲れて」いるのです。そんな「僕」を見て緑は「幽霊でも見てきたような顔してるわよ」と言います。

そして、緑が「ねえワタナベ君、午後の授業あるの?」と聞くのですが、それに「僕」が「ドイツ語と宗教学」と言うのです。さらにドイツ語の方は今日テストがあるので、すっぽかせないと答えるのです。

でも緑にお酒に誘われて、「ドイツ語の授業が終ると我々はバスに乗って新宿の町に出て、紀伊國屋の裏手の地下にあるDUG」に行きます。

その後も二人はDUGに行くので、これをまねて、DUGに行く、現実のカップルたちもいるようですが、このドイツ語の授業をめぐるところは十数行の間に「ドイツ」という言葉が三度も出てくる場面になっています。

直子がいる京都のサナトリウムに行った時も、直子が同室のレイコさんと出かけると、「僕」は一人残り、ドイツ語の勉強をしています。

さらに『ノルウェイの森』では、「僕」が住んでいる東京の学生寮で、先輩の永沢さんという男性と親しくなります。彼は「僕」より学年が二つ上で、東大の法学部の学生。二人ともスコット・フィッツジェラルドの『グレート・ギャツビイ』が好きゆえに友達になり、夜には、一緒に女の子を漁りに行くほどの仲になります。

その永沢さんにはハツミさんという素敵な恋人がいるのに、彼は外交官試験に受かると、ハツミさんを置いて、外国に行ってしまいます。その行く先が、またドイツなのです。

『ノルウェイの森』には、まだまだドイツが出てきますが、それは後で紹介するとして、このドイツの頻出ぶりは何を伝えようとしているのでしょう。冒頭、「僕」の飛行機が着陸するのがドイツのハンブルク、すると機内放送でビートルズの「ノルウェイの森」が聞こえてきます。京都のサナトリウム阿美寮に直子を訪ねると、同室にはレイコさんという女性もいますが、その二人の部屋で「僕」はドイツ語の勉強をしています。

紹介したように、緑が授業をさぼらない？　と誘っても、「僕」は「ドイツ語と宗教学」があって、ドイツ語の方は今日テストがあるので、すっぽかせないと答えています。そして、友人の永沢さんは、ハツミさんを置いたまま「ドイツ」に行ってしまうのです。

直子、レイコさん、緑、ハツミさんが、『ノルウェイの森』に登場する魅力的な女性のすべてですが、彼女たちが出てくる場面で、みな「ドイツ」が出てくるのです。ドイツ、ドイツ、ドイツ……なのです。

▼「東の森」

そして前にも述べましたが、『ノルウェイの森』と「ドイツ」との関係を考えてみるにあたり、村上春樹のエッセイ「ノルウェイの木を見て森を見ず」の題名から、この問いに接近してみたいと思います。

ここまでの紹介が、あまりに長くなってしまいましたが、『ノルウェイの森』における「ドイツ」の頻出というのは、もしかしたら北欧神話、ゲルマン神話との関係を示しているのではないでしょうか。

北欧神話はギリシャ神話に匹敵する古ゲルマン人の神話です。フィンランドを除く北欧の民族はドイツ人、イギリス人、オランダ人と同じ民族系統にあります。ですからもちろん「ノルウェイ」と「ドイツ」は同じゲルマン民族の系統で繋がっているのです。

現在ヨーロッパの北部と西部の大部分に広がっているこの民族群は、古くはスカンジナビアとバルト海西端の周辺の狭い地域に住んでいましたが、それらの人たちの神話を北欧神話と言いますし、ゲルマン神話と言います。

正確に言うと北欧以外の国々はキリスト教文化の影響を早期に受けて、古い伝承が早くから滅びてしまったので、完全に北欧神話＝ゲルマン神話と言うのには留保が必要のようです。でもゲルマン人の中に残る多くの神が共通していて、北欧神話がゲルマン人の神話であることも間違いがないのです。

この北欧神話には「鉄の森《イアールンヴィズ》」という森が出てきます。この森は原古の森の意味で、人間界と巨人界の境界にあると考えられている森です。巨人界は東方にあるので、この森も人間界の東にあります。北欧神話を集めた『エッダ――古代北欧歌謡集』（谷口幸男訳）冒頭の「巫女の予言」には「東の、イアールンヴィズに一人の老婆がいて」と書かれていますので、森が東にあることは北欧神話の基本のようです。

そして、この「東の森」のことが、よく村上春樹作品に登場するのです。例えば『ノルウェイの森』の前の長編『世界の終りとハードボイルド・ワンダーランド』（一九八五年）には、「世界の終り」の街について、村上春樹自身が描いた地図が付いておりました。この地図に「東の森」という名の森が記されています。そして作中でも「東の森」は重要な位置を占めています。

▼足早に草原を東の森に向けて

「世界の終り」の街は高く長大な壁に囲まれていますが、その街に入る時に、「僕」は自分の「影」を門番に預けなくてはなりません。

そうやって「世界の終り」の街に入った「僕」が、しばらくして門番小屋まで行くと、「僕の影」は門番の手伝いをして荷車の修理をしています。門番が留守にしている間に「僕の影」と「僕」が話をするのですが、その時、「僕の影」は「まずこの街の地図を作るんだ」と「僕」に言います。「壁のかたち、東の森、川の入口と出口」を詳しく調べて、地図を作って「僕の影」に渡してほしいと言うのです。単行本の巻頭についている地図は、この地図のことでしょう。

さらに「僕」が図書館の司書の女の子と二人で、この「東の森」の中に入っていくことも同作の重要な場面として出てきます。

また「東の森」は『世界の終りとハードボイルド・ワンダーランド』の、さらに前の長編で初期三部作の一つである『羊をめぐる冒険』（一九八二年）にも描かれています。この作品には「羊男」なるものが登場します。頭から羊の皮をかぶっていて、腕と脚の部分や頭部をフードで覆い、くるくる巻いた角をした「羊男」の姿を村上春樹が描いたイラストが、一ページをまるまる使って掲載されている有名な場面があります。このどこかユーモラスな「羊男」が「僕」との話を終えると「足早に草原を東の森に向けて突っ切っていった」と村上春樹は書いています。

▼「とねりこの木」

そして、これらの「東の森」は、単なる「東の森」ではなく、北欧神話・ゲルマン神話に通じる「東の森」なのだと、私は考えています。

なぜなら『世界の終りとハードボイルド・ワンダーランド』の、最初に「世界の終り」の話が出てくる場面で、その街の門番は角笛を吹いて、一角獣たちを集める儀式をしています。門番の小屋には大小様々な手斧やなたやナイフが並んでいて、門番は暇さえあればそれをいかにも大事そうに砥石で研いでいます。「僕」が「いちばん小さな手斧を選んで手にとり、空中で軽く何度か振って」みたりすると、門番は「その柄も俺が作った。十年もののとねりこの木を削って作るんだ」「東の森に行くと良いとねりこがはえているんだ」と言います。

この「とねりこの木」は北欧神話・ゲルマン神話の世界樹です。ユグドラシルという名のとねりこの大樹が立っている世界が北欧神話・ゲルマン神話の世界です。その大樹の枝は全ての世界を覆い、三つの根は神々の国、巨人の国、冥界の国の三つの国に伸びています。

「東の森に行くと良いとねりこがはえているんだ」という言葉はそんな北欧神話・ゲルマン神話に対応して、記された言葉でしょう。

ちなみに、世界滅亡の戦争の時には世界樹ユグドラシルの下に隠してあった黄金の角笛が吹かれます。『世界の終りとハードボイルド・ワンダーランド』の「世界の終り」の街の門番が角笛を吹いて金色に変貌していた一角獣を集めるのも、この神話と関係しているのかもしれません。さらに「世界の終り」という名前にも「世界滅亡の戦争」（神々の黄昏）のことが反映した名づけなのかもしれません。

▼『ニーベルングの指環』

またドイツとの関係で言えば、ドイツの作曲家リヒャルト・ワーグナーが北欧神話・ゲルマン神話を基に作曲した楽劇『ニーベルングの指環』と、『世界の終りとハードボイルド・ワンダーランド』や『羊をめぐる冒険』の「東の森」は関係しているのではないかと、私は考えています。

『ニーベルングの指環』は『ラインの黄金』『ワルキューレ』『ジークフリート』『神々の黄昏《たそがれ》』の四つをつなぎ合わせた神話的な大オペラですが、その『ワルキューレ』の中でジークリンデという女性（神々の長・ヴォータンと人間の女性との間にできた双子の女子。男子のほうはジークムント）がヴォータンの怒りから逃げる場面があります。

「どちらへ向かったらよいのかしら？」と思うジークリンデは、東に向かって広がっている森に逃げるのです。そこは頼りのない女にとっては恐ろしいところですが、「それでも、ヴォータンの怒りに対しては森がジークリンデを護ってくれる。権威ある神も森を恐れ、あの辺りを敬遠する」（高辻知義訳）からです。

その『ニーベルングの指環』との関係を示す村上春樹作品としては『羊をめぐる冒険』が、その一つです。同作は「僕」が黒服の男に頼まれて、背中に星の印を持つ栗色の羊を探して北海道まで行く話です。さらに友人の鼠も探しています。でも両方ともなかなか見つかりません。

「鼠も羊もみつからぬうちに期限の一ヵ月は過ぎ去ることになるし、そうなればあの黒服の男は僕を彼のいわゆる「神々の黄昏《ゲッテルデメルング》」の中に確実にひきずりこんでいくだろう」

とあります。もちろん『神々の黄昏』は『ニーベルングの指環』の中の『神々の黄昏』でしょう。そこには北欧神話の「ラグナロク」という読みではなく、「ゲッテルデメルング」というドイツ語読みのルビが振ってあります。その『神々の黄昏』は世界の終焉を描くオペラです。

『羊をめぐる冒険』はデビューから三年後の作品ですから、村上春樹が非常に早い時期から、ゲルマン神話に基づいたワーグナーの『ニーベルングの指環』や、そのゲルマン神話の原型を示す北欧神話を意識しながら、作品を書き続けていたことがわかるかと思います。この『羊をめぐる冒険』は、フランシス・コッポラ監督の映画『地獄の黙示録』の影響も指摘されている作品です。その『地獄の黙示録』の音楽も『ワルキューレ』の中の「ワルキューレの騎行」が使われていました。『神々の黄昏』が『羊をめぐる冒険』の中に登場することと、関係があるのかもしれませんね。

▼深い森の中で迷っているような

さて、村上春樹のエッセイ「ノルウェイの木を見て森を見ず」に戻りましょう。

村上春樹にとっての「森」は、以上述べてきたような神話的な世界、太古に繋がる世界の中にあります。

ですから『ノルウェイの森』の「森」を見る時には北欧神話・ゲルマン神話と繋がるような「森」のことを思ってみるのもいいと思います。「ノルウェイ」と「ドイツ」は北欧神話・ゲルマン神話の「森」で繋がっていると思うのです。『ノルウェイの森』という小説の題名には、そんな「森」への思いが込められているのではないかと考えているのです。

古代ローマの歴史家タキトゥス（五五年頃〜一二〇年?）が古代ゲルマン民族について記した『ゲルマーニア』の中に、ゲルマン民族にとっての「森」の意味が記されています。

それによれば「すべてが、父祖以来そこで行われた占兆や古代からそこに払われた畏敬のゆえに神聖な一つの森に、使節を介して会同し、公の名の下に、ひとりの人身を犠牲に供して、野蛮な祭祀の戦慄すべき秘儀（primordia）を執行する。この森に払われる崇敬はこれだけではない。なんぴとといえども、みずからは神の下における卑小なるもの、みずからはただ神能の偉力に拝跪《はいき》するものとして、鎖に縛られることなしには、そこに足を踏み入れることができないのである。たとえ、過《あやま》って足を辷《すべ》らせたにせよ、彼は助け起こされ、立ち上ることは許されない。ただ土地の上を転がって外に出るのである」（泉井久之助訳）という場所のようです。

ビートルズの「ノルウェイの森」を好きな直子ですが、彼女は「この曲聴くと私ときどきすごく哀しくなることがあるの。どうしてだかはわからないけど、自分が深い森の中で迷っているような気になるの」「一人ぼっちで寒くて、そして暗くって、誰も助けに来てくれなくて」と「僕」に話しています。

仮に、古代ゲルマン民族の「森」の中に「直子」を置いてみると、彼女は祭祀に供せられた犠牲のように、「森」の中で死んでいきます。「直子」を失った「僕」も古代の森の中で過って足を辷らせたかのように、「直子」の葬儀に参列した後、東京に帰らず、各地を転々と放浪します。空地や駅や公園、川辺や海岸、墓場のわきで寝袋を敷いて眠るのです。山陰の海岸を一人、転がりながら、ようやく現実世界にもどってくるのです。

本書は、村上春樹作品を私の空想と妄想で読んでいくものですが、『ノルウェイの森』という作品を、こんな具合に、北欧神話的、ゲルマン神話的な世界の中に一度置いて、読んでみるのも悪くないと思いますよ。

『ノルウェイの森』と「ドイツ」などについては、まだまだ紹介すべきことがありますが、続きは、次回にしたいと思います。

O24 ハンブルクのこと

『ノルウェイの森』とは何か②

2013. 4

村上春樹の三年ぶりの新作長編『色彩を持たない多崎つくると、彼の巡礼の年』が発売から七日目で一〇〇万部という驚異的な速さで売れています。発売元の文藝春秋によると「文芸書としては最速の一〇〇万部達成」だそうです。

まだ同作の名などが発表されず、久しぶりの「長編」が刊行されるという予告だけの段階の時、「短い小説を書こうと思って書き出したのだけど、書いているうちに自然に長いものになっていきました。僕の場合そういうことってあまりなくて、そういえば『ノルウェイの森』以来かな」という村上春樹のメッセージが寄せられていましたので、前回は「新しい作品の何らかの部分が『ノルウェイの森』と関係があるのかもしれません」と、書いておりました。

そんな予想というか……、漠然たる思いというか……、そのようなものでしたが、結果的にいくつかは当たっていた部分もあったかと思います（もちろん外れていた部分もたくさんあると思いますが）。

▼リアリズム小説

『ノルウェイの森』（一九八七年）と少し共通したところが

あるなと思う部分は、まず作品のスタイルです。村上春樹の長編作品は、そのほとんどが反リアリズム小説です。例えば『1Q84』（二〇〇九、一〇年）を考えてみればわかりますが、これは月が二つ出ている世界の物語です。

でも長編では例外として『ノルウェイの森』だけが、リアリズムの小説でした。この場合の「リアリズム小説」という意味は、作品の内容が現実に起きたとしても、我々が生きている世界の在り方と矛盾しないという意味です。そして今度の『色彩を持たない多崎つくると、彼の巡礼の年』もリアリズム小説なのです。

しかも『ノルウェイの森』では「僕」という一人称の文体でしたが、『色彩を持たない多崎つくると、彼の巡礼の年』は三人称の文体なのに、とても自然に書かれていて、読み終わって少し時間がたってから、「そういえば三人称の小説だった」と気づくほどでした。

もう一つは前回も詳しく書きましたが、『ノルウェイの森』はビートルズの音楽の曲名から名づけられたタイトルです。そして、この『色彩を持たない多崎つくると、彼の巡礼の年』も、リストの「巡礼の年」という曲が含まれた題名で、その曲が作中で大きな役割を果たしています。そんなところが、この新作と『ノルウェイの森』が少し似ているところかなと思いました。

さて新作『色彩を持たない多崎つくると、彼の巡礼の年』を一読して、この作品は今までの村上春樹作品と少し異なるように書かれているのではないかと考えました。その理由を端的に言うと、謎解きを要請してくるような部分があまりないのです。

村上春樹作品を読むと、そこに書かれている以上に、もう一つ二つ、その他に何かが書かれているような気がしてきます。それゆえにたくさんの「謎解き本」が生まれてくるのだと思います。本書もきっとその類いのものでしょう。

確かに、この本の中に「君は幽霊でも見ているような顔をしている」などという言葉が記されています。これは『ノルウェイの森』の主人公「僕」が、直子の療養する京都のサナトリウム阿美寮から帰ってきて、東京の大学へ顔を出すと、直子とは対照的に開放的な女性である「緑」から「幽霊でも見てきたような顔してるわよ」と言われる部分に対応した言葉でしょう。このように、これまでの村上春樹作品を読んできた人たちへのサービスというか、そういう読者を楽しませるような言葉が幾つか記されています。

▼音楽が重要な役割

また、新作では主人公以外の登場人物たちの名前に色がついて、それはどんな意味かな……とも確かに思います。でも、それらの部分も、別に謎のようなものではありません。謎だとしても、複雑な謎として記されているわけでもないように、私には感じられます。

むしろこの作品は、そんな謎解きなんかはあまり考える必要もなく、ただただ『色彩を持たない多崎つくると、彼の巡礼の年』という作品を読んでいけばいいというシンプルな小説になっていると思います。この新作長編を読むのに、他の村上春樹作品に関する知識などは、あまり必要ではない作品になっていると思います。

まるで好きな映画監督、好きな俳優による新作映画を楽しむように、その物語の流れに従って、読んでいけばいいような小説なのだと思います。

そして作品の終盤に、とてもいい場面があって、そこの場面では音楽が重要な役割を果たしています。これは私ではなく、知人の意見ですが、まるで映画のようにバックグラウンド音楽とともに、その場面があるようになっています。私も、この考えに賛成です。

最初は記号のように、読者の前に登場してきた複数の登場人物が、読むうちにどんどんリアルな存在となり、最後は生きた人物として、読む者の中に存在しているということが小説を読む醍醐味ですが、そのことが、たいへん自然に達成されていて、これはすごいことだなと思いました。

また、同作は東日本大震災（二〇一一年三月十一日）の後に書かれた村上春樹の最初の長編ですが、直接、そのようなものが書かれているわけではありません。でも大震災の後を生きる人たちに向けて書かれている作品だなと、私に受け取れるところがありました。さらにいろいろな箴言が書き込まれていて、箴言小説の味わいもあります。

以上のように私は、この新作をとても面白く読みましたが、でもまだ発売から二週間ほどですから、この『色彩を持たない多崎つくると、彼の巡礼の年』を未読の人もきっと多いと思います。その段階で、作品を詳しく紹介して書くことは、本を読む楽しみを奪ってしまいます。

しばらくしたら『色彩を持たない多崎つくると、彼の巡礼の年』について書くことを約束して、今回は作品の中身には触れないでおきたいと思います。ただ少しの予測を記しておけば、さらにたくさん、この作品は読まれるのではないかと、私は思っています。

▼ビートルズ、デビューの地

さて、今回も『ノルウェイの森』という作品について、少し書いておきたいことがあるのです。

この『ノルウェイの森』の冒頭は三十七歳の「僕」が乗っているボーイング７４７がハンブルク空港に着陸すると飛行機の天井のスピーカーから、ビートルズの「ノルウェイの森」が聞こえてくる場面から始まっています。

前回は、作中に「ドイツ」のことが頻出する作品であることを紹介しました。それに続いて、今回は、この飛行機が着陸する所が、なぜドイツのハンブルクなのか……ということを考えてみたいのです。それには複数の理由が考えられます。

まず『ノルウェイの森』はビートルズの曲名から付けら

れた小説のタイトルですが、そのビートルズがデビューした場所がハンブルクでした。

一九六〇年にリバプールでコーヒー・バーを経営していたアラン・ウィリアムスという人物が金もうけをもくろみ、リバプールのロックンロール・バンドをドイツの港町、ハンブルクに送ることを考えて、ビートルズに声をかけるのです。

十九歳のジョン・レノンも、十八歳のポール・マッカートニーも、十七歳のジョージ・ハリスンも「プロのバンドになるためのビッグチャンスが来た」と思って、大学や仕事をやめたり、大学進学を投げ出して、ハンブルクに向かいます。

バンド名はそれまで、「シルバー・ビートルズ」というものでしたが、このハンブルク巡業を機に「ビートルズ」という名前になったのです。

つまり、このハンブルクは「ビートルズ」誕生の地でした。それゆえに『ノルウェイの森』の「僕」が乗ったボーイング747がハンブルク空港に着陸する場所として選ばれているのでしょう。『ノルウェイの森』とハンブルクの関係は、まずそのようにあると思います。

もっともビートルズたちは、飛行機ではなく、リバプールからロンドンに向かい、フェリーでドーバー海峡を渡り、オランダ経由で陸路、ドイツ・ハンブルクに向かったようですが。

▼トーマス・マン『魔の山』

そしてもう一つ、「僕」がハンブルクに向かう理由に、『ノルウェイの森』の作中、「僕」がずっと読んでいるドイツの作家、トーマス・マンの『魔の山』の影響があると思います。

例えば「僕」が先輩の永沢さんと女の子を漁りに街に出るのですが、この日はついていません。仕方なく、永沢さんと別れた「僕」が一人でオールナイトの映画館に入り、その後、終夜営業の喫茶店に入ってコーヒーを飲みながら本を読んでいると、二人組の女の子に話しかけられる場面があります。「僕」が、その時、一心不乱に読んでいた本が『魔の山』です。

さらに「僕」が京都のサナトリウム「阿美寮」に直子を訪ねた時にも、この『魔の山』を読んでいて、それを知った直子の同室のレイコさんに「なんでこんなところにわざわざそんな本持ってくるのよ」とあきれたように言われます。「僕」も「まあ言われてみればそのとおりだった」と思います。

それは『魔の山』という長編小説が主人公のハンス・カストルプ青年が、アルプス山中にある結核療養のためのサナトリウムに行くという物語だからです。そこは日常から隔離された「病と死の世界」です。レイコさんの発言は、サナトリウムである阿美寮に、何もわざわざ、そんな本を持ってこなくてもいいでしょ、という意味です。

『ノルウェイの森』のドイツとの関係、特に『魔の山』と山上の阿美寮との関係を最初に指摘したのは文芸評論家の加藤典洋さんの「「まさか」と「やれやれ」」（一九八八年）という評論だったと思いますが、その『魔の山』の第一章の書き出し、ハンス・カストルプ青年が森に囲まれたサナトリウムに向かう場面は「ひとりの単純な青年が、夏の盛りに、故郷ハムブルクをたって、グラウビュンデン州ダヴオス・プラッツへ向った」（高橋義孝訳）という文章で始まっています。つまり主人公ハンス・カストルプの出身地がハンブルクなのです。

ハンス・カストルプが訪ねた国際サナトリウム「ベルクホーフ」は森に囲まれた療養所で、そこに長い間いた学生が「森の中で首をくくった」という話も出てきますので、『魔の山』のサナトリウムが、やはり森の中で首をくくって直子が死ぬ阿美寮と対応した関係にあるのかと思います。

その『魔の山』の主人公がハンブルク出身なので、物語の前半ではかなりハンブルクのことが詳しく紹介されています。そして『ノルウェイの森』のほうも、このハンブルクにちょっとこだわった作品になっているのです。

▼ハンバーグ・ステーキ

『ノルウェイの森』下巻の冒頭は「第六章（承前）」となっていて、そこでは阿美寮でのことについて、次のように書き出されています。

> 夕食の光景は昨日とだいたい同じだった。雰囲気も話し声も人々の顔つきも昨日そのままで、メニューだけが違っていた。昨日無重力状態での胃液の分泌について話していた白衣の男が僕ら三人のテーブルに加わって、脳の大きさとその能力の相関関係についてずっと話をしていた。僕らは大豆のハンバーグ・ステーキというのを食べながら、ビスマルクやナポレオンの脳の容量についての話を聞かされていた。

ここで、「僕」たちが食べている、このハンバーグ・ステーキというものは、ドイツ・ハンブルクの港湾労働者が考案したためにその名があるという、ひき肉料理ですが、下巻冒頭に出てくる、このハンバーグ・ステーキが、『ノルウェイの森』の上巻冒頭で、「僕」が乗ったボーイング747がハンブルク空港に着陸することへの対応としてあるのです。

『魔の山』という作品は、サナトリウムの人たちが食事をしながら、さまざまなことを議論する小説ですし、白い診察着姿のベーレンス顧問官（サナトリウムの院長）という人物が出てきますので、もしかしたら、そんなことも意識されているのかもしれません。

NONAJUN さんの「BUNGAKU @モダン日本」というブログに、このボーイング747のハンブルク空港への着陸と、阿美寮でのハンバーグ・ステーキとの関係やビートルズ誕生の地であることなどが記されているのですが、その他にも『ノルウェイの森』は「なぜハンブルクなのか」ということについて、いろいろな指摘が書かれています。

阿美寮で「僕」が直子やレイコさんと大豆のハンバーグ・ステーキを食べていると、そこに加わった白衣の男が話す「ビスマルクやナポレオン」はヨーロッパが過去に体験した悲惨な戦争の記憶と結びつく名前であることなど、『ノルウェイの森』の中に秘められた「戦争の歴史」について指摘してあるのです。そのことが、とても印象的なブログです。

『ノルウェイの森』の冒頭、着陸態勢に入ったボーイング747から見える風景は「十一月の冷ややかな雨が大地を暗く染め、雨合羽を着た整備工たちや、のっぺりとした空港ビルの上に立った旗や、BMWの広告板やそんな何もかもをフランドル派の陰うつな絵の背景のように見せて」いたことが記されています。そして「やれやれ、またドイツか、と僕は思った」のです。

NONAJUNさんは、この上巻冒頭で書かれている「BMW」が「ナチスドイツが遂行した戦争に加担して、戦闘機のエンジンや軍事用の車輌を作ったメーカーであることも気になってきます」と書いています。

▼「突撃隊」と「中野学校氏」

本書で「村上春樹作品とカラス」の関係について書いた際に、中国文学者で、東大教授の藤井省三さんの論考「レキシントンの幽霊」におけるアジア戦争の記憶」を紹介しました。

この評論は短編「レキシントンの幽霊」に出てくる地名などがすべて日米戦争、および米国の対アジア戦争の記憶に繋がるものであることを具体的に述べたものですが、その時、作品の主人公「僕」が知り合いであるレキシントンのケイシーの家に行く時に乗っている車が「フォルクスワーゲン」でしたし、そのケイシーの家の前に停まっている車が「BMW」でした。その両方がドイツの自動車なので、これはおそらく第二次世界大戦を意識したことではないかと思われるということを、私も記しました。ですから、NONAJUNさんの「BMW」についての指摘も、唐突なものとは思えないのです。

また『ノルウェイの森』の前半に愉快なキャラクターの人物として登場する「突撃隊」も、戦争と関係のある名前ではないかということも書かれてあります。

「突撃隊」は『ノルウェイの森』の僕が暮らす学生寮の同室の男です。彼は、ある国立大学で地理学を専攻する学生です(この人物はモデルがいるそうです)。

その寮の一日は荘厳な国旗掲揚で始まります。国旗掲揚は、「僕」が入っている東棟の寮長の役目です。背が高くて目つきの鋭い六十歳前後の、その寮長は陸軍中野学校の出身という話で、同作品では「中野学校氏」と呼ばれています。陸軍中野学校は軍事諜報員を養成した学校ですから、これも戦争に関係した記述なのでしょう。

それからハンブルクは、一九四三年の連合国側による大空襲で何万人もの死者を出した都市であることもブログにあります。

▼「ハンブルクの戦い」

『アストリット・Kの存在――ビートルズが愛した女』（小松成美著）という本に、写真家のアストリット・キルヒヘアが、一九四五年の冬、疎開先から、出身地のハンブルクに戻った時、目にした破壊ぶりが記されています。

「彼女がそこで見たものは、家を失って浮浪者となった人々と、爆撃によって破壊された街を埋めつくす煉瓦の山、そして、煉瓦をかじかんだ手で一つずつ片づける「瓦礫《がれき》女」たちの姿だった」とあるのです。

一九四三年七月末からのハンブルクの爆撃はイギリス首相のウィンストン・チャーチルが立案したもので、この「ハンブルクの戦い」と呼ばれる空襲は当時の航空戦史上もっとも甚大な被害を出した空襲だそうです。

そう言えば、『アストリット・Kの存在』によれば、ビートルズのジョン・レノン（ジョン・ウィンストン・レノン）は、一九四〇年十月九日、リバプールがドイツ空軍の集中砲火を浴びている最中、リバプールの産院で産声を上げました。船の給仕の仕事をしていた父親は航海中で不在。母親は自分の姉につき添われて、ジョンを出産しましたが、その母の姉が、この年首相になったウィンストン・チャーチルに敬意を表し、甥にジョン・ウィンストンと名づけたのだそうです。

もちろん、そんなことまでは『ノルウェイの森』に関係ないでしょうが、戦争の歴史というものはいろいろな形で残っているものだと思います。

▼ドイツのヒロシマ

さらに「戦争と言えば、「僕」が乗っている「ボーイング747」も、もともとは軍事用の大型輸送機として開発されたもの」という指摘もNONAJUNさんのブログに記されています。

『ノルウェイの森』の「僕」が乗った「ボーイング」は日本人と深い関係のある飛行機です。ボーイング社のB－29は、第二次世界大戦の末期、まさに日本各地へ飛来して激しい爆撃を繰り返しました。広島、長崎に原爆を投下した爆撃機でもあります。

そして連合国側のハンブルクへの連続的な大空襲も、英国政府は後にこれを「ドイツのヒロシマ」と呼んだほどの爆撃だったようです。

『ノルウェイの森』の「緑」のフルネームは「小林緑」で、家は本屋です。その「小林書店」を「僕」が訪ねていく場面があります。大塚駅の近くで「僕」は都電を降りて、十分ほど歩いていくのですが、道筋に並んでいる商店はどれもあまり繁盛しているように見えず、どの店も建物は旧く、中は暗そうでした。その場面を「建物の旧さやスタイルから見て、このあたりが戦争で爆撃を受けなかったらしいことがわかった」と、村上春樹は戦争の記憶とともに書いています。

そんな思いを抱きながら、『ノルウェイの森』の冒頭の文章をもう一度読んでください。

僕は三十七歳で、そのときボーイング747のシートに座っていた。その巨大な飛行機はぶ厚い雨雲をくぐり抜けて降下し、ハンブルク空港に着陸しようとしているところだった。十一月の冷ややかな雨が大地を暗く染め、雨合羽を着た整備工たちや、のっぺりとした空港ビルの上に立った旗や、BMWの広告板やそんな何もかもをフランドル派の陰うつな絵の背景のように見せていた。やれやれ、またドイツか、と僕は思った。

この冒頭の一文に、いろいろな戦争に関わることが凝縮して記されているのでしょう。そう読んでみれば、「やれやれ、またドイツか、と僕は思った」という言葉も、少し異なる感触をもって伝わってくるかと思います。

村上春樹という作家は「歴史」というものに、非常にこだわって書いている人です。一九八七年に『ノルウェイの森』が刊行された時、その帯には「100パーセントの恋愛小説」というキャッチコピーがついていました。

そんな恋愛小説の中にも、歴史が、戦争の歴史が、そっと込められているのです。そのような思いで読んでみれば、『ノルウェイの森』という驚異的なベストセラー小説も少し違う味わいを伴って迫ってくるかもしれません。

▼森に入り、森を抜け、森から姿を現して

最後に一つだけ加えておきますと、トーマス・マン『魔の山』には最初に「まえおき」という文章がついていて、そこには第一次世界大戦のことと、この長編の物語のことが記されています。

そして小説の最後の場面で、第一次世界大戦が勃発、主人公ハンス・カストルプがサナトリウムから出て、参戦していくところで終わっています。それは森に入り、森を抜け、森から姿を現して、突進していくような戦いです。

そんな『魔の山』を「僕」がずっと読んでいる物語が『ノルウェイの森』なのですから、同作について「歴史」や「戦争」の視点を置いて読んでみることは、あながち特殊な読み方であるとは思えないのです。

O25

成長する「巡礼の年」

『色彩を持たない多崎つくると、彼の巡礼の年』① 2013.5

ひと月ぐらい前のことなのですが、ピアニストの小山実稚恵さんとお話をする機会があり、刊行されたばかりの村上春樹の新作『色彩を持たない多崎つくると、彼の巡礼の年』のことで大いに盛り上がりました。

小山実稚恵さんは、現在、十二年をかけて計二十四回の「小山実稚恵の世界　ピアノで綴るロマンの旅」という超ロングリサイタルシリーズに挑んでいます。それも半分を過ぎて、第十五回が六月八日、「Ｂｕｎｋａｍｕｒａオーチャードホール」で開かれるのですが、その演奏曲の最後にリストのピアノ曲集「巡礼の年」の第二年イタリアの中の「ダンテを読んで」が決まっていたからです。

▼偶然の一致

『色彩を持たない多崎つくると、彼の巡礼の年』には、「巡礼の年」が重要な音楽として使われていますが、小山実稚恵さんが演奏する曲は「小山実稚恵の世界」のスタート時、つまり二〇〇六年には決まっていて、発表もされていましたので、この「巡礼の年」については、まったくの偶然の一致のようです。

そして、二〇一三年はリヒャルト・ワーグナーの生誕二〇〇年で（ワーグナーは一八一三年五月二十二日生まれなので、ちょうどワーグナー二〇〇年の誕生日に、今このコラムも書いていることになります）、このワーグナーイヤーを考えてでしょうが、小山実稚恵さんも「巡礼の年」「ダンテを読んで」の前の演奏曲には、リストがワーグナーの「トリスタンとイゾルデ」の音楽をピアノ独奏用に編曲した「イゾルデの愛の死」を選んでいます。

話はちょっと、横道にそれますが、この大作曲家であるリストも、ワーグナーも恋愛に関しては、もてもてというか……、めちゃくちゃというか（現代の価値観からするとですが……）、そうとうなもののようでした。

例えば、作曲家・三枝成彰さんの『大作曲家たちの履歴書』（一九九七年）という本によりますと、リストの恋愛関係の欄には「もてすぎてスキャンダル続出」とありますし、ワーグナーのほうには「「奪う」ことに情熱を燃やす」とあります。確かにワーグナーは既婚者だったリストの娘コジマを略奪して、結婚しています（もっとも三枝さんの本によると、この恋愛に関しては、コジマのほうが積極的だったようです）。

小山実稚恵さんとの話の中でも、ワーグナーとコジマのことも少し話題にのぼりましたが、「巡礼の年」の選曲と『色彩を持たない多崎つくると、彼の巡礼の年』の偶然の一致のことは、楽しい余韻を残したまま、自然と別な話に移っていきました。

それから数日して、小山実稚恵さんの六月八日の演奏曲目を見ているうちに、村上春樹が『パン屋を襲う』という本を二月下旬に刊行していることに気がつきました。

これは村上春樹の初期短編である「パン屋襲撃」「パン屋再襲撃」に少し手を加えて、ドイツ人の女性イラストレーター、カット・メンシックさんによるイラストをたくさん交えてできた本です。村上春樹とカット・メンシックさんのコンビは『ねむり』（二〇一〇年）に続くものですね。

▼ワーグナー生誕二〇〇年

そして、この『パン屋を襲う』や「パン屋襲撃」「パン屋再襲撃」を読んだ人なら、私のちょっとした驚きのような気持ちもわかってもらえるかと思うのです。「パン屋襲撃」（新しい本は「パン屋を襲う」という題名になっています）は「僕」が相棒の「彼」と包丁を持って、商店街にあるパン屋を襲う話です。店の主人に「とても腹が減っているんです」「おまけに一文なしなんです」と迫る話です。

ところが、その五十歳すぎの店主は共産党支持者ですが、ワーグナーが大好きで、彼は「僕」と「相棒」に対して、ワーグナーの音楽にしっかりと耳を傾けてくれたら、パンを好きなだけ食べさせてあげようという奇妙な提案をするのです。

その提案に「僕」も「いいですよ」、「相棒」も「俺もかまわない」と応じて、ワーグナーの「トリスタンとイゾルデ」を聴きながら、腹いっぱいパンを食べるという話なのです。

小山実稚恵さんの演目をみると、「巡礼の年」「ダンテを読んで」の前の演奏曲は、「イゾルデの愛の死」です。そして村上春樹の新作長編『色彩を持たない多崎つくると、彼の巡礼の年』刊行の二カ月前に、ワーグナーの「トリスタンとイゾルデ」をパンと交換に聴くという『パン屋を襲う』が出版されていたのです。

村上春樹がリストとワーグナーの関係を予告するように『パン屋を襲う』をリメークしたのか、またワーグナー生誕二〇〇年記念で、この本を出したのか、別な事情があるのか、私にはわかりません。『パン屋を襲う』には、そのようなことは記されていませんので、何もわからないのですが、このことにもう少し早く気がついていたら、小山実稚恵さんとの話は、さらに盛り上がったかもしれないなぁと、ひとり思っておりました。

▼静かな哀切に満ちた音楽

さてさて、村上春樹の三年ぶりの新作『色彩を持たない多崎つくると、彼の巡礼の年』の中で重要な役割を果たす、そのリストのピアノ曲集「巡礼の年」と同作の関係について、少しだけ、私の思いを書いておきたいと思います。

『色彩を持たない多崎つくると、彼の巡礼の年』は題名中にもある三十六歳の「多崎つくる」という名の男性が主人公です。「多崎つくる」とは、ずいぶん変わった名前ですが、彼をいきなり絶交にする四人には「赤松慶《あかまつけい》」「青海悦《おうみよし》夫《お》」「白根柚木《しらねゆずき》」「黒埜恵理《くろのえり》」といずれも名字に色彩がついていて、主人公の「多崎つくる」にだけ、色彩がありません。村上春樹の長編では『世界の終りとハードボイルド・ワンダーランド』（一九八五年）と並ぶ、長いタイトルの作品ですが、その前半の「色彩を持たない多崎つくる」というのは、その友人たちと主人公の名前のことからきています。

　五人は名古屋の人たちで高校時代は親友同士でしたが、多崎つくるだけが東京の大学に進みます。そして彼が十九歳から二十歳になる頃のある日、多崎つくるが他の四人から、理由も分からないまま絶交されるのです。多崎つくるは深い傷を心に受け、本当に死の近くまで行くのですが、それでも絶交の理由を探るということをしませんでした。

　でもようやく死の淵から戻ってきた多崎つくるに、灰田というクラシック音楽好きの友達ができるのです。灰田は学生寮に住んでいましたが、いつもCDを何枚か持って、多崎つくるのマンションの部屋にきて、それを聴いています。「自分の所有する古いLPを抱えてくることもあった」と記されているので、かなりのレコードマニアかもしれません。

　灰田のレコードを聴いているとき、それが以前に耳にしたことがある曲であることに気づいて、灰田に曲のことを多崎つくるが尋ねるのです。

　その「静かな哀切に満ちた音楽」がリストの「巡礼の年」の第一年・スイスの巻に入っている「ル・マル・デュ・ペイ」です。「Le Mal du Pays」はフランス語で、ホームシックとか、メランコリーという意味に使われるが、もっと詳しく言えば「田園風景が人の心に呼び起こす、理由のない哀しみ」という意味であることを灰田が説明します。

　多崎つくるは「僕の知っている女の子がよくその曲を弾いていたな。高校生のときクラスメートだった」と灰田に言います。それは「白根柚木」のことです。

シロ（白根柚木）やクロ（黒埜恵理）との性夢が繰り返し、多崎つくるを襲いますが、でも彼はなぜ親友たちが自分を拒んだのかを、やはり探ろうとはしないのです。

▼そろそろ乗り越えてもいい時期

そして十六年後、三十六歳になった多崎つくるが、二歳年上の木元沙羅という女性に出会い、沙羅から「そのときのダメージがどれほどきついものだったにせよ、そろそろ乗り越えてもいい時期に来ているんじゃないかしら？」というふうに導かれて、自分が拒まれた真相を探る旅に出るのです。

　そしてリストの「巡礼の年」の第一年・スイスの巻に入っている「静かな哀切に満ちた音楽」である「ル・マル・

デュ・ペイ」は、この新作長編の中をずっと響いています。

それゆえに、この「ル・マル・デュ・ペイ」のことが、いろいろと話題となっています。私もCDで「ル・マル・デュ・ペイ」を聴きました。音楽に疎いので、リストに超絶技巧のピアニストのイメージしかありませんでしたが、このように静かな哀切に満ちた曲があったのかとちょっと驚きました。

でも、音楽の知識が少ないゆえの考えかもしれないのですが、この作品にとってリストの「巡礼の年」というピアノ曲集の重要性は、「ル・マル・デュ・ペイ」が繰り返し出てくることにあるのではないのだろうと、私は考えているのです。

作品の終盤近くに、多崎つくるがフィンランドで暮らすクロ（黒埜恵理）を訪ねて、十六年ぶりに再会する場面がありますが、ここがとてもいいですね。

十六年ぶりに再会したクロと対話する中で、多崎つくるは、もうこの世にはいないシロの真実を聞きます。するとリストの「巡礼の年」が、「第一年・スイス」から「第二年・イタリア」へ移るのです。

「そのとき彼はようやくすべてを受け入れることができた。魂のいちばん底の部分で多崎つくるは理解した」とあって、次のような言葉が記されています。

人の心と人の心は調和だけで結びついているのではない。それはむしろ傷と傷によって深く結びついているのだ。痛みと痛みによって、脆《もろ》さと脆さによって繋がっているのだ。悲痛な叫びを含まない静けさはなく、血を地面に流さない赦しはなく、痛切な喪失を通り抜けない受容はない。それが真の調和の根底にあるものなのだ。

この言葉が、同作品を通して、強く深く、私に届きました。

▼声を出さずに泣いていた

すべてを語ったエリ（＝クロ、黒埜恵理）が、両手で顔を覆います。「彼女が泣いているのかどうか、つくるにはわからなかった。もし泣いているとしたら、まったく声を出さずに泣いていた」とそこに記されています。

私は、村上春樹作品の登場人物たちが、泣いたり、涙を流したりする場面に注目して、作品を読んできた者です。それはその登場人物たちの切実な体験や気持ちが表れている場面だからです。

人間は自分の切実なものの姿を知った時に、初めて成長するのです。自分の中の切実なものを通してしか、人は成長できないということでもあると思います。そして村上春樹の小説は、そのすべてが人間の成長を描いていると言ってもいいと思います。村上春樹の小説を読む時の大きなポイントの一つは、登場人物たちが、どの時に、どのように成長しているかということを受けとることだと思っています。

この場面は、エリ（＝クロ、黒埜恵理）が泣いているのか、微妙な表現となっていますが、読んでいけば、エリが「まったく声を出さずに泣いていた」ことは、よく分かります。

そしてエリが「ねえ、つくる」「もしよかったら、私をハグしてくれる？」と言います。

つくるは何も言わずに、エリの身体を正面から、ただ抱きしめるのです。その時間、リストの「巡礼の年」は「第二年・イタリア」の「ペトラルカのソネット第四七番」に、さらに「ペトラルカのソネット第一〇四番」に進みます。

そこに、言葉はもういらない。言葉がそこでは力は持たない時間の流れの中に「つくる」と「エリ」がいるのです。

エリの「一対の豊かな乳房が何かの証《あかし》のように彼の胸にぴたりとつけられ」ます。「彼女の両手の温かい厚みが背中に感じられた。柔らかな濡れた頬が彼の首に触れた」とあります。やはりエリは泣いていたのです。

▼進んでいく、リスト「巡礼の年」

この場面から「生き続けることの密な重み」が伝わってきます。十六年の時間の厚みが、読む者の中に「密な重み」をもって伝わってくるのです。村上春樹の主人公が女性と正面から抱き合って、こんなに分厚い、「密な重み」のある感覚をもって書かれたことがあったでしょうか。私には、初めて味わう村上春樹です。

大人の男女の間で、今後、ハグが流行るのではないでしょうか。いや、もうそこかしこで、流行っているかもしれませんね。そのくらい、素敵な密な重みのあるハグです。

つまり、この小説の中のリストのピアノ曲集「巡礼の年」はずっと「ル・マル・デュ・ペイ」が流れていることに意味があるのではないと思います。「ル・マル・デュ・ペイ」に留まっているのではなく、多崎つくるがエリと再会して、人は「むしろ傷と傷によって深く結びついているのだ」と思い、「それが真の調和の根底にあるものなのだ」とわかると、リストの「巡礼の年」が「ル・マル・デュ・ペイ」の「第一年・スイス」から「第二年・イタリア」に移り、「ペトラルカのソネット第四七番」「ペトラルカのソネット第一〇四番」に進んでいくことに、この「巡礼の年」という音楽の意味があるのだと、私は思います。

そのピアノ曲集「巡礼の年」の進行とともに、多崎つくるは成長しているのです。でも多崎つくるは泣いていないではないかという意見があるかもしれません。でも、そんなことはありません。

「柔らかな濡れた頬」のエリを正面から多崎つくるはしっかり抱きしめているのです。彼もエリの涙と同化しているはずです。一緒に、心の内で泣いているでしょう。きっと。

▼「沙羅」と三十六歳の主人公

『色彩を持たない多崎つくると、彼の巡礼の年』は非常にシンプルというか、とてもナチュラルに書かれている作品なので、細かいことを指摘することにはあまり意味がないと思うのですが、もう一つだけ、書いておきましょう。

親友たちから絶交された時から、多崎つくるが「真の調和の根底にあるもの」をはっきりと自覚するまでの十六年間という年月は、既に他の方々も指摘していますが、やはり阪神大震災（一九九五年）と東日本大震災（二〇一一年）の間の十六年間ということがまずあると思います。

具体的な例をいくつか示せば、作品の始まり近くに、多崎つくるが親友たちに拒絶されて、死にかけ、自分の身体を鏡で見詰める場面があるのですが、そこには「巨大な地震か、すさまじい洪水に襲われた遠い地域の、悲惨な有様を伝えるテレビのニュース画像から目を離せなくなってしまった人のように」凝視していると記されています。

そして多崎つくるを導く、二歳年上の恋人の「沙羅」という名前は阪神大震災の後の連作短編集『神の子どもたちはみな踊る』（二〇〇〇年）の最後の作品「蜂蜜パイ」に出てくる女の子と同じ名前です。その沙羅は神戸の地震のニュースを見すぎて「知らないおじさんが自分のことを起こしに来るんだ」と言う子供です。眠っている沙羅を起こしにきて、怯えさせる男は「地震男」と呼ばれています。その女の子と同じ名前の女性が、導いていく物語ですから、やはり大震災との関連はあると考えていいかと思います。

さらに「蜂蜜パイ」は早稲田大学の同級生の淳平と小夜子と高槻の話です。彼らは「小さく親密なグループを形成」「いつも三人で行動」していたという男二人、女一人の三人組の話です。『色彩を持たない多崎つくると、彼の巡礼の年』の高校生の親友五人組、それは男三人、女二人の五人組ですが、やはり少し重なる部分があるかと思います。

そして淳平は小説家となり、新聞記者となった高槻と小夜子が結婚して、沙羅が生まれますが、その後、まもなく離婚してしまいます。淳平は沙羅の名づけ親でもあり、阪神大震災の時には三十六歳という設定になっていますので、その年齢設定も、多崎つくると同じ年齢ですから、やはり共通する面を持っています。

▼人々を励ます律動を持つ物語

でも無理やり、東日本大震災と結びつけて読む必要はありません。なぜなら直接、東日本大震災との関係を書いている部分はないからです。しかし死の淵まで行った人間が、そこから自分の生をつかみ直す再生の物語です。震災後を生きる私たちに重なってくる小説になっていることは事実だと思います。私は強く励まされました。

村上春樹は、二〇一一年六月のカタルーニャ国際賞の受賞スピーチで、東日本大震災による自然災害と、原発事故に触れて話し、戦後、日本人の中にあった効率を求める社会の問題について言及しました。

そして、その効率社会というものによって、損なわれた私たちの倫理や規範の再生を試みるとき、それは全員の仕事になることを述べ、言葉を専門とする作家として、進んで関われる部分があるはずですとスピーチしていました。

我々は新しい倫理や規範と、新しい言葉とを連結させせなくてはなりません。そして生き生きとした新しい物語を、そこに芽生えさせ、立ち上げていかなくてはなりません。それは私たち全員が共有できる物語であるはずです。それは畑の種蒔き歌のように、人々を励ます律動を持つ物語であるはずです。

この言葉の先に、東日本大震災後、初めての村上春樹の長編『色彩を持たない多崎つくると、彼の巡礼の年』があるのだと私は思います。

▼「十二滝町」のモデルの地

さてさて、冒頭紹介した小山実稚恵さんも『色彩を持たない多崎つくると、彼の巡礼の年』を読んだそうです。感想を聞くと「流れるように、楽しく読みました。よかったですよ」と弾んだ声で話していました。

そして、この五月二十九日の夜、北海道の美深町文化会館で、コンサートを開き、やはりリスト「巡礼の年」の第二年・イタリアの中の「ダンテを読んで」を弾くそうです。

北海道美深町は村上春樹『羊をめぐる冒険』(一九八二年)の舞台となったところです。同作は背中に星の印を持つ羊を探して北海道に行く物語ですが、その向かう先は「十二滝町」という町です。美深町仁宇布には十六の滝があるという地区で、「十二滝町」のモデルとなった場所だろうと言われています。

その地・美深町で、小山実稚恵さんがコンサートをして、「巡礼の年」の「ダンテを読んで」を弾くのです。こんな偶然もあるんですね。既に、リスト「巡礼の年」の中の曲を美深町で弾くことは、村上春樹の『色彩を持たない多崎つくると、彼の巡礼の年』との関係で話題となっているようです。「何か、少し不思議な縁のようなものも感じています」とのことでした。

美深町仁宇布地区には『羊をめぐる冒険』で描かれた世界と、イメージが非常によく似た松山農場がありますが(ただし同作刊行時には、まだこの農場は存在していませんでした)、小山実稚恵さんは折角だから、羊もいて、白樺の林も見える同農場の宿泊施設に泊まるそうです。

026

なぜ名古屋なのか

『色彩を持たない多崎つくると、彼の巡礼の年』②　2013.6

村上春樹の新作『色彩を持たない多崎つくると、彼の巡礼の年』（二〇一三年）は、高校時代の仲良し五人組の話ですが、それが名古屋の高校での五人組であることは、驚きでした。

私も読み始めてすぐに「えっ、名古屋なの……！」と思いましたし、同じように感じられた人も多かったのではないでしょうか？

長編作品だけ見ても、前作『1Q84』（二〇〇九、一〇年）は東京が舞台でしたし、その前の『アフターダーク』（二〇〇四年）も東京でした。

▼乱れなく調和する共同体

名古屋付近の人が登場する作品といえば……私の脳裏にすぐ浮かぶのは『海辺のカフカ』（二〇〇二年）ぐらいでしょうか。同作には子供の頃に記憶を失い、文字も読めないナカタさんという人物が出てきますが、このナカタさんを高松まで運ぶトラックの運転手として「星野」という青年が、東名高速道路の富士川サービスエリア（静岡県富士市）で登場します。彼は髪をポニーテールにして、耳にピアスをつけ、中日ドラゴンズの野球帽をかぶっています。

中日ドラゴンズといえば名古屋です。青年の名前も「星野」です。中日ドラゴンズの象徴とも言える星野仙一さんと同じ名字です。

このように『海辺のカフカ』で、星野青年が中日ドラゴンズの野球帽をかぶって登場するのは事実ですが、だからと言って名古屋の土地が舞台となって書かれているわけではありませんでした。星野青年とナカタさんのコンビは名古屋を通り越して、すぐ神戸まで星野青年のトラックで移動してしまうのです。

では『色彩を持たない多崎つくると、彼の巡礼の年』の仲良し五人組は、なぜ名古屋なのか？　今回は、この問題を考えてみたいと思います。

彼らは名古屋市の郊外にある公立高校で同じクラスに属していた男三人、女二人の仲良し五人組。それは赤松慶、青海悦夫、白根柚木、黒埜恵理の四人と主人公の多崎つくるです。

その五人組はとても仲がよくて「乱れなく調和する共同体みたいなもの」を維持しようとしていました。それは「正五角形が長さの等しい五辺によって成立している」のと同じようなものです。

その五人組の中で、多崎つくる以外は、全員が色を含む名字で、それぞれアカ、アオ、シロ、クロと呼ばれています。

色を持たない名前の多崎つくるだけが「色と無縁」の「つくる」の名で呼ばれ、「最初から微妙な疎外感」を感じていますし、「いつも自分を、色彩とか個性に欠けた空っぽな人間みたいに感じて」いましたが、でも「自分がひとつの不可欠なピースとしてその五角形に組み込まれていることを、嬉しく、また誇らしく」思ってもいたのです。

▼多崎つくるだけが東京の大学に進学

そして多崎つくる以外の四人は、名古屋の大学に進みます。アカは名古屋大学の経済学部に、アオは有名私立大学の商学部に、クロは英文科が有名な私立の女子大に、シロは音楽大学のピアノ科に進みます。四人が進んだどの学校もそれぞれの自宅から通学できる距離にありました。

でも多崎つくるだけが、東京の工科大学に進学したのです。彼は子供の頃から、鉄道の駅が好きで、駅をつくるために東京の工科大学に進んだのです。理由は駅舎建築の第一人者として知られる教授が、その大学にいたからです。

一人、故郷を離れて東京の大学に進学した多崎つくるですが、大学二年の時、二十歳になる前に、突然、親友だった四人から絶交されてしまうのです。

そして十六年後、三十六歳になった多崎つくるが、二歳年上の恋人・沙羅に「そろそろ乗り越えてもいい時期に来ているんじゃないかしら」と言われて、そのつらい体験を乗り越える巡礼の旅に出ます。

そして旧友を訪ね歩き、多崎つくるは絶交の理由を知るのですが、その真相は『色彩を持たない多崎つくると、彼の巡礼の年』の中に詳しく書かれているので、未読の人は、ぜひ本を読んでください。

さて、なぜ多崎つくるは四人から絶交されたのでしょうか……。これについて、私は〈多崎つくるだけが、名古屋を離れて、一人、東京の大学に進学したからではないか〉と考えています。

▼なぜ、つくるとクロの二人がハグをするのか

多崎つくるが旧友たちに会う前に、沙羅が四人の現在を調べて教えてくれます。それを頼りに多崎つくるは旧友を訪ねます。

アオはトヨタ自動車の優秀なディーラーになっていました。アカは一度、大きな銀行に勤めましたが、二年と少しで辞めてしまい、やや新宗教がかった自己啓発・企業研修の会社を名古屋で起業させて、成功しています。

シロは殺人事件に巻き込まれて、浜松で殺されていて、既に、この世の人ではありませんでした。そしてクロは、前回も紹介しましたが、フィンランドに住んでいました。

彼女は無二の親友だったシロの人生を支え、面倒を見てきたのですが、大学時代に友達に誘われていった陶芸教室で「自分が長いあいだ探し求めていたもの」を発見します。その陶芸の道に本格的に進みたくなって、大学を卒業して

から、芸術大学の工芸科に進んで、そこで制作に励んでいる間に、フィンランド人の留学生と知り合い、結婚して母親にもなり、フィンランドで暮らしているのです。

そして、十六年の歳月を経て、多崎つくるとクロがフィンランドで素敵なハグをする名場面があることも、前回紹介しました。

さてここで、この仲良し五人組の十六年後の現在位置を考えてみますと、アオとアカの二人は名古屋に留まり、多崎つくるとクロは名古屋から離れた東京とフィンランドにいます。そして、シロは名古屋から少し東京よりの静岡県浜松に出たところで、その地で死んでしまったということなります。

なぜ遠く、フィンランドの地で、仲良し五人組のうち、多崎つくるとクロの二人がハグをして抱き合うのかという点から、この物語の最初の問題、なぜ多崎つくるが他の親友四人から絶交されてしまうのかということを遡って考えてみると、やはり多崎つくるが一人だけ、名古屋を離れて、東京の大学に進んだことが、その絶交の原因ではないか、私には感じられてくるのです。

▼いつも目にしている眺めとは印象がちがう

村上春樹には、物事をきちんと見きわめるためには、いったん自分のいる場所を離れて遠くまで行かなくてはならないという考えや、少し小高い場所から、いま自分がいる場所を眺めなくてはならないということが、一貫してあるように思います。

主人公の「僕」が北海道の稲作北限地である「十二滝町」まで行く『羊をめぐる冒険』（一九八二年）にも、また東京から四国・高松まで行く『海辺のカフカ』にも、いまいる場所を離れて遠くまで行く感覚があります。

私が村上春樹を初めてインタビューしたのは、一九八五年刊行の『世界の終りとハードボイルド・ワンダーランド』でしたが、この作品の「世界の終り」のほうの話には、その世界の入り口の門のわきにある望楼に「僕」がのぼる場面が何度かあります。その望楼から「僕」は外の風景を眺めています。

また高い壁に囲まれた、その街の坂をあがっていくと岩山となり、さらにその丘の頂上に出て、眼下の草原の向こうに黒々とした「東の森」が海のように広がっている風景を眺める場面もあります。その「風景は僕がいつも目にしている眺めとはずいぶん印象がちがっていた」と記されています。

注意して、村上春樹の作品を読んでいくと、このような記述にしばしばぶつかるのです。例えば、『アフターダーク』にはハワイの神話が挿話として出てきます。

漁に出た三人の兄弟が嵐で流され、海を漂流して誰も住んでいないハワイの島の海岸に流れ着く。そして神様が三人の夢の中に現れて「三つの大きな丸い岩をお前たちはみつけるだろう。お前たちはその岩をそれぞれに転がして好きなところに行きなさい。岩を転がし終えたところが、お前たちそれぞれの生きるべき場所だ。高い場所に行けば行くほど、世界を遠くまで見わたすことができる。どこまで行くかはお前たちの自由だ」と言います。

一番下の弟は海岸近くで「魚もとれる」と言って、岩転がしをやめ、次男は山の中腹で「果物も豊富に実っている」と言って、やめます。しかし一番上の兄だけが岩を山のてっぺんまで押し上げ、そこで、世界を眺めます。「今では誰よりも遠くの世界を見渡すことができた」そうです。

▼小高い砂丘に腰を下ろし

そして新作『色彩を持たない多崎つくると、彼の巡礼の年』の中にも、アカからシロの運命を多崎つくるが聞く場面で「つくるは砂に埋もれた古代都市を思い浮かべた。そして小高い砂丘に腰を下ろし、そのからからにひからびた、都市の廃墟を見下ろしている自分の姿を想像した」と記されているのです。

アオやアカは世俗の世界でちゃんと生きられる、優秀な人物です。「魚もとれる」場所や「果物も豊富に実っている」場所で生きていける『アフターダーク』のハワイの兄弟の三男か次男のような人です。多崎つくるは『アフターダーク』の長男に相当しているような人かもしれません。

さらに名古屋という都市について、考えてみますと、村上春樹の旅行記『東京するめクラブ　地球のはぐれ方』（二〇〇四年、村上春樹・都築響一・吉本由美の共著）のことを忘れてはいけないと思います。この本の冒頭は「魔都、名古屋に挑む」というタイトルで、かなり深く名古屋を村上春樹も探検しています。

「名古屋道路事情」という文章には名古屋の超大企業であるトヨタ自動車の存在とトヨタ車の多さが記してあります。それに外車では意外とベンツが少なくて、ポルシェが多いことなどの自動車事情観察もあります。

そういえば、起業して成功したアカは「おれは今、ポルシェのカレラ4に乗っている」と話していますので、この名古屋取材で得たことも『色彩を持たない多崎つくると、彼の巡礼の年』に反映していると思います。

そして、この『東京するめクラブ　地球のはぐれ方』の中には「名古屋の人って、一度街を出ていくとだいたいもう戻ってこないし、出ていかない人はほぼ永遠にそこにずるずる留まってしまうという話を聞いたけど、たぶんそうなんだろうなと思わせられるところはあります」との言葉も出てくるのです。

▼その地域だけで完結できる

この考え方によれば、つくるとクロは名古屋を出ていった人です。アオとアカはほぼ永遠に名古屋に留まってしまう人です。

そしてシロは名古屋を出たけれど、つくるやクロのように東京やフィンランドまでは出られなかった人です。タフではない、その繊細な弱さが死を招いたのかもしれません。

アカの父親は名古屋大学の経済学部の教授です。アカも父親と同じ大学、同じ学部を卒業しています。アカは自分が起業した会社について「この会社のクライアントには、大学でうちの父親に教わったという人間が少なからずいる。名古屋の産業界にはそういうがっちりしたネットワークみたいなものがあるんだ。名大の教授というのはここではちょっとしたブランドだからな。でもそんなもの、東京に出たらまず通用しない。洟《はな》もひっかけられやしない。そう思うだろう」と、つくるに語っています。

大都市でありながら、まだ地縁や人のネットワークが生きている名古屋。その経済圏にはトヨタ自動車という超大企業の存在の影響があり、一流の会社員としても、その地域だけで完結できるような都市です。こんな大都市は日本では名古屋以外に思いつきません。名古屋は、この『色彩を持たない多崎つくると、彼の巡礼の年』という作品を成立させるために選びに選ばれた都市なのでしょう。

「シロは密かにおまえのことが好きだったのかもしれない」とアカがつくるに言います。「だから一人で東京に出て行ったおまえに失望し、怒りを覚えていたのかもしれない」と言います。このシロを名古屋に残った三人が守る物語でもありますので、やはり多崎つくるへの四人からの突然の絶交は、多崎つくるだけが一人、名古屋を離れて東京に行ったことからのものだと、私は思うのです。

▼フィンランドは名古屋よりもずっと遠くにある

「フィンランドは名古屋よりもずっと遠くにある」と沙羅が多崎つくるに言います。フィンランドを訪ねる前に、クロに連絡をしたのかを沙羅が問うと、アオやアカに対しても、予告なしで直接会いにいったので、「予告なしで直接会いに行こうと思う」と多崎つくるは答えます。

でもフィンランドはずっと遠くにあるので「往復の時間もかかる。行ってみたらクロさんは三日前から夏休みをとってマジョルカ島に出かけていた、みたいなことになるかもしれないわよ」と沙羅が言うのです。

この「フィンランドは名古屋よりもずっと遠くにある」という言葉は「ずっと遠くまでいかないと、物事はよくわからない」ということを村上春樹が語っているように、やはり私には受け取れるのです。

「高校時代の五人はほとんど隙間なく、ぴたりと調和していた」。しかし「そんな至福の時は永遠には続くわけはない」ことを「最も感受性の強い人間だった」シロが誰よりも早く気づいて、乱れなく調和する共同体みたいなものを壊してしまおうとしたのではないか。そんな理解が、フィンランドまで行って、帰ってきた多崎つくるに訪れます。

それは物語の最後に詳しく書いてありますから、未読の人は『色彩を持たない多崎つくると、彼の巡礼の年』をぜひ読んでほしいのですが、「その感覚はつくるにもある程度理解できるものだった。今では理解できるということだ」と村上春樹は記しています。

その「今では」の横には傍点が打ってありますが、この「今では」は名古屋よりも、ずっと遠くにあるフィンランドに行って、物事の本当の真実を「魂のいちばん底の部分」で理解し、再び遠くから帰ってきた「今では」という意味なのだと、私は考えています。

名古屋出身の仲良し五人組は、その後、すべて職業を持った人たちとして登場してきます。殺されてしまうシロでさえ、ピアノを子供たちに教えていました。

その中で、駅をつくるという職業の多崎つくると、陶器をつくるという職業のクロが素敵なハグをすることに、村上春樹の職業観がよく表れていると思います。二人とも、物をつくる人間です。しかもその物は駅も陶器も入れ物として、実際に人に用いられる物ですね。そういう物をつくる人として、遠くまで行った人たちの物語が『色彩を持たない多崎つくると、彼の巡礼の年』だと思います。

▼空から大量のヒルが降る

さていくつか余談めいたものを記しておきましょう。

この回の冒頭部に紹介した『海辺のカフカ』の星野青年の登場の直前に、空からたくさんのヒル（蛭）が降ってくる場面があるのですが、ナカタさんは、その大量のヒルが降ることを予知できたようで（実はヒルを降らせた人物なのかもしれませんが）、ヒルが天から降る前に「空を見上げ、それからゆっくりとこうもり傘を広げ」て、頭の上にかざしています。

大量のヒルのために高速道路の路面はタイヤが滑り、トラックの運転がたいへんなのですが、星野青年はヒルのことをよく知っていて「なあ、おじさん、ヒルに張りつかれたことあるか？」とナカタさんに話しかけます。

続いて「俺は岐阜の山の中で育ったからな、何度もあるよ。林の中を歩いていると、上から落ちてくることもある」とも話しています。

そして新作の主人公・多崎つくるの父親も「岐阜の生まれ」なのです。さらに多崎つくるの父親は「小さいうちに両親を亡くし、僧侶をしている父方の叔父に引き取られ、なんとか高校を卒業し、ゼロから会社を立ち上げ、目覚ましい成功を収め、今ある財産を築いた」と書かれています。

『海辺のカフカ』が出た直後に読者からのメールによる質問に村上春樹が答えた『村上春樹編集長　少年カフカ』（二〇〇三年）という本がありますが、その中でも「星野青年」はたいへんな人気者で、何度も登場しています。

「岐阜から」という岐阜市の読者からのメールに答えて、村上春樹は「僕は岐阜にはあまりくわしくないんですが（行ったことはありますけど）、なんとなく星野くんって岐阜だよな、という感じがして、岐阜出身に設定しました。岐阜を出て名古屋に行って運転手の仕事につく、みたいなシチュエーションなんだけど、いかにもっていう感じが（僕的には）ありました」と答えています。

さらに好きな作家である小島信夫さんのことに触れて、「岐阜といえば、小島信夫さんが岐阜出身で、たしか岐阜弁を使って小説を書いておられます。面白い小説だったですが」と加えています。

▼泉鏡花『高野聖』

多崎つくるの父親は苦労して、一代で不動産業を成功させた人物という設定ですが、その不動産業を多崎つくるは継ぎません。父親としては、少しがっかりするのは当然ですが、でも多崎つくるがエンジニアを志望することについては「形のあるものをこしらえるのは良いことだ」と賛成しています。さらに「そう思うなら東京の大学に行くといい」と言います。名古屋を出て、遠くに行くことを後押ししているのです。なかなかいい父親ですね。

また「ヒルって見たことがないんです」というメールもあって、それに対しては「僕は小学校のころに兵庫県の夙川というところに住んでおりまして、よく川に遊びに行きました。川には実にいろんなものが住んでいましたが、ヒルはその中でもいちばん気味の悪いやつでした。よく足にべったりと張り付くんです。そして血を吸う。血を吸うとぷよっと膨らみます。それをむしりとるのに苦労しました」と村上春樹は記しています。

私も群馬県の利根川水系の支流の川沿いに住んでいましたので、よくヒルには血を吸われました。ほんと、嫌なものです。

村上春樹はそのメールの答えの中で、ヒルのことがたくさん出てくる泉鏡花『高野聖』のことを紹介しています。もっとも『高野聖』のヒルは川のヒルではなくて、山のヒルです。星野青年が「林の中を歩いていると、上から落ちてくることもある」と話しているのは、もしかすると泉鏡花『高野聖』を受けてのことかもしれません。空から大量のヒルが降ることもそうかもしれませんし、さらに『高野聖』には飛騨地方のことが出てきますので、ヒルを語る星野青年の岐阜出身には『高野聖』のことも関係しているのかもしれません。

『世界の終りとハードボイルド・ワンダーランド』で、村上春樹を取材した時にも「泉鏡花なんかは割と好きです」と話していましたし、その泉鏡花の出世作が『高野聖』です。「もし読んだことがなかったら一度読んでみてください」と『村上春樹編集長　少年カフカ』の中でも、村上春樹は勧めています。ちなみに『世界の終りとハードボイルド・ワンダーランド』にも「蛭《ひる》の大群」が出てきます。

▼「魔都、名古屋に挑む」

『村上春樹編集長　少年カフカ』の内容を紹介し出すと、きりがないので、名古屋関係のことを、あと一つ紹介して終わりにいたしましょう。

中日ドラゴンズの野球帽をかぶって登場する「星野青年」のことです。村上春樹が『海辺のカフカ』を発表した時は、星野仙一さんがちょうど中日から阪神に移った時でした。

「阪神・星野監督」というメールに答えて、「そうなんです。この小説を書いている途中で星野のやつが阪神の監督になっちまったんですよ。ショックだったなあ。「なんてことするんだ、お前！」と怒鳴りたくなった。でもいまさらシチュエーションを変えるわけにはいかないし、真っ青でした。でもまあ、星野っていえば中日ですよねえ、なんといっても」と答えています。

ですから『海辺のカフカ』は、やはり名古屋を強く意識した小説でもあるのですね。

その『海辺のカフカ』の刊行は二〇〇二年九月です。『東京するめクラブ　地球のはぐれ方』の連載は雑誌「TITLE」の二〇〇二年十月号からスタートです。その最初の「魔都、名古屋に挑む」は、もちろんそれより前の取材でしょうが、中日ドラゴンズの野球帽をかぶった星野青年がトラック運転手となった土地である名古屋を訪ねる目的もあったのではないでしょうか……。そんなことも妄想しております。ともかく、その名古屋探訪記が、今回の『色彩を持たない多崎つくると、彼の巡礼の年』の名古屋のリアリティーにかなり寄与しているのではないかと思います。

そういえば、「魔都、名古屋に挑む」の中で村上春樹は〈リージェント・ホテル〉というラブホテルも取材しているのですが、ラブホテルを舞台にした『アフターダーク』も、もしかしたら名古屋のラブホテル取材体験から、あのリアリティーが出てきているのかもしれません……。実は名古屋がらみの長編がたくさんあった……ということなのかもしれません。

O27

新宿とは何か。中央線とは何か。

『色彩を持たない多崎つくると、彼の巡礼の年』③　*2013.7*

村上春樹の新作『色彩を持たない多崎つくると、彼の巡礼の年』(二〇一三年)は、全体で十九章の長編ですが、その最終章は巨大な新宿駅の描写で始まっています。

新宿駅は巨大な駅だ。一日に延べ三百五十万人に近い数の人々がこの駅を通過していく。ギネスブックはJR新宿駅を「世界で最も乗降客の多い駅」と公式に認定している。

こんな文章で書き出され、新宿駅のことが十数ページにもわたり記されているのです。この物語の主人公・多崎つくるは鉄道の駅を作り、それを管理するのが職業で、新宿に本社を置く鉄道会社に十四年も勤務しています。彼は子供の頃から駅舎を見るのが大好きで、今の職業を天職だと思っている人物です。

だからJRの新宿駅を眺めによく行くのですが「だいたいいつも9・10番線のプラットフォームに上がる。そこには中央線の特急列車が発着している」と書いてあります。

そして、午後九時ちょうどの最終・松本行きの特急列車の発車を見届けた後、多崎つくるは帰宅して、亡くなった友人の女性シロや、いま付き合っている沙羅のことを思うのです。それらのことが九ページほど記されたところでこの物語は終わっています。

そのエンディングの文章も「意識の最後尾の明かりが、遠ざかっていく最終の特急列車のように、徐々にスピードを増しながら小さくなり、夜の奥に吸い込まれて消えた。あとには白樺の木立を抜ける風の音だけが残った」というものですので、いかにこの作品にとって、新宿駅でのことが大きな比重を占めているかがわかるかと思います。

ではさて、どういう形で「新宿駅」のことが、この新作小説の中で、物語や登場人物たちと結びついているのでしょうか。また他の村上春樹作品と、どんな関係にあるのでしょうか。この問題を今回は考えてみたいと思います。

▼最も多く登場する場所

新宿駅と『色彩を持たない多崎つくると、彼の巡礼の年』の関係を考える前に、新宿と村上作品、また中央線と村上作品というものをざっと紹介して、そこからこの新作と新宿駅の関係について迫ってみたいと思います。

私が村上作品を読んできた経験からすると、この「新宿駅」また「新宿」という土地は村上春樹の長編で最も多く登場する場所ではないかと思います。正確に何回と数えたわけではありませんので、私が読んできた感覚での話ですが、でも「新宿」が本当に多いなあと感じるのです。

手始めに、今回の新作のすぐ前の長編である『1Q84』（二〇〇九、一〇年）を例に、その「新宿ぶり」を紹介してみましょう。

『1Q84』BOOK1、2は女主人公・青豆と男主人公・天吾の話が、交互に展開していく話です。以前にも紹介しましたが、天吾のほうの話では、天吾と編集者の小松が新宿駅近くの喫茶店で打ち合わせをしている場面から始まっています。

その次に天吾が登場するのは、ふかえりという美少女作家と初めて会う場面ですが、その天吾とふかえりの待ち合わせ場所も新宿の中村屋です。

また青豆のほうの話では、同作のハイライトとも言える、カルト農業集団「さきがけ」のリーダーを青豆が殺害した直後に、彼女は新宿駅に向かっています。それは新宿駅のコインロッカーに預けておいたバッグをコインロッカーから出し、さらに逃走を助けてくれるタマルに電話をかけて、指示を受けるためです。そして青豆は新宿駅からタクシーで、高円寺南口の隠れ家まで逃走しているのです。

▼永山則夫くん、藤圭子さん

これは少し余談ぎみですが、リーダー殺害後、青豆がなぜ新宿駅のコインロッカーでバッグを引き出すかというと、『世界の終りとハードボイルド・ワンダーランド』（一九八五年）の「ハードボイルド・ワンダーランド」のほうの話で、「私」が「（一角獣の）頭骨」と「シャッフル済みのデータ」という二つの重要なものを新宿駅の荷物一時預り所に預ける場面があり、「私」が「やみくろ」などが棲む地底の世界から脱出してくると、新宿駅の荷物一時預かり所から、その二つの荷物を受けとることの引用だと思います。この時に「私」が受けとるのも青豆が引き出すものも、いずれもナイキのバッグなのです。

もちろん『ノルウェイの森』（一九八七年）にも新宿のことが出ています。同作には生命力の象徴のような「緑」という女子学生が出てきますが、その「緑」と「僕」が「新宿」のジャズ喫茶「DUG」に行く場面が何度か出てきます。「緑」がトイレに行きたくなって、新宿駅の有料トイレにまで「僕」が彼女を連れていく場面もありました。

これはやはり村上春樹が早稲田大学で学んだということも影響しているのかも知れません。『ノルウェイの森』の「僕」と「緑」は明らかに早大生でしょうし、今のことは詳しく知りませんが、一九七〇年前後の「新宿」は早大生の街という感じがありました。

そして村上春樹のエッセイ集などを読んでいると、「新宿」のことが実にたくさん登場してくるのです。例えば『村上朝日堂』（一九八四年）では西武新宿線の都立家政の駅から十五分ほどの下宿に住んでいた時に、村上春樹は「新宿でオールナイトのアルバイトをして」いましたし、アルバイトのあいまには、新宿・歌舞伎町のジャズ喫茶に入り浸っていたそうです。

ジャズ喫茶の「ヴィレジ・ヴァンガード」に通っていたことも書かれていますが、そこには「たしか「連続射殺魔事件」の永山則夫くんも同じころにやはり都立家政に住んでいて「ヴァンガード」でバイトをしていたと思う」とも記してあります。村上春樹と永山則夫《ながやまのりお》は同年生まれですので、そのような関心もあったのでしょうか。もしも本当に「同じころ」だとすれば、知らないうちに二人は遭遇していた可能性もあったということですね。

また同書に「僕が出会った有名人」という連続エッセイがあって、その「藤圭子さん」の巻では、一九七〇年ごろ、村上春樹が新宿の小さなレコード屋でアルバイトをしていると、歌手である藤圭子さんが一人で店に立ち寄って「あの、売れてます?」とアルバイト店員の村上春樹に尋ねたという場面があります。これはなかなかいいエピソードです。

藤圭子さんは今の若い人たちにわかりやすく言えば、宇多田ヒカルさんのお母さんですが、当時はスーパースター中のスーパースター。でもその時の藤圭子さんの表情は、とてもいい笑顔だったらしく、「この人は自分が有名人であることに一生なじむことができないんじゃないかなという印象を、その時僕は持った」と書いてあります。この感覚、いかにも村上春樹らしいなあと思います。

さらに、お正月でも関西の実家に帰らず、大みそかの夜に新宿のオールナイト館をはしごして、映画を六本ぐらい見たことも書いてあるのですが、こういう話にも一九六〇年代末から一九七〇年代の初めの時代に、学生生活を送った感覚が生き生きと残っています。

▼髪が長く、まだ十九歳

雑誌「アンアン」に連載された『村上ラヂオ』(二〇〇一年)の「広い野原の下で」というエッセイでの村上春樹を私は好きなので、これもちょっと紹介しておきましょう。

それはまだ「新宿西口」の向こうが原っぱだった時代のことです。かつて新宿駅西口にあった淀橋浄水場がなくなり、その跡地に高層ビル群が建設されていく直前の時でした。

将来の開発のために新宿駅西口に抜ける地下道だけは既に整備されていたのですが、電車で帰れなくなると、村上春樹たちも地下道で電車の始発まで時間を潰していたようです。

ある時そこで、カメラマン志望の友人が村上春樹のポートレートを撮影。それはモノクロの写真で、村上春樹も髪が長く、まだ十九歳で、新宿西口のコンクリートの地面に腰をおろし、壁にもたれて煙草を吸っていました。アイロンのかかっていない半袖のシャツを着て、ブルージーンにスエードのデザートブーツ姿。ひどくふてくされた目をしていて、何がどうなってもかまうもんかという顔をしていたそうです。時刻は午前三時で、たぶん一九六八年の夏だったとか。

友人がその写真を気に入って、大きく引き伸ばして、村上春樹にプレゼント。村上春樹自身は写真撮影が非常に嫌いですが、その写真だけは悪くないと思っていて、しばらくその写真を大事に持っていたそうです。でも引っ越しを重ねていくうちになくなってしまったようです。村上春樹の写真撮影嫌いは、私も最初の取材以来よく知っていますが、彼が気に入って、大事に持っていた写真ならちょっと見てみたかったですね。

その写真を撮影した夜、近くにぽつんと居た男の子に村上春樹が声をかけると、彼は立川の高校の三年生で「恋人が妊娠しちゃって、その相手は僕じゃないんだ」という。それを村上春樹が慰めようと不器用に努力したそうです。こういう感覚も村上春樹ふうでなかなかいいです。

さて、この新宿駅西口は『ねじまき鳥クロニクル』(一九九四、九五年)の中で重要な場所として登場してきます。「僕」が新宿駅西口の高層ビルの前の小さな広場の洒落たベンチに座ってダンキン・ドーナツを食べながら、目の前を通り過ぎる人たちをずっと見ている場面が同作の第2部「予言する鳥編」の終盤に出てきますし、さらに第3部「鳥刺し男編」も、やはり「僕」が新宿駅西口のベンチに座って、人々を眺める場面から始まっていくのです。

以上のように「新宿駅」「新宿」という場所は、村上春樹作品にとって、とても重要な場所なのです。

▼「いわゆる新宿駅装置」

そして昨年、「村上ラヂオ」の第三弾として刊行された『サラダ好きのライオン　村上ラヂオ3』(二〇一二年)には「いわゆる新宿駅装置」というエッセイが入っていて、村上春樹の「新宿」への思いは一貫していると思いました。

これは新宿駅の構内アナウンスを録音しておいて、しつこい電話セールスがかかってきたら、これを再生させて「お待たせしました。総武線津田沼行きがただいま13番線ホームに到着いたします。白線の内側までお下がりください」というようなアナウンスを流し、「すみません。今新宿駅で、すぐ電車に乗らなくちゃならないんです」と言って撃退して、電話を切る装置のことです。

自宅にかけたつもりが、新宿駅の13番線ホームにかかっているので、相手は虚を衝かれ、びっくりして何も言えないという装置です。同エッセイによると、村上春樹はそれを思いついて、実際、使っていたというのですが……。確かに面白いアイデア、有効性も否定しませんが、うーん、でも本当なのかなあ、使っていたというのは……。

でもともかく『サラダ好きのライオン　村上ラヂオ3』の翌年に刊行されたのが『色彩を持たない多崎つくると、彼の巡礼の年』ですので、あの巨大な新宿駅の描写については「いわゆる新宿駅装置」も少し意識されていたのかなと思いました。

このエッセイには新宿駅の13番線とホームのことが記されていて、新作長編には「9・10番線のプラットフォームに上がる」ことが記されています。いずれも新宿駅のプラットフォームの番号までがわざわざ書き込んであるのです。

さらに『色彩を持たない多崎つくると、彼の巡礼の年』は自分以外の友人四人には、名前の中に色彩が含まれているのに、自分だけ名前の中に、色がなくて、カラフルではないなと思っている多崎つくるの物語ですが、『サラダ好きのライオン　村上ラヂオ3』の中には「カラフルな編集者たち」というタイトルのエッセイもあるのです。村上春樹はこれらのエッセイを書いている時に、次の長編のことを少しは考えてもいたのかなと思えてきたのです。

▼しばしば登場する「中央線」

さてさて、最初に紹介した、新宿駅というものが、この『色彩を持たない多崎つくると、彼の巡礼の年』と、どういう関係を持っているのかという問題ですね。

冒頭で紹介した「新宿駅は巨大な駅だ……」というのが同作最終章の書き出しですが、それに続いて、

いくつもの路線がその構内で交わっている。主要なものだけでも中央線・総武線・山手線・埼京線・湘南新宿ライン・成田エクスプレス。それらのレールはおそろしく複雑に交差し、組み合わされている。乗り場は全部で十六ある。それに加えて小田急線と京王線という二つの私鉄線と、三本の地下鉄線がそれぞれに脇腹にプラグを差し込むような恰好で接続している。まさに迷宮だ。

という文章が記されています。

その各線を紹介する冒頭に「中央線」を置いていることに、私は心ひかれました。なぜなら、この「中央線」もまた村上春樹の作品にしばしば登場するのです。

例えば『ノルウェイの森』で「僕」が「直子」と偶然再会するのも「中央線」の電車の中でした。この「直子」は、生命力の象徴のような「緑」とは対照的な女性で、心を病み、最後は京都のサナトリウムの森の中で首を吊って死んでしまうという「死の世界」を象徴する女性です。

「直子」は「僕」の亡くなった高校生時代の友人の恋人ですが、その「直子」も東京での学生時代は中央線沿線の国分寺に住んでいました。そして「僕」は「新宿」の小さなレコード店で週に三回の夜番だけのアルバイトをみつけて働いているのですが、クリスマスには直子の好きな「ディア・ハート」の入ったヘンリー・マンシーニのレコードをプレゼントしたことも記されているのです。やはり「新宿」と「中央線」というのは、村上春樹にとって永遠のテーマとなる場所なのでしょう。

▼裏庭を電車が通っている

この「直子」が暮らしていたという国分寺で、村上春樹はジャズ喫茶を開いていました。年譜などをみると、大学をまだ卒業していない時期のようです。その時に住んでいた家も中央線沿線でした。

『村上朝日堂の逆襲』(一九八六年)のエッセイ「交通ストについて」によれば「中央線の線路わきに住んでいたことがある。それもちょっとやそっとのわきではなくて、裏庭を電車が通っているといってもオーバーではないくらいのわきである。もちろんすごくうるさいし、従って家賃も安い」という家です。

私も学生時代、国分寺・国立付近に住んでいて、中央線にはよく乗りましたので、たぶんあの辺りの家のことではないか……となんとなく想像がつくのですが、まあそれはともかく、この国分寺生活で、村上春樹は「中央線」に対する考察を深めていったのではないでしょうか。でも「裏庭を電車が通っている」状態では、うるさくて、考えるどころではなかったかもしれないですね。

ともかく村上春樹作品は、新宿駅だけでなく、中央線沿線の駅もかなり出てきます。あまり例示が多いのもよくありませんが、例えば『スプートニクの恋人』(一九九九年)の「ぼく」が住んでいるのは国立のアパート。「ぼく」が好きなすみれは吉祥寺のアパートです。中盤で彼女は代々木上原に引っ越すのですが、その直後に「ぼく」は「新宿」に行って、紀伊國屋書店で何冊か本を買い、映画館で映画を見て、「中央線に乗って、買ったばかりの本を読みながら国立まで」帰るという場面があります。その場面から『スプートニクの恋人』は大きく物語が動き出しています。

さらに「ぼく」は小学校の教員ですが、ぼくの教え子である「にんじん」という少年が万引き事件を起こします。それが立川駅近くのスーパーマーケットなのです。この新宿－吉祥寺－国立－立川は中央線で一直線です。やはり「新宿」と「中央線」は、村上春樹にとって、永遠のテーマとなる場所なのでしょう。

▼地下鉄サリン事件から東日本大震災までも

さて(ここまで読んでくださった方には誠に申し訳ないのですが)今まで記したことが、長い長い前置きなのです。これから『色彩を持たない多崎つくると、彼の巡礼の年』の「世界で最も乗降客が多い駅」新宿駅の話の続きについて書きたいと思います。

そこに「そんな極端に混雑した駅や列車が、狂信的な組織的テロリストたちの攻撃の的にされたら、致命的な事態がもたらされることに疑いの余地はない。その被害はすさまじいものになるだろう」という文章が記されていて、「そしてその悪夢は一九九五年の春に東京で実際に起こったことなのだ」とあります。つまりこれはオウム真理教の信者たちによる地下鉄サリン事件のことですね。

この『色彩を持たない多崎つくると、彼の巡礼の年』は、主人公・多崎つくるが二十歳になる少し前ぐらいに高校時代の親友四人から、理由もわからないままに絶交されてしまう話です。多崎つくるは、その絶交のショックで死の瀬戸際まで行くのですが、それから十六年後に、絶交の真相を知るために、かつての友人たちを彼が訪ね歩く物語です。

この十六年間がちょうど、阪神大震災が起きた一九九五年から東日本大震災が起きるまでの時間と同じなので、二つの大震災によって、傷ついた人たちのことを思いながら書かれた小説だろうという意見もありましたし、私も同じように考えています。

また「その悪夢は一九九五年の春に東京で実際に起こったことなのだ」との言葉もあるように、地下鉄サリン事件から東日本大震災までも十六年なのです。村上春樹の中で阪神大震災のこと、地下鉄サリン事件のこと、そして東日本大震災のことがとても大きなこととしてあるのだということがよくわかります。

さらに、この新宿駅の9・10番線のプラットフォームで、中央線の午後九時発の最終の松本行きの特急列車の発車を見届ける場面では、単行本二ページほどの部分に「松本」という言葉が、九回も記されているので、私は松本サリン事件のことも思いました。

一つ前の長編『1Q84』に登場するカルト集団はオウム真理教を思わせる部分もありましたし、その教祖・麻原彰晃の本名は「松本智津夫」なので、「松本」にそのような繋がりもあるのだろうか……？　などとも考えたりしました。「新宿」と「松本」はどんなふうに繋がっているのか……そんなことを考えていたのです。

でも、何か、『色彩を持たない多崎つくると、彼の巡礼の年』の最終章の、この新宿駅の場面を受けとめるには、どこか不十分の感覚が自分の中に残っていました。

▼カーブが多い特急「あずさ」

「現場百遍」。そんな言葉が警察官や記者たちの世界にはあります。わからなくなったら現場に行きなさい。繰り返し現場に行きなさい。現場には、何か手がかりやヒントがあるという意味の言葉です。

ある日の夜、多崎つくるのように、JR新宿駅の中央線の特急列車が発着する9・10番線に行ってみました。小説にあるように、午後九時ちょうど発の最終、松本行きの特急列車の発車を見に行ったのです。

その日の9番線ホームから出発する最終松本行きの特急「あずさ」は、それほど混んでいるわけではありませんでしたが、でも座席の三、四割はうまっている感じで、がらがらでもありませんでした。

特急「あずさ」の次の停車駅は立川、その次は八王子であることを、案内表示で見て、立川までなら乗ってみようかな……という気持ちも一瞬わきましたが、それはこらえて、定時に新宿駅を発車していく最終の松本行きの特急を見送りました。

その特急列車の向こう側の8番線には、上りの快速の中央線の電車が何本か停車しては、東京駅方面に発車していきました。

そんな現場を訪れて、迫ってきた文章があります。

八王子までは都市部を走るので、騒音を抑えなくてはならないし、そのあともおおむね山中を進み、カーブが多いこともあって、派手なスピードは出せない。距離のわりに時間がかかる。

村上春樹は、この新宿発、松本行きの特急「あずさ」について、そのように記しています。この特急「あずさ」には、もしかしたら、多崎つくるの人生と重なるものがあるのではないでしょうか。

▼まるで地図に定規で一本の線を引いたように

『1Q84』に、天吾が中央線新宿駅の立川方面行きプラットフォームで、ふかえりと待ち合わせて、中央線に乗る場面があります。二人は立川駅で青梅線に乗り換えて、二俣尾という駅まで行くのです。

その時、天吾は中央線について、次のように考えています。

中央線はまるで地図に定規で一本の線を引いたように、どこまでもまっすぐ延びている。いや、まるでとかようにとか断るまでもなく、当時の人々はきっと実際にそうやってこの路線をこしらえたのだろう。関東平野のこのあたりには語るに足る地勢的障害物がひとつもない。だから人が感知できるようなカーブも高低もなく、橋もなければトンネルもないという路線ができあがった。定規が一本あれば事足りる。電車は目的地に向けて一直線にひた走っていくだけだ。

天吾を通して、そう村上春樹は中央線のことを記しています。

そんな中央線に乗って「天吾は風景が窓の外を流れていくのを眺め、レールの立てる単調な音に耳を澄ませて」いるのですが、すると「どのあたりだろう、知らないうちに天吾は眠っていた」のです。

▼「効率主義社会」と闘う人たち

村上春樹の文学は、近代日本社会が「効率主義」に陥って、自分たちの生きるべき本当の価値や倫理を失ってしまった姿を一貫して批判した作品になっているのが特徴です。

東日本大震災から間もない二〇一一年六月、スペインのバルセロナで開かれたカタルーニャ国際賞の授賞式で村上春樹は「効率」を追求する日本近代社会の姿を強く批判しました。

広島・長崎での原爆による被爆体験を持つ日本人にとって、東日本大震災にともなう福島の原発事故は二度目の大きな核の被害であることを語りました。われわれ日本人は核に対して、「ノー」を叫び続けるべきだったのに、核への拒否感、原発への拒否感がなくなってしまったことの理由について、それは「効率だ」と述べていました。

村上春樹の作品の主人公たちは、みな、この「効率主義社会」と闘う人たちです。

『1Q84』の天吾が考える「カーブも高低もなく、橋もなければトンネルもない」「目的地に向けて一直線にひた走っていくだけだ」という「中央線」の電車は「効率主義」の電車という意味でしょう。

天吾はそんな「効率」を追求したものが苦手で、だから、「レールの立てる単調な音に耳を澄ませて」いるうちに「知らないうちに天吾は眠って」しまうのです。

天吾が目を覚ますのは、その中央線が青梅街道と交差する「荻窪駅」ですが、なぜ青梅街道と交差する「荻窪駅」付近で、目覚めるのかについては本書の「016」で詳しく書きましたので、そちらを読んでください。

▼まったく違う路線

「中央線」は、そのように「カーブも高低もなく」「目的地に向けて一直線にひた走っていくだけ」の「効率主義」の電車なのですが、でも多崎つくるが見送った「中央線の特急列車」は〈まったく違う路線〉なのです。

これはむしろ「反効率」の路線と言っていいでしょう。『1Q84』で天吾の乗った都市部を走る「中央線」はカーブも高低もない一直線の路線で、特急が走って行く「中央線」はカーブが多く、スピードは出ず、時間がかかるのです。でも、それが、多崎つくるがいつも行く、新宿駅のプラットフォームから出る列車なのです。

彼の人生は、効率が悪く、曲がりくねっていて、それほどスピードも出そうもありません。でも今、我々の歩むべき姿を表して、多崎つくるは在るという意味なのではないでしょうか。だから新作長編が「意識の最後尾の明かりが、遠ざかっていく最終の特急列車のように、徐々にスピードを増しながら小さくなり、夜の奥に吸い込まれて消えた。あとには白樺の木立を抜ける風の音だけが残った」という言葉で終わっているのでしょう。

こうやって『1Q84』の主人公・天吾と、その次の新作長編『色彩を持たない多崎つくると、彼の巡礼の年』の主人公・多崎つくるは、「中央線」の二つの路線の上で繋がっているのではないかと思います。「現場百遍」の成果は、そのようにやってきました。

O28

「自己表現」ではないもの

『色彩を持たない崎つくると、彼の巡礼の年』④

2013.8

村上春樹のエッセイ集『サラダ好きのライオン　村上ラヂオ3』（二〇一二年）の中に「いわゆる新宿駅装置」というエッセイがあります。今春刊行された長編『色彩を持たない多崎つくると、彼の巡礼の年』（二〇一三年）の主人公「多崎つくる」は新宿に本社を置く鉄道会社で、駅舎を作る技術者ですが、その彼が大変好きな場所として、新宿駅のことが、この小説の中に出てきますので、前回も紹介しました。

▼「小音量のクラクション」

そのエッセイは、もしこういうものがあれば、もう少しこの世も便利になるのにな……と村上春樹が日ごろ考えているもので、なかなか商品化・実現化されないものの紹介です。

「いわゆる新宿駅装置」でメインで登場する〝新宿駅装置〟については、前回紹介しましたが、今回、紹介したいのは、そのエッセイの冒頭で提案されている「小音量のクラクション」という装置のことです。

狭い道路を車で走っていて、前の歩行者に「車が行きますよ」と軽く注意したいんだけど、大きな音でクラクションを鳴らすとびっくりさせちゃうだろうし、遠慮して鳴らせない。

こういう時に、通常のものとは別に「ささやかモード」のクラクションがハンドルの脇についていると便利では……という提案です。村上春樹は以前にも、この「小音量のクラクション」を提案したことがあるそうですが、でも、なかなか商品化・実現化されないのだそうです。これを読んで、実に村上春樹らしい提案だなぁと思いました。

「ここにオレがいるぞ！」というのが〝大きな音のクラクション〟でしょう。そうではなく、自分がこれから進行していく中に「ささやかモード」のクラクションを鳴らして、自分を含む世界をなるべく混乱なく移動していくという考えが、本当に村上春樹らしいなぁと思ったのです。このようなことをさり気なく冒頭に記してある「いわゆる新宿駅装置」というエッセイが、私も好きです。

そして、その延長線上に今回の長編『色彩を持たない多崎つくると、彼の巡礼の年』（二〇一三年）の「多崎つくる」という主人公の名前や駅舎を作るという彼の職業についても、受け取れるものがあるかと思っているのです。

今回は、この小音量のクラクション、ささやかモードのクラクションのことを入り口にして、新しい長編の主人公

「多崎つくる」の名前や駅を作る彼の仕事について、ちょっと考えてみたいと思います。

▼ファンの間での略称

この『色彩を持たない多崎つくると、彼の巡礼の年』という題名を知った時、未だその内容を知らない段階でしたが、何かこれまでの作品名と違うなという思いを抱きました。

みなさんは、どうでしたか？

もちろん長い題名ということもありますが、それなら『世界の終りとハードボイルド・ワンダーランド』（一九八五年）も同じぐらい長いです。しかも「AとB」「Aと、B」という題名は、似た形だとも言えます。

その異なる感じは、長さとは、どこか、何か違うものでした。変わった題名という点では、前作長編『1Q84』（二〇〇九、一〇年）も、随分変わった題名ですが、その『1Q84』とも、また異なる感覚なのです。

でも作品を読み始めてしまうと、物語の展開に心を奪われてか、題名も馴染んできて……というか、〝これまでと異なる題名の感覚〟がどこかにいってしまったのです。

しかし、しばらくして、その題名に関する〝異なる感覚〟を思い出しました。そのきっかけは、知り合いの方から、今度の『色彩を持たない多崎つくると、彼の巡礼の年』は、ファンの間では、今後、どう呼ばれていくのでしょうかと問われたことでした。

つまり、それはこんなことです。例えば『風の歌を聴け』（一九七九年）はファンの間では「風」と呼ばれていますし、二作目の『1973年のピンボール』（一九八〇年）は「ピンボール」と呼ばれています。次の『羊をめぐる冒険』（一九八二年）は「羊」です。

『ねじまき鳥クロニクル』（一九九四、九五年）は「ねじまき鳥」または「ねじまき」でしょうし、『海辺のカフカ』（二〇〇二年）は「カフカ」だと思います。

村上春樹の長編で、ファンの間で略称がまだ安定していないのは『世界の終りとハードボイルド・ワンダーランド』かなと思います。同作品を「ワンダーランド」と呼ぶ人と、「世界の終り」と呼ぶ人が私の周囲にいます。いまこの連載を読んでいる人で、もしあなたが村上春樹ファンを自任する方でしたら、この作品をどちらの略称で呼んでいるでしょうか？　あるいはそれ以外で呼んでいますか？

そのような意味で、今回の『色彩を持たない多崎つくると、彼の巡礼の年』を私の周囲の読者たちが、どう呼んでいるかというと、どうも「多崎つくる」と呼んでいる人と、「巡礼」と呼んでいる人との両派がいるような気がいたします。そのうちどちらかに落ち着いていくのかとも思いますが、今の私は「多崎つくる」派です。

▼リアス式海岸、六本指……

そして、そのことを考えているうちに〝これまでの題名と異なるなぁ……〟と、当初、感じていたことを思いだしたのです。

その私が感じた〝これまでと異なる題名の感覚〟は「多崎つくる」という人名が題の中に入っていることであることに、気がついたのです。これまで村上春樹の作品で、そのまま人の姓名が入った長編小説があっただろうか……と思ったのです。

以来、この「多崎つくる」という名前は何なのか、その「多崎つくる」に込められた意味はどのようなものかということを考えてきました。そのことを今回は書いてみたいと思います。

ただし、その「多崎つくる」のうち、名字の「多崎《たざき》」については、ここで記すほどのものを私は持っておりません。私以外の人の考えで、「多崎」について「なるほど」と思った指摘をいくつか紹介しておきますと、まず東日本大震災との関係で、被災地である三陸のリアス式海岸の地形との関係を挙げる人がおりました。

つまり、三陸のリアス式海岸は多くの崎があるような地形ですから、「多崎」なのではないかという考えです。確かにそうとも考えられますね。

さらに「多崎つくる」が高校時代に親しかった友人の女性クロを訪れる場所がフィンランドなので、北欧のフィヨルドという地形も関係があるのではないかという意見を述べる人も私の周りにいました。フィンランドがフィヨルドの地形の国であるのか……それは、私は詳しくないのですが、少なくとも「多崎」が三陸のリアス式海岸のことではないか……という指摘には、なるほどと思う気持ちがありました。

さらにこの小説の中で、指を六本持った人間の「多指症」のことが出てきますので、その「多指症」のことを言っているのではないかという指摘をした方もいらしゃいます。

「多」という文字が、この小説に印象的に出てくるのは、確かに「多崎」と「多指症」です。「多崎」の「多」は六本指、「崎」は「ゆびさき」という指摘も、これもなるほどと思いました。

「多崎」については、それらの意見に動かされるものがあったのですが、でも他にもまだ解釈の余地が残っているような感じが、私の中に漠然とあって、〝それに違いない！〟と思えるまでには至っていないのです（自分にアイデアが無いにもかかわらず、なのですが……）。

なお「多指症」については『ねじまき鳥クロニクル』「第1部　泥棒かささぎ編」冒頭の章のタイトルが「火曜日のねじまき鳥、六本の指と四つの乳房について」というもので、そこに「六本指」の女の子の話が出てきます。小指のとなりにもう一本赤ん坊の指みたいな小さな指のようなものがついている、綺麗な女の子のようですが、『色彩を持たない多崎つくると、彼の巡礼の年』の六本指のことは、この『ねじまき鳥クロニクル』からの引用ではないかと思われます。

『色彩を持たない多崎つくると、彼の巡礼の年』の中の記述によると、真偽のほどは不明ですが、豊臣秀吉は親指が二本あったという証言があるそうです。ほかにも多くの例があって、有名なピアニストもいるし、作家も画家も野球選手もいるそうです。フィクション上の人物では『羊たちの沈黙』のレクター博士が六本指であることが紹介されています。

そういえば、フランツ・リストもピアノ演奏の超絶技巧ぶりに、指が六本あるかのようと言われたそうです（実際に六本指だったわけではないようですが）。

▼ものを作り出すという行為

さてさて、ここで私が述べたいのは「多崎つくる」の「つくる」のほうです。

この「多崎つくる」は厳密には「多崎作」という名前のようです。その名前については、同作の中で次のように書かれています。

> **本名は「多崎作」だが、それが公式な文書でない限り、普段は「多崎つくる」と書いたし、友だちも彼の名は平仮名の「つくる」だと思っていた。母と二人の姉だけが、彼のことを「さく」か「さくちゃん」と呼んだ。**

そして、父親が彼の名前を付けた経緯が記されています。「父親は実際に彼が生まれるずいぶん以前から、最初の息子の名前は「つくる」にしようと心に決めていたらしい」とあります。

その理由は「多崎つくる」自身にもよくわからないものでした。なぜなら「父親は長年にわたってものを作り出すという行為からはほど遠い場所で人生を送っていた人間だったから」です。「父親はその名前の由来について一度も語らなかった」そうです。

でも「つくる」にあてる漢字を「創」にするか「作」にするかでは、父親はずいぶん迷っていました。「創」と「作」では文字が与えるイメージがかなり異なりますからね。

そして「母親は「創」を推したが、何日もかけて熟考した末に、父親はより無骨な「作」を選択した」そうです。

その「つくる」の父親・多崎利男の葬儀の後で、母親が「つくる」に教えてくれた話によると、「「創」みたいな名前を与えられると、人生の荷がいささか重くなるんじゃないかと、お父さんは言っていた。「作」の方が同じつくるでも、本人は気楽でいいだろうって」と言っていたようです。

そして、つくる自身がその父親の見解に賛同しています。「多崎創」よりは「多崎作」の方が間違いなく自分の名前として相応《ふさわ》しい」と思っているのです。

「つくる」の命名に関する話は、以上のような内容です。でもこの命名に関することは、この『色彩を持たない多崎つくると、彼の巡礼の年』の中でも、かなり強調して記されている部分ではないかと、私は感じています。

▼無言の雷鳴

例えば、父親の葬儀の後で母親が「つくる」に、その名づけについて明かす場面では「とにかくお前の名前については、お父さんは本当に真剣に考えていた」と語っています。

また命名の前には、三キログラムたらずのピンク色の肉のかたまりだった彼に対して「まず名前が与えられた。そのあとに意識と記憶が生まれ、次いで自我が形成された。名前がすべての出発点だった」と記されています。これは命名の儀礼に関する記述のようにも読めます。

さらに父親が最初の息子の名前を「つくる」にしようと心に決めていたことに関しては「彼は何らかの啓示のようなものを、どこかの時点で受けたのかもしれない。無言の雷鳴を伴った、目には見えない雷光が、「つくる」という言葉を彼の脳裏にくっきり焼きつけたのかもしれない」とも書かれているのです。

古代、雷鳴・雷光は神の顕現でした。一つ前の長編『1Q84』では激しい雷雨の中、青豆とリーダーが対決し、天吾とふかえりが交わって、青豆が天吾の子を妊娠するという展開になっていきました。そこにも儀式的な要素がありますが、この「つくる」の命名に関しても「無言の雷鳴」「目には見えない雷光」が重要な祈りのような、儀式的な意味をもった言葉として置かれているように思えます。

村上春樹は「多崎つくる」の父親がその命名にあたって「本当に真剣に考えていた」と書いていますが、つまりこれは、その「つくる」の名前に込められた思いについて、読者にも「本当に真剣に考えて」ほしいと、要請しているのではないかと思います。

「多崎つくる」の「つくる」について、以下、私の考えを記しておきましょう。

その「つくる」という名前の意味について、私が述べたいことは、なぜ彼の父親が「多崎創」ではなく、「多崎作」と命名したかということです。「創」と「作」の違いとは何かということです。そのことを「つくる」の駅を作るという職業から、考えてみたいと思います。

▼五人全員が職業を持っている

村上春樹の作品には、職業というものがなかったり、また毎日は職場に働きにいかなくてもいいような主人公が多く登場してきました。例えば『風の歌を聴け』の「僕」は大学生ですし、『ねじまき鳥クロニクル』の主人公は失業中です。『1Q84』の天吾は小説家を目指している予備校の先生ですし、青豆は殺し屋です。

この中では予備校の先生である天吾が一番仕事上の時間の制約を受けているかと思いますが、でも物語の上では、かなり自分の時間に自由度がありそうです。

でも今回の『色彩を持たない多崎つくると、彼の巡礼の年』では、登場人物である、かつての高校時代の仲よしグループの五人全員が職業を持っているという設定となっています。アオはトヨタ自動車の優秀なディーラーですし、脱サラしたアカは現代の新宗教のような自己開発セミナーの企業を成功させています。殺されてしまったシロもピアノ教室の先生をしていました。フィンランド人と結婚して、同国に住むクロは陶器を作っています。そして「つくる」は鉄道の駅舎を作るという職業です。

物語の終盤に「つくる」とクロがフィンランドでハグをする素敵な場面がありますが、そこで、なぜ「多崎作」という命名だったのかということが、よくわかります。

「つくる」がエリ（クロ）の作った陶器を見て、「君には才能があるみたいだ」と言うと、エリは「才能のことはよくわからない。でも私の作品はけっこうここでよく売れているの。たいしたお金になるわけではないけれど、自分の作ったものが、ほかの人たちに何らかのかたちで必要とされているというのは、なかなか素敵なことよ」と答えます。

「それはわかるよ」と「つくる」は言って、さらに「僕もものを作る人間だからね。作るものはずいぶん違うけれど」と語るのです。

「駅とお皿くらい違う」と言うエリに対しては「どちらも僕らの生活にとって必要なものだけれど」と「つくる」が述べていますし、「もちろん」とエリも応じています。

「私の作品」「自分の作ったもの」「僕もものを作る人間」「作るものは」というふうに「作」の文字がいくつも含まれた二人のやりとりですね。

つまり『色彩を持たない多崎つくると、彼の巡礼の年』は二人の「ものを作る人間」が遠く、フィンランドの地でハグする小説だと言ってもいいかもしれません。その二人の作るものは「どちらも僕らの生活にとって必要なもの」です。

▼自己表現なんて簡単にできやしない

この「つくる」とエリの会話の部分を読みながら、『海辺のカフカ』をめぐり、文芸評論家の湯川豊さんと二人で、村上春樹にインタビューした時の言葉を思い出しました。これは村上春樹へのインタビュー集『夢を見るために毎朝僕は目覚めるのです』（二〇一〇年）にも収録されていますが、そこから私が思い出した部分について紹介してみましょう。

それは「自己表現」ということをめぐる村上春樹の発言

です。

「今、世界の人がどうしてこんなに苦しむかというと、自己表現をしなくてはいけないという強迫観念があるからですよ。だからみんな苦しむんです」と語っていました。

さらに続けて、

僕はこういうふうに文章で表現して生きている人間だけど、自己表現なんて簡単にできやしないですよ。それは砂漠で塩水飲むようなものなんです。飲めば飲むほど喉が渇きます。にもかかわらず、日本というか、世界の近代文明というのは自己表現が人間存在にとって不可欠であるということを押しつけているわけです。教育だって、そういうものを前提条件として成り立っていますよね。まず自らを知りなさい。自分のアイデンティティーを確立しなさい。他者との差違を認識しなさい。そして自分の考えていることを、少しでも正確に、体系的に、客観的に表現しなさいと。これは本当に呪いだと思う。


と「自己表現」という言葉、その考え方に強い否定の意思を語っていました。

この「自己表現」ということへの嫌悪ということを知って、『色彩を持たない多崎つくると、彼の巡礼の年』の「つくる」とエリの対話の場面を読んでみると、「自己表現」と対置するように、生活にとって必要な「駅」と「皿」というものを作ること、それに従事する「つくる」とエリの仕事が語られているように、私には受け取れるのです。

今回のコラムの書き出しで紹介した『サラダ好きのライオン　村上ラヂオ3』の「いわゆる新宿駅装置」で提案された「小音量のクラクション」「ささやかモードのクラクション」を「つくる」やエリの仕事と重ね合わせて、考えていただくと、私に届いたことがよりわかっていただけるかと思います。

つまり「いわゆる新宿駅装置」というエッセイで、大音量のクラクションというものが、私には「自己表現」というものに対応して、受け取れるのです。

小説を書くということは、そこに署名性もあるので、自己表現の方法というふうに捉えられがちですが、でも村上春樹にとってはまったく逆の行為として、物語を書くことがあるようなのです。

▼“外から見えないところ”に名前を

私と湯川豊さんのインタビューに対して「物語という文脈を取れば、自己表現しなくていいんですよ。物語がかわって表現するから」と村上春樹は述べ、さらに、

僕が小説を書く意味は、それなんです。僕も、自分を表現しようと思っていない。自分の考えていること、たとえ

ば自我の在り方みたいなものを表現しようとは思っていなくて、僕の自我がもしあれば、それを物語に沈めるんですよ。僕の自我がそこに沈んだときに物語がどういう言葉を発するかというのが大事なんです。

と語っていました。

　そして、この村上春樹の考え方を表しているのではないかと思えるところが、「つくる」とエリの再会の場面にもあります。

　シロ（ユズ）は死んでしまいましたが、「生き残った人間が果たさなくちゃならない責務がある」ことを「つくる」とエリの二人が確認して、対話する場面です。

「つくる」は「僕にできるのはせいぜい、駅を作り続けるくらいだけれど」と言います。

「それでいい。君は駅を作り続ければいい。君はきっとよく整った、安全で、みんなが気持ち良く利用できる駅を作っているんだろうね」とエリが言います。

　それに対して、「できるだけそういうものを作りたいと願っている」と「つくる」は言い、さらにこんなことを述べるのです。

「本当はいけないことなんだけど、僕は自分が工事を担当した駅の一部にいつも、自分の名前を入れているんだ。生乾きのコンクリートに釘で名前を書き込んでいる。多崎つくるって。外から見えないところに」

　それを聞いてエリは笑います。「君がいなくなっても、君の素敵な駅は残る。私がお皿の裏に自分のイニシャルを入れるのと同じだね」と彼女は加えるのです。

　駅舎の生乾きのコンクリートの〝外から見えないところ〟に釘で「多崎つくる」と名前を書き込むこと。エリが作った皿の〝裏に〟自分のイニシャルを入れること。それらは「僕の自我がもしあれば、それを物語に沈めるんですよ」という村上春樹の考えに対応した部分ではないかと思いました。〝外から見えないところ〟や〝裏に〟という点に「ささやかモードのクラクション」の考え方に通じるものを私は感じます。

　この場面の「つくる」とエリの会話にも「作る」という言葉がたくさん出てきますが、でもここで「つくる」の作る「駅」というものを考えてみますと、それはエリの言うように「よく整った、安全で、みんなが気持ち良く利用できる駅」というものでしょう。

▼機能的でなくてはならない駅舎は

　駅舎というものは、エリが作る陶器と同様に、実際に人に用いられるものです。必要とされて、実際に用いられるものには、突飛な形状のものはありません。

　駅舎は機能的でなくてはならないのです。「独創的な駅舎」というものはないでしょう。「独創」や「創」という文字の中には「自己表現」に繋がる感覚があるのではないでしょうか。その「自己表現」に繋がる感覚が、「つくる」の命名の際に「創」という漢字が「本当に真剣に考えていた」父親によって、却下された理由ではないかと、私は考えています。

そんな「自己表現」的な、独創的な「創」ではなく、「作」のほうに「よく整った、安全で、みんなが気持ち良く利用できる」ものを作りだしていく感覚があるのでしょう。

多崎つくるの父親が「本当に真剣に考えて」命名した「作」には、そんな「自己表現」ではないもの、みんなが必要として、みんなが気持ち良く利用できるものを「作る人」という意味が込められているのだと思います。

みんなが利用できる「駅」を作るという「つくる」の職業は「自己表現」という罠のようなものから逃れて、なお「作る」仕事として、選ばれた職業だと思います。

029 うつろな人間と猫
T・S・エリオットをめぐって①

2013.9

今夏、岩手県一関市にある有名なジャズ喫茶「ベイシー」に立ち寄りました。ジャズファンの間では、知らないものがないというジャズ喫茶の聖地です。ファンばかりか、演奏家たちもわざわざ新幹線に乗ってやってくるというほどの店。その「ベイシー」の店主・菅原正二さんに会う用事があるという人についていったのです。

訪れてみると、これが本当に素敵な店でした。店主の菅原さんが、気さくでざっくばらんで、とても魅力的な人です。カウント・ベイシー本人から正式に許可を得たという店名。カウント・ベイシーは愛称をつけるのが好きで、菅原さんは「Swifty」というニックネームをもらったという話から始まって、いろいろな日本のジャズシーンが次々に語られていくので、時がたつのも忘れてしまうほどでした。

同店の巨大なJBLのスピーカーから、聞こえてくるジャズは目を閉じていると、再生ではなく、まるで自分のすぐ前で演奏されているかのよう。何しろJBLの経営陣たちが、その音を聴くために来店したこともあるそうです。

色川武大（阿佐田哲也）さんが、一九八九年、一関市に引っ越した直後に急死していますが、ジャズ好きでレコードもたくさん持っていた色川武大さんの同市への引っ越しに、この「ベイシー」があるからという理由もあったことを聞いたこともあります。それもうなずけるような店でした。

▼エリオットの詩とカウント・ベイシーの演奏

菅原さんの話に聴き入りながら、そういえば村上春樹も小説を書き始める前、また書き始めてからも初めの頃はジャズ喫茶を経営していましたし、愛用のJBLスピーカーの魅力やカウント・ベイシーのことも何回か、エッセイにも、小説にも出てくるなあ……などと思っておりました。

和田誠さんが描くジャズミュージシャンのイラストに村上春樹がエッセイを書いた『ポートレイト・イン・ジャズ』（一九九七年）にも、もちろん「カウント・ベイシー」の回はありますし、『村上春樹　雑文集』（二〇一一年）にもカウント・ベイシーのことが出てくるエッセイがあります。

例えば「余白のある音楽は聴き飽きない」という文章には、高校時代にずぶずぶに音楽にのめり込んでいたことを書いて、「音楽好きな友達が回りにいても、その頃はビートルズ全盛の時代。ところが僕はビートルズもいちおう聴いていたけれど、シェーンベルクとかカウント・ベイシーでしょう、他の人とはまず話が合わない」と書いています。

さらに「言い出しかねて」では「一九三七年のビリー・ホリデイの歌唱と、バックのベイシー楽団の演奏がどれくらい素晴らしいか、どれくらい見事にひとつの世界のあり方を示しているか」という言葉も記されておりました。

小説でも『ダンス・ダンス・ダンス』（一九八八年）で「風呂を出ると僕はカリフラワーを茹で、それを食べながらビールを飲み、アーサー・プライソックがカウント・ベイシー・オーケストラをバックに唄うレコードを聴いた。無反省にゴージャスなレコード。十六年前に買った。一九六七年。十六年間聴いている。飽きない」と記されています。

そしてもう一カ所、「夜には一人で本を読み、酒を飲んだ。毎日が同じような繰り返しだった。そうこうするうちにエリオットの詩とカウント・ベイシーの演奏で有名な四月がやってきた」という言葉もあります。

カウント・ベイシーの演奏で有名なのは「エイプリル・イン・パリ」ですし、エリオットの詩で有名なのは『荒地』の書き出しの「四月は最も残酷な月」のことでしょう。

さて、実は「そうこうするうちにエリオットの詩とカウント・ベイシーの演奏で有名な四月がやってきた」という村上春樹の文章のうちで「カウント・ベイシー」のほうではなく、「エリオットの詩」という言葉にちょっと引っかかってしまったのです。

ジャズファン、カウント・ベイシー好き、さらにジャズ喫茶の聖地「ベイシー」と菅原店主を愛する人たちには、本当に申し訳ないのですが、今回は、そのエリオットと村上作品について、考えてみたいと思います。

▼利用者から苦情は出ていない

人です。T・S・エリオットはノーベル文学賞を受けた著名な詩です。このエリオットのことが、作中に大きな塊として出てくるのは『海辺のカフカ』(二〇〇二年)

それは『海辺のカフカ』の中でもかなり印象深い場面。同作には登場人物たちが結集する四国・高松にある甲村記念図書館という私営の図書館が出てきます。その図書館に二人連れの女性が訪ねてきて、書架や閲覧カードなどをチェックしてまわる場面が第19章にあるのです。

彼女たちは「女性としての立場から、日本全国の文化公共施設の設備、使いやすさ、アクセスの公平性などを実地調査」していると言うのですが、この二人とその図書館の大島さんという人が、ちょっと、いやかなり激しいやりとりをする章です。

女性二人は女性的見地から見て、「この図書館には残念ながらいくつかの問題点が見受けられます」と言います。それはどのような問題点かと言うと、その図書館には「女性専用の洗面所がありません」「男女兼用の洗面所は様々な種類のハラスメントにつながります」と指摘、「これは明らかに女性利用者に対するニグレクトです」と言います。「ニグレクト」とは「意識的看過」ということのようです。

これに対して大島さんは「ここはとても小さな図書館」であることを話して、「洗面所が男女別になっていれば、そのほうが好ましいのは論をまたないところですが、今のところ利用者から苦情は出ていません」と伝えます。

さらに男女別の洗面所の問題を追及したければ、シアトルのボーイング社に行かれて、ジャンボ・ジェットの洗面所について言及したらどうかと言います。「私どもの図書館よりはジャンボ・ジェットのほうが遥《はる》かに大きいし、遥かに混雑もしていますし、私の知るところでは機内の洗面所はすべて男女兼用です」と答えています。

二人連れの女性は、今度は図書館の著者の分類が男女別になっていることを追及します。彼女たちは男女別の分類は否定しないが、「男性の著者が女性の著者より先に来て」いることを指摘して「私たちの考えるところによれば、これは男女平等という原則に反し、公平性を欠いた処置です」と主張するのです。

▼あなたの言うことは根本的にまちがっています

これに対しても、大島さんは、相手の一人の名前を名刺で「曽我さん」であることを確認して、その女性に対して「学校で出欠をとられるときには、曽我さんは田中さんの前だし、関根さんのあとだったはずです。あなたはそのことに対して文句を言いましたか？　たまには逆から呼んでくれと抗議しましたか？」などと反論するのです。さらに「僕らはこのささやかな図書館を少しでも地域の役に立つものにするべく、全力を尽くしています」「もちろん不備はあります。限界だってあります。しかし及ばずながら精一杯のことはやっているのです。僕らができないでいることを見るよりは、できていることのほうに目を向けてください。それがフェアネスというものではありませんか」とも言います。

でも女性たちは「現実という便宜的タームを持ちだすことによって、安易な自己正当化をおこなっているだけです」と応えるのです。さらに「つまり、あなたは典型的な差別主体としての男性的男性だ」と加えます。

さらに「あなたがたは他者の痛みに鈍感になることによって、男性としての既得権益《きとくけんえき》を確保しているのです。そしてそのような無自覚性が、女性に対して社会に対して、どれほど悪を及ぼしているのかを見ようとはしません。洗面所の問題や閲覧カードの問題はもちろん細部に過ぎません。しかし細部のないところに全体はありません。まず細部から始めなくては、この社会を覆《おお》っている無自覚性の衣を剝《は》ぎとることはできません。それが私たちの行動原則です」と主張するのです。

そこで、大島さんは意外な角度から二人に反撃を加えます。「いずれにせよ、あなたの言っていることは根本的にまちがっています」と言って、大島さんの秘密が読者の前に明かされるという場面にもなっています。

つまり外見は男性に見える大島さんが「僕は男性じゃありません」と言い、その証拠に運転免許証を二人の女性連れに見せるのです。戸籍から言えば、紛れもなく女性、でも「意識は完全に男性です」と大島さんは言います。「レズビアンじゃない。性的嗜好《しこう》でいえば、僕は男が好きです」とのことです。「さて僕はなにを差別しているんだろう。どなたか教えてくれますか」と言うのです。

それを聞いて沈黙してしまった女性二人に（やりとりを脇で聞いていた「僕」も息をのんで大島さんを見ています）「どのように書かれても、我々はたぶん気にしないと思います。私たちはこれまでどこからの補助も受けず、指図も受けず、自分たちの考えるやりかたでものごとを進めてきましたし、これからもそうするつもりでいます」と大島さんが言うと、彼女たちも立ち去っていくのです。

▼想像力の欠如した〈うつろな人間たち〉

そして、この後にT・S・エリオットのことが出てきます。この「差別されるのがどういうことなのか、それがどれくらい深く人を傷つけるのか、それは差別された人間にしかわからない。痛みというのは個別的なもので、そのあとには個別的な傷口が残る。だから公平さや公正さを求めるという点では、僕だって誰にもひけをとらないと思う」と、大島さんは主人公である「僕」に語ります。続けて、

「ただね、僕がそれよりも更にうんざりさせられるのは、想像力を欠いた人々だ。T・S・エリオットの言う〈うつろな人間たち〉だ。その想像力の欠如した部分を、うつろ

な部分を、無感覚な藁《わら》くずで埋めて塞《ふさ》いでいるくせに、自分ではそのことに気づかないで表を歩きまわっている人間だ。そしてその無感覚さを、空疎《くうそ》な言葉を並べて、他人に無理に押しつけようとする人間だ。つまり早い話、さっきの二人組のような人間のことだよ」

と大島さんは「僕」に言います。さらに加えて「僕が我慢できないのはそういううつろな連中なんだ。そういう人々を前にすると、僕は我慢できなくなってしまう。ついつい余計なことを口にしてしまう」と語っています。

　これは作中の単なるエピソードというわけではなく、『海辺のカフカ』という作品の第19章のほぼ全体を使ったやりとりです。大島さんが述べた言葉は村上作品の登場人物のものとしては〝珍しく〟と言ってもいいほど、かなりきっぱりとした内容ですし、おそらく村上春樹自身の思いでもあるのでしょう。

　私も似たような経験がありました（いや、まったく似ていないかもしれませんが……）。『海辺のカフカ』刊行から、ほぼ一年後のことですが、ある女性によるフェミニズムの視点からの講演を聴いておりましたら、ある男性の批評を取りあげて、男性の批評がいかに狭量か、一方的な価値観で作品を読んでいるのかということを一時間近く、かなり強い調子で批判的に話されたのです。

　その講演が終わって、参加者からの質問時間となった時、一人の女性が立ち上がって、講演で批判の対象となった文章を書いたのは男性ではなくて、男性の名前を使って書いている女性の研究者であることを指摘したのです。その世界ではかなり知られたことらしく、何人かの方が同じことを述べておりました。

　つまり講演者が一時間近く話した、男性の批評の狭量さや、一方的ということの前提が崩れてしまったのですが、でも講演者は、この取り違えを謝罪も訂正もしませんでした。

　この時も村上春樹が紹介した、T・S・エリオットの〈うつろな人間たち〉のことを思いました。そこで描かれているのが、フェミニズム関係のことであったということもあったかもしれません。でもフェミニズムについては、私はどちらかと言えば、女性たちの訴えに耳を傾けたいと考えている人間です。

　男女を間違ったゆえに（間違ってはいけないのですが）、私が〈うつろな人間たち〉のことを思ったのではありません。間違い、思い違いを訂正する機会が何回もあったにもかかわらず、その講演者はそれをせずに、間違いに口をぬぐってしまったからです。

　間違いを率直に認めることは、勇気のいることですし、難しいことですが、でもその講演者がもし思い直して、自分の間違いを認めたとすれば、私はきっと、その講演者に対して、心動いていくものを感じたと思います。

▼『地獄の黙示録』以前から知っていました

いやいや、ちょっと余分なことを記しました。『海辺のカフカ』のT・S・エリオットの〈うつろな人間たち〉のことです。この『海辺のカフカ』と『ダンス・ダンス・ダンス』以外に、今の私は村上春樹が小説の中でT・S・エリオットのことについて直接記している場面を知りません。ただ、次のような読者と村上春樹の応答を通して、少し考えたことが（いや、いつもの妄想ですが）あるので、それを紹介したいと思います。

『海辺のカフカ』の刊行直後、インターネットメールを介して読者の質問に村上春樹が答えるコーナーが開設されたのですが、その応答集『村上春樹編集長　少年カフカ』（二〇〇三年）には、この『うつろな人間たち』をめぐるいくつかの質問がありました。

その中に「『うつろな学生』より質問です」というメールがあって、それがこのT・S・エリオットの引用について、コッポラ監督の『地獄の黙示録』にも同じ言葉が引用されていることを問うていたのです。つまりマーロン・ブランドが演じたカーツ大佐もエリオットの詩集を持っていて『うつろな人間たち』を読むのです。

また『海辺のカフカ』では最後のほうに、星野青年がナカタさんの死体の口から出てくる白く細長い物体を殺す前に、黒猫のトロが「圧倒的な偏見をもって断固抹殺するんだ」と言う場面がありますが、これも『地獄の黙示録』に出てくることを指摘して、それらの関係を問うていたのです。

村上春樹は、この質問について、「こんにちは。そのとおりです」と、答を書き出していて、続けて「僕は『地獄の黙示録』の圧倒的なファンです。もう20回くらいは見たと思います」と記し、「圧倒的な偏見をもって断固抹殺する」というトロくんのセリフは『地獄の黙示録』の中の言葉の引用であることを、自ら述べています。

さらに「僕の作品には往々にしてこういう「引用」があります。オマージュのようなものです。ちゃんと見つけてくれる人がいると嬉しいですね」と書いています。

でも「ただし、T・S・エリオットの詩については、『地獄の黙示録』以前から知っていましたし、その部分は『地獄の黙示録』とは直接には関係ありません。そういえば、あの映画の中でも「うつろな人間」のことは引用されていましたね」と答えているのです。

この最後に加えられた言葉が、前から気になっていました（今回、記しながらも、とても気になっています）。

▼幾つかのシーンとダイアローグが気になって

村上春樹が『地獄の黙示録』を大好きであることは有名です。単行本には未収録ですが、村上春樹が雑誌「海」に書いた《同時代としてのアメリカ》という連載があります。その三回目（一九八一年十一月号）で、この映画のことを論じています。

それは“Terminate..... with extreme prejudice”という英語の言葉で書き出されていて、続いてこれは、

フランシス・コッポラの『地獄の黙示録』の冒頭、ウィラード大尉がナ・トランの司令部で受けるカーツ大佐暗殺命令の文句です。「断ち切るのだ……極端な偏見をもってね」。奇妙な言葉である。

と書いています。

つまりその言葉を『海辺のカフカ』の中で引用して使ったということです。《同時代としてのアメリカ》には、『地獄の黙示録』について「僕は幾つかのシーンとダイアローグが気になってとうとう四回もこの映画を観てしまった」とあります。70ミリ版で三回、35ミリ版で一回だそうです。これだけでも相当なものですが、その後も十五、六回は見たということですね。これはやはりすごいです。

それだけ見たのに「そういえば、あの映画の中でも「うつろな人間」のことは引用されていましたね」という記述の仕方が、ちょっと引っかかって、気になっていたのです。

この村上春樹の答えをその通りに読んでみれば、『地獄の黙示録』はとても好きな映画だが、でもエリオットの詩については、その映画以前からよく知っていて、自分の中に深く残っていたことなので、この『うつろな人間たち』という言葉を『地獄の黙示録』との関連から考えないでほしいということなのでしょう。

『地獄の黙示録』は村上春樹『羊をめぐる冒険』(一九八二年)にも影響を与えたのではないかとも言われる映画です。よく知られたことですが、『地獄の黙示録』はアフリカを舞台にしたジョゼフ・コンラッドの小説『闇の奥』を、その舞台をヴェトナム戦争時のヴェトナムに移して描いた作品です。

そして『羊をめぐる冒険』の最後、友人の「鼠」を探して、北海道の果てまで旅をした「僕」が、鼠の父親の別荘にたどり着きます。その別荘の「奥の方の小部屋に」「本が一冊伏せてあった。コンラッドの小説だった」とあるのですが、このコンラッドの小説は、多くの人が『闇の奥』のことだろうと推測していますし、私もそのように考えています。

▼『祭祀からロマンスへ』と『金枝篇』

しかも『地獄の黙示録』には『うつろな人間たち』ばかりでなく、エリオットの詩のことが何度か出てくるのです。その一番象徴的なものは、映画のラスト近くに、カーツ大佐の机の上にジェシー・L・ウェストン女史の『祭祀からロマンスへ』とジェイムズ・フレイザーの『金枝篇』の二つの本があることだと思います。

この場面は、よく注意して見ないとわかりませんが、で

もこれはエリオットの詩集『荒地』に関係した二冊です。

エリオットの『荒地』には著者による自注がついていて、その冒頭にこの『祭祀からロマンスへ』を読むことが、自注を読むよりも、この詩をよく理解できることが記されています。また『金枝篇』から恩恵をこうむっていることも記されています。そして村上春樹の『1Q84』（二〇〇九、一〇年）には『金枝篇』のことが出てくるのです。

さらに『荒地』のエリオット自注には、ワーグナーの『神々の黄昏』のことも記されているのですが、村上春樹『羊をめぐる冒険』にも終盤に「そうなればあの黒服の男は僕を彼のいわゆる『神々の黄昏《ゲッテルデメルング》』の中に確実にひきずりこんでいくだろう」という文章があるので、『羊をめぐる冒険』のこの部分は、もしかするとエリオット『荒地』自注と関係があるのかもしれません。

さらにこんなこともあります。『地獄の黙示録』の音楽ではワーグナー「ワルキューレの騎行」が有名ですが、エンディング場面は当初の段階では「我々は現代の『神々の黄昏』の時代に、神兵となって戦うのだ。いまこそ、新しい黙示録が伝えられる」と、カーツ大佐が言って戦う場面の案もあったとのことです（立花隆著『解読「地獄の黙示録」』）。

加えて、エリオットはコンラッドの『闇の奥』が好きで、『うつろな人間たち』のエピグラフに「クルツさァ——はァ死んだだよ」という『闇の奥』の中で象牙貿易により絶大な権力を握るクルツへの言葉が記されています。クルツは『地獄の黙示録』でのカーツ大佐に相当する人物です。

▼想像力を欠いた狭量さ、非寛容さ

このように村上春樹の作品と『地獄の黙示録』、コンラッドの『闇の奥』、エリオットの作品との関係は入り組んでいて、とても複雑です。

でも村上春樹の『村上春樹編集長　少年カフカ』を読むと、エリオットの詩は『地獄の黙示録』の前から知っていたし、ともかくこの『うつろな人間たち』は『地獄の黙示録』とは関係ないと明言しているのです。つまり、コッポラの『地獄の黙示録』が出てくる前からエリオットについて、村上春樹は関心を持っていて、この『海辺のカフカ』の〈うつろな人間たち〉は、その中にあるということです。むしろエリオットの詩が好きだから『地獄の黙示録』を二十回も見たのかもしれません。

『海辺のカフカ』の「僕」が寝泊まりする甲村記念図書館のゲストルームに一枚の絵がかかっています。海辺にいる十二歳ぐらいの少年を描いた写実的な絵です。それは、この甲村記念図書館の女性責任者である佐伯さんが愛した同年の少年で、彼は二十歳のときに学生運動のセクト間の争いに巻き込まれて、意味もなく殺されてしまった少年です。そのことが、第19章の冒頭に記されていて、大島さんが〈うつろな人間たち〉について僕に語った後、その章の終わりに「結局のところ、佐伯さんの幼なじみの恋人を殺し

てしまったのも、そういった連中なんだ。想像力を欠いた狭量さ、非寛容さ。ひとり歩きするテーゼ、空疎な用語、簒奪《さんだつ》された理想、硬直したシステム。僕にとってほんとうに怖いのはそういうものだ。僕はそういうものを心から恐れ憎む」と述べています。

村上春樹は団塊の世代の作家です。七〇年安保の時代に学生生活を送っています。きっと村上春樹にとって〈うつろな人間たち〉に関する思いは、フランシス・コッポラの『地獄の黙示録』（日本での公開は一九八〇年）が登場する以前、一九六〇年代末からの自分の学生時代に体験、経験したことが反映したことなのでしょう。

▼ミュージカル『キャッツ』の原作

さて、T・S・エリオットの詩のことですが、他に村上春樹の小説の中に出てこないのでしょうか……。私には、もしかしたらエリオットの詩が反映しているのではないかと思われることがあるのです。

以下、私の妄想を記してみたいと思います。妄想が過ぎる超妄想ですが。

『海辺のカフカ』の最後、星野青年も音楽に感動するうちに猫と話せるようになります。その星野青年に「圧倒的な偏見をもって断固抹殺するんだ」という『地獄の黙示録』から引用された言葉を話すのが、黒猫のトロです。でも『海辺のカフカ』の中では、もう一カ所、同じ言葉が引用されています。それはナカタさんが、猫殺しのジョニー・ウォーカーを殺す場面です。ジョニー・ウォーカー自身が「これ以上猫を殺されたくなければ、君が私を殺すしかない。立ち上がり、偏見を持って、断固殺すんだ」と言うのです。

そのナカタさんは猫と話せる「猫探しの名人」です。十五歳の「僕」をめぐる話とナカタさん・星野青年の二人をめぐる話が交互に展開していく『海辺のカフカ』のうち、ナカタさん・星野青年のコンビのほうの話は、猫と話す物語、猫をめぐる物語なのです。

これは、もしかしたらエリオットの詩で、ミュージカル『キャッツ』の原作となった『キャッツ　ポッサムおじさんの猫とつき合う法』（一九三九年）と関係がある展開なのではないでしょうか……？

それは「エリオットの猫交遊録」ともいえる楽しい詩集ですが、詩集の終わり近くにある「猫に話しかける法」という詩では「猫に話しかけるには、どうしたらいいだろう？」とあって、「猫に関して、ルールはひとつ。「向こうから話しかけてくるまで、猫に口をきいてはいけない」とあります。

でもポッサムおじさん（エリオット）は「とはいえ、わし自身は、このルールあんまり信じてないけどね――」と記して、「わしは帽子を取り、頭をさげて、猫にこんな風に話しかける」「ああ猫君！」と話しかけるのです。

『海辺のカフカ』の終わり近く、星野青年は「よう、猫くん。今日はいい天気だな」と話しかけると、「そうだね、ホシノちゃん」と猫が返事をしてきて、星野青年は猫と話せるようになっているのです。この話、ちょっと似てないですか。

そして、エリオットの『キャッツ　ポッサムおじさんの猫とつき合う法』の最初の詩は「猫に名前をつけること」というものです。『海辺のカフカ』のナカタさんの話が、実際に動き出していくのは、第6章からですが、それは猫と話せるナカタさんが、出会った猫に次々と命名していく行為を通して展開していきます。

つまり第6章では「それでは猫さんのことを、オオツカさんと呼んでよろしいでしょうか？」。第10章では「それで、このナカタが、あなたのことを、カワムラさんと呼んでも、よろしいのでありますね」。第14章では「失礼ですが、あなたのお名前は？」「オオカワさんでいかがでしょう。そう呼んでかまいませんでしょうか？」という具合です。

私はここに、猫に名前をつけていく、エリオット『キャッツ　ポッサムおじさんの猫とつき合う法』と対応する展開を感じるのです。

猫探しの名人であるナカタさんを、猫殺しのジョニー・ウォーカーのところまで案内するのは「犬」ですが、このことも『キャッツ　ポッサムおじさんの猫とつき合う法』の中に「犬は犬、猫は猫」という鉄則が記されていますので、そのことと関係があるのかもしれません。

ともかく、私は『海辺のカフカ』という作品の「僕」をめぐる話の側には〈うつろな人間たち〉というエリオットの詩が出てきて、それと対応するようにナカタさん・星野青年コンビの側にはエリオットの詩集『キャッツ　ポッサムおじさんの猫とつき合う法』が対応して、展開しているのではないかと思えてならないのです。やはり妄想でしょうか……。

▼ジャズ喫茶「ピーター・キャット」のこと

村上春樹の『羊をめぐる冒険』『1Q84』などの作品で、フランシス・コッポラの『地獄の黙示録』やコンラッドの『闇の奥』とのことが論じられたりしますが、T・S・エリオットの詩作品などと村上春樹の小説との関係について、考えてみる価値もあるのではないかと、私は思っています。

ちなみに『キャッツ　ポッサムおじさんの猫とつき合う法』の冒頭の「猫に名前をつけること」という詩は「猫に名前をつけるのは、全くもって難しい」と書き出されています。

それによると「猫にはどうしても、三つの名前が必要なんだ」として、まずは家族が毎日使う名、「たとえば、ピーター、オーガスタス、アロンゾ……」と、いくつかの猫の名前の候補が挙げてあります。

その最初に挙げてある「ピーター」、つまり「ピーター・キャット」は村上春樹が経営していたジャズ喫茶の名前でした。それは『キャッツ　ポッサムおじさんの猫とつき合う法』から得た命名でしょうか……？　もしそうだとすれば、その当時、まだ学生時代から、エリオットを読んでいたということになるのですが。

なお『キャッツ　ポッサムおじさんの猫とつき合う法』は池田雅之訳に従いました。また『地獄の黙示録』とエリオットの詩との関係については、立花隆著『解読「地獄の黙示録」』に教えられるところが多かったです。そのことを記しておきたいと思います。

*『ねじまき鳥クロニクル』（第3部「鳥刺し男編」、一九九五年）の最終盤でも「顔のない男」が「私は虚《うつ》ろな人間です」と「僕」に語っています。これもT・S・エリオットの『うつろな人間たち』のことでしょう。さらに『騎士団長殺し』（二〇一七年）の免色渉《めんしきわたる》も自分のことを「ただのからっぽの人間です。無です。T・S・エリオットが言うところの藁《わら》の人間です」と述べています。

030

猫のピーターとたま

T・S・エリオットをめぐって②

2013.10

ちょっと気になっていました。前に少しどこかで読んだような……。前回、記したT・S・エリオットの『キャッツ　ポッサムおじさんの猫とつき合う法』（一九三九年）の「猫に名前をつけるのは、全くもって難しい」という言葉についてです。もしかしたら村上春樹がどこかで書いていたような気がして、何冊かのエッセイ集を読み返してみたのです。

そして、ショック！　村上春樹はそのことをエッセイの中で繰り返し書いていたのです。

最初に村上春樹自身がT・S・エリオットと「猫に名前をつけるのは、全くもって難しい」とのことを既に書いていることがわかったのは、『うずまき猫のみつけかた』（一九九六年）でした。

▼英国の先人も述べておられたとおり

そのエッセイ集の最後に「猫のピーターのこと、地震のこと、時は休みなく流れる」という文章があって、それは「猫に名前をつけるというのは、英国の先人も述べておられたとおり、なかなかむずかしいものである」と書き出されていたのです。つまり、その一文はエリオットの詩のことから始まっているのです。

そして学生時代、三鷹のアパートに住んでいたときに、一匹の雄の子猫を拾ったこと。その猫にしばらくのあいだ名前をつけていなかったのだが、ある日ラジオの深夜番組──たしか「オールナイト・ニッポン」だったようですが、それを聴いていたら、「私はピーターという名前の可愛い猫を飼っていたのですが、それがどこかにいなくなってしまって、今はすごくさびしい」というリスナーからの投書があって、それを聞いて「そうか、じゃあ、この猫はとりあえずピーターという名前にしよう」と思ったのだそうです。「それだけのことで、名前に関してとくに深い意味はない」とあります。

そしてこのピーターがすごくしっかりした猫であることが書かれています。学生結婚して貧乏生活だったので、そのピーターを置いて、夫人の実家に居候することにして、ピーターに最後の食事としてマグロの刺身を与えて食べさせ、軽トラックでアパートをあとにしましたが、でも「やっぱりあの猫、一緒に連れていこうよ。なんとかなるから」という夫人の言葉で、思い直してピーターを連れて行ったのだそうです。

しかし、そのうち近所の家の奥さんたちから「お宅の猫がまたうちのアジのひらきを盗んでいったのよ」というような苦情がしばしば寄せられるようになり、やむなく埼玉県の田舎に住んでいる知り合いにピーターを引き受けてもらったという話が、そのエッセイに記されています。この別れの時にも「マグロのお刺身を食べさせてやった」そうです。

その後、ピーターは知り合いの所で毎朝、食事をとると、近くの森の中に入って遊んでいましたが、「そしてある日、ピーターはとうとう家に帰ってこなかった」と書かれています。つまりピーターは「森」に消えたようです。

前回の原稿を書く前に、この『うずまき猫のみつけかた』だけは、当たっておくべきでした。反省しています。

▼猫は三つの名前を持たなくてはならない

でもそれ以上に「ショック!」なのは『サラダ好きのライオン　村上ラヂオ3』(二〇一二年)です。これはこれまで読んだエッセイ集としては最も直近、最新のものですが、そこに「猫に名前をつけるのは」というタイトルのエッセイがあって、これまた「「猫に名前をつけるのはむずかしいことです」というT・S・エリオットの有名な詩があるけど、知ってますか?」と書き出されているのです。

それに続く「それはただの休日の暇つぶしではありません」というエリオットの言葉を紹介し、さらに「その詩の中でエリオットさんは、猫は三つの名前を持たなくてはならないと主張する。ひとつは普段呼ばれる簡単な名前。「たま」とかね。もうひとつは、日常は使わないけれど、たるものひとつは持つべき、よそ行きの気取った名前。たとえば、えーと、「黒真珠」とか、「わすれな草」とか。そしてもうひとつは、その猫自身しか知らない秘密の名前。それは決してよそに漏らされることはない」と記されています。

「詩人というのは、いろんなややこしいことを考えるものだなと、つくづく感心してしまう」ということが書かれた後に、「でもたしかに、そこまで深く突き詰めて考えると、猫に名前をつけるのはほとんど一大事業になってしまう」とあります。

　村上春樹自身は「僕はこれまでけっこうたくさんの猫を飼ったけれど、猫に名前をつけるのに時間をかけたことはない。頭にぽっと浮かんだ言葉をそのまま名前にしてしまう。そのときビールを飲んでいれば「きりん」とつけるし、白くてほっそりした猫はかもめに似ていたから「かもめ」とつけた。あまりややこしいことは考えない」そうです。

　だからこれでは、「「休日の暇つぶし」にもならないですね」という言葉も記されています。

　その後に『うずまき猫のみつけかた』で紹介したのと同じように、大学生の時に子猫を拾い、ある日ラジオを聴いていたら……というピーター命名譚が紹介されているのです。

　さらにその文章の最後は「猫に名前をつけるのはむずかしい、というのはたしかにその通りかもしれない。というか、名前をつけること自体は簡単でも、その名前に付着していったものは、ときとして不思議な重さを持つことになる」という言葉で結ばれています。

　ただ、このエッセイでは「そのときビールを飲んでいれば「きりん」とつけるし」とありますが、でも『村上朝日堂の逆襲』（一九八六年）の「猫の死について」という文章には少し違うことが書かれています。

　そのエッセイでは「先日、飼っていた猫が死んでしまった」という猫の死について記された後に、「この猫は村上《むらかみ》龍《りゅう》氏のところから来たアビシニアンで、名前は「きりん」といった。龍のところから来たので「麒麟《きりん》」という名をつけたわけである。ビールとは関係ない」と書かれているのです。

「そのときビールを飲んでいれば「きりん」とつける」のが正しいのか。「ビールとは関係ない」のが正しいのか。これは異なる猫のことなのでしょうか……。思いついたら、パッと名づけるということだけが言いたいのかもしれませんが、もし同じ猫に対する命名なら、やはり相反したことが記されているのではないかなぁと思います。

　そして『村上朝日堂はいかにして鍛えられたか』（一九九七年）の「インカの底なし井戸」というエッセイを読むと、その冒頭は「「猫に名前をつけるのはむずかしい」というのはT・S・エリオットの有名な言葉だ」と書き出されていて、そこから「名前をつけるのがむずかしいのは何も猫だけではない」として、ラブホテルの名づけについて、村上春樹は考察してもいるのです。

▼喫茶店の命名との関係

私が持っている『サラダ好きのライオン　村上ラヂオ3』には、何カ所か傍線が引いてあり、「T・S・エリオット」「ピーター」「名づけ」というような書き込みまであります。でも今回、この記憶喪失ぶりに本当に驚きました。正直、年は取りたくないですね。

前回、これらのエッセイのことを紹介しないまま、T・S・エリオットの詩が「猫に名前をつけるのは、全くもって難しい」と書き出されていることなどについて書いてしまいました。

そのことに、自分で気がついたことはせめてもの慰めなのですが、でもかなりのショックなことでした。読者のみなさんに、お詫びしたいと思います。

さて、でもそれらのエッセイを読み返して、ここに紹介しても、やはり気になることがあるのです。

「ピーター・キャット」という村上春樹が開いていたジャズ喫茶の名は、三鷹時代に飼っていた猫の「ピーター」と、おそらく関係があることでしょうが、その喫茶店の命名との関係がはっきり書かれているわけではないのです。微妙なズレの中にT・S・エリオットとピーターのことが記されているのです。

前回紹介したように「猫に名前をつけること」というT・S・エリオットの詩は「猫に名前をつけるのは、全くもって難しい」と書き出されていて、続けて「猫にはどうしても、三つの名前が必要なんだ」とあります。

そのことは、今回紹介した『サラダ好きのライオン　村上ラヂオ3』の中の「猫に名前をつけるのは」というエッセイでも記されています。

そこで村上春樹は「その詩の中でエリオットさんは、猫は三つの名前を持たなくてはならないと主張する。ひとつは普段呼ばれる簡単な名前」と記して、その例として「たま」とかね」と猫の名前を挙げています。

でも、その「たま」に相当する部分は、T・S・エリオットの『キャッツ　ポッサムおじさんの猫とつき合う法』では「ピーター」なのです。

▼ピーター、オーガスタス、アロンゾ……

『サラダ好きのライオン　村上ラヂオ3』の、そのエッセイは、私の知る限りでは、T・S・エリオットの「猫に名前をつけること」という詩について、村上春樹が最も詳しく紹介したものだと思います。

でもT・S・エリオットが「猫は三つの名前を持たなくてはならない」と主張し、その第一番目に「普段呼ばれる簡単な名前」の猫の名前として最初に挙げた「ピーター」と、村上春樹が三鷹時代に飼った「ピーター」の関係を記していないのです。

つまり、前回も紹介しましたが、T・S・エリオットの詩には、普段呼ばれる簡単な名前の例として「たとえば、ピーター、オーガスタス、アロンゾ……」という順番に、いくつかの猫の名前の候補が挙げてあるのです。でも村上春樹は、その例として「たま」とかね」と記しているのです。

しかし繰り返し村上春樹はT・S・エリオットの「猫に名前をつけるのは」という詩について、書き続けているのです。

そのことを、ここに紹介しながらも、とても不思議な感じがいたします。「だから、自分が始めた喫茶店の名前をピーター・キャットと名づけました」という具合に記してあるのならば、そういう理由ですか……と簡単に理解して、すませていたと思いますが、やはりこれだけ繰り返し記しながら、T・S・エリオットとピーターを直結する形では書かないということに、私のようなへそ曲がり者はかえって、T・S・エリオットと村上春樹作品の関係について、もう少しこだわって考えてみたいと思ってしまうのです。

例えば、『うずまき猫のみつけかた』は、主に米国のタフツ大学に滞在していた頃に書かれたもので、やはり米国滞在中に書かれた『やがて哀しき外国語』（一九九四年）の続編にあたるようなエッセイ集ですが、その最後に置かれた「猫のピーターのこと、地震のこと、時は休みなく流れる」には、タイトルからもわかるように、阪神大震災後の故郷を訪れる場面があります。

「九月＊＊日、自作朗読会を催すために、久しぶりに故郷の芦屋と神戸に行ってきた。震災後当地を訪れるのは初めてのことで、八カ月たってもまだそのままいたるところに残っている傷跡の深さに、やはり愕然としないわけにはいかなかった」とありますし、でも神戸でよく行ったいくつかの店の健在ぶりに、村上春樹は嬉しさも感じています。

十八歳までの「あの頃は神戸の街をあちこちあてもなく散歩しているだけで、胸がわくわくして楽しかった。しかしそれも考えてみれば、既に四半世紀以上も前のことである。数多くの猫と、ガールフレンド（こっちはそれほど多くの数ではないですけれど）の記憶だけを残して、時は静かに、そして休むこともなく流れ去っていく」という文章で、『うずまき猫のみつけかた』は終わっています（巻末に安西水丸さんとの対談が収録されてはいますが）。

▼関係には深いものがあるのではないか

大震災で大きな被害を受けた自分の故郷。その地での記憶を長い時間の中に振り返る最後のエッセイが「猫に名前をつけるというのは、英国の先人も述べておられたとおり、なかなかむずかしいものである」と書き出されているのです。

やはり村上春樹にとって、自分の作品とT・S・エリオットとの関係には深いものがあるのではないかと、私は考えております。

　その考えの延長線上に、村上春樹作品とＴ・Ｓ・エリオットの詩について記してみたいことが幾つかあるのですが、でもそれはとても長くなってしまいそうなのです。

　次回は、そのことを書きたいと思います。今回は、私の認識不足をお詫びすることから始まって、さらに次回に続くという形になってしまいました。そのこともお詫びいたします。

　なにやら、お詫びの連続のコラムとなってしまいましたが、次回はＴ・Ｓ・エリオットと村上春樹について、ちょっと妄想してみたいと思います。

031
『鼠』と死者、『猫』と魚
T・S・エリオットをめぐって③

2013.11

　村上春樹のデビュー作『風の歌を聴け』（一九七九年）に「鼠」という「僕」の友人が出てきます。

「金持ちなんて・みんな・糞くらえさ。」


「鼠」がカウンターに両手をついたまま「僕」に向って憂鬱そうに、そうどなる場面で、この物語は動き出すと言ってもいいです。「僕」と「鼠」は「ジェイズ・バー」のカウンターに隣りあって腰かけていて、ビールを飲んでいたのです。

　その「僕」と「鼠」は二作目の『１９７３年のピンボール』（一九八〇年）や第三作の『羊をめぐる冒険』（一九八二年）にも共通して登場してきます。そのため、この「鼠」の登場する『風の歌を聴け』『１９７３年のピンボール』『羊をめぐる冒険』は村上春樹作品の中で、初期三部作と呼ばれています。

▼「猫」の名前のジャズ喫茶店主の「鼠」の話

　そして、この「鼠」をめぐる作品を書いた村上春樹は、デビュー作『風の歌を聴け』を書いた時、「ピーター・キャット」という名のジャズ喫茶の店主でした。つまり「猫」の名前を持ったジャズ喫茶店主が「鼠」の話を書いたのです。

この「猫」と「鼠」の関係はどうなっているのでしょうか。「猫」と「鼠」がペアであることは、世界の常識かと思いますが（また「猫」と「犬」もペアであるかとも思います）、村上春樹作品の中で、「猫」と「鼠」の関係はあまり詳しく論じられていないのではないかと感じています。今回は、この村上春樹作品の中での「猫」と「鼠」の問題を考えてみたいと思います。

まず、その入り口として『風の歌を聴け』から初期三部作の中での「猫」と「鼠」の関係について考えてみましょう。清新な風が吹き抜けていくような、村上春樹のこのデビュー作を愛する読者は多いのですが、普通に読んだだけでは、登場人物として出てくる「鼠」の印象が強烈すぎて、「さて、猫が出てきたっけ?」という感想かもしれません。

私も何回か読むうちに「猫」のことがちゃんと書かれていることに気がつきました。同作中の「猫」について、『風の歌を聴け』を好きな人が、よく指摘するのは「僕」が左手の小指がない女の子の家でレコードを聴きながら、食事をしている場面の「猫」の話です。

彼女は「僕」の大学と東京での生活について主に質問をするのですが、そこで「僕」は「猫」を使った実験の話やデモやストライキの話をします。でも「猫」の話では「もちろん殺したりはしない」と嘘をついたようです。「主に心理面での実験なんだ」と。「（しかし本当のところ僕は二ヵ月の間に36匹もの大小の猫を殺した）」と心の内が書いてあります。

「僕」は「生物学」を専攻しているからの行為かもしれませんが、ちょっと残酷な話なので、この「猫」の話を覚えている人もかなりいます。

▼家庭で飼われていて、気が向くと鼠を殺す

でも「猫」と「鼠」の関係が直接語られる、こんな場面もあります。

「小さい頃、僕はひどく無口な少年だった」という言葉で書き出されている章なのですが、両親は心配して、「僕」をを知り合いの精神科医に連れていき、そこで「僕」がその医者とフリートーキングをするという場面です。

医者は「猫について何んでもいいからしゃべってごらん」と言います。「僕」は考えるふりをして首をグルグルと回して、「四つ足の動物です」と話します。「象だってそうだよ」と医者が言うと「ずっと小さい」と「僕」は答えます。さらに「それから?」と医者に問われると、「僕」は「家庭で飼われていて、気が向くと鼠を殺す」と答えるのです。

ここでは「猫」が「鼠」を殺すことが、「僕」によって

話されています。

「家庭で飼われていて、気が向くと鼠を殺す」と「僕」が答えてから、ほどなくして医者とのフリートーキングは終わります。医者は「僕」との対話の中で「文明とは伝達である」と言っていたのですが、医師とのフリートーキングが終わると、それに続いて「医者の言ったことは正しい。文明とは伝達である。表現し、伝達すべきことが失くなった時、文明は終る。パチン……OFF。」という文章が記されています。

そして、もう一カ所、『風の歌を聴け』には重要な「猫」についての記述があります。

同作にデレク・ハートフィールドという架空と思われる作家が登場します。冒頭近く、その作家について「僕は文章についての多くをデレク・ハートフィールドに学んだ。殆んど全部、というべきかもしれない」ということが書かれているのですが、最後にデレク・ハートフィールドについて、また触れて、この作品は終わっています。それは「ハートフィールドは実に多くのものを憎んだ。郵便局、ハイスクール、出版社、人参、女、犬、……数え上げればキリがない。しかし彼が好んだものは三つしかない。銃と猫と母親の焼いたクッキーである」という言葉です。

『風の歌を聴け』では、この三つの場面の「猫」が重要ではないかと私は思っています。

つまり「僕」が、二カ月の間に三十六匹もの猫を殺したこと。「僕」が猫は「家庭で飼われていて、気が向くと鼠を殺す」と言ったこと。そして「僕」が文章について、殆んど全部を学んだというデレク・ハートフィールドが好んだ三つのものの中に「猫」が挙げられていること——です。でも少しだけ加えておけば、ハートフィールドが憎んだ多くのものの例示の最後に「犬」が挙げられていることも、見逃せないと思います。

このように『風の歌を聴け』は、ただ「鼠」という友人が登場して物語が展開していくだけでなく、前面には出ないけれど、「猫」に関して十分な注意が払われて作品が書かれているのです。ちゃんと「ピーター・キャット」というう「猫」のジャズ喫茶店主によって書かれた小説になっているのです。

▼猫の気持はわかるし、猫にもあたしの気持はわかる

でも確かに、このデビュー作『風の歌を聴け』に登場する三つの「猫」の場面では、やはり「僕は二ヵ月の間に36匹もの大小の猫を殺した」という言葉が印象的でしょうか。その猫殺しの話は、その後の村上春樹作品を知る者にとっては、『海辺のカフカ』で猫殺しマニアのジョニー・ウォーカーが、残酷に猫を殺していく、あの場面を思い出す人も多いでしょう。

「猫」を殺す行為ではありませんが、二作目の『1973年のピンボール』にも「猫」に対するひどい暴力のことが

出てきます。「僕」は友人と東京で翻訳を専門とする小さな事務所を開いていますが、昼休みに外で食事をして、事務所に帰る途中、ペットショップで、猫と遊んでいます。とても人なつっこい猫が「冷たい鼻先を僕の唇に押しつけて」きたりもします。

でも、この『1973年のピンボール』で、一番印象的な「猫」についての場面は、次のような悪意の暴力です。

それは主人公たちが通う「ジェイズ・バー」を「鼠」が閉店後に訪れて、バーテンのジェイと話をするところ。「鼠」がジェイに「一人暮し?」と尋ねると「ああ」とジェイが応えた後、「猫が一匹だけいるよ」と言います。「年とった猫でね、でもまあ話し相手にはなる」とジェイが話すと、「話すのかい?」と「鼠」が聞くのです。

ジェイは何度か肯いて「ああ、もう長いつきあいだから気心は知れてるんだ。あたしにも猫の気持はわかるし、猫にもあたしの気持はわかる」と言います。

この辺りも『海辺のカフカ』で「猫」と話せるナカタさんや、最後に「猫」と話せるようになる星野青年と通じていくところがありますね。村上春樹がデビュー以来、自分の作品世界を変えることなく、その作品世界を広げ続けてきたことが、こんな何気ないやりとりからもわかると思います。

▼理由もない悪意が山とあるんだよ

さて、その「鼠」との会話の中で、ジェイは自分の話し相手の「猫」が「片手」であることを話します。つまり四年ばかり前、「猫」が血まみれになって、家に戻ってきます。「猫」の手のひらがママレードみたいにぐしゃぐしゃに潰れていたのです。最初は車にでも轢かれたのかともジェイは思いましたが、もっとひどい潰れかたでした。「ちょうどね、万力にかけられたような具合だったね。まるっきりのペシャンコさ。誰かが悪戯したのかもしれない」とジェイが言うのです。

さらに、「そうさ、猫の手を潰す必要なんて何処にもない。とてもおとなしい猫だし、悪いことなんて何もしやしないんだ。それに猫の手を潰したからって誰が得するわけでもない。無意味だし、ひどすぎる。でもね、世の中にはそんな風な理由もない悪意が山とあるんだよ」とジェイが言います。

それを聞いて、「鼠」が「俺にはどうもわからないよ」とつぶやきます。

しばらくして、二人の会話が終わり、「鼠」が帰ろうとします。微笑んで立ち上がり、ごちそうさま、と言い、さらに「家まで車で送ろう」と言うのです。でも、家が近いし、歩くのが好きなジェイは、それを断ります。

「それじゃおやすみ。猫によろしくね」と言って、「鼠」が帰っていきます。

『1973年のピンボール』を何回目かに読み返していた時、ここまできて、笑ってしまいました。だってこの場面、

「鼠」が「猫」によろしくね、と言っているのですから。

この「猫」に対する悪意に満ちた残虐な行為の話は『風の歌を聴け』の「僕は二ヵ月の間に36匹もの大小の猫を殺した」や『海辺のカフカ』のジョニー・ウォーカーの猫殺しの場面に繋がっていくものでしょう。

『1973年のピンボール』の最後には「鼠」が「ジェイズ・バー」を訪れて、ジェイに「街を出ることにするよ」と告げる場面がありますが、これも「猫」と「鼠」のペアで考えると、「猫」と暮らしているジェイに「鼠」が別れの挨拶にきたという場面になっていると思います。考え方によっては面白い場面ですね。

▼「猫」に命名がされている

そして、この「猫」と「鼠」をペアで考えていくという観点から村上春樹作品を読んでいくと、初期三部作の最後の長編『羊をめぐる冒険』では、それまでなかった特別なことが、「猫」と「鼠」に起きるのです。

その一つは「鼠」の死です。

『羊をめぐる冒険』は、背中に星の印を持つ「羊」を探して、「僕」が北海道まで行く物語です。北海道の果ての「十二滝町」近くの山上にある別荘で「僕」が「鼠」と再会します。その別荘は「鼠」の父親の別荘ですが、別荘の漆黒の闇の中に、霊魂のような「鼠」がやってきて、自分の中に入ってきた星の印を持つ「羊」のことを話すのです。「鼠」の話によると、「鼠」は「羊」が寝込むのを待ち、台所で首を吊って自殺したというのです。『風の歌を聴け』から『1973年のピンボール』『羊をめぐる冒険』と、一貫して、登場してきた「鼠」は、ここで死にます。「鼠」は「羊」を呑み込んだまま死んだのです。

私は『世界の終りとハードボイルド・ワンダーランド』（一九八五年）が刊行された時にインタビューしたのが村上春樹との初対面ですが、その作品が刊行される直前、文学担当をしたこともある先輩記者が「『羊をめぐる冒険』で『鼠』が死んだよね。それから、村上春樹の作品はどうなるのだろう……」と語っていました。それほど、村上春樹作品にとって、「鼠」の死は大事件でした。

そして「猫」と「鼠」のペアで考えていくと、『羊をめぐる冒険』ではもう一つ、村上春樹作品にとって、とても重要なことが記されているのです。

その場面を紹介したいのですが、その前に、ちょっと記しておきたいことがあります。前回、次はT・S・エリオットのことを書きますと記しました。中途半端なところで終わっていたので、そのように予告しておいたのですが、ここまで読んできた方で、そのことを覚えている人は「おいおい。エリオットのことは、どうなったのだ……」と考えている人もいるかと思います。

でも、ここまでが、長い長い前置きなんです。実はここからが、T・S・エリオットと村上春樹作品の関係についてのことなのです。ごめんなさい。前置きがあまりに長くて。

さて「猫」と「鼠」の視点から『羊をめぐる冒険』を考えていって、もう一つ大切なこととは、それは「猫」に名前が付いていることです。「猫」に命名がされているのです。

ここ二回ほど、ミュージカル「キャッツ」の原作となったT・S・エリオットの『キャッツ　ポッサムおじさんの猫とつき合う法』（一九三九年）の「猫に名前をつけるのは、全くもって難しい」という言葉を紹介してきました。村上春樹が、このエリオットの言葉をエッセイの中で繰り返し書いていることも紹介しました。

エリオットの詩『キャッツ　ポッサムおじさんの猫とつき合う法』では、「猫」への命名の場合、その名前の最初の候補に「ピーター」という名前をエリオットが挙げています。そして村上春樹がやっていたジャズ喫茶の「ピーター・キャット」は、もしかしたら、このエリオットの詩『キャッツ　ポッサムおじさんの猫とつき合う法』と関係があるのではないかと、私は妄想しているのですが、そのことも書いておきました。

ですから作中で「猫」への最初の名づけが行われる『羊をめぐる冒険』という作品にはとても重要な意味があると、私は考えているのです。

▼「いわしなんてどうでしょう?」

その『羊をめぐる冒険』では、物語が半分近く進んだあたりで、耳のモデルをしている女の子と「僕」が背中に星の印を持つ「羊」を探しに出かけます。でも、その旅に出かける直前に、「羊」探しを依頼してきた黒いスーツを着た男に「猫を飼ってるんですよ」と「僕」は電話をして、これを誰かに預かってもらえないと旅行に出られないと話します。

男は「ペット・ホテルならそのへんに幾らでもあるだろう」と言いますが、「猫」は年取って弱っているので、ペット・ホテルのような檻に入れたら死んでしまうと主張すると、男は仕方なく、「僕」の要求にしたがって、車の運転手に「猫」を受け取りに行かせるのです。

そして、翌朝の十時、「おはようございます」とやってきた運転手に「猫」を渡すのですが、その「猫」について、尻尾の先が六十度の角度に曲がり、歯は黄色く、右眼は三年前に怪我したまま膿がとまらず、殆んど視力を失っていること、年のせいで一日に二十回ぐらいおならをすることなどが紹介されています。

でも運転手は「可愛い猫ですね」「よしよし」などと言っています。きっと、この運転手も猫好きなんですね。そして、この運転手が「なんていう名前なんですか?」と問うのです。

「名前はないんだ」と「僕」が答えても、「じゃあいつもなんていって呼ぶんですか?」と重ねて言います。

「僕」は「呼ばないんだ」「ただ存在してるんだよ」と話

しますが、その運転手は「でもじっとしてるんじゃなくてある意志をもって動くわけでしょ？　意志を持って動くものに名前がないというのはどうも変な気がするな」と言うのです。

「鰯《いわし》だって意志を持って動いてるけど、誰も名前なんてつけないよ」と「僕」が応えるのですが、その運転手は「鰯と人間とのあいだにはまず気持の交流はありませんし、だいいち自分の名前が呼ばれたって理解できませんよ」と反論しています。どうも「僕」は、運転手に議論で負けているように感じます。

「どうでしょう、私が勝手に名前をつけちゃっていいでしょうか？」と運転手が言い、「僕」が「全然構わないよ。でもどんな名前？」と応答すると、「いわしなんてどうでしょう？　つまりこれまでいわし同様に扱われていたわけですから」と言います。この提案に「僕」も「悪くないな」と同意するのです。

こうやって、「猫」に「いわし」という名づけが行われているのです。

そして、この「猫」のことは『羊をめぐる冒険』の最後にもう一度出てきます。

運転手から「いわしは元気ですよ」「まるまると太っちゃいましてね」と伝えられます。それは「僕」が闇の中で「鼠」と会って、「鼠」の自死を知った、その少し後です。

このように『羊をめぐる冒険』を「猫」と「鼠」の観点から読んでいくと、「鼠」が死に、死にそうだった「猫」が元気になる物語なのです。

▼「いわし」「サワラ」「トロ」

エリオットや村上春樹が言うことに従えば、「猫」に名前をつけるというのは、なかなかむずかしいもののようですが、村上春樹作品に最初に付けられた「猫」の名前は「いわし」でした。しかし「いわし」とは随分かわった命名ですね。

でもなぜか、村上春樹がつける猫の名前には魚系が多いのです。

前々回の「村上春樹を読む」で紹介したように、『海辺のカフカ』の最後のほうで、星野青年がナカタさんの死体の口から出てくる白く細長い物体を殺す前に、黒猫が「圧倒的な偏見をもって断固抹殺するんだ」と言います。この黒猫の名前は「トロ」です。

「猫」と話せるようになった星野青年が、その黒猫に「名前はあるの？」と聞くと、黒猫は「名前くらいある」と答えます。「どんな名前？」と問うと、「トロ」と言うのです。

近所の鮨屋で飼われていて「鮨《すし》のトロ」からの名前のようです。ちなみに、その鮨屋は犬も飼っていて、そっちは「テッカ」という名前だというオマケの話まで記されています。「トロ」は魚の名前ではありませんが、一応、魚系の名前であることは間違いないでしょう。

さらに紹介すると『ねじまき鳥クロニクル』（一九九四、九五年）も「猫」が行方不明になるところから始まる大長編です。その「猫」は大柄の雄猫で、茶色の縞で、尻尾の先が少し曲がって折れてるそうです。「猫」の名前は「ワタヤ・ノボル」です。この「ワタヤ・ノボル」は「僕」の妻の兄の名前から、借りたものでした。

そして、この長い物語の第3部に、行方不明となった「猫」が帰ってきます。「僕」は帰ってきた「猫」に、スーパーで買ってきた生の鰆《さわら》を与えます。そして、それまでの「ワタヤ・ノボル」という名前に替えて、その「猫」に「サワラ」と新しく名づけるのです。

『羊をめぐる冒険』『ねじまき鳥クロニクル』『海辺のカフカ』は村上春樹にとって、とても重要な長編ですが、それらに登場する「猫」には「いわし」「サワラ」「トロ」という魚（魚系）の名づけがされているのです。これは偶然の名づけではありませんね。なにしろ「猫に名前をつけるというのは、なかなかむずかしいもの」だと言われていることを、村上春樹は繰り返しエッセイの中で記しているのですから。『ノルウェイの森』では猫が「かもめ」と名づけられていますが、これも海に関係した命名です。「かもめ」は「いわし」などを食べて生きる海鳥です。

▼「猫」と「鼠」と「魚」と、T・S・エリオット

そして、初期三部作の中で、重要な役割を果たした「鼠」は『羊をめぐる冒険』で死んで以降、「猫」と入れ替わるように、そのままの形では村上春樹作品の中に登場してこないのです。

では、なぜ「猫」と「鼠」なのでしょう。なぜ「猫」には魚（魚系）の名前がつけられているのでしょう。

それはもしかしたら、T・S・エリオットの詩と関係があるのではないかと、私は考えているのです。以下、村上春樹作品の「猫」と「鼠」と「魚」と、T・S・エリオットの詩との関係を妄想してみたいと思います。

『海辺のカフカ』の終盤に黒猫の「トロ」が「圧倒的な偏見をもって断固抹殺する」んだと星野青年に言うセリフは、村上春樹が圧倒的なファンで、もう二十回くらいは見たというフランシス・コッポラの『地獄の黙示録』の中のセリフの引用です。

その映画の中で、マーロン・ブランドが演じるカーツ大佐もエリオットの詩『うつろな人間たち』を読んでいます。さらにカーツ大佐の机の上にジェシー・L・ウェストン女史の『祭祀からロマンスへ』とジェイムズ・フレイザーの『金枝篇』の二つの本があることが、映像に映し出されます。『荒地』は雑誌発表当初から難解な詩として知られたようで、一九二二年の単行本化の際に付けられたエリオットの自注によって、ようやくその意図するところの一部が著者により明らかにされたという詩集です。

そのエリオットの自注の冒頭には、ウェストン女史の

『祭祀からロマンスへ』（一九二〇年）から、この『荒地』が着想を得ていることがまず記されていて「わたしがこの本に負うところはじつに大きく、詩の難解な個所《かしょ》の解明には、わたし自身の注よりもむしろウェストン女史の本のほうが役立つと思う」（岩崎宗治訳、岩波文庫）とまでエリオットは書いています。さらに「もう一つ、わたしが広い意味で恩恵をこうむっている人類学の本がある」と記して、エリオットは、それが「われわれの世代に深い影響を与えた『金枝篇』」であることを述べています。『金枝篇』の刊行は一八九〇年から一九一五年にかけてです。

その二冊の本が『地獄の黙示録』の最後に映像として、映し出されるのです。つまり『地獄の黙示録』はT・S・エリオットの詩をめぐる映画とも言えると思います。

そして、このエリオットの『荒地』は「鼠」のことが、何度か登場する詩でもあるのです。例えば『荒地』第2部「チェス遊び」の中には「われわれは鼠の路地にいる、とぼくは考える、／死者たちが自分の骨を見失ったところ」という言葉があります。

さらに『荒地』第3部「火の説教」の中には「鼠が一匹、草むらを音もなく這《は》っていった、／ぬるぬるした腹を引きずって」「低い湿地には白い剝き出しの死体がいくつか転がり、／低く乾いた狭い屋根裏部屋では、打ち棄てられた骨たちを／カタカタと鳴らす鼠の足、今年も来年も」という詩句もあります。

▼戦争の死者の像

これらの『荒地』第2部、第3部の「鼠」にかかわる部分の関連性については自注の中で、エリオット自身が指摘しているところです。

さらに岩崎宗治訳の岩波文庫の訳注によれば「第一次大戦中、西部戦線では「塹壕《ざんごう》」のことを「鼠の路地」と言っていた」そうです。その「鼠の路地」には「鼠と南京虫《なんきんむし》が蔓延《はびこ》っていた。そこでは戦死者の骨が回収されず、「死者たちが自分を見失う」ことがしばしばあった」と記されています。

そして村上春樹の初期三部作の中の「鼠」には「霊魂」や「死者」のイメージがつきまとっていると思います。例えば『1973年のピンボール』の中で「鼠」が女とデートをする場所は、まさに街の山頂に近い「霊園」です。「ジェイズ・バー」を訪れて、バーテンのジェイに「街を出ることにするよ」と言った後に、車で一人訪れる場所も、闇の中の「霊園」です。「鼠」の視線の先には「暗い空と海と街の夜景が広がって」いるのです。

また『羊をめぐる冒険』の「鼠」が北海道の果ての山上にある別荘で、「僕」の前に初めて現れるときは「羊男」の姿でした。その「羊男」は「頭から羊の皮をかぶっていて、「腕と脚の部分」や「頭部を覆うフード」は作りものだが、「くるくる巻いた角は本物」という衣裳の男です。『羊をめぐる冒険』によると、北海道では明治政府の援助で羊の飼育が始まりましたが、その羊の飼育の理由は大陸進出に備えて防寒用羊毛の自給のためでした。

同作では、北海道へやってきた津軽の小作農たちを、アイヌの青年が案内役となって、開拓地を求めて進んでいくのですが、その案内役だったアイヌ青年が、開拓地にできた牧場の責任者となっています。でも日露戦争が始まるとアイヌ青年の長男も徴兵されて中国の前線に送られて死んでしまいます。

その死んだ長男は「羊毛の軍用外套を着て死んでいた」と書かれているので、それは「羊男」を濃厚にイメージさせます。つまり「羊男」には、日露戦争の戦死者のイメージがあるのですが、この「羊男」の服装を借りて現れる「鼠」にも、戦争の死者の像が重なってくるのです。

▼太古の生命のシンボルである魚

エリオットの『荒地』の「鼠の路地」は第一次大戦中に、「鼠」が蔓延っている塹壕のことでした。そこにも戦死者のイメージが投影されています。私には『羊をめぐる冒険』までの「鼠」と、T・S・エリオット『荒地』の「鼠」が響き合って、読めるのです。

さて、そして「猫」の名前が「魚」(魚系)である理由を簡単に記して終わりにしたいと思います。

T・S・エリオットの『荒地』というタイトルは、中世ヨーロッパのアーサー王物語の中の「聖杯伝説」から来ています。キリストが磔刑《たっけい》となった際に、その血を受けたとされる聖杯は、その後、見失われてしまいます。その聖杯を探す騎士の物語が「聖杯伝説」です。

その物語では〈聖杯の城〉の王は〈不具の王〉で、その国土は〈荒地〉です。騎士たちは、ある問いを正しく問うことによって、生命力の衰えた王と荒廃した国土を再生させるのです。その王は太古の生命のシンボルである魚と結びつけられて〈漁夫王〉と呼ばれています。

『荒地』の第3部「火の説教」に「すみれ色の時間、家路をいそぐ／夕暮れどき、船乗りが海から帰るのも」という言葉があり、さらに「ロウアー・テムズ・ストリートの居酒屋のそば」「魚市場で働く男たちの昼休みの場所だ」などと記されています。

エリオットは自注の中で「夕暮れどき、船乗りが海から帰るのも」の部分について「わたしは日暮れに帰港する近海漁業の漁師や平底舟の船頭のことを考えていたのである」と書いています。

また岩崎宗治さんの訳注によると「ロウアー・テムズ・ストリート」はロンドン・ブリッジ北端からテムズ河左岸を東にのびる通りのことですが、『荒地』の時代には、ビリングズゲイト魚市場があったそうです。

▼三軒ばかりの漁師の家が浜の近くに

そして村上春樹作品でも、漁師と漁師の暮らす場所は重要な場所として登場します。

『1973年のピンボール』の中から、一例を示しておきましょう。

その第4章は、無人灯台が長い突堤の先に立っていることから書き出されています。そして「海が汚れ始め、沿岸から魚がすっかり姿を消すまでは何隻かの漁船がこの灯台を利用した」とあり、「浜辺にレールのような簡単な木の枠が組まれ、漁師がウィンチでロープを引いて漁船を浜に上げた。三軒ばかりの漁師の家が浜の近くにあり、防波堤の内側には朝のうちに獲れた細かい魚が木箱に詰められて干されていた」と書かれています。

さらに続いて「魚が姿を消したことと、住宅都市に漁村があることが好ましくないという住民のとりとめのない要望と、彼らが浜辺に建てた小屋が市有地の不法占拠であったという三つの理由によって漁師たちはこの地を去っていた」ことが記されているのです。

海を失っていくこと、魚を失っていくことへの怒りが、村上春樹の文学の出発点ですが、この漁師たちの労働の姿を記す書き方に、エリオット『荒地』の漁師や魚市場で働く男たちへの言葉と響き合うようなものを、私は感じます。

紹介したように、魚は太古の生命のシンボルでした。

村上春樹作品の「猫」たちに「いわし」「サワラ」「トロ」という魚（魚系）の名前が付けられていることは、生命と再生のシンボルとして名が選ばれているのではないかと考えていますし、T・S・エリオットの『荒地』や『キャッツ　ポッサムおじさんの猫とつき合う法』との関係があるのではないかと妄想しております。

まだまだ、T・S・エリオットの詩と村上春樹作品について考えることがあるのですが、今回もあまりに長くなってしまいましたので、続きは次回にいたします。

ただ少しだけ予告しておきますと、T・S・エリオットが『荒地』自注の冒頭で紹介したウェストン女史の『祭祀からロマンスへ』やフレイザーの『金枝篇』と村上春樹作品の関係について考えてみたいのです。

〈聖杯〉は磔《はりつけ》になったキリストの血を受けた杯のことですが、でもウェストン女史の『祭祀からロマンスへ』によれば、「聖杯伝説」の起源をずっとたどっていくと、キリスト教よりも、はるか以前の太古の神話にまでさかのぼることができるとのことです。

そんな古代の神話的なことと、村上春樹作品の関係について考えてみたいのです。

今回引用した『荒地』は岩崎宗治訳に従いました。またその訳注、解説を通して〈『荒地』をどう読むか〉について教えられることが多くありました。

032 再生の神話・聖杯伝説
T・S・エリオットをめぐって④

2013. 12

今年五月に「河合隼雄物語賞・学芸賞」創設を記念した、村上春樹の公開インタビューが京都で開かれました。私もそのトークを聴きに行きましたが、日本ではめったに公開の場での講演やトークをしない村上春樹が、それを引き受けたのは、二〇〇七年に亡くなった河合隼雄さんへの深い敬愛の念があったからでしょう。

その河合隼雄さんとの対談本『村上春樹、河合隼雄に会いにいく』（一九九六年）の中に次のように、自分の小説と聖杯伝説に触れたところがあります。

これまでのぼくの小説は、何かを求めるけれども、最後に求めるものが消えてしまうという一種の聖杯伝説という形をとることが多かったのです。ところが、『ねじまき鳥クロニクル』では「取り戻す」ということが、すごく大事なことになっていくのですね。これはぼく自身にとって変化だと思うんです。

という言葉です。

▼『アーサー王と円卓の騎士』のように

聖杯伝説は、前回も紹介しましたが、キリストが磔刑《たっけい》となった時に、その血を受けたとされる聖杯を探す騎士の物語です。この聖杯伝説は多くの物語を呑み込んで、中世の騎士道物語として、いろいろな話に発展していく伝説です。関連した物語として「アーサー王物語」や「トリスタンとイゾルデ」などの話が知られています。

村上春樹は、もしかしたら聖杯伝説のような物語が好きなのかもしれません。紹介した発言などからも、そのような感覚を少し受け取ることができるかと思いますが、初期の作品をみても、例えば『1973年のピンボール』（一九八〇年）の最後のほうに「もちろんそれで「アーサー王と円卓の騎士」のように「大団円」が来るわけではない。それはずっと先のことだ」という言葉があります。「円卓の騎士」とは「アーサー王物語」においてアーサー王に仕えたとされる騎士たちです。

ちなみに『1973年のピンボール』のこの部分は「馬が疲弊し、剣が折れ、鎧が錆びた時、僕はねこじゃらしが茂った草原に横になり、静かに風の音を聴こう」と続いていて、デビュー作『風の歌を聴け』（一九七九年）のタイトルと繋がるような表現となっています。そんな場面に「アーサー王と円卓の騎士」のことが出てくるのです。

聖杯伝説というと、映画の『インディ・ジョーンズ』シリーズなどのイメージやゲームのことを思わせるのか、単純なストーリーの面白さだけを追求したものと思われがちです。村上春樹も何度か、聖杯伝説的な物語を書いているということで、批判めいた言説にさらされたこともありますが、でも、それは聖杯伝説などに関して、かなり単純な見方を示していて、村上春樹の物語をどこか性急に批判しているのではないかと思ってきました。

聖杯伝説を引用した単純な冒険もの、ゲーム的なものが存在することはわかりますが、だからといって聖杯伝説のすべてをそのようなものとして考えるという姿勢には疑問を感じていたのです（もちろん『インディ・ジョーンズ』シリーズを批判しているわけではありません）。

なぜなら村上春樹の物語を読んでいると、デビュー作から一貫して、この世の在り方に対して、深い批判意識を持ちながら、常に我々が生きる、この社会の「再生」を強く希求するような力を感じてきたからです。

▼『荒地』と〈荒地派〉の詩人たち

村上春樹自身が語っているように、その作品が「一種の聖杯伝説という形」をとっていたとしても、でもそこで描かれる、この社会の「再生」を求めて、聖杯伝説が引用されているのではないかと読めるのです。

夜には一人で本を読み、酒を飲んだ。毎日が同じような繰り返しだった。そうこうするうちにエリオットの詩とカウント・ベイシーの演奏で有名な四月がやってきた。

ここ数回、『ダンス・ダンス・ダンス』（一九八八年）に記された、この言葉を出発点にして、T・S・エリオットの詩集『荒地』（一九二二年）のことなどをめぐって、書いてきました。今回も村上春樹作品と聖杯伝説の関係について、この『荒地』を媒介項として、もう少し考えてみたいと思います。

日本人の詩にとって「荒地」という言葉は二重の意味を持っています。一つは、もちろんエリオットの『荒地』という詩集です。そして、もう一つは、その『荒地』の詩に強く動かされた、中桐雅夫、鮎川信夫、北村太郎、田村隆一氏たちが、形成していった〈荒地派〉と呼ばれる詩人たちの詩のことです。

〈荒地派〉の詩人たちは『新領土』の一九三八年八月号に載った上田保訳「死者の埋葬」を読んで、同人として『新領土』に加わり、並行して〈荒地グループ〉を作っていきます。この「死者の埋葬」が「四月は最も残酷な月」から始まっているエリオットの有名な『荒地』冒頭の詩です。

そして戦後、その〈荒地グループ〉の詩人たちは、日本の戦後詩を代表するグループ〈荒地派〉を形成していくのです。

私も田村隆一さんの詩が好きで、学生時代に田村隆一さんが講師で来るという詩のセミナーというものに「田村隆一を見るために」参加したこともありましたし、就職して通信社文化部の文芸記者となった時には、鎌倉の田村隆一さんに早速、会いに行きました。一九八六年十月十七日に鮎川信夫さんが亡くなった時にも、すぐ田村隆一さんのところに電話をかけて話を聞き、追悼の談話記事を書いたことがあります。それほど〈荒地派〉の詩人たちの詩に対する思いを抱いていたということだと思います。

そして、もちろんT・S・エリオットの『荒地』も読んでいましたが、それら〈荒地派〉の詩人の向こう側に、彼らの出発点となった『荒地』という詩集があるという感じで、私はエリオットの『荒地』を読んでいたのかもしれません。

▼エリオットの『荒地』の「誤読」であった

でも、二〇一〇年に岩崎宗治さんによる、T・S・エリオット『荒地』の新訳が、岩波文庫から出て、それを読んでちょっと驚いてしまいました。その驚きのことを書いてみたいと思います。

この岩崎宗治訳『荒地』の巻末に、訳者による解説があって、戦後の日本の詩壇をリードした『新領土』の中の若い詩人グループ（つまり〈荒地派〉の詩人たち）の作品の特徴は「焦点をほとんど故意に抹殺した散文的、記述的スタイル」（大岡信）であった。論理性を排除した〈荒地派〉の詩の文体は、「昭和十年代の現実に対する拒絶であり、それからの主観的分離の宣言だった。……言葉の論理性の破壊は、現実否認の端的な表明だった」（同）」とあります。

そして「論理性を剝奪《はくだつ》された言葉による詩世界は、言いかえれば「接続詞のない世界」（深瀬基寛《ふかせもとひろ》）であり、つまりはエリオットの『荒地』の文体の、彼らなりの模倣、あえて言えばエリオットの『荒地』の「誤読」であった」と記されていました。

この解説で岩崎宗治さんは、〈荒地派〉の詩人たちはエリオットの『荒地』の「誤読」から生まれたとまで言っているのです。〈荒地派〉は戦後の日本詩を代表する人たちですから、戦後の日本詩はエリオット『荒地』の誤読から始まったと記してあるわけです。

さらにその岩波文庫には訳者による「あとがき」というものも付いていて、そこに加藤周一さんの言葉として「西洋の詩の翻訳が現代の日本の詩の大混乱の一因ではないか、とりわけエリオットの『荒地』の日本語訳は「詩というものについての誤解の種《たね》をまきちらした」のではないか」と言っていることを紹介しています。

さて、以上書いてきたことが、本書に、どのように繋がっていくのかという問題です。

それは〈荒地派〉の「あえて言えばエリオットの『荒地』の「誤読」であった」という岩崎さんの指摘と関係するところなのです。岩崎さんは「『荒地』全体の主題的枠組であるフレイザー／ウェストン的テーマは注目されず、いわゆる〈神話的方法〉も〈並置〉も視野に入っていなかった」〈荒地派〉の読み方を指摘しています。

つまり〈荒地派〉の詩人にとって、「彼らの『荒地』とはすなわち第I部「死者の埋葬」だった」と記してありまず。それゆえに『荒地』全体の主題的枠組であるフレイザー／ウェストン的テーマのほうが見落とされたままだったと岩崎宗治さんは述べているのです。

▼生命のシンボルである「魚」と「漁師」

これまでも紹介してきましたが、『荒地』は雑誌発表当初から難解な詩として知られたようで、単行本にする際、エリオットによる自注がつけられ、ようやくその意図するところの一部分が著者により明らかにされたという詩集です。そのエリオットの自注の冒頭にジェシー・L・ウェストン女史の『祭祀からロマンスへ』(一九二〇年)とジェイムズ・フレイザーの『金枝篇』(一八九〇〜一九一五年)の二つから、この詩集が着想を得ていることが記されています。このようにエリオット自身が書いているテーマが見落とされてきたと岩崎宗治さんは言うのです。

そして、ウェストン女史の『祭祀からロマンスへ』とは聖杯伝説に関する研究なのです。T・S・エリオットの『荒地』という題名は、この「聖杯伝説」から来ています。キリストが磔《はりつけ》となった際に、その血を受けたとされる聖杯が見失われ、その聖杯を探す騎士の物語が聖杯伝説。そして〈聖杯の城〉の王の国土は〈荒地〉で、騎士たちは、ある問いを正しく問うことによって、生命力の衰えた王と荒廃した国土を再生させるとされています。その国の王は〈漁夫王〉と呼ばれています。それは太古の生命のシンボルである「魚」と結びつけられているからです。

キリスト教では「魚」はキリストの象徴ですが、『祭祀からロマンスへ』では、キリスト教よりも遥か以前に「魚」が太古の生命のシンボル」であったことが非常に多くの例を挙げながら述べられていますし、ケルトの民間伝承という解釈も根拠としがたいことが詳細に記されています。例えば、インド神話の人類の始祖であるマヌが水の中にいる「一匹の稚魚」を助けたことにより、宇宙の大洪水からマヌを救ってやると言われること。また仏教でも「魚」や「漁師」のシンボルが自由に使われていることなども述べているのです。

つまり「魚」、そして「漁師」という肩書は「最初期の時代から、特に生命の起源とその持続とに関連をもっていると考えられていた神々とかかわりがあったと確実に主張することができる」と同書で述べられています。

そして「魚」をめぐるシンボルのそもそもの出所は「すべての生命は水から由来するという信仰におそらく見出されるはずである」と記されており、アーリア人の祖先の考察からは「雨であれ川であれ、水を与えるか与えないかは神の責任であり、水の不断の供給は、あの規則正しい自然るのです。

の繰り返しにとって大切な条件であった」とも書かれていたしますが、

▼「聖杯伝説」と「再生神話」を軸に

さらに『祭祀からロマンスへ』の序論には、T・S・エリオットが『荒地』の自注に記したフレイザーについても「数年前、J・G・フレイザー卿の画期的な著書『金枝篇』をはじめて研究した際、わたしは聖杯物語のいくつの特徴とそこに叙述されている自然崇拝の特異な細部との間にみられる類似性に強い印象をうけた」と記されてもいます。

あまり長々しい引用、紹介はかえって伝わりません。ですから『祭祀からロマンスへ』についてはこのくらいにいたしますが、『荒地』の新訳の解説の中で岩崎宗治さんは日本の〈荒地派〉に対して「重ねて言えば、〈荒地派〉の詩人たちにとって、『荒地』とは言葉の論理性の否定であり、現実拒否の虚無と絶望であった。エリオットの『荒地』の荒廃のイメージを、〈荒地派〉の詩人たちは戦後日本の〈荒廃〉と重ねて見ていた」と記し、さらにその訳注の部分では、これらの言葉とは対照的にエリオットの『荒地』は一見、言葉とイメージの自由連想的な集合とも見えるが、「聖杯伝説」と「再生神話」を軸に解読すれば、そこに一貫した「意味」を読みとることができる」と述べてもいるのです。

ここで村上春樹作品のほうに戻らなくてはなりません。

私は岩崎宗治訳で『荒地』をどう読むかということを教えられて、そこからウェストン女史の『祭祀からロマンスへ』を読んだのですが、そのように「聖杯伝説」を「再生神話」の中に置いて読んでみると、村上春樹作品の中の「聖杯伝説」もやはり「再生の神話的な物語」として、強く意識されているのではないかと思えてくるのです。

▼「なんだか天地創造みたいね」

例えば、『羊をめぐる冒険』（一九八二年）では、猫に「いわし」という「魚」の名前がつけられました。すると、年取って、今にも死んでしまいそうだった「いわし」が、物語の最後には、まるまると太った猫として「再生」しているのです。

少し戻れば、その猫が右翼の大物の車の運転手によって「いわし」と名づけられた時、その名前について、「悪くないな」と「僕」が思うのですが、横にいるガールフレンドに「どう思う?」と訊ねてみると、彼女は「悪くないわ」「なんだか天地創造みたいね」と同意するのです。それに対して「僕」も「ここにいわしあれ」と言って、応えています。

「天地創造」という言葉に注目してみれば、ここでの猫への「いわし」という「魚」の命名に対して、そこに神話的な意味を明らかに意識して村上春樹は書いていると思います。

『ねじまき鳥クロニクル』（一九九四、九五年）の冒頭で行方不明となった猫の「ワタヤ・ノボル」が、長い物語の第3部で「サワラ」と名づけられるのも、「魚」偏に「春」を加えた「鰆《さわら》」が、自分のもとから去ってしまった妻を取り戻す「再生」の予告を秘めた命名なのでしょう。サワラは瀬戸内では、春に産卵のために外海から入ってくる「魚」です。瀬戸内海に産卵による「再生」という春を告げる「魚」が「サワラ」です。

また「すべての生命は水から由来する」という視点から、村上春樹を読んでみると、デビュー作『風の歌を聴け』の中で「僕」と「鼠」が初めて出会った時、二人でビールを半ダースばかり買って、海まで歩き、砂浜に寝転んで、それらを全部飲み、海を眺める場面があります。「俺のことは鼠って呼んでくれ」と鼠が言う場面です。

「僕たち」は堤防にもたれ、一時間ばかり眠るのですが「目が覚めた時、一種異様なばかりの生命力が僕の体中にみなぎっていた。不思議な気分だった」と思います。「100キロだって走れる」と「僕」は「鼠」に言い、「俺もさ」と「鼠」が言います。ここにも「海」と「水」による「再生」の力を村上春樹は意識的に描いていると私は思います。

さらに『羊をめぐる冒険』では、三代目となった「ジェイズ・バー」を「僕」が訪れた後、川沿いの道を歩く場面があるのですが、そこにこんなことが書かれています。

川沿いの道は僕の好きな道だった。水の流れとともに僕は歩く。そして歩きながら、川の息づかいを感じる。彼らは生きているのだ。彼らこそが街を作ったのだ。何万年という歳月をかけて彼らは山を崩し、土を運び、海を埋め、そこに木々を繁らせたのだ。

ここにも太古からの、神話時代からの「水」や「川」の力が意識的に記されているのではないかと、私は思うのです。

こうやって考えていくと『羊をめぐる冒険』の「僕」とガールフレンドが北海道で泊まるホテルが、なぜ「いるかホテル」（ドルフィン・ホテル）なのか、「鼠」と「僕」が再会する土地が、なぜ「十二滝町」なのかということが、「海」や「川」「水」との関連性を持って、私に迫ってくるのです。そして『海辺のカフカ』（二〇〇二年）という物語の題名も同様です。

▼「興味深い本だ」

以上のことは、エリオットの『荒地』と村上春樹作品との関係を、岩崎宗治さんの『荒地』の紹介やウェストン女史の『祭祀からロマンスへ』を通して、その「聖杯伝説」や「魚」「水」の力を媒介にして、私が妄想していることです。でも、それらの視点を通して読み返してみると、村上春樹作品から『荒地』と響きあうものを私は強く感じるのです。

『1Q84』（二〇〇九、一〇年）を例にとって、より具体的に紹介してみましょう。まずそのBOOK2には、エリオットが『荒地』の自注の冒頭に触れたフレイザーの『金枝篇』のことが出てきます。女主人公の「青豆」が「リーダー」と対決している場面で、「フレイザーの『金枝篇』を読んだことは？」と「リーダー」が「青豆」に問います。「ありません」と「青豆」が言うと、「リーダー」は「興味深い本だ」と言って、その魅力を話し出していきます。

さらに前回、『1973年のピンボール』（一九八〇年）の中で「漁師」が重要な場面で出てくることを紹介しましたが、この『1Q84』にも何回か「漁師」のことが出てきます。一つはBOOK2の中で、男主人公の「天吾」が「青豆」のことを思い出す場面です。「天吾」が記憶を掘り起こしてみる場面は「二人のまわりにあったものごとについて、漁師が網を引くように柔らかな泥底をさらった」と記されています。

そして、まっすぐに「天吾」の顔を見ていた「青豆」の視線を彼は思い出すのです。その「青豆」の一対の瞳は「透き通っていながら、底が見えないくらい深い泉のようだ」と記されているのです。「瞳」が「深い泉」のようだというのは、それほど特異な表現ではありませんが、その「深い泉」という言葉も「漁師」との組み合わせで、記されていることを考えると、そこに「水」の「再生」の力を感じないわけにいかないのです。

加えて、BOOK3では、「天吾」が父親の入院している海沿いの療養所を訪れ、そこの看護婦「安達クミ」と一晩を過ごす場面があります。

その「安達クミ」は「うちのお父さんは漁師だったの」と「天吾」に言います。すると「天吾」は「うちの父親も漁師だったらよかったのかもしれない」と思うのです。彼女が「どうしてそう思うの？」と問うても、「天吾」は「どうしてだろう」「ただふとそんな気がしたんだ」と言います。「天吾くんとしてはお父さんが漁師だった方が受け入れやすかったのかな？」と「安達クミ」に言われて、「天吾」は子供の自分が「父親と一緒に漁船に乗っている光景を想像した」りしているのです。

この奇妙なやりとりも、そこに『祭祀からロマンスへ』で指摘された「漁夫王」「漁師」「再生」というものを置いてみれば、二人の会話をしっかり受け取ることができると思います。

▼「私は再生した」「一度死んでしまったから」

実は、これらのやりとりは「天吾」と「安達クミ」が一夜を一緒に過ごした後の日の会話ですが、その一晩をともに過ごした夜には、「安達クミ」はベッドの中で、両腕を天吾の首にまわして、「私は再生したんだよ」と言います。「天吾」が「君は再生した」と言うと、「だって一度死んでしまったから」と彼女が言い、「君は一度死んでしまった」と「天吾」は繰り返すのです。

このやりとりも「漁師」以上に、意味のつかみがたいものです。でも、そこに次のような言葉を置いてみたらどうでしょう。

祭祀の残存した、かつ認知されたさまざまな形式を考慮するならば、わたしたちは最初期の、混交されることのもっとも少ない聖杯物語の版本の中心人物は死者であり、探求者の任務は彼の生命を回復させることであると判断してもいいのではないだろうか。

これもウェストン女史の『祭祀からロマンスへ』に記されている言葉です。これらの言葉の横に「私は再生したんだよ」「だって一度死んでしまったから」という安達クミの言葉や「君は再生した」「君は一度死んでしまった」という「天吾」の言葉を置いてみると、「聖杯伝説」と、その背後にある「再生神話」の言葉のように、私には響いて、強く迫ってくるのです。

さらにこんな場面もあります。

『1Q84』BOOK2では、「青豆」のほうの物語で「すごい雷」が鳴り、「雨もすごい」状態となり、地下鉄も構内に水が流れ込んで銀座線と丸ノ内線が一時運転を中止しています。さらに「天吾」の物語のほうでも雷鳴が窓ガラスを激しく震わせる中、「天吾」と「ふかえり」が交わるのです。

日本の〈荒地派〉の詩人について、岩崎宗治さんは「彼らの『荒地』とはすなわち第I部「死者の埋葬」だった」と指摘しましたが、そのエリオットの『荒地』の最後の第5部は「雷の言ったこと」です。そこでは雷が鳴り響く中、「DA／ダッタ——与えよ。」「DA／ダヤヅワム——相憐れめ。」「DA／ダミヤタ——己を制せよ。」というような詩句が記されています。稲妻が閃き、雨を含んだ風が来て、「DA」という雷鳴が「与えよ」「相憐れめ」「己を制せよ」と三度とどろきます。

「神々の復活は〈荒地〉に生命を甦らせる救いの道を啓示した」と岩崎宗治さんの訳注にあります。さらに、その後には「ぼくは岸辺に坐って／釣りをしていた」とあります。「ぼく」は神話の〈漁夫王〉になって、釣りをしながら自らを死にゆだねる覚悟をし、平安を祈るのです。

そして『1Q84』では、この雷鳴の中での「天吾」と「ふかえり」との交わり、さらに「青豆」が「リーダー」と対決して「リーダー」を殺害することを通して、洪水のような「水」が満ち、「青豆」が「天吾」との子を身ごもるという展開となっています。

ここに「青豆」と「天吾」の「再生」があるとは言えないでしょうか。瀬戸内海に春を告げる魚・サワラの産卵のように。

またまた、あまりに長くなってしまったので、このあたりで終わりにいたします。なお、ジェシー・L・ウェストン『祭祀からロマンスへ』の引用は、丸小哲雄訳に従いました。

2014

1月	「イエスタデイ」が『文藝春秋』(1月号) に掲載
2月	「木野」が『文藝春秋』(2月号) に掲載
	「シェエラザード」が『MONKEY Vol.2』(2月15日) に掲載
	[翻訳] J・D・サリンジャー『フラニーとズーイ』(新潮文庫) 刊行
	「こんなに面白い話だったんだ!」が新潮社HP「フラニーとズーイ」特設ページに掲載
3月	「独立器官」が『文藝春秋』(3月号) に掲載
4月	『女のいない男たち』(文藝春秋) 刊行
	「描かれずに終わった一枚の絵——安西水丸さんのこと」が『週刊朝日』(4月18日号) に掲載
7月	解説「器量のある小説」が、F・スコット・フィッツジェラルド『夜はやさし』(森真一郎訳、作品社) に掲載
9月	[翻訳・編集]『セロニアス・モンクのいた風景』(新潮社) 刊行
	ヤクルト・スワローズのHPに、村上春樹さんメッセージ「第2回「ヤクルト・スワローズ詩集」より」が掲載される
11月	『図書館奇譚』(イラスト:カット・メンシック、新潮社) 刊行
	ドイツの新聞「ディ・ヴェルト」によるヴェルト文学賞を受賞
12月	[翻訳] レイモンド・チャンドラー『高い窓』(早川書房) 刊行

033
異界に誘《いざな》う猫
T・S・エリオット番外編①

2014.1

村上春樹作品には動物がよく出てきます。鼠、猫、犬、羊、象、カンガルー、猿……。そしてカラスも必ずと言ってもいいほど登場します。村上春樹のファンなら、これらの動物が出てくる、いくつか作品を挙げることができるかと思います。

蛇やトカゲなど爬虫類はあまり出てきていないと思いますが、でも両生類のカエルは出てきますし、ミミズなども出てきます。それも作中にチラリと出てくるわけではありません。その小説の中心に登場するのです。

例えば、カエルなら、『神の子どもたちはみな踊る』（二〇〇〇年）の中の短編「かえるくん、東京を救う」を思う人は多いでしょうし、その作品には腹を立てると地震を起こす「みみずくん」も登場します。

▼こんなに動物が好きな小説家はいない

このカエルやミミズも、急に出てきたわけではありません。デビュー作『風の歌を聴け』（一九七九年）の中で「鼠」が女の子と二人で奈良をデートしたことを語る場面がありますが、そこで「蟬や蛙や蜘蛛や、そして夏草や風のために何かが書けたらどんなに素敵だろうってね」と「鼠」は述べています。またそのデビュー作の最後には「この我々の世界などミミズの脳味噌のようなものだ」とのハートフィールドという作家の言葉を引用して、「そうであってほしい、と僕も願っている」という言葉が記されています。

動物専門の作家ではないのに、こんなに動物が好きな小説家はいないですね。

「鼠」に関しては『風の歌を聴け』から、第二作『1973年のピンボール』（一九八〇年）、第三作『羊をめぐる冒険』（一九八二年）のいわゆる初期三部作に登場して、メインキャラクターでもありましたし、そのイメージが強く読者に残っているためか、『羊をめぐる冒険』で「鼠」という人物が亡くなって以降、作品にほとんど出てきていないと思います。

さらに「羊」も『羊をめぐる冒険』に出てきましたが、同作中で村上春樹自身が描いたユーモラスなイラストつきで登場した「羊男」のインパクトが強くあるためか、近作にはあまり出てきませんね。羊男が出てくるのは『羊をめぐる冒険』以降では、『中国行きのスロウ・ボート』（一九八三年）に収録された「シドニーのグリーン・ストリート」、『カンガルー日和』（一九八三年）に収録された「図書館奇譚」や同作を改稿して村上春樹が文、佐々木マキが絵を担当した絵本『羊男のクリスマス』（一九八五年）などがありますし、長編小説では『ダンス・ダンス・ダンス』（一九八八年）に登場します。

それ以外で、一番多く登場するのは、最初に列挙した中では、やはり「猫」と「カラス」ではないかと思います。日常生活でよく出合う動物ですし、「犬」も日常の動物ですが、やはり「猫」か「犬」で言えば、村上春樹は「猫」派でしょう。ただし『風の歌を聴け』には「犬の漫才師」というDJが出てきますが……。

▼「猫」の村上春樹作品の中の位置

でも何しろ、学生時代に開いたジャズ喫茶の名前が「ピーター・キャット」という名前なのですから。その「ピーター」という名前はもしかしたら、イギリスの詩人T・S・エリオットの詩集『キャッツ　ポッサムおじさんの猫とつき合う法』（一九三九年）の詩句から命名されているのではないかという妄想から、ここ何回か、村上春樹作品の中に登場する「猫」について考えてきました。例えば、なぜ作中の「猫」に魚系の名前が付けられているのかなどについての考察です。

今回のコラムはT・S・エリオットと村上春樹作品の関係を考える番外編という感じですが、これまでの延長線上で村上春樹作品の中の「猫」についてもう少し考えてみたいと思います。今回考えてみたいのは、異界へ誘《いざな》う猫というものです。そこから「猫」が村上春樹作品の中でどういう位置を占めているのかということを考えてみたいのです。

まずは『スプートニクの恋人』（一九九九年）に出てくる「猫」です。

「スプートニク」というのは、一九五七年十月四日、ソ連が打ち上げた世界初の人工衛星の名前です。そのスプートニク一号打ち上げの翌十一月三日には、ライカ犬を乗せたスプートニク二号の打ち上げにもソ連は成功。そのライカ犬は宇宙空間に出た最初の動物となりましたが、衛星は回収されず、宇宙における生物研究の犠牲となったことが『スプートニクの恋人』の本の扉に記されています。

▼煙のように消えてしまったすみれ

このため、犠牲となった「犬」のことが目立つ物語となっています。例えば、古代中国では城壁の大きな門が出来上がると、古戦場から集められた人骨が門に塗り込まれました。さらに生きている「犬」の喉を短剣で切って、温かい血が門にかけられたのです。ひからびた骨と新しい血が混ざり合い、はじめて古い魂は呪術的な力を身につけることになったのです。

そんな話も記されているので、「犬」の印象が強い作品ですが、でも結構「猫」のほうもたくさん出てくる小説なのです。

それは、こんな具合です。同作には小学校の教諭をしている語り手の「ぼく」が好きな「すみれ」という女性が登場しますが、その「すみれ」がギリシャの小島で、突然煙みたいに行方不明となってしまうのです。

「すみれ」はミュウという女性の秘書のようなことをやっていて、「ぼく」もミュウからの国際電話で呼び出されてギリシャの島に向かいます。

ミュウの話によると、四日前の夜、突然、煙のようにすみれは消えてしまったのです。

「すみれ」とミュウはこの島に来て八日目で、その四日目の朝も二人でビーチで泳いだり、カフェで話したりしています。そして、その日の新聞記事の中から「すみれ」が記事を選んで読み上げます。それは、飼い猫に食べられてしまった七十歳の女性の話でした。

その女性はある日、心臓発作で倒れ、ソファに伏せたまま息を引き取った。それから一週間の間、猫たちは飢えに耐えかねて、死んでしまった飼い主の肉をむさぼり食べたという記事です。

▼ひとつ奇妙な思い出があるのよ

それを受けて今度は、厳格なカソリックの女子校に六年間も通ったミュウがフランス人のシスターが語ってくれた「猫と無人島に流れ着く話」をします。

船が難破して、無人島に流れ着く。あなたと一匹の猫だけ。その島にはわき水もないので、食べ物と水がなくなったら死ぬしかない。みなさんどうしますか？　と言って、シスターは「乏しい食べ物を猫にもわけてやりますか？」と聞きます。でもシスターは「いいえ、それは間違ったことなのです」「みなさんは神に選ばれた尊い存在であり、猫はそうではないからです。ですからそのパンは、あなたが一人で食べるべきなのです」と言ったそうです。そのことをミュウは語ります。

「それって、最後には猫を食べちゃってもいいということよね？」とすみれが言います。

それに続いて、すみれが「猫といえば、ひとつ奇妙な思い出があるのよ」と、ふと思い出したように言うのです。

ここからが、私の言いたい「異界へ誘《いざな》う猫」の話です。

それは、すみれが小学校二年生くらいのときの話です。すみれは、生まれて半年くらいのきれいな三毛猫を飼っていました。

その猫があまりに興奮して、すみれが縁側から見物していることにも気づかないみたいです。さらに時を追うごとに、それは真剣みが増してきて、まるで何かに取り憑かれたみたいになってきたそうです。


猫の目にはわたしには見えないものの姿が映っていて、それが猫を異常に興奮させているんじゃないかって思えてきた。

やがて猫は木の根もとをぐるぐると走ってまわり始めて、そして松の木の幹を一気に駆け上がったそうです。

▼煙のように消えてしまった

やがて日が暮れましたが、すみれは縁側に座ったまま猫が降りてくるのを待っていたのです。でも降りてこなかった。猫は結局もどってこなかったそうです。

「もどってこなかったの？」とミュウが尋ねました。すみれは「うん。猫はそのまま消えてしまったの。まるで煙みたいに」と答えます。

みんなは「猫は夜のあいだに木から降りてきて、どこかに遊びに行ってしまったんだ」と言いますが、でもすみれは「猫は枝にしがみついて、声も出せないくらい怯えているんだ」と思っています。すみれは木を見上げて、ときどき大きな声で猫の名前を呼びます。だが返事はありません。一週間ほどたって、すみれもあきらめます。

でもすみれは「松の木を見るたびに、高い枝にしがみついたまま、固くなって死んでいる可哀想な子猫のことを想像した。子猫はどこにも行けないまま、そこで飢えてひからびて死んでいったのよ」とミュウに話します。

すみれとミュウが、港のカフェで、そういう話をした日の夜に、すみれ自身も、すみれが愛した猫と同じように「煙のように消えてしまった」のです。

実は、すみれはミュウに対して、強い恋愛感情を抱いていて、その晩、すみれがミュウに同性愛的な行為をするのですが、ミュウは心と頭ではすみれを受け入れながら、身体はすみれを拒否しているという状態でした。

そしてすみれは「煙のように消えてしまった」のです。

ここで「猫」の話が、すみれの異界への誘《いざな》い、その予告になっています。すみれが消えてしまったギリシャの島は異界、死者の世界、霊魂の世界、魂の世界であることが記されていると思うのです。

飢えた猫たちが、飼い主の死体をむさぼり食べた話。また無人島に漂着して食べ物が少なくなっても、猫にパンを与えてはいけないというシスターの話。「それって、最後は猫を食べちゃってもいいということよね？」という、すみれの発言も、そのことを述べていると思います。シスターの話は人間中心的な世界観であり、すみれが語るのは猫のことを思う人間の話ですが。

「ぼく」に会って、それらの猫の話をすみれとしたことを明かしたミュウが「そのときはただの害のない思い出話だと思っていたんだけど、あとになってみると、そこで話されたことのすべてに意味があるような気がしてきた」と話したことを村上春樹は書いています。それは「猫」が異界への誘いであることを、ミュウの言葉を通して語っているのだと、私には思えます。

▼「4」へのこだわり

さらにもう一つ、そのギリシャの島が異界の世界であることを示しているのは、その場面を描写する村上春樹の「4」へのこだわりです。村上春樹には数字の「4」に対する強いこだわりがありますが、この作品のギリシャの島の場面にも、そのこだわりが存分に発揮されています。

例えば、すみれが消えてしまったのは「ぼく」がギリシャの島に到着して、ミュウから話を聞く「4日前」のことです。

そしてすみれとミュウが、このギリシャの島に到着してから「今日で八日目だった」ようですから、すみれはギリシャの島に到着して、4日目に「煙のように消えてしまった」ということになります。

「ぼく」も、それを聞いて「こんな小さな島で外国人が4日間も人目につかないでいるのは簡単なことではないはずだ」と思っています。

この「4」へのこだわりの指摘に疑念を抱く人もいるかもしれません。単に偶然に「4」が多く出てくるだけだろう……と。そういう方もいるかと思いますので、『スプートニクの恋人』の中から、もう一つだけ紹介しますと、ミュウからの国際電話を受けた「ぼく」が、親しい同僚の女性教師に電話をして、急に不在となる理由として「親戚に不幸があって、一週間ほど東京を離れることになった」と言う場面があります。

「それで、どこに行くの?」と彼女が訊くので、「四国」とぼくは答えています。つまり、これから、ぼくは「四国」(死国)、死の国に向かうと述べているのです。

▼『1Q84』の中の『猫の町』

異界に誘う「猫」について、『スプートニクの恋人』を通して考えてきましたが、もう一つ、異界(死の国)への誘いとしての「猫」を考えさせられたのは『1Q84』(二〇〇九、一〇年)のBOOK2の中の猫の話です。

村上春樹の『1Q84』BOOK2に『猫の町』という小説のことが出てきます。

主人公の天吾が認知症で入院している父親を千葉県千倉にある療養所に訪れるため、館山行きの特急に乗ります。列車が東京駅を出発すると、天吾は文庫本を取り出して読むのです。それは旅をテーマにした短編小説のアンソロジーで、その中に猫が支配する町に旅をした若い男の話がありました。それが『猫の町』です。

この『猫の町』は村上春樹の創作のようですが、『1Q84』によれば、その物語はあまり名を聞いたこともないドイツ人の作家が書いたというもので、「第一次大戦と第二次大戦との間に書かれたもの」となっています。

ストーリーは、青年が鞄ひとつで気ままな旅をしていると、列車の車窓から美しい川が見え、静けさを感じさせる町が見えてきます。川には古い石橋がかかっていて、その風景に心を誘われた主人公は、列車が駅に到着するとそこで降りるのです。

ところが駅には駅員がいません。青年は石橋をわたって町まで歩いていきますが、そこにも人の姿がありません。

ひとつだけあるホテルの受付にも誰もいません。そこは完全に無人の町に見えます。

実はそこは猫たちの町だったのです。そして、日が暮れかかると石橋を渡ってたくさんの猫たちが町にやってきました。

その猫たちは買い物をし、ホテルのレストランで食事をして、居酒屋でビールを飲み、陽気な猫の歌を歌い、手風琴を弾きます。踊り出すものもいます。でも明け方近くになると、猫たちはそれぞれの仕事や用事を終えて、ぞろぞろと橋を渡って、元の場所に帰っていくのです。

青年は、この猫の町の不思議な光景をもっと見たくて、そこにとどまるのですが、三日目の夜に「なんだか、人のにおいがしないか」と一匹の猫が言い出し、「そういえばこの何日か、妙なにおいがしていた気がする」と他の猫が賛同します。

「しかし変だな。人間がここにやってくることはないはずなんだが」「ああ、そうだとも。人間がこの猫の町に入って来られるわけがない」「でもあいつらのにおいがすることも確かだぞ」……などと言って、猫たちは、その人間のにおいの発生源を求め、青年がいる鐘撞き台にあがってくるのです。

絶体絶命です。猫たちはくんくんとにおいをかぎますが、「不思議だ」「においはするんだが、人はいない」「たしかに奇妙だ」「でもとにかく、ここには誰もいない。べつなところを探そう」と言って、首をひねりながら去っていきます。

つまり猫たちには彼の姿は見えないのです。でもこの町に残るのはあまりに危険なので、青年は朝になったら午前の列車で町を出て行くことにします。しかし今度は列車が駅に停まらないのです。列車の運転手や乗客からは、駅の姿も青年の姿も見えないかのようです。

そして、そこに「彼は自分が失われてしまっていることを知った」と記されています。「ここは猫の町なんかじゃないんだ」と彼は悟ります。「それは彼自身のために用意された、この世ではない場所だった。そして列車が、彼を元の世界に連れ戻すために、その駅に停車することはもう永遠にないのだ」という言葉で『猫の町』の話は終わっています。

▼「猫町」と「古き魔術」

さて、この『猫の町』とは、何でしょうか。そのことを考えてみたいと思います。

この「猫の町」に入り込んでしまった主人公の「彼を元の世界に連れ戻すために、その駅に停車することはもう永遠にないのだ」というのは、『スプートニクの恋人』の「高い枝にしがみついたまま、固くなって死んでいる可哀想な子猫」に繋がるものがあると思います。「どこにも行けないまま、そこで飢えてひからびて死んでいった」子猫です。

詩人、萩原朔太郎の短編小説に「猫町」という作品があります。主人公が軽便鉄道を途中下車して、猫ばかり住んでいる町に入っていってしまう怖い話です。『1Q84』が刊行された時、この萩原朔太郎の「猫町」と『1Q84』の『猫の町』との関連を指摘する人もいました。

岩波文庫の『猫町　他十七篇』の清岡卓行さんの解説によると、「猫町」は文芸・文化誌『セルパン』の一九三五年八月号に発表された作品で、その発表の前には一九三一年九月十八日の満州事変、また一九三二年一月二十八日の第一次上海事変がありました。

また「猫町」発表後の一九三七年七月七日には盧溝橋事件、同年八月十三日は第二次上海事変が起こっていて、「猫町」の発表は「日中のいくつかの戦乱勃発の間に挟まれている」ことがわかります。

『1Q84』の『猫の町』も「第一次大戦と第二次大戦にはさまれた時代に書かれたものだと解説にはあった」と記されているので、確かに、もしかすると萩原朔太郎「猫町」と少し関係のある作品なのかもしれませんね。

さらに清岡卓行さんも解説でかなりくわしく書いていますが、イギリスの怪奇小説作家、アルジャノン・ブラックウッドに「猫町」によく似た「古き魔術」という中編小説があるのです。この作品と『1Q84』の『猫の町』との関係を指摘する人もいました。

「古き魔術」も、あるイギリス人が毎夏恒例の一人での山歩きの帰途、超満員の列車が不愉快になって、北フランスの小さな町で下車する話です。

中世的な町並みの中の宿屋に泊まると、そこの女主人は巨大な猫のようですし、猫族のように優雅で身軽な宿屋の十七歳の娘も登場しますし、町の人たちも猫に変身したりします。

「猫町」も「古き魔術」も、どちらも九月の山地での小さな町に、鉄道を途中下車して入っていくと、そこは猫が支配する町であったという話です。ですから両作の類似点を指摘する文は、昔からあったようです。

▼「Town of Cats」と千葉県千倉

そして「古き魔術」は「猫町」発表より二十七年も早く出版されていますので、萩原朔太郎が先行作品に影響を受けたのか、または偶然の結果か、いろいろ考えることができます。

さらに『1Q84』の『猫の町』との関連もどのようにあるのか……。それらのことに興味のある方は、当該の作品を読まれたらいいかと思います（私はアルジャノン・ブラックウッドの作品は紀田順一郎訳「いにしえの魔術」で読みました）。

ここでは、村上春樹作品の中での猫、また『1Q84』の『猫の町』について考えてみたいのです。

『1Q84』の英語版が刊行された際、同作の中から幾つかの部分を村上春樹がピックアップし、執筆・再編集して、米国の「ニューヨーカー」誌の二〇一一年九月五日号に「Town of Cats」という短編を発表しています。

村上春樹は短編から長編を書くことは、例えば「螢」から『ノルウェイの森』のように、いくつかの例がありますが、逆に長編から短編を制作したというのは珍しいですね。長編『1Q84』から、作られた短編の題名が「Town of Cats」なんですから、やはり『猫の町』という話には、何か大切な意味が込められているのではないかと思います。

さてこの「猫の町」とは何でしょうか。

紹介したように天吾が列車の中で読んだ小説『猫の町』では、最後に主人公が「ここは猫の町なんかじゃないんだ」と思います。「それは彼自身のために用意された、この世ではない場所だった」と書いてあります。この世ではない場所とは、異界のことでしょう。

そして『1Q84』の『猫の町』はかなり重層的に書かれていますが、でも最も具体的なところとしては、死の床にある父親が療養している千葉県千倉の町が「猫の町」と重なっています。また「猫の町」は死にゆく父親の世界、また霊魂の世界という意味もあるかと思います。

入院している父親をしばらく看るために天吾は千倉に出かけ、比較的安い旅館を探して滞在し、父親の療養所に通います。「そのようにして海辺の『猫の町』での天吾の日々が始まった」と書かれています。

東京の高円寺の自宅アパートに戻った天吾が眠っていると、午前二時過ぎに千倉の療養所の看護婦からの電話で起こされます。父親が亡くなったのです。

天吾はその知らせを受けて、列車の時刻表などを見ながら、「猫の町」から帰ってきたばかりなのに、またそこに戻らなくてはならないと思います。

そのように「猫の町」は、療養所のある千倉、また父親の死の世界ということを示していると思います。

▼「ホンをよむかおはなしをしてくれる」

そして、この小説『猫の町』についても、私には「4」への村上春樹のこだわりがあるのではないかと思っています。

紹介したように列車の中で『猫の町』を読むのです。そこで「天吾はその短編小説を二度繰り返し読んだ」とあります。続いて面会した父親に「猫の町の話を読みたいのですが、それでかまいませんか」と言って、父親のために『猫の町』の朗読をしています。

さらに、東京・高円寺のアパートに戻った天吾が、天吾の部屋に潜んでいる「ふかえり」という少女作家から「ホンをよむかおはなしをしてくれる」と言われて、『猫の町』の話でよければ、話してあげられる」と応えて、『猫の町』の話を始めています。

村上春樹は、その場面で「彼はその短編小説を特急列車の中で二度読んでいたし、父親の病室でも一度朗読した」と確認するかのように記しています。つまりふかえりに語るのは四回目なのです。ここにも『猫の町』が死の世界、霊魂の世界、異界であることが記されているのではないかと私は考えています。

『スプートニクの恋人』の「猫」と同じように、『1Q84』の「猫」もやはり異界へ誘う「猫」です。

　さて、その異界に入り込んでしまうと、『猫の町』の主人公にとっては、列車が「彼を元の世界に連れ戻すために、その駅に停車することはもう永遠にない」のです。主人公は「猫の町」から脱出することができません。

▼「ねえ帰ってきたのよ」

　天吾も「猫の町」に何度か行くのですが、でも彼は、列車に乗って「猫の町」に行き、そして戻ってきました。

「幸運なことに小説の主人公とは違って、帰りの列車にうまく乗り込むことができた」と記されています。

『スプートニクの恋人』の「高い枝にしがみついたまま、固くなって死んでいる可哀想な」「どこにも行けないまま、そこで飢えてひからびて死んでしまった」子猫のように消えてしまったすみれが、物語の最後に「ぼく」の家に深夜電話をかけてきます。

「ねえ帰ってきたのよ」とすみれが言い、「いろいろと大変だったけど、それでもなんとか帰ってきた。ホメロスの『オデッセイ』を50字以内の短縮版にすればそうなるように」と言います。

　なぜ、天吾は「小説の主人公とは、違って、帰りの汽車にうまく乗り込むことができた」のか、なぜ煙のように消えてしまったすみれが「いろいろと大変だったけど、それでもなんとか帰ってきた」のか。その理由を考えてみたいと思います。

　でも、ここまででも、あまりに長くなってしまいました。「天吾」と「すみれ」の帰還の理由について考えるのは、別の回にしたいと思います。

＊「蛇」は『女のいない男たち』（二〇一四年）の「木野」に出てきます。「猫」が木から消えてしまう話は『猫を棄てる父親について語るとき』（二〇二〇年）にも出てきます。

034 死と魂の世界「猫の町」

T・S・エリオット番外編②

2014. 2

村上春樹の『1Q84』BOOK2（二〇〇九年）の中盤に、美少女作家・ふかえりに天吾が『猫の町』の話をしてあげる場面があります。それは千葉県の千倉にある海沿いの療養所に入院している父親を見舞いに行くために乗った特急列車の中で読んだ「猫が支配している町の話」を書いた短編小説です。

東京・高円寺の天吾のアパートに隠れている、ふかえりが「ホンをよむかおはなしをしてくれる」と天吾に言い、天吾が「本は手元にないけど、『猫の町』の話でよければ、話してあげられる」と答えます。

なぜ天吾の手元に本がないかというと、療養所の父親の部屋に本を忘れてきてしまったからです。前回も紹介しましたが、天吾は特急列車の中で二度、この『猫の町』を読み、父親の前で一度朗読し、今度はふかえりの前で、そらんじていた物語を語るのです。特急列車の中で読んだことから、数えていくと、ふかえりに語るのは、四回目ということになり、村上春樹の「四」（死）という数へのこだわりがよくあらわれた場面ですが、もう一つ、とても村上春樹らしいなと思うことがあります。

▼天吾による「口承文学」

村上春樹という作家は、デビュー以来、文字で書かれた文学よりは、文字というものを離れた〝語り〟によって表現される物語というものに関心を抱いている作家です。

例えば『1Q84』でも、ふかえりは『空気さなぎ』というベストセラー小説の作者ですが、ディスレクシア（読字障害）を持っていて、本は文字で読まずに、声を通して理解してきた人という、かなり変わった設定になっています。ですから『空気さなぎ』も「ふかえりはただ物語を語り、別な女の子がそれを文章にした。成立過程としては『古事記』とか『平家物語』といった口承文学と同じだ」とも村上春樹は書いているのです。

そこで、計四回の『猫の町』の〝読み〟の場を考えてみると、最初の二回は天吾による文字を通しての黙読です。次に、死の床にある父親の前で読んであげる場面は朗読です。そしてふかえりに対しては「ホンをよむ」のではなく「おはなしをしてくれる」ほうを村上春樹は選択していきます。つまり天吾の暗唱による語りであり、これは天吾による「口承文学」と言っていいものだと思います。

このように『猫の町』に関する〝読み〟の在り方は「黙読」から「朗読」、さらに暗記による「語り」（口承文学）というように、村上春樹文学の中で価値レベルが上がってきているのです。

さて、その『猫の町』について、天吾が語ると、聴き終わったふかえりが「あなたはネコのまちにいった」と天吾を咎めるように言います。「そしてデンシャにのってもどってきた」「そのオハライはした」と尋ねます。「お祓《はら》い？」と天吾が思い「いや、まだしていないと思う」と答えると、ふかえりが「それをしなくてはいけない」「ネコのまちにいってそのままにしておくとよいことはない」と言うのです。

そして、天をまっぷたつに裂くように雷鳴が激しく轟くと、ふかえりは「こちらに来てわたしをだいて」「わたしたちふたりでいっしょにネコのまちにいかなくてはならない」と言うのです。

この「猫の町」は『1Q84』の中で、かなり重層的に書かれていて、一つはもちろん天吾が読んだ小説『猫の町』ですが、もう一つは、父親が療養している千葉県千倉の町が「猫の町」と呼ばれています。入院している父親をしばらく看るために天吾は千倉に出かけ、比較的安い旅館を探して滞在し、父親の療養所に通うのですが、「そのようにして海辺の「猫の町」での天吾の日々が始まった」とも書かれているのです。

そんな具合に小説『猫の町』と父親が療養する「猫の町」は重なりあっているのですが、一方で、またその二つは別な方向を示すものとして『1Q84』の中に存在しています。

例えば、小説『猫の町』の主人公は町に閉じ込められたまま、帰りの列車もなく、元の世界に戻ることができないのですが、『1Q84』の天吾のほうは、千倉の「猫の町」から「デンシャにのってもどってきた」のです。どうして天吾は「猫の町」から元の世界に戻ってくることができたのでしょう。その点について考えてみたいと思います。

▼父親の部屋に置かれるべき物語

まず、この「猫の町」とは何かから考えてみましょう。

父親の療養所からの帰り、館山からの上りの特急列車に乗った天吾が、小説『猫の町』が入った文庫本の続きを読もうとすると、父親の部屋にその本を置いてきたことに気づきます。天吾はため息をつきますが、「あるいはそれでよかったのかもしれないと思い直した」「『猫の町』は、天吾の手元よりは父親の部屋に置かれるべき物語だった」と村上春樹は記しています。その父親は死の床にある人です。つまり、この「猫の町」を死の世界、死に近い霊魂の世界、魂の世界と考えていいのではないかと思います。

死の世界ですから、そこに行った者は、お祓いをしなくてはならないのでしょう。でも死の世界に行って再び元の世界に帰ってくること、つまりあの世とこの世の往還は簡単なことではないのです。そこには危険なものがたくさん潜んでいますし、小説『猫の町』の主人公のように、列車が「彼を元の世界に連れ戻すために、その駅に停車することはもう永遠にない」という事態となり、「猫の町」から脱出することができなくなってしまうかもしれないのです。
「彼は自分が失われてしまっていることを知った。ここは猫の町なんかじゃないんだ、と彼はようやく悟った。そこは彼が失われるべき場所だった。それは彼自身のために用意された、この世ではない場所だった」と小説『猫の町』の最後に書かれています。

天吾はその『猫の町』を二度読み、「失われるべき場所」という言葉に興味を覚えます。

そして本を閉じて、天吾が車窓から外に見える臨海工業地帯を眺めると、製油工場の炎、巨大なガスタンク、長距離砲のような格好をしたずんぐりと巨大な煙突、道路を走る大型トラックとタンクローリーの列などが見えます。それは「猫の町」とはかけ離れた情景です。でも「しかしそのような光景にはそれなりの幻想的なものがあった。そこは都市の生活を地下で支える冥界《めいかい》のような場所なのだ」と村上春樹は書いています。

「猫の町」とは「かけ離れた情景」だが、しかし「それなりの幻想的なものがあった」光景とは、少し微妙な書き方ですが、この臨海工業地帯の場所は『1Q84』の中での「猫の町」という冥界への入り口の門のように位置しているのかもしれません。

なぜなら、天吾が千倉の「猫の町」から帰る列車の中で、小説『猫の町』が入った文庫本を忘れたことに気がつくと、まもなくして車窓にまた臨海工業地帯が見えてきます。それも今度は夜の臨海工業地帯の光景です。そこでは「多くの工場は夜になっても操業を続けていた。煙突の林が夜の闇の中にそびえ、まるで蛇が長い舌を突き出すように赤く火を吐いていた」と村上春樹は書いています。

▼地下二階の地下室

小説『猫の町』を読んで「猫の町」千倉に向かう時の「冥界のような場所」。父親に『猫の町』を朗読した後、「猫の町」千倉から出てきた時に見た「蛇が長い舌を突き出すように赤く火を吐いていた」風景。それは、この臨海工業地帯が、死の世界への入り口・出口であることを示し、さらにその冥界の危険性を示しているのではないかと思えるのです。

次に、村上春樹の作品の主人公たちは、なぜこの「猫の町」のような危険な場所に入っていくのでしょうか。そのことを考えなくてはなりません。

それを考える際に、ヒントになるような村上春樹へのインタビューがあるので紹介したいと思います。それは『海辺のカフカ』（二〇〇二年）が刊行された後に、私と文芸評論家の湯川豊さんが聞き手となって行ったロングインタビューです。これは村上春樹へのインタビュー集『夢を見るために毎朝僕は目覚めるのです』（二〇一〇年）に収録されているので、そこから紹介してみましょう。

「人間の存在というのは二階建ての家だと僕は思ってるわ

けです」と、そのインタビューの中で、村上春樹は自分の小説世界を家にたとえて語っていました。つまり一階はみんなが集まってごはんを食べたり、テレビを見たり、話したりするところ。二階は個室や寝室で、一人になって本を読んだり、音楽を聴いたりするところ。そして地下室には特別ないろんなものが置いてあります。日常的に使うことはないけれど、ときどき入っていって、ぼんやりしているところです。

でも「その地下室の下にはまた別な地下室があるというのが僕の意見なんです」と村上春樹は言います。その地下室は非常に特殊な扉があってわかりにくいので普通はなかなか入れないし、入らないで終わってしまう人もいます。でも何かの拍子にフッと中に入ると、そこに暗がりがあるんですというのが村上春樹の意見でした。

「その中に入っていって、暗闇の中をめぐって、普通の家では見られないものを人は体験するんです。それは自分の過去と結びついていたりする、それは自分の魂の中に入っていくことだから。でも、そこからまた帰ってくるわけですね。あっちに行っちゃったままだと現実に復帰できないです」

と語っていました。

でも地下二階の地下室の「その暗闇の深さというものは、慣れてくると、ある程度自分で制御できるんですね。慣れない人はすごく危険だと思うけれど」と村上春樹は語っていました。つまりこの地下二階の地下室に入っていくには危険性《リスク》があるのですが、その特殊な扉を開けて地下二階の地下室に入り、深い暗闇の中にある自分の過去や魂の世界を見て記述し、またちゃんと現実のほうに復帰してくるのが、作家というものだということを村上春樹は語っているのです。

村上春樹は自分の小説世界を自己解説しない稀有な作家ですが、このインタビューは自分の小説世界と人間の魂の世界との関係について語った珍しい内容となっていると思います。私が関係したインタビューですが、これほど村上春樹が自分の文学世界について語ったことは珍しいと思っていますので、興味がある人はぜひ読んでください。

▼町を出る列車に乗ることができなくなる

さて、ここで紹介したような村上春樹の考えに従えば、小説『猫の町』の主人公は「あっちに行っちゃったまま」の人であり「現実に復帰できない」人ですね。それとは違って、『1Q84』の天吾は「あっち」の世界である「猫の町」に行って、「でも、そこからまた帰ってくる」人です。つまり『1Q84』では、この「猫の町」が地下二階の地下室となっているわけです。

その地下二階の地下室「猫の町」とは、どんなところなのでしょうか。次にこのことを考えてみたいと思います。「猫の町」である千倉に滞在中に天吾は小説を書いていま す。そして、自分が書いている小説について、天吾が次のように考える場面があります。

肉体と意識が分離しかけているような特別な感覚があり、どこまでが現実の世界でどこからが架空の世界なのか、うまく判別できなくなった。きっと「猫の町」に入り込んだ主人公もそれに似た気分を味わったのだろう。世界の重心がわからないうちによそに移動してしまう。そのようにして主人公は（おそらく）永遠に、町を出る列車に乗ることができなくなる。

つまり天吾が書いている小説も、地下二階の地下室の闇の中をいく小説なのです。小説を書くという行為は、へたをすると、その世界から戻れなくなるようなリスクがある行為であり、そこまで降りていかないと、本当の小説ではないということが記されているのでしょう。『1Q84』の中の「猫の町」ではこのような「どこまでが現実の世界でどこからが架空の世界なのか、うまく判別できなくなった」世界が繰り返し書かれています。

例えば『1Q84』のBOOK3で、千倉の療養所の安達クミという看護婦と天吾が一夜をともにする場面がありま す。そこで天吾の小学校の同級生で、この長編のもう一人の主人公・青豆の十歳の少女時代の彼女と会話をするような場面があります。天吾が「君に会いたかった」と青豆に言い、「私もあなたに会いたかった」と少女が答えるのです。

その時、天吾と安達クミはハシッシを吸った後ですので、「それは安達クミの声にも似ている。現実と想像との境目が見えなくなっている。境目を見極めようとすると、椀が斜めに傾き、脳味噌がとろりと揺れる」と記されています。これも「どこまでが現実の世界でどこからが架空の世界なのか、うまく判別できなくなった」場面で、やはり地下二階の地下室での出来事なのでしょう。

▼死のないところに再生はない

その天吾と一夜を過ごす時の安達クミは、ふかえりにちょっと似ていて、まるで巫女的な予言者のようなことをいくつか話しています。

前にも少し紹介しましたが、天吾が安達クミに「君は再生した」と言うと、「だって一度死んでしまったから」と安達クミが言っています。さらに安達クミは「死ぬのは苦しい。天吾くんが予想しているよりずっと苦しいんだよ。そしてどこまでも孤独なんだ。こんなに人は孤独になれるのかと感心してしまうくらいに孤独なんだ。それは覚えておいた方がいい。でもね天吾くん、結局のところ、いったん死なないことには再生もない」と言います。

この死と再生をめぐる安達クミと天吾のやりとりについては、T・S・エリオット『荒地』の着想に大きな影響を与えたジェシー・L・ウェストン女史の『祭祀からロマンスへ』に、聖杯伝説とは「死者」をよみがえらせる「再生神話」であることが記されていることと、もしかしたら関連があるのではないかと私は考えていて（妄想ですが）、前にも紹介しました。

今回、紹介したいのは、天吾と安達クミの会話の、その続きの部分です。

天吾も死と再生については、「死のないところに再生はない」と確信するのですが、続いて「しかし人は生きながら死に迫ることがある」という声が聞こえてくるのです。

これは二人の会話のやりとりの間に挟まれた言葉ですので、普通に読めば、これは安達クミの言葉です。でも記述を見れば、誰の発言とも記されておらず、「しかし人は生きながら死に迫ることがある」との言葉は、もしかしたら著者・村上春樹の声なのかもしれません。天吾もその意味を理解できないまま「生きながら死に迫る」と繰り返すのですが、この「生きながら死に迫る」というのが、地下二階の地下室に入っていって、あっち側の世界、死者や自分の魂の世界に行って、そこからまたちゃんと現実に復帰してくる村上春樹の小説世界というものを端的に述べているのではないかと、私は考えています。

▼空白が生まれれば、何かがやってきて埋めなくてはならない

そして「生きながら死に迫る」は「猫の町」千倉の療養所での、天吾の体験そのものでもあるのです。この「生きながら死に迫る」こと、それは死の床にある父親と天吾の対話のことでもあると思います。

天吾は、自分は父親の子ではなく、母親が別な男性と関係してできた子供ではないか……という思いをずっと抱いて生きてきたのです。「猫の町」にいる父親に会いにいき、二週間近くも「猫の町」に滞在したのも、そのことを確かめる目的もありました。「そろそろ二週間になる。でも僕がそうしたのは、あなたの見舞いや看病をすることだけが目的じゃなかった。自分がどんなところから生まれてきたのか、どんなところに自分の血が繋がっているのか、それを知っておきたいと思ったということもある」と記されています。

この天吾と父親との対話の場面が重要なのではないかと思うのは、この『1Q84』という大長編を「猫の町」をめぐる視点から読んでいくと、この父親と天吾の対話の場面で、千葉県の千倉の「猫の町」の療養所で死の床にふす父親に、小説『猫の町』を天吾が朗読してあげるというように、「猫の町」が二重になって描かれているからです。

その天吾の父親は認知症を患っていますが、天吾が朗読する『猫の町』の話を聞いて、その猫が支配している「町は猫がつくった町なのか。それとも昔の人がつくって、そ

こに猫が住み着いたのか?」と独り言のように言います。

天吾は「わからないな」と言い、「でもどうやら、ずっと昔に人間がつくったもののようですね。何らかの理由で人間がいなくなり、そこに猫たちが住み着いたのかもしれない」と加えます。

父親が肯いて、「空白が生まれれば、何かがやってきて埋めなくてはならない。みんなそうしておるわけだから」と言います。「みんなそうしている?」という天吾の声に、「そのとおり」と父親は断言します。

「あなたはどんな空白を埋めているんですか?」と天吾が問うと、「あんたにはそれがわからない」と父親が言って、「説明しなくてはそれがわからんというのは、つまり、どれだけ説明してもわからんということだ」という『1Q84』の中で、とても有名となった言葉が父親から発せられます。

▼リーダー的なキャラクターに変貌する父親

この場面の父親は、認知症で、空っぽの父親という感じではとてもないですね。

実際、天吾も「父親がこんな奇妙な、暗示的なしゃべり方をしたことは一度もない。彼は常に具体的な、実際的な言葉しか口にしなかった。必要なときに、必要なことだけを短くしゃべる、それが会話というものについての、その男の揺らぎない定義だった」と驚きの目で父親の表情を読もうとします。

そして天吾は「わかりました。とにかくあなたは何かの空白を埋めている」と言い、さらに「じゃあ、あなたが残した空白をかわりに埋めるのは誰なんでしょう」と問います。

すると父親は「あんただ」と簡潔に言い、そして人差し指を上げて天吾をまっすぐ、力強く指さして、「そんなこときまっているじゃないか。誰かのつくった空白をこの私が埋めてきた。そのかわりに私がつくった空白をあんたが埋めていく。回り持ちのようなものだ」と言うのです。

私は、この場面、なかなか好きです。

『1Q84』では、女性の殺し屋である青豆とカルト集団の「リーダー」という男の対決の場面が話題になりました。青豆がリーダーに筋肉ストレッチをしていると、リーダーが「フレイザーの『金枝篇』を読んだことは?」と聞いてくる有名な場面がありますが、その直前にはリーダーが青豆に「右手を下ろしてごらん」と言い、青豆が右手を下ろそうとしても、空中に凍りついたように、動かすことができないという場面があります。さらにその後にはリーダーがホテルの部屋にある置き時計を念力のようなもので、手も触れずに持ち上げてみせるマジック的な場面があります。

でも、天吾の父親が人差し指を上げて天吾をまっすぐ、力強く指さして「そんなこときまっているじゃないか。誰かのつくった空白をこの私が埋めてきた。そのかわりに私がつくった空白をあんたが埋めていく」という場面も、青豆とリーダーの対決に対応するかのような、強い印象を残します。ほんの一瞬だけ、天吾の父親が、リーダー的なキャラクターに変貌しているかのような場面です。

空白を回り持ちのように埋めていくと父親から聞いて、「猫たちが無人になった町を埋めたみたいに」と天吾が応えると、「そう、町のように失われるんだ」と父親は言います。さらに「あんたを産んだ女はもうどこにもいない」と天吾の母親について語るのです。

「どこにもいない。町のように失われる。つまりそれは、死んでしまったということなのですか?」「それでは、僕の父親は誰なんですか?」と問う天吾に「ただの空白だ。あんたの母親は空白と交わってあんたを産んだ。私がその空白を埋めた」と父親は答えます。

「空白と交わった?」「そしてあなたが僕を育てた。そういうことですね?」と天吾が確認のような問いを発すると、また、あの名言「説明しなくてはそれがわからんというのは、どれだけ説明してもわからんということだ」を天吾の父親は繰り返すのです。

▼ようやく変化を遂げつつある

天吾は、「猫の町」で死の床にある父親とのこのようなやりとりを通して、変化し、成長してゆくのです。まず最初に、天吾の変化を指摘するのはふかえりです。ふかえりが天吾に「あなたはかわった」と言います。天吾が「僕はどんな風に変わったんだろう」と言うと、ふかえりは「ネコのまちにいけばわかる」と言うのです。

そして、父親が昏睡状態になった時に、天吾は再び千倉の「猫の町」に行き、「猫の町」の療養所を訪れて、今度は眠り続ける父親に天吾は自分の思いを話します。

それはこんな話です。天吾は高校時代は柔道部の中心選手でしたが、柔道に心からのめり込んだことはありませんでした。大学では数学を学び、それなりに成績もよかったのですが、三年、四年となるにつれて、数学に対する情熱のようなものは急速に失われていきました。そして女性たちにも不自由することはありませんでしたが、自分に心を惹かれる女性に、天吾が心を強く惹かれることはなかったのです。過去をふり返り、

「僕にとってもっと切実な問題は、これまで誰かを真剣に愛せなかったということだと思う。生まれてこの方、僕は無条件で人を好きになったことがないんだ。この相手になら自分を投げ出してもいいという気持ちになったことがない。ただの一度も」

という言葉も天吾は、父親に向けて話しています。

でもふかえりが話したように、実はそんな天吾が変わっていたのです。

「今のところまだうまくいっているとは言えないけど、僕はできればものを書いて生活していきたいと思っている。他人のリライトなんかじゃなく、自分の書きたいものを自分の書きたいように書くことでね。文章を書くことは、とくに小説を書くことは、僕の性格に合っていると思う。やりたいことがあるということはいいものだよ」

と父親に語るのです。女性についても青豆のことを思い、

「彼女の行方を捜してみようという気になった。自分が彼女を必要としていることにようやく気がついたんだ」

と話します。

天吾が父親の横から立ち上がり、窓際に行くと、一匹の大きな猫が庭を歩いています。腹の垂れ方からすると、妊娠しているようです。猫は木の根もとで横になり、脚を広げて腹をなめ始めました。ここはやはり「猫の町」なのです。すると天吾は「僕の人生は最近になってようやく変化を遂げつつあるみたいだ。そういう気がする」と言うのです。これは、ふかえりの予告通りのことですね。

▼天吾の「猫」、青豆の「タイガー」

「正直に言って、僕は長いあいだお父さんのことを恨みに思っていた」と天吾は話します。そして「天吾はもう一度窓の外に目をやって、猫の姿を見た。猫は自分が見られていることも知らず、無心にそのふくらんだ腹をなめていた。天吾は猫を見ながら話を続けた」とあって、それに続いて、長いあいだ父親を恨みに思っていたことについて「今ではそんなことは思わない。そんな風には考えない。僕は自分に相応しい環境にいて、自分に相応しい父親を持っていたのだと思うよ。嘘《うそ》じゃなく。ありのままを言えば、僕はつまらない人間だった。値うちのない人間だった。ある意味では僕は、自分で自分を駄目にしてきたんだ。今となってはそれがよくわかる」と言うのです。

天吾の言葉はさらに続いていますが、これらの言葉を述べる際、紹介したように「天吾は猫を見ながら話を続けた」のです。つまり、この『1Q84』の中で「猫」は死の世界、自分の魂の世界を象徴する動物として描かれているようです。

天吾はこの「猫の町」、地下二階の地下室、死の世界で自分の魂と対話を重ねる中で、少しずつ成長し変化していたのです。そうやって父親と和解し、自らとも和解したのです。

ちなみに『1Q84』のもう一人の主人公・青豆のほうの話には首都高速道路にある「タイガーをあなたの車に」というエッソの広告看板の「虎」が何回か登場します。長い物語の最後の最後には、エッソの「虎」は左側の横顔を

青豆のほうに向けて出てきて、「大きな微笑みは自然で温かく、まっすぐ青豆に向けられている」とあります。青豆も「その微笑みを信じよう。それが大事なことだ。彼女は同じように微笑む。とても自然に、優しく」という場面で、『1Q84』は終わっています。もちろん、虎はネコ科の動物ですので、「猫」と「天吾」、「虎」と「青豆」というペアで同作の中に出てきているのかもしれませんね。「猫」は地下二階の地下室にいる動物、高速道路にある「虎」は移動性を象徴する動物として、天吾と青豆を象徴し、二人の主人公をよく生かす動物として、在るのかもしれません。

そして天吾の父親が亡くなります。その時、安達クミが火葬につき合ってくれます。

「あなたのお父さんは、何か秘密を抱えてあっち側に行っちゃったのかもしれない」「でもね、天吾くんは暗い入り口をこれ以上のぞき込まない方がいい。そういうのは猫たちにまかせておけばいい。そんなことをしたってあなたはどこにも行けない。それよりも先のことを考えた方がいい」と安達クミは忠告してくれます。

▼あなたの一部を持ったまま

葬儀を終えて、天吾は東京・高円寺のアパートに帰り、「そんなことをしたってあなたはどこにも行けない」「それよりも先のことを考えた方がいい」という安達クミの言葉を反芻します。そして天吾は、「でもそうじゃないんだと天吾は思う。それだけじゃないんだ。秘密を知ったところで、それはおれをどこにも連れて行かないかもしれない。それでもやはり、なぜそれが自分をどこにも連れて行かないのか、その理由を知らなくてはならない。その理由を正しく知ることによって、おれはひょっとしたらどこかに行くことができるかもしれない」と思うのです。ここが『1Q84』の天吾側の話として、とても重要な場面です。さらに、

あなたが僕の実の父親であったにせよ、なかったにせよ、それはもうどちらでもいいことだ、天吾はそこにある暗い穴に向かってそう言った。どちらでもかまわない。どちらにしても、あなたは僕の一部を持ったまま死んでいったし、僕はあなたの一部を持ったままこうして生き残っている。実際の血の繋がりがあろうがなかろうが、その事実が今さら変わることはない。時間は既にそのぶん経過し、世界は前に進んでしまったのだ。

と思うのです。

この時、窓の外にフクロウの鳴き声が聞こえたような気がします。「フクロウくんは森の守護神で、物知りだから、夜の智慧《ちえ》を私たちに与えてくれる」という安達クミの言葉が、『1Q84』（BOOK3）の中で、何度か繰り返し記されていますが、その森の守護神の鳴き声が聞こえたという

ことは、地下二階の地下室の「猫の町」の世界を抜け出して、元の世界に戻ってきたということでしょう。

▼人間の成長と死者との対話

さてさて、なぜ小説『猫の町』の主人公は「猫の町」に閉じ込められてしまったのに、『1Q84』の天吾は「猫の町」に行って、「そしてデンシャにのって」戻ってくることができるのでしょう。その問題を考えなくてはいけないと思います。

私の考えでは、一つは天吾が「猫の町」に行って、死の世界で死に瀕する父と対話し、自らの魂の世界と対話して、変わっていき、確実に成長しているからでしょう。

今回、『1Q84』の天吾と「猫の町」でのことを詳しく紹介したのも、その天吾の成長の過程をちゃんとたどってみたかったからです。

村上春樹は人間の成長というものを一貫して書き続けている作家です。成長することの大切さをずっと書いているのです。その村上春樹の作品の主人公たちが、そのような死の世界に入っていくのは、人間の成長には、死者との対話、霊魂との対話、自分自身の魂との対話が欠かせないと考えているからだと思います。

なぜ死者との対話、霊魂との対話、自分自身の魂との対話が、自己の成長にとって大切かといえば、我々は日ごろ、日常世界を生きている時には、どこに自分の本当の心があるのか、自分でもなかなか気づくことができないからです。忙しさや社会の中の人間関係とか、もろもろのものが邪魔をして、自分の本当の心がどこにあるのか、よくわからないのです。

それが、大切な者を失った時、また大切な人を失いそうになった時、人はハッとして、自分の心の本当の在りどころがわかるのです。その時、人間は成長しているのです。

『1Q84』は空に月が二つ出ているという長編小説で、それを難しく、抽象的に論じることも可能かと思いますが、でも村上春樹が常に人間の成長を書く作家であるという点から、これを読んでみれば、自分を育ててくれた父親との別れをきっかけに、天吾が父親との関係、母親との関係をつかみ直して（父親と母親との関係もつかみ直されています）、大きく成長していることがわかります。それが村上春樹が、この大長編を通して描きたかったことの大切な点ではないかと、私は思っているのです。

ここは猫の町だ。ここでしか手にすることのできないものがある。彼はそのために電車を乗り継いでこの場所にやってきた。しかしここで手にするすべてのものにはリスクが含まれている。安達クミの示唆《しさ》を信じるなら、それは致死的な種類のものだ。何か不吉なものがこちらにやってくるのが、指先の疼きでわかる。

作中、天吾の内的な声が、そのように記されているところがあります。確かにこの「猫の町」は自分にとって大切なものにハッと気づかせてくれる場所ですが、地下二階の地下室の暗闇の世界でのことですので、そこは危険に満ちています。

▼オープンな世界への希求

それは「肉体と意識が分離しかけているような特別な感覚があり、どこまでが現実の世界でどこからが架空の世界なのか」をうまく判別できないような世界です。ですからその「猫の町」の閉じられた世界から抜け出せなくなってしまう危険性があるのです。

「天吾くんは暗い入り口をこれ以上のぞき込まない方がいい。そういうのは猫たちにまかせておけばいい。そんなことをしたってあなたはどこにも行けない。それよりも先のことを考えた方がいい」という安達クミに対して、天吾は「でもそうじゃないんだ」と思う人間なのです。

「それだけじゃないんだ。秘密を知ったところで、それはおれをどこにも連れて行かないかもしれない。それでもやはり、なぜそれが自分をどこにも連れて行かないのか、その理由を知らなくてはならない。その理由を正しく知ることによって、おれはひょっとしたらどこかに行くことができるかもしれない」と思う人なのです。

「その理由を正しく知ることによって、おれはひょっとしたらどこかに行くことができるかもしれない」という考え。ここにはオープンな世界への希求、開かれた世界に対する希求のようなものがあります。『１Ｑ８４』における安達クミの役割は多義的ですが、でも、ここの「天吾くんは暗い入り口をこれ以上のぞき込まない方がいい。そういうのは猫たちにまかせておけばいい」という考え方には、世界を閉じてしまう、クローズしてしまう面があるかとも思います。

天吾はオープンな世界を希求する人間だからこそ、元いた世界に戻ってこられる人物なのでしょう。そして安達クミは、一面では、クローズドな考えを持っているから「猫の町」のほうに残っているのかもしれませんね。

▼帰還を促す「漁師」と「漁師の娘」

地下二階の地下室への扉を開けて、死者の世界に入り、死者と対話し、自分の魂と対話して成長するという村上春樹の小説は、もちろん『１Ｑ８４』だけではありません。

一例だけを記せば、『ノルウェイの森』（一九八七年）で直子が自殺した後、「僕」が山陰の海岸を一人、歩いて旅する場面があります。「僕は死者とともに生きた」という言葉通りに、死んだ直子と対話をするのです。すると彼女が「大丈夫よ、ワタナベ君、それはただの死よ。気にしないで」と言ったりします。

そして、僕は高校三年のときに初めて寝たガール・フレンドのことをふと思い出すのです。「彼女はとても優しい女の子だった。でもその当時の僕はそんな優しさをごくあたり前のものだと思って、殆んど振りかえりもしなかったのだ。彼女は今何をしているんだろうか、そして僕を許してくれているのだろうか、と僕は思った」とあります。

この時、『ノルウェイの森』の「僕」は死者との対話を通して、成長しているのです。

その僕が、高校三年のときのガール・フレンドのことを思い出す直前、廃船の陰で寝袋にくるまって涙を流していると若い漁師がやってきて煙草をすすめてくれます。砂浜で僕と漁師は二人で酒を飲みます。すると「俺も十六で母親をなくした」とその漁師は語ったりします。食事の心配をした漁師が寿司折や酒を買ってきてくれます。そして別れ際にポケットから四つに折った五千円札を出して、僕のシャツのポケットにつっこみ「これで何か栄養のあるものでも食え、あんたひどい顔してるから」と言うのです。

結局、「僕」はその若い漁師からもらった五千円札で、東京までの切符を買って、現実の世界に戻ってくるのです。『1Q84』で「夜が明けたら天吾くんはここを出て行くんだよ。出口がまだ塞がれないうちに」と言って、「猫の町」から現実の世界へ戻るように警告する若い看護婦・安達クミも漁師の娘でした。

『ノルウェイの森』と『1Q84』というベストセラー小説で、主人公に現実の世界への帰還を促す人物が漁師と漁師の娘であることは、偶然ではないでしょう。

▼『荒地』「火の説教」

『1Q84』で天吾が海辺の「猫の町」で滞在生活を始める時、「朝早く起きて海岸を散歩し、漁港で漁船の出入りを眺め、それから旅館に戻って朝食をとった」とあります。さらに「漁港からは帰港する漁船の単調なエンジンの響きが聞こえてきた。天吾はその音が好きだった」と記されています。

T・S・エリオットの詩集『荒地』の「火の説教」に「夕暮れどき、船乗りが海から帰るのも」という言葉があり、T・S・エリオットはわざわざ原注の中で「わたしは日暮れに帰港する近海漁業の漁師や平底舟の船頭のことを考えていたのである」と記しています。

私には、この『1Q84』の「漁港からは帰港する漁船の単調なエンジンの響きが聞こえてきた。天吾はその音が好きだった」という文章は、T・S・エリオットの詩集『荒地』の中の言葉や原注の言葉とも響き合って、届いてくるのです。そして、村上春樹作品の中を貫く、海や漁師への希求は、もしかしたら、T・S・エリオットの詩からの影響かもしれないという思いも私の中に広がっていくのです。

最後のT・S・エリオット『荒地』の詩句、原注の訳は岩崎宗治訳に従いました。

035 「すみれ」の帰還

「引力」をめぐる物語

2014.3

〈床屋はもう穴を掘らない〉――。村上春樹の『スプートニクの恋人』（一九九九年）の中に、「すみれ」という女性が書いた文章が引用される部分があります。その文章の中にはいくつかの見出しがついていて、中に〈床屋はもう穴を掘らない〉というものがあります。

『スプートニクの恋人』は、忽然と姿を消してしまった「すみれ」が、物語の最後の最後に帰ってくる長編小説です。あるいは、失踪した「すみれ」が「ぼく」のもとに戻ってきたのではないかとも読める物語です。今回は『スプートニクの恋人』で、途中から失踪してしまった「すみれ」が、最後の最後になぜ帰還するのかについて考えてみたいと思います。そのことについて、この〈床屋はもう穴を掘らない〉という言葉を手がかりにして、考えてみたいと思うのです。

▼「昔なつかしい古典的な電話ボックスの中よ」

この長編は、語り手である「ぼく」が、小説家を志望している「すみれ」と親しく、かつ彼女に恋をしているのですが、一方の「すみれ」のほうは「ミュウ」という十七歳年上の在日韓国人の女性を好きになってしまいます。

「すみれ」は「ミュウ」の秘書のようになり、二人はギリシャの小さな島にわたるのです。そして、ある夜、「すみれ」は同性の「ミュウ」に関係を迫りますが、でも「ミュウ」は「すみれ」の気持ちは理解できても、受け入れることができないのです。その夜、「すみれ」は忽然と、まるで煙のように消えてしまいます。「ミュウ」からの国際電話で、「ぼく」もギリシャの島に駆けつけますが、やはり見つけることができません。

でも、物語の最後の最後、東京に戻った「ぼく」のところへ、深夜電話がかかってきて、それに「ぼく」が出ると「ねえ帰ってきたのよ」「いろいろと大変だったけど、それでもなんとか帰ってきた。ホメロスの『オデッセイ』を50字以内の短縮版にすればそうなるように」と「すみれ」が言うのです。

「今どこにいる？」と「ぼく」が問うと、「わたしが今、どこにいるか？　どこにいると思う？」と言った後に続けて「昔なつかしい古典的な電話ボックスの中よ」「交換可能で、あくまで記号的な電話ボックス。さて、場所はどこだろう？　今はちょっとわからない」と「すみれ」は答えます。

これは『ノルウェイの森』（一九八七年）のラストシーンによく似ていますね。『ノルウェイの森』では、物語の最後に「僕」が「緑」という女の子に電話ボックスから電話をするのですが、「緑」が「あなた、今どこにいるの？」

と問うと、それに対して「僕は今どこにいるのだ？」と思います。さらに「僕は受話器を持ったまま顔を上げ、電話ボックスのまわりをぐるりと見まわしてみた。僕は今どこにいるのだ？　でもそこがどこなのか僕にはわからなかった。見当もつかなかった。いったいここはどこなんだ？」と「僕」が思うところで終わっています。

▼冥界巡りから生の世界への帰還報告

『スプートニクの恋人』『ノルウェイの森』は、ともに電話ボックスからの電話の場面で物語が終わっていますので当然、両者の関係は意識されたものでしょう。『スプートニクの恋人』の最後の「昔なつかしい古典的な電話ボックスの中よ」「交換可能で、あくまで記号的な電話ボックス」という言葉は『ノルウェイの森』の最後の「電話ボックス」のことを言っているのだろうと思います。

そして『スプートニクの恋人』の「すみれ」からの電話も、『ノルウェイの森』の「僕」の電話も、冥界巡りから生の世界への帰還報告という意味でも重なっていると思いますし、「すみれ」が言う、ホメロスの『オデッセイ』もトロイ戦争のあと、冥界巡りのような長い漂流・冒険を経て故郷へ帰還する物語です。

その「すみれ」の帰還は、なにゆえに可能だったのか。なぜあとかたもなく、忽然と消えた「すみれ」が帰ってきたのか。この問題を考えてみたいのです。

話を簡単にするために、私の考えをまず先に記してしまいましょう。

なぜ「すみれ」が帰ってきたのか。それは「ぼく」が自分の足りない部分に本当に深く気がついたからだと思います。本当の深い気づきによって、「ぼく」が成長したからだと思うのです。その深い気づきと成長の力によって「ぼく」が「すみれ」を心から求め、その力によって「すみれ」は「ぼく」のところに戻ってきたのだと、私は思っています。

そのことについて、〈床屋はもう穴を掘らない〉という見出しがついた文章から考えてみましょう。

それらの文章は「すみれ」が失踪後、ギリシャまで訪ねた「ぼく」が、「すみれ」のパソコンの中から見つけたものですが、その〈床屋はもう穴を掘らない〉という見出しが書かれた文章には、こんなことが記されています。

わたしはひとつの重大な決心をした。わたしのそれなりに勤勉なつるはしの先はようやく強固な岩塊を叩く。こつん。わたしはミュウに、わたしが何を求めているかをはっきりと示そうと思う。このような宙ぶらりんの状態をいつまでも続けていくことはできない。どこかの気弱な床屋のように裏庭にしけた穴を掘って、「わたしはミュウを愛している！」とこっそり打ち明けているわけにはいかないのだ。そんなことを続けていたら、わたしは間断なく失われていくだろう。

▼「王様の耳はロバの耳」

もちろん〈床屋はもう穴を掘らない〉の見出しは、その「どこかの気弱な床屋のように裏庭にしけた穴を掘って」という部分に関連して、付けられています。

そして、この「どこかの気弱な床屋のように裏庭にしけた穴を掘って……」というのは有名な寓話である「王様の耳はロバの耳」の話かと思います。

これはギリシャ神話のミダス王に関する話です。話自体は幾つかのパターンがあるようですが、オウィディウスの『変身物語』から紹介しますと、山の神トモロスを判定者として、アポロンの竪琴と、牧神パーンの葦笛が音楽の腕比べをして、アポロンが勝ち、トモロスもパーンに負けを認めさせます。

でもミダス王だけが、山の神トモロスの判定に賛成しません。アポロンはミダス王の鈍感な耳が人間なみの形をしていることに我慢がならないので、ミダス王の耳をロバの耳にしてしまいます。

ミダス王はこれを隠しておきたいのですが、髪を刈るおそばづきの床屋には秘密にできません。床屋はその事実を内心言いふらしたくてたまらないのですが、思い切って口外する勇気がなく、かといって黙っているのにも我慢がならなかったので、そこで館をぬけ出すと、地面に穴を掘り、自分が見たままの主人の耳の様子を、小声で話し、掘った穴の中にささやきかけます。

それから、土をもとに戻し穴を埋めて、口をぬぐって、床屋は立ち去りましたが、でもその場所一面にたくさんの葦が生え、その葦が風に揺り動かされると、秘密にされた言葉を葦たちが、そよそよと話し、その王の耳の話がばれてしまったという話です。

ですから〈床屋はもう穴を掘らない〉というのは、もう、内心のことを隠して生きたりしないで、勇気をもって、本当の気持ちを相手にしっかり伝えて生きるということでしょう。本当の自分の気持ちを言わずに、こっそり自分だけで〈本当は、こういう気持ちなんだけれど……〉と思いながら生きていたら「そんなことを続けていたら、わたしは間断なく失われていくだろう」という意味です。そしてギリシャ神話の「ミダス王」の話が、ここに記されているのは、「すみれ」の文章が残された場所がギリシャの小島であることと関係しているのかもしれませんね。

▼決意は千歳の岩のように堅く

ともかく「すみれ」は、そんな勇気をもって、ちゃんと生きようとする人間です。それに対して、「ぼく」のほうはどんな人間でしょうか。

「ぼくが人生になにを求めているのか、それは自分にだってよくわからなかった。小説を読むのは並はずれて好きだったけれど、あえて小説家を志すほどの文章の才能があるとは思えなかったし、かといって編集者や批評家になるには好みが激しすぎた」というふうに記されています。

これに対して、「すみれ」のほうは「そのころ職業的作家になるために文字どおり悪戦苦闘していた。この世界に人生の選択肢がどれほど数多く存在しようとも、小説家になる以外に自分の進むべき道はない。その決意は千歳《ちとせ》の岩のように堅く、妥協の余地のないものだった」と記されています。

〈床屋はもう穴を掘らない〉のところで紹介した「わたしのそれなりに勤勉なつるはしの先はようやく強固な岩塊を叩く。こつん」という文章は、この「小説家になる以外に自分の進むべき道はない。その決意は千歳《ちとせ》の岩のように堅く、妥協の余地のないものだった」という「すみれ」の気持ちを受けたもの、その延長線上にあるものかもしれません。

そして、「ぼく」は大学では文学ではなく、歴史学を専攻するのですが、そこでも「とりたてて歴史に関心があるわけではなかったのだが、実際にとりくんでみるとそれがなかなか興味深い学問であることがわかった。しかしだからといってそのまま大学院に進み（実はそうすることを指導教授に勧められたのだが）歴史学に身を捧げようという気持ちにはなれなかった。僕はたしかに本を読んでものを考えるのは好きだったが、結局のところ学者向きの人間ではなかった」というタイプの人間なのです。

この『スプートニクの恋人』の「ぼく」と「すみれ」は、文学好き、本好きの人間であることは共通していますが、でも、その方向性はかなり異なった二人ですね。

そんな「ぼく」が、自分の心の弱点に気がついていく物語が『スプートニクの恋人』です。

▼すみれに伝えたいことがある

「すみれ」は「ミュウに髪を触られた瞬間、ほとんど反射的と言ってもいいくらい素速く、すみれは恋に落ちた」そうです。「小説家になりたいという望みをべつにすれば、わたしは人生に対してこれまでになにかを強く求めたことがなかった」「でも今、このたった今、わたしはミュウがほしいの。とても強く。わたしは彼女を手に入れたい。自分のものにしたい」と思ったのです。

「ぼく」は人生になにを求めているのか、よくわかっていない人間です。小説好きですが、大学では歴史を学びます。でも歴史学に身を捧げようという気持ちにはなれない人間です。それに対して、「すみれ」は小説家になる以外に自分の進むべき道はないと決意している人間です。とても強く、ミュウをほしいと思う人間です。『スプートニクの恋人』では、この「ぼく」と「すみれ」の違いをまず理解しておくことが大切かと思います。

そんな「ぼく」に大きな変化がやってくるのです。それはこんな場面です。

彼は「ミュウ」からの国際電話でギリシャの小島に駆け

つけて、そこで「すみれ」の残した文章を読みます。〈すみれの夢〉という見出しがついた文章がありますが、それは三人称で書かれていて「すみれはずっと昔に死んだ母親に会うために長いらせん階段を上っていた」と始まっています。「すみれ」の母親は彼女が三歳の時に亡くなっているのですが、「階段のいちばん上では母親が待っているはずだった。母親はすみれに伝えたいことがあるのだ。これから生きていくためにすみれがどうしても知っておかなくてはならない重大な事実を」と思って、「すみれ」は、らせん階段を上っていきます。そして、階段の終わりに母親が横になっているのですが、「お母さん」とすみれが叫ぶと、母親も口を開いて、何かを叫びます。でもその言葉は周囲の風音のせいで「すみれ」の耳には届きません。さらに母親は暗い穴の中に消えてしまい、振り向くと、階段も消えています。

彼女は高い塔のてっぺんにいます。下を見ると高さに目がくらみ、空には小さな飛行機のようなものがたくさん飛んでいます。一人乗りの飛行機です。自分をここから助け出してくれるように頼んでも、飛行士たちは彼女の方に顔を向けようとしません。「すみれ」は着ている服を脱ぎ捨てて、裸になってみると、小型飛行機が、とんぼに変化して空が大きなとんぼでいっぱいになります……。

「そこで目が覚めた」と〈すみれの夢〉には記されています。

そして「すみれ」は夢の細部まで覚えているのに、暗い穴の中に吸い込まれて消えていった母親の顔だけは、思い出すことができないのです。母親が口にした大事な言葉もやはり虚無の空白の中に失われてしまっていました。

▼「人が撃たれたら血は流れるものなんです」

その〈すみれの夢〉に続いてあるのが、〈床屋はもう穴を掘らない〉という文章です。

紹介した「わたしはひとつ重大な決心をした」という文の前には「この夢を見たあとで、」という言葉があります。つまり「この夢を見たあとで、わたしはひとつ重大な決心をした」と〈床屋はもう穴を掘らない〉は書き出されています。

この「すみれ」の書き残した文章の繋がりは、単純な接続ではないので、それぞれの読者が自分で受け取っていくしかないのですが、でもここで記されていることは、夢の中で会った母親の顔や、夢の中で聴いた母親の言葉を虚無の空白の中に失ってしまったように……その「あちら側」の世界、異界の世界へ、「すみれ」が自分のいる「こちら側」の世界から向かっていくということです。

「すみれ」は「ミュウ」に対しても、自分にとって、本当に大切なものを失わないために、自分の本当の気持ちを伝える勇気を持って、「こちら側」の世界から、「あちら側」の世界に向かっていき、「ミュウ」に自分の心を告げるのです。

　もちろん、その気持ちが受け入れられなければ、深く、傷つきます。心に血が流れます。だって、生きている人間なのですから。

「いいですか、人が撃たれたら血は流れるものなんです」という言葉が何度か『スプートニクの恋人』の中で繰り返されます。その言葉がゴシック体で記された後、「だからこそ、わたしは文章を書いてきた」と続いていきます。

　これは「すみれ」の文章の中の言葉ですが、どこか村上春樹自身の言葉のようにも読めます。なぜなら『1Q84』（BOOK3、二〇一〇年）の中にも「針で刺したら赤い血が出てくるところ」と名づけられた章があって、そこで編集者の小松から「なあ天吾くん、一人の小説家として、君なら現実というものをどう定義する?」と質問されて、「針で刺したら赤い血が出てくるところが現実の世界です」と天吾が答える場面があるからです。

〈床屋はもう穴を掘らない〉の中で「すみれ」は「もしミュウがわたしを受け入れなかったらどうする?」と自問します。それに対して「すみれ」は「そうしたらわたしは事実をあらためて呑み込むしかないだろう」「いいですか、人が撃たれたら血は流れるものなんです」と文章が続いているのです。

「すみれ」は現実の中を、自分の心に従って、勇気をもって、「こちら側」から「あちら側」へ向かっていく人です。傷つくこと、血が流れることもありうることを覚悟しながら。

▼音楽の音で目がさめた

　そして、ギリシャの小島で、その「すみれ」の文章を読んだ「ぼく」のほうにも、〈すみれの夢〉と対応しているような場面が訪れます。「すみれ」の文章を読んだ「ぼく」がギリシャのコテージで夜、「すみれ」がいた部屋でモーツァルトの歌曲集を聴きながら、眠ってしまいます。

　その後、「音楽の音で目がさめた」と村上春樹は書いていますが、これは「そこで目が覚めた」という〈すみれの夢〉の言葉と重なっても読めますね。

　午前一時すぎに目覚めた「ぼく」は、その音に誘われるようにして、音楽の聞こえる方に向かって、戸外の坂道を登っていくと音楽の響きは次第に大きくなってきます。

　ひょっとして「すみれ」も数日前に、同じ体験をして、坂道を登ったのではないかと思いますが、歩を止めて背後を振り返ると、下りの坂道が、まるで巨大な虫が這ったあとのように白くぬめりながら町まで続いています。月光の下で、自分の手をみると、「ぼくの手はすでにぼくの手ではなく、ぼくの足はすでにぼくの足ではなかった」と記されています。

「よくわからないところで、誰かがぼくの細胞を並べ替え、誰かがぼくの意識の糸をほどいていた」とも書かれていますし、さらに「時間が前後し、絡み合い、崩壊し、並べなおされた。世界は無限に拡がり、同時に限定されていた」とも書いてあります。

〈すみれの夢〉では、亡くなった母親が暗い穴の中に消えていき、そこから〈床屋はもう穴を掘らない〉という「すみれ」の「重大な決心」に繋がっていくのですが、実はこの音楽に導かれて、山頂に向かう「ぼく」にも大きな変化が起きているのではないかと、私は思うのです。「ぼくの意識の糸」がほどかれて、時間が「並べなおされた」のですから。

「ぼく」がさらに坂道の続きを登ると、五分ほどで山頂に出ます。

山頂で見た月は、荒々しく、激しい歳月に肌を蝕まれた粗暴な岩球でした。その表面の「不吉な影は、生命の営みの温もりにむけて触手をのばす癌の盲目の細胞だった」とも書かれていますので、その山頂の世界は、つまり死の世界、異界のことでしょう。

村上春樹の長編小説では、必ずと言っていいほど、このような「死の世界」「異界的な世界」を通過することで、主人公たちの心が変化し、成長していきます。村上春樹作品では、その異界は地下にあることが多いのですが、この『スプートニクの恋人』では「松の木の高い枝」や「高い塔のてっぺん」「ギリシャの小島の山頂」などにあるのが特徴的です。

このギリシャの小島の山頂で「誰かがぼくの細胞を並べ替え、誰かがぼくの意識の糸をほどいていた」「時間が前後し、絡み合い、崩壊し、並べなおされた」ということも、そのような死の世界、異界での経験によって転換される主人公の意識のことを記しているのだと思います。

山頂からコテージに戻った「ぼく」はブランデーを飲んで眠ろうとしますが、東の空が白くなるまで眠ることができません。

▼ぼくはほんとうには求めなかったのだ

前にも紹介しましたが、「すみれ」が突然、煙のように消えてしまった日の昼間に「すみれ」と「ミュウ」が、猫談義をする場面があります。その日の新聞記事の中から「すみれ」が記事を選んで「ミュウ」に読み上げるのですが、それは、飼い猫に食べられてしまった七十歳の女性の話でした。その女性はある日、心臓発作で倒れ、そのまま亡くなってしまうのですが、それから一週間の間、猫たちは飢えに耐えかねて、死んでしまった飼い主の肉をむさぼり食べたという記事です。

そんな話を「ミュウ」から聞いた「ぼく」は、コテージで眠れない中、「ぼく」が死体となって「ねこ」たちに食べられている姿を想像します。その想像の中で、ようやく「ぼくの意識は陽炎のように揺らぎ、薄れていった」のです。

ここで「ぼく」は死の世界と接しているのですが、この時、「ぼく」は一つの転換を迎えていると思います。前回の「村上春樹を読む」で紹介しましたが、『1Q84』の男主人公である天吾が、死者の町である「猫の町」に行き、「猫の町」にある療養所で死の床にある父親と〝対話する〟ことで、大きく変化し、成長していったように、ギリシャの山上での月光の下、死の世界に接し、さらに猫たちに自分の身体が食べられる世界を想像することで、「ぼく」は変化し、成長していくのです。

具体的に、どのように変化したのでしょう。

そのギリシャの小島の山頂の場面と、さらに重なるような場面が『スプートニクの恋人』の中にあります。それは「ぼく」がアテネのアクロポリスの丘に登る場面です。

「ぼく」は飛行機の手配を間違ってしまってか、一日の余裕が生まれ、アクロポリスの丘に登るのです。そのアクロポリスの丘の上で「あちら側」にいる「すみれ」のことを思います。「でもその世界への行き方がわからなかった」「ぼくという人間は否応なく、その時間性の継続の中に閉じこめられている。そこから出ていくことができない」と村上春樹は記しています。でもそれに続けてこんなふうなことが書いてあるのです。

いや、違う――そうじゃない。結局のところ、そこから出ていくことをぼくはほんとうには求めなかったのだ。

そのことに気がついたのです。勇気をもって、ほんとうのことを「すみれ」に言うことをしなかったということに気がついたのです。「そこから出ていくことができない」のではなくて、「そこから出ていくことをぼくはほんとうには求めなかった」人間であることに気がついたのです。

▼明日になればぼくは別な人間になっている

物語の前半、「すみれ」が東京の吉祥寺から、代々木上原に引っ越す手伝いを「ぼく」がする場面があります。その時「ぼくはすみれの身体を抱きたいと思った。そしてそのまま床のうえに押し倒したいという激しい衝動に襲われた」とあります。続けて「でもそれはむだなことだと、ぼくにはわかっていた。そんなことをしたって、どこにも行けないのだ」と記されています。そんなふうに思ってしまうのが「ぼく」なのです。

その時、「ぼく」の身体は強い性欲を感じていたのに、「そこから出ていくことを求めない」人間だったのです。

そのことの間違いに「ぼく」はようやく気がついたのです。「そこから出ていくことをぼくはほんとうには求めなかった」ということに気がついたのです。

「ぼく」が「いや、違う――そうじゃない。結局のところ、そこから出ていくことをぼくはほんとうには求めなかったのだ」と自覚したすぐ後のところには「ぼくはもう二度と、これまでの自分には戻れないだろう。明日になればぼくは別の人間になっているだろう。しかしまわりの誰も、ぼくが前とは違う人間になって日本に戻ってきたことには気づかないはずだ。外から見れば何ひとつ変わってはいないのだから」と書かれています。

それに続けて「それにもかかわらず、ぼくの中では何かが焼き尽くされ、消滅してしまっている。どこかで血が流されている」と、あの「すみれ」の文章の言葉である、本当に生きようとする者への自覚が記されているのです。

▼必要とあれば素早く的確に実行にうつす行動力

日本に帰った「ぼく」は、それまでつき合っていた教え子の母親と別れる話が、『スプートニクの恋人』の中で大きな比重を持って描かれています。

その別れの前に、万引きで捕まった教え子をスーパーマーケットまで、その子の母親、つまり「ぼく」のガールフレンドと迎えに行きます。

教え子は「にんじん」という名前で同級生たちに呼ばれています。その「にんじん」の前で、スーパーマーケットの「中村」という警備主任が「ぼく」や「にんじん」の母親に説教する場面があるのですが、その途中に、別の部署の者が来て「中村さん、保管庫の鍵を貸してくれ」と言います。

でも中村警備員が探しても、鍵はなかなか見つかりません。結局、万引きのほうは「もう一回同じことが起きたら」ということで、放免になります。「にんじん」の母親は先に帰るのですが、「にんじん」と二人だけになったときに、「ぼくは子供の頃からずっと一人で生きてきたようなものだった」という話を「にんじん」にするのです。好きだった友だちが煙のように消えてしまったこと、その友だちがいなくなってしまったら、「ぼく」にはもう誰も友だちがいないこと。ただの一人もいないことなどを話すのです。

そして、「にんじん」の家まで歩いて一緒に帰るのですが、「にんじん」はポケットに手を突っ込み、赤いプラスチックの名札のついた鍵を取り出します。その鍵には「保管3」と書いてあって、それは中村警備主任が探していた鍵です。何かのすきに「にんじん」がそれを見つけて、素早くポケットに突っ込んだのでしょう。

この場面は、読者に非常に強い印象を残します。「にんじん」の強さに不意打ちに遭うような場面です。「なかなかやるね、この子は」というような感じです。「ぼく」もときどき、なにかの拍子にふと「にんじん」のことを考え、「不思議な子供だ」と思うのです。

そして「にんじん」について「必要とあればそれを素早く的確に実行にうつすだけの行動力が、その子供の中にはあった。そこには深みのようなものさえ感じられた」と村上春樹は記しています。その行動力は「ぼく」には欠けていたものです。でも、そのような行動力に深みのようなものを感じられるように「ぼく」は変化し、成長していたのです。

　その成長の力によって、「すみれ」は「ぼく」のもとに戻ってくるのです。

▼ぼくの意見を心から求めていた

　もう一つだけ、「すみれ」が帰ってくる力について、私の妄想のようなものがありますので、それを記しておきたいと思います。

　この『スプートニクの恋人』というのは、タイトルと物語の関係が、いまひとつ摑《つか》みにくい作品です。「スプートニク」とは、一九五七年十月四日、当時のソ連が打ち上げた世界初の人工衛星の名前です。そのスプートニク一号打ち上げの翌月三日には、ライカ犬を乗せたスプートニク二号の打ち上げにもソ連は成功。そのライカ犬は宇宙空間に出た最初の動物となりましたが、衛星は回収されず、宇宙における生物研究の犠牲となったことが、本の扉に記されています。そこから付けられた題名ですが、そのスプートニクのことは、冒頭近く、「ビートニク」と「スプートニク」の記憶違いの話として出てくるのですが、物語が進んでいくと、「スプートニク」のことはあまり出てこないのです。

　でも、そのスプートニクのことが、「ぼく」がアクロポリスの丘で、自分の内なる変化を自覚した時に出てきます。

　「ぼく」はアクロポリスの丘の「平らな岩の上に仰向けになって空を見上げ、今も地球の軌道をまわりつづけているはずの多くの人工衛星のことを考えた」とあります。でもまだ空は明るすぎて、人工衛星の光は見えません。

> **ぼくは眼を閉じ、耳を澄ませ、地球の引力を唯ひとつの絆として天空を通過しつづけているスプートニクの末裔《まつえい》たちのことを思った。彼らは孤独な金属の塊として、さえぎるものもない宇宙の暗黒の中でふとめぐり会い、すれ違い、そして永遠に別れていくのだ。かわす言葉もなく、結ぶ約束もなく。**

という文章中に、スプートニクが出てくるのです。そしてこの文章で、ギリシャでの話は終わり、次のページでは、「にんじん」の万引きで呼び出される話が始まっています。

　これはいったい何でしょうか……。

　私は『スプートニクの恋人』という作品は「引力」をめぐる物語ではないかと考えています。

　たとえば、物語の前半部分でも、「すみれ」について「ぼくにいろんな質問をしたし、その質問の答えを求めた。答えが返ってこないと文句を言ったし、その答えが実際に有効でないときには真剣に腹をたてた。そういう意味では彼女はほかの多くの人々とは違っていた。すみれはその質問についてのぼくの意見を心から求めていた」とあります。

村上春樹はその「心から」の部分にわざわざ傍点を打って記しています。「心から」求めるということには「引力」があると思います。

なぜなら、「ぼく」がアクロポリスの丘の上で「すみれがぼくにとってどれほど大事な、かけがえのない存在であったかということが、あらためて理解できた。すみれは彼女にしかできないやりかたで、ぼくをこの世界につなぎ止めていたのだ」と思うからです。

「すみれ」は「心から求める」という引力で、「ぼく」を世界につなぎ止めていたのです。人工衛星たちが地球の引力で、つなぎ止められているように。

そのように考えてみると、これはちょっと冗談めいた指摘ですが、「にんじん」が犯した非行「万引き」にも「引く」という言葉が含まれていますね。

「ぼく」は「にんじん」に、子供の頃からずっと一人で生きていたようなものだったことを話します。「しかし大学生のときに、ぼくはその友だちと出会って、それからは少し違う考え方をするようになった。長いあいだ一人でものを考えていると、結局のところ一人ぶんの考え方しかできなくなるんだということが、ぼくにもわかってきた。ひとりぼっちであるというのは、ときとして、ものすごくさびしいことなんだって思うようになった」と「にんじん」に話しかけています。その言葉も、私には人間同士の「引力」について語っているように読めます。

さらに「にんじん」がポケットから出した「保管3」の鍵を「ぼく」は、思い切って川の中に落として、捨てます。

そして「ぼくが手を差し出すと、にんじんはそっとその手をとった」とありますし、「ぼくはその手を握ったまま、彼の家まで歩いた」と記されています。

手を握ったまま、家まで歩くという村上春樹作品の主人公はとても珍しいですが、これも人と人との「引力」の場面のように考えれば、そのまま受け取ることができます。

▼「惑星直列」

さて、そして、「すみれ」がなぜ戻ってきたのかです。

それは、「ぼく」が「すみれ」を本当に求める力、その強い引力によって、「すみれ」が「ぼく」のもとに戻ってきたのではないかと思います。

「君にとても会いたかった」と「ぼく」が言うと、「わたしもあなたにとても会いたかった」と「すみれ」が言います。「あなたと会わなくなってから、すごくよくわかったの。惑星が気をきかせてずらっと一列に並んでくれたみたいに明確にすらすらと理解できたの」と「すみれ」は言います。「惑星直列」という現象を村上春樹は好きなようで『1Q84』にも登場しますが、これは惑星間の引力関係の特殊ケースですね。さらに「わたしにはあなたが本当に必要なんだって。あなたはわたし自身であり、わたしはあなた自身なんだって」と「すみれ」は言うのです。

これは好きな者同士の「引力」をめぐる会話とも言えます。思えば、「すみれ」は母を求めて階段を上っていきましたが、母の顔を覚えることができず、母の言葉も自分にまでは届きませんでした。「ミュウ」を求めても、受け入れられませんでした。

「ぼく」にも、求められませんでした。でも、今、「すみれ」は、彼女の書き残した文章を読み、そこから変身を遂げた「ぼく」に、本当に強く求められているのです。その「ぼく」が「すみれ」を求める引力によって、「すみれ」は「ぼく」のもとに帰ってきたのだろうと、私は考えております。

O36

渡辺昇、ワタナベ・トオル、綿谷ノボル
追悼・安西水丸さん

2014.4

安西水丸さんが亡くなりました。

安西水丸（本名渡辺昇＝わたなべ・のぼる）さんは三月十九日午後九時七分、脳出血のため神奈川県鎌倉市の病院で死去。七十一歳でした。同月十七日午後二時ごろ、鎌倉市内の自宅兼アトリエで執筆中に倒れ、病院で治療中だったそうです。最近まで忙しく仕事をし、十七日朝も元気だったといいます。

私は、安西水丸さんを取材した経験がなく、直接は面識がないのですが、あの脱力系の絵を通して、とても近しい感情を抱いていたようで、正直、その死に少なからぬショックを受けました。いつか取材をお願いしてお会いしたいと思いながら、それを果たさずにいた自分がいて、それがショックを強めていたのかもしれません。

私の友人たちも安西水丸さんが亡くなったことを話していた人が多く、私の家族たちも安西水丸さんのことを話題にしていました。あのほのぼのとした絵を愛していた人が、本当に多いのだなぁと思いました。

今回は別なことを書こうと思っていましたが、安西水丸さんが亡くなって、その後、考えたことを記しておきたい

と思います。

▼まったくもう、安西水丸さんは……

安西水丸さんの死後、「週刊朝日」が「安西水丸さん逝く」という特集をして、同誌の評判の連載エッセイだった「週刊村上朝日堂」を一回だけ復活させています。この「週刊村上朝日堂」は文・村上春樹、絵・安西水丸という連載でしたが、村上春樹の身辺雑記的な文章と、その村上春樹の日常について、かなり〝ばらし系セリフ入り〟の安西水丸さんの絵とのコラボレーションが絶妙でした。「まったくもう、安西水丸さんは……」と村上春樹がこぼすところが、楽しみでした。

一回だけの復活版の特別編では、昔、村上・安西のコンビが会うと二人でよく外苑西通りにある小さな鮨屋に行ったことが書かれています。その後、近くにあるクラブ風の店に行くのですが、その店にはチークタイムがあって、村上春樹はそういうのがかなり苦手なので、ダンスに誘われても断っていたのだそうです。

「あのね、村上くん、女の人にダンスに誘われて断るというのは、とても失礼なことだよ」と安西水丸さんに真顔で説教されて、「まあそれもそうかもな」と思った村上春樹が、がんばって一度チークダンスを踊ったら、その数日後には「ムラカミって、あれでけっこう女好きなんだよね。すごく嬉しそうに密着してチークを踊ってたものな」という噂が業界に流布していたそうです。

「まったくもう、というか、そういうとんでもないところのある人だった。自分のことは棚に上げて」と村上春樹は書いています。

このあたりが、「週刊村上朝日堂」を読む楽しみでした し、そのような部分を村上春樹自身が、安西水丸さんの絵の代わりに文章で復活させています。本来は安西水丸さんが絵と吹き出しのようなセリフで受け持つ部分かもしれませんが、今回の一回だけの復活版「週刊村上朝日堂」で使われている絵は『村上朝日堂はいかにして鍛えられたか』（一九九七年）の巻末についた「温泉についてのむしろ無意味な話」という二人の対談の部分についている安西水丸さんの絵です。もちろん、この復活版「週刊村上朝日堂」に安西水丸さんの絵があるわけはないのですが、その不在が本当に寂しいです。

▼急に身体の具合が悪くなって

村上春樹は三月に日本に短期的に帰国して、日本を離れる前日の十七日にたまたま予定が空いて、「そうだ、久しぶりに水丸さんに会って、一緒にお酒でも飲みたい」とふと思って、昼過ぎに青山の事務所に電話をかけてみると、「安西は今日、四時半にこちらに来ることになっています」というので、五時にもう一度電話してみると、「急に身体の具合が悪くなって、今日はこちらにこられないそうです。

申し訳ありません」ということだったようです。

そういう場合はすぐ折り返し連絡を必ずくれる人なので、どうしたのかな……と思っていたら、突然の訃報だったそうです。

つまり、意識がもどらないまま十九日に安西水丸さんは亡くなってしまったのですが、村上春樹が電話をした日に倒れたということで、村上春樹自身も書いているように「何か虫の知らせのようなものがあったのかもしれません」ね。

村上春樹は夏頃に『セロニアス・モンクのいた風景』という本を出す予定で（同書は二〇一四年九月に刊行されました）、その表紙の絵を描いてもらう約束をしていたそうです。復活版の特別編「週刊村上朝日堂」のタイトルは「描かれずに終わった一枚の絵――安西水丸さんのこと――」となっています。

その文章を村上春樹は「安西水丸さんはこの世界で、僕が心を許すことができる数少ない人の一人だった。河合隼雄さんもその一人だったが、そのような得がたい人々が、天寿をまっとうするというにはあまりに早くこの世を去って行くのを目にするのは、世の常とはいえ、やはりつらい」と書き出しています。

河合隼雄さんは、いろいろなことを話せる年上の先輩という感じの人として、村上春樹にあるのかな……と私は考えてきました。でも「週刊村上朝日堂」などを通して読む村上春樹と安西水丸さんの交友は（安西水丸さんのほうが少し年上ですが）遊び友だちのような許し合えるフランクな関係かなと思いながら、二人がコンビでかくものなどを、私は読んできました。

一九八九年に刊行された雑誌「ユリイカ」の臨時増刊号「総特集　村上春樹の世界」の中に安西水丸さんの「村上春樹さんは『男の子』の作家」という長い談話が掲載されているのですが、それは村上春樹がローマあたりに旅立つ時の談話なのか、「まあ、僕も気持ち良く喋れる相手が多いほうじゃないから、いないとやはりさみしいですね。遊びに行くにしてもローマはちょっと遠いしね」と安西水丸さんは語っています。そんな言葉に、二人の交友ぶりが自然に表れていたと思います。読者にとっては、そういう友だち関係の中から生まれてくる楽しい文と絵のコラボレーションを永遠に失ってしまったということなのだと思います。

▼安西水丸さんの本名「渡辺昇」

さて、ここで村上春樹作品と安西水丸さんとの関係について少し触れておけば、それは「渡辺昇」という安西水丸さんの本名が、村上春樹作品の主要人物の名前として、作品の中にたくさん残ったということがあります。

この「渡辺昇」は短編「ファミリー・アフェア」でも登場します。村上春樹が「ユリイカ」の「総特集　村上春樹の世界」（一九八九年）で、インタビュアーの柴田元幸さんの「村上さんの小説というのは、何かがなくなって始まるというパターンが多いですよね。たとえば職をなくすとか、奥さんがいなくなるとか、それからそれこそ象が一頭消えちゃうとかね。でも「ファミリー・アフェア」の場合には異物が入りこんできて、そこから話が始まるわけですよね。これは珍しい感じがするんですが」という問いに、村上春樹は次のように答えています。

そうですね。あれこそその、渡辺昇という名前が力を持った例ですね。それまでの僕の小説だったら、あの小説は「僕」と妹とふたりの話を書いていたと思うんです。妹の婚約者は出てきても、いわば象徴的な影のようにしか出てこなかったと思う。でも「ファミリー・アフェア」における渡辺昇はありありとした現実の存在だし、まあ異物ですね。名前を与えられたことによって異物としての機能を身につけたんです。彼の登場によって「僕」という主人公が微妙に揺らぐんですね。その辺が僕自身書いていてわりに新鮮だったような気がするんです。これは、例としてはずいぶん違うみたいだけれど、緑と「僕」のかかわりかたに似ているんじゃないかなという気はするんです。

この「緑」は『ノルウェイの森』（一九八七年）に出てくる生命力の塊のような活発な女の子の名前ですが、「ファミリー・アフェア」のほうは短編集『パン屋再襲撃』（一九八六年）に収められた短編です。

そして『パン屋再襲撃』には、安西水丸さんの本名と同じ名前を持った人物が何回か出てくるのです。まず「象の消滅」という短編は町の動物園から、そこで飼われていた象と、その飼育係の男性が、この世から忽然と消えてしまう話です。象と一緒に消えてしまったその飼育係の名前が「渡辺昇・63歳」と記されています。「渡辺飼育係は千葉県館山の出身」とも書かれています（ただし、初出の「文学界」一九八五年八月号では飼育係の名前が「渡辺進・63歳」となっています）。

紹介したように「ファミリー・アフェア」（初出は「LEE」一九八五年十一、十二月号）では、「僕」の妹の婚約者の名前として「渡辺昇」が出てきます。さらにその短編から『ねじまき鳥クロニクル』という大長編が生まれた「ねじまき鳥と火曜日の女たち」（初出は「新潮」一九八六年一月号）では、行方不明となった猫の名前として「ワタナベ・ノボル」が出てきます。その名前は「女房の兄貴の名前なんだ。感じが似ているんで冗談でつけたんだよ」と書かれています。作品の終わり近くには「ワタナベ・ノボル／お前はどこにいるのだ？／ねじまき鳥はお前のねじを／巻かなかったのか？」という詩句のような言葉が置かれています。

▼まあ、そこが村上春樹ね

これらを集めた『パン屋再襲撃』は一九八六年の刊行で

すが、翌一九八七年に刊行された『ノルウェイの森』では、主人公の名前が「ワタナベ・トオル」となっているのです。もちろんこれも「渡辺昇」の変形でしょう。

ちなみに、雑誌「ユリイカ」の「総特集　村上春樹の世界」の中の談話で、安西水丸さんは「彼（村上春樹）に言わせると、鈴木なんとかでも、木村でもだめで、渡辺昇だからいいって言うのね。まあ、そこが村上春樹のね、なんだか分からないものの感覚なんだろうね。そう言われてみるとね、アー、そうだな、視覚的に見た字の感覚からしても村上さん好みなのかなって気がするんですよ。（……）『ノルウェイの森』では名前が昇じゃなかったですね。でもこれは自分の本名とか関係なく思うんだけど、村上さんの小説ではトオルよりは昇の方がやっぱりいいみたいな気がしますね」と語っています。

さらに「ねじまき鳥と火曜日の女たち」から発展した『ねじまき鳥クロニクル』（一九九四、九五年）では、行方不明となった猫の名前が「ワタヤ・ノボル」となっています。「ねじまき鳥と火曜日の女たち」のところで紹介した詩句も、よく似たようなものが冒頭の章の最後に記されておりますが、それも「ワタヤ・ノボル／お前はどこにいるのだ？／ねじまき鳥はお前のねじを／巻かなかったのか？」となっているのです。

そして、作中で「僕」が対決する妻の兄の名前は、猫の名前の変化と連動して「綿谷ノボル」となっています。

この『ねじまき鳥クロニクル』は、村上春樹が米国滞在中に書いた長編です。その米国滞在中に、文・村上春樹、絵・安西水丸でかかれた『村上朝日堂超短篇小説　夜のくもざる』（一九九五年）というものがあります。その中に「鉛筆削り（あるいは幸運としての渡辺昇（1））」「タイム・マシーン（あるいは幸運としての渡辺昇（2））」という二つの超短篇小説があり、こちらの方では、安西水丸さんの本名がそのまま使用されています。

安西水丸さんの「ユリイカ」での談話にあるとおり、村上春樹という人は、創作の秘密を自ら直接語る人ではありません。なぜ「渡辺昇」という名前を気に入ったのかを安西水丸さんにもはっきり語っていないようです。安西水丸さんも言うように「まあ、そこが村上春樹のね、なんだか分からないものの感覚なんだろうね」というところなのでしょう。

▼安西水丸さんが育った千葉県千倉

でも『ねじまき鳥クロニクル』では「綿谷ノボル」であり、同時期並行して連載していた『村上朝日堂超短篇小説　夜のくもざる』では「渡辺昇」のままです。

これはもちろん、後者のほうが安西水丸さんの絵とのコラボレーションであったということもあるでしょう。でも『ねじまき鳥クロニクル』という作品は、主人公「僕」が綿谷ノボルと対決して、綿谷ノボル的なるものをバットで叩きつぶすというような物語です。安西水丸さんの本名「渡辺昇」では、そういうことをしたくなかったのかもしれませんね。もちろん、これは私の想像にすぎませんが……。

そして、安西水丸さんのことが出てくる村上春樹作品では『１Ｑ８４』（二〇〇九、一〇年）も、その一つです。

この物語では男主人公・天吾の父親が、千葉県千倉の海沿いの療養所に入院していて、そこで亡くなります。そこは『１Ｑ８４』の中では「猫の町」とも呼ばれていますが、その「猫の町」、千葉県千倉は安西水丸さんが育った土地なのです。

本書でも『１Ｑ８４』の「猫の町」のことについて、また千葉県千倉について、このところ数回書いたばかりでしたので、安西水丸さんの死に私がショックを受けたのかもしれません。

「象の消滅」では象と一緒に消えてしまった飼育係の「渡辺昇」は「千葉県館山の出身」と書かれていましたが、『１Ｑ８４』の天吾は東京駅から館山行きの特急列車に乗って、館山で乗り換えて、千倉に行っております。

▼僕はものに名前をつけるのがわりに好き

そこは海辺の町です。村上春樹もデビュー作『風の歌を聴け』（一九七九年）以来「海辺」を愛してきました。『海辺のカフカ』（二〇〇二年）という名前の作品もあるくらいです。

そして、以下は、私の妄想ですが……。「渡辺昇」の「渡辺」は、村上春樹にとっては「海辺」という意味でもあったのかなと、私は考えています。

「渡」の「わた」は「海」のことです。「わたのはら」は広々とした海のこと、「わたつみ」は海神のことです。「わたる」とは海を渡ることでした。そんなところから、海辺の町で育った安西水丸さんの「渡辺昇」という名前を気に入っていたのかな……と、私は妄想しております。

やはり文・村上春樹、絵・安西水丸でかいた『ランゲルハンス島の午後』（一九八六年）というエッセイ集があります。このエッセイ集は「ＣＬＡＳＳＹ」の創刊（一九八四年六月）から二年間「村上朝日堂画報」というタイトルで連載されたものです。その中に「ONE STEP DOWN」という文章があって、「僕はものに名前をつけるのがわりに好きである。とくに新しく開店する店とか、発刊する雑誌とか、そういうものに名前をつけるのは気持が良いものである」と書き出されています。

また以前にも、ちょっと紹介しましたが、『村上朝日堂はいかにして鍛えられたか』（一九九七年）の中にある「インカの底なし井戸」というエッセイは「猫に名前をつけるのはむずかしい」というのはT・S・エリオットの有名な言葉だが、名前をつけるのがむずかしいのは何も猫だけではない。たとえばラブホテルなんかに名前をつけるのも、真剣に考え出すとかなりむずかしそうである」と書き出されています。

つまり村上春樹は〈名づけ〉というものに、とても凝る人です。

村上春樹作品の〈名づけ〉の問題を考え始めたきっかけは、私が一時単身赴任で暮らした京都で『ダンス・ダンス・ダンス』（一九八八年）という長編を十年ぶりに読み返した時でした。

この作品は〈名づけ〉をめぐる物語だと言っても過言ではないと思います。

「よくいるかホテルの夢を見る」。そんなふうな言葉でこの小説は書き出されています。「僕」は四年半ほど前、まだ二十代だった頃に、ある女の子と二人でそのホテルに泊まったのです。それは彼女が「我々はここに泊まるべきなのよ」と言ったからです。そしてその後で「彼女はいなくなってしまった。僕ひとりを残して消えてしまった」のです。

さらに「僕がいるかホテルの夢を見るようになった時に、まず思い浮かべたのは彼女のことだった。彼女が僕をまた求めているのだ」と記されています。この『ダンス・ダンス・ダンス』は『羊をめぐる冒険』の続編なので、その作品でのことが、冒頭に書かれているのです。

▼〈名づけ〉は四〇〇ページも物語が進んでから

そして「彼女、僕は彼女の名前さえ知らないのだ」と記されています。

彼女はあるコールガール・クラブに入っているハイクラスの娼婦ですが、他にも小さな出版社でアルバイトの校正係をしていたり、パートタイムに耳専門のモデルもやっていました。だから「彼女にはもちろん名前がないわけではなかった。実際の話彼女は幾つも名前を持っていた。でもそれと同時に彼女には名前がなかった。彼女の持ち物——殆どないも同然だったが——のどれにも名前は入っていなかった。定期券も、免許証も、クレジット・カードも持っていなかった。小さな手帳をひとつ持っていたが、そこには訳のわからない暗号がボールペンでぐしゃぐしゃと書きこんであるだけだった。彼女の存在にはとっかかりというものがなかった。娼婦は名前を持っているかもしれない。でも彼女たちは名前を持たぬ世界で生きているのだ」とあります。

これは名前と〈名づけ〉をめぐる文章だと思います。名前を持たない存在はどのようなものなのかということが記されています。

『ダンス・ダンス・ダンス』は上下二巻の長編小説ですが、紹介した言葉は文庫本でいえば、上巻の十四ページ目に書かれています。そして、そこから三十ページ以上後の四十九ページには僕が「いるかホテルに行くのだ。それが出発点なのだ」という言葉があって、さらに「僕はそこで彼女に会わなくてはならない。僕をいるかホテルに導いた、あの高級娼婦をしていた女の子に。何故ならキキは今僕にそれを求めているからだ（読者に・彼女は名前を必要としている。たとえそれがとりあえずの名前であったとしてもだ。彼女の名はキキという。片仮名のキキ。僕はその名前を後になって知ることになる。その事情は後で詳述するが、僕はこの段階で彼女にその名前を付与することにする。彼女はキキなのだ。少なくとも、ある奇妙な狭い世界の中で、彼女はそういう名前で呼ばれていた）」という、非常に変わったスタイル、タイミングで、彼女にキキという〈名づけ〉が行われています。

さらにもう一つだけ紹介すると、この『ダンス・ダンス・ダンス』には、ホテルのフロント係をしている「ユミヨシさん」というホテルの精のような女性が出てきます。彼女は眼鏡がよく似合う綺麗な女性です。

「僕」は彼女と何度も話していますし、この上下二巻の長編の最後も「「ユミヨシさん、朝だ」と僕は囁いた」という言葉で終わっているという重要な登場人物です。彼女は文庫本の上巻の六十六ページに初めて登場してくるのですが、読者に対して「ユミヨシ」という名前が知らされるのは、なんと下巻の五十一ページなのです。その間、およそ四〇〇ページも物語は進んでいくのですが、「ユミヨシさん」の〈名づけ〉はなされていません。

この二つの例を指摘するだけでも、村上春樹の〈名づけ〉に対する意識的な思考ぶりがよくわかると思います。

▼異物としての機能を身につけた

そういう村上春樹が、名前を引き継ぎながら、各作品の中で展開してきたのが、安西水丸さんの本名「渡辺昇」なのです。

その「渡辺昇」が「ファミリー・アフェア」で登場する場面を見てみても、この〈名づけ〉ることへの村上春樹のこだわりが分かります。「ファミリー・アフェア」では、「僕」の妹は旅行代理店に勤めていて、勤めはじめた最初の年の夏休みに、彼女は女友だちと二人でアメリカの西海岸にでかけ、そのツアーグループで一緒になった一つ年上のコンピューター・エンジニアと付き合いはじめます。

日曜日に妹が彼の家に正式に挨拶に行くのについてきてほしいというので、仕方なく、「僕」は彼の実家まで行くのです。

そこで「僕はきちんとしたあいさつをし、名刺をわたした。彼の方も僕に名刺をくれた」とあります。ふつうなら、この名刺交換の場面で「渡辺昇」という名前が読者に告知されてもいいかもしれませんが、それは二ページほど後のことです。

妹と彼と「僕」で会話をしている時に「コンピューター技師は——渡辺昇というのが正確な名前だ——それを聞いて少し安心したように笑った」と、ここで初めてこの妹の婚約者に「渡辺昇」という〈名づけ〉が行われています。

でもそうやって、いったん〈名づけ〉られた後は、妹の婚約者は「渡辺昇」という名前で、一貫して呼ばれているのです。この〈名づけ〉の遅れにあるものはなんでしょうか。

紹介したように「ユリイカ」の柴田元幸さんのインタビューに答えて「名前を与えられたことによって異物としての機能を身につけたんです」と村上春樹は語っていますが、その〈名づけ〉ることへの村上春樹のこだわりについて、今後さらに、考えてみたいと私は思っています。

最後に、安西水丸さんの御霊の安からんことをお祈りいたします。

037 静かで深い再生への思い

「海」をめぐる短編集『女のいない男たち』

2014.5

村上春樹の九年ぶりの新作短編集『女のいない男たち』が今春刊行されました。書き下ろしの表題作も含めて六つの短編が収録されていますが、最後に置かれた表題作「女のいない男たち」を読み、そこからこの短編集全体のことについて考えたことがありますので、今回は、この新しい作品集について書いてみたいと思います。

同短編集には村上春樹作品には珍しく「まえがき」が、それもかなり長文のものがついています。『女のいない男たち』というタイトルについても「いろんな事情で女性に去られてしまった男たち、あるいは去られようとしている男たち」のことであることが記されていますが、それによると、これらの作品を書き出した時に、このようなモチーフがあって、最後に単行本のために短編「女のいない男たち」を書いたのだそうです。

「考えてみれば、この本のタイトルに対応する「表題作」がなかった」ということで、「そういう、いわば象徴的な意味合いを持つ作品がひとつ最後にあった方が、かたちとして落ち着きがいい。ちょうどコース料理のしめのような感じで」その表題作を書き下ろしたことが記されています。

▼僕は十四歳で、彼女も十四歳だった

村上春樹自身が述べている「象徴的な意味合い」とは異なることかもしれませんが、この短編「女のいない男たち」は非常に象徴性の強い短編だと思います。

他の短編は各自それぞれの読みや受け取り方はあると思います。でもこの表題作「女のいない男たち」については、まずその象徴しているものへの読者の受け止め方に、かなりの幅が生まれるであろう作品となっているのです。

夜中の一時過ぎにかかってきた電話で「僕」が起こされ、受話器を取ると、男の低い声で、その男の妻が先週の水曜日に自殺したことを知らされます。

死んだ彼女が僕の名前を「昔の恋人」として夫に教えたのだろうか……。それにしても「どうやって彼はうちの電話番号を知ったのだろう（電話帳には載せていない）」とありますし、「僕と彼女がつきあっていたのは、ずいぶん昔のことだ」し、また「別れてからはただの一度も顔を合わせていない。電話で話したことさえない」のです。僕は彼女が結婚していたことすら知りませんでした。

でもその彼女はこれまで僕がつきあった女性たちの中で、自死の道を選んだ三人目の人でした。そして彼女に「（名前がないと不便なので、ここでは仮にエムと呼ぶことにする）」と名づけがされていくのです。

さらに「僕は実を言うと、エムのことを、十四歳のときに出会った女性だと考えている」とありますが、それに続けて「実際にはそうじゃないのだけれど、少なくともここではそのように仮定したい。僕らは十四歳のときに中学校の教室で出会った。たしか「生物」の授業だった。アンモナイトだか、シーラカンスだか、なにしろそんな話だ」と書かれています。

これでは「僕」は「エム」に「十四歳のときに出会った」のか、「そうじゃない」のか、宙づりのまま読者は、アンモナイトだか、シーラカンスだかの中学の「生物」の授業の教室で、二人が「十四歳のときに出会った」という世界に入っていくのです。その後も「僕は十四歳で、彼女も十四歳だった。それが僕らにとっての、真に正しい邂逅《かいこう》の年齢だったのだ。僕らは本当はそのように出会うべきであったのだ」とあります。

つまり十四歳同士で出会っているが、実はそうではないという記述も維持されていて、かなり象徴性の強い世界のまま作品が進んでいくのです。このようにそれぞれの読者が自分の感性に響いたものを通して読み、受け取っていくという作品になっていると思います。

▼人生の中で一番美しい瞬間だった

本書は、私の妄想を含めて村上春樹作品を通して考えたことを記しているものですが、表題作「女のいない男たち」は、そのようなコラム向きの作品かもしれません。作品に対する読みに絶対的なものはありませんが、それにし

ても確実に受け取るというよりは、自分の中に響いてきたことを通して読むという作品なのですから。

以下、私の妄想と、その妄想の根拠……というより、妄想の手がかりのようなものを記してみたいと思います。

まず「十四歳」について。「十四歳」とは村上春樹ファンにはとても懐かしい年齢です。

デビュー作『風の歌を聴け』（一九七九年）の「僕」は小さい頃、ひどく無口な少年で、心配した両親が知り合いの精神科医の家に連れていったりするのですが、「14歳になった春、信じられないことだが、まるで堰を切ったように僕は突然しゃべり始めた」のです。

さらに同作の中で、「僕」の三人目のガールフレンドは大学の図書館で知り合った仏文科の女子学生ですが、彼女はテニスコートの脇にある雑木林で首を吊って自殺しています。

そして「僕」は、その彼女の写真を1枚だけ持っています。裏に日付けがメモしてあって、それは「1963年8月」となっています。

「彼女は14歳で、それが彼女の21年の人生の中で一番美しい瞬間だった。そしてそれは突然に消え去ってしまった、としか僕には思えない。どういった理由で、そしてどういった目的でそんなことが起こり得るのか、僕にはわからない。誰にもわからない」と『風の歌を聴け』にはあります。

表題作「女のいない男たち」の中では「彼女の死に僕の存在がなんらかの影を落としているのだろうか？」と考えています。

さらに「ひょっとしたらエムは僕の性器のかたちが美しいことを夫に教えたのかもしれない。彼女は昼下がりのベッドの上で、よく僕のペニスを観賞したものだ。インドの王冠についていた伝説の宝石を愛《め》でるみたいに、大事そうに手のひらに載せて。「かたちが素敵」と彼女は言った」とあります。

そして『風の歌を聴け』のほうでは、自殺してしまう「僕が三番目に寝た女の子は、僕のペニスのことを「あなたのレーゾン・デートゥル」と呼んだ」とありますので、おそらく「女のいない男たち」で自死してしまったエム（彼女は僕のつきあった女性たちの中で、自死の道を選んだ三人目の人）は、『風の歌を聴け』で自殺してしまった「僕が三番目に寝た女の子」と対応した存在なのでしょう。

▼ここではそのように仮定したい

『風の歌を聴け』の「僕」は、その自死した女の子から「僕のペニスのことを「あなたのレーゾン・デートゥル」」と呼ばれたことから「僕は以前、人間の存在理由《レーゾン・デートゥル》をテーマにした短かい小説を書こうとしたことがある。結局小説は完成しなかったのだけれど、その間じゅう僕は人間のレーゾン・デートゥルについて考え続け、おかげで奇妙な性癖にとりつかれることになった。全ての物事を数値に置き換えずにはいられないという癖である」と記されています。「僕」はいろいろなものを数えたようで「当時の記録によれば、1969年の8月15日から翌年の4月3日までの間に、僕は358回の講義に出席し、54回のセックスを行い、6921本の煙草を吸ったことになる」と書かれているのです。

でも「当然のことながら、僕の吸った煙草の本数や上った階段の数や僕のペニスのサイズに対して誰ひとりとして興味など持ちはしない。そして僕は自分のレーゾン・デートゥルを見失ない、ひとりぼっちになった」ようです。

その文章の後に「☆」の印が打たれて、「そんなわけで、彼女の死を知らされた時、僕は6922本めの煙草を吸っていた」と記されています。

短編集『女のいない男たち』に収められた作品では「ドライブ・マイ・カー」に登場する女性運転手「渡利みさき」が煙草好きで、火のついた煙草をそのまま車の窓の外に捨てる場面が彼女の設定上の出生地・北海道の地元の人たちから苦情が寄せられて話題となりました。さらに短編集中の「木野」では、男から「火のついた煙草を押しつけられた」痕が身体中についている女性と主人公・木野とのセックス場面があるなど、煙草が印象的に登場する作品集となっています。

村上春樹作品では、煙草を吸う人たちがメインに登場するのは『羊をめぐる冒険』(一九八二年)ぐらいまでかもしれないなと思いますが、「十四歳のときに出会った」エムと「14歳」が「人生の中で一番美しい瞬間だった」三人目のガールフレンドの対応性を考えると、『女のいない男たち』という作品集の中での煙草の場面は、『風の歌を聴け』で「僕」が「三番目に寝た女の子」の死を知らされた時(おそらく「1970年4月4日」でしょう)、「僕」が「6922本めの煙草を吸っていた」ことに、関係しているのかもしれませんね。そうだとすれば、この新作短編集『女のいない男たち』はデビュー作以来の問題を射程に入れて書かれているということになると思います。

ともかく「僕は実を言うと、エムのことを、十四歳のときに出会った女性だと考えている。実際にはそうじゃないのだけれど、少なくともここではそのように仮定したい」という記述は、私が考えるところでは『風の歌を聴け』の自死してしまう「三番目に寝た女の子」と関係していて、でも『風の歌を聴け』では「三番目に寝た女の子」とは「大学の図書館で知り合った」のだから中学生の「生物」の授業で出会った「エム」は「実際にはそうじゃない」ということではないかと考えているのです。そうであれば奇妙な記述法もそれなりに受け取ることができると思うのです。

▼「海」に関することが非常に多くある

その次に「エム」とは誰か、「エム」とは何かということを考えてみたいと思います。

文章が長くなるのを避けるために、私の考えをまず記しておきますと、この表題作「女のいない男たち」を読み進めるうちに、この「エム」は「海」のことではないか……と、そんなふうに妄想が大きく膨らんできたのです。「エム」（m）は「la mer」のことではないかというふうに、自分には響いてきたのです。なぜなら「エム」に関する記述には、「海」に関することが非常に多くあるからです。

まず「エム」と彼女が仮に命名された直後の文章は「どのように考えても自殺するタイプではなかった。だってエムはいつも、世界中の屈強な水夫たちに見守られ、見張られていたはずなのだから」とあります。ほかにも、

何かがあって、少しよそ見をしていた隙に、彼女はどこかに立ち去ってしまう。さっきまでそこにいたのに、気がついたとき、彼女はもういない。たぶんどこかの小狡《こずる》い船乗りに誘われて、マルセイユだか象牙海岸だかに連れていかれたのだろう。僕の失望は彼らが渡ったどんな海よりも深い。どんな大烏賊《いか》や、どんな海竜がひそむ海よりも深い。

僕はそれを追って忙しく移動を続ける。ボンベイまで、ケープタウンまで、レイキャビクまで、そしてバハマまで。港を持つすべての都市を僕は巡る。でも僕がそこに辿《たど》り着いたとき、彼女は既に姿をくらませている。

などなど幾つもの、「海」と関係した言葉と出合うことができるのです。

さらに、夜中、一時過ぎに電話がかかってきて、「僕」に「エム」の夫が低い声で伝えたことによれば、「エム」が自殺したのは「水曜日」のようです。それは一週間のうち、最も「海」に関係した曜日ではないでしょうか。

紹介したように「僕」と「エム」が「十四歳のときに中学校の教室で出会った」のは「生物」の授業のときですが、そこで話された「アンモナイト」も「シーラカンス」も「海」の「生物」です。

▼それがエムとの最初の出会いだった

さらにもう一つ、二つ、紹介しましょう。

僕は十四歳で、作りたての何かのように健康で、もちろん温かい西風が吹くたびに勃起していた。なにしろそういう年齢なのだ。でも彼女は僕を勃起させたりしなかった。彼女はすべての西風をあっさりと凌駕していたからだ。いや、西風ばかりじゃない、すべての方角から吹いてくる、すべての風を打ち消してしまうほど素晴らしかった。そこまで完璧な少女の前で、むさくるしく勃起なんてしていられないじゃないか。そんな気持ちにさせてくれる女の子に出会ったのは、生まれて初めてのことだった。

僕はそれがエムとの最初の出会いだったと感じている。

ほんとはそうじゃないのだけれど、そう考えるとものごとの筋がうまく繋がる。

という文章があります。

この「西風」や「風」は、おそらく『風の歌を聴け』の「風」と関係のある言葉として、作中に置かれているのではないかと思いますが、前に説明したように「昼下がりのベッドの上で、よく僕のペニスを観賞」して、「インドの王冠についていた伝説の宝石を愛《め》でるみたいに、大事そうに手のひらに載せて。「かたちが素敵」」と言った「エム」についての記述とは思えないような内容ですね。

「ほんとはそうじゃないのだけれど、そう考えるとものごとの筋がうまく繋がる」とあります。「エム」は、本当は「かたちが素敵」と言ったのだが、「すべての方角から吹いてくる、すべての風を打ち消してしまうほど素晴らしかった。そこまで完璧な少女」として仮定された十四歳の「エム」は、その「エム」とは違って、すべての「風」を打ち消してしまうほど素晴らしい「海」のことではないかと私は思うのです。

「エム」は「エレベーター音楽」というものを愛しています。「エレベーター音楽」とは、よくエレベーターの中で流れているような音楽です。つまりパーシー・フェイスとか、マントヴァーニとか、レイモン・ルフェーブルとか……。パーシー・フェイスの「夏の日の恋」とかは、特に「エム」が好きなようです。

「エレベーター音楽」を好きな理由について「要するにスペースの問題なの」と「エム」は「僕」に語っています。

「つまりね、こういう音楽を聴いていると、自分が何もない広々とした空間にいるような気がするの。そこはほんとに広々としていて、仕切りというものがないの。壁もなく、天井もない。そしてそこでは私は何も考えなくていい、何も言わなくていい、何もしなくていい。ただそこにいればいいの」と話しています。

▼「渡る」とは「海」を「わたる」こと

『海辺のカフカ』の後半に、ナカタさんと星野青年が、二人で瀬戸内海の海を砂浜に並んで見る場面がありますが、そこでもこんな二人の会話が記されています。

「海というのはいいものですね」とナカタさんが言うと「そうだな。見ていると心が安らかになるよ」と星野青年が応えます。

「どうして海を見ていると心が安らかになるのでしょうか」というナカタさんの問いに、星野青年は「たぶん広くて何もないからだろうね」「見渡すかぎりなんにもないってのはいいもんだ」と答えているのです。

私は、このようなことから「エム」は「海」のことではないだろうか、少なくとも「海」に関係したもの（例えば「船」とか）の象徴ではないだろうかと妄想しているのです。

そうやって「エム」を「海」のこと、あるいは「海」に関係したものと考えてみると、この『女のいない男たち』という短編集全体が「海」に関係した作品なのではないかと思えてくるのです。

例えば「ドライブ・マイ・カー」の女性運転手は「渡利《わたり》みさき」という名前です。前回も亡くなった安西水丸さんの本名で、村上春樹作品にも出てくる「渡辺昇」という名前について紹介しましたが、「渡り」「渡る」の「わた」は「うみ」のことで、「渡る」とは「海」を「わたる」ことです。

表題作には「僕の失望は彼らが渡ったどんな海よりも深い」という言葉が記されていたりもするので、その「渡る」意味は随分意識的なものではないかと私は考えています。

また「ドライブ・マイ・カー」に出てくる「家福《かふく》」という俳優は妻を子宮癌で失った後の気持ちについて「僕にとって何よりつらいのは」「僕が彼女を――少なくともそのおそらくは大事な一部を――本当には理解できていなかったということなんだ。そして彼女が死んでしまった今、おそらくそれは永遠に理解されないままに終わってしまうだろう。深い海の底に沈められた小さな堅い金庫みたいに。そのことを思うと胸が締めつけられる」と話しています。

「イエスタデイ」に、東京・田園調布の生まれ育ちなのに完全な関西弁を話す「木樽明義《きたるあきよし》」という男が出てきますが、彼のガールフレンドの「栗谷《くりたに》えりか」は自分とアキくん（木樽）が二人で大きな船に乗って、船室の窓から、氷でできた満月を見ている夢をよく見ます。厚さ二十センチの氷の月の「下半分は海に沈んでいる」夢です。

また「独立器官」に出てくる「渡会《とかい》」という美容整形外科医の名前も、私には「渡海」と読めてきますし、本当の恋をしてしまい、その恋煩いが原因で死んでしまった「渡会」に対して、「僕」が死後に思ったことは「彼女の心が動けば、私の心もそれにつれて引っ張られます。ロープで繋がった二艘のボートのように。綱を切ろうと思っても、それを切れるだけの刃物がどこにもないのです」ということでした。

▼船酔いのような軽い吐き気

「木野」でも、経営していた「バー」をたたんで四国・九州を旅する「木野」という男にとって「世界は目印のない広大な海であり、木野は海図と碇《いかり》を失った小舟だった。これからどこに行けばいいのか、九州の地図を開いて探していると、船酔いのような軽い吐き気に襲われた」のです。

こんな具合に『女のいない男たち』は、「海」で貫かれた作品集のように私には感じられてくるのです。

さて「僕は十四歳で、彼女も十四歳だった。それが僕らにとっての真に正しい邂逅《かいこう》の年齢だったのだ。僕らは本当はそのように出会うべきであったのだ」とある「僕」と「エム」のことについて、あと少しだけ妄想を重ねて、終わりにしたいと思います。

村上春樹は一九四九年生まれです。村上春樹作品の人物と村上春樹自身は、そのまま重なるわけではないですが、でも村上春樹が十四歳の時とは「1963年」であり、それは『風の歌を聴け』の「僕」が付き合った三人目のガールフレンドが「人生の中で一番美しい瞬間だった」時です。村上春樹が暮らした芦屋でもまだ「海」が残っていました。村上春樹はこの「1963年」という年にずっとこだわって書き続けている作家です。

そして、その三人目のガールフレンドが「人生の中で一番美しい瞬間だった」時は「それは突然に消え去ってしまった、としか僕には思えない」ように消えていくのです。

一回目の東京オリンピックが開催されるのが、翌一九六四年のことですが、その頃から、芦屋でも、「海」の埋め立て計画が進められて行くのです。

もし私の思うように「エム」が「海」のことであり、その死が伝えられたとしたら……。

「海」は村上春樹作品にとって、再生と生きる力の源です。『女のいない男たち』の作品には静かな短編が多いのですが、そのことへの深い思いが込められた作品群だと思います。そして「死」は「再生」の前提となるものでもあります。この「世界は目印のない広大な海であり、木野は海図と碇《いかり》を失った小舟だった」という人たちへの再生の思いが、静かに、深く込められた新作短編集だと思います。

038

剣を持って、森に竜を退治に行く

「アーサー王と円卓の騎士」

2014.8

ニューヨーク発の共同通信電によりますと、村上春樹の『色彩を持たない多崎つくると、彼の巡礼の年』(二〇一三年)が英訳されて、この八月十二日からアメリカで発売されたのですが、同月二十三日までに、米紙ニューヨーク・タイムズのベストセラーランキングで、ハードカバーのフィクション部門の首位に立ったとのことです。

その頃、村上春樹自身はイギリスにいたようで、イギリス北部のエディンバラで開かれた国際ブックフェスティバルに参加して、その『色彩を持たない多崎つくると、彼の巡礼の年』について語ったと、エディンバラ発の共同通信電が伝えています。

イギリスの新聞の文芸担当記者との対談形式でのトークだったようですが、六〇〇人収容の会場は満員で、中には長距離バスで十一時間かけて村上春樹の話を聞くために来たという人もいたそうです。全米でトップということもとても大きなニュースですが、このような熱心なファンが海外にもたくさんいるということが、本当にすごいなと思います。

▼地下室の下には、また別の地下室がある

そのエディンバラでのトークで、村上春樹は小説を書く際には「毎日、頭の中にある地下室に下りていく。そこには怖いものや奇妙なものがたくさんあり、そこから戻ってくるには、身体も丈夫でなければならない」と語ったようです。

この「毎日、頭の中にある地下室に下りていく……」というのは、以前も紹介した〈地下二階の地下室〉を描く村上春樹文学について語ったのだろうと思います。

その共同通信電を読んで、二〇一三年、五月に京都で催された村上春樹の公開トークのことを思い出しました。それは、前月に『色彩を持たない多崎つくると、彼の巡礼の年』が刊行されたばかりでのトークでした。聞き手を文芸評論家の湯川豊さんが務めたのですが、その湯川さんから村上春樹に対する最初の質問が、やはり〈地下二階の地下室〉の話から始まっていたからです。

もう一度記すと、〈地下二階の地下室〉の話というのは、『夢を見るために毎朝僕は目覚めるのです』(二〇一〇年)に掲載されたインタビューで語っていたことです。村上春樹は人間の存在というものを二階建ての家に、たとえて話すのです。

〈人間という家〉の一階は人がみんなで集まってごはん食べたり、テレビ見たり、話したりする所です。二階は個室や寝室があって、一人になって本読んだり、音楽聴いたりする所。〈人間という家〉には地下室もあって、日常的に使うことはないけれど、いろんなものが置いてあって、ときどき入っていって、なんかぼんやりしたりする所です。でも村上春樹の作品世界が特別なのは、ここからなのです。「その地下室の下にはまた別の地下室がある」というのが村上春樹の考えです。

「それは非常に特殊な扉があってわかりにくいので普通はなかなか入れないし、入らないで終わってしまう人もいる。ただ何かの拍子にフッと中に入ってしまうと、そこには暗がりがあるんです。(……)その中に入っていって、暗闇の中をめぐって、普通の家の中では見られないものを人は体験するんです。それは自分の過去と結びついていたりする、それは自分の魂の中に入っていくことだから。でも、そこからまた帰ってくる」

というふうに村上春樹が語っていたことがありました。

「小説家というのは意識的にそれができる人なんですね。秘密のドアを開けて自分でその暗闇の中に入っていって、見るべきものを見て体験するべきものを体験して、また帰ってきてドアを閉めて現実に復帰するというのが、小説家の本来的な能力だと僕は思う」

とも話していたのです。

▼剣をもって森の中に竜を退治にいく

イギリスの読者たちに対しても、このような「その地下室の下にはまた別の地下室がある」という、その〈地下二階の地下室〉を描く自分の小説世界について語ったのではないかと思います。昨年の京都でのトークの冒頭が、その〈地下二階の地下室〉についての湯川豊さんの質問で始まり、その延長線上から村上春樹の「物語」というものについて、質問していくものでした。

なぜ、そのトークが〈地下二階の地下室〉の話から始まったかを覚えているかというと、この〈地下二階の地下室〉のたとえ話は、湯川豊さんと、私・小山鉄郎の二人が聞き手となって行った『海辺のカフカ』（二〇〇二年）についてのインタビューの中で、村上春樹が語ったことだからなんです。

京都でのトークは、村上春樹がとてもリラックスして話していて、愉快かつ魅力的な内容でしたが、いまでも忘れられない幾つかの村上春樹の言葉があります。

エディンバラでイギリスの読者に『色彩を持たない多崎つくると、彼の巡礼の年』の英訳が出た直後に公開トークを行ったということを記事で知ったので、私も京都でのトークで聞いた忘れられないことを書いてみたいと思います。

それは〈地下二階の地下室〉の話の延長線上に、村上春樹がもらした言葉でした。村上春樹は、魂の響き合いのような物語の力について語っていたのですが、その前提として、誰でも物語というものを持っているということを話したのです。

単純な物語のわかりやすい例として、村上春樹は、子供が何かの物語を読み、その影響で、自分が王子様になったように思って、剣を持って、森の中に竜を退治に行くじゃないですか……というような話をしたのです。子供たちは、自分たちの物語に従って、棒なんかを持って、それを剣だと思って、森に竜退治に行くという話をしたのです。

この〈剣を持って、森に竜を退治に行く〉という村上春樹の言葉が忘れられません。

私も村上春樹と同じ世代です。確かに子供時代は自分で作った棒を剣に見立てて、剣士になったつもりで、友だちとチャンバラをしていました。隠れ家や秘密の基地のようなものを作った記憶もあります。ですから自分で作った棒を剣だと思って、仮想剣士同士で戦うということまではわかるのですが、でも、その〈剣を持って、森へ竜を退治〉には行きませんでした。やっぱり村上春樹は「アーサー王」の物語とか、「円卓の騎士」の話が、子供の頃から好きだったのかなと思ったのです。

▼『トリスタンとイゾルデ』

アーサー王の物語に繋がる話で、竜退治といえば、『トリスタンとイゾルデ』でしょうか。アーサー王の物語と『トリスタンとイゾルデ』の話は、もともとは別な物語だったものが、アーサー王の物語が成長していく過程で、『トリスタンとイゾルデ』を呑み込んでしまったようですし、竜退治の話が出てこないパターンの『トリスタンとイゾルデ』もありますが、私が読んだフランスの『トリスタン・イズー物語』（ジョゼフ・ベディエ編、佐藤輝夫訳）では、竜を退治した者に黄金の髪のイズー（イゾルデ）を褒美にあげることを、イズーの父であるアイルランド王が布令するのです。

竜は朝になると自分の洞窟から降りてきて、この町の城門の前にきます。それに一人の娘を人身御供にあげるのです。人びとがお祈りする間もないほどの素早さで、竜はその娘を貪り食ってしまうのです。

トリスタンがその怪物と対決するのですが、それは頭は大蛇、真っ赤で燃えるような眼、二本の角をはやし、耳は長くてもじゃもじゃのうぶ毛がはえていて、獅子の爪、尾は蛇、全体に鱗をはやした鷲のようなからだでした。

トリスタンは剣で、その竜の頭に斬りつけ、腹部に斬りつけます。それでも駄目なのですが、トリスタンが剣を怪物の口の中につっこむと、「剣は柄《つか》まで通って心臓を二つに裂いた。竜は最後の悲鳴をあげてその場に斃れた」とあります。

でもトリスタンのほうも竜の毒汁が全身にまわって、沼のあたりに生い絡まった丈高い葦草の間に倒れてしまいます。

その後の話は『トリスタン・イズー物語』などを読んでもらうとして、このようにして竜を退治したトリスタンは、黄金の髪のイズー（イゾルデ）をかちえて、船に乗せて、アイルランドからコーンウォールに連れて帰るのです。

竜を退治した場所が〈森〉だったのかはわかりませんが、村上春樹が「物語」の一番シンプルな原型のように語った、子供が何かの物語を読み、その影響で、自分が王子様になったように思って、剣を持って、森の中に竜を退治に行くじゃないですか……というような言葉から、そんな『トリスタンとイゾルデ』の竜退治のことを思ったのです。

本書でも少し紹介したことですが、村上春樹の第二作『1973年のピンボール』（一九八〇年）には、「アーサー王と円卓の騎士」についてのことが記されています。

▼「アーサー王と円卓の騎士」のように

『1973年のピンボール』は「僕」の話と「鼠」の話が並行して展開していく物語ですが、物語の終盤、東京で翻訳の仕事をしている「僕」が七十八台のピンボール・マシーンが仕舞われた冷凍倉庫を訪ねる場面があります。3フリッパーの「スペースシップ」と対面して、「ありがとう」「さようなら」と言って、別れる場面です。「僕」が倉庫の、大きなレバー・スイッチを切ると、まるで空気が抜けるようにピンボール・マシーンの電気が消えて「完全な沈黙と眠りがあたりを被った」と記されています。

その次の章では、海沿いの街にいる「鼠」が「街を出ることにするよ」と、「ジェイズ・バー」のバーテン・ジェイに言いにきて、その後「ジェイズ・バー」を出た「鼠」は霊園の林の中にひとり車をとめます。「鼠」のいる車の前には暗い空と海と街の夜景が広がっているのですが、「鼠」にはこの何日かの疲れが巨大な波のように押し寄せてきます。「眠りたかった」という言葉も記されているので、やはり「僕」と「鼠」は、よく対応した、分身のような関係にあるのでしょう。

そして、次の章の冒頭にこんな言葉が記されているのです。


ピンボールの唸りは僕の生活からぴたりと消えた。そして行き場のない思いも消えた。もちろんそれで「アーサー王と円卓の騎士」のように「大団円」が来るわけではない。それはずっと先のことだ。馬が疲弊し、剣が折れ、鎧が錆びた時、僕はねこじゃらしが茂った草原に横になり、静かに風の音を聴こう。そして貯水池の底なり養鶏場の冷凍倉庫なり、どこでもいい、僕の辿るべき道を辿ろう。


これは、円卓の騎士のひとりのように、「僕」が語られている場面ですし、何か、深く秘めた決意のようなものが伝わってくる文章でもあります。

「静かに風の音を聴こう」とあり、デビュー作『風の歌を聴け』（一九七九年）を意識した文でもあることは、以前にも紹介しましたが、そこに「アーサー王と円卓の騎士」のことが記されているのです。この文章に横に〈剣を持って、森の中に竜を退治に行くじゃないですか……〉という言葉を置いてみると、村上春樹自身にとって〈剣を持って、森の中に竜を退治に行く〉というのが物語の原型であることを語っていたのかなとも思うのです。

▼「鼠」と「ねこじゃらし」

そして、ちょっとこれは読みすぎかもしれませんが、この「ねこじゃらし」の部分には傍点が打ってあります。

「僕」は円卓の騎士のひとりとして戦い、そして馬が疲弊し、剣が折れ、鎧が錆びた時、「ねこじゃらしが茂った草原に横になり」、そして静かに風の音を聴くのです。これは戦い抜いて、死ぬときのことを言っているのでしょうか……。

ともかく、その時、「僕」が「ねこじゃらしが茂った草原に」横になるということは、茂ったねこじゃらしに、じゃらされる「僕」は「ねこ」であることを述べているのかもしれません。その前章の最後の部分。「ねこじゃらし」の言葉から、六行ぐらい前とも言えますが、「これでもう誰にも説明しなくていいんだ、と鼠は思う」とありますので、少なくとも、この「鼠」と「ねこじゃらし」は十分意識された言葉だと思います。

村上春樹の初期三部作に出てくる「鼠」には「霊魂」や

「死者」のイメージがつきまとっています。『1973年のピンボール』で「鼠」が最後に車で訪れる場所も「霊園」でした。その場面の最後の言葉も「これでもう誰にも説明しなくていいんだ、と鼠は思う」に続いて、「そして海の底はどんな町よりも暖かく、そして安らぎと静けさに満ちているだろうと思う。いや、もう何も考えたくない。もう何も……」というものです。

そして「馬が疲弊し、剣が折れ、鎧が錆びた時、僕はねこじゃらしが茂った草原に横になり、静かに風の音を聴こう」という、「ねこじゃらし」に囲まれる「僕」（ねこ？）にも全力で戦った末に、亡くなっていくような感覚があります。

▼聖杯伝説という形をとることが多かった

何回か連続して、T・S・エリオットの『荒地』（一九二二年）や『キャッツ　ポッサムおじさんの猫とつき合う法』（一九三九年）と、村上春樹作品の関係を考える必要があるのではないかということを書いてきました。

このエリオットの『荒地』の中に「われわれは鼠の路地にいる、とぼくは考える、／死者たちが自分の骨を見失ったところ」など「鼠」が出てくる詩句が何カ所かあります。その「鼠」には死者のイメージが重ねられています。

そしてT・S・エリオットの『キャッツ　ポッサムおじさんの猫とつき合う法』の「猫に名前をつけること」という詩は「猫に名前をつけるのは、全くもって難しい」と書き出されていて、まずは家族が毎日使う猫の名として「たとえば、ピーター、オーガスタス、アロンゾ……」と、いくつかの名前の候補が挙げてあることも以前、紹介しました。その最初に挙げてある「ピーター」の名をつけた「ピーター・キャット」というジャズ喫茶をやっていた時代の最後の長編が『1973年のピンボール』です。

二〇一三年五月、京都で催された村上春樹のトークは「河合隼雄物語賞・学芸賞」創設を記念したものでした。その河合隼雄さんとの対談本『村上春樹、河合隼雄に会いにいく』（一九九六年）に次のように、自分の小説と聖杯伝説に触れたところがあります。

「これまでのぼくの小説は、何かを求めるけれども、最後に求めるものが消えてしまうという一種の聖杯伝説という形をとることが多かったのです。ところが、『ねじまき鳥クロニクル』では「取り戻す」ということが、すごく大事なことになっていくのですね。これはぼく自身にとって変化だと思うんです」という言葉です。

この文章も前に説明したことがありますが、「これまでのぼくの小説は、何かを求めるけれども、最後に求めるものが消えてしまうという一種の聖杯伝説という形をとることが多かったのです」という言葉からすると、『1973年のピンボール』という作品は「聖杯伝説」から見たら、「ピンボール・マシーン」を探究する旅の物語ということでしょうか。

▼名剣・エクスカリバー

でも私には、『ねじまき鳥クロニクル』にも「アーサー王と円卓の騎士」に呼応するようなものを感じる部分があるのです。馬が疲弊し、剣が折れ、鎧が錆びる時まで戦うアーサー王と円卓の騎士のような姿を感じるのです。

『ねじまき鳥クロニクル』はとても長い物語ですが、それをあえて簡単に言うと、突然行方不明となってしまった妻のクミコを奪還するために、「僕」が妻の兄である綿谷ノボルと対決して戦い、ついに妻を奪い返す話です。

綿谷ノボルという人物は、日本を戦争に導いたような精神の持ち主として、『ねじまき鳥クロニクル』の中で描かれています。村上春樹は、その綿谷ノボルを「これは全力で闘い叩きつぶさなくてはいけないもの」と「メイキング・オブ・『ねじまき鳥クロニクル』」の中で語っています。

綿谷ノボルから、妻を奪還する戦いのためのルートは「僕」の家の近くの路地に面してある、元は「宮脇さん」の家で、今は空き家の深い井戸です。「僕」はこの井戸を通って、別の世界に出て、その異界世界で綿谷ノボルと戦います。「僕」は異界世界で、綿谷ノボル的なるものをバットで叩きつぶすのです。

日本を戦争に導いたような精神の持ち主、妻を自分から奪ってしまった綿谷ノボルと全力で闘い、綿谷ノボル的なるものを叩きつぶす、この野球の「バット」とは何なんでしょうか。私は、この「僕」が綿谷ノボルを叩きつぶす「バット」は、アーサー王が持っている名剣・エクスカリバーなのではないかと考えています。

エクスカリバーは湖の精たちが住む異界で作られた不思議な力をもった名剣です。松明三十本を灯したほどに輝き、鋼鉄をも断ち切り、その鞘には負傷を治す力があり、持つ者を不死身にします。アーサー王は湖の精である乙女からエクスカリバーを受け取った時から、剣と鞘は戦いの危険から守り続けるのです。

この鋼鉄をも断ち切る名剣・エクスカリバーが村上春樹らしい転換によって、バットになったのではないかと、私は妄想しているのです。エクスカリバーだからこそ、日本を戦争に導いたような精神の持ち主、妻を自分から奪ってしまった強敵・綿谷ノボルを叩きつぶすことができるのではないかと思うのです。

今回、書いたことの延長線上に記せば、〈剣（バット）を持って、森（異界）に竜（綿谷ノボル）を退治に行く〉ということでしょうか。

▼死と再生の神話が内包されて

一つだけ、加えておきたいのは、「アーサー王と円卓の騎士」の物語、また「聖杯伝説」というと、単純にストーリーの面白さだけを追求したものと思われがちです。

でも「聖杯伝説」を探究したジェシー・L・ウェストン『祭祀からロマンスへ』（一九二〇年）の大きな影響を受けて

T・S・エリオット『荒地』（一九二二年）が誕生しているように、「聖杯伝説」には死と再生の神話が内包されています。岩崎宗治訳の『荒地』の訳注によれば、『荒地』という題名自体がアーサー王物語の中の「聖杯伝説」の〈不具の王〉の荒廃した国土のことから来ているのです。

村上春樹の作品も、例えば『1973年のピンボール』の「鼠」が最後に思う「海の底はどんな町よりも暖かく、そして安らぎと静けさに満ちているだろうと思う。いや、もう何も考えたくない。もう何も……」という言葉も、死のイメージに満ちていますが、一方で再生が内包されていると言えます。T・S・エリオット『荒地』においても、村上春樹にとっても、「海」は再生の力を与えるところです。そして、死は再生の前提になるものでもあります。また村上春樹の作品には、死の世界との対話を通して、再生していく物語が非常に多いのも大きな特徴となっています。

さてアーサー王伝説関係の地図を見ていたら、国際ブックフェスティバルが開かれ、村上春樹がトークを行ったエディンバラには、エディンバラの市街を見渡せる「アーサー王の玉座（Arthur's Seat）」という小高い丘があるようです。インターネット掲載の写真で、頂上からの眺めを何枚も見たのですが、とても素敵なところのようです。でもアーサー王伝説との関係はあまりなさそうで、これは昔の噴火口跡の岩のようです。村上春樹も、訪れたのでしょうか。

039 ワーグナーへの思い

『ニーベルングの指環』『トリスタンとイゾルデ』 2014.10

村上春樹は音楽好きで有名です。それは本のタイトルにも反映しています。

長編作品としては最新作である『色彩を持たない多崎つくると、彼の巡礼の年』（二〇一三年）にも、リストの「巡礼の年」が使われていました。もちろん『ノルウェイの森』（一九八七年）はビートルズの曲名。最初の短編集『中国行きのスロウ・ボート』（一九八三年）の表題作もソニー・ロリンズが演奏する曲名からです。

『ダンス・ダンス・ダンス』（一九八八年）も音楽名からだし、『国境の南、太陽の西』（一九九二年）も「国境の南」はナット・キング・コールが歌う曲名です。『アフターダーク』（二〇〇四年）もカーティス・フラーが演奏する「ファイブ・スポット・アフターダーク」から名づけられたタイトルかと思われます。

さらに音楽をめぐる本も多い。世界的指揮者である小沢征爾さんと村上春樹の対談集『小澤征爾さんと、音楽について話をする』（二〇一一年）もあるし、最近も村上春樹編・訳で『セロニアス・モンクのいた風景』（二〇一四年）が出たばかりです（注：二〇二一年には『古くて素敵なクラシック・レコードたち』も刊行されました)。

▼『神々の黄昏』の中にひきずりこんでいく

その村上春樹がドイツの作曲家リヒャルト・ワーグナーのことを直接書いたりすることはあまりないのですが、好きな音楽家の中にワーグナーがいるのかなと、私は勝手に想像しています。今回は、そんな妄想にいたるまでの、いくつかの村上作品とワーグナーとの関係について、紹介してみたいと思います。

まず長編のことから。ワーグナーの作品の名前が最初に出てくる長編作品は、私の知る限りでは『羊をめぐる冒険』(一九八二年)かと思います。北海道の北部、十二滝町の山の上に、かつて羊博士が建て、その後「鼠」の父親が買った別荘を、「僕」は、耳のモデルをしている女の子と二人で訪ねます。そこには「僕」の友人である「鼠」がいた形跡がありました。まもなく耳のモデルの女の子はその別荘を去ってしまうのですが、一人残った「僕」は、その別荘に「鼠」は帰ってくるのだろうか……と思うのです。

「僕」は黒服の男に頼まれて、背中に星の印を持つ羊を探して、ここまでやってきたのです。それは「鼠」を探す旅でもありました。この別荘に「鼠」が帰ってこないとすれば、「僕」はまずい立場に追い込まれてしまいます。「鼠も羊もみつからぬうちに期限の一カ月は過ぎ去ることになるし、そうなればあの黒服の男は僕を彼のいわゆる『神神の黄昏』の中に確実にひきずりこんでいくだろう」と村上春樹は書いています。単行本では『神神の黄昏』と記され、文庫版では『神々の黄昏』となっているのですが、いずれの部分にも「ゲッテルデメルング」というルビを振ってあります。

『神々の黄昏』はワーグナー作曲の楽劇『ニーベルングの指環』の中の一つです。『ニーベルングの指環』は『ラインの黄金』『ワルキューレ』『ジークフリート』『神々の黄昏』の四つの楽劇で構成されていますが、その最後の名前です。

それが、突然、出てくるのです。「ゲッテルデメルング」というルビは、この『神々の黄昏』がワーグナーの楽劇名であることをはっきり示すためではないかと思われます。

▼楽劇に出てくる戦士たちと同じ

『羊をめぐる冒険』は、フランシス・コッポラの映画『地獄の黙示録』の影響も指摘されている作品です。『地獄の黙示録』は冒頭に近い部分に『ニーベルングの指環』の『ワルキューレ』の「ワルキューレの騎行」が使われていました。そのため『神々の黄昏』が『羊をめぐる冒険』の中に置かれているのかなと思っていました。

また立花隆さんの『解読「地獄の黙示録」』(二〇〇二年)によりますと、同映画の最終場面は『神々の黄昏』で終わるというプランも当初あったということが紹介されています。始まりのほうに「ワルキューレの騎行」が使われているのですから、そういうプランもありえますね。

『地獄の黙示録』が公開された時に、この映画を繰り返し何回も見たと村上春樹は述べているので、そのようなエピソードも知っていて、『羊をめぐる冒険』に『神々の黄昏』のことが出てくるのか……、いやいや、それはわからないのですが。

でも『1Q84』（二〇〇九、一〇年）で、こんな文章に出合ったのです。

それは天吾の父親が亡くなる時のことです。天吾の父親は自分の職業だった「NHKの集金人の制服を身にまとって、その質素な棺の中に」横たわっています。「実際に目の前にしてみると、彼が最後に身につける衣服として、それ以外のものは天吾にも思いつけなかった。ヴァーグナーの楽劇に出てくる戦士たちが鎧《よろい》に包まれたまま火葬に付されるのと同じことだ」と書かれています。

そして、棺の蓋が閉められ、天吾の父親の遺体はいちばん安あがりな霊柩車にのせられて運ばれていきます。「そこにはおごそかな要素はまったくなかった。『神々の黄昏《たそがれ》』の音楽も聞こえてこなかった」と記されていたのです。

この「『神々の黄昏』の音楽も聞こえてこなかった」は否定的表現ですが、それを読んで、『羊をめぐる冒険』で書かれた『神々の黄昏』のことを思いだし、これはもしかしたら、村上春樹の中でワーグナーという作曲家は、特別な存在としてあるのではないかと考え出したのです。

▼ワーグナーの音楽を聴いてくれたら

村上春樹とワーグナーで考えると、それがはっきりと出てくるのは短編「パン屋襲撃」です。これは「早稲田文学」一九八一年十月号に書かれた作品です。

この短編は「僕」が相棒の「彼」と包丁を持って、商店街にあるパン屋を襲う話。包丁は身体のうしろに隠したままにして、パン屋の主人に「とても腹が減っているんです」「おまけに一文なしなんです」と迫ると大のワーグナー好きの店主が、「僕」と「相棒」に対して、ワーグナーの音楽を聴いてくれたら、パンを好きなだけ食べさせてあげようという奇妙な提案をして、それに「僕」と「相棒」が応じて、ワーグナーの『トリスタンとイゾルデ』を聴きながら、腹いっぱいパンを食べるという話です。

『羊をめぐる冒険』はまず、雑誌「群像」の一九八二年八月号に掲載されたものですので、ワーグナーの曲名が出てくるものとしては、『羊をめぐる冒険』より短編「パン屋襲撃」のほうが早いということになりますね。

そして、「パン屋襲撃」の続編である「パン屋再襲撃」では、結婚した「僕」が妻に、かつてパン屋を襲撃し、腹いっぱいパンを食べた話をします。すると妻が「ワーグナーを聴くことは労働ではない」と言うのです。パン屋を襲い、働きもせずにパンを得たことからの呪いが、結婚したばかりの妻にも伝わっていると話すのです。若い夫婦は、ひどい空腹感、飢餓感に襲われています。

そして妻が「もう一度パン屋を襲うのよ。それも今すぐにね」と言います。今度は「僕」と妻の二人で、レミントンの散弾銃と黒いスキー・マスクを持って、マクドナルドのハンバーガーショップを襲撃するという話です。こちらの「パン屋再襲撃」は女性誌の「マリ・クレール」の一九八五年八月号に掲載されました。

▼「処女戦士」『ワルキューレ』

今回のコラムでは、この『羊をめぐる冒険』『1Q84』で書かれた『神々の黄昏』と「パン屋襲撃」「パン屋再襲撃」に記された『トリスタンとイゾルデ』から、村上春樹作品とリヒャルト・ワーグナー作品との関係を考えてみたいのです。もしかしたら村上春樹にとってワーグナーは、大切な作曲家であるのかなと考えてみると、『1Q84』の世界がちょっと違って見えてくるのです。

例えば『1Q84』では、高速道路を走るタクシーの中で、女主人公の青豆がヤナーチェック「シンフォニエッタ」を聴く場面から物語が始まります。この影響で、ヤナーチェック「シンフォニエッタ」のCDがたくさん売れたという話もあったほど、話題になりました。

その青豆がリーダーと対決するところでは、リーダーが『イッツ・オンリー・ア・ペーパームーン』を歌い出す場面があります。『1Q84』の巻頭の献辞には「ここは見世物の世界／何から何までつくりもの／でも私を信じてくれたなら／すべてが本物になる」という『イッツ・オンリー・ア・ペーパームーン』の四行が日本語と英文で記されています。

ですから、この歌も『1Q84』の中で、大切な役割を果たしています。それについては、『村上春樹を読みつくす』（二〇一〇年）という本の中で、少し書きましたから、興味のある方は、そちらを読んでください。

そして『1Q84』の中で『神々の黄昏』が出てくる部分は、紹介したように「聞こえてこなかった」という否定形なのですが、でもこの長編で音楽の楽劇名や曲名が出てくるのは、この『神々の黄昏』が最後です。

そうやって、『神々の黄昏』が特別な位置に置かれた音楽の名なのではないかと考えてみると、『1Q84』全体が、『神々の黄昏』を含む『ニーベルングの指環』と響き合って迫ってきたのです。

例えば、女性の殺し屋である青豆が、「恋人もつくらないで、ずっと処女のままでいるつもり?」と親友の「環」に言われる場面があります。その「環は大学一年生の秋に処女を失った」と書かれていて、その環の処女喪失はテニス同好会の一年上の先輩による暴力的なもので、その身勝手な行為に環はショックを受けてしまいます。その親友がどれほど深い傷を心に負ったか、青豆には痛いほどわかります。その環の受けた傷の深さについて「それは処女性の喪失とか、そういう表面的な問題ではない。人の魂の神聖さの問題なのだ」と村上春樹は記しています。

そして青豆のほうは決まったボーイフレンドを作らなかったので、述べたように「恋人もつくらないで、ずっと処女のままでいるつもり？」と環から言われるのです。さらに「青豆は二十五歳になっていたが、まだ処女のままだった」という言葉も記されています。

この場面では、六ページぐらいの間に「処女」という言葉が四回も出てきます。村上春樹が「処女」という言葉を使わないというわけではないですが、なぜか、この場面では「処女」にこだわっているように感じられます。

これは、もしかしたら、『ニーベルングの指環』の中の『ワルキューレ』について述べているのではないでしょうか。「ワルキューレ」とは、戦死者を選び、戦死した勇者たちの魂を、神々の長であるヴォータンの城、ヴァルハラ宮殿に運ぶ「処女戦士」のことです。二十五歳になってもまだ処女のままだったという女性の殺し屋「青豆」は、このワルキューレ（処女戦士）の一人ということではないでしょうか。

▼双子の兄ジークムントと妹ジークリンデ

『１Ｑ８４』では、外が雷雨の中、天吾の家で、美少女作家「ふかえり」と天吾が交わると、同じ時刻にリーダーと対決して、殺害した青豆が、その後、天吾の子供を身ごもっているという展開になっています。雷鳴が轟く中、この世では日ごろ閉じられている回路が、一瞬、開かれて、村上春樹らしい、そのような転換が起きているのです。

「ふかえり」はリーダーの子ですが、私は作中のいくつかの言葉から、実は天吾もリーダーの子ではないかと思っています。つまり、ふかえりと天吾の関係は近親の交わりです。これと同じように別れ別れに生きてきた双子の兄ジークムントと妹ジークリンデが結ばれて、近親婚の二人の間に『ジークフリート』が生まれるという展開が『ニーベルングの指環』にもあって、両方の兄と妹の関係は、響きあっているのではないかと思っています。

さらに少しだけ加えておきますと、「ふかえり」は古代日本、最高の美女、衣通姫《そとおりひめ》ではないかと、私は思っています。『古事記』によると允恭天皇の後継者だった軽太子《かるのみこ》は実の妹の衣通姫（軽大郎女）と道ならぬ恋をしてしまい、四国・伊予に追放されてしまいます。古代でも実の兄妹の近親の交わりは禁忌でした。衣通姫も軽太子のあとを追って、四国で二人とも亡くなってしまうのです。私が「ふかえり」は「そとおり（衣通）」と考えた理由はいくつかあるのですが、ここで詳しく記すと繁雑になるので、別の機会に本書の中で記したいと思います。

さて、ワーグナーと『１Ｑ８４』の関係から考えると、兄ジークムント（天吾）と妹ジークリンデ（ふかえり）という関係にあって、それは軽太子（天吾）と衣通姫（ふかえり）という関係と重層的に書かれているのではないかと、私は考えています。

　この場面、少女と交わるということから、主人公・天吾の性倫理を問うような読み方もあるようです。でも、ふかえりが「オハライをする」と言っているように、それは儀式的な交わりなのでしょう。『ニーベルングの指環』はゲルマン神話や北欧神話、ギリシャ神話まで結んだ楽劇ですが、もし私が考えるように『１Ｑ８４』が『ニーベルングの指環』と響き合うように書かれているとすれば、天吾とふかえりの交わりもやはり古代神話的な交わりということでしょう。『１Ｑ８４』の、その場面ではノアの方舟の話も描かれているぐらいですから。

　さらに、『１Ｑ８４』には「リトル・ピープル」というものたちが出てきます。そして、ワーグナーの『ニーベルングの指環』の中には、地底に住む「ニーベルング族のこびと」たちが登場するのです。

　このように村上春樹の『１Ｑ８４』とリヒャルト・ワーグナーの『ニーベルングの指環』には、かなりの対応関係があると言ってもいいのではないでしょうか。

▼サワヤカニ風ハ吹ク／故郷ニ向カッテ

　もう一つ加えると、本書では、村上春樹作品とT・S・エリオットの詩との関係を考えてみることの重要性も繰り返し書いてきました。

　紹介してきたワーグナーとの関係性の視点から、T・S・エリオットの詩集『荒地』を見てみますと、冒頭の「死者の埋葬」の「四月は最も残酷な月」という有名な書き出しのすぐあとぐらいの節に「サワヤカニ風ハ吹ク／故郷ニ向カッテ。／ワガアイルランドノ子ヨ／キミハ今ドコニイル？」というワーグナーの『トリスタンとイゾルデ』の冒頭にある言葉が引用されて歌われています。さらに『荒地』の「火の説教」の中では、ワーグナー『神々の黄昏』の第三幕第一場の「ラインの娘たち」を踏まえた、三人の「テムズの娘たち」の歌が記されているのです。

　T・S・エリオットとリヒャルト・ワーグナーの関係も強固なものです。村上春樹作品の中にあらわれるワーグナーの『トリスタンとイゾルデ』や『神々の黄昏』は、T・S・エリオットの詩まで含めて、その関係を考えてみる必要があるのではないでしょうか。

　二〇一三年はワーグナーの生誕二〇〇年でした。その年、村上春樹は「パン屋襲撃」「パン屋再襲撃」を改編して一冊にした『パン屋を襲う』を刊行しました。その刊行日は「２０１３年2月25日」、ワーグナーの誕生日は「１８１３年5月22日」です。「2月25日」と「5月22日」。両者がよく似た数字に見えてしまうのは、私らしい妄想でしょうか。

　『パン屋を襲う』には、ワーグナー生誕二〇〇年記念とは、どこにも記されていませんが、ワーグナーへのオマージュの意味もある改編、刊行かなと思えてならないのです。

私のように、妄想癖のある人間にとっては、『1Q84』のワルキューレである青豆に「恋人もつくらないで、ずっと処女のままでいるつもり?」と言う、青豆の親友「環」の名前も『ニーベルングの指環』の「指環」の「環」から命名されているように思えます。

二〇一三年、村上春樹はフランツ・リストのピアノ曲集『巡礼の年』を作品の中に織り込んだ『色彩を持たない多崎つくると、彼の巡礼の年』を刊行しました。ワーグナーはリストの娘・コジマと再婚している人ですが、もちろんだからリストの曲が中心に出てくる長編小説が書かれたというわけではないでしょう。でもリヒャルト・ワーグナー生誕二〇〇年の年に発表された長編です。その関係が少し気になっています。

▼ワーグナーの指環みたいにな

同作にこんな会話があります。それを紹介して、今回は終わりにしたいと思います。

読者の前にリストの『巡礼の年』の中の「ル・マル・デュ・ペイ」というピアノ曲が示されるのは、主人公・多崎つくるが東京の大学に進学して知り合った灰田という学生からです。灰田は自分の父親が若い時に放浪生活をしていた時代があったことを多崎つくるに話します。灰田の父親が大分県山中の小さな温泉で下働きをしていた時に、緑川というジャズ・ピアニストと出会います。灰田は、自分の父親が、その緑川と死のトークンについて話したことを、多崎つくるに語るのです。これは同作で一番難しい会話の場面です。

緑川は、自分はあと一カ月の命だとわかっている人です。その「死を回避する方法はないのですか?」と灰田の父親が言うと、「ひとつだけある」と緑川が答えます。

「言うなれば死のトークンのようなものを、別な人間に譲り渡せばいい」「しかし俺としては、その方法をとるつもりはない。なるべく早く死んでしまいたいと、前々から思ってはいたんだ。渡りに船かもしれない」と緑川が言うのです。

灰田の父親が「もし緑川さんが死んだらそのトークンはどうなるのでしょう?」と聞くと、緑川はこんなことを語っています。

「さあな。そいつは俺にもわからん。はて、どうなるんだろう? 俺と一緒にあっさり消滅してしまうのかもしれない。あるいは何かのかたちであとに残るのかもしれない。そして人から人へとまた引き渡されていくのかもしれない。ワーグナーの指環みたいにな。(……)」

やはり、村上春樹にとって、ワーグナーはとても大切な音楽家なのではないでしょうか。

040 村上春樹の四国学

物語の聖なる場所

2014.12

先日、徳島県立文学書道館というところで「村上春樹と四国」との演題で話をいたしました。その冒頭、四国・徳島に招かれたから、このような題をつけたわけではないことを述べ、「四国」は村上春樹作品の聖地の一つであり、「村上春樹の四国学」というものが成立する土地であると思っていると話したのです。今回は、この「村上春樹の四国学」というものについて書いてみたいと思っています。

▼行く先は四国と決めている

村上作品と「四国」というと、すぐ多くの人が頭に描く長編は『海辺のカフカ』(二〇〇二年)ではないかと思います。この作品の冒頭部に、十五歳の「僕」が、「行く先は四国と決めている。四国でなくてはならないという理由はない。でも地図帳を眺めていると、四国はなぜか僕が向かうべき土地であるように思える」という場面があります。同作は、その「僕」や、もう一組のナカタさんと星野青年が「四国」高松の甲村記念図書館に結集する話です。

確かに、同作は「村上春樹と四国」を考える時に重要な作品です。でもそれ以前にも「四国」が大きな役割を果たしている長編があるのです。

それは『ねじまき鳥クロニクル』(一九九四、九五年)です。まず『ねじまき鳥クロニクル』と「四国」の関係から紹介してみたいと思います。

『ねじまき鳥クロニクル』という大作はとても簡単に言うと、「僕」の前から突然行方不明となった妻を取り戻す物語です。「僕」の妻は、彼女の兄から、ひどい目にあっていて、それで行方不明となっているのですが、「僕」が、闇の中で妻の兄と戦い、妻を取り戻すのです。

その三巻本の第1部の冒頭部に「僕」の家の近くの路地に面して空き家があることが述べられています。その家の元の持ち主は「宮脇さん」という名前でした。ファミリー・レストランを経営していましたが、ある日、夜逃げのようにしていなくなってしまったのです。

その空き家には深い井戸があって、「僕」は縄梯子を使って井戸の底に降りていくと、その底は土で、空井戸になっていました。

「僕」はこの井戸を通過して壁抜けのように別の世界に出て、その異界の世界で、妻の兄と戦い、最後に妻のクミコを取り戻すのです。ですから宮脇さんの家だった、その空き家の「井戸」は物語上、非常に重要な場所となっています。

そして第3部の冒頭部分で、その宮脇さん一家が、高松市内の旅館で一家心中した事実が明かされるのです。次女は絞殺され、宮脇さん夫妻は首を吊って自殺、長女は行方不明とのことです。

この宮脇さん一家が「高松」で一家心中するのは、偶然ではないと思います。全国展開している「宮脇書店」という書店がありますが、その本社は「高松」にありますし、高松に勤務したことがある先輩記者の話によると、「高松」には「宮脇」という名前が多いそうですので、もしかしたら宮脇さんは自分の故郷に帰って、一家心中した可能性もあると思います。または宮脇さんにとって、自分のルーツと繋がりのある土地が「高松」だったという可能性もあるでしょう。

▼「高松」と読めなくもなかった

でも、そのような推測ではなく、「僕」と「高松」との関係がかなりはっきりと記されているところが、同作の第2部にあります。

「僕」が妻を取り戻す前に、失踪中の妻クミコから「僕」のところに手紙がくる場面です。その妻からの手紙の消印はかすれていて、はっきりとは読みとれないのですが、そこには『高』という字はなんとか判読できた。『高松』と読めなくもなかった」と書かれているのです。

「香川県の高松?」と「僕」は思います。「クミコは僕の知っているかぎりでは、高松に知り合いなんか一人もいないはずだった。僕らは結婚してから高松に行ったことはなかったし、クミコがそこに行ったことがあるという話は一度も聞いたことがなかった。高松という地名が僕らの会話に登場したこともなかった。それは高松ではないかもしれない」と村上春樹は記しています。

『ねじまき鳥クロニクル』の第1部、第2部が刊行された一九九四年の段階では、この文章によれば、クミコの手紙が投函された地は「それは高松ではないかもしれない」と思える余地があります。ただし、文庫本でわずか四行の間に「高松」という言葉が、六カ所も記されています。これは尋常な表記ではありませんね。

でも、ともかく、その一年後に『ねじまき鳥クロニクル』の第3部が刊行されて、その冒頭部に、あの空井戸のある家の元の所有者である宮脇さん一家が「高松」で一家心中しているという事実を知ってみると、その妻からの手紙は「高松」の消印のものと読むしかないような気がしてきます。

さらに、登場人物たちが「高松」に結集する『海辺のカフカ』を読んだ後で、この『ねじまき鳥クロニクル』第2部のクミコからの手紙を読むと、もう絶対に、それは「高松」の消印だと読むのではないでしょうか。そう思えるのです。

『ねじまき鳥クロニクル』は「高松」で一家心中した宮脇家のものだった家の空井戸を通り、「僕」が異界に抜け出て、ホテルの暗闇の中で、妻の兄・綿谷ノボルと戦い、野球のバットで綿谷ノボルを打ち砕き、妻を自分のもとに取り戻す物語です。その通路である井戸は「四国・高松」と繋がりがあるのです。

▼「それで、どこに行くの?」

では、他の作品ではどうでしょうか。

村上春樹には、まず短編集を刊行し、その次に〝短めの長編〟を出し、それに続いて〝長めの長編〟を発表するという場合が結構あります。その傾向からすると『海辺のカフカ』は〝長めの長編〟に相当する作品。その前の〝短めの長編〟は『スプートニクの恋人』(一九九九年)です。

『スプートニクの恋人』には、主人公の「ぼく」が、ギリシャの島で行方不明となってしまった「すみれ」というガールフレンドを捜しにいく話が中心にあります。「すみれ」は、まるで幽霊のように、忽然と消えてしまうのですが、教員である「ぼく」が「すみれ」を捜すために、暫く東京を留守にする理由について、自分が勤務している学校の同僚の女性と、次のように会話する場面があります。

「ぼく」が学校を休むと言うと、「それで、どこに行くの?」と同僚の女性は問います。それに対して、「ぼく」は「四国」と答えています。

他にもまだ「四国」が出てくる作品があります。村上春樹作品で、日本で最も読者が多いのは、やはり『ノルウェイの森』(一九八七年)でしょう。このベストセラー作品にも「四国」が出てきます。同作には、京都のサナトリウムの森の中で自死してしまう「死」の象徴のような「直子」という女性が出てきますが、サナトリウムで、その「直子」と同室の「レイコさん」という女性がいます。その「レイコさん」の結婚相手の実家は「四国の田舎の旧家」であると書かれています。

さらに最新の短編集『女のいない男たち』(二〇一四年)の中から一つ紹介してみましょう。この短編集の中に「木野」という作品があります。「木野」は主人公の名前ですし、彼が経営するバーの名前でもあります。「木野」は、東京の根津美術館の裏手の路地にあります。若い雌の野良猫がバーに来るようになって、店は軌道に乗り始めますが、ある時から、その猫が姿を消し、店のまわりに蛇が繰り返し出るようになります。

木野は人の助言を受けて、店をたたみ、遠くに行くことにします。

どこに行くかというと、まず「高速バスに乗って高松に行った。四国を一周し、そのあと九州に渡るつもりだった」と書かれています。「高松駅の近くのビジネス・ホテルに泊まり、そこで三日を過ごした」とも記されています。

ここにも「高松」と「四国」が出てきて、村上春樹の物語の中で「高松」「四国」が特別な意味を持っていることがわかるかと思います。

▼弘法大師・空海

さて、そこで、その「高松」が舞台となった『海辺のカフカ』と「四国」「高松」との関係について、考えてみましょう。

前記したように、この物語は、十五歳の少年の「僕」の話と、ナカタさん・星野青年コンビの話が交互に進んでいくという村上春樹が得意とする形になっています。その「僕」の話とナカタさん・星野青年組の話との両方に登場するものが、幾つかあります。一つは讃岐うどんです。もう一つは上田秋成の『雨月物語』です。

その『雨月物語』は村上春樹が愛読する物語ですが、『雨月物語』のうち「僕」の話のほうには、「菊花の約《ちぎり》」という作品についてのことが記され、ナカタさん・星野青年組の話のほうには「貧福論」という作品の中の言葉が紹介されています。

そして、この『雨月物語』冒頭の「白峯《しらみね》」という作品は、西行が讃岐（今の香川県）に向かう話なのです。讃岐で、西行は崇徳院の墓を詣で、崇徳院の亡霊と問答をしています。ここでも、物語が四国（香川県）と繋がっています。

「行く先は四国と決めている。四国でなくてはならないという理由はない。でも地図帳を眺めていると、四国はなぜか僕が向かうべき土地であるように思える」と言って、十五歳の「僕」が「四国」に向かうことから、『海辺のカフカ』は始まっていくわけですが、その「僕」のほうにも、ナカタさん・星野青年のほうにも出てくる『雨月物語』は、単に両方の話に出てくるというのではなくて、その冒頭の作品「白峯《しらみね》」が、西行が讃岐に向かう話として、この『海辺のカフカ』の物語と繋がっているのでしょう。

もう一つ紹介します。これは、村上作品と四国との関係について考えていた時に、インターネットの村上春樹ファンたちの記述によって教えられたことなのですが、『海辺のカフカ』に高松の甲村記念図書館の女性責任者である「佐伯さん」という人が登場します。「海辺のカフカ」という名前も、その佐伯さんが十九歳の時に作詞作曲して歌い大ヒットしたという曲の名であるとも記されています。

その「佐伯」とは弘法大師・空海の名前です。空海の名前（幼名）は「佐伯真魚《さえきのまお》」です。空海は宝亀五（七七四）年に、讃岐国の屏風ガ浦（香川県善通寺市）で、生まれています。

そして、甲村記念図書館の責任者が空海と同じ「佐伯」と名づけられているのは、決して偶然とは言えないのではないかと思います。ナカタさん・星野青年のコンビのほうの話に「入り口の石」というものが出てくるのですが、この石のことについて、ナカタさんと星野青年が、高松の市立図書館に調べにいく場面があります。

でも「市立図書館には、高松市近辺の石について専門的に書かれた本は一冊もなかった」ようで、リファレンス担当の司書が「どこかに石についての記述があるかもしれませんから、ご自分で内容をあたってみてください」と言って、『香川県の伝承』や『四国における弘法大師伝説』などの本を一山置いていくのです。それを夕方までかけて読んだ星野青年が「弘法大師には石に関する伝説がいくつかあった。弘法大師が荒れ野の石をどかしたらそこから水がこんこんと湧《わ》いてきて、豊かな水田になったというような話だ」と思ったことも記されているのです。

この場面「市立図書館」と書かれていますし、そこには「高松市近辺の石について専門的に書かれた本は一冊もなかった」とも断定的に記されています。村上春樹の図書館好きは有名ですし、自身の経験を反映した場面なのかなと、つい思ってしまいます。

▼「四国」の第一夜は徳島の旅館

「神戸を出発したバスが徳島駅前に停まったとき、時刻は既に夜の8時をまわっていた」と『海辺のカフカ』の下巻の冒頭は、そう書き出されています。

「さて、ここはもう四国だよ、ナカタさん」と星野青年が言うと、ナカタさんも「はい。とても立派な橋でありました。ナカタはあんな大きな橋を見たのは初めてであります」と応えます。ナカタさんが「あんな大きな橋」というのは、世界最長の吊り橋である明石海峡大橋のことです。

そうやって、ナカタさん・星野青年の二人は徳島駅から少し離れた旅館に一泊します。そして翌日、ナカタさん・星野青年は徳島駅からJRの特急に乗って高松に向かうのです。

これは、単に徳島に一泊したわけではないと思います。「四国」といえば、四国八十八カ所の霊場をめぐる四国巡礼が有名です。

四国八十八カ所霊場を開創したのは、弘法大師・空海と伝えられていますが、この弘法大師の跡を巡礼するのが、四国巡礼、四国遍路です。そして、その霊場めぐりは徳島県から始まっているのです。

ナカタさん・星野青年が徳島で「四国」最初の夜を過ごすのは、四国遍路のことを反映しているのではないかと思います。

例えば、「四国」の第一夜に、星野青年は、徳島の旅館に泊まりながら、自分のこれまでの人生を振り返っています。

星野青年の気持ちがすさんで荒れていた高校時代、警察の厄介になったときには、決まって「じいちゃん」が迎えに来てくれたのだそうです。「もしじいちゃんがいなかったら、俺はいったいどうなっていただろうなと彼はときどき思う」と村上春樹は書いています。

「じいちゃんだけは少なくとも彼がそこに生きていることをちゃんと覚えていてくれたし、気にかけてくれていたもんな」「にもかかわらず、そのころ彼は一度も祖父に感謝したことはなかった」「祖父は癌《がん》で亡《な》くなった。最後は頭がぼけて、彼の顔を見分けることもできなかった。祖父が亡くなって以来、一度も実家には帰っていない」とも書かれています。

さらにトラック運転手の星野青年が、ナカタさんに興味を持ったのは、ナカタさんの風貌やしゃべり方が、死んだじいちゃんに似ていたからだったことも記されています。

自分の姿をもう一度、振り返り、見直すこと。それは四国遍路、そのものの行為と思索のようにも思えます。

▼「四国」は「死国」

単に「あんな大きな橋を見たのは初めてであります」とナカタさんが、思うだけでしたら、明石海峡大橋を昼間に渡るということでもいいはずです。

バスが徳島駅前に着いたときには夜の八時すぎでした。村上春樹はナカタさん・星野青年の二人の「四国」の最初の夜を、四国八十八カ所霊場めぐりが始まる徳島で一泊させるために、わざわざ夜の八時すぎに徳島駅に着くバスを選んでいるのではないでしょうか。

また『女のいない男たち』の「木野」で、不吉なことが続く木野が、店をたたんで、まず「高速バスに乗って高松に行った。四国を一周して、そのあと九州に渡るつもりだった」というのも、四国遍路のことを意識して書かれているのではないかと思います。

二〇一四年一月に亡くなった高知県出身の直木賞作家、坂東眞砂子さんの小説で四国遍路を題材にした『死国』という小説があり、映画化もされました。まさに「四国」は「死国」であって、村上春樹の『海辺のカフカ』の冒頭で「僕」が「行く先は四国と決めている。四国でなくてはならないという理由はない。でも地図帳を眺めていると、四国はなぜか僕が向かうべき土地であるように思える」というのは、四国四県へ行くという意味ではないでしょう。「四国」とは、まさに死者の国、「死国」へ行くということなのでしょう。

『スプートニクの恋人』で、まるで幽霊のように消えてしまった「すみれ」を捜しにギリシャに向かう「ぼく」が、学校の同僚の女性に「それで、どこに行くの？」と問われて、それに対して、「ぼく」は「四国」と答えます。これも単に「ギリシャに行くのを」「四国」と嘘をついているという場面ではなく、たぶんこれから「死の国」へ向かうことの予告でしょう。

「四国」行きを聞いた同僚も「それは大変ね」と応えています。あの世に消えてしまった「すみれ」を捜すために、冥界のような場所に行くことに対して、同僚の女性は「それは大変ね」と述べているのです。

その冥界のような、死者の世界、あの世的な世界、異界である「四国」(死国)をめぐり、死者たちとの魂の出会いを通して、成長し、再び生の世界に帰ってくるというのが、村上作品の一貫したテーマです。村上春樹の物語にとって、

「四国」はそんな聖なる場所、聖地だと思います。「村上春樹の四国学」というものが、研究されてもいいぐらいの大きな価値を持っている場所だと考えています。

2015

1月	期間限定サイト「村上さんのところ」を開設。合計37,465通のメールが寄せられ、内3,716通に回答
	解説「ふむふむ感」が、杏『杏のふむふむ』（ちくま文庫）に掲載
4月	［翻訳］ダーグ・ソールスター『Novel 11, Book 18　ノヴェル・イレブン、ブック・エイティーン』（中央公論新社）刊行
7月	限定サイトでのやりとりをまとめた『村上さんのところ』（新潮社）刊行。同時に電子書籍『村上さんのところ　コンプリート版』も配信開始
8月	「ジェイ・ルービンのこと」が『波』（8月号）に掲載
9月	『職業としての小説家』（スイッチ・パブリッシング）刊行
	ヤクルト・スワローズのHPに、村上春樹さんメッセージ「第3回　怒濤の裏日本一打線」が掲載される
10月	インタビュー「優れたパーカッショニストは、一番大事な音を叩かない」（聞き手：川上未映子）が『MONKEY　Vol.7』（10月15日）に掲載
11月	『ラオスにいったい何があるというんですか？』（文藝春秋）刊行

041 「両義的」という視点
再読『女のいない男たち』

2015.1

これは村上春樹の本としては異例なことなのですが、短編集『女のいない男たち』（二〇一四年）には、長文の「まえがき」というものがついていて、その題名についても「いろんな事情で女性に去られてしまった男たち、あるいは去られようとしている男たち」を示していることが、記されています。

そんなモチーフに、なぜ村上春樹の創作意識が絡め取られてしまったのか、「僕自身にもその理由はよくわからない。そういう具体的な出来事が最近、自分の身に実際に起こったわけではないし（ありがたいことに）、身近にそんな実例を目にしたというわけでもない」とも書かれています。

でも、それは「僕という人間の「現在」の、ひとつのメタファーであるのかもしれない。あるいは遠回しな予言みたいなものなのかもしれない。それとも僕はそのような「悪魔払い」を個人的に必要としているのかもしれない」とあるのです。

▼仕上げるのがとてもむずかしい小説だった

村上春樹という作家は、短編を集中的に書いて、それを短編集にまとめることが多く、この『女のいない男たち』もそのようにして書かれたものです。そして、村上春樹は短編集を出し、次に短め目の長編を書き、さらに長い長編を書くということの多い作家でもあります（必ずしも、その順番でもない場合もありますが……）。

「現在」のメタファーかもしれない。遠回しの予言みたいなものかもしれない。「悪魔払い」かもしれない……。そんな「まえがき」を読むと、次の長編に向かう前に、村上春樹が作家として、いま在る、自分の姿を探った短編集になっているのかなと思いました。

この短編集には六つの短編が収録されていますが、その「まえがき」によりますと、まず「ドライブ・マイ・カー」と「木野」の第一稿が最初に書かれ、三本目に「イエスタデイ」を書いたようです。そして最初に「ドライブ・マイ・カー」が「文藝春秋」二〇一三年十二月号に掲載されましたが、「木野」の前に「イエスタデイ」が先に同誌二〇一四年一月号に掲載され、次いで「木野」が翌月号に掲載されています。

この理由について村上春樹は「「木野」は推敲に思いのほか時間がかかったということもある。これは僕にとっては仕上げるのがとてもむずかしい小説だった。何度も何度も細かく書き直した。ほかのものはだいたいすらすらと書けたのだけど」と書いています。

その「木野」の「推敲に思いのほか時間がかかった」と

ころ、「仕上げるのがとてもむずかしい小説」だったところは、もちろん著者の村上春樹にしかわかりませんが、私が少し気になるところがあって「木野」や短編集『女のいない男たち』を再読して受け取ったことを記しながら、この短編集の作品に、少しの接近をしてみたいと思います。

▼蛇というのはそもそも賢い動物なのよ

私の再読のきっかけになったのは、「木野」に出てくる「両義的」という言葉です。「木野」は前回の「村上春樹の四国学」でも、少し紹介しましたが、主人公の名前ですし、彼（木野）が東京・根津美術館裏手の路地で経営するバーの名前でもあります。木野が店を始めて、しばらくすると、バー「木野」に灰色の若い雌の野良猫が来るようになって、店は軌道に乗り始めますが、ある時から、その猫が姿を消してしまい、店のまわりに蛇が何度も出るようになります。するると、この「蛇」について、木野の伯母がこう語るのです。

「蛇というのはそもそも賢い動物なのよ」と伯母は言って、さらに「古代神話の中では、蛇はよく人を導く役を果たしている。それは世界中どこの神話でも不思議に共通していることなの。ただそれが良い方向なのか、悪い方向なのか、実際に導かれてみるまではわからない。というか多くの場合、それは善きものであると同時に、悪しきものでもあるわけ」と語るのです。

こんな伯母の言葉に対して、木野は「両義的」と応えています。

伯母も「そう、蛇というのはもともと両義的な生き物なのよ。そして中でもいちばん大きくて賢い蛇は、自分が殺されることのないよう、心臓を別なところに隠しておくの。だからもしその蛇を殺そうと思ったら、留守のときに隠れ家に行って、脈打つ心臓を見つけ出し、それを二つに切り裂かなくちゃならないの」とも加えています。

ともかく一週間に三匹も違う蛇を店のあたりで見かけるのは普通ではないことなので、木野は人の助言を受けて、店をたたみ、遠くに行くことにします。

蛇が「木野」の店の前に、しばしば現れる前、木野は店にやってきた客の女と、店を閉めた後で、性的に関係してしまいます。その女には身体中に火のついた煙草を押しつけられて出来た小さな痣《あざ》がありました。彼女は背中をむき出しにして、その傷痕を見せるのですが、彼女の「新品らしい下着の鮮やかな白さと、痣の暗さが不吉に対照的だった」と村上春樹は書いています。

その女と関係する場面では「女の長い舌が木野の喉の奥を探り、両手の爪が背中に食い込んだ。／彼らは飢えた二匹の獣のように、むきだしの明かりの下で言葉もなく、欲望の肉を何度も貪《むさぼ》った」とありますので、この女性と関係することが、何匹もの蛇の出現を予告しているのでしょう。その後、蛇の出現をめぐる「木野」と伯母との「両義的」

の会話となっていくのです。

▼ここでは仮にエムと呼ぶことにする

そして、この「両義的」という言葉が『女のいない男たち』の表題作を読むうちに、再び、私の中で強く響いてきました。

その表題作は「まえがき」によると「考えてみれば、この本のタイトルに対応する「表題作」がなかった」ので、この短編集のために書き下ろされたものです。「いわば象徴的な意味合いを持つ作品がひとつ最後にあった方が、かたちとして落ち着きがいい。ちょうどコース料理のしめのような感じで」と村上春樹は書いています。

そして、その表題作「女のいない男たち」は、こんな話なのです。いや……読まれた方はわかると思いますが、〝こんな話〟と要約するのが、とても難しい作品ですね。

ともかく、私が「両義的」と感じたところを紹介しましょう。

この作品が動き出すのは、夜中の一時過ぎにかかってきた電話で、語り手の「僕」が起こされるところです。受話器を取ると、男の低い声で、その男の妻が先週の水曜日に自殺したことを知らされるのです。その「妻」の名前は「僕」の「昔の恋人」の名前でした。

死んだ彼女が僕の名前を「昔の恋人」として夫に教えたのだろうか……と「僕」は思います。でも彼女の夫はどうやって、「僕」の電話番号を知ったのだろうと思います。なぜなら、電話帳にも番号を載せていないのです。

それに「僕と彼女がつきあっていたのは、ずいぶん昔のことだ」し、また「別れてからはただの一度も顔を合わせていない。電話で話したことさえない」し、「僕」は彼女が結婚していたことすら知らなかったのです。

でもともかく、彼女が自殺したのだとしたら、「僕」がつきあった女性で、自殺した三人目の人となります。

たぶん、これは作者の声でしょうか、彼女に「(名前がないと不便なので、ここでは仮にエムと呼ぶことにする)」と、彼女に「エム」という名づけがされるのです。

そして、私が「両義的」だなと感じたのは、次のようなところです。

「僕は実を言うと、エムのことを、十四歳のときに出会った女性だと考えている」とあるのですが、続けて「実際にはそうじゃないのだけれど、少なくともここではそのように仮定したい。僕らは十四歳のときに中学校の教室で出会った。たしか「生物」の授業だった。アンモナイトだか、シーラカンスだか、なにしろそんな話だ」と書かれています。

読者は「僕」は「エム」に「十四歳のときに出会った」ということと、「実際にはそうじゃない」ということを心に抱いたまま、中学の「生物」の授業の教室で、二人が「十四歳のときに出会った」世界の中に進んでいくのです。

こうやって、「エム」のことがいろいろ、まさに「両義的」に語られていきます。もちろん、あらゆる人間が一面的な存在ではなく、人間は多面性をもって在るわけですが、このちょっと変わった味の表題作「女のいない男たち」を読んで、また「両義的」のことを思い、この短編集自体が「両義的」な世界を書いているのかな……と思えてきたのです。

▼みんな同じような盲点を抱えて生きている

この短編集は、人の表に現れている部分と、見えていない部分とが対比的に語られる作品が多いのも特徴です。例えば最初に置かれた「ドライブ・マイ・カー」では、美人女優で、亡くなった妻の愛人である高槻という二枚目俳優の男と、物語の主人公である家福《かふく》という男優が、直接会って話をする場面が何度かあります。

ある夜は「青山の小さなバーで二人は飲んでいた。根津美術館の裏手の路地の奥にある目立たない店だった」とあり、その店には「灰色のやせた猫が丸くなって眠っていた。この店に居着いている近所の野良猫のようだった」とありますので、おそらく「木野」の店で家福と高槻は飲んでいるのでしょう。両作が密接な関係にあることが分かりますね。

家福が亡くなった妻のことを「僕にとって何よりつらいのは」「僕が彼女を——少なくともそのおそらくは大事な一部を——本当には理解できていなかったということなんだ」と言うと、高槻は「しかし、家福さん、誰かのことをすべて理解するなんてことが、僕らに果たしてできるんでしょうか？　たとえその人を深く愛しているにせよ」と応えます。

さらに「僕には致命的な盲点のようなものがあったのかもしれない」と家福が言うと、高槻も「盲点」という言葉に反応して、高槻は「それは家福さん固有の盲点であるとか、そういうんじゃないような気がします。もしそれが盲点だとしたら、僕らはみんな同じような盲点を抱えて生きているんです。だからあまりそんな風に自分を責めない方がいいように思います」と言うのです。さらに高槻は、どれだけ愛している相手であれ、他人の心をそっくり覗き込むなんて、それはできない相談だと述べて、「本当に他人を見たいと望むのなら、自分自身を深くまっすぐ見つめるしかないんです」と言います。

その会話によって、家福の中にあった、高槻に対する息苦しい感情のようなものが解消されていく瞬間が書かれています。家福に届いた高槻の言葉として「もしそれが盲点だとしたら、僕らはみんな同じような盲点を抱えて生きているんです」という言葉の横に、すべて傍点を打って、その言葉が家福の耳に長いあいだ残っていたと村上春樹は反復して記しています。そうやって、気がつくと、家福の中にあった怒りのような感情が消えていたのです。

妻の愛人だった高槻は悪い奴かなと思って、普通に読んでいくと、それが、悪い奴ではなくて、反対側から、高槻の側から、ぐるっと、家福の自身の心に対する理解が深まっていって、家福の怒りの感情が解消されていくように、ちょっと反転した形で作品が書かれています。この盲点をめぐる会話にも、人間の持つ両義的な側面を、私は感じるのです。

▼下の半分は海に沈んでいる

「イエスタデイ」には、東京の田園調布で生まれ育ったのに完全な関西弁を話す「木樽明義」という奇妙な男が出てきます。そして、彼のガールフレンドの「栗谷えりか」が、語り手の「僕」(谷村)に、自分がよく見る同じ夢について話す場面があります。

それはこんな夢です。自分(栗谷えりか)とアキくん(木樽)が二人で大きな船に乗っています。それは長い航海をする大きな船。そして二人だけで小さな船室にいて、それは夜遅くで、船室の丸い窓の外には満月が見えます。「でもその月は透明なきれいな氷でできてる。そして下の半分は海に沈んでいる。「あれは月に見えるけど、実は氷でできていて、厚さはたぶん二十センチくらいのものなんだ」とアキくんは私に教えてくれる」とあります。栗谷えりかは「その夢を何度も繰り返し見た。とても美しい夢なの」と語っています。

この、いつも「下半分は海に沈んでいる」という月にも、人間の見えない部分への意識、両義的なものを、私は感じるのです。

木樽(アキくん)はまったくの東京育ちなのに、完全な関西弁を話す男で、その冒頭でビートルズの『イエスタデイ』に「昨日は／あしたのおとといで／おとといのあしたや」という関西弁の日本語歌詞をつけて、風呂の中で大声で歌うことが記されています。短編「イエスタデイ」は、こんなふうに飛んでる愉快なスタイルをもって、反対側から読者の心の中に深く入ってくるような形の作品です。愛し合っているのに結ばれることのない男女を書いたものですが、不思議なリアリティーを感じさせる作品だと思います。それは、両義的な存在である、人間への深い村上春樹の理解が届いているからではないでしょうか。

その「イエスタデイ」には、文章を書いて生活するようなった「谷村」(僕)が、十六年後に、ワインのテイスティングパーティーの会場で、そのパーティーの広告代理店の担当者となっている「栗谷えりか」と再会する場面があります。その場面については「イエスタデイ」を読んでいただきたいのですが、短編「独立器官」にも同じ「谷村」(僕)という男が出てくるのです。

「独立器官」には「渡会」という美容整形外科医が登場しますが、その「渡会」の話を聞いて読者に伝えるのが「谷村」(僕)で、「ものを書く仕事をしている」という設定ですので、「イエスタデイ」と、どこか繋がりのある作品でもあるのでしょう。

▼両極の中間に空洞を抱え込むことなのだ

さてさて、そこで「木野」の「両義的」に戻りましょう。伯母の蛇について言葉を受けて、木野が「両義的」について考える場面です。

> 蛇たちは少なくとも今のところ、木野に何かをするつもりはないようだ。彼らはただこの小さな家のまわりをひっそりと両義的に取り囲んでいるだけだ。あの灰色の雌猫が店にやってこなくなったのもあるいはそのせいかもしれない。火傷の女もしばらく姿を見せなかった。木野は彼女が雨の夜に一人きりで店にやってくることを恐れ、同時に心の奥でそれを密かに求めてもいた。それもやはり両義的なことのひとつだ。

そのように村上春樹は「両義的」について、記しています。

そうやって、木野は店をたたんで、旅に出るのです。その旅の中で、再び「両義的」ということについて、考えるのですが、その前に木野がなぜ、バーを開くに至ったかを少し説明しておかなくてはなりません。

木野はスポーツ用品を販売する会社に十七年間勤務していました。たまたま出張で一日早く戻らなくてはいけなくなって、旅先から直接、葛西のマンションに帰ったら、妻が、自分の同僚と寝ていたのです。木野は寝室のドアを閉め、旅行バッグを肩にかけたまま家を出て、家には戻らず、翌日、会社を辞めてしまったのです。

たまたま青山の根津美術館の裏手で喫茶店を経営する伯母から、店の経営から手を引くので、その店を引き継ぐ気はないかという話が数カ月前にあったので、そこで伯母に月々の家賃を払って、バーを開くことにしたのです。店の二階が、自宅のようになっていて、火傷の女ともそこで関係したわけです。

そして、蛇が出るようになった後、木野は店の客で、伯母もよく知っている「神田《カミタ》」という坊主頭の三十代前半ぐらいの男に「しばらくこの店を閉めて、遠くに行くことです」と告げられて、木野は店をたたみ、四国、九州を旅するのです。

その木野に、また「両義的」がやってきます。ある夜、熊本のビジネス・ホテルで寝ていると、誰かが部屋のドアをノックするのです。ノックは強く、執拗です。でも「その誰かには外からドアを開けるだけの力はない。ドアは内側から木野自身の手によって開けられなくてはならない」と書いてあるのですが、それに続けて「両義的」世界についてのこんな文章があります。かなり長いですが、その部分を引用してみましょう。

木野はその訪問が、自分が何より求めてきたことであり、同時に何より恐れてきたものであることをあらためて悟った。そう、両義的であるというのは結局のところ、両極の中間に空洞を抱え込むことなのだ。「傷ついたんでしょう、少しくらいは?」と妻は彼に尋ねた。「僕もやはり人間だから、傷つくことは傷つく」と木野は答えた。でもそれは本当ではない。少なくとも半分は嘘だ。おれは傷つくべきときに十分に傷つかなかったんだ、と木野は認めた。本物の痛みを感じるべきときに、おれは肝心の感覚を押し殺してしまった。痛切なものを引き受けたくなかったから、真実と正面から向かい合うことを回避し、その結果こうして中身のない虚《うつ》ろな心を抱き続けることになった。蛇たちはその場所を手に入れ、冷ややかに脈打つそれらの心臓をそこに隠そうとしている。

そうやって、木野は、ノックの音は「それが叩いているのはビジネス・ホテルのドアではない。それは彼の心の扉を叩いている」ことに気がつくのです。さらに「どれほど虚ろなものであれ、これは今でもまだおれの心なのだ。たとえ微かであるにせよ、そこには人々の温もりが残されている」と思うのです。

最後に「そう、おれは傷ついている、それもとても深く」と思うことと、「誰かの温かい手が彼の手に向けて伸ばされ、重ねられようとしていた」ということが、同時に記されています。

▼僕を知と無知の中間地点に据える

冒頭に記したように、「木野」は「推敲に思いのほか時間がかかった」し、「仕上げるのがとてもむずかしい小説」なわけですが、この紹介した部分を読むだけでも、村上春樹が鮮やかな手つきで、さっと物語を書いているわけではないことがよくわかります。なるほど「仕上げるのがとてもむずかしい小説」のようだ……という感覚は伝わってきます。

でもともかく、「両義的」という側面からだけ、私に伝わってきたことを「木野」に関して、記しておきましょう。「そう、両義的であるというのは結局のところ、両極の中間に空洞を抱え込むことなのだ」と、「木野」で村上春樹は書いています。

例えば、この考えと対応した部分かなと思うところを表題作「女のいない男たち」の中から紹介すると、死んだ昔の恋人の夫が、深夜、電話をしてきた後、「僕」は考えます。彼は何ひとつ説明を与えてくれなかったのですが、「彼は妻が自殺したことを僕に知らせなくてはならないと考えた。そしてどこからか僕の自宅の電話番号を手に入れた。しかしそれ以上の詳しい情報を僕に与える必要はないと思った」と書いて、村上春樹は次のように記しています。

僕を知と無知の中間地点に据えること、それがどうやら彼

の意図するところであるらしかった。どうしてだろう？
僕に何かを考えさせるためだろうか？

これも、私には「両義的」なことについて、村上春樹が述べているように思うのです。

しかも、「僕」は「知と無知の中間地点に」に居ればいいのではありません。

「ある日突然、あなたは女のいない男たちになる。その日はほんの僅かな予告もヒントも与えられず、予感も虫の知らせもなく、ノックも咳払いも抜きで、出し抜けにあなたのもとを訪れる」と村上春樹は書いています。ひとつの角を曲がると、もう後戻りはできない。その世界ではあなたは「女のいない男たち」と呼ばれることになる、と書いています。「どこまでも冷ややかな複数形で」呼ばれることになると。

「女のいない男たち」の世界が、どれくらい切ないことなのか、心が痛むことなのか、それは女のいない男たちにしか理解できない、とも書いています。

それは「夜中の一時過ぎに誰かから電話がかかってくること。知と無知との間の任意の中間地点で見知らぬ相手と待ち合わせること」だとも、村上春樹は記しているのです。

▼正しからざることをしないでいるだけでは足りない

この言葉と「そう、両義的であるというのは結局のところ、両極の中間に空洞を抱え込むことなのだ」という「木野」の言葉が、私の中で響き合っています。もう少し、私に伝わってきたことを記してみましょう。

「両義的」ということは、村上春樹作品の中では、大きなテーマとして、これまでもあったと思います。例えば『1Q84』（二〇〇九、一〇年）の中に出てくる「リトル・ピープル」というものも、その両義的な側面がある存在だと思います。

『1Q84』で、ふかえりという十七歳の少女作家が作った『空気さなぎ』という物語を天吾がリライトしているのですが、その物語の中では、十歳の少女が山中の特殊なコミューンで、一匹の盲目の山羊の世話をしています。しかし彼女が目を離したあいだに山羊が死んでしまい、土蔵の中に死んだ山羊と一緒に、少女は閉じ込められてしまいます。そして「山羊はリトル・ピープルとこの世界の通路の役をつとめている。リトル・ピープルが良き人々なのか悪しき人々なのか、彼女にはわからない（天吾にももちろんわからない）」と『1Q84』（BOOK1）で紹介されています。そして、リトル・ピープルは最後まで、両義的な面をもって、この長編の中にあると思います。

でも『女のいない男たち』の「木野」は「両義的であるというのは結局のところ、両極の中間に空洞を抱え込むことなのだ」と考えているのです。

木野は「神田《カミタ》」という客からの言葉に従って、店をたたみ、旅に出るわけですが、その前に、カミタからこんなことを言われています。

「木野さんは自分から進んで間違ったことができるような人ではありません。それはよくわかっています。しかし正しからざることをしないでいるだけでは足りないことも、この世界にはあるのです。そういう空白を抜け道に利用するものもいます。言っている意味はわかりますか？」（……）「そのことをよく考えてみてください」（……）「深く考える必要のある大事な問題です。答えはなかなか簡単には出てこないでしょうが」

そのように言われるのです。カミタの言う「そういう空白」は、木野の「両極の中間に空洞を抱え込むこと」と対応しているでしょうし、「女のいない男たち」の「知と無知との間の任意の中間地点」とも対応しているでしょう。それに対して、木野はこう応えます。

「カミタさんが言うのは、私が何か正しくないことをしたからではなく、正しいことをしなかったから、重大な問題が生じたということなのでしょうか？　この店に関して、あるいは私自身に関して」

その木野の発言に、カミタは肯いています。

▼立派な柳の木が緑の葉を豊かに垂らして

このカミタと木野の会話の延長線上に、「本物の痛みを感じるべきときに、おれは肝心の感覚を押し殺してしまった。痛切なものを引き受けたくなかったから、真実と正面から向かい合うことを回避し、その結果こうして中身のない虚《うつ》ろな心を抱き続けることになった」という木野の言葉があり、「どれほど虚ろなものであれ、これは今でもまだおれの心なのだ。たとえ微かであるにせよ、そこには人々の温もりが残されている」という木野の思いも生まれているのでしょう。

村上春樹は「両義的」であるということを否定しているのではないでしょう。「両義的」に関する思考を、さらに深めて、「両義的」であることが生み出す空白を、よく自覚し考えて、この『女のいない男たち』という短編集を書いているのではないかなと思います。

「まえがき」の最後のほうに「僕がこれまでの人生で巡り会ってきた多くのひそやかな柳の木と、しなやかな猫たちと、美しい女性たちに感謝したい。そういう温もりと励ましがなければ、僕はまずこの本を書き上げられなかったはずだ」とあります。

「木野」のバーには、小さな前庭があり、立派な柳の木が緑の葉を豊かに垂らしていました。その店には、人間よりも先に居心地の良さを発見した灰色の若い雌の野良猫（長くて美しい尻尾を持っていた）が、店の片隅にある窪まった飾り棚が気に入ったらしく、そこで丸まって眠っています。やはり、この短編集『女のいない男たち』では、まず「木野」という作品を読んでみることが大切なのではないでしょうか。

もちろん、小説の読み方に、正しいも、間違いもありません。私が今回記した「両義的」の問題ということも、私の一つの読み方にすぎませんが、本書を読まれるかたに、もし、少しでも何か響く部分がありましたら、そんな「両義的」の問題について、考えながら読んでみるのも、悪くはないのではないかと思います。

「両義的であるというのは結局のところ、両極の中間に空洞を抱え込む」と村上春樹は考えているのです。正しからざることをしないでいるだけでは、この世界には空白が生まれてしまい、それを抜け道に利用するものもいるのです。その「空白」を生み出さないためには、正しいことをしなくてはだめなのです。こんな村上春樹の思考の先に、どんな長編が出てくるのか、私はとても楽しみにしています。

042 「移動」をめぐる物語
「動きのある魂の力」

2015. 2

「できるだけ頻繁に移動し続けるんです」。短編集『女のいない男たち』(二〇一四年)の「木野」の中に、カミタ(神田)という人物が出てきて、主人公の木野にこんなことを言います。木野は東京・青山の根津美術館の裏手で、「木野」という自分の名前から付けたバーを一人で経営しています。

▼遠くまで行って頻繁に移動し続ける

店は経営も順調に行きかけていたのですが、店の客で身体中に煙草の火を押しつけられてできた火傷のあとがある女と、「木野」の二階の部屋で木野が関係したあたりから、店の周囲に蛇が頻繁に出るようになってきて、少しおかしくなっていきます。

すると店の客であるカミタが「しばらくこの店を閉めて、遠くに行くことです」と言い、さらに「いいですね、遠くまで行って、できるだけ頻繁に移動し続けるんです」と言うのです。それはあまりに唐突な告知で、説明もなく、前後の理屈もよくわからないものでしたが、木野はカミタの言ったことをそのまま信じて、その夜のうちに旅行の荷物をまとめて、夜が明けると、「勝手ながら、当分休業させていただきます」という紙を店のドアにピンでとめて、高速バスに乗って、四国・高松に渡り、それから九州に渡るのです。

この「できるだけ頻繁に移動し続けるんです」という言葉は、作品の中で、意味なく置かれているものではありません。ある夜、熊本のビジネス・ホテルで木野が寝ていると、誰かが部屋のドアを執拗にノックする場面が作品の最終盤に出てきますが、そのノックを聞く前にも「そろそろ次の場所に移らなくてはならない。できるだけ頻繁に移動し続けてください──カミタにそう言われていた」と、その言葉が再び記されているのです。

この「移動」するということ、村上春樹作品の中で「移動」することが持っている意味はどんなものでしょうか。木野もカミタの言葉に対して、唐突で、説明もなく、前後の理屈もよくわからないもののように感じています。村上春樹も「移動」について説明しているわけではありません。ですからこれから記すことは、いつものように、私の読み、つまり妄想のようなものですが、村上春樹作品の中の「移動」について、いくつかの作品を通して考えてみたいのです。

▼「私は移動する。ゆえに私はある」

「私は移動する。ゆえに私はある」。「移動」することを、そのように女主人公「青豆」が自分の命題として宣言するところが『1Q84』(二〇〇九、一〇年)の冒頭近く、BOOK1の第3章の中にあります。これはデカルトの「我思う、ゆえに我あり」からの引用でしょうか……。ともかく、この「私は移動する。ゆえに私はある」という言葉は、その前後が改行されていて、少し目立つ形で表記されていますので、彼女の特徴を示す重要な宣言なのでしょう。

『1Q84』の中では「青豆」はもう一つ重要な宣言をしています。それはBOOK2で「青豆」が十歳の時から想い続ける「天吾」のことを考えながら「私という存在の中心にあるのは愛だ」と思う言葉です。『1Q84』の中に、女性の殺し屋として登場してくる「青豆」は「私は移動する。ゆえに私はある」「私という存在の中心にあるのは愛だ」という二つの宣言を抱いて生きている人間と言っていいと思います。

今回は村上作品の中の「移動」について考えたいので「青豆」の「私は移動する。ゆえに私はある」について述べてみますと、例えば『1Q84』という大長編は、高速道路を走るタクシーの中で、「青豆」がヤナーチェック「シンフォニエッタ」を聴く場面から物語が始まっています。

『1Q84』はBOOK1、2が二〇〇九年に刊行されたのですが、そのBOOK2で、「青豆」が最後に登場してくる場面では、高速道路上で拳銃の銃口を口の中に入れた「青豆」が、愛する「天吾」のために死ぬことを思って、拳銃の引き金にあてた指に力を入れるところで終わっています。

さらに翌年刊行されたBOOK3の最後は非常階段を上って、高速道路に出た「青豆」と「天吾」が、高速道路上でタクシーを拾い、その二人が赤坂の高層ホテルの十七階で結ばれる場面で終わっています。このように『1Q84』は高速道路にたいへんこだわった物語となっています。それもおそらく「私は移動する。ゆえに私はある」という「青豆」の宣言を反映したものでしょう。

村上春樹には一貫して、動きのないもの、停滞したものへの反発があると思います。一つだけの基準を決めて、全体をそれに合わせるように従わせて、個々の動きを抑制し、個人の自由な動きを許さないもの（例えば、明治以来の日本の近代の中にそのような一面がありました）に対する、強い否《いな》の意志があると思います。

例えば、『海辺のカフカ』（二〇〇二年）には、こんな言葉があります。

「移動しているあいだはたぶんそんなに危険じゃないはずだ」（……）**「移動を終えたときにそいつははじめて危険になる。すごく危険になる。だから移動しているときを逃しちゃいけない」**

『海辺のカフカ』の最終盤に死んだ「ナカタさん」の死体の口から、ぬめぬめと、白く光る物体が出てくる場面があります。体長が一メートル近くもあり、尻尾もついている物体で、それが「ナカタさん」の口から、もぞもぞと身をくねらせて出てくるのです。これがかなり気持ち悪いですね。その白く光る物体を「星野青年」がやっつける前に「トロ」という名の黒猫が「星野青年」にアドバイスする言葉がこれです。

だから「移動しているもの」＝「悪」のように受け取れる言葉でもありますが、でも純粋に、そこに記された「移動」についての言葉だけを読んでみると、「移動しているあいだはたぶんそんなに危険じゃない」、そして「移動を終えたときにそいつははじめて危険になる」と書かれているのです。ここにも「移動すること」への村上春樹の特別な価値が記されていると思います。

▼踊るんだ。踊り続けるんだ。

さて、私が一番初めに、村上春樹の「移動」への強い関心を受け取った作品は『ダンス・ダンス・ダンス』（一九八八年）です。

同作は『羊をめぐる冒険』（一九八二年）の続編ともいうべき物語ですが、その上巻に村上春樹の永遠のヒーローである「羊男」が出てきて、主人公の「僕」と「羊男」が話をする場面があります。そこで「羊男」が「僕」に、こんなことを言います。

音楽の鳴っている間はとにかく踊り続けるんだ。おいらの言ってることはわかるかい？　踊るんだ。踊り続けるんだ。何故踊るかなんて考えちゃいけない。意味なんてことは考えちゃいけない。意味なんてもともとないんだ。そんなこと考えだしたら足が停まる。一度足が停まったら、もうおいらには何ともしてあげられなくなってしまう。あんたの繋がりはもう何もなくなってしまう。永遠になくなってしまうんだよ。そうするとあんたはこっちの世界の中でしか生きていけなくなってしまう。どんどんこっちの世界に引き込まれてしまうんだ。だから足を停めちゃいけない。どれだけ馬鹿馬鹿しく思えても、そんなこと気にしちゃいけない。きちんとステップを踏んで踊り続けるんだよ。そして固まってしまったものを少しずつでもいいからほぐしていくんだよ。

「こっちの世界」というのが、ちょっとわかりにくいですね。「僕」も「君の言うこっちの世界というのはいったい何なんだい？」と「羊男」に質問しています。「ここは死の世界なのかい？」とも聞いていますが、「違う」と「羊男」は答えています。「ここは死の世界なんかじゃない。あんたも、おいらも、ちゃんと生きている。我々は二人とも、おなじくらいはっきり生きている。二人でこうして息をして、話をしている。これは現実なんだ」とも羊男は答えています。

それに対して「僕には理解できない」と主人公も応えています。死の世界でないとしたら、意識の中の世界、記憶の世界……ということなのでしょうか。でもちょっと「こっちの世界」と「あっちの世界」についての問題は、また別な機会に考えてみるとして、「移動」についての視点から、この「羊男」の言葉を考えてみましょう。

ここで羊男は「オドルンダヨ。オンガクノツヅクカギリ」と話しています。踊り続けて、固まってしまったものをほぐしていくんだとも話しています。ここにも、村上春樹の移動していくことへの関心と、固まって、停まってしまうことへの否《いな》の気持ちが表明されていると思います。

▼「我々はみんな移動して生きているんだ」

『ダンス・ダンス・ダンス』の下巻では「もう一度ダンスのステップを取り戻すのだ。みんなが感心するくらい上手く踊らなくてはならない。ステップ、それが唯一の現実なのだ。それはきちんと決まっていることなのだ。考えるまでもない。それは僕の頭の中に一〇〇〇パーセントの現実として刻みこまれている。踊るのだ。すごく上手に」と「僕」は思います。これは上巻の「羊男」の言葉と対応するように書かれているのでしょう。

さらに「ユキ」というエスパーのような美少女と「僕」が会話する場面では「我々はみんな移動して生きてるんだ。僕らのまわりにある大抵のものは僕らの移動にあわせてみんないつか消えていく。それはどうしようもないことなんだ。消えるべき時がくれば消える。そして消える時が来るまでは消えないんだよ。たとえば君は成長していく。あと二年もしたら、その素敵なワンピースだってサイズがあわなくなる」などと話しています。

またユミヨシさんという女性に電話をかけて「僕らはどんどん移動しつづけている。そしてその移動にあわせていろんなものが、僕らの回りにあるいろんなものが、消えていく。これはどうしようもないことなんだ。何ひとつとしてとどまらないんだ。意識の中にはとどまる。でもこの現実の世界からは消えていくんだ」と似たようなことを話しています。

でもさらにユミヨシさんには「僕はそれが心配なんだ。ねえ、ユミヨシさん、僕は君を求めている。僕はとても現実的に君を求めている。僕が何かをこんなに求めるなんて殆どないことなんだ。だから君に消えてほしくない」と語っています。

そして現実に、ユミヨシさんと会った時には「ずいぶん時間がかかったけど、僕は現実に帰ってきた。いろんな奇妙なものの中を通り抜けてきた。いろんな人々が死んだ。いろんなものが失われた。とても混乱していたし、その混乱は解消したわけじゃない。たぶん混乱は混乱のままで存続しつづけるだろうと思うんだ。でも僕は感じるんだ。僕は一回りしたんだって。そしてここは現実だ。僕は一回りするあいだくたくたに疲れていた。でも何とか踊り続けた。きちんとステップは踏み外さなかった。だからこそここに戻ってくることができたんだ」と語っています。

▼同時代小説

この『ダンス・ダンス・ダンス』は作品が始まる前の、扉の部分に「一九八三年三月」と書かれています。そして、『ダンス・ダンス・ダンス』が発表されたのは一九八八年ですので、発表時点からすると五年前の話を書いた物語です。

前年の一九八七年に刊行された『ノルウェイの森』が一九六八年ぐらいのことから書かれているのを考えてみると、『ダンス・ダンス・ダンス』は発表年と作品の時代がいずれも一九八〇年代という、村上春樹が当時と同時代の「現代を書いた小説」でした。

時代はバブル経済の真っ盛りの「高度資本主義社会」で、その中を登場人物たちがどのように生きていくのかという物語です。しかもバブル経済に、批判的な距離を取りながらも、その中を生きる普通の人々にも、しっかり思いを寄せて作品が書かれています。

「いろんな奇妙なものの中を通り抜けてきた。いろんな人々が死んだ。いろんなものが失われた」と「僕」は話していますが、例えば、この『ダンス・ダンス・ダンス』の中に「僕」の中学校の同級生の「五反田君」が出てきます。「五反田君」はいまは映画俳優になっていて、彼と再会するのですが、その「五反田君」はスーパー・カーの「マセラティ」に乗っています。「僕」のほうの乗っている車は「スバル」です。「五反田君」も昔「スバル」が好きで、最初の映画に出たギャラで、中古の「スバル」を自分の金で買ったことがあって「すごくそれが気に入ってた」と「僕」に話しています。

それが、なぜ「マセラティ」に乗っているのかと「僕」が問うても、「五反田君」自身も「わからないな」と答えています。「経費を使う必要があるからだよ」「マネージャーがもっともっと経費を使えっていうんだ」と話すのです。つまり「五反田君」はバブル経済のために、自分が好きでもない自動車に乗らなくてはならないという人物です。

その「五反田君」は「マセラティ」ごと芝浦の海に突っ込んで、自殺してしまいます。そして「スバル」に乗っている「僕」は、くたくたに疲れていたが「でも何とか踊り続けた。きちんとステップは踏み外さなかった。だからこそここに戻ってくることができたんだ」という人間です。「僕」は、バブル経済真っ盛りの中を移動しながら、でも大切な何かを踏み外さなかったのです。

▼五反田君は僕自身なのだ

そしてここがいかにも村上春樹的、私が「村上春樹のブーメラン的作品世界」という部分なのですが、そのバブル経済の側を生き、自殺してしまった「五反田君」に対しても「五反田君は僕自身なのだ」と村上春樹は書いているのです。一つの原理で、自分を正当化して、自分の価値観に合わないものを、自分とは関係のない人間のように切り捨てて考えられる人間もいますが、村上春樹はそういう人間とは違う思考をしていて、その反対側のものも、もしかしたら自分と入れ替わっていた人間かもしれないし、自分と決して無関係ではない人間だと考える作家なのです。

作品の最後、少女ユキから「五反田君のことを好きだったんでしょう?」と聞かれて、「僕」は突然、声がつまって、涙があふれてきます。「会うたびに好きになっていった」と「僕」は語っているのです。こういうところが実に村上春樹的ですね。

そして、「移動」の視点に戻ってみれば、さらに幾つかのことを指摘することができます。この『ダンス・ダンス・ダンス』が強く「移動」の視点で書かれていると思える理由をいくつか記しておきましょう。一つは上記したように、一九八〇年代という日本のバブル経済の中を生きていく対照的な二人の人間、「五反田君」と「僕」を「マセラティ」と「スバル」という当時の自動車の車種を対比することによって、描きわけていることです。自動車は「移動性」の象徴ですからね。

もう一つは「ダンス」ということ自体が、動きながら、その動いていくさまそのものが、人が生きている躍動感や美しさを表現しているという点です。動いていくこと、移動することに、ダンス自体の本質があるのです。当時の現代、一九八〇年代を生き抜いていく物語を初めて書いた時に、村上春樹が『ダンス・ダンス・ダンス』と名づけたということ、つまり「踊るんだ・踊るんだ・踊るんだ」というタイトルは、私には「移動するんだ・移動するんだ・移動するんだ」というふうに響いてくるのです。

『ダンス・ダンス・ダンス』は、昭和という時代の、一九八〇年代のバブル経済を描いた作品ですが、〝でも時代はもうそういう時ではない〟という考えもあるかもしれません。そう考える人もいるかと思います。でも村上春樹という作家は、その一九八〇年代に起きたことにこだわって書いている人ではないかと思います。「その時代をしっかり考えることが、その後の世界を生きる者にとってとても大切なことだ」と村上春樹は考えているのだと、私は思っているのです。

例えば、これまでの村上春樹の最も大きな二つの長編である『ねじまき鳥クロニクル』（一九九四、九五年）は一九八四年の話から始まっています。そして『1Q84』もまたタイトルが示すように「1984」年の話です。時代設定としては『ダンス・ダンス・ダンス』で描かれた翌年の物語なのです。

▼職業は本来は愛の行為であるべきなんだ

もう一つ、作品の中に「移動」という言葉を含む小説を紹介しましょう。それは短編集『東京奇譚集』（二〇〇五年）の中の「日々移動する腎臓のかたちをした石」です。

この短編も結構、一筋縄ではいかない作品ですが、好きな短編ですので、「移動」の視点から、私なりの接近をしてみたいと思います。

この作品の語り手は「淳平」という短編小説家です。短編集『神の子どもたちはみな踊る』（二〇〇〇年）の「蜂蜜パイ」という作品の語り手も小説家の「淳平」ですので、同一の設定と考えてもいいかもしれません。「淳平」は芥川賞候補に「五年間で四回」なったという作家です。「蜂蜜パイ」の淳平も五年間で四回、芥川賞候補になっています。

その淳平は父親から「男が一生に出会う中で、本当に意味を持つ女は三人しかいない。それより多くもないし、少なくもない」と言われます。父とは疎遠な関係なのですが、その言葉だけは「呪《のろ》い」のように淳平の中に残っています。

淳平には大学時代につきあった「本当に意味を持つ」女性がいましたが、彼女はいちばんの親友と結婚してしまった、と記されています。「蜂蜜パイ」を読んだ人なら、淳平の同級生・高槻と結婚した小夜子のことかな……と思うかもしれません。私もそう考えました。

つまり、淳平は以来、「本当に意味を持つ」女性はあと二人になったと考えているのです。新しい女性と知り合うたびに、「この女は自分にとって本当に意味を持つ相手なのだろうか」と考えてしまうのです。このために、淳平はしばらく様子を探るように女性とつきあい、ある地点に達すると自然に関係を解消するということを繰り返しています。

ある時、知人が小さなフレンチ・レストランを開店して、オープニング・パーティーに招かれて、背の高い、人懐っこい「キリエ」という女性と出会います。キリエは「本物の小説家に会ったのは生まれて初めて」と話す快活な女性。淳平は彼女に心を惹かれるのですが、やっぱりこの女は「残された二人のうちの一人なのだろうか?」と思ってしまうのです。

そしてお互いの仕事の話となりますが、キリエのほうは自分の職業を明かしません。でも「ずっと以前から、小さな頃からやりたいと思っていたことを、私は職業にしているわけ。あなたの場合と同じように。ここに来るまでは決して簡単な道のりではなかったけど」というのです。

「それはよかった」と淳平も言って「すごく大事なことだよ、それは。職業というのは本来は愛の行為であるべきなんだ。便宜的な結婚みたいなものじゃなくて」と応えると、キリエは「愛の行為」という言葉に感心して、「それ、素敵な比喩《ひゆ》ね」と言います。

こうやって、その夜のうちに二人は淳平の部屋で結ばれるのですが、このキリエとの付き合いや彼女との会話を通して、淳平が書いている短編小説が動きだしていくのです。

▼「医師を揺さぶる石の意思」

「あなたが今書いている小説の話をしてくれる?」とキリエが言うので、話すのですが、その作品は最後まで書けていなくて、「途中で一服したままになってるんだ」と淳平は答えます。でもキリエは「途中までの筋書きを聞きたいんだけど」と迫ります。

普通は執筆途中の作品については淳平は話さないのですが、どうせ何日か一歩も進んでいないので、その小説について、キリエに話していくのです。

主人公は三十代前半の女性。腕の良い内科医で、大病院に勤めている。独身だけど、同じ病院に勤める四十代後半の外科医と秘密の関係を持っています。彼のほうは妻帯者です。

そんな彼女が趣味のバードウォッチングで河原を歩いているときに奇妙な石を一つ見つけます。腎臓のかたちをした石です。内科医という専門職ゆえの発見で、サイズ、色合い、厚みも本物の腎臓そのままの石です。そして彼女は、その腎臓石を拾って持ち帰り、病院の自分の部屋で文鎮として使うことにするのですが、でも数日後、奇妙な事実に気づきます……。実は、そこで小説はストップしていました。

でも黙って話の続きを待っているキリエのために、淳平は物語が行く先を考えて話し始めるのです。

つまり、朝になると、その腎臓石の位置が移動しているのです。帰る時には決まった場所、机の上に石を置いていく。でも朝になると、椅子の上に載っていたり、花瓶のとなりにあったり、床の上に転がっていたり。ドアには鍵もかけてあるのに、石の位置が変化しているのです。

それを聞いてキリエは「腎臓石は自分の意思を持っているのよ」「腎臓石は、彼女を揺さぶりたいのよ。少しずつ、時間をかけて揺さぶりたいの。それが腎臓石の意思」と言います。さらに、キリエはくすくす笑いながら「医師を揺さぶる石の意思」なんて言うのです。こういうユーモアセンスのある女性って、素敵ですね。

村上春樹は言葉遊びが好きな作家ですが、この部分を読んで笑ってしまいました。もしかしたら「医師を揺さぶる石の意思」という言葉から、この短編が生まれたのかな……とも思ってしまったほどです。

そのキリエへ話しているうちに、淳平は、なんとか小説の先が書けそうな気がしてきたと話します。キリエも「その腎臓石がどうなるのか、私としては結末がとても知りたい」と言います。そうやって、キリエはこの小説を動かしていく存在です。そのキリエは、なかなかの予言者でもあるようで「私の印象ではあなたはいつか、もっと長い大柄な小説を書くことになると思う」と述べています。

これについて、「淳平」＝「村上春樹」と受け取る人もいるかと思いますし、そのように思うのも、また読者の特権でもあるかと思いますが、でも必ずしもキリエの言葉に対して「淳平」と村上春樹自身を重ね合わせて、受け取る必要もないかと思います。

▼たとえば、風は意思を持っている

物語というものは動いていく、移動していくことに、その本質があると考えていることが反映しているキリエの発言なのではないかと思うのです。この作品の中でキリエは、中断していた小説を動かしていく存在であり、小説世界とは何かについて小説家・淳平に語りかける人でもあります。実際、動いていくことに、物語というものの本質があるとすれば、そのことを理解している小説家であるなら短編小説の世界だけにとどまってはいられないのではないの……、そんなことをキリエが語っているようにも受け取れるのです。

そして、キリエは「ねえ、淳平くん、この世界のあらゆるものは意思を持っているの」と小声で言います。眠りかけている淳平に向かって「たとえば、風は意思を持っている。私たちはふだんそんなことに気がつかないで生きている。でもあるとき、私たちはそのことに気づかされる。風はひとつのおもわくを持ってあなたを包み、あなたを揺さぶっている。風はあなたの内側にあるすべてを承知している。風だけじゃない。あらゆるもの。石もそのひとつね。彼らは私たちのことをとてもよく知っているのよ。どこからどこまで。あるときがきて、私たちはそのことに思い当たる。私たちはそういうものとともにやっていくしかない。それらを受け入れて、私たちは生き残り、そして深まっていく」と話すのです。

　つまり「淳平」を村上春樹と考える人がいるかと思いますが、そう考えるならば「キリエ」もまた村上春樹なのだと思います。

▼呪いのような言葉の恐怖を乗り越える

　それから五日ばかり、淳平はほとんど外に出ることもなく、腎臓石の物語を書き続けます。キリエが予言したように、腎臓石はその女医を静かに揺さぶり続けます。その日々移動する腎臓石と女医は会話するようになります。つまり彼女がその石に小さな声で語りかけ、石が語りかけてくる「言葉ではない言葉」に耳を澄ますうちに、腎臓のかたちをした黒い石が、今では彼女の生活の多くの部分を支配しているようになっていきます。女医の心は、妻子ある恋人の外科医から離れていくでしょう……。

　淳平とキリエの関係はどうなるのか。キリエの職業はどんなものなのか。それらも「日々移動する腎臓のかたちをした石」の中に書かれていますが、全部紹介してしまうのは、未読の読者に失礼ですので、興味のある人は、ぜひ作品を読んでほしいと思います。

　ただこれだけは、記しておきたいです。淳平は最後に「男が一生に出会う中で、本当に意味を持つ女は三人しかいない」という父親からの「呪《のろ》い」の言葉から自由になっているのです。大切なのは数ではなくて、「大事なのは誰か一人をそっくり受容しようという気持ちなんだ」という理解に達して、父親の呪いのような言葉からの恐怖を乗り越えているのです。

　また「職業というのは本来は愛の行為であるべきなんだ」ということについても、その小説を書くことによって、キリエと出会ったことによって、本当の愛への理解が淳平にやってきています。この作品の「移動」も、固定した考え（つまり「男が一生に出会う中で、本当に意味を持つ女は三人しかいない」という考えや、妻子ある恋人の外科医にとらわれている女医の心）を揺さぶり、愛の力によって動かしています。

▼君は世界の縁まで行かないわけにはいかない

　この「日々移動する腎臓のかたちをした石」という作品も「移動」と「愛の行為」を書いているのだとすれば、『１Ｑ８４』の「青豆」の「私は移動する。ゆえに私はある」「私という存在の中心にあるのは愛だ」という二つの宣言と同じだとも言えますね。「腎臓のかたち」は空豆の種子のような形ですが、「空豆」と「青豆」って、何か関係があるのでしょうかねぇ……。それはともかく『１Ｑ８４』のＢＯＯＫ２の第16章に「天吾」が小学四年以来、会っていない「青豆」の大切さに気づく場面があります。そこに、こんな印象的な言葉が記されています。

「でもやっとわかってきたんだ。彼女は概念でもないし、象徴でもないし、喩《たと》えでもない。温《ぬく》もりのある肉体と、動きのある魂を持った現実の存在なんだ。そしてその温もりや動きは、僕が見失ってはならないはずのものなんだ。そんな当たり前のことを理解するのに二十年もかかった」という言葉です。

そのように「天吾」が受け取った「動きのある魂」が「私は移動する。ゆえに私はある」「私という存在の中心にあるのは愛だ」という「青豆」の二つの宣言が交差するところにある言葉でしょうか。『1Q84』の「天吾」の「青豆」への気持ちの発見と同じように、「日々移動する腎臓のかたちをした石」も「動きのある魂」をめぐる小説だと思います。

移動することには、動きの停まったものの心を揺り動かしていく力、自分の心の組成を組み替える時の恐怖を乗り越えさせていく力、動きのある魂を回復する力があるのでしょう。『女のいない男たち』の「木野」の移動も、そのような力が生まれるものであると思います。

最後に、「日々移動する腎臓のかたちをした石」に登場するキリエの職業について、別な角度からヒントを書いておきたいと思います。それは『海辺のカフカ』の最終盤にゴシック体で記された言葉です。

比重のある時間が、多義的な古い夢のように君にのしかかってくる。君はその時間をくぐり抜けるように移動をつづける。たとえ世界の縁までいっても、君はそんな時間から逃れることはできないだろう。でも、もしそうだとしても、君はやはり世界の縁まで行かないわけにはいかない。世界の縁まで行かないことにはできないことだってあるのだから。

そして、キリエの職業も世界の縁まで行く仕事です。未読でしたら、「日々移動する腎臓のかたちをした石」を、ぜひお読みください。

043 「名づけ」をめぐる物語

「私はあなた自身の投影に過ぎない」

2015.3

村上春樹には「名づける」という行為や、「名前」というものに対して、強いこだわりがあります。「名づけ」や「名前」について、深く考えながら、村上春樹は、小説を書き進めているからではないかと、私は思うのです。

このようなことを最初に受け取ったのは、長編『ダンス・ダンス・ダンス』(一九八八年)に、おいてでした。

この作品には著しい特徴があって、多くの登場人物に名前がつけられるまでに非常な時間(本のページ数)がかけられていることを、本書の「036」でも紹介しました。

『ダンス・ダンス・ダンス』に登場する「ユミヨシさん」は「新・いるかホテル」のカウンターにいる、眼鏡がよく似合う女性です。彼女が最初に登場する場面が、文庫本・上巻の六十六ページに出てきて、「彼女の笑顔の中にはなにかしら僕の心をひきつけるものがあった。まるでホテルのあるべき姿を具現化したホテルの精みたいだ、と僕は思った」と記されています。

▼「あの女の人の名前を知らないか」

このユミヨシさんは『ダンス・ダンス・ダンス』の中で、「僕」と親しくなる重要な女性です。でも、彼女が「ユミヨシさん」と名づけられるのは、なんと四〇〇ページも後なのです。それは下巻の五十一ページ。まず「僕は札幌のドルフィン・ホテルの女の子のことを考えてみた。眼鏡をかけたフロントの女の子。名前も知らない女の子。僕はこのところ何日かひどく彼女と話がしたかった」とあって、「僕」はホテルで知り合った十三歳の「ユキ」という女の子に電話をかけてみます。「あの女の人の名前を知らないか」と聞くのです。

ユキは「うん、知ってると思う。たしかものすごっく不思議な名前だったから、日記に書きとめてある」と言って、日記を調べてくれて、その名前が「ユミヨシさん」であることをユキから、「僕」は教えてもらうのです。

そしてユミヨシさんから電話がかかってくると、「どうして私の名前がわかったの?」と彼女が聞いています。「僕」はユキに教えてもらったことを告げて、逆に「ねえ、どうしてずっと僕に名前を隠してたの?」と尋ねます。それに対して「違うわよ。今度来たら教えるって言ったでしょう? 隠してたわけじゃない」とユミヨシさんは答えています。

また、ユミヨシさんの名前を教えてくれた「ユキ」と「僕」は、札幌のホテルの26階にあるバーで出会っているのですが、このユキに対しても、名づけの遅れがあるのです。

「僕のすぐ右手のテーブル席に十二か十三くらいの女の子がウォークマンのヘッドフォンを耳にあてて、ストローで飲み物を飲んでいた。綺麗な子だった。長い髪が不自然なくらいまっすぐで、それがさらりと柔らかくテーブルの上に落ちかかり、まつげが長く、瞳はどことなく痛々しそうな透明さをたたえていた」と、美少女ユキの登場を村上春樹は書いています。

この場面が上巻の七十九ページに出てくるのですが、そのユキの名前が読者の前に明かされるのは、物語がさらに百数十ページも進んだ上巻の二二四ページなのです。

ユキを飛行機で北海道から東京まで連れて行くように、「僕」はユミヨシさんに頼まれるのですが、その際、「ねえ、君、名前はなんていうの？」と「僕」が聞くと、彼女が「雪」と言うのです。「雪？」と「僕」が聞くと、さらに彼女は「名前」「それ。ユキ」と答えています。その時、札幌は「どこを向いても雪と氷しか見えなかった」という風景だったので、「僕」は「ひどい」と思います。つまり「それはどう考えても即席のでっちあげの名前に思えた」からです。でもそれは「彼女の本当の名前だった」のです。

▼「ところで君の名前は？」

ちなみにユミヨシさんに、自分の名前を「今度来たら教える」と言われるのは、この「僕」がユキを札幌から東京へ送っていく時です。「あなたの名刺を頂けないかしら？一応女の子を預けた手前、立場上」とユミヨシさんに言われて、「僕」は名刺を渡し、「ところで君の名前は？」と僕が訊きかえすのです。すると「今度会った時に教えてあげる」と彼女が言って、自分の「ユミヨシ」という名前を教えないのです。

ともかく、このユミヨシさん、ユキの名前が読者の前に知らされるまでの時間（ページ数）のかかり方、つまり登場人物への名づけの遅れについて、村上春樹が特別な注意を払っていることが、よくわかると思います。

村上春樹の名づけに対するこだわりは、ユミヨシさんやユキだけではありません。

『ダンス・ダンス・ダンス』は『羊をめぐる冒険』（一九八二年）の続編です。同作の扉に「一九八三年三月」と記されていますが、その四年半前、まだ二十代の「僕はある女の子と二人でそのホテルに泊まった。彼女がそのホテルを選んだ」ことが冒頭近くに書かれています。これは『羊をめぐる冒険』で「僕」がガール・フレンドと「いるかホテル（ドルフィン・ホテル）」を訪れたことですね。

今度は「僕」が一人で、一九八三年三月に札幌を訪れてみると、かつてのみすぼらしい「いるかホテル」が二十六階建ての巨大ビルに変貌していたというふうに、高度資本主義社会の中を生きていく人びとの姿が、この作品の中に記されています。

さて『ダンス・ダンス・ダンス』の中で、四年半前に来たときには「そのホテルを選んだ」という、その彼女について「僕は彼女の名前さえ知らないのだ。彼女と一緒に何ヵ月か暮らしたというのに。僕は彼女について実質的には何ひとつ知らないのだ」とあって、その僕のガール・フレンドがハイクラスの娼婦であることやパートタイムの耳のモデルであることが記されています。そして「彼女にはもちろん名前がないわけではなかった。実際の話彼女は幾つも名前を持っていた。でもそれと同時に彼女には名前がなかった」と書かれていて、ここでも村上春樹は名前に非常にこだわった書き方をしています。

　ところが、その名前のない彼女に、数十ページ後、突然、名づけがされています。それはこんな具合です。

> そして僕はそこで彼女に会わなくてはならない。僕をいるかホテルに導いた、あの高級娼婦をしていた女の子に。何故ならキキは今僕にそれを求めているからだ（読者に・彼女は名前を必要としている。たとえそれがとりあえずの名前であったとしてもだ。彼女の名前はキキという。片仮名のキキ。僕はその名前を後になって知ることになる。その事情は後で詳述するが、僕はこの段階で彼女にその名前を付与することにする。彼女はキキなのだ。少なくとも、ある奇妙な狭い世界の中で、彼女はそういう名前で呼ばれていた）。

　これはかなり唐突な名づけとも言えますが、このようにして、読者は彼女のことを「キキ」として読んでいくことになるのです。

▼「名前を聞かせてくれ」

　さらに、この『ダンス・ダンス・ダンス』には「五反田君」という、「僕」の知り合いの俳優が出てきます。「僕」が新聞の映画欄を読んでいると、見たい映画はなかったが、「一本、僕の中学校の時の同級生が俳優になって準主役で出演している映画があった」という形で文庫上巻の一四三ページに五反田君は登場します。それは「片想い」というタイトルの青春映画で、売りだし中のローティーンの女優と、同じく売りだし中のアイドル歌手が共演する学園物でした。

　でも、この五反田君の名前が読者に知らされるのも六十ページほど後のことで、「僕の同級生（五反田亮一というのが彼の本名だったが、もちろん立派な芸名をつけてもらっていた。五反田亮一というのは残念ながら女の子が共感を抱ける名前ではないのだ）はいつもよりはほんの少しは複雑な役をもらっていた」とあります。

　その映画の中の五反田君はハンサムで感じがいいだけでなく、過去の傷を背負ったという役。それは学生運動にかかわって……、恋人を妊娠させて捨てて……というかなり月並みな傷でしたが、まあ何もないよりはましという役どころでした。

　その映画には一箇所ベッド・シーンがあって、なんと、その相手役が「キキ」だったというふうに、『ダンス・ダンス・ダンス』の物語は展開していきます。

▼アメっていう名前で仕事してる

さらにユキに「お母さんの名前はなんて言うの？」と「僕」が聞くと、それに対して「彼女は名前を言った。僕はその名前を聞いたことがなかった」ので、「僕」が「聞いたことないな」と言うと、「仕事用の名前を持ってるの」「アメっていう名前で仕事してるのずっと。それで私の名前をユキにしたの。馬鹿みたいだと思わない？　そういう人なの」とユキが言います。

ユキの母親の「アメ」は著名な写真家でした。「ただしマスコミに顔は出さない。世間にも出てこない。本名さえほとんど誰も知らない」というふうにも書かれています。

さらにさらに、何より、この作品で変わっているのは「僕」の名前に関しての記述です。

例えば、ユキに「僕」が自分の名刺を渡す場面があるのですが、ユキはしばらく「僕」の名刺をつまんでじっと睨んでいて、その後、「変な名前」と言っています。また紹介したようにユミヨシさんにも「僕」は名刺を渡しています。ですからユキやユミヨシさんは「僕」の名前を知っているのですが、それが読者に明らかにされるわけではないのです。また「僕」が五反田君に会いたいと思って、五反田君が所属するプロダクションに電話すると、プロダクションの者が「名前を聞かせてくれ」と言うので、「僕」は名前を告げると、相手が「名前をメモした」とあるのですが、やはり「僕」の名前が明らかにされることはないのです。

このように『ダンス・ダンス・ダンス』が、名づけや名前に非常にこだわった物語であることがわかるかと思います。

▼「私が勝手に名前をつけちゃっていいでしょうか？」

そして、『ダンス・ダンス・ダンス』ばかりでなく、他にも、たくさんの名づけに対する村上春樹のこだわりを示す例はあります。

前にも紹介しましたが、村上春樹は、T・S・エリオットの『キャッツ　ポッサムおじさんの猫とつき合う法』（一九三九年）の「猫に名前をつけるのは、全くもって難しい」という言葉を繰り返しエッセイの中で書いています。

例えば『うずまき猫のみつけかた』（一九九六年）の「猫のピーターのこと、地震のこと、時は休みなく流れる」は「猫に名前をつけるというのは、英国の先人も述べておられたとおり、なかなかむずかしいものである」と書き出されていますし、『サラダ好きのライオン　村上ラヂオ3』（二〇一二年）には「猫に名前をつけるのは」というエッセイがあって、やはり「「猫に名前をつけるのはむずかしいことです」というT・S・エリオットの有名な詩があるけど、知ってますか？」と書き出されています。

さらに『村上朝日堂はいかにして鍛えられたか』（一九九七年）の「インカの底なし井戸」も冒頭は「「猫に名前をつけるのはむずかしい」というのはT・S・エリオットの有名な言葉だ」と書き出されているのです。

その「インカの底なし井戸」は、ラブホテルの名づけに関する考察ですから、なにも「猫」に名前をつけるのだけが難しいわけではありませんが、『羊をめぐる冒険』の中には、まさに「猫」に名づけをする印象的な場面があります。

『羊をめぐる冒険』は、背中に星の印がある羊をさがして、「僕」が北海道まで旅する話ですが、その間、「僕」が飼っている「猫」を一時預かってもらうために、先生（右翼の大物）の運転手に、「猫」を渡すのです。

「よしよし」と運転手は猫にむかって言ったりしながら、「なんていう名前なんですか？」と聞くと、「僕」は「名前はないんだ」と答えます。「じゃあいつもなんていって呼ぶんですか？」と聞かれて、「呼ばないんだ」「ただ存在してるんだよ」と「僕」は応じています。

「でもじっとしてるんじゃなくてある意志をもって動くわけでしょ？　意志を持って動くものに名前がないというのはどうも変な気がするな」と運転手が言うと、「僕」は「鰯《いわし》だって意志を持って動いてるけど、誰も名前なんてつけないよ」と話すのです。

「だって鰯と人間とのあいだにはまず気持の交流はありませんし、だいいち自分の名前が呼ばれたって理解できませんよ。そりゃまあ、つけるのは勝手ですが」と運転手が言います。それに対して、「僕」が「ということは意志を持って動き、人間と気持が交流できてしかも聴覚を有する動物が名前をつけられる資格を持っているということになるのかな」と語ります。

このような「僕」と「運転手」との間に、名づけをめぐる会話があるのですが、そこで「どうでしょう、私が勝手に名前をつけちゃっていいでしょうか？」と運転手が言い、「全然構わないよ。でもどんな名前？」と問うと、「いわしなんてどうでしょう。つまりこれまでいわし同様に扱われていたわけですから」と運転手が提案。それに対して、「悪くないな」と僕が言い、一緒にいた「僕」のガール・フレンドも「悪くないわ」「なんだか天地創造みたいね」と賛成するのです。

このガール・フレンドは、後に『ダンス・ダンス・ダンス』の中で「キキ」と名づけられる女性です。そして、そのガール・フレンドの「なんだか天地創造みたいね」という発言を聞いて、「僕」も「ここにいわしあれ」と言ったりしているのです。

これは『羊をめぐる冒険』の中で「いわしの誕生」という見出しもついた項となっていますので、村上春樹にとって、重要な名づけに関する文章なのだと思います。

▼「私たちはここでは名前をもたないの」

あまり例示が多いのもよくないので、あと一つ二つにしますが、『海辺のカフカ』にもかなり印象的な名づけに関する会話があります。

まず『海辺のカフカ』という名前は、いまは甲村記念図書館の責任者をしている佐伯さんが、十九歳の時に詩を書き、それにメロディーをつけ、ピアノを弾いて歌った曲の名前でもあります。一九七〇年前後の大ヒット曲。その曲を聴いていた「僕」が、甲村記念図書館で働いている大島さんに「曲のタイトルはなんていうんですか?」と聞くと、『海辺のカフカ』」と、大島さんが曲名を教えてくれるのです。

そして「そうだよ、田村カフカくん。君と同じ名前だ。奇《く》しき因縁というところだね」と加えます。

「それは僕のほんとうの名前じゃない。田村というのはほんとうだけど」と「僕」が言いますが、「でも君が自分で選んだんだろう?」と大島さんが応えています。

「僕」はうなずいて、「名前を選んだのは僕だし、その名前を新しくなった自分につけることをずっと前からきめていた」と思うのです。「それがむしろ重要なことなんだ」と大島さんは語っています。

つまりここでは、新しくなった自分に、自分で選んだ名前をつけることの重要さが語られています。

そして『海辺のカフカ』では反対に、名前が重要ではない世界のことも書かれています。

佐伯さんが亡くなった後、「入り口の石」というものが開けられ、「僕」が森の中に入っていって、そこで、佐伯さんと出会う場面があるのですが、この森の中での佐伯さんは十五歳の少女です。つまり「入り口の石」の蓋を開けて、入っていった世界は、時間も空間も異なる、死者、霊魂、魂、心の世界なのです。

その森の世界で、「僕」が「君の名前は?」と質問をするのです。すると、彼女は小さく首を振って、こう言います。「私たちはここでは名前をもたないの」。「でも名前がないと、君を呼ぶときに困るかもしれない」と「僕」が問うと、「呼ぶ必要もないのよ」「もし必要があれば、私はそこにいる」と彼女が答えています。

だから「ここでは僕の名前もたぶん必要ないんだね」と言うと、彼女はうなずいて「だってあなたはあなたであり、ほかの誰でもないんだもの。あなたはあなたなんでしょう?」と、その少女は応えているのです。

これは魂の中、自分の心の中では、名前が必要でないことを述べているのでしょう。

もう詳しくは紹介しませんが、短編にも名前のことが深く関係した作品があって、例えば「品川猿」(『東京奇譚集』、二〇〇五年)という小説も、一年ほど前から、自分の名前を忘れてしまう女性の話です。「品川猿」は三人称小説で、短編にしてはかなり長いものですが、どうやって名前忘れから脱出できるのか、興味のある人は作品を読んでください(「品川猿の告白」という作品もあります。これも「名前忘れ」をめぐる物語です)。

▼「こういうのには名前がつけられるぜ」

さて、『ダンス・ダンス・ダンス』に戻って、名づけられる世界と名づけられない世界が、隣接して記されている場面があるので、それを紹介しながら、村上春樹作品の名づけの遅れの問題について考えてみたいと思います。

それは下巻の41章の最後に「こういうのには名前がつけられるぜ」と「僕」が思う場面があり、次の〈キキの夢〉という42章の冒頭が「僕はキキの夢を見た。それはたぶん夢だったのだろうと思う。でなければ夢に類する行為だ。「夢に類する行為」っていったい何だろう？ 僕にもわからない。でもそういうものがあるのだ。我々の意識の辺境には名づけようもない様々なものが存在する」と書き出されているのです。

つまり「こういうのには名前がつけられるぜ」「我々の意識の辺境には名づけようもない様々なものが存在する」という言葉が、物語の上で、すぐ近くに置かれているのです。まず「こういうのには名前がつけられるぜ」のほうから、紹介しましょう。

「僕」が運転する車の中で、ユキはカー・ステレオからの音楽を車の窓枠に頬杖をついて聴きながら、外の景色を見ています。それを見て「彼女は僕が最初に会ったときに比べて少しおとなっぽくなったように思えた。でも気のせいだろう。まだ二ヵ月半しか経ってないのだ」と「僕」は思います。

代々木八幡の駅の近くに来ると、ユキはそこで降りて、「小田急線に乗っていくの」と言います。僕は「目的地まで車で送ってあげるよ」と言いますが、彼女は「ありがとう。でもいいの。けっこう遠くだし、電車の方が早いわ」と答えています。

僕は「変だ」と言います。彼女が「ありがとう」って、言ったからです。

つまりユキは成長していたのです。「僕」の保護から離れて一人立ちしかけているのです。ユキが僕を見る目は夏の光を思わせます。

「ただ単に感動してるだけだよ」と僕が言うと、ユキは「変な人」と言って、車を降りて、後ろを振り向かずに歩いて行ってしまったのです。ユキのほっそりした後ろ姿が人込みの中に消えていくのをじっと見送り、彼女の姿が見えなくなると、僕はとても哀しい気持ちになって、まるで失恋したみたいな気分だったと思うのです。そして僕はアパートの部屋に帰って、ベッドにごろんと横になって天井を眺めて、「こういうのには名前がつけられるぜ」と思います。「喪失感、と僕は口に出して言ってみた」とあります。

生きた存在として、ユキが成長し、くっきりとした形を「僕」の心の中に残しながら去っていきます。かつて「僕」の心の一部を領していたユキが残したものは、別なものと交換して埋めることができないものです。そんな心の形には「名前がつけられる」のでしょう。

▼意識の辺境には名づけようもない様々なものが存在する

「我々の意識の辺境には名づけようもない様々なものが存在する」という〈キキの夢〉のほうでは「君は僕を呼んでいた。だからこそ僕は君に会うためにいるかホテルまで行った。そしてそこから……いろんなことが始まったんだ。いろんな人間に会った。いろんな人間が死んだ。ねえ、君は僕を呼んでいたんだろう？　そして君が僕を導いたんだろう？」と言う「僕」と、キキの次のような言葉のやりとりがあります。

つまりキキは「僕」の考えに対して「そうじゃない。あなたを呼んでいたのはあなた自身なのよ。私はあなた自身の投影に過ぎないのよ。私を通してあなた自身があなたを呼び、あなたを導いていたのよ。あなたは自分の影法師をパートナーとして踊っていたのよ。私はあなたの影に過ぎないのよ」と言います。

五反田君は車ごと芝浦の海へ飛び込んで死んでいますし、五反田君はキキを絞め殺したと思っています。でもキキは「私は死んでいない。ただ消えただけ。消えるの。もうひとつの別の世界に移るの。となりに並行して走っている電車に乗り移るみたいに。それが消えるっていうこと。わかる？」と言って、キキは壁に向かってどんどん歩いていきます。さらに、そのますっと壁の中に吸い込まれて消えてしまいます。つまり壁抜けというものをキキは簡単にやってしまうのです。実に村上春樹らしい場面です。

村上春樹の『ダンス・ダンス・ダンス』は主な登場人物たちに名づけの遅れがあります。また周囲の多くの人に、自分の名前を明かしながら、とうとう「僕」は自分の名前を読者に伝えません。

「あなたを呼んでいたのはあなた自身なのよ。私はあなた自身の投影に過ぎないのよ」

ということ。それは、自分の心の名づけ得ぬ世界を深く深く探る物語だということでしょう。

『海辺のカフカ』の佐伯さんの、自分を名前で「呼ぶ必要もないのよ」「もし必要があれば、私はそこにいる」「だってあなたはあなたであり、ほかの誰でもないんだもの。あなたはあなたなんでしょう？」という発言と「あなたを呼んでいたのはあなた自身なのよ。私はあなた自身の投影に過ぎないのよ」という『ダンス・ダンス・ダンス』のキキの言葉が響き合っているように感じます。

この時、キキも佐伯さんも「死の世界」にいます。その「死の世界」は、実は「僕」自身の心の底にある世界です。その「意識の辺境には名づけようもない様々なものが存在する」と村上春樹は書いています。

これに対して、「名づけ」られるものは「生の世界」と関係しているということでしょうか。『ダンス・ダンス・ダンス』の「僕」が最後まで名づけられないのは「名づけようもない様々なものが存在する」意識の辺境を旅する主人公だからでしょうか……。私の考えが、村上春樹の名づけと名前の問題の深部にちゃんと達しておらず、もう少し考えてみたいのですが、村上春樹の名づけや名前への深いこだわりを指摘して、今回は終わりたいと思います。

○44 タイガーの横顔が左右逆の世界へ

犯罪者の対決①

2015. 4

大長編『1Q84』（二〇〇九、一〇年）の最大の山場は、オウム真理教の教祖・麻原彰晃を思わせるような、カルト集団「さきがけ」の「リーダー」という男と、女性の殺し屋「青豆」がホテルオークラで対決して、殺害する場面でしょう。私も息をのんで読みました。何しろ、この青豆と「リーダー」の対決・殺害に関する部分の章だけを挙げても『1Q84』BOOK2の7章、9章、11章、13章、15章と、計五章にわたっています。量的にもこの小説の中心であることは明らかです。

この二人の対決が、なぜこんなに読む者の胸の内に迫ってくるのかということを考えてみたいと思っています。

▼「1984」年に戻れる人間だろうか……

「青豆」は「リーダー」を殺害して、その後、高円寺南口に潜みます。そして『1Q84』（BOOK3）の最後では、小学校以来、ずっと、心に愛を抱いたまま生きてきた「天吾」を見つけ出して、二十年ぶりに再会を果たし、再び出会った「青豆」と「天吾」の二人が「1Q84」の世界から脱出して、「1984」年の世界に戻ってきます。最後は「青豆」と「天吾」が高速道路への非常階段を上って、高速道路上でタクシーを拾い、二人が赤坂の高層ホテルの十七階で結ばれる場面で、この大長編が終わっています。そして「青豆」のお腹には「天吾」の子供がやどっているという物語です。

この『1Q84』（BOOK3）が刊行された直後から、『1Q84』のBOOK4があるのか、ないのか、ということが議論の対象にもなりました。

それは著者である村上春樹にしかわからないことなので、BOOK4があるかどうかということではなく、「青豆」と「天吾」が戻ってきた世界は果たして、どんな世界なのかということを考えることを通して、『1Q84』の世界とは、どういう世界なのか、「青豆」と「リーダー」が対決する場面のあの迫力はどこから生まれるのかということを少しだけ考えてみたいのです。

さて、まず「青豆」と「天吾」が戻ってきた世界ですが、果たして、これは『1Q84』の冒頭部で、青豆が生きていた「1984」年の世界なのでしょうか？　私の周囲にいる村上春樹ファンの何人かと、そのことをめぐって話したことがあるのですが、やはり「1984」年に戻ったのだろうという意見の人が多いようでした。

でも私の考えでは、そんなに簡単に「青豆」は「1984」年の世界に戻れる人間だろうか……と疑問を抱いています。

▼「1Q84」でも「1984」年でも殺人

青豆の経歴を彼女の回想などを通して考えてみましょう。『1Q84』の冒頭、青豆が高速道路を走るタクシーの中で、ヤナーチェック「シンフォニエッタ」を聴いている場面から、この大長編は始まっています。やがて高速道路は大渋滞となり、青豆は依頼された殺人の仕事の時間に間に合わなくなりそうになるので、高速道路上でタクシーから降り、非常階段を使って、下に降りていくのです。

仮に、ここから現実の「1984」年の世界ではなくなり、青豆は「1Q84」の世界に入っていったと考えてみれば、この「1Q84」の世界で行われた殺人に関しては、物語冒頭の殺人にしても、「リーダー」殺害にしても、世界が異なるということで、その罪を「1984」年の世界では問われなくてもいいと思います。

でもよく読むと、青豆は「1Q84」の世界へ入る前の「1984」年の世界でも殺人を行っています。例えば、親友だった「環」は夫のサディスティックな暴力に苦しんで自殺をしてしまいますが、そのDVの男を殺害しています。方法は、首の後ろのあるポイントを小さな細身のアイスピックのような特殊な器具で刺して殺害したのです。これは明らかな「1984」年の世界の犯罪です。

その後も、麻布の老婦人に依頼された男を殺害しています。この報酬として、私書箱に現金の束が入れられ、その束が二つ貸金庫の中にあると記されています。この札束の一つが高速道路上から非常階段を使って下に降りて、「1Q84」の世界に入った後に行われた殺人への報酬かどうかはわかりませんが、ともかく青豆は死んだ「環」のDV夫と、もう一人か二人ぐらいの男を「1984」年の世界で殺しているわけです。さらに、もし物語冒頭の殺人時では、青豆はまだ「1984」年の世界にいたとすれば、その犯罪も「1984」年の世界で問われる人間です。

つまり「1984」年の世界に戻ってきたのでは、「青豆」は犯罪者として追及されていく人物なので、「1984」年では、天吾との愛の世界、また天吾との間に出来た子供との愛の生活を青豆は不安無く送れる存在ではないと思います。たとえ「1984」年に戻ったとしても、その犯罪が追及されない場所で暮らさなくてはいけないでしょう。

▼看板の虎は左側の横顔をこちらに向けている

しかし、このようなことも記されています。「青豆」が「1984」年から「1Q84」に入り、出てくる高速道路上の非常階段への降り口付近にはエッソの看板の虎が給油ポンプを片手に持って、にっこり笑みを顔に浮かべているのです。このエッソの看板のことは『1Q84』のBOOK1の冒頭部と、BOOK2の最終盤、そしてBOOK3の物語の結末部に出てきます。

そして『1Q84』のBOOK3の物語の結末部には、

こんなことが書かれています。

> そこで青豆ははっと気づく。何かが前とは違っていることに。何がどう違っているのか、しばらくわからない。彼女は目を細め、意識をひとつに集中する。それから思い当たる。看板の虎は左側の横顔をこちらに向けている。しかし彼女が記憶している虎は、たしか右側の横顔を世界に向けていた。虎の姿は反転している。彼女の顔が自動的に歪《ゆが》む。心臓が動悸《どうき》を乱す。彼女の体内で何かが逆流していくような感覚がある。でも本当にそう断言できるだろうか？　私の記憶はそこまで確かだろうか？　青豆には確信が持てない。ただそんな気がするというだけだ。記憶はときとして人を裏切る。
> 　青豆はその疑念を自分の心の中だけに留める。まだそれを口に出してはならない。彼女はいったん目を閉じて呼吸を整え、心臓の鼓動を元に戻し、雲が通り過ぎるのを待つ。

そのように記されているのです。「１Ｑ８４」の世界の特徴は月が二つ出ていることです。「青豆」と「天吾」が脱出してきて、今いる世界が「１Ｑ８４」でないことだけは確かです。そこには月は一つしか出ていないからです。「その月はエッソの看板の真上に位置を定めている」とあります。

> 私たちは１９８４年に戻ってきたのだ、青豆は自分にそう言い聞かせる。ここはもうあの１Ｑ８４年ではない。もとあった１９８４年の世界なのだ。

という「青豆」の考えが記されています。さらにこんなふうにも書かれています。

> でも本当にそうだろうか。それほど簡単に世界は元に復するものだろうか？　旧来の世界に戻る通路はもうどこにもない、リーダーは死ぬ前にそう断言したではないか。
> 　ひょっとしてここはもうひとつの違う場所ではあるまいか。私たちはひとつの異なった世界からもうひとつ更に異なった、第三の世界に移動しただけではないのか。タイガーが右側ではなく左側の横顔をにこやかにこちらに向けている世界に。そしてそこでは新しい謎《なぞ》と新しいルールが、私たちを待ち受けているのではないのか？

やはり、これは「青豆」と「天吾」が抜け出てきた世界は「第三の世界」であって、元の「１９８４」年の世界ではないと考えるべきではないでしょうか。「青豆」は元の「１Ｑ８４」の世界でも、その前の「１９８４」年の世界でも、殺人者なのです。

私たちは論理が力を持たない危険な場所に足を踏み入れ、

厳しい試練をくぐり抜けて互いを見つけ出し、そこを抜け出したのだ。辿《たど》り着いたところが旧来の世界であれ、更なる新しい世界であれ、何を怯《おび》えることがあるだろう。新たな試練がそこにあるのなら、もう一度乗り越えればいい。それだけのことだ。少なくとも私たちはもう孤独ではない。

とも記されています。愛を得た「青豆」に殺人容疑者としての不安はなさそうです。「１９８４」年とは少しねじれた別な世界に「青豆」と「天吾」が出てきたことは間違いないのではないかと思っています。

▼虎は「移動性」の象徴

実は、このような「青豆」とカルト集団「さきがけ」の「リーダー」との対決について記したかったのですが、ここまででも少し長くなってしまったので、続きは次回にしたいと思います。でも最後に二つほど書いておきたいことがあります。

この『１Ｑ８４』という大長編は「青豆」と「天吾」を視点人物にＢＯＯＫ１とＢＯＯＫ２が展開していきます。例えばＢＯＯＫ１の「第1章（青豆）見かけにだまされないように」、ＢＯＯＫ１の「第2章（天吾）ちょっと別のアイデア」という具合に、「青豆」の章と、「天吾」の章が交互に進んでいくのです。

さらにＢＯＯＫ３で「牛河」が視点人物に加わり、ＢＯＯＫ３は「牛河」「青豆」「天吾」の三者の視点で物語が進んでいきます。ただし「牛河」はＢＯＯＫ３の「第25章（牛河）冷たくても、冷たくなくても、神はここにいる」のところで、タマルによって、あっけなく殺されてしまいますが。

そして、最後の最後はＢＯＯＫ３「第31章（天吾）（青豆）サヤの中に収まる豆のように」というように「天吾」「青豆」の視点が重なったような章名になっています。

でも読んでみますと、自分たちが出てきた世界は「１９８４年に戻ってきた」のかとか、「第三の世界に移動しただけではないのか」を考えているのは「青豆」だけですし、「辿《たど》り着いたところが旧来の世界であれ、更なる新しい世界であれ、何を怯《おび》えることがあるだろう。新たな試練がそこにあるのなら、もう一度乗り越えればいい」と決意しているのも「青豆」だけです。「天吾」「青豆」の視点が重なったような章なのに、「天吾」はあまり深く思考をしていない、あえて言えば「青豆」に比べると〝やや鈍い男〟のような感じすら受けてしまいます。この大長編『１Ｑ８４』の主人公は「青豆」と「天吾」ですが、あえて一人を選ぶとしたら、「青豆」が主人公の物語かなとも思います。

もう一つ。「１９８４年に戻ってきた」のではなく、「第三の世界に移動した」のではないかということを「青豆」が考えるようになった「キー」として、給油ポンプを片手に持ってにっこりと笑みを顔に浮かべているエッソの看板の虎のことがしばしば出てきますが、このエッソの看板の虎とは何かについて、私なりの考えを記しておきたいと思います。

おそらく、このエッソの看板の虎は「移動性」の象徴でしょう。

『1Q84』BOOK1の「第3章（青豆）変更されたいくつかの事実」の中に「私は移動する。ゆえに私はある」という「青豆」の言葉があります。

さらにBOOK3「第31章（天吾）（青豆）サヤの中に収まる豆のように」では「我々は移動する」と「天吾」が思い、「そう、私たちは移動する」と「青豆」が言う場面があります。

「青豆」が「天吾」と赤坂のホテルの十七階の部屋で結ばれた後、この本の最後に「タイガーをあなたの車に、とエッソの虎《とら》は言う。彼は左側の横顔をこちらに向けている。でもどちら側でもいい。その大きな微笑みは自然で温かく、そしてまっすぐ青豆に向けられている。今はその微笑みを信じよう。それが大事なことだ。彼女は同じように微笑む。とても自然に、優しく」と記されています。

もし仮に「第三の世界に移動した」後の『1Q84』（BOOK4）があるとすると、その世界も「移動性」に満ちたものであるかもしれないですね。

O45 息を呑むような対話

犯罪者の対決②

2015. 5

村上春樹の作品は、何度か繰り返し読むうちに、さらに読み方が深まったり、広がったりしてくるという楽しみがあります。本書も、そのような読書を通して、自分に伝わってきたことを中心に書いています。

しかし新作を初めて読んだ時には、再読、再々読では味わえない、新鮮な驚きのようなものがあります。繰り返し読むうちに、作品がいろいろな要素を含んで、自分に迫ってきて、村上春樹作品を読む楽しみが増していくことは事実ですが、最初に読んだ時の心の躍動感を忘れないようにしています。

▼最初からすべて知っているリーダー

例えば、『1Q84』（二〇〇九、一〇年）のBOOK2に、女主人公「青豆」がカルト宗教集団のリーダーとホテルの一室で対決して、殺害する場面があります。この対決はBOOK2の第7章から始まって、9章、11章、13章、15章と計五章にもわたっている、この長編の中心部です。これを初めて読んだ時の驚きのようなものを具体的に紹介してみましょう。

まず、この「リーダー」と呼ばれる人物が普通の人ではないことを示す場面がいくつかあります。リーダーが「わたしの痛みは既に、生命を根もとから絶つことによってしか解消することのできないものになっている。地下室に行って、メインスイッチを切るしかない。あなたはわたしのために、それをやってくれようとしている」と青豆に言います。

その時、青豆は左手に針を持ち、その先端を首筋の特別なポイントにあて、右手を宙に振り上げたままの状態になっています。青豆が針の先端を首筋のポイントにさせば、リーダーは死ぬのですが、それができないのです。

リーダーは「あなたがやろうとしていることを阻止しようと思えば、いくらでもできる。簡単なことだ」と言い、「右手を下ろしてごらん」と言います。

言われたように青豆が、右手を下ろそうとしますが、しかしぴくりとも動かないのです。「右手は石像の手のように空中に凍り付いていた」と書かれています。

「望んで得たことではないが、わたしはそのような力が具わっている。ああ、もう右手を動かしてもかまわないよ。これであなたはまたわたしの生命を左右できるようになった」とリーダーは言うのです。

つまり、リーダーは青豆が自分を殺害に来たことは、最初からすべて知っているし、それを阻止するのならば自由に自分の力を使えば、可能なのです。ですから青豆によるリーダーの殺害は、殺人というより、リーダーの依頼による、嘱託殺人のようにも読めます。

このあたりから、リーダーを殺害に来た殺人者である青豆と、カルト宗教集団のリーダーとの対決という様相は、随分と変化していきます。

▼けちな詐欺師ではない

でも、リーダーが青豆の右手を動かなくしてしまったり、また自由に動かせるようにできたりするこの場面に、私は驚いたのではありません。驚いたのは、次の二つの場面です。

青豆がこんなことを言います。

「あなたは都合の良い理屈をつけて、汚《けが》らわしい行いを正当化しているただの性的変質者かもしれない。リトル・ピープルなんて最初からいないし、神の声もないし、恩寵《おんちょう》もない。あなたは世間にいくらでもいる、予言者や宗教家を名乗ったけちな詐欺師《さぎし》かもしれない」

この言葉に対して、すぐリーダーは「置き時計がある」と言います。チェストの上に大理石でできた、見るからに重そうな置き時計です。「それを見ていてくれ。目を離さないように」と言います。

青豆がその置き時計を見ます。リーダーの全身の筋肉が石のように硬く引き締まったかと思うと、置き時計がそろそろとチェストの表面を離れ、宙に浮かび上がったのです。五センチほど浮かび、空中に位置を定めて、十秒ほど浮かんでいました。それから、置き時計は鈍い音を立ててチェストの上に落ちました。

「こんなささやかなことでも、ずいぶん力が必要なんだ」とリーダーは言い、さらに「わかってもらえるだろうか、少なくともわたしはけちな詐欺師ではない」と言うのです。

私は、この置き時計が浮かぶ場面への驚きを未だに覚えています。「えっ」と驚き、その次へと、進んでいきました。果たして、こんな超能力を持ったリーダーを青豆は殺害することができるのだろうか……、そんな興味も深まっていったのです。

▼ポニーテイルの手がさっと伸びて

そして、もう一カ所。ビクッとした場面があります。

それはリーダーを殺害した後、ホテルの部屋を出る場面です。リーダーには「坊主頭」と「ポニーテイル」の二人の男が付いているのですが、若い坊主頭の男は、青豆といろいろ会話する男で、殺害後も「お疲れ様でした」などと話しています。

青豆が戸口に近づくと、ポニーテイルの男が椅子から立ち上がって、ドアを開けてくれます。坊主頭の男は「あなたはヨーガマットを持って行くのを忘れています。寝室の床に敷き放しになっている」などと青豆に話しかけてきますが、その間、ポニーテイルの男はひとことも話していません。ドアを開けてくれたポニーテイルに小さく会釈をして、「この人はとうとうひとことも口をきかなかった」と青豆は思います。

そして青豆は、彼の前をすり抜けようとするのですが、その一瞬、暴力的な思念が強烈な電流のように青豆の肌を貫きます。

「ポニーテイルの手がさっと伸びて、彼女の右腕をつかもうとした。それはきわめて迅速で的確な動作であるはずだった。空中の蠅《はえ》をつかめそうなくらいの速さだ。そういう生々しい一瞬の気配がそこにあった」と村上春樹は書いています。

それに続いて「青豆の全身の筋肉がこわばった。鳥肌が立ち、心臓が一拍分スキップした。息が詰まり、背筋を氷の虫が這《は》った。意識が激しい白熱光に晒《さら》された。この男にここで右腕をとられたら、拳銃に手をのばすことができなくなってしまう。そうなったら私には勝ち目はない。この男は私が何かをおこなったことを感じ取っている。この部屋の中で何かがもちあがったことを直感的に認知している」と書いています。

「ポニーテイルの手がさっと伸びて」きたこの場面、まるで自分が、青豆であるかのように、ギクッと驚いたのをよく覚えています。

その場面も、再読してみれば、青豆が老婦人からリーダーの殺害を依頼されている第3章では「このリーダーなる人物が教団を出て移動するときには、常に二人のボディガードがついています。どちらも信者で、空手の有段者です。武器を携行しているかどうかまではわかりませんが、腕は相当立つようです。日々訓練も積んでいます。しかしタマルに言わせれば、所詮《しょせん》はアマチュアだということになるでしょう」と老婦人が話しています。

老婦人のセキュリティ担当であるタマルは自衛隊のレンジャー部隊に所属していました。だから「目的の遂行に必要とされることは、迷いなく瞬時に実行するように叩《たた》き込まれています。相手が誰であれ、ためらいません。アマチュアはためらいます。とくに相手が若い女性であったりするときには」と老婦人は加えています。

この話からしたら、第15章で「ポニーテイルの手がさっと伸びて」きても、大丈夫なのですが、未知の物語として読み進めている私は、老婦人の言葉を覚えていませんでした。

▼「善」と「悪」をめぐる対話

さて今回言いたいことは、複雑なことではありません。この世の「善」と「悪」をめぐる対話が、「青豆」と「リーダー」によってなされているということです。青豆と男主人公・天吾の間で交わされるわけでもなく、リーダーの娘である「ふかえり」という少女作家と天吾の間で交わされているわけでもありません。また「ふかえり」の育ての親である戎野先生と天吾の間でなされているわけでもないのです。

どうして「善」と「悪」をめぐる問題が「青豆」と「リーダー」との間で対話されるのでしょうか。とても大切なことが、犯罪の最中に交わされているのです。そのことへの答えを私が持っているわけではないのですが、少しだけ考えてみたいのです。

「そのリーダーという人物を、私たちは何があっても処理しなくてはなりません。つまりあちらの世界に移ってもらうということです。あなたも知ってのとおり、この人物は十歳前後の少女をレイプすることを習慣にしています」と老婦人が語っていますし、「そのような行為を正当化するために、勝手な教義をでっちあげ、教団のシステムを利用しています」とも話しています。

青豆がリーダーに言った「世間にいくらでもいる、予言者や宗教家を名乗ったけちな詐欺《さぎ》師かもしれない」というのは、この老婦人の言葉を受けての言葉だと思います。

そのような老婦人の言葉に対するように、リーダーが念力で、チェストの上の置き時計を宙に浮かばせるのです。その場面にすぐ続いて、こんなことが記されています。

「あなたは特別な能力を持っている」と青豆が言って、さらに「たしか『カラマーゾフの兄弟』に悪魔とキリストの話が出てきます」と、彼女のほうから、ドストエフスキー『カラマーゾフの兄弟』の話を始めます。「荒野で厳しい修行をするキリストに、悪魔が奇蹟《きせき》をおこなえと要求します。石をパンに変えてみろと。しかしキリストは無視します。奇蹟は悪魔の誘惑だから」と言うのです。

それに対して、リーダーは「知っているよ。わたしも『カラマーゾフの兄弟』は読んだ。そう、もちろんあなたの言うとおりだ。このような派手な見せびらかしは何も解決しない。しかし限られた時間のあいだにあなたを納得させる必要があった。だからあえてやって見せた」と応えています。

▼均衡そのものが善なのだ

続いて、この『1Q84』の中でも、一つの中心となる重要な言葉がリーダーによって語られるのです。

> 「この世には絶対的な善もなければ、絶対的な悪もない」と男は言った。「善悪とは静止し固定されたものではなく、常に場所や立場を入れ替え続けるものだ。ひとつの善は次の瞬間には悪に転換するかもしれない。逆もある。ドストエフスキーが『カラマーゾフの兄弟』の中で描いたのもそのような世界の有様だ。重要なのは、動き回る善と悪とのバランスを維持しておくことだ。どちらかに傾き過ぎると、現実のモラルを維持することがむずかしくなる。そう、均衡そのものが善なのだ。わたしがバランスをとるために死んでいかなくてはならないというのも、その意味合いにおいてだ」

このようにリーダーは話すのです。

これが、大切な言葉であることは、この第11章の題名が「均衡そのものが善なのだ」となっていることからも明らかです。

リーダーが置き時計を浮かばせる場面に驚いてしまう私は、悪魔の誘惑に弱いタイプかもしれないのですが、でもこの場面のリーダーの「善」と「悪」をめぐる考えは、最初に読んだ時に、私の中に深く入ってきました。

青豆も、リーダーのその言葉を聞いて「あなたをここで殺す必要を私は感じません」と話しています。「もうご存じかもしれませんが、私はあなたを殺すつもりでここに来ました。あなたのような人間の存在を許すことはできない。何があろうとこの世から抹殺するつもりでいました。しかし今ではもうそのつもりはありません。あなたはひどく苦しんでいるし、その苦しみが私にはわかる。あなたはそのまま苦痛に苛《さいな》まれ、ぼろぼろになって死ぬべきなのです。自分の手であなたに安らかな死を与える気持ちにはなれません」と述べています。

青豆の言葉は含みのあるものですが、でも殺し屋である青豆が「あなたをここで殺す必要を私は感じません」というのは、重要な発言でしょう。

▼「善」と「悪」が瞬時にして入れ替わる時代

村上春樹の長編作品が欧米社会に初めて翻訳され、紹介されていったのは、一九八九年、米国での『羊をめぐる冒険』（A・バームバウム訳『A Wild Sheep Chase』）の英訳出版でした。この年は大きな変化があった年で、ベルリンの壁が壊れ、中国では天安門事件があり、日本でも昭和が終わり、平成の時代となりました。

東西両陣営を隔てる象徴のようなベルリンの壁が無くなったことで、多くの人が、これから平和な時代がやってくると期待しました。私もその一人です。でもやってきたのは、予想を遥かに超える混乱と変化でした。まさに「善」と「悪」が瞬時にして入れ替わるような時代の到来でした。それはテロリズムの問題にしても、現代に、そのまま繋がっています。我々は「１９８９年の後の世界」を生きていると言えるでしょう。

「善悪とは静止し固定されたものではなく、常に場所や立場を入れ替え続けるものだ。ひとつの善は次の瞬間には悪に転換するかもしれない。逆もある」というのは、村上春樹の今の時代への認識を表していると思います。「重要なのは、動き回る善と悪とのバランスを維持しておくことだ」というのも、自分が生きる世界への、「善」と「悪」をめぐる村上春樹の考えの表明でしょう。

▼なぜか「正しいと、正しいことが伝わらない」

さてさて、この世の「善」と「悪」をめぐる、その対話が「この人物は十歳前後の少女をレイプすることを習慣にしています」「そのような行為を正当化するために、勝手な教義をでっちあげ、教団のシステムを利用しています」と、老婦人が述べる人物と、老婦人の依頼を受けて、その男を殺しにいく女性の殺し屋との間で、語られているのです。

このことには、何か、重要なことが潜んでいるように思えてなりません。

例えば、正しい人に、正しいことを言われたりすると、その内容が正しいことは理解できても、不思議にも〝伝わらない〟ものになってしまうという世界に、我々は生きているような気がします。ややこしい世界ですが、なぜか「正しいと、正しいことが伝わらない」のです。そんな世界の中を我々は生きているのではないでしょうか。

自分が考えていることは、間違っていない、正しいと、人は思いがちです。私自身も、そのような考えから、逃れているとは言えないと思いますが、でもそういう考えは、なぜか、伝わっていかないのです。「善」と「悪」が、瞬間的に動いてしまう時代に、動かない正しさだけでは対応できない何かがあるのかもしれません。

私が『１Ｑ８４』で、一番、驚いたのは、「ポニーテイルの手がさっと伸びて」きたりすると、ドキッと驚いてしまうような犯罪的な時間空間の中で、世界の「善」と「悪」のあるべき姿が語られていることでした。もともと、文学というもの自体が、そのようなものであるとも言えますが、その〝正しからざる人たち〟によって、世界の「善」と

「悪」のあるべき姿が語られているのです。

しかも、青豆は、このリーダーと出会うことによって、動いていくのです。

リーダーを殺害に行く前、青豆はタマルから「あんたは俺に似ているところがある。いざというとき自分よりルールを優先させることができる」と言われます。青豆は「たぶん自分というものが本当にはないから」と答えていますが、この『1Q84』の終盤では、青豆は〝ルールより自分を優先させる人間〟のほうに動いています。

リーダーとの対決の場で、青豆は「私には愛がありますす」と語っていますので、青豆を動かしていく原動力は「愛」なのでしょう。リーダーは「愛」を語る青豆に呼応するかのように「Without your love, it's a honky-tonk parade」（君の愛がなければ、それはただの安物芝居に過ぎない）と『イッツ・オンリー・ア・ペーパームーン』を歌い出しています。

『1Q84』の巻頭の献辞には「ここは見世物の世界／何から何までつくりもの／でも私を信じてくれたなら／すべてが本物になる」という『イッツ・オンリー・ア・ペーパームーン』の四行が日本語と英文で記されています。

さらにリーダーは「心から一歩も外に出ないものごとなんて、この世界には存在しない」と、繰り返し、青豆に語っていて、この言葉も深く残るものです。

そのような言葉を通して、青豆は動いていくのです。

▼老婦人にしては珍しいことだった

リーダーが青豆に殺される直前、「青豆さん、君はおそろしく有能な人だ。わたしにはそれがわかる」と言います。青豆も「あなたもおそらくとても有能で優秀な人なのでしょう。あなたを殺さなくても済む世界がきっとあったはずなのに」と応えています。

殺害後、新宿駅に向かうタクシーの中で、青豆は「彼は狂信者ではないし、死んでいく人間は嘘《うそ》をつかない。そして何よりも、彼の言葉には説得力があった」と思っています。隠れ家に着いた後、電話で、青豆は老婦人にリーダーのことを、まるで仲間のように「彼」と呼んで、老婦人を沈黙させています。さらにリーダーは自分が殺されることを知っていたし、それを承知の上で青豆を受け入れたことを伝えると、老婦人は「真剣に驚いたようだった。またしばらく言葉を失っていた。それは老婦人にしては珍しいことだった」とあります。

これらの変化を起こすことが、なぜか「汚《けが》らわしい行い」の人と思われている者と、殺人者との間でなされているのです。そんな両者がぶつかり合うところに、我々が見たことのないような汚れていない時間と空間が生まれ出て、そこに息を呑むような対話があるのです。

そこには「動き回る善と悪」の時代の反映があるのかもしれません。そのことの意味を、もう少し考えてみてもいいような気がいたします。

046 「最高の善なる悟性」

恐怖を超える①

2015.6

『若い読者のための短編小説案内』（一九九七年）の文庫版（二〇〇四年）には、文庫本のための序文として「僕にとっての短編小説」という村上春樹による自作短編についてのかなり長い文章がついています。

その中で阪神大震災を統一テーマにした連作短編集『神の子どもたちはみな踊る』（二〇〇〇年）について、「時間が経つにつれて、『かえるくん、東京を救う』の存在意義が、この短編集の中で確実に重くなってきたようです」と書いています。同短編集の中で「かえるくん、東京を救う」という作品が「どうやらそのときの波のてっぺんに到達した、中心的な作品であるようだからです」と村上春樹は述べているのです。

そして、この『神の子どもたちはみな踊る』の表題作を読むと、主人公の善也は大学時代に付き合っていた恋人から「かえるくん」と呼ばれていました。ですから短編集『神の子どもたちはみな踊る』の中心的な作品である「かえるくん、東京を救う」と、同短編集の表題作「神の子どもたちはみな踊る」とは、村上春樹の中で、密接に関係している作品なのだろうと思います。両作は、どのような点で、関係しているのか。今回は、そのことを考えてみたいと思います。

▼「恐怖」というものの姿

今回も長くなってしまいそうですから、その結論をまず先に記してしまいましょう。両作は村上春樹作品の大きなテーマである「恐怖を超える」ということで繋がった短編だと、私は考えています。さらに、これらの作品を「恐怖を超える」という視点から読むことを通して、大作『1Q84』（二〇〇九、一〇年）との関係も探ってみたいと思います。

このようなことを考えてみたいと思ったのは、前回、『1Q84』の青豆がリーダーを殺害した後、ホテルの部屋を出る場面で、青豆が非常な恐怖を感じるところを紹介したからです。その場面には、村上春樹が考える「恐怖」というものの姿が、実際の小説の中で、表現されているのではないかと考えました。

『1Q84』のリーダーには「坊主頭」と「ポニーテイル」の二人のボディガードの男が付いているのですが、青豆がリーダーを殺害後、ホテルの部屋を出るために、戸口に近づくと、ポニーテイルの男が椅子から立ち上がって、ドアを開けてくれます。坊主頭の男は「あなたはヨーガマットを持って行くのを忘れています」などと青豆に話しかけてきますが、その間、ポニーテイルの男はひとことも話しません。

そのドアを開けてくれたポニーテイルに、青豆は小さく会釈をして「この人はとうとうひとことも口をきかなかった」と思います。

そして青豆は、彼の前をすり抜けようとするのですが、その一瞬、暴力的な思念が強烈な電流のように青豆の肌を貫くのです。

「ポニーテイルの手がさっと伸びて、彼女の右腕をつかもうとした。それはきわめて迅速で的確な動作であるはずだった。空中の蠅《はえ》をつかめそうなくらいの速さだ。そういう生々しい一瞬の気配がそこにあった」と村上春樹は書いています。それに続いて「青豆の全身の筋肉がこわばった。鳥肌が立ち、心臓が一拍分スキップした。息が詰まり、背筋を氷の虫が這った。意識が激しい白熱光に晒された」と記されています。

▼青豆の想念の中で起きたこと

でもこの場面は実際にあったことではなく、青豆の想念の中で起きたことのようです。

「ポニーテイルの手がさっと伸びて、彼女の右腕をつかもうとした。それはきわめて迅速で的確な動作であるはずだった」と村上春樹は書いています。

実際に「ポニーテイルの手がさっと伸びて」きたように、読んでいた私も、まるで自分が青豆であるかのように「恐怖」を感じたのですが、でも「的確な動作であるはずだった」と村上春樹は書いていたのです。

しかも、青豆が老婦人からリーダーの殺害を依頼されている第3章で、そのボディガードの二人について、老婦人が知らせてくれた情報を考えてみれば、この場面で、それを「恐怖」に感じなくてもいいことがわかります。つまり老婦人によるとボディガードの二人は空手の有段者だが、所詮はアマチュアで、相手が若い女性であったときには、ためらいを感じてしまうような人たちであることが紹介されているのです。

つまり、実際には、ポニーテイルも、ためらいを感じてしまうような人物ですから、彼の手がさっと伸びてくることはないし、たとえ伸びてきてもたいしたことはないのです。あの「恐怖」は、青豆の想念の中で起きたことなのです。

「真の恐怖とは人間が自らの想像力に対して抱く恐怖のことです」。こんなジョセフ・コンラッドの言葉が「かえるくん、東京を救う」の中に記されているのですが、ポニーテイルの手がさっと伸びてきたと思った時の青豆の恐怖の場面には「自らの想像力に対して抱く恐怖」というものが、描かれているのではないかと思います。

▼つねづねあなたという人間に敬服してきました

その「恐怖」というものについて、「かえるくん、東京を救う」と「神の子どもたちはみな踊る」の両作を通して、少し考えを進めてみたいと思います。

まず「かえるくん、東京を救う」のほうから。これは村上春樹自身が「かなり奇妙な筋の物語」と言う作品です。信用金庫に勤める、あまりぱっとしない中年の片桐のアパートの部屋を、ある日、巨大な蛙が訪れます。その「かえるくん」と片桐が協力して、東京の巨大直下型地震を未然に防ぐという話です。

片桐は東京安全信用金庫新宿支店の融資管理課に所属して、みなが嫌がる返済金の取りたて係をずっとやってきました。返済の督促に行って、何度か、やくざにまわりを囲まれ、殺してやると脅されたこともあるのですが、でも片桐は「とくに怖いとは思わなかった」そうです。それは「信用金庫の外回りを殺して、それが何の役に立つというのだ」と思っていたからです。

片桐は両親が既に亡くなっているので、自分が弟と妹の面倒をみて大学を出してやり、結婚もさせています。自分には妻子もありません。「今ここで殺されたところで、誰も困らない。というか、片桐自身、とくに困りもしない」と思っているのです。おかげで片桐はその世界では、肝の据わった男としていささか名前を知られるようになっています。

かえるくんは、そんな片桐に「ぼくはつねづねあなたという人間に敬服してきました」と話しています。片桐の弟と妹は、片桐の世話になったことをちっとも感謝していませんが、片桐は別に腹を立てるでもありません。

「あなたは筋道のとおった、勇気のある方です。東京広しといえども、ともに闘う相手として、あなたくらい信用できる人はいません」と、かえるくんは片桐に言うのです。

▼「最高の善なる悟性とは、恐怖を持たぬことです」

東京直下型地震の原因は地下にいる「みみずくん」の中に蓄積された様々な憎しみです。かえるくんは、片桐と一緒に、そのみみずくんの憎しみと闘おうというのです。

それに対して片桐は「私よりもっと強い人はほかにいるでしょう。空手をやっている人とか、自衛隊のレンジャー部隊とか」と応じています。

『1Q84』の「リーダー」のボディガードの二人は「空手」をやっている人ですし、そのボディガードたちを「アマチュア」だと言ったのは、老婦人のセキュリティ担当であるタマルですが、彼は「自衛隊のレンジャー部隊」に所属していたこともある人ですので、「かえるくん、東京を救う」の、この部分は『1Q84』に繋がるディテールだと思います。

「私よりもっと強い人はほかにいるでしょう」という片桐の言葉に対して「実際に闘う役はぼくが引き受けます」と、かえるくんは応えています。でも「ぼくにはあなたの勇気と正義が必要なんです。あなたがぼくのうしろにいて、『かえるくん、がんばれ。大丈夫だ。君は勝てる。君は正しい』と声をかけてくれることが必要なのです」と言うのです。「ぼくだって暗闇の中でみみずくんと闘うのは怖いのです」と、かえるくんは話します。さらにニーチェの言葉として、「最高の善なる悟性とは、恐怖を持たぬことです」とも述べています。その〈恐怖を持たぬ最高の善なる悟性の人間〉が片桐ということなのでしょう。『1Q84』の青豆が抱いた恐怖のようなものを片桐は持たないのです。そんな「片桐さんにやってほしいのは、まっすぐな勇気を分け与えてくれることです。友だちとして、ぼくを心から支えようとしてくれることです」とも、かえるくんは加えています。

▼うまく外野フライをとれるようにしてください

それでは、大学時代に付き合っていた恋人から「かえるくん」と呼ばれていた「神の子どもたちはみな踊る」の主人公・善也の「恐怖」とは何でしょうか。

少年時代の善也にとっての恐怖は、野球の試合で、たいていの外野フライを落球してしまうことでした。勉強の成績はまずまずでしたが、スポーツに関しては救いようがなかったのです。落球すると、チームメートは文句を言い、見物している女の子はくすくすと笑ったのです。

その善也には父親がいません。生まれたときから、母親しかいませんでした。お父さんは「お方」なんだよと、母親は小さい頃から彼に言っていました。「お方」とは、自分たちの神の呼び名です。善也の母親はある教団の信者で、ほかの信者と出かけたり、善也が小学校時代は週に一回は布教活動に連れていったりした人です。

善也は夜寝る前に、父親である神様にお祈りをしました。「うまく外野フライがとれるようにしてください。それだけでいいんです」と。もし本当に神様が父親であるなら、それくらいの願いは聞き入れてくれてもいいはずだったのですが、願いはかなえられず、外野フライは善也のグローブからこぼれ落ち続けたのです。

しかし善也は十七歳の時に、母親から出生の秘密を知らされます。それによると、不思議にもよく妊娠してしまう母親が、妊娠の相談にいった産婦人科医と付き合うようになります。その医師は幼いときに犬に右の耳たぶを食いちぎられたため、右の耳たぶが欠けていました。

そして、完全に避妊していたのに母親はまた妊娠してしまいました。しかも他の男とは一切付き合っていなかったのに、不思議にも妊娠してしまったのです。でも恋人の医師から他の男性との関係を疑われて、その医師とは会えなくなってしまうのです。

そうやって、善也の母親が生きることに絶望して、死んでもいいと思っていた時に「田端さん」という、教団の「導き手」が声をかけてくれて、その導きと、まわりの信者のたすけを借りて、善也をこの世に産み落としたのです。

▼自分の身体の律動が世界の律動と連帯し呼応する

物語の最後、夜の十時半過ぎ、我孫子行きの千代田線の電車に乗った右側の耳たぶの欠けた男を善也は見つけて、自分も同じ電車に乗ります。千葉県に電車が入ろうとする手前の駅で、男は降りて、タクシーに乗ったので、そのあとを、善也もタクシーで尾行していきます。

車を降りた男は、狭い路地のようなところを通過して、暗闇の中を通っていきます。路地は袋小路で、正面が金属のフェンスでふさがれているのですが、でも人が一人やっと通り抜けられるぐらいの穴が開いていて、これをくぐると、そこは野球場だったのです。善也が立っているのは外野のセンターあたりでした。つまり、その場所は少年時代の善也が、いつも外野フライを落球するのではないかという「恐怖」を感じていたところですね。

そこから、善也はホームベースに向かってゆっくり歩きだすのです。そしてもう、善也があとをつけてきた父親らしき男の姿はありません。

善也はピッチャーズ・マウンドにあがり、マウンドの上で、両腕をぐるぐるまわしてみます。それにあわせて、脚をリズミカルに前にやったり、横に出したりして、しばらく、その踊りのような動きを続けています。

そうするうちに、前記したように、大学時代につきあっていた女の子から「かえるくん」と呼ばれていたことを思い出すのです。その女の子から「かえるくん」と呼ばれたのは善也の踊り方が蛙に似ていたからです。その彼女は踊るのが好きで、よく善也をディスコに連れていったのですが、その時に「あなたってほら手足が長くて、ひょろひょろと踊るじゃない。でも雨降りの中の蛙みたいで、すごくかわいいわよ」と彼女は言います。

その言葉に善也は少し傷つきますが、彼女につきあって何度も踊っているうちに、踊ることがだんだん好きになっていったのです。「音楽に合わせて無心に身体を動かしていると、自分の身体の中にある自然な律動が、世界の基本的な律動と連帯し呼応しているのだというたしかな実感があった」と書いてあります。「潮の満干や、野原を舞う風や、星の運行や、そういうものは決して自分と無縁のところでおこなわれているわけではないのだ」と善也は思ったのです。

▼それは僕自身の中にある森なのだ

ピッチャーズ・マウンドの上で「踊るのも悪くないな」と思った善也は、一人で踊り始めるのです。草のそよぎと雲の流れにあわせて踊ります。そして「神の子どもたちはみな踊るのだ」と思うのです。

「彼は地面を踏み、優雅に腕をまわした。ひとつの動きが次の動きを呼び、更に次の動きへと自律的につながっていった」とあります。そんな踊りには「パターンがあり、ヴァリエーションがあり、即興性があった。リズムの裏側にリズムがあり、リズムの間に見えないリズムがあった」と記されていますし、その複雑な絡み合いは「様々な動物がだまし絵のように森の中にひそんでいた。中には見たこともないような恐ろしげな獣も混じっていた」と村上春樹は書いています。

「でも恐怖はなかった。だってそれは僕自身の中にある森なのだ。僕自身をかたちづくっている森なのだ。僕自身が抱えている獣なのだ」と、村上春樹は記しているのです。

この『神の子どもたちはみな踊る』の表題作は、連作短編の中で最も難しい作品だと言っていいでしょう。新興宗教の信者によって育てられた子供の話であるという点も大きいでしょうか。

オウム真理教信者による地下鉄サリン事件が起きた後、その被害者たちに聞いたノンフィクション『アンダーグラウンド』（一九九七年）という仕事が村上春樹にあることは有名ですが、その頃から、オウム真理教の教祖である麻原彰晃の「物語」に対抗して、負けない「物語」をつくっていかなくてはいけないと村上春樹は繰り返し語っています。

善也の母親はほかの信者さんたちと、大阪にある教団の施設に泊まり込んで、阪神大震災のあとの神戸に行って人びとに生活必需品を配ったりしているようです。でも善也のほうは中学校にあがってほどなく、信仰を捨てています。

このように「神の子どもたちはみな踊る」という作品は、宗教というものを簡単に否定する物語ではなく、宗教の側に身を一度おきながら、そこから抜け出して、一人の人間として、独立してくるような物語になっていると思います。

▼血の繋がりではない新しいファミリー

『1Q84』の青豆の両親は、宗教団体「証人会」の信者でしたし、青豆自身は十歳の時に両親を捨てて家を出た人という設定になっています。その青豆が、カルト宗教教団のリーダーと対決して殺害する物語ですから、この「神の子どもたちはみな踊る」から、大きく発展した大長編だと言ってもいいかとも思います。

善也は、少年時代、外野フライを落球する「恐怖」で、たいへんでした。でもピッチャーズ・マウンドの上で踊る青年の善也は「ひとつの動きが次の動きを呼び、更に次の動きへと自律的につながって」いくように、落球の「恐怖」を超えて〝自律的な動き〟の中に生きる人間となっているのです。「自分の身体の中にある自然な律動が、世界の基本的な律動と連帯し呼応しているのだというたしかな実感」を感じながら、生きることができる人間になっているようです。つまり「恐怖」を超えた人間なのです。

もう、父親が「お方」であることも、右側の耳たぶの欠けた男であることも、関係のない場所に、善也は抜け出しているのだと思います。

『1Q84』の青豆も十歳で両親を捨てて家を出た人間ですし、天吾も父親は自分の育ての親で、本当の父は別な人ではないかと考えている人間です。青豆の相談相手になるタマルは、サハリン生まれの在日朝鮮人ですが、彼も両親と別れた孤児。ふかえりもリーダーである父のコミューンを出てきた人間です。ここに共通するのは、血の繋がりではない形の新しいファミリーの形成です。

父親が誰であるかという問題から、自律的に独立した場所に至った「神の子どもたちはみな踊る」の善也に繋がる感覚がありますね。

さて、我々が生きる世界は今、たいへんな混乱の中にあると思います。その中で、村上春樹作品にしばしば出てくる、この「恐怖を超える」ということが、どのような意味を持っているのか。この問題を『1Q84』に出てくる青豆の「恐怖」の姿などを通して、次回も引き続き考えてみたいと思います。

047

自己解体と自分の意識の再編成

恐怖を超える②

2015.7

現代社会が、もう欧米のロジックでは解決がつかない問題を抱えた世界にあることは誰の目にも明らかだと思います。既存のシステムの中には、既に答えはなく、いま私たちは世界中の叡智を集めて、新しい社会を作り出さなくてはいけないところにいると思います。

▼一九八九年以後の世界

この現代社会は、どこから始まったかと言えば、私は一九八九年からだろうと考えています。この年にベルリンの壁が崩壊して、旧ソ連に繋がる東側陣営が崩壊しました。多くの人が平和な時代がくると期待していましたが、やってきたものは世界の混乱でした。

それ以前は、西側の自由主義陣営と東側の共産主義陣営で、「善」と「悪」の形は、次のようにありました。つまり自由主義陣営では、自分たちが「善」で、共産主義陣営は「悪」でした。共産主義陣営でも自分たちは「善」で、自由主義陣営こそが「悪」でした。そのようにして世界の「善」と「悪」が存在していたのです。

そして旧ソ連を中心とする共産主義陣営が崩壊して、自由主義陣営の勝利のようにして、東西両陣営の対立は決着しましたが、でも今度は二〇〇一年九月十一日、米国で旅客機四機が乗っ取られて、そのうちの二機が突っ込んだニューヨークの世界貿易センタービル二棟が崩壊します。この映像が世界中にライブで流れ、大変な衝撃を与えました。

三機目の旅客機は米国防総省に激突、四機目は東部ペンシルベニア州で墜落しました。このテロで日本人二十四人を含む約三千人が死亡。米国はこのテロを受けて、アフガニスタン戦争、イラク戦争へと進んでいくのですが、イスラム国の誕生を見ても明らかなように、米国が「善」なる大義で、「悪」なるものを一時的に打ち破っても、現実には世界中でイスラム教徒の若者を新たなテロへと向かわせて、テロが拡大、拡散していくということになってしまっています。戦いがなくなる道にまったく繋がっていないのです。

犠牲者を生み出す「テロ」は、確かに「悪」ですが、でも「悪」を部分的に抹殺しても、「悪」は消滅せず、むしろ「悪」なるテロは拡大・拡散していくだけです。しかも「聖戦」という考え方を持つ人たちからしたら、テロは「善」なのです。「善」と「悪」が移動し、拡大・拡散し、瞬時に入れ替わるような世界を我々は生きているのです。

それだからと言って、東西両陣営が対峙していた一九八九年以前に戻るというわけにもいかないのです。確実に、時代は次へと進んでしまったのですから。

▼いまいる場所から動いていかなくてはならない

このような「善」「悪」が動きまわる時代に、「善」と「悪」はどのようにあるのか。どのようにあるべきか。それに対する村上春樹の考えが『1Q84』(二〇〇九、一〇年)のリーダーと青豆の対決場面に描かれています。

「この世には絶対的な善もなければ、絶対的な悪もない」(……)「善悪とは静止し固定されたものではなく、常に場所や立場を入れ替え続けるものだ。ひとつの善は次の瞬間には悪に転換するかもしれない。逆もある。ドストエフスキーが『カラマーゾフの兄弟』の中で描いたのもそのような世界の有様だ。重要なのは、動き回る善と悪とのバランスを維持しておくことだ。どちらかに傾き過ぎると、現実のモラルを維持することがむずかしくなる。そう、均衡そのものが善なのだ。わたしがバランスをとるために死んでいかなくてはならないというのも、その意味合いにおいてだ」

このリーダーの言葉は、一九八九年以降の世界の変化に対する村上春樹の考えを述べたものでしょう。いま「善」は、いかにあるべきかを記しているのだと思います。大切なのは「善」と「悪」の状況、状態を説明しているのではないということです。この言葉がある章の名が「均衡そのものが善なのだ」となっているように、一九八九年以降の世界にとって、「善」はいかにあるべきかを考えているの

です。このリーダーの言葉は、混乱する時代の中で、新しい世界はどのように作り上げられるべきか、その新しい世界で「善」はいかにあるべきかということの村上春樹の思考を表しているのです。

さて、では、このように「動き回る善と悪とのバランスを維持」して「均衡そのものが善」の状態に、我々が進むには、どのような困難があるのでしょうか。

前置きが長く、話のスケールが大きすぎて、小説についてのコラムのサイズに合わないかもしれませんが、今回のテーマ「恐怖を超える」という点から、そのことを少しだけ考えてみたいと思います。

これまであったシステムが無効となり、いま世界中の人たちが、みないいものを持ち寄って、新しい秩序を作り上げるとしたら、それは少し考えてみれば明らかですが、世界が新しく再編成されるには、皆がいまいる場所から動いていかなくてはならないのです。

その過程では、自分たちと異なる多くの者に出会います。それは闇の中を進むようなものです。闇の中で自分と異なる多くの者に出会うことは、恐怖の体験でもあるでしょう。ですから、その恐怖の対象を抹殺しようとする人たちもいるかもしれません。でも、そのものの姿をよく見ないうちに、見知らぬものに抱く恐怖から、相手を抹殺していたら、新しい世界はやってきません。我々は恐怖を超えていかなくてはならないのです。簡単には解決策の見えない、その闇の中を抜け出して、新しい一つのまとまりと方向性を共有するには、恐怖を超えて、自分自身の意識を再編成しなくてはならないのです。

相手を殲滅して、正しい自分の世界を拡げていく……という道では、世界は新しく再編成されないのです。それぞれの自分自身が再編成されることによって、世界は新しく生まれ変わり、新しい秩序を持つのだと思います。

▼ぼくの敵はぼく自身の中のぼくでもあります

そのことをよく示しているのが、短編集『神の子どもたちはみな踊る』(二〇〇〇年)の中にある短編「かえるくん、東京を救う」だと思います。この「かえるくん、東京を救う」は最後の場面が難しいですね。でも、ここに重要な村上春樹の考えが記されていると思います。

「かえるくん、東京を救う」は、「かえるくん」が信用金庫の新宿支店に勤務する「片桐」の力を借りて、三日後に起きる東京直下型の地震を未然に防ぐ物語です。

地震の原因は、地下五十メートルにすむ巨大な「みみずくん」の心と身体の中で「長いあいだに吸引蓄積された様々な憎しみ」の力です。そのみみずくんとの闘いぶりを、かえるくんは片桐に、次のように語ります。「みみずくんはぼくの身体《からだ》に巻き付き、ねばねばした恐怖の液をかけました。ぼくはみみずくんをずたずたにしてやりました。でもずたずたにされてもみみずくんは死にません。彼はばらばらに分解するだけです」と。

ついに、かえるくんは恐怖を持たない片桐の助けを借りて、その地震を未然に防ぎます。でもみみずくんを抹殺して防いだのではありません。「ぼくはみみずくんを打ち破ることはできませんでした」「地震を阻止することはどうにかできましたが、みみずくんとの闘いでぼくにできたのは、なんとか引き分けに持ち込むことだけでした」とかえるくんは片桐に語っています。かえるくんは、みみずくんとの闘いをなんとか引き分けに持ち込むことで、地震を未然に防いだのです。

そして、この小説の最も難しいところですが、地震の原因であるみみずくんのほうではなく、地震を未然に防いだかえるくんの身体のほうが、醜い瘤だらけとなり、その瘤がはじけて、皮膚が飛び散り、悪臭だけの存在となっていきます。そこからさらに蛆虫のようなものがうじゃうじゃと出てきて……というふうに解体していくのです。

これはどんなことを村上春樹が書いているのでしょうか。それを考えるうえで、大切なことが作中に記されています。かえるくんは、みみずくんとの闘いの後で、片桐にこんなことを語るのです。


「ぼくは純粋なかえるくんですが、それと同時にぼくは非かえるくんの世界を表象するものでもあるんです」（……）「目に見えるものが本当のものとはかぎりません。ぼくの敵はぼく自身の中のぼくでもあります。ぼく自身の中には非ぼくがいます」


つまり「かえるくん」の中には、地震を未然に防ぐ「かえるくん」だけではなく、それと違う「非かえるくん」もいるのです。その「非かえるくん」は、みみずくんと同じように「長いあいだに吸引蓄積された様々な憎しみ」の力を有しているのかもしれません。

ですから、かえるくんは相手のみみずくんを打ち破り、抹殺することによって、闘いに勝つのではなく、自分の中の地震を起こすような何か、大きな災いを起こすようなものを打ち破らなくてはならないのです。何かを阻止したり、世界を新しく再編成していくには、自分の中にある、それにかかわる部分を再編成しなくては、本当に新しい世界は生まれないのです。相手を殲滅して、打ち破っても、こちら側の世界だけになってしまったら、それでは相手と同じものが別の形で出現したことに変わりないのです。そのように、村上春樹が考えていることを反映した「かえるくん」の「ぼく」と「非ぼく」なる存在、その再編成に向けた自己解体なのだと思います。

▼真の恐怖とは人間が自らの想像力に対して抱く恐怖のこと

そこで『1Q84』に戻りますと、「均衡そのものが善なのだ」の章の、次の青豆とリーダーの対決の章名は「もしあなたの愛がなければ」なのですが、その中でリーダーは青豆に「怯《おび》えることはない」と語っています。青豆は「怯える？」と問い返します。

　するとリーダーは「君は怯えている。かつてヴァチカンの人々が地動説を受け入れることを怯えたのと同じように。彼らにしたところで、天動説の無謬性《むびゅうせい》を信じていたわけではない。地動説を受け入れることによってもたらされるであろう新しい状況に怯えただけだ。それにあわせて自らの意識を再編成しなくてはならないことに怯えただけだ」と言うのです。

　ここにも「かえるくん、東京を救う」と同じように、新しい状況に対応する自己解体と自分の意識の再編成の必要性が表明されています。

　しかし、人はなかなか、自己を解体して、自分の意識を再編成する方向に、闘いの進路を決めることができないのです。怯えて、その恐怖を超えていくことができないのです。つい相手を打ち破って、自分の正しさを確認しようとしてしまいます。でも「ぼく」の中には「非ぼく」がいるのです。自分の中の、その「非ぼく」を超えていくには、自己を解体して、再編成する道でしか、新しい世界は生まれないのですが、なかなか自分の意識を再編成するという、その恐怖を超えていくことができないのです。

「真の恐怖とは人間が自らの想像力に対して抱く恐怖のことです」。こんなジョセフ・コンラッドの言葉が「かえるくん、東京を救う」の中に記されていることを前回も紹介しましたが、再編成することへの、その「自らの想像力に対して抱く恐怖」に負けてしまう人が多いのです。

　かえるくんはみみずくんとの闘いについて片桐に述べるとき、まずこのように話しています。


すべての激しい闘いは想像力の中でおこなわれました。それこそがぼくらの戦場です。ぼくらはそこで勝ち、そこで破れます。


　この言葉が、最後のかえるくんの自己解体を予告しています。「勝ち」「敗れます」ではなく、「勝ち」「破れます」と村上春樹は書いているのですから。

「でもずたずたにされてもみみずくんは死にません。彼はばらばらに分解するだけです」というみみずくんに対する、かえるくんのコメントも再編成についての言葉のように、私には響いてくるのです。

▼世界の大きな混乱を超えて新しい価値を創造していく

村上春樹は、さまざまな作品で、この「恐怖を超える」ことを書いています。

『神の子どもたちはみな踊る』の表題作の主人公・善也は、ダンスの踊り方が蛙に似ていたので、大学時代につきあっていた女の子から「かえるくん」と呼ばれていました。その善也が「神の子どもたちはみな踊る」の最後に、ピッチャーズ・マウンドの上で踊ります。その時、善也は「自分の身体の中にある自然な律動が、世界の基本的な律動と連帯し呼応しているのだというたしかな実感があった」と思います。そのことは、前回も紹介しました。

しかし長い時間を踊り続けている善也は、自分が踏みしめている大地の底に存在するもののことを、ふと思うのです。「そこには深い闇の不吉な底鳴りがあり、欲望を運ぶ人知れぬ暗流があり、ぬるぬるとした虫たちの蠢《うごめ》きがあり、都市を瓦礫《がれき》の山に変えてしまう地震の巣がある。それらもまた地球の律動を作り出しているものの一員なのだ」と考えるのです。

ここにも、自然の律動の中にある「ぼく」だけではない、不吉な底鳴りがある「非ぼく」の世界が記されています。

その時、善也は、森の中にいて、そこには見たこともないような恐ろしげな獣も混じっているのですが、「でも恐怖はなかった。だってそれは僕自身の中にある森なのだ。僕自身をかたちづくっている森なのだ。僕自身が抱えている獣なのだ」と、村上春樹は記していました。

これらの言葉の中に、今、起きている世界の大きな混乱を超えて、新しい価値を創造していくという、村上春樹の志のようなものが秘められていることを、私は読むたびに感じるのです。

O48

村上主義者

村上さんのところ①

2015.8

この一月中旬から五月中旬まで公開されて、話題となった村上春樹と読者との交流サイト『村上さんのところ』が、七月下旬に刊行されました。

新潮社の担当者たちによる同書の編集後記によりますと、「初日に500通ぐらいは来るかな」と予想していたそうですが、蓋を開けてみると、なんと半日で「1700通」。質問受付期間の十七日間では総計三万七四六五通も集まってしまったのだそうです。

『海辺のカフカ』（二〇〇二年）刊行時にも、同様の試みがされて『村上春樹編集長　少年カフカ』（二〇〇三年）として刊行されていますが、その時には三カ月で計八〇〇〇通で、まだ「牧歌的」だったと、担当者が語っています。

▼七歳から八十四歳まで

短期間で、四万通弱ものメールが寄せられたのは、どこからでも気楽にメールができるスマホ時代の反映が一番の要因のようです。例えば、沖縄の病院の待合室からメールしているという医薬品・営業マンからの質問もありました。

また、村上春樹という作家の世界的な位置が、この十年の間にさらに大きく変化したということの反映もあるかもしれません。このサイトが開かれることは海外メディアでも報道されました。それゆえ、海外からのメールが非常に多かったことも特徴です。外国語のメールが二五三〇通。九割が英語でしたが、それ以外の中国語、スペイン語、ロシア語、ポルトガル語、トルコ語などのメールも寄せられたそうです。

私も「村上さんのところ」が公開中は、頻繁に、村上春樹と読者とのやりとりを読んでいたのですが、正直言って、掲載された分を読むだけでもたいへんでした。

このような大量のメールを現在進行形でやりとりすることも、僕にとってはひとつの新たな挑戦です。そこでは嵩《かさ》とスピードが重要な要素になります。量が集まって、それで初めて見えてくるものもあります。

そのように、回答の中でも、村上春樹が書いていますし、同じ趣旨のことを単行本のまえがきでも記しています。そのまえがきによると「読み切るのに、結局三ヶ月以上を要しました。でもちゃんと読みましたよ。そして中から3716通を選び、返事のメールを書きました。そこから選ばれた473通のやりとりが、本書に収録されているわけです」とあります。

さらに「正直言って疲れました。肩は凝るし、目は痛くなるし、三ヶ月、他にまったく仕事はできないし、これは参ったなあと思ったけど、まあいったん始めたことなのでしっかりやり通しました。まるで降っても降っても降り止《や》まぬ大雪を、一人でシャベルを持って雪かきしているみたいでした。最後はかなりふらふらでした」と加えています。

三七一六通のやりとりをすべて集めた電子ブック『村上さんのところ　コンプリート版』も並行して発売されていて、そのコンプリート版によると、メールしてきた人は、下は七歳から、上は八十四歳まで。文字通りの老若男女だったようです。それにしても、七歳から八十四歳までが、メールで質問してきたというのはすごいですね。

▼「ハルキスト」より「村上主義者」がいい

単行本『村上さんのところ』の中でも「ずるはしない、全力を尽くす、というのが僕の職業倫理リストのいちばん最初に来ます」とある通りの仕事ぶり。今回は、手を抜かないことを信条にしている、このいかにも村上春樹らしい『村上さんのところ』から、印象に残ったやりとりを紹介してみたいと思います。「村上主義」「村上主義者」についても書いてみたいです。

村上春樹ファンを「ハルキスト」と呼んだりすることがありますが、どうも村上春樹本人は「ハルキスト」という語感が「いささかチャラい」と感じているようです。「僕は「村上主義者」というのがいいような気がします」と宣言しています。

加えて「「あいつは主義者だから」なんていうと、戦前の共産党員みたいでかっこいいですよね。地下にもぐって隠れキリシタンみたいにみんなで『ねじまき鳥クロニクル』を読んだりして」とも書いています。

この「村上主義（Murakamism）」あるいは「村上主義者（Murakamist）」は、この本の中で村上春樹自身が宣言しています。

「呼び名は統一しております」と題された回答メールでは「世の中には「村上主義」というものがはっきりと存在します。一種の世界の眺め方です。それをとる、とらないはもちろん個人の自由です。僕はそういうものを誰にも押しつけるつもりはありません。ただそういうものがあるというだけです」と村上春樹は書いています。

この本の中では、いままでの同種のメール応答集よりも、極めて丁寧に、わかりやすく、読者に回答しているのですが、この「はっきりと存在します」と村上春樹自身が言う「村上主義」については「一種の世界の眺め方」という言葉だけに留まっています。

▼現実に対応しながら自分の思いを持ち続けて

『村上さんのところ』の中で、印象に残った言葉をいくつか紹介しながら、私なりに受け取った「村上主義」というか「一種の世界の眺め方」とは、どのようなものなのかということに、少しだけ迫れたらと思います。

まず「「あいつは主義者だから」なんていうと、戦前の共産党員みたいでかっこいいですよね。地下にもぐって隠れキリシタンみたいにみんなで『ねじまき鳥クロニクル』を読んだりして」という部分なのですが、おそらくここで重要なのは、地下にもぐって、隠れてでも、自分の思いを貫くという点なのでしょう。

「それこそが「村上主義者」の真骨頂」というメールは、大学生の時に、村上春樹の本に出会って以来、本を読むようになり、自分の人間性や考え方が大きく変わったと思っている、現在二十九歳の男性からの質問に答えたものです。

その彼の村上春樹への相談は、現在つき合っていて、結婚を考えている彼女のことで（先週、婚約指輪を購入したようです）一つだけ引っかかる点があるので教えてください、というものです。

その引っかかる点というのは、彼女が村上春樹の本が好きではないということです。「どちらかというと嫌いです」とも加えてあります。

「さらに困ったことに、彼女の母が「村上春樹なんて、どこがいいのか全然わからない」と言うので、僕も「そうですよね、まったく……」と答えるしかありませんでした。ごめんなさい。／こういったことは今後の人生で問題になるのでしょうか」という相談です。

なんか、ありそうな状況ですね……。これに対する村上春樹の答えは次のようなものです。

奥さんと奥さんのお母さんというのは、すごく大事です。「村上春樹なんて、ほんと、かすみたいなやつだよね」とか「あんなやつの本なんて、まったく紙の無駄遣いですよ。社会の恥だ」とか好き放題言ってかまいません。そして陰でこそこそ僕の本を読み続けてください。それこそが「村上主義者」の真骨頂です。それでこそ僕の読者です。逆風を糧《かて》にして、がんばってね。

どこか、回答を楽しんでいるかのような、愉快な、いかにも村上春樹的な回答ですね。そのメールに「それこそが『村上主義者』の真骨頂」という題名がついているのです。

さてこの回答の、一見、意志薄弱そうな男性へのメールのどこが「村上主義者」の真骨頂」なのかを考えてみましょう。

それは、今の現実世界にしっかり対応しながら、自分の思いを手放さずに持ち続けて、その先に、現実の世界を、自分の願うほうへ、粘り強く、変えていってほしい……そのような意味が込められた村上春樹の回答なのではないかと、私は思うのです。

現実社会と妥協することで、自分の中の大切なものを、手放してはいけないということです。その志を持ち続けて、逆風の中を生き、そしていつか逆風の風の元のほうを、変えていってほしいということなのでしょう。「それこそが「村上主義者」の真骨頂」なのだと思います。

▼あなたには善を追求する責務がある

丁寧な回答が多い中で、「呼び名は統一しております」の「村上主義」と同様に、ここまで回答しましたから、その先は自分で考えてくださいというふうに感じられたメールに「善と悪のたたかい」というものがあります。

その回答は、善と悪の関係、善と悪のバランスについて答えているのですが、そこで村上春樹は「不思議なことかもしれませんが、僕の経験から言いますと、どんな時代でも、悪と善の量のバランスというのはほとんど変わりません。善が比較的多い時代とか、悪が比較的多い時代とか、そういうのはありません。だいたいどの時代でも同じです」とまず述べています。

そして「でもそれにもかかわらずあなたには、あなたが善であると思うことを真剣に追求する責務があります。だってそうしないと、何かの加減でひょっとして悪が勝ってしまうかもしれないから。僕の言うことがわかりますか？たとえ無駄かもしれないとわかっていても、あなたには善を追求する責務があるのです。考えてみてください」と言っているのです。

ここにも、私は「村上主義」「村上主義者」の考え方を受け取るのです。

「どんな時代でも、悪と善の量のバランスというのはほとんど変わりません」。これは村上春樹の「悪」と「善」に対する認識ですが、同時に我々は「善悪は常に共存する」という認識に留まっていたらいけないということを村上春樹は述べているのです。

別な言葉で言えば、どんな時代でも、悪と善の量のバランスというのは、ほとんど変わりないが、それは、我々が善を真剣に追求するからこそ、悪と善の量のバランスが、ようやく保たれているということでもあると思います。ですから「善悪は常に共存する」という認識だけに留まっていたら、とたんに悪と善の量のバランスは崩れ、全体が悪に傾いてしまうのです。

だからこそ、「たとえ無駄かもしれないとわかっていても、あなたには善を追求する責務がある」と村上春樹は述べているのでしょう。

ここにも、現実の世界にしっかり対応しながら、自分の思いを手放さずに持ち続けて、新しい世界を創り出す方向へ粘り強く、生きていきたい……という「村上主義」「村上主義者」的なるものを感じるのです。

▼物語対物語は地下の戦いです

『１Ｑ８４』（二〇〇九、一〇年）の中で、リーダーが青豆に次のように語ります。

「この世には絶対的な善もなければ、絶対的な悪もない」と男は言った。「善悪とは静止し固定されたものではなく、常に場所や立場を入れ替え続けるものだ。ひとつの善は次の瞬間には悪に転換するかもしれない。逆もある。ドストエフスキーが『カラマーゾフの兄弟』の中で描いたのもそのような世界の有様だ。重要なのは、動き回る善と悪とのバランスを維持しておくことだ。どちらかに傾き過ぎると、現実のモラルを維持することがむずかしくなる。そう、均衡そのものが善なのだ。わたしがバランスをとるために死んでいかなくてはならないというのも、その意味合いにおいてだ」

この言葉は本書「０４５」の「息を呑むような対話」でも紹介しましたが、『１Ｑ８４』の中で、最も大切な言葉の一つだと私は思っています。この言葉と同じ考え方が、『村上さんのところ』の「善と悪のたたかい」でも記されているということです。

ですから『１Ｑ８４』のリーダーも「この世には絶対的な善もなければ、絶対的な悪もない」という認識だけを述べているのではないのです。この言葉が書かれている章の名前が「均衡そのものが善なのだ」となっているのですから。たとえ無駄かもしれないとわかっていても「善を追求する責務がある」と思っている村上春樹の中から「均衡そのものが善なのだ」という言葉が出てきているのでしょう。

さらに「悪しき物語に対抗するために」と題された回答

では、村上春樹は次のように書いています。

悪しき物語に対抗するには、善き物語を立ち上げていくしかないという考えには、今でもまったく変わりはありません。論理に対抗する論理にはどうしても限りがあります。論理対論理は地表の戦いであり、物語対物語は地下の戦いです。地表と地下がシンクロしていくことで、本当の効果が生まれます。自分の物語を、できるだけ「善き物語」(決して倫理的にgoodということではありません)に近づけていきたいというのが、僕の一貫した気持ちです。

ここでも、自分の物語を「善き物語」に近づけていきたいと述べています。我々には「善を追求する責務がある」と村上春樹が思っているからでしょう。

どんな時でも(逆風の中でも)、一貫した気持ちを抱き続けて、「善き物語」を希求し続けるというのが、「村上主義者」の真骨頂です。

『村上さんのところ』の中で印象に残ったメールから、「村上主義」「村上主義者」とは、どんな特徴を持つのか、そのことを少し考えてみました。

続けて、いくつかのメールについて述べ、さらに「村上主義」「村上主義者」の姿を考えてみたいのですが、続きは次回記すことにしたいと思います。

049 理想を抱き続ける

村上さんのところ②

2015. 9

村上春樹が読者との交流サイトを通して、ファンからの質問にメールで答えた『村上さんのところ』が今年七月下旬に刊行されました。その中の村上春樹の発言の中から、これまでとは少し違う特徴や、やはり変わらぬ村上春樹について、前回のこのコラムで紹介しました。

これまでも指摘しましたが、今回の交流サイトでの、村上春樹の発言の特徴は、何よりもわかりやすく、丁寧に、読者に答えている点です。そこで使われる言葉によっては、少し、厳密さ、正確さが劣っても、でもともかく、できるだけわかりやすく、自分の考えを伝えていきたいという意志が貫かれているように、私には感じられました。

その中には、村上春樹作品を理解する上で、重要な考え方についての発言もありました。例えば、村上春樹の物語が展開していく「異界」という場所についても、非常にわかりやすく述べられています。今回は、まずこの「異界」についての村上春樹の発言から紹介してみたいと思います。

▼あくまで内的な「異界」です

それは「「異界」へのアクセス」というメールの応答に

記されたものです。そのメールを、村上春樹は「僕が小説を書くときに訪れる場所は、僕自身の内部に存在している場所です。それをとりあえず「異界」と呼ぶこともあります」と書き出しています。

その「異界」と呼ばれるものは「それは現実に僕が生きているこの地表の世界とは、また別な世界です。普通の人は夢を見るときに、しばしばそこを訪れます。僕は――というか物語を語るものはと言ってもいいのでしょうが――そこを目覚めた意識のまま訪れます。そしてその世界について描写します。だからそれは外部にある「異界」ではありません。あくまで内的な「異界」です。異界という言い方が誤解を招くなら、率直に「深層意識」と言ってもいいかもしれません（ちょっとだけ違うんですが）」と続けています。

この〈ちょっとだけ違うんですが〉「異界という言い方が誤解を招くなら、率直に「深層意識」と言ってもいいかもしれません」と述べているところが、今回の読者との応答集『村上さんのところ』の特徴だと思います。

「異界」というと、自分の外側に存在していると思う人の場合が多いです。でも村上春樹の「異界」は「僕自身の内部に存在している場所」だと述べています。さらに、少し意味が曖昧になっても、わかりやすく言うならば「「深層意識」と言ってもいい」と記しているのです。村上春樹は心理学的なパターン概念で、自分の物語が読まれることを避けるために、「深層意識」という言い方は、これまであまり使ってこなかったと思います。

でも、その「深層意識」という言葉を敢えて使ってでも、「異界」が外ではなく、自分の内側に在ることを読者に伝えたかったのだと思います。六十歳代の半ばの年齢となって、自分の物語の姿を年下の世代の読者に、よりわかりやすく伝えていこうという気持ちが「「深層意識」と言ってもいい」という言葉に反映しているのかもしれません。

つまり「「異界」へのアクセス」とは、自分の「心の底におりていく」ということです。その自分の心の闇の中で闘って、成長していく「物語」が、村上春樹作品の特徴です。ですから村上春樹の物語の闘いの場所は「自分の心の中」なのです。そのことを理解しておくことは、とても重要だと思います。

▼日本を戦争に導いたような精神

一つだけ具体的な例を挙げておきますと、『ねじまき鳥クロニクル』（一九九四、九五年）で「綿谷ノボル」という人物と主人公の「僕」が対決して、綿谷ノボルを野球のバットで殴り倒すという有名な場面があります。それは東京のホテルの「２０８」号室の暗闇の中での闘いです。

この暗闇の「２０８」号室の世界が「異界」です。綿谷ノボルは日本を戦争に導いたような精神の持主です。でも、その綿谷ノボルは「僕」の妻の兄なのです。いくらなんでも、自分の妻の兄をバットで、殴り倒さなくてもいいだろう、というふうに読む人もいます。

でも、この綿谷ノボルと「僕」との闘いは、「僕」の「異界」での闘い、つまり「僕」の「心の中」の闘いなのです。

どんな人間も、世界を戦争に導いてしまうような側面を、心の一部に持っています。もちろん、私も、例外ではありません。

『ねじまき鳥クロニクル』の「僕」が「綿谷ノボル」と対決して、彼をバットで殴り倒すということは、「僕」が自分の中の「日本を戦争に導いたような精神」の部分を自らの手で徹底的に叩きつぶすということなのでしょう。

「僕」が「綿谷ノボル」と戦い、その綿谷ノボル的なるものをバットで叩きつぶすのですが、すると現実の綿谷ノボルはとつぜん、脳溢血のような症状で、意識不明となってしまいます。

でも、よく読んでみるとわかるのですが、「綿谷ノボル」は東京で倒れたのではなくて、「長崎で大勢の人を前に講演して、そのあとで関係者と食事をしているときにとつぜん崩れ落ちるように」倒れたと、『ねじまき鳥クロニクル』には書かれています。つまり「僕」と「綿谷ノボル」との「異界」での闘いは、「僕」の心の中で行われていたことを、この「長崎」と「東京」のズレによって、村上春樹は表しているのではないかと思うのです。

▼「受動的」と呼ばれると、少し首をひねりたくなる

「主人公の生き方は、受動的なのか主体的なのか」というメールの応答も興味深いです。村上春樹の作品の主人公たちは、しばしば「受動的」だと言われたりします。でもその「受動的」と言われる村上作品の主人公たちについて、彼らこそが実は「主体的」なのではないかという反論を村上春樹が述べているのです。つまり安易に「受動的」と言うような人たちのほうが、現在、世界で起きている混乱について、深く受けとめていないのではないか、という村上春樹の思いが込められた文章となっています。

欧米の読者というか、批評家の中には僕の主人公たちが受動的であると見なす人が少なくありません。でもそれはいささか一面的な見方ではないかと僕は常々考えています。

この回答は、そんな〈ちょっと激しい村上春樹〉を感じさせる言葉で始まっています。

そこで「僕は彼らが受動的であると考えたことはほとんどありません。僕の小説の主人公たちの多くは、世界の流れを「既にそこに生じたもの」として観察し、捉《とら》え、その展開の中に自分たちを有効に組み込ませようと、静かに（そしてむしろ主体的に）努めているのです」と、村上春樹は自分の物語の主人公たちの「主体的」な姿について語っています。

「世界貿易センタービルの事件や、福島原発の災害がもたらした圧倒的なまでの状況に対して、そこに生じた現実認識の激しい落差に対して、人がそれぞれ自分の生き方や世界観を調整し、作り替えていくことを、はたして「受動的」な態度と呼んで片付けてしまってよいものでしょうか？」とも述べているのです。

　いま世界はますます流動化していますが、それに対して「僕ら一人ひとりが、そのような世界の流動に合わせて、自分を刻一刻変更させていくことを余儀なくされています。それは決して安易な作業ではありません。僕らはそのような難儀な作業をするにあたって、なんらかの新しい枠組みを必要とし、新しいロールモデルを求めています。僕が物語を通して目指しているのは、そのような枠組みやロールモデルを、僕なりに及ばずながらこしらえていくことなのです。それを「受動的」と呼ばれると、僭越《せんえつ》かもしれませんが、少し首をひねりたくなります」と書いて、さらに次のように加えています。

> 主体性vs.制度、悟性vs.神意、あるいはロジックvs.カオスといった西欧的図式こそが、現在（それこそ）いくぶんの見直しを求められているのではないかと、現今の世界情勢を見ながら、僕なりに愚考しているのですが。

　イスラムの問題を考えるだけでも、西欧的図式ではもう解決できないことを現代社会が抱えていることは明らかです。これまでの西欧的な図式では、もう維持できないほど、世界が流動化して、混乱する中で、世界中の人びとが新しい枠組みやロールモデルを希求していて、村上春樹も「物語」を通して、その新しい枠組みやロールモデルを提出しようとしていることを述べているわけです。

　つまり以上の言葉は、これから書かれるであろう新しい長編も、混乱し流動化する現代世界に対して、新しい枠組みやロールモデルを生み出そうとして書かれるということの村上春樹の宣言でもあると思います。

▼「核発電所」と呼びませんか

「主人公の生き方は、受動的なのか主体的なのか」の中でも、福島第一原発事故のことに触れていますが、この原子力発電というものに対しての質問も多く、それに対する村上春樹の率直な回答も話題となりました。

　前回、「ハルキスト」は村上春樹作品の熱心な読者たちの呼び方としては、「語感がいささかチャラいので、とりあえず無視しませんか」と村上春樹自身が述べて、このサイトでは「村上主義（Murakamism）」あるいは「村上主義者（Murakamist）」と呼ぶことを、村上春樹が宣言していたことを紹介しました。

　この原子力発電に対する、読者とのやりとりを通して、この「村上主義」「村上主義者」について、もう少しだけ考えてみたいと思います。

まず村上春樹は「原子力発電所」ではなく、「これから「核発電所」と呼びませんか?」と提案しました。つまり「あれは本来は「原子力発電所」ではなく「核発電所」です。nuclear= 核、atomic power= 原子力です。ですから nuclear plant は当然「核発電所」と呼ばれるべきなのです」と、その提案理由をわかりやすく述べています。

「そういう名称の微妙な言い換えからして、危険性を国民の目からなんとかそらせようという国の意図が、最初から見えているようです。「核」というのはおっかない感じがするから、「原子力」にしておけ。その方が平和利用っぽいだろう、みたいな」という言い換えが通ってきたので、ちゃんと呼んだらどうかというわけです。

そして過疎《かそ》の(比較的貧しい)地域に電力会社が巨額の金を注ぎ込み、国家が政治力を行使し、その狭い地域だけの合意をもとに核発電所を一方的につくってしまった(本当はもっと広い範囲での住民合意が必要なはずなのに)。そしてその結果、今回の福島のような、国家の基幹を揺るがすような大災害が起こってしまったのです。

このような村上春樹の発言は、福島第一原発事故の後で、急に出てきたものではありません。「核発電所」と呼びませんか、という提案を引き出した質問者のメールにも紹介されていますが、村上春樹はエッセイ集『村上朝日堂はいかにして鍛えられたか』の中の「ウォークマンを悪く言うわけじゃないですが」という文章で「原子力発電に代わる安全でクリーンな新しいエネルギー源を開発実現化すること」を提案しています。「もちろんこれは生半可な目標ではない。時間もかかるし、金もかかるだろう。しかし日本がまともな国家として時代をまっとうする道は、極端にいえば「もうこれくらいしかないんじゃないか」と、五年間近く日本を離れて暮らしているあいだに、実感としてつくづく僕は思った」と書いているのです。『村上朝日堂はいかにして鍛えられたか』は一九九七年の刊行です。その時点で、村上春樹は、そのように脱原発の思考をはっきり記しているのです。

▼「広島」「長崎」の原爆の惨禍を意識して

「五年間近く日本を離れて暮らしているあいだに」とは、一九九一年から一九九五年まで米国東海岸に村上春樹が住んだことで、この期間に村上春樹は『ねじまき鳥クロニクル』の全三巻を書き上げています。その『ねじまき鳥クロニクル』では、紹介したように、日本を戦争に導いたような精神の持ち主である綿谷ノボルが「長崎」で倒れています。そして同作で、ノモンハンの「歴史」を「僕」に伝えにくる間宮中尉は広島出身であり、原爆で妹と父を失い、ショックで母も二年後に亡くなったという人です。「広島」

と「長崎」という日本が受けた二度の原爆による惨禍を意識して書かれた作品が『ねじまき鳥クロニクル』です。「原子力発電に代わる安全でクリーンな新しいエネルギー源を開発実現化すること」。それを「五年間近く日本を離れて暮らしているあいだに、実感としてつくづく僕は思った」という感慨の中に、『ねじまき鳥クロニクル』を書いたことの反映があると思います。

　ともかく「ウォークマンを悪く言うわけじゃないですが」は『村上朝日堂はいかにして鍛えられたか』の最後に置かれたエッセイですから、そこに、村上春樹のはっきりとしたメッセージが記されていると思いますね。

　しかも、同エッセイ集が刊行された一九九七年の時点に、そう思ったというのではなくて、『世界の終りとハードボイルド・ワンダーランド』（一九八五年）や『海辺のカフカ』（二〇〇二年）に出てくる発電所が、いずれも風力発電所であることからもわかるように、村上春樹の年来の考えの表明なのでしょう。デビュー作が『風の歌を聴け』（一九七九年）というタイトルであることとも、きっと関係した意見で、作家として登場してきた時から抱いている思いに違いないと思います。

　福島第一原発事故から三カ月後の二〇一一年六月、スペイン・バルセロナのカタルーニャ国際賞授賞式の受賞スピーチで、村上春樹は「私たち日本人は核に対する「ノー」を叫び続けるべきだった」と述べて、大きな話題となりましたが、それもデビュー以来、抱き続ける思いを語っていたのです。その挨拶でも一九四五年八月、広島と長崎という二つの都市に原爆が落とされた日本という唯一の被爆国について、村上春樹は語っていました。

▼人間性の尊厳の方が国家にとって大事なこと

ならば村上春樹は、原子力発電所（核発電所）を即時に全停止、全廃止という意見かというと、そうでもないのです。

　それは「この矛盾とどう向き合えばいいでしょう」という質問に答えた村上春樹の発言です。質問者は三十六歳の見習い介護士の女性。その女性が暮らす田舎は震災前から現在まで、一〇〇％自前の水力発電でまかなっているそうです。

「震災後原発が止まり、近隣都市への電力供給のために更なる発電量をと河川をせき止め、水を抜き取り、せっせとクリーンエネルギーを作り出しているわけなんです」ということで、釣り好きの質問者は、地元の渓流を毎年歩いて見ていると、「あきらかに発電のための取水口以下の水量が少なく、水温が高く、今まで見たことのない藻が川底の岩を覆《おお》い、川底の砂が増えるといった変化が著しい」そうです。

　そして「私は原発絶対反対、完全不必要論支持者です。が、原発が動いていた時の方が私の大事な自然が守られる。／こんな矛盾にどう向き合えばいいのでしょう？」という質問です。
それに対して、村上春樹は次のように答えています。

おっしゃっていることはとてもよくわかります。ただ単純に原発（核発）を止《や》めて、自然エネルギーだけにしろといっても、そんなに簡単に目標が達成できるものではありませんよね。何かを変えようとすれば、いろんな矛盾や問題が次々に出てきます。ヨーロッパは風力発電が盛んですが、渡り鳥があのブレードに巻き込まれて大量に死ぬということもあるようです。それが問題になっています。時間をかけて、いろんな状況をうまく「こなれさせる」ことが必要になってきます。

ただ核発が潜在的に含んでいる圧倒的な（非人間的にまで圧倒的な）リスクに比べれば、そのような矛盾や問題は、人間の手で少しずつ解決していけるレベルの問題ではないかと僕は考えています。「みんなで知恵をしぼって詰めていけば、なんとか答えは出るんじゃないか」と。

そして、こうも述べているのです。

僕自身は「何がなんでも核発をなくせ」とごりごりに主張しているわけではありません。もしそれが国民注視のもとに注意深く安全に運営されるなら、過渡的にある程度存在しても仕方ないとは思っているんです。

でも、現実はまったく違う方向に動いています。だから村上春樹は、

しかし実際にはまったくそうではないから、国や電力会社の言うことなんてとても信用できたものではないし、今のこのような状況下で再稼働はもってのほかだと考えているのです。

どのように行動するか？　日本という国家がこれからどのような方向に舵《かじ》をとっていくか、その意思決定をするのが先決ですよね。ドイツは意思決定を早々に下しました。目先の経済効率よりは、人間性の尊厳の方が国家にとって大事なことなのだと。日本にだってそのような決定はできるはずです。まず大筋を決める。そのためには、論点をひとつに絞り込んだ国民投票みたいなものが必要になってくると思います。そういう道筋がうまく開けるといいのですが。

と答えています。

原発（核発）の問題についての、村上春樹の思考を述べている回答ですので、長く、詳しい紹介となってしまいましたが、これらの村上春樹の発言から、「村上主義」「村上主義者」とは何かについて、少し考えてみたいのです。

▼抱き続ける理想の中から

まず「村上主義」「村上主義者」は、心に深く理想を抱いているということです。その理想を手放さずに、ずっと持ち続けているということだと思います。

村上春樹が、急に反原発（反核発）的な発言をし出したという人たちの声を聞くことがあります。でも、ここに紹介したように、反原発（反核発）に対する意識はデビュー作『風の歌を聴け』以来持続していることだと思われます。今回のコラムで記したことを読むだけでも、その人たちの指摘が事実と随分とかけ離れたものであることがわかるかと思います。

少なくとも一九九七年刊行の『村上朝日堂はいかにして鍛えられたか』の中で「原子力発電に代わる安全でクリーンな新しいエネルギー源を開発実現化」を既に表明していましたし、二〇一一年六月のカタルーニャ国際賞授賞式での「私たち日本人は核に対する「ノー」を叫び続けるべきだった」というスピーチもあり、『村上さんのところ』（二〇一五年）での、これからは「原子力発電所」ではなく「核発電所」と呼ぼうという提案もあるのです。

次に、心に深く理想を抱く「村上主義」「村上主義者」は、シニカルであってはいけないということがあると思います。

理想に対して、現実は、つねに失望をともなって進むケースがあります。そこで、人はついシニカルな考えに陥りがちです。「日本人なんかだめだ」「日本社会には希望がない」という意見に傾きがちです。でも村上春樹の発言には、シニカルなところがありません。

「技術的に原子力を廃絶できるシステムを作りあげることに成功すれば、日本という国家の重みが現実的に、歴史的にがらっと大きく違ってくるはずだ。「いろいろあったけど、日本はその時代やっぱりひとつ地球、人類のために役に立つ大きなことをしたんだな」ということになる。それはまた唯一の被爆国としての日本の、国家的な悲願になりうるはずだ」と『村上朝日堂はいかにして鍛えられたか』の中で村上春樹は記しています。

この「唯一の被爆国としての日本の、国家的な悲願」という言葉に『ねじまき鳥クロニクル』で、広島、長崎に触れて書いた村上春樹の思いの反映があると思いますが、村上春樹は長い滞米生活を終えて、日本に帰国する時に、日本人の持つ、日本社会の持つ可能性を、自分が抱き続ける理想の中から考えているのです。ここには、日本社会や日本人に対するシニカルな視線がないのです。

原発（核発）再稼働の問題にしても「日本という国家がこれからどのような方向に舵をとっていくか、その意思決定をするのが先決ですよね。ドイツは意思決定を早々に下しました。目先の経済効率よりは、人間性の尊厳の方が国家にとって大事なことなのだと。日本にだってそのような決定はできるはずです」という考え方にはシニカルな面がありません。村上春樹は自分が抱き続ける理想から、日本の再生はいかにして可能かということを考え続けているのです。

▼心と言葉と行動をしっかり連結させる

そして「村上主義」「村上主義者」は、心に抱く、その理想の実現のためには、自分の心と言葉を連結させて、それぞれが今できる形で力を合わせるという作業をいとわないということが必要なのだと思います。つまり、自分の心と言葉と行動をしっかり連結させるのです。現実は矛盾に満ちていますが、その現実に対しても、志を失わず、でも柔軟に対応することが必要です。

「僕自身は「何がなんでも核発をなくせ」とごりごりに主張しているわけではありません。もしそれが国民注視のもとに注意深く安全に運営されるなら、過渡的にある程度存在しても仕方ないとは思っているんです」と村上春樹が述べているのは、そのような視点からの発言でしょう。

そして「しかし実際にはまったくそうではないから、国や電力会社の言うことなんてとても信用できたものではないし」というのは、「国や電力会社の言うこと」が「心と言葉を連結」させた言葉ではないからでしょう。その言葉は「効率」などから生まれてくる「虚ろな言葉」だからからだと思います。

「論点をひとつに絞り込んだ国民投票みたいなものが必要になってくると思います。そういう道筋がうまく開けるといいのですが」と村上春樹は述べていますが、ここにも社会の再生のためには、すべての人びとの心と言葉と行動をしっかり連結させることの大切さの反映を受け取ることができると思います。

つまり「村上主義」「村上主義者」というのは、この世の再生のために理想を抱き続け、自分の心と言葉と行動をしっかり連結させ、矛盾に満ちた現実に対しても、シニカルにならず、志を失わず、でも柔軟に、粘り強く対応していく人たちのことではないかと思います。

▼一人称の新しい可能性を試してみる

今回は、社会的な問題に対して発言する村上春樹についての紹介が多くなってしまったかもしれません。でも村上春樹の作品についての興味深い発言も『村上さんのところ』にはたくさんあります。その中から二つ紹介して、今回のコラムを終わりにしたいと思います。

一つは『1Q84』(二〇〇九、一〇年)の続編(BOOK4)があるかどうかの質問に対して、村上春樹が次のように答えていることです。

『1Q84』の続編(BOOK4)は書こうかどうしようか、長いあいだずいぶん迷ったんだけど、そのためには前に書いた三冊を読み返して、いちいちメモとかをとらなくてはならず、とても複雑な話なので「それもちょっと面倒

> かな」と二の足を踏んでいます。僕はあまり準備をしてものを書くというのが好きではないので。可能性をいろいろと探っているところです。結論はまだ出ていません。僕の印象では『1Q84』にはあの前の話があり、あのあとの話があります。いわば長い因縁話みたいになっています。それを書いた方がいいのか、書かないままにしておいた方がいいのか……。

これは、読者にとっては、とても気になる村上春樹の正直な発言ですね。『1Q84』を面白く読んだ読者としては、ぜひ続きを読んでみたいですが。

もう一つは、村上春樹作品の「人称」の問題です。村上春樹は「僕」という一人称の主人公からスタートして、「僕」と「私」の『世界の終りとハードボイルド・ワンダーランド』、また「僕」と三人称の「ナカタさん」「星野青年」の『海辺のカフカ』を経て、「青豆」と「天吾」の完全三人称の『1Q84』と、主人公の人称を広げてきた作家です。その村上春樹が『村上さんのところ』では、こんなことを言っています。

> 人称というのは僕にとってはかなり大事な問題で、いつもそのことを意識しています。僕の場合、一人称から三人称へという長期的な流れははっきりしているんだけど、そろそろまた一人称に戻ってみようかなということを考えています。一人称の新しい可能性を試してみるというか。もちろんどうなるかはわかりませんが。

これも気になる発言ですね。これから書かれるであろう、新しい小説は「一人称小説」なのでしょうか。などなど『村上さんのところ』には、たくさんの率直な村上春樹の言葉が記されています。「村上主義」「村上主義者」の方々は、ぜひ読まれたらいいと思います。

＊そして、二〇一七年二月に刊行された長編『騎士団長殺し』は「私」という一人称による物語でした。『村上さんのところ』で、「一人称の新しい可能性」が述べられたメールは二〇一五年二月二十七日のものですが、その時点で『騎士団長殺し』の構想は始まっていたのかもしれません。

050 「物語」をめぐって

『職業としての小説家』

2015.10

プロ野球のヤクルト・スワローズが十四年ぶりにセ・リーグを制覇、それに続いて、クライマックスシリーズ・ファイナルステージで読売ジャイアンツを下して、日本シリーズへ出ることを決めました。ヤクルト・ファンの村上春樹は、さぞ喜んでいることでしょう。

初版の大半を、大手書店の紀伊國屋書店が出版社の「スイッチ・パブリッシング」から直接購入、他の書店にも配本するという異例の流通で話題となっている長編エッセイ『職業としての小説家』（二〇一五年）にも、その十四年前のことが出てきます。

▼一日十枚の原稿をきっちりと書く

それは村上春樹が『海辺のカフカ』（二〇〇二年）を書いていた頃だそうです。ハワイのカウアイ島のノースショアで、四月初めに書き始めて、十月に書き終えたとのこと。その時はヤクルトの優勝と長編小説の第一稿の完成が重なり、ほくほくと喜んでいたそうです。

『職業としての小説家』で、このことが書かれている直前には、小説を書き出したら、調子がよくても悪くても、ずっと机に向かって、一日十枚の原稿をきっちりと書くという村上春樹流の長編の書き方が記されています。それによると「朝早く起きてコーヒーを温め、四時間か五時間、机に向かいます。一日十枚原稿を書けば、一か月で三百枚書けます。単純計算すれば、半年で千八百枚が書けることになります。具体的な例を挙げれば、『海辺のカフカ』の第一稿が千八百枚」だったそうです。

そして、さらにアイザック・ディネーセンの「私は希望もなく、絶望もなく、毎日ちょっとずつ書きます」という言葉が紹介されています。ディネーセンは村上春樹が好きな作家の一人なのでしょう。『1Q84』のBOOK3（二〇一〇年）には、ディネーセンの『アフリカの日々』を大村という看護婦に読んであげる場面が出てきますね。そのディネーセンも毎日、休まず書き続ける小説家らしく、そのディネーセンの「希望もなく、絶望もなく」というのは実に言い得て妙です、と村上春樹は語っています。

このようにして、休まず、一定のリズムで、書き上げた第一稿を、さらに何度も何度も書き直して完成稿にしていく過程が『職業としての小説家』の中では、実に詳しく書かれています。具体的にどうやって完成原稿にまで至るのかは、ぜひ同書を読んでください。

また、村上春樹ファンには有名なエピソードですが、一九七八年四月に神宮球場へ、セ・リーグの開幕戦を見に行って、一回の裏にヤクルトの先頭打者のデイブ・ヒルトンが二塁打を放ち、その瞬間、何の脈略も、何の根拠もなく「そうだ、僕にも小説が書けるかもしれない」と思ったという、村上春樹にとって啓示のような体験も記されています。

そうやって、村上春樹はデビュー作『風の歌を聴け』を書き出して（当初の題名は異なります）半年かけて、その第一稿を書き上げたときには、野球シーズンも終わりかけていました。そして、この年、ヤクルト・スワローズは大方の予想を裏切ってリーグ優勝をし、日本シリーズでも阪急ブレーブスを破って、日本一になりました。

『風の歌を聴け』を書いていた一九七八年の優勝といい、『海辺のカフカ』を書いていた二〇〇一年の優勝といい、ヤクルトの優勝と村上春樹作品とはいい関係を持っています。ヤクルト・スワローズは、昨年、一昨年と連続最下位で、今年も〝大方の予想を裏切ってリーグ優勝〟をしたので、今年のヤクルト・スワローズの成績が、村上春樹作品へ、よきことを運ぶことを祈りたいと思います。

▼「物語」の力を再認識させた

さてさて、今回は、この『職業としての小説家』を読んで、私が受け取った部分について記してみたいと思います。

その長編エッセイで、一番、私に届いたものは、やはり「物語」というものをめぐっての村上春樹の語りでした。

第一回「小説家は寛容な人種なのか」で、

> 小説家は多くの場合、自分の意識の中にあるものを「物語」というかたちに置き換えて、それを表現しようとします。もともとあったかたちと、そこから生じた新しいかたちの間の「落差」を通して、その落差のダイナミズムを梃《て》子《こ》のように利用して、何かを語ろうとするわけです。

と語っています。終盤の第十回「誰のために書くのか？」には、次のように語られています。

> 小説というものは、物語というものは、男女間や世代間の対立や、その他様々なステレオタイプな対立を宥《なだ》め、その切っ先を緩和する機能を有しているものだと、僕は常々考えているからです。それは言うまでもなく素晴らしい機能です。自分の書く小説がこの世界の中で、たとえ少しでもいいからそういうポジティブな役割を担《にな》ってくれることを、僕はひそかに願っているのです。

ここで「小説というものは、物語というものは」と村上春樹が書いていることに注目したいと思います。つまり村上春樹にとっては「小説」＝「物語」なのです。

この『職業としての小説家』の最後には、二〇一三年に京都で行った河合隼雄さんについての講演が、収録されていますが、その中に「『物語』という言葉は近年よく口にされるようになりました」と村上春樹が述べるところがあります。

村上春樹が書き始めた頃、「物語」という言葉は、とても冷遇されていました。「物語」なんかをまだ信じているのか、というような言説もしばしばありました。

紹介した第十回「誰のために書くのか？」の「物語」の「ポジティブな役割」について述べた後に、続いて「僕は批評的には、長年にわたってけっこう厳しい立場に置かれ続けてきました」と書かれていて、この孤独な闘いぶりは『職業としての小説家』の全体を貫く、トーンでもあります。そして、この「物語」というものが不当に冷遇されていた時代から、「物語」に一貫してこだわり、「物語」というものが持つ力を、多くの読者に再認識させたのが、村上春樹の小説であると言っても過言ではないでしょう。

▼基礎の地下部分を深く掘り下げる

「物語」へのこだわりという観点から、この『職業としての小説家』という本を読んでいって、私にとって一番面白かったのは、村上春樹のマラソンやトライアスロンなど、フィジカルなトレーニングと「物語」との関係を語った第七回「どこまでも個人的でフィジカルな営み」です。

それについて、以下、書いてみたいと思います。

「物語」とは自らの意識下、自分の魂の中に下りていくことだと、村上春樹はさまざまな形で述べていますが、この『職業としての小説家』の中では次のように語っています。

小説家の基本は物語を語ることです。そして物語を語るというのは、言い換えれば、意識の下部に自ら下っていくことです。心の闇《やみ》の底に下降していくことです。大きな物語を語ろうとすればするほど、作家はより深いところまで降りて行かなくてはなりません。

これに続けて、さらに村上春樹は「大きなビルディングを建てようとすれば、基礎の地下部分も深く掘り下げなくてはならないのと同じことです」と書いています。

これは、二〇一五年に問題となった横浜市の大型マンションで、基礎工事の際に、建物を支える杭《くい》を強固な地盤まで到達してないままにして手抜き工事をした結果、建物が傾いてしまったマンションのことと重なってもきますね。

まさに村上春樹も言うように「大きなビルディングを建てようとすれば、基礎の地下部分も深く掘り下げなくてはならない」のです。そして「密な物語を語ろうとすればするほど、その地下の暗闇はますます重く分厚いものになります」とも述べています。

さらに「作家はその地下の暗闇の中から自分に必要なものを——つまり小説にとって必要な養分です——見つけ、それを手に意識の上部領域に戻ってきます。そしてそれを文章という、かたちと意味を持つものに転換していきます」とあるのですが、「その暗闇の中には、ときには危険なものごとが満ちて」いることを村上春樹は語っています。

そこに生息するものは往々にして、様々な形象をとって人を惑わせようとします。また道標もなく地図もありません。迷路のようになっている箇所もあります。地下の洞窟《どうくつ》と同じです。油断していると道に迷ってしまいます。そのまま地上に戻れなくなってしまうかもしれません。その闇の中では集合的無意識と個人的無意識とが入り交じっています。太古と現代が入り交じっています。僕らはそれを腑《ふ》分《わ》けすることなく持ち帰るわけですが、ある場合にはそのパッケージは危険な結果を生みかねません。

つまり小説家というものは、心の闇の深く深くに下降していかなくてはならない、それが大きな物語であればあるほど、より深いところまで降りていかなくてはならないのです。でも、その深い心の闇の世界は、危険に満ちていて、へたをすると地上にもどれなくなってしまうほどの危険性があると村上春樹は言うのです。

▼フィジカルな強さが必要

では小説家は、その危険に満ちた心の闇の底から、どうやって「意識の上部領域」に無事に戻ってくることができるのでしょうか。

そして、もしそこに、確実な脱出ルートがあったり、正しい脱出方法があったりするのでしたら、それは危険でもなんでもなくなってしまいます。でも、小説家は、その危険に満ちた心の闇の領域に降りていって、無事、開かれた世界、意識の上部領域に戻って来なくてはならないのです。ここに、簡単には説明できない、相反する問題が横たわっていることが、みなさんにもわかっていただけるかと思います。

その危険に満ちた心の闇の領域に降りて、無事戻って来られる力は、どんなことと結びつけられて、『職業としての小説家』の中で語られているのか。そのことを、村上春樹はどう考えているのか、こんなことに興味を抱いて、この『職業としての小説家』という本を読んでいました。

そんな、私が抱いた問題に対して、村上春樹は、それはフィジカルな強さ、つまり走ることと繋がっていると述べているのです。

「そのような深い闇の力に対抗するには、そして様々な危険と日常的に向き合うためには、どうしてもフィジカルな強さが必要になります。どの程度必要なのか、数値では示せませんが、少なくとも強くないよりは、強い方がずっといいはずです。そしてその強さとは、他人と比較してどうこうという強さではなく、自分にとって「必要なだけ」の強さのことです」と村上春樹は述べています。

さらに「僕は小説を日々書き続けることを通じて、そのことを少しずつ実感し、理解してきました。心はできるだけ強靭《きょうじん》でなくてはならないし、長い期間にわたってその心の強靭さを維持するためには、その容《い》れ物である体力を増強し、管理維持することが不可欠になります」と語っています。

　もちろん、その心の強靭さは、実生活のレベルにおける実際的な強さのことではなく、「小説家」としての強さですが、自分の意識下の重く分厚い暗闇に入って、その「物語」を書くには、当然、継続的な作業を可能にするだけの持続力が必要になります。

　その持続力を身につけるためにはどうすればいいのか……について、村上春樹は「それに対する僕の答えはただひとつ、とてもシンプルなものです——基礎体力を身につけること、逞《たくま》しくしぶといフィジカルな力を獲得すること。自分の身体《からだ》を味方につけること」だと述べているのです。

▼危険な闇の世界を通りぬけ、開かれた世界に戻ってくる

　世間の多くの人びとは、作家は机の前に座って、字を書くぐらいだから、体力なんて関係ないだろう。パソコンのキーボードを叩くだけの力があれば十分ではないかと考えているようですが、それは違うと村上春樹は言うのです。

> 実際に自分でやってみれば、おそらくおわかりになると思うのですが、毎日五時間か六時間、机の上のコンピュータ・スクリーンの前に（もちろん蜜柑《みかん》箱の上の四百字詰原稿用紙の前だって、ちっともかまわないわけですが）一人きりで座って、意識を集中し、物語を立ち上げていくためには、並大抵ではない体力が必要です。

　面白いですね。でも、「基礎体力を身につけること、逞《たくま》しくしぶといフィジカルな力を獲得すること、自分の身体《からだ》を味方につけること」をしておけば、必ず、自分の心の闇の危険な世界を無事にくぐり抜けて、安全に「意識の上部領域」に戻ってくることができるとしたら、その心の闇の世界は、危険でもなんでもなくなってしまいます。つまりこの地点で、村上春樹は論理的な方法を語っているのではないのです。

　自分は「逞《たくま》しくしぶといフィジカルな力を獲得すること」で、なんとか、その危険な闇の世界を通りぬけて、開かれた世界に戻ってきたということを語っているのでしょう。それ以外には、自分のやってきたことで、その危険を通り抜けることができる力は考えられない。でもそのようにしてきたら危険な闇の世界を通り抜けて、開かれた世界に戻ってくることができたということを述べているのです。

　そんな自分の経験から、心の暗闇の中で、危険なものをよく見て、その危険性と十分に闘って、なお「意識の上部領域」に無事に戻ってこられるには「逞《たくま》しくしぶといフィジカルな力を獲得すること」が大切で、自分はずっとそのようにやってきたし、そのことを信じているので、自分はこれからもそのようにやっていくし、もしよかったら、みなさんも、自分なりのスタイルで「基礎体力を身につけること、逞《たくま》しくしぶといフィジカルな力を獲得する」ということをやられたらどうですか……ということを語っている

わけです。

ここに、論理の上からは、ある跳躍があると思います。でも本人の信念、経験からしたらずっと地続きで、ずっと繋がっている確信があるのだと思います。つまりここで村上春樹は論理的には語り得ないことを語っているのです。このことをとても面白いと思いました。

論理的な思考が好きな人には、ここに、ひとつの切断と飛躍を見るでしょう。でも人間の思いや心の働きを受け取る人には、ここに村上春樹の一貫した連続性が感じられると思います。

▼この作品が小説家としての実質的な出発点

村上春樹に『走ることについて語るときに僕の語ること』(二〇〇七年)という長編エッセイがありますが、その本の中に二〇〇五年八月十四日、米国ハワイ州カウアイ島で書いたと思われる「人はどのようにして走る小説家になるか」という章があります。

そこでは『羊をめぐる冒険』(一九八二年)について「この作品が小説家としての実質的な出発点だったと僕自身は考えている」と村上春樹は書いています。「店を経営しながら『風の歌を聴け』や『1973年のピンボール』みたいな感覚的な作品を書き続けていたら、早晩行き詰まって、何も書けなくなっていたかもしれない」と記しています。

そうやって『羊をめぐる冒険』以降、村上春樹は専業小説家となっていくのですが、「専業小説家になったばかりの僕がまず直面した深刻な問題は、体調の維持だった」とあって、「本格的に日々走るようになったのは、『羊をめぐる冒険』を書き上げたあと、少ししてからだと思う。専業小説家としてやっていこうと心を決めたのと前後しているかもしれない」とも加えています。

『羊をめぐる冒険』について「持てる力をありったけ注ぎ込んで書いた。持っていない力まで総動員したような気さえする。『風の歌を聴け』と『1973年のピンボール』よりずっと長く、外郭も大きく、物語性の強い作品だ」と、「物語性」について書いていることも注目されます。つまり村上春樹は『羊をめぐる冒険』で、自分の「物語作家」としての才能を発見したわけです。その後はずっと「物語」を長編では書いてきたのです。だから『羊をめぐる冒険』は「この作品が小説家としての実質的な出発点」なのです。

そして『走ることについて語るときに僕の語ること』で、これらのことを記す章のタイトルが「人はどのようにして走る小説家になるか」と名づけられているのですから、「走ること」と「専業小説家になる」ことは、密接に関係していることはあきらかです。この両者の関係について、さらに詳しく、丁寧に、自分の内なる思いを語っているのが『職業としての小説家』だと、私は思います。

▼僕にしか書けないものを書いていかなくては

『職業としての小説家』には、村上龍さんの長編小説『コインロッカー・ベイビーズ』を読んで「これはすごい」と思い、中上健次さんのいくつかの長編小説を読んで、「深く感心」したが、それらはその作家にしか書けないもので、「僕にしか書けないものを書いていかなくては」ならないと思って、『羊をめぐる冒険』に取りかかったと書かれています。

今ある文体をできるだけ重くすることなく、その「気持ちよさ」を損なうことなく（言い換えればいわゆる「純文学」装置に取り込まれることなく）、小説自体を深く重いものにしていきたい——それが僕の基本的な構想でした。

さらに「そのためには物語という枠組みを積極的に導入しなくてはなりません。僕の場合、それはとてもはっきりしていました。そして物語を中心に据えれば、どうしても長丁場の仕事になってきます。今までのように「本職」の余暇に片手間でできることではありません。ですからこの『羊をめぐる冒険』を書き始める前に、僕はそれまで経営していた店を売却し、いわゆる専業作家になりました」と語っています。そうやって、後戻りできないように、橋を焼いて、『羊をめぐる冒険』を書き出し、それと同時に村上春樹は、走りだしたのです。

つまり、村上春樹にとって、走ることは「物語」を書くことなのです。

▼僕の根っこと、その人の根っこが繋がっている

では、村上春樹は、なぜそれほどまでに「物語」にこだわっているのでしょうか。

いま、我々が生きる世界は、さまざまな矛盾が交錯して、一つの論理や原理で簡単に割り切れるような世界ではありません。いま我々が生きる世界には、「他者」と「自分」を繋ぐものが、何か、強く求められているのですが、それが簡単には見つけられないという状態だと言ってもいいかと思います。そういう世界の状況を前にして、村上春樹の「自分」と「他者」との結びつき方には、独特のものがあります。

村上春樹の場合、他者と結びつく場合、すぐに、横へ横へと手を伸ばしていくという方法をとりません。むしろ逆に自分の心の闇の奥深く、降りていくのです。

それは、心の底まで降りていくと、人々がみな繋がっている世界があるからです。

村上春樹は、自分が物語を書いている時に頭に描く「架空の読者」と、自分との関係について、『職業としての小説家』でこんなふうに語っています。

僕とその人が繋がっているという事実です。どこでどんな具合に繋《つな》がっているのか、細かいことまではわかりません。

でもずっと下の方の、暗いところで僕の根っことその人の根っこが繋がっているという感触があります。それはあまりに深くて暗いところなので、ちょっとそこまで様子を見に行くということもできません。でも「物語」というシステムを通して、僕らはそれが繋がっていると感じ取ることができます。

そのように言うのです。我々は日常生活の中では、見知らぬ者同士として、ただすれ違うだけです。何も知らずに別れていくだけです。おそらく二度と会うこともないでしょう。

しかし実際には我々は地中で、日常生活という硬い表層を突き抜けたところで、「小説的に」繋がっています。僕らは共通の物語を心の深いところに持っています。僕が想定するのは、たぶんそういう読者です。僕はそういう読者に少しでも楽しんで読んでもらいたい、何かを感じてもらいたいと希望しながら、日々小説を書いています。

村上春樹は、そうやって、他者と繋がるために、自分の心の奥深く降りていって、物語を書いているのです。そして、その深く暗いところをよく見て、それを書くためには、逞しいしぶといフィジカルな力が必要で、だから毎日、走っているのです。

村上春樹の小説は、現在、壊れ、混乱し、流動する、この世界の再構築、世界の再生のために書かれていると私は考えていますが、それは地中の、日常生活を突き抜けた心の世界での共通の物語を通して、可能になると村上春樹自身は考えているのでしょう。そしてきっと、村上春樹は、その「物語」の力を信じているのです。

▼アイム・ソーリ、アイム・ソーリ

この『職業としての小説家』は、ちょっと変わった構成となっています。前半部の第一回から第六回までは、柴田元幸さんが責任編集の雑誌「MONKEY」に発表されました。第七回から第十一回までは、それに続く書き下ろしです。この構成は別に変わったものではありません。私が変わっているというのは、最後の第十二回に二〇一三年に京都で行った河合隼雄さんについての講演（雑誌「考える人」二〇一三年夏号に掲載）が、収録されていることです。

その講演は河合隼雄さんとの出会いから、河合隼雄さんの死による突然の別れまでを語っているものですが、でも決して荘重な語り口で話された講演ではありません。そこには河合隼雄さんの駄洒落まで紹介されています。

小渕恵三総理の時代、河合隼雄さんが「21世紀日本の構想」懇談会の座長をしていた時に、閣議に一度だけ出たことがあって、閣僚みんな揃って待っている時に小渕総理が遅刻してきたのだそうです。小渕総理は丁寧に謝りながら入ってきました。

　それを紹介しながら河合隼雄さんは村上春樹に「けど、総理大臣いうものは偉いもんですなあ。僕は感心したんですが、英語で謝りながら入ってきはるんですわ。アイム・ソーリ、アイム・ソーリいうて」と話したそうです（この時、会場は爆笑でした）。

　こういう、村上春樹自身が「実にくだらない」「悪い意味でのおやじギャグ」的と言う河合隼雄さんの駄洒落などが紹介される講演が、この『職業としての小説家』の本の最後になぜ置かれているのでしょうか。

『職業としての小説家』のあとがきには、この本のことを「僕としては、自分が小説家としてどのような道を、どのような思いをもってこれまで歩んできたかを、できるだけ具象的に、実際的に書き留めておきたいと思っただけだ。とはいえもちろん、小説を書き続けるということは、とりもなおさず自己を表現し続けることであるのだから、書くという作業について語り出せば、どうしても自己というものについて語らないわけにはいかない」と書いてあります。

▼河合先生以外にはいなかった

　そんな本の最終回の章に、河合隼雄さんのおやじギャグのような駄洒落などが紹介されているのです。それについて、ちょっとだけ考えて、今回は終わりたいと思います。

　河合隼雄さんと村上春樹との関係は、何を話したかもほとんど覚えていないような、ナンセンスな駄洒落を述べるだけのような会話だったにもかかわらず、「そこにあったいちばん大事なものは、何を話したかよりはむしろ、我々がそこで何かを共有していたという「物理的な実感」だったという気がする」と村上春樹は述べています。

　そして、二人が共有していたものは何かというと、それは「物語」というものだと村上春樹は話しているのです。

「僕がそのような深い共感を抱くことができた相手は、それまで河合先生以外には一人もいなかったし、実を言えば今でも一人もいません」と述べて、先に紹介した「「物語」という言葉は近年よく口にされるようになりました」と村上春樹は「物語」について話していくのです。続けて「しかし僕が「物語」という言葉を使うとき、僕がそこで意味することを、本当に言わんとするところを、そのまま正確なかたちで、総体として受け止めてくれた人は、河合先生以外にはいなかった」と記しているのです。

　この言葉が『職業としての小説家』という自伝的なエッセイの最後に河合隼雄さんについての講演を収録した理由でしょう。その最終回の章のタイトルは「物語のあるところ――河合隼雄先生の思い出」と名づけられています。

　やはり『職業としての小説家』は、村上春樹が「物語作家」としての自分を語った本として、読むのがいいのではないかと、私は考えています。

051

動物・植物・食べ物

『ラオスにいったい何があるというんですか？』2015.11

村上春樹の久しぶりの紀行文集『ラオスにいったい何があるというんですか？』（二〇一五年）が刊行されました。同書のあとがきにもありますが、一九八〇年代から二〇〇〇年代にかけて村上春樹はたくさんの紀行文・あるいは海外滞在記を書いてきました。挙げてみれば、一九八六年秋から三年間のギリシャ・イタリアへの旅行記である『遠い太鼓』（一九九〇年）から始まって、『雨天炎天』（一九九〇年）、『やがて哀しき外国語』（一九九四年）、『うずまき猫のみつけかた』（一九九六年）、『辺境・近境』（一九九八年）、『シドニー！』（二〇〇一年）など、かなり立て続けに紀行文集や海外滞在記を書いていました。

でもある時点から「仕事は抜きにし、頭を空っぽにして、とにかく心安らかに旅行を楽しもうじゃないか」という気持ちになって、紀行文集から離れていったそうです。

それでも、頼まれて旅行記を書く仕事をやっているうちに、次第に原稿も溜まってきて、ようやく一冊の分量になったようです。この本におさめられた紀行文のうち、一番古いのは「チャールズ河畔の小径」で、これは雑誌「太陽」（一九九五年十一月号・臨時増刊）に発表されたもの。最も新しいのは「漱石からくまモンまで」で、これは雑誌「クレア（CREA）」の二〇一五年九月号に掲載されたものです。つまり、ここ二十年間の紀行文を集めたもので、その一番の中心になっているのは、日本航空の機内誌「アゴラ（AGORA）」に書かれたものです。

「アゴラ」は写真中心の雑誌なので、要求される原稿枚数がとても少なく、「これじゃ、いくらなんでも短すぎるよな」と思って、いつもだいたい長いヴァージョンと短いヴァージョンの二種類を書くことにしていたそうです。つまり雑誌には短いヴァージョンを載せ、本にするときのために長いヴァージョンをとっておいたのです。今回、収録されているのは、長いヴァージョンということなのでしょう。このあたり、いかにも用意周到な村上春樹らしい、紀行文集の作りかたですね。

▼「のんびり」を楽しむ

久しぶりの紀行文集『ラオスにいったい何があるというんですか？』を読んで、一番、頻度多く、私に響いてきたのは「のんびり」という言葉です。

例えば、最初の「チャールズ河畔の小径」にも「人々はそこにやってきて、それぞれの流儀で、河をめぐる自分たちの生活を送る。ただのんびり散策したり、犬を散歩させたり、サイクリングしたり、ジョギングしたり」していて、「人々はまるで何かに引きつけられるように、このゆったりと流れる河のほとりに集まって」きます。

そのチャールズ河畔の小径を走る村上春樹も「河の流れを眺めながら、いつもの遊歩道をのんびりと、身体を慰撫《スース》するように走る」と書いているのです。

そして最後の「漱石からくまモンまで」では世界遺産に登録される直前の熊本県北部の炭鉱施設跡「万田坑」を見学に行って、この「万田坑」世界遺産への登録騒ぎについて「すやすや気持ちよく眠っていたのに、急に揺すり起こされた人みたいで、なんとなく気の毒な気さえした。実際に世界遺産になったら、もっともっと激しく揺すり起こされるのだろう。僕ならこのままのんびり寝ていたいなと思うだろうけど、炭鉱の考えることまではわからない」などと書いています。

さらに日奈久《ひなぐ》温泉の「金波楼」という、国の登録文化財になっているこの古い旅館も「床が少し傾いていて、男性用露天風呂が廊下からほとんど丸見えになっているけど、そういう些細なことを気にしなければ、昔風というか、古式豊かというか、わりにのんびりできる温泉旅館」だそうですし、ゆるキャラのトップスター「くまモン」を推進している「熊本県商工観光労働部・観光経済交流局・くまもとブランド推進課」に出向いて、その職場を見たが、「実際には見るからにのんびりした部署だった」そうです。

このように『ラオスにいったい何があるというんですか？』は「のんびり」「のんびり」していて、旅、紀行の文集ゆえに「のんびり」を楽しむ本なのです。

▼動物と植物へのこだわり

その「のんびり」した『ラオスにいったい何があるというんですか？』で、圧倒的に村上春樹らしい文章だなと思ったのは、動物と植物へのこだわりです。

水面は日々微妙に変化し、色や波のかたちや流れの速さを変えていく。そして季節はそれをとりまく植物や動物たちの相を、一段階ずつ確実に変貌させていく。


冒頭の「チャールズ河畔の小径」のチャールズ河畔のなにげない描写へも「植物や動物たち」のことが出てきます。そして、具体的にたくさんの動物のことや植物のことが記されているのです。その例を挙げてみましょう。

日本ではほとんど参加しない「世界作家会議」みたいなものに出席するためにアイスランドを訪問した「緑の苔《こけ》と温泉のあるところ」では、文のタイトルからして「緑の苔《こけ》」という言葉が記されているのですが、アイスランドも他国からの動物の持ち込みを厳しく規制しているため、昔のかたちの動物がたくさん残っているようです。

アイスランドの羊には尻尾がないことが書かれていますし、村上春樹が読んだ本によると、アイスランドでは、羊は家族同様に大事にされているらしく、農夫は自分が飼っている羊たちに一匹一匹名前をつけて、「羊台帳」みたいなものに、たとえば「三四郎（右耳黒、背中に雲形斑点）、圭子（下半身黒、左目に隈取り）……」みたいな記載をして、飼っているそうです。動物好きな国なんですね。

小柄でたてがみがとても長いアイスランドの馬のことも紹介されていて、それは初期植民時代に持ち込まれたまま外の血統が混じっていないので、古代のスカンジナビア馬の面影をそのまま残しているのだそうです。この小柄で、たてがみがとても長いアイスランドの馬は「なんだか昔のグループサウンズの歌手みたいで、前髪をはらっとかきあげながらこっちにやってくるところなんか、色っぽくさえある」とか。

北極海に分布する派手な外見の鳥・パフィンのことも詳しく書いてあります。パフィンは「くちばしがまるで南国の花みたいにやたらカラフルで、足がオレンジ色で、ぜんぜん北方ぽくない。目つきはどことなく阪神（→楽天）の星野監督に似ている」そうです。

星野監督と似ているかどうかに興味のある人は、インターネットで検索でもして、その姿を見て、確かめてください。アイスランドでは、親鳥からはぐれた子パフィンに餌をあげて、町の人たちが熱心に救出する話なども詳しく描かれています。

▼植物の貴重な国で

植物に関しては、アイスランドは、溶岩でできた荒野で、それが深い緑色の苔《こけ》に覆われているのですが、でも「森はまったくといっていいくらい存在しない。アイスランドが貧しかった時代に、人々が暖房用の薪にするために、そこにあった森林を伐採し尽くしたのだ。アイスランドにもともと生えていた樹木の99パーセントまでが人の手によって伐採されたという」。

当時のアイスランド人の生活は生き延びるのがやっとで、植林する余裕もなかったようです。でも、これじゃいけないということで、各地で植林が始められているけれど、南国とは違って樹木の生長は遅いから、今のところ、せいぜい人の背丈ほどの樹木しかないそうです。そのかわりというか、どこのレストランに入ってもテーブルに小さな花が飾ってあるそうです。よく見ると、それがすべて造花なんです。イミテーションですから、なーんだと思ってもいいのですが、「これも慣れるとなかなか悪くないもので、植物の貴重な国で、精一杯自然の美しさを楽しもうとしている人々の気持ちが、じわじわと伝わってくる」と村上春樹は記しています。

動物と植物に対する視線は、村上春樹文学の最大の特徴でもありますが、それは、この『ラオスにいったい何があるというんですか？』の中を貫いています。

この本の表題となった言葉は「大いなるメコン川の畔で」の冒頭で、日本からラオスのルアンプラバンの街に行く直行便はないので、ハノイを中継地点にして、ハノイで村上春樹が一泊した際、ヴェトナムの人に「どうしてまたラオスなんかに行くんですか？」と不審そうな顔で質問され、言外には「ヴェトナムにない、いったい何がラオスにあるというんですか？」というニュアンスが読み取れたからです。

▼食べ物を差し出している小さなお猿の像

訪れたラオスのルアンプラバンはメコン川沿いにある、人口二万余りの街。一般的に「仏都」と呼ばれているところで、数え切れないほどたくさんの大小の寺院がひしめいているところ。

ラオスの人々は何かがあると寺院に彫像を奉納するようです。お金持ちは大きな立派な像を奉納するし、そうじゃない人たちは小さな素朴な像を奉納するのです。

寺院の薄暗い伽藍《がらん》に無数に並んだ古びた仏像や、羅漢像や、高名な僧侶の像や、その他わけのわからない様々なフィギュアの中から、自分が個人的に気に入ったものを見つけ出すのは、ずいぶん興味深い作業だった。ざっと見て通り過ぎれば、ただ「いっぱい仏像があるもんだな」で終わってしまうところだが、暇にまかせて、目をこらしてひとつひとつこまめに眺めていくと、個々の彫像にはそれぞれの表情があり、たたずまいがあることがわかる。（……）

時折、まるで自分のためにこしらえられたような、心惹かれる像に巡り会うことがある。なぜか懐かしさに似たものを感じることとさえある。そういう像に巡り会うと、「おお、こんなところにおまえはいたのか」とつい声をかけたくなってしまう。

と村上春樹は書いています。そんな村上春樹がことのほか気に入って、何度もその小さなお寺に足を運んで、いろんな角度から、そのかたちを眺めたという像があります。

それは、その街の横町にあるとても小さなお寺にあるお猿の像です。そのお寺に、高僧にバナナみたいなものを恭しく差し出している小さなお猿の像があったのです。

お猿が差し出しているものはバナナじゃなかったかもしれないと村上春樹は書いていますが、まあ、とにかく何かジャングルでとれる食べものをお猿が差し出しているのです。

なかなか愛嬌のある可愛い猿だったので、村上春樹は地元の人に「これはどういう話なんですか？」と尋ねてみたそうです。

その人の話によれば、この高僧は密林の中で厳しい断食の修行をして、その甲斐あって、あともう少しで悟りを開いて、聖人の域に達するところでした。でも猿がこの姿を見て、「こんなお偉いお坊様がおなかをすかせて気の毒に」といたく同情し、バナナ（か何か）を持って行って、「お坊様、これを召し上がってください」と差し出した、ということでした。

もちろん高僧は礼を言って、その申し出を丁重に断った。断食が何を意味するかなんて、猿には理解できないのだ（僕にももうひとつよく理解できないけど）。しかしけなげな猿ですね。それでそのお坊さんはちゃんと聖人になれたのか？　そこまで聞かなかったので、僕にはわかりません。

と村上春樹は書いています。

▼「おお、こんなところにおまえはいたのか」

「猿」は村上春樹のデビュー作『風の歌を聴け』（一九七九年）にも出てくる動物です。「猿の檻のある公園」というものが『風の歌を聴け』に出てきて、「僕」は友人の「鼠」が運転する黒塗りのフィアット６００に乗っているのですが、二人は泥酔していて、その公園の垣根を時速80キロのスピードの自動車で突き破り、突然眠りから叩き起こされた猿たちはひどく腹を立てたりします。

「まるで自分のためにこしらえられたような、心惹かれる像に巡り会うことがある。なぜか懐かしさに似たものを感じることさえある。そういう像に巡り会うと、「おお、こんなところにおまえはいたのか」とつい声をかけたくなってしまう」と村上春樹が書いている像が、そのお猿の像のことだとすれば、当然、デビュー作で書いた猿たちのことも頭の中をよぎっていたでしょう。

そのお寺で、村上春樹がいろんな角度から猿の姿かたちを眺めていると、いつも、二、三匹の大きな犬たちがあてもなくごろごろと昼寝をしていたそうです。犬にもたっぷり時間があるようで、ここにも「のんびり」があります。

僕の会ったこの街の人々は誰しもにこやかで、物腰も穏やかで、声も小さく、信仰深く、托鉢する僧に進んで食物を寄進する。動物を大事にし、街中ではたくさんの犬や猫たちがのんびりと自由に寛《くつろ》いでいる。（……）

街角には美しいブーゲンビリアの花が、ピンク色の豊かな滝のように咲きこぼれている。

しかし一歩街の外に出れば、そこには泥のように濁った水が雄々しく流れるメコン川があり、夜の闇の中に響くラディカルな土着の音楽がある。黒い猿たちが密林を渉猟《しょうりょう》し、川の中には僕らが見たこともない不思議な魚が（おそらく）うようよと潜んでいる。

そのように記してありますので、村上春樹が、動物と植物と自然に、限りない愛着を抱いていることはよくわかります。そういえば、本の最後に出てくる、「くまモン」も〝動物〟ですね。

▼それらを「食べて」生きている人間

でも今回、この『ラオスにいったい何があるというんですか?』の表題エッセイとも言える「大いなるメコン川の畔で」の断食をする高僧へバナナ（か何か）を差し出す猿の像についての文章に接して、この紀行文集が別の形で、自分の中に迫ってきました。

それは「食べる」という行為についてです。

人は動物と植物をどれだけ愛しても、それらを食べて生きているわけです。そのことに対する村上春樹の思いのようなものが迫ってきたのです。

アイスランドでは、家族同様に羊を大事にして、飼っている羊たちに一匹一匹名前をつけて、「羊台帳」みたいなものをつけている農夫がいるという本を村上春樹が読んだところも、よく見てみると、「アイスランドでは羊は家族同様に大事にされているらしい。もちろん最後には食べられてしまうんだけど、生きているあいだは、ということです」と記してあります。村上春樹は羊肉を食べませんが、「うちの奥さんは羊肉が好きでよく食べるのだけど、アイスランドの羊は「ちょっとクセがある」ということだった」とか。

さらに親鳥からはぐれた子パフィンに餌をあげて、町の人たちが熱心に救出する話なども紹介しましたが、同時にパフィンは長いあいだ島民たちにとって、貴重な食料源としての役割も果たしてきたことが書いてあって、地元の人々はパフィンを丸焼きのかたちで食べるみたいです。でも観光客向けのレストランでは、丸ごとそのままではやはり刺激が強いので、かたちがわからないように料理するようです。

僕は鳥を食べないので、かわりにうちの奥さんが「本日のパフィン・ディッシュ」を食べた。チキンなんかに比べると、けっこう味に野趣というか、クセがあるということだ。味の感じは雀なんかに似ているかもしれない。だから料理には濃厚なソースが使われている。「とくにもう一回食べたいとは思わないけどな」とうちの奥さんは言っておりました。

そんなふうに書かれています。この本には、ヴェトナム料理とタイ料理のちょうど中間あたりで、日本人の口にけっこうあうのではないかというラオス料理の話も出てくるし、「おいしいものが食べたい」という章では、アメリカの東西の海岸にある同名の都市、西のオレゴン州ポートランドと東のメーン州ポートランドを訪ねて、タイトル通り、おいしいものを食べ歩く話が書かれています。

村上春樹の動物、植物への思いとともに、それらを「食べて」生きている人間というものを考えながら読むと、ふと私の心の中に納まるものがありました。

▼たくさんの水を日常的に目にすることの意味

そんな思いで、再読した部分があるので、そのことを最後に紹介して終わりたいと思います。

最初の「チャールズ河畔の小径」でチャールズ河畔に「人々はまるで何かに引きつけられるように、このゆったりと流れる河のほとりに集まってくる」ことを紹介しましたが、それに続いて村上春樹はこんなことを書いています。ちょっと長いですが、そこを引用してみます。

> 僕は思うのだけれど、たくさんの水を日常的に目にするというのは、人間にとってあるいは大事な意味を持つ行為なのではないだろうか。まあ「人間にとって」というのはいささかオーヴァーかもしれないが、でも少なくとも僕にとってはかなり大事なことであるような気がする。僕はしばらくのあいだ水を見ないでいると、自分が何かをちょっとずつ失い続けているような気持ちになってくる。それは音楽の大好きな人が、何かの事情で長いあいだ音楽から遠ざけられているときに感じる気持ちと、多少似ているかもしれない。あるいはそれには、僕が海岸のすぐ近くで生まれて育ったということもいくらか関係しているのかもしれない。

デビュー作『風の歌を聴け』で「鼠」が運転するフィアット600が「猿の檻のある公園」の垣根を突き破って、猿たちがひどく腹を立てた後、「僕」と「鼠」は自動販売機で缶ビールを半ダースばかり買って、海まで歩いていきます。砂浜に寝ころんでビールを全部飲んで、そして海を眺めます。素晴らしく良い天気で、「俺のことは鼠って呼んでくれ」と「鼠」が「僕」に言います。そういう意味で、「鼠」と「僕」の出会いの場面ですね。

「鼠」と「僕」はビールの空缶を全部海に向って放り投げてしまうと、堤防にもたれ頭からダッフル・コートをかぶって一時間ばかり眠ります。すると「目覚めた時、一種異様なばかりの生命力が僕の体中にみなぎっていた。不思議な気分だった」と村上春樹は書いています。「100キロだって走れる」と「僕」が「鼠」に言うと、「俺もさ」と鼠は言うのです。そんな生命力をみなぎらせるエネルギー、再生の力が、村上春樹の「海」にはあります。

チャールズ河畔で、村上春樹が思う「たくさんの水」にも、同じような生命力をみなぎらせるエネルギー、再生の力があるのではないでしょうか。

たくさんの水は、自然再生へのエネルギーです。

▼物語の源泉からの水

『ノルウェイの森』（一九八七年）は当初は「雨の中の庭」というタイトルで書き始められたそうですし、『海辺のカフカ』（二〇〇二年）では、物語の最後、「僕」は新幹線で帰るのですが、名古屋を過ぎたあたりから雨が降り始めます。

「僕」は車窓の雨粒を見ているうちに、目を閉じて身体の力を抜き、こわばった筋肉を緩めると、「ほとんどなんの予告もなく、涙が一筋流れる」のです。この雨と涙も「たくさんの水」でしょう。

『1Q84』(二〇〇九、一〇年)では、雷鳴の中での「天吾」と「ふかえり」との交わりの場面、さらに「青豆」が「リーダー」と対決して「リーダー」を殺害する場面で、洪水のような「水」が出てきて、「青豆」が「天吾」との子を身ごもるという展開となっていきました。ここにも「たくさんの水」と「青豆」と「天吾」の「再生」のイメージがあります。

そして、たくさんの水、川、海は「魚」に象徴される食料の源でもあります。村上春樹の変わらぬ物語の源泉からの水が、この紀行文集の中も流れているように感じました。

052 物語の動き、文章の動きを大切に

川上未映子によるロングインタビュー

2015. 12

この秋に発売された柴田元幸さん責任編集の雑誌「MONKEY」第7巻に『職業としての小説家』(二〇一五年)の発売記念の村上春樹インタビュー「優れたパーカッショニストは、一番大事な音を叩かない」が掲載されています。その聞き手となった作家・川上未映子さんのインタビューぶりが素晴らしくて、いやぁ、これはいいインタビューだなぁと感心いたしました。村上春樹の答えぶりもいいですが、このインタビューでは川上未映子さんの質問の切り込み方が素敵だと思いました。

私も村上春樹へ何度もインタビューをしていますが、本書では単行本や雑誌に掲載されたもの以外は、自分の聞いたものでも村上春樹の言葉は、一切、記さないで、みんなが読める小説やエッセイなどを取り上げて、それに対する自分の読みに頼って書いています。そのほうがフェアですし、自分が行ったインタビューですと、客観性が担保されないので、このようなスタイルを通しています。

▼流れに乗りながら、深い質問をする

記者ですので、インタビューはたくさんしておりますが、

インタビューというものは、たとえ長時間かけたとしても、基本的には一発勝負みたいな面があって、話の流れのようなものをできるだけ早くつかんで、その流れの動きに乗って、質問をし、相手の答えを引き出して、さらに追加の問いを重ねていくことが大切です。

新しい問いや追加の問いが、全体の流れを止めてはいけないし、でも問いの深度が浅いと、インタビューを読む側に充足感が生まれませんので、あまり安全運転のインタビューは面白くなりません。インタビューの流れに乗ることと、深度のある質問をところどころに挟んでいって、かつ流れを止めないということの、この辺の呼吸がとても難しいのです。ひどい場合は最後まで話に流れが生まれず、楽しくないものになってしまうのです。それでもやり直しが普通はできませんから、結構、インタビューは難しいものです。

今回の川上未映子さんによるものは、村上春樹へのロングインタビューとして、屈指のものでしょう。距離感はしっかり維持されているのに、内側近くに接近して聞いていて、しかも最後までインタビューの流れを止めていません。なかなかできることではないと思いました。あとは、その「MONKEY」の川上未映子さんによる村上春樹インタビューを読んでくださいということで、今回は充分なのですが、それではあんまりでしょうから、私が面白いなぁと感じたところを、このインタビューから紹介したいと思います。

▼阪神大震災後の二回の朗読会に参加

川上さんは、一九九五年に阪神大震災の後、神戸と芦屋で開かれた村上春樹の二回の朗読会に両方とも参加しています。まだ十九歳で書店員として働いていた時代で、店に朗読会のチラシがあって、「これ本当かなあ、ウソの情報かもと思いながら電話をしたら、取れたんです」と話しています。

その時、村上春樹が「朗読をします」と言って、「めくらやなぎと眠る女」を朗読したそうです。「あの短編はもともと八十枚ぐらいの長さがあるんですよね」という川上さんの質問に、「そうなんです。あれ、けっこう長いんだよね。あとで後悔したんだ」と村上春樹は語っています。でも一回目は村上春樹は、それを全部読みました。

「聴衆であるわたしたちの方はもう、村上さんの登場から、一言も聞き漏らすまいと全員がフルの態勢でいっているので、朗読の時にはもうみんな力尽きちゃって。だんだんみんな意識が朦朧《もうろう》として、一人脱落、二人脱落みたいになってしまったんです（笑）」と川上さんが語り、さらに「そしたら、その翌日の朗読会で、村上さんは「昨日は、朗読が長過ぎたので、ダイエットしてきました」っておっしゃって、一晩であの短編をすっかり作りかえていらしたんですよ」と証言。さらに「普通だったら、違うテキストに替えるとか、ほかに選択もあるかと思うんですが（……）」と話しています。

長い版の「めくらやなぎと眠る女」は「文学界」一九八三年十二月号掲載で『螢・納屋を焼く・その他の短編』（一九八四年）に収録されていますし、村上春樹が一晩でダイエットした短い版のほうの「めくらやなぎと、眠る女」は「文学界」一九九五年十一月号掲載で、『レキシントンの幽霊』（一九九六年）に収録されています。短い版で実際に雑誌掲載されたものと、二日目の朗読会で読まれたものが同じであるかは、私は知りませんが、ともかくショートバージョンの「めくらやなぎと、眠る女」の誕生の経過が、リアルにわかる話です。

インタビューの冒頭近くで「朗読の時にはもうみんな力尽きちゃって。だんだんみんな意識が朦朧《もうろう》として、一人脱落、二人脱落みたいになってしまったんです（笑）」と笑いながら質問できる川上さんは、よほどの村上春樹ファンなのでしょう。そうでないと、こういう話をインタビューの立ち上がりのところで入れられないと思います。でもこの「意識が朦朧《もうろう》として、一人脱落、二人脱落みたいになってしまったんです（笑）」という言葉が話の全体のトーンを決めていて、とても楽しいインタビューの開幕となっています。

▼比喩は意味性を浮き彫りにするための落差

村上春樹と言えば、独特の比喩が知られていて、読者たちもその比喩のユーモアセンスなどを楽しんでいます。川上さんも「村上作品の特徴の一つとして、比喩《ひゆ》の巧みさがあると思う」が、それは「自然に出てくるんですか？」と質問、村上春樹が「出てくる。昔、ある評論家が、きっと村上春樹はノートにいっぱい比喩を書きためているはずだ、って言ってたけど、そんなことはない（笑）。そんなノートはありません」と答えています。

さらに「ぱっと出てくるんですか。その時に必要なものが」と質問、村上春樹が「出てきます。必要に応じて、向こうからやってくるみたいな感じで」と答えると、「うらやましい」と、同じ作家らしい反応を川上さんがしています。

川上未映子インタビュアーの素晴らしいところは、ここで比喩の話が終わらないことです。さらに「比喩もやっぱり言葉の組み合わせだから、違うものと違うものの距離じゃないですか。アクロバティックなものでしょう。驚きがないと比喩にならないし、ピタッとはまらないと駄目でしょう」と、比喩の成り立ちについて、質問を進めています。

それに対して村上春樹は「うん。なんといっても距離感が大事ですね。お互いにくっつきすぎても駄目だし、離れすぎても駄目だし。そういう風に論理的に考え出すとむずかしい。非論理的になるのがいちばんんです」と答えている。

作家としてか、川上さんは、一つひとつの言葉を出すだけでも難しいのに、ぱっと出てくるのは、その組み合わせが（村上春樹の中の）キャビネットに入っているような感じなんでしょう？　と聞いていますが、村上春樹は「入ってると思う。僕はわりに簡単に非論理的になれるから」と答えています。それに対して「それは、本当にうらやましいです（笑）」（川上）という楽しそうな応答をへて、村上春樹が比喩について、レイモンド・チャンドラーから学んだということを引き出しています。

「チャンドラーから学んだのは、比喩の構造についてということですか？」と川上さんが質問すると、村上春樹は以下のように答えているのです。

> 比喩っていうのは、意味性を浮き彫りにするための落差であると。だからその落差のあるべき幅を、自分の中で感覚的にいったん設定しちゃえば、ここにこれがあってここから落差を逆算していって、だいたいこのへんだなあっていうのが、目分量でわかります。逆算するのがコツなんです。ここですとんとうまく落差を与えておけば、読者ははっとして目が覚めるだろうと。読者を眠らせるわけにはいきませんから。そろそろ読者の目を覚まさせようと思ったら、そこに適当な比喩を持ってくるわけ。文章にはそういうサプライズが必要なんです。

この先にも比喩をめぐる応答がありますが、こういうふうに川上さんは笑いに満ちたインタビューの流れをつくりながら、質問の内容にこだわって、村上春樹の文章の比喩の構造までの答えを得ています。

▼三人称を獲得して失ってしまったものは？

村上春樹が一人称「僕」から出発して、次第に人称を広げて、『1Q84』（二〇〇九、一〇年）で完全三人称の長編となったことはよく知られることですが、この人称の変化について、「三人称を獲得したことによって、失われてしまったものってありますか」という質問も、ナックルボールのような問い方で、意外な角度から人称の変化に迫るもので、驚きました。

それに答えて、村上春樹はより丁寧に、人称変化について語っています。長編では『海辺のカフカ』（二〇〇二年）のカフカ君の章が「僕」で、ナカタさんと星野青年の章が三人称ですが、「その後の『1Q84』みたいに、更に話が込み入ってくると、そういう折衷的なスタイルではとても追っ付かないんですよね。きっかり三人称じゃないとまかないきれない。そういう純粋にテクニカルな理由があります」と答えています。

このような人称の広がりについては、何度か、村上春樹が発言しているかと思うのですが、その答えの前に、小説家としての内的な感覚を語っています。つまりこうです。

> 四十代の半ばくらいまでは、例えば「僕」という一人称

で主人公を書いていても、年齢の乖離《かいり》はほとんどなかった。でもだんだん、作者の方が五十代、六十代になってくると、小説の中の三十代の「僕」とは、微妙に離れてくるんですよね。自然な一体感が失われていくというか、やっぱりそれは避けがたいことだと思う。

他の人が感じなくても、自分では「ちょっと違うな」と思う。そのずれが気になってくる。若い人を語る時には、三人称じゃないと語りづらくなってくるんですよね。

そんなことを村上春樹は語っています。こういう答えを引き出しているのは、人称に関する問いが「三人称を獲得したことによって、失ってしまったものってありますか」という、意外な方向からのものだったからではないでしょうか。

このコラムで、読者とのメール応答集『村上さんのところ』にあるたくさんの率直な村上春樹の言葉を紹介した際、「人称というのは僕にとってはかなり大事な問題で、いつもそのことを意識しています。僕の場合、一人称から三人称へという長期的な流れははっきりしているんだけど、そろそろまた一人称に戻ってみようかなということを考えています。一人称の新しい可能性を試してみるというか。もちろんどうなるかはわかりませんが」という村上春樹の気になる発言を紹介しました。

それと同じような発言で、村上春樹は小説家としての内側の問題を絡めて、川上さんの人称をめぐる質問に答えています。

「だからあなたの質問に戻ると、三人称に移ったことで失われたものというのは、昔は自然だったけど、もう自然ではなくなってしまった、ある種の状況ですね。そういうものに対する懐《なつ》かしさというのはある」「だんだん三人称に移っていかざるを得ないというのは、物語が進化して、複合化・重層化していくことの宿命みたいなものです。ただ僕自身は、正直言って、そのうちに一人称小説をまた書いてみよう、書きたいと思っています。そろそろ新しい一人称の可能性みたいなものを試してみたいですね」と答えています。

これは、次作か、その次の作品かはわかりませんが、そう遠くない日に、村上春樹の新しい一人称小説を読むことができるということかもしれません。

▼死に摑まえられてしまった人

また、川上さんは村上春樹の読者についても考察しながら質問しています。

「日本でも海外でも、ある小説が大きな話題になる場合、だいたいその作品の名前だけが、特化されて流通するというか、一つのコンテンツとして受け入れられることが多いですよね。でも、村上さんに限っては、村上春樹のどの作品がというわけじゃなくて、村上さんの書くもの全体が、一つの大きなものとして受け取られている気がするんですよ。平たく言えば、それは「読者がつく」ってことになっちゃうんだけれども」「村上作品をめぐる読者は「内的な読書」というニュアンスが強いと思うんです。面白い何かを外に取りに行くっていう感じじゃなくて、そこに行けば大事な場所に戻ることができる、みたいな感じでしょうか。そこでは内的な感覚がすごく強い。わたしはそこに、村上さんの物語と自己の関係というのがすごく強く作用していると思っていて……」と、村上作品の読者たちについて、考察しています。確かに川上さんが言うように、村上春樹好きの読者たちは、村上春樹の書くもの全体を、一つの大きなものとして受け入れている感じがありますね。

このインタビューのタイトルは「優れたパーカッショニストは、一番大事な音を叩かない」というものです。

これは短編集『女のいない男たち』の中の「独立器官」という作品をめぐる応答のところで出てきます。そのやりとりを紹介する前に簡単に「独立器官」について紹介しておきましょう。それは美容整形外科医の「渡会」をめぐる話で、彼は五十二歳のいままで結婚することなく、同じ職業の父親から引き継いだクリニックを六本木で経営していて、いつも二、三人の気楽なガールフレンドがいるような人です。彼女たちとの時間の調整も優秀な男性秘書がやってくれていて、何の苦労もない技巧的な生活をしていたのですが、ある日、本当の恋をしてしまい、その恋煩いが原因で拒食症のようなものにかかり、ミイラのようになって死んでしまうという小説です。

川上さんは、この小説に村上春樹の作品世界によく出てくる「壁抜け」のようなものを感じたといいます。つまり「あの作品は基本的にリアリズムで書かれ、進んでいく物語です。ここに村上さん独自の「壁抜け」の要素を感じたのは、現代の医学の常識で見れば、普通、あの形ではおよそ死なないだろうというところで、渡海《とかい》医師がああいう死に方をしてしまうことです。あそこで、あの形で死なせるっていうのは、作者として、ちょっと立ち止まったりしませんか。書いている作品がリアリズムのタッチで進んでいる時に、「この死に方には無理がないだろうか？」と慎重になってしまうというか、そういうことは特になかったのでしょうか？」と質問しています。

これに対して、村上春樹は「特にあの小説で、そういう戸惑いを感じたということはなかったですね。あの渡会という人は、死そのものに魅入られたというか、死に摑まえられてしまった人だということです。もう逃れられないもの、一種の宿命であると」「そういうものにリアリズムも何もない。摑まれたらおしまいだから」などと答えています。

▼いちばん言いたいことは言葉にしてはいけない

さらに、川上さんは「しかし多くの場合、そこで足が止まっちゃうことが多いと思うんです。リアリズムで書いている場合は特に。こういうリアリズム・ベースで進められる小説で、村上さんのように「壁抜け」をすることは、なかなかできないだろうと思うんですよね。やっぱり、なんて言うのかしら……」「リアリティにたいする恐れというか……。死にしっぽを掴まれた男を書こうとする時に、たぶんもっと、誰に突っ込まれてもまずくならないように、医学的に確実に死なすというか、そういうことを気にしてしまう」と述べています。

村上春樹は「でもそうすると、話がつまらない」「リズムが死んじゃうんだよね。僕がいつも言うことだけど、優れたパーカッショニストは、一番大事な音を叩《たた》かない。それはすごく大事なことです」と答えています。

このインタビューでは、村上春樹はそれ以上の説明をしていませんが、これだけですと、少しタイトルの意味がわかりにくいかもしれませんね。

本書の読者のために少しだけ加えておきますと、作家の松家仁之さんが雑誌「考える人」の編集長時代、最後の仕事として行った「村上春樹ロングインタビュー」（「考える人」二〇一〇年夏号）の中で「会話でいちばん大事なことは、じつは言い残すことなんです。いちばん言いたいことは言葉にしてはいけない。そこでとまってしまうから。会話というのはステートメントではないんです。優れたパーカッショニストはいちばん大事な音を叩かない。それと同じことです」と村上春樹は語っています。

川上さんのインタビューに対しては、「でも、どうしてもああいう話は、いちいち説明されるとつまんなくなっちゃうんだよね」とも加えています。つまり論理的に説明されると、論理で物事が収まってしまい、話を前にキックしていく力がなくなって、物語の動きが止まってしまい、話がつまらなくなってしまうということなのでしょう。

紹介したように、この川上さんのインタビューでは、比喩についてレイモンド・チャンドラーに学んだことの中で「読者を眠らせるわけにはいきませんから。そろそろ読者の目を覚まさせようと思ったら、そこに適当な比喩を持ってくるわけ。文章にはそういうサプライズが必要なんです」と村上春樹は述べていました。つまり村上春樹は物語の動き、文章の動きというものをとても大切にしているということなのでしょう。

▼ある程度直接的なことをもっと言うべきだと思う

また村上春樹作品の特徴として言われる「デタッチメント」（関わりのなさ）と「コミットメント」（関わること）についても、川上さんは「村上さんがデビュー当時、デタッチメントを選ぶ、ということを表明したのは、実際にはとても能動的な行為であり、政治的なことだったわけですよね」「村上さんが、デタッチメントの姿勢をとることが、当時ではある意味、より深いコミットメントになるような選択だったわけですよね」という認識を示しています。

さらに川上さんは「でもわたしたちが今、身を置いているデタッチメントの姿勢は、村上さんのようなリスクをとろうとしない、ただリスクを回避するだけの「浅いデタッチメント」ではないかと。もちろんこういう問題は、最終的にはみんなそれぞれ好きに選択すればいいと思うけど、これからの小説家、今二十代から四十代にかけての作家たちは、社会とどういうふうに関係を取り結んでゆくべきだろうかと……」と自問しながら、村上春樹に問いかけています。

そんな今の状況に対して、村上春樹は「個人として社会的メッセージを発信するのは、簡単なことじゃないです。それをどういうふうにすればいいのか、模索《もさく》してはいるんだけど。ただ、小説家だから社会的発言をしなくてもいい、というものでもない」「じゃあどういった方法をとればいいのかを、模索しているところです。メッセージがいちばんうまく届くような言葉の選び方、場所の作り方を見つけていきたいというのが、今の率直な僕の気持ちです」「ある程度直接的なことをもっと言うべきだと思う。そろそろそれをするべき時期が来ていると思う。考えていることはあるんだけど、少し時間はかかるかもしれない」と述べています。

これはかなりの発言ですね。川上さんも「今日は、村上さんのその言葉を聞けただけでも……」と応えています。

▼バー『麦頭』は、何なんですか？（笑）

川上さんの質問は、真摯、かつフランクで、村上春樹作品に対する愛着も、読み込みも深く、それに答える村上春樹も丁寧かつ率直です。このために、長いインタビューにも生き生きとした流れが生まれています。こんなに（笑）の多い村上春樹へのインタビューも珍しいです。

「カキフライ」の文学論も出てきますし、中上健次さんと村上春樹が対談した後、中上さんから、一緒に飲みに行こうと言われた話もあります。『1Q84』で「青豆」という変わった女主人公の名前について、その名づけのエピソードはしばしば語られてきていますが、川上さんは同作に出てくる「バー『麦頭』の方は？　あれ、何なんですか？（笑）私、この名前がすごく好きで」と質問しています。

私も「麦頭」のことはずっと気になっています。質問が、ちゃんと川上さんの内側から出てきていて、実に爽やかで、楽しく、深い、ロングインタビューです。村上春樹ファン、村上主義者の方々は読まれたらいいと思います。

＊その後、このインタビューは『みみずくは黄昏に飛びたつ　川上未映子 訊く／村上春樹 語る』（二〇一七年）の中に収録されています。

2016

3月	［翻訳］カーソン・マッカラーズ『結婚式のメンバー』（新潮文庫）刊行
4月	雑誌「クレア」の公式サイトで、熊本地震の被災地を支援し、募金を呼びかけるメッセージを発表
9月	ヤクルト・スワローズのHPに、村上春樹さんメッセージ「第4回　東京音頭と猫の尻尾」が掲載される
10月	神奈川近代文学館で「安岡章太郎展——〈私〉から〈歴史〉へ」の図録に「「サクブンを書くのだって」 安岡章太郎さんのこと」を寄稿
	「ハンス・クリスチャン・アンデルセン文学賞」を受賞
12月	［翻訳］レイモンド・チャンドラー『プレイバック』（早川書房）刊行

053 「28」と「キョウチクトウ」

多様な読みの視点

2016.1

雑誌「MONKEY」第7巻に掲載された村上春樹へのインタビューで、インタビュアーとなった作家・川上未映子さんの質問ぶり、その運びや展開の素晴らしさを、前回、紹介しました。

そのインタビューは一九九五年の阪神大震災後、神戸と芦屋で開かれた村上春樹の二回の朗読会に、まだ十九歳だった川上未映子さんが両方とも参加していた話から始まっています。

まず一日目に村上春樹が約八十枚の「めくらやなぎと眠る女」をすべて朗読したのですが、でも長過ぎたせいか、聴衆のほうはだんだん意識が朦朧《もうろう》としてくるような状態だったようです。しかしその翌日の朗読会では、村上春樹は「昨日は、朗読が長過ぎたので、ダイエットしてきました」と言って、一晩で短い版に作りかえてきたのだそうです。

そうやって、長い版の「めくらやなぎと眠る女」(「文學界」一九八三年十二月号)から、一晩で短い版の「めくらやなぎと、眠る女」(「文學界」一九九五年十一月号)が誕生しました。雑誌に掲載された短い版と二日目に読まれた朗読版がまったく同じものだったのかはわかりませんが、短い版の「めくらやなぎと、眠る女」が生まれた経過がよくわかる話です。このことを紹介しながら、思い出したことがありますので、今回はそのことを書きたいと思います。

▼「四」へのこだわりぶり

二〇一五年、私が講師というか、助言者の役目となって、村上春樹のいくつかの短編を読むというワークショップ(読書会のようなものです)を「かわさき市民アカデミー」というところで行いました。その際、「めくらやなぎと眠る女」の長い版と短い版を読みました。

私は村上春樹作品の中に出て来る数字の意味、特に「四」という数字に特別な興味を持っていて、この「四」は「死」を表す数字、異界、あの世、霊魂の世界を表す数なのではないかと思っています。そして、この「四」に関連した数字が、長い版の「めくらやなぎと眠る女」や短い版の「めくらやなぎと、眠る女」にもたくさん出てくるのです。

その紹介に入る前に、村上春樹作品の「四」へのこだわりぶりを簡単に紹介しておきましょう。

例えば『ノルウェイの森』(一九八七年)には「直子」と「緑」という対照的な女性が登場しますが、その直子のほうは京都の奥にあるサナトリウムの森で首を吊って死んでしまいます。そして直子の死後、サナトリウムで直子と同室だった「レイコさん」という女性が、直子からの遺言でもらった、直子の服を着て、「棺桶みたいな電車」であ る新幹線に乗って、東京の「僕」のところにやってきます。

死んだ「直子」の服を着て「棺桶みたいな電車」に乗って、「僕」に会いにくる、直子と同じ体型のレイコさんとは、つまり直子の幽霊ですが、「僕」はそのレイコさんとセックスを「四回」しています。『ノルウェイの森』には、次のように書かれています。

「我々は四回交った。四回の性交のあとで、レイコさんは僕の腕の中で目を閉じて深いため息をつき、体を何度か小さく震わせていた」とあるのです。

「四回」が二回、強調するように記されているのですが、この「四回」は、私には「死回」「死界」と読めるのです。そして「レイコさん」とは「レイコン」、直子の「霊魂」のことではないかと思っています。

これだけでは、小山鉄郎という人間の考えすぎ、思い込みだろうという人も多いかと思うのですが、さらに例えば『ねじまき鳥クロニクル』(一九九四、九五年)の第3部に出てくる、日中戦争中、満州国軍士官学校の中国人たちが、日本系の指導教官を殺して、士官学校野球部のユニフォーム姿で逃げようとしたところを捕まり、日本兵によって殺されていく場面をみますと、おびただしい「四」と「死」が書かれているのです。

まず捕縛された中国人が「四」人で、その場で射殺されたのが「四」人。さらに捕縛された「四」人を殺して埋めるために掘られた穴は直径「四」メートル。自らその穴を掘る中国人は「四」人。その間、日本人の兵隊たちは「四」人ずつ交代で休憩をとっていますし、最後に殺される中国人の野球のユニフォームの背番号は「4」で、さらに彼は「四」番バッターです。これらのことが数ページの間に記されているのです。

このように「四」は村上春樹にとって、「死」や「死者の世界」と関係した数字であり、心の奥深いところにある「異界」と関係した数字です。つまり「四」は、村上作品の「霊数」「聖数(聖なる数)」の基礎数なのだと、私は考えています。

▼料金「二百八十円」

そこで長い版の「めくらやなぎと眠る女」や短い版の「めくらやなぎと、眠る女」に出てくる「四」に関連した数字について紹介しましょう。まず注目される数は「28」です。

この両作には、久しぶりに帰郷した「僕」が、右の耳が悪い十歳以上年下のいとこが病院へ行くのに付き添っていき、そのバスの往路でのことや、かつて友だちと一緒に病院入院中の友だちのガール・フレンドを見舞いに行った日のことなどが書かれています。

短い版では、削られた部分や、表現の場所が移動した部分などもありますので、長い版の「めくらやなぎと眠る女」のほうでまず紹介してみましょう。
いとこの病院に付き添って行くのは初夏五月のことですが、乗っていく路線バスは僕が高校に通っていた頃に利用していたバスで、そのルート番号が「28」です。これは「4」の七倍の数ですね。この「28」が偶然、記された数字でないことは、二人のバス料金が一人・一四〇円（4×35円）で、計「二百八十円」であると記されていることからも明らかだと思います。しかも、この「28」系統のバスと二人分の料金「二百八十円」のことは、物語の最後の場面で反復されています。

これだけですと、またまた妄想かと思われますが、「小学校に入った頃《ころ》、耳にボールをぶっつけられて、それ以来耳が聴こえなくなってしまった」といういとこは、原因不明の難聴治療のために「この八年間」医師をわたり歩いています。これも「四」の倍数ですね。

そして病院に着いて、いとこが診療室に入っていくと、「僕」は病院の食堂に行って食事をとります。そこで、僕は「八年も前」の夏に、友だちと二人で海岸沿いにある古い病院にお見舞いに行ったことを思い出します。友だちのガール・フレンドがそこの病院で胸の手術をして入院していたのです。

そのことを思い出す場面の前、いとこと行った病院の食堂で、「僕」はパンケーキとコーヒーを注文するのですが、その時、僕の他には家族が一組いるだけです。

それは「四十代半ばと見える父親が入院患者で、母親と二人の小さな女の子が見舞客」です。「僕」が、コーヒーを飲み終わって、目を閉じ大きく一度息をして、しばらくして目を開けた時、「四人づれの親子の姿」はないとありますし、それに続いて「八年も前」に友だちのガール・フレンドのお見舞いに行ったことを「僕」は思い出すように書かれています。これらはみな「四」に関係する場面です。

バスの「28」という系統番号が出てくる場所については、長い版と短い版では少しの異同がありますが、でも両作とも「28」が出てくる回数は「四」回で、共通しています。その「28」系統の帰りのバスを「僕」といとこが待つ際、「僕」が時計を見ると、「あと四分あった」と書かれています。

このように「めくらやなぎと眠る女」「めくらやなぎと、眠る女」は「四」や「四」の倍数にこだわった作品なのです。

▼バスは循環路線なのだから

ここでまず、長い版の「めくらやなぎと眠る女」について考えてみたいのですが、この小説の冒頭近く、「28」系統のバスの中には、たくさんの老人たちが乗っています。年齢は六十代から七十代半ばあたり。各自ビニールのショルダー・バッグのようなものを持っていたり、小さなリュックを持っています。どうやらこれから山に登るようです。でも「僕」の記憶では、このバスの路線は登山コースらるのです。

しきものを一切通っていません。「バスは山の斜面をのぼり、延々とつづく住宅街を抜け、僕の高校の前を通り、病院の前を過ぎ、山の上をぐるりとまわって下に降りてくる。どこにもいかない。バスの到達するいちばん標高の高い地点には団地が建っていて、そこがいきどまりなのだ」とあります。そして、この「バスは循環路線なのだから、ぐるり一周してもとの場所に戻ってくるだけの話」と書いてあるのです。

彼らがいったいどのような種類の団体に属しているのか、僕にはまったく見当がつかなかった。ハイキングかピクニックのクラブなのかもしれないが、それにしては一人ひとりの老人の雰囲気《ふんいき》があまりにも似通いすぎていた。

こんなふうに老人たちのことが記されているのです。短い版のほうでは、老人のバスの乗客のことは大幅にカットされているのですが、最初の長い版のほうには、この老人たちのことが繰り返し、かなり長く記されているので、同短編の中で、いったいどんなことを意味しているのか、非常に気になる場面が続いています。

もちろん「僕」もバスを支配している奇妙な空気の原因に気づきます。「僕といとこをのぞけば一人の例外もなく、まるで貸切りバスみたいに、バスの乗客の全員が老人なのだ。彼らはみんなバッグをかかえ、胸に青いリボンをつけていた」のですから。

その直後の文章に「老人たちは全部で四十人近くはいただろう」とありますので、「四」または「四」の倍数は、村上春樹にとって、「死」や「死者の世界」と関係した数字であると考えている私としては、この老人たちも、この世の人たちではなく、死者、あるいは霊魂的な存在、冥界に繋がるような人たちなのだろうと思っていました。

▼国道28号線

でも同じテキストを多くの人間と一緒に読む機会というものは、なかなかいいもので、正直、私がまったく考えもしなかったことが提出されるのです。私が参加したワークショップで世話人役を務めていたIさんが、こんな意見を述べました。Iさんは、村上春樹作品の「四」または「四」の倍数については、私と同じ思いを抱いて読んだようです。

その結果、「28」というのは「国道28号線のことではないか」とIさんは言うのです。その「国道28号線」は兵庫県神戸市を起点に、淡路島を経由して徳島県徳島市に至る一般国道です。そして徳島は「四国」お遍路の出発点です。そこから高知県、愛媛県、香川県の計八十八カ所霊場の寺院をまわる巡礼が四国遍路です。確かに、バスに乗っている老人たちが四国巡礼の人たちだとすれば、「28」系統のバスは、ぐるっと一周する循環路線であることもわかります。「四国」をぐるっと一周するのが四国巡礼ですから。

前に本書で「村上春樹の四国学」ということを書いたこともありますが、亡くなった高知県出身の作家、坂東眞砂子さんに四国遍路のことを題材にした『死国』という作品があり、映画化もされました。つまり「四国」とは、まさに死者の国「死国」のことで、そのような冥界の「四国」(死国)をめぐって、死者たちとの心の出会いを通して、成長し、再び生の世界に帰ってくるというのが、村上作品の一貫したテーマです。

「28」は「四国」への国道であると考えると、金剛杖、菅笠、白衣といった統一的なファッションで巡礼することからも、バスの一人ひとりの老人の雰囲気があまりにも似通いすぎていることも理解できますし、ハイキングかピクニックのクラブのような雰囲気であることもわかります。「まるで貸切りバスみたいに、バスの乗客の全員が老人なのだ」という言葉も理解できます。また、どこか死者の感覚を漂わせている人たちであることも受け取ることができるのです。

さらにIさんが指摘するように、もし「28」が「国道28号線」を思い描いて、記されていたとすると、阪神大震災の震央である淡路島を通過するルートでもありますので、阪神大震災の後、朗読で、この「めくらやなぎと眠る女」を村上春樹が読みたいと思ったということも、わかるような気がしてくるのです。

▼広島の花

そのワークショップ(読書会)での発言には、ほかにも驚くような指摘がありました。受講者のWさんが、作中の植物について、自分の考えを述べられました。これもたいへんな問題提起でした。

まず「めくらやなぎ」の「やなぎ」とは、何かという問いです。作中の「めくらやなぎ」はつつじくらいの大きさの木で、花は厚い葉にしっかりと包みこまれていて、葉は緑で、とかげの尻尾がいっぱい寄りあつまったような形です。葉が細いということをのぞけば、めくらやなぎはちっとも柳らしくなかったと「めくらやなぎと眠る女」にはあります。

Wさんは、昔、中国では旅立つ人に「柳」を折って、送る習慣があったので、この「めくらやなぎ」は架空の木ですが、「やなぎ」の一種なのだろうから、「僕」と、友だちのガール・フレンドと、友だちとの間に「別離」の感覚があることを述べました。

そして、その指摘以上に驚いたのは、キョウチクトウに関するWさんの考えです。キョウチクトウは街路樹にも使われる植物ですが、一方で強い毒のある植物としても知られています。「僕」はいとこの耳の治療を病院の食堂で待っていましたが、「八年も前」に「僕」の友だちのガール・フレンドを見舞った病院にも食堂がありました。「そこの窓からはキョウチクトウしか見えなかった。古い病院で、いつも雨の降っているような匂《にお》いがしていた」と食堂からの風景が書かれています。

「僕」は、友だちとそのガール・フレンドの「二人が話しているあいだ、窓の外に並べて植えられたキョウチクトウを眺めていた。それはとても大きなキョウチクトウで、まるでちょっとした林のように見える」など、キョウチクトウのことが繰り返し書かれています。このキョウチクトウは何を示しているのかということをめぐるWさんの考えです。

そして、キョウチクトウは「広島の花」であることをWさんは指摘したのです。広島に原爆が投下された後、七十年間、広島では草木は生えないであろうと言われましたが、被爆した広島の地にキョウチクトウがいち早く咲き、復興のシンボルとして、キョウチクトウが「広島の花」に指定されたことを述べ、この作品の中のキョウチクトウと広島、原爆との関係はないのかという考えを提出したのです。

そして、このキョウチクトウを広島の原爆と関係した樹木と考えていくと、なんでこんなふうに喩えるのだろう、またなんでこんなものを着ているのだろうと思っていたことと、広島への原爆投下のことが響き合ってくるのです。

▼翼をもぎとられた大型爆撃機

例えば、あの老人たちが乗った「28」系統のバスは「運転席の窓ガラスがいやに大きく、まるで翼をもぎとられた大型爆撃機みたいに見える」と書かれています。

言葉は少しだけ異なりますが、ほぼ同じ比喩として、短い「めくらやなぎと、眠る女」にも削られずに残されているので、きっと村上春樹にとって重要な表現なのでしょう。

でも〈運転席の窓ガラスがいやに大きい〉ことが、なぜ〈まるで翼をもぎとられた大型爆撃機みたいに見える〉のでしょう。かなり飛躍のある表現ですよね。

「僕」が友だちと、そのガール・フレンドのお見舞いに行ったのは、夏の暑い盛りのことですが、Wさんは「28」を夏の関係から、これを「2日、8月」と読んで「8月2日」のことではないかと考えました。

一九四五（昭和二十）年八月二日。グアム島の米軍航空軍司令部から、テニアン島のエノラ・ゲイ号に、八月六日の広島市街地を第一の攻撃目標とする原爆投下の命令が発令されます。そのことから、この作品に広島への原爆投下との関係を考えてみる必要もあることを述べたのです。確かに、エノラ・ゲイ号による広島への原爆投下を置いてみると「まるで翼をもぎとられた大型爆撃機みたいに見える」という言葉も無理なく受け取れるような気がしてくるのです。

また病院に入院中の友だちのガール・フレンドは「青いパジャマ」を着ていて、胸には「JC」というイニシャルが入っていました。「それでJCっていったい何だろうと僕は思った。JCで思いつくものといえばJUNIOR COLLEGEかJESUS CHRISTか、そんなところだ。でも結局、JCというのはブランドの名前だった」と記してあります。この部分は明らかに村上春樹が「JC」の意味を考えてくださいと、謎を仕掛けているところですね。そこで、私なりの考え（妄想）を記しておこうと思います。

これは「青年会議所（JUNIOR CHAMBER）」の「JC」ではないかと今は考えています。Wさんが指摘した広島への原爆投下とのことを考えると、広島青年会議所があるビルの歴史と関係しているのではないかと思うのです。

広島県商工経済会のビルは爆心地から二六〇メートルの至近距離にありました。同ビルでは、原爆投下の日、同商工経済会の職員「28人」が亡くなりましたが、鉄筋コンクリート造りの同ビルは強烈な爆風にも耐え、外郭だけは残りました。

爆心地の直下にあったが壊れずに残ったこのビルには高い展望塔があり、その塔の上から焼け野原となった広島の市内が一望できました。戦後は一九六四年に解体されるまで、広島商工会議所として使われています。現在の広島青年会議所（JC）は同じ地域に建った新しい広島商工会議所のビルの中にあります。

キョウチクトウが、七十年間、草木は生えないであろうと言われた被爆地・広島にいち早く咲いた花として、この「めくらやなぎと眠る女」の中にあるとしたら、入院中の友だちのガール・フレンドの「青いパジャマ」にある「JC」というイニシャルは、爆心地のほぼ真下にありながら、建物として残り、戦後も広島商工会議所として使用された、そのビルとの関係を示しているのではないかと、私は考えています。青年会議所（JC）自体は戦後のものなのですが、広島JCがあるビルの歴史と関係しているのではないかと思っているのです。

▼八月の激しい日差しの下に

さて、短い版の「めくらやなぎと、眠る女」の冒頭には〈めくらやなぎのためのイントロダクション〉というものがついていて、この作品が「あとになって『ノルウェイの森』という長編小説にまとまっていく系統のものです」とあります。『ノルウェイの森』のもとになった短編としては「螢」が有名ですが、「めくらやなぎと眠る女」「めくらやなぎと、眠る女」も『ノルウェイの森』に繋がる作品だと村上春樹が書いているのです。

それは、こんな場面です。『ノルウェイの森』で「僕」が京都のサナトリウム・阿美寮に行って、死んだキズキの話を直子とする場面が上巻の終わりのほうにあります。

「胸の手術したときのことね」と直子が言い、さらに「よく覚えているわよ。あなたとキズキ君がバイクに乗って来てくれたのよね。ぐしゃぐしゃに溶けたチョコレートを持って」と彼女は話しています。

短い版の「めくらやなぎと、眠る女」では、十日間ほど入院している友だちのガール・フレンドを見舞うために「僕らはヤマハの125ccのバイクに相乗りして病院に行った」とあります。友だちはチョコレートの箱を買っていくのですが、病院で、友だちのガール・フレンドが嬉しそうに箱のふたを開けると、チョコレートは見る影もなく溶けていてしまっていました。

僕と友だちは病院までの途中、海岸にバイクをとめていて、八月の激しい日差しの下に出したままだったのです。「その菓子は、僕らの不注意と傲慢さによって損なわれ、かたちを崩し、失われていった。僕らはそのことについて何かを感じなくてはならなかったはずだ。誰でもいい、誰かが少しでも意味のあることを言わなくてはならなかったはずだ」と村上春樹は書いています。

そのガール・フレンドは、その後、たぶん心を病んで亡くなっていると思いますが、その理由に「僕らの不注意と傲慢さによって」彼女が亡くなっているということがあるのでしょう。阪神大震災の被災地での、また自分が育った地での朗読会です。「不注意と傲慢さによって損なわれ、かたちを崩し、失われて」いってはいけないという思いが、込められた、チョコレートのエピソードなのでしょう。

そして、バイクで一緒に行った友だちについては「めくらやなぎと、眠る女」には「その友だちは少しあとで死んでしまった」と記されていますし、長い版のほうには「八年前のことだ。その友だちはもう死んでしまって、今はいない」と書かれています。

『ノルウェイの森』では、キズキは車の中で自死したという設定ですし、キズキのガール・フレンドだった直子も、結局、森の中で縊死してしまいます。

長い版の「めくらやなぎと眠る女」のほうは、一九八七年の『ノルウェイの森』刊行前の作品ですから、胸の手術をしたガール・フレンドは死の雰囲気は漂わせてはいますが、でもまだ生の側にいるような感覚があります。でも『ノルウェイの森』の後に改編された短い版の「めくらやなぎと、眠る女」を読むと、友だちのガール・フレンドは、どうしても『ノルウェイの森』の直子と重なってきて、死者の感覚が濃厚にあるのです。

また、長い版では、友だちのガール・フレンドが「青いパジャマ」を着ていて、バスの乗客の老人たちも「胸に青いリボンをつけて」います。村上春樹作品の「青」は「歴史」を意味する場合が多いと思われるのですが、この場合の「青」は歴史の死者を示す色でしょうか。老人たちは、戦争の死者のことかもしれませんね。バスのルートが「28」であること、広島県商工経済会の職員「28人」が原爆で亡くなったこととの関係も気になっています。

短い版のほうでは、友だちのガール・フレンドに「死の感覚」が濃厚にあるためか、バスの老人たちの青いリボンのことや友だちのガール・フレンドの「青いパジャマ」の「JC」のイニシャルのことなどは省略されています。

▼ボーイング747とB-29

さて『ノルウェイの森』に繋がる作品だと、村上春樹が書いている「めくらやなぎと眠る女」が、キョウチクトウのことから、広島の原爆に繋がった作品ではないのか……という問題意識で読んでいくと、「１００パーセントの恋愛小説」というキャッチコピーのつけられた『ノルウェイの森』も、少し違った感覚で、迫ってくるのです。

その『ノルウェイの森』の冒頭は有名ですが、「僕」がボーイング７４７のシートに座っている場面から始まっています。「その巨大な飛行機はぶ厚い雨雲をくぐり抜けて降下し、ハンブルク空港に着陸しようとしているところだった。十一月の冷ややかな雨が大地を暗く染め、雨合羽を着た整備工たちや、のっぺりとした空港ビルの上に立った旗や、ＢＭＷの広告板やそんな何もかもをフランドル派の陰うつな絵の背景のように見せていた」とあります。そして「やれやれ、またドイツか、と僕は思った」のです。

この「僕」が乗るボーイングは、広島に原爆を投下した大型爆撃機、Ｂ-29、エノラ・ゲイ号を製造した会社です。つまりWさんのキョウチクトウや八月二日のエノラ・ゲイ号への広島原爆投下命令や「翼をもぎとられた大型爆撃機みたい」な「28」系統のバスのことなどが、想起される書き出しでもあるのです。

『ノルウェイの森』の「僕」を乗せたボーイング７４７が着陸したハンブルクは、第二次大戦中、「ハンブルクの戦い」と呼ばれる空襲を受けた都市で、当時の航空戦史上もっとも甚大な被害を出した空襲だと言われています。そのハンブルクの爆撃は英国首相のウィンストン・チャーチルが立案したもので、連合国側のハンブルクへの連続的な大空襲は、英国政府が後に、これを「ドイツのヒロシマ」と呼んだほどの爆撃だったのです。

そのような戦争のことまで、どこかに村上春樹は考えて、『ノルウェイの森』を書いているかもしれません。「翼をもぎとられた大型爆撃機みたい」に見えるバスが登場し、キョウチクトウのことが繰り返し記される「めくらやなぎと眠る女」や「めくらやなぎと、眠る女」には、どこかに広島への原爆投下のことが意識されているのかもしれませんし、それらの作品は「あとになって『ノルウェイの森』という長編小説にまとまっていく系統のものです」と村上春樹自身が書いているのですから。

▼なぜその地名なのか

もちろん、これは私を含めた読者たちの独自の読みにすぎないのかもしれませんが、多くの人たちと、いろいろな読みを述べ合うことは、とても楽しい経験です。

「パン屋再襲撃」(「マリ・クレール」一九八五年八月号)を読んだ時にも、ワークショップに参加していたTさんが地名に関する興味深い指摘をしてくれました。最後に少しだけそれを紹介して、今回は終わりにしたいと思います。

「パン屋再襲撃」の主人公である若い夫婦は、再びパン屋を襲撃するために、東京の街を、パン屋を求めて彷徨っています。そこには「僕は夜中のすいた道路を代々木から新宿へ、そして四谷、赤坂、青山、広尾、六本木、代官山、渋谷へと車を進めた」と記されています。「パン屋襲撃」（「早稲田文学」一九八一年十月号）のほうのパン屋店主は、ワーグナー好きの共産党員でした。ですから、まず最初に「代々木」あたりを襲撃の対象として彷徨っているのは、「代々木」が共産党の別名でもあるからでしょう。これは、たぶん間違いないかと思います。ですから、次の「新宿」以降の地名も何らかの意味を持って、村上春樹が記しているということなのだと思うのです。

そしてTさんは、「新宿」は新宿騒乱の地、「赤坂」はアメリカ大使館のあるところ、「青山」は学生運動の激しかった青山学院大学の神学部、「六本木」は自衛隊の地……などと、それらの土地のことを考えたようです。最後に軽佻浮薄の地・渋谷で、アメリカ発の資本主義の象徴のような深夜営業のマクドナルドを襲撃して、マクドナルドのシンボル的なハンバーガー、ビッグマック三十個を強奪することに、主人公たち若い夫婦は成功する、とTさんは述べました。

Tさんが考えた文章は、襲撃対象の地名が列挙されているだけの、たった一、二行なのですが、そこを「なぜその地名なのか」と考えてみると（妄想してみると）本当に面白いなあと感心しました。このコラムの読者のみなさんにも、それらの地名に対して、自分はこう思うということがあると思います。私もTさんと違う考えの部分もありますが、でもただ簡単に列挙されていると思えるような地名について〈それはどうして、この作品の中に挙げられているのか〉ということを考えてみるというTさんの読み方と、その指摘に、強く動かされるものがあったのです。

そんなことを考えながら、村上春樹の小説というものを、多くの人たちと読むと、いろいろな読み方が可能で、楽しいですよ。

054 象徴的な「五」という数

四つに折った五千円札

2016.2

村上春樹の長編は反リアリズム小説がメインのものです。わかりやすい例を挙げれば、『1Q84』(二〇〇九、一〇年)は月が二つ出ている世界を「青豆」「天吾」たちの物語が進んでいく小説です。ですからリアリズムの手法で書かれた『ノルウェイの森』(一九八七年)と『色彩を持たない多崎つくると、彼の巡礼の年』(二〇一三年)は、村上春樹の数少ないスタイルの長編だといえます。

その『色彩を持たない多崎つくると、彼の巡礼の年』が刊行された年の五月に京都で、村上春樹の公開インタビュー「魂を観る、魂を書く」が開かれたのですが、この時に、その『ノルウェイの森』と『色彩を持たない多崎つくると、彼の巡礼の年』の両作を、なぜリアリズムで書いたのか、またそれらの二作品のリアリズムの違いについて、村上春樹が語っていました。まずそのことを紹介したいと思います。

『ノルウェイの森』まで、村上春樹は、リアリズムで小説を書かないできましたが、〈ここでリアリズム小説を書かないと、もう一つ上の段階にいけないと思った〉ということを話しました。『ノルウェイの森』を、それまでとは違うリアリズムの手法で書いたので、前作『世界の終りとハードボイルド・ワンダーランド』(一九八五年)に比べて、少し力が弱い作品のように言う人もいるかもしれないのだが、〈自分にとっては実験的なこととして、このリアリズム小説があった。あれがなければ『ねじまき鳥クロニクル』に行けなかった〉と村上春樹は話しました。

そして『色彩を持たない多崎つくると、彼の巡礼の年』も、前作『1Q84』に比べると、リアリズム小説ゆえに力が弱いように感じられる人もいるかと思うけれど、これも実験的な小説で〈自分の小説の中にある「非現実」と「現実」が分かれているものを、全部、「現実」の上に移し替えてみたらどうなるだろうと思って書いたリアリズム小説である〉ことを述べたのです。同作は〈頭の中の「非現実」と「現実」が、別々に動いている小説で、その「非現実」と「現実」が、読者の中で、最後に一緒になってほしいと思っている小説です〉ということも語っていました。つまり、両リアリズム小説とも、村上春樹自身にとっては、実験的な精神に富む小説だったということです。

▼五人というユニットが大きな意味を

そして、このように『色彩を持たない多崎つくると、彼の巡礼の年』について、村上春樹は語った後、ふと次のような言葉をもらしたのです。

〈この作品では五人というユニットが大きな意味をもって

いる〉ということ。さらに〈「五」という数字は非常に象徴的なものではないかと思う〉ということを述べたのです。

　前回は、数字の「四」（または「四」の倍数）に、村上春樹は特別な思いを寄せて、小説を書いているのではないかということを紹介しました。それを書いている時にも〈「五」という数字は非常に象徴的なものではないか〉という京都での村上春樹の言葉がずっと気になっていました。

　そこで、今回の「村上春樹を読む」では村上作品の中の数字の「五」の意味するところについて考えてみたいと思います。


大学二年生の七月から、翌年の一月にかけて、多崎《たざき》つくるはほとんど死ぬことだけを考えて生きていた。その間に二十歳の誕生日を迎えたが、その刻み目はとくに何の意味も持たなかった。それらの日々、自らの命を絶つことは彼にとって、何より自然で筋の通ったことに思えた。


『色彩を持たない多崎つくると、彼の巡礼の年』は、そのような「死」をめぐる文章で書き出されています。なぜ主人公・多崎つくるは「二十歳の誕生日」を迎える頃に「死ぬことだけを考えて」いたのか。それを紹介しましょう。

　同作は高校時代の仲良し五人組の話です。彼らは名古屋市の郊外にある公立高校で同じクラスの五人組でした。赤《あか》松慶《まつけい》、青海悦夫《おうみよしお》、白根柚木《しらねゆずき》、黒埜恵理《くろのえり》の四人と主人公の多崎つくるの、男三人、女二人の五人です。

　その五人組はとても仲がよくて「乱れなく調和する共同体みたいなもの」「正五角形が長さの等しい五辺によって成立している」ような関係でした。

　五人の中で、多崎つくる以外は、全員が色を含む名字で、それぞれアカ、アオ、シロ、クロと呼ばれているのですが、多崎つくるだけが「色と無縁」の「つくる」の名で呼ばれていて、「最初から微妙な疎外感」を感じています。

　つまり「いつも自分を、色彩とか個性に欠けた空っぽな人間みたいに感じて」いたりするのですが、一方で「自分がひとつの不可欠なピースとしてその五角形に組み込まれていることを、嬉しく、また誇らしく」思っていたりもしたのです。

　多崎つくる以外の四人は、名古屋の大学に進学。多崎つくるだけが、東京の工科大学に進学します。彼は子供の頃から、鉄道の駅が好きで、駅をつくるために東京の工科大学に進んだのです。

　そして、故郷を離れて東京の大学に進学した多崎つくるが、大学二年の時、二十歳になる頃に、突然、親友だった四人から絶交されてしまうのです。「我々はみんなもうお前とは顔を合わせたくないし、口をききたくもない」と告げられて、多崎つくるは深く傷つき、その後を「自分が死んでいることにまだ気づいていない死者として生きた」のです。

でもつくるは、その絶交の理由を知ろうとはしないまま、その後の人生を生きてきました。

それから十六年後、三十六歳になった多崎つくるが、二歳年上の恋人・沙羅に「そろそろ乗り越えてもいい時期に来ているんじゃないかしら」と言われて、絶交の理由を知るために、かつての親友たちをたずね歩く巡礼の旅に出るという物語です。

▼二十歳、三十六歳、十六年前

村上春樹作品で、「五」にこだわっている小説は？　という質問をすれば、いまなら、おそらく、百人中九十九人が、この仲良し五人組の『色彩を持たない多崎つくると、彼の巡礼の年』を挙げると思います。その作品について、村上春樹は〈「五」という数字は非常に象徴的なものではないか〉と述べているのです。

これを私なりの読みで、考えてみたいのですが、まず「五」について考える前に、村上春樹作品の中で、死や幽霊、あの世、冥界、霊界、異界を表しているのではないかと、私が考えている「四」や「四」の倍数の数字について、『色彩を持たない多崎つくると、彼の巡礼の年』の中で、どのようにあるのかということを少し考えてみましょう。

その「四」についても、この作品には数多く記されているのです。

紹介したように、多崎つくるが、自分以外の「四人」から突然絶交されてしまうのが「二十歳」になる前、ぐらいの時です。そして、多崎つくるの巡礼の旅が始まるのが「三十六歳」ですし、それは「十六年前」に起きた絶交事件の真相を知るための旅です。この「十六年前」ということも、作品の中に繰り返し、何度も記されています。

「二十」「三十六」「十六」は、すべて「四」の倍数です。特に「十六」は「四」掛ける「四」という数で、私の考えで言えば、「死」と「死」が掛け合わされた数です。より霊的な存在、異界に関係した数字で、例えば『ダンス・ダンス・ダンス』（一九八八年）では「羊男」が住んでいるのも「ドルフィン・ホテル」の「十六階」の真っ暗な闇の「死者の世界」「霊魂の世界」です。「四」（死）×「四」（死）＝「十六」だから、「羊男」は「ドルフィン・ホテル」の「十六階」にいるのだろうと私は考えています。

ですから「十六年前」（「四」（死）年×「四」（死）年という過去）に起きた絶交事件の真相をたずね歩く、多崎つくるの巡礼の旅は、自分の心の深い闇をたずね歩く旅でもあるのではないかと思うのです。

そして巡礼の旅をする多崎つくるの「三十六歳」は、「四」（死）の「九」倍の年。この「九」は「苦」ということでしょうか。ちょっと考えすぎですかね。でもそうとも言えないほど、村上春樹という作家は数字に対するこだわりが深いのです。

▼「四」(死)を一つ超えて生の側に

さてさて、それなら村上春樹作品の中の「五」は何を指しているのでしょうか。

いまの私の考えをまず最初に記してしまえば、それは「四」(死)を一つ超えて、生の側に抜け出てきた数ではないかと思っています。

そんな、単純な数合わせ、数による記号的、計算的な小説の読みは、いかがなものか……という疑問が、聞こえてきそうです。確かに、そんな疑問がわいてくるのも無理ないかもしれません。

ですから、「五」は「四」(死)を一つ超えて、生の側に抜け出てきた数という私の考えのもとになっていることを紹介しながら、もう少しだけ『色彩を持たない多崎つくると、彼の巡礼の年』の中の「五」について考えてみたいと思います。

京都での公開インタビューで、村上春樹はリアリズムの手法で書かれた二つの長編『ノルウェイの森』と『色彩を持たない多崎つくると、彼の巡礼の年』について話しました。ここでは『ノルウェイの森』に出てくる、ちょっと変わった「五」について紹介しながら、村上春樹にとって、象徴的な数字である「五」について考えてみましょう。

『ノルウェイの森』に、森の中で首を吊って死んでしまう直子という女性が出てきますが、同作の第十一章に、直子が死に、八月の末にひっそりとした直子の葬儀が終ってしまうと、「僕」が家を留守にして、アルバイトも休み、新宿駅から列車に乗って一人旅に出る場面があります。「僕」はあちこちを転々と放浪していくのですが、ある時、山陰の海岸にいます。鳥取か兵庫の北海岸のあたりです。

「僕」は海岸に沿って歩くのは楽でした。砂浜のどこかには必ず気持ちよく眠れる場所があったし、流木をあつめてたき火をして、魚屋で買ってきた干魚をあぶって食べたりすることもできたのです。そこで「僕」はウイスキーを飲み、波の音に耳を澄ませながら、直子のことを思うのです。

「思いださないわけにはいかなかったのだ。僕の中には直子の思い出があまりにも数多くつまっていたし、それらの思い出はほんの少しの隙間をもこじあけて次から次へと外にとびだそうとしていたからだ。僕にはそれらの奔出を押しとどめることはとてもできなかった」と村上春樹は書いています。これは直子の「死の世界」「霊魂の世界」を旅する「僕」の場面ですね。

すると、ある風の強い夕方、「僕」が廃船の陰で寝袋にくるまって涙を流していると若い漁師がやってきます。彼は煙草をすすめてくれたりします。「どうして泣いているのか」と訊く彼に、「僕」は「母が死んだからだ」と嘘をつきます。「十六」で母親をなくしたという、その漁師は家から一升瓶とグラスを二つ持ってきてくれて、二人でコップ酒を飲んだりするのです。

「ここで待ってろよ」と言って立ち去った若い漁師は「寿

司折をふたつと新しい一升瓶を持って」帰ってきて、「これ食えよ」と言いました。下の方の弁当は「海苔巻きと稲荷だから」明日のぶんにしろよと言うのです。

それから二人で酒を飲み、若い漁師は「自分の家に来て泊れ」と「僕」に言うのですが、「僕」は「ここで一人で寝ている方がいい」と言うと、若い漁師は、それ以上は誘わず、「別れ際にポケットから四つに折った五千円札を出して僕のシャツのポケットにつっこみ、これで何か栄養のあるものでも食え、あんたひどい顔してるから」と言うのです。

〈「五」という数字は非常に象徴的なものではないか〉という村上春樹の言葉に関連して、私が考えてみたい「五」は、この「四つに折った五千円札」のことです。

僕は「もう十分よくしてもらったし、これ以上金までもらうわけにはいかない」と断りますが、彼は金を受け取ろうとはしません。「これは金じゃなくて俺の気持だ」と若い漁師は言います。そして「僕」は、仕方なく礼を言って、それを受け取るのです。

つまり、この「四つに折った五千円札」は「金じゃなくて俺の気持」なのです。ここに「村上春樹の気持」が込められているような気がしてなりません。

▼どれほどひどいことをしてしまったか

「漁師が行ってしまったあとで、僕は高校三年のときに初めて寝たガール・フレンドのことをふと考えた」と村上春樹は書いています。「自分が彼女に対してどれほどひどいことをしてしまったかを思って、どうしようもなく冷えびえとした気持になった」とありますし、「彼女はとても優しい女の子だった。でもその当時の僕はそんな優しさをごくあたり前のものだと思って、殆んど振りかえりもしなかった。彼女は今何をしているんだろうか、そして僕を許してくれているのだろうか、と僕は思った」とあるのです。

村上春樹の小説は、いつも人間の成長を描いていますが、この時、主人公「僕」(ワタナベ・トオル)は、死者である直子との対話を通して、成長しているのです。

そうやって成長した「僕」は、ひどく気分が悪くなり、廃船のわきに嘔吐をしてしまいます。「飲みすぎた酒のせいで頭が痛み、漁師に嘘をついて金までもらったことで嫌な気持になった」からです。

そして、そろそろ「東京」に戻ってもいい頃だなと「僕」は思うのです。直子との対話の旅が「死の世界」「霊魂の世界」だとすれば、「東京」は「生の世界」「現実の世界」です。「僕」は寝袋を入れたリュックをかついで「国鉄の駅まで歩き、今から東京に帰りたいのだがどうすればいいだろうと駅員に訊いてみた」のです。

この時の『ノルウェイの森』の時代設定は一九七〇年の秋ですが、「国鉄」が民営化されて、各JRが誕生するのは『ノルウェイの森』が刊行された一九八七年のことです。

それもあって、ここに「国鉄の駅」と、わざわざ書いてあるのかな……とも思います。

ちなみに『色彩を持たない多崎つくると、彼の巡礼の年』の多崎つくるは鉄道の駅舎をつくることが仕事で、村上春樹ファンに「鉄道ファン」を新たに加えたとも言われました。でも村上作品には「冥界」と「現実」を往還する乗り物として「新幹線」がときどき登場したりするので、鉄道というものに対して村上春樹は昔から意識的な作家だったと思います。『ノルウェイの森』の「僕」もこの時、駅員から「夜行をうまくのりつげば朝には大阪に着けるし、そこから新幹線で東京に行ける」と教えられています。「僕」は駅員に礼を言って、漁師の「男からもらった五千円札で東京までの切符」を買っています。列車を待つ間に新聞を買って日付を見ると「一九七〇年十月二日」で、ちょうど一カ月旅行を続けていたことを知るのです。そして「なんとか現実の世界に戻らなくちゃな、と僕は思った」のです。

▼「現実」へ帰る切符と交換されて

ながなが「僕」の一カ月間の「冥界」への旅について紹介してきましたが、その「冥界」から帰還する「僕」は、漁師からもらった「四つに折った五千円札」で「現実」世界に帰ってくるのです。「四つ」に折った「四」の数字が偶然記されたものではないことは、「僕」が、若い漁師に「母が死んだから」泣いていると嘘をつくと、漁師が「俺は十六で母親をなくした」と話していることからも明らかだと思います。紹介したように「四」(死)と「四」(死)を掛け合わせた数が「十六」で、漁師は深い心の大切な冥界の中での話をしているのです。そんな漁師に嘘をついて、気分が悪くなり、「僕」は嘔吐しているのです。

「四つに折った五千円札」は四つに折られたままで切符を買うことはないでしょう。「四つ」に折られた「五千円札」は、当然開かれて、「現実」へ帰る切符と交換されているのです。つまり「五千円札」の「五」とは、「四」+「一」の数で、「四」(死)の世界を通過して成長し「現実」に戻ってくる「数」として、『ノルウェイの森』の中では書かれているのだと思います。「死」(四)を含みながら、自分を「現実」の中に生きさせている数が「五」ではないかと、私は思うのです。

そこで、もう一つのリアリズム小説である『色彩を持たない多崎つくると、彼の巡礼の年』の「正五角形が長さの等しい五辺」のような「五人」について考えてみたいと思います。〈「五」という数字は非常に象徴的なものではないか〉と村上春樹が語ったことです。

それは、多崎つくるが、親友だった「四人」から突然、絶交されて、死(四)の淵までいって、でもそのまま理由を探らずに生きてきた世界から「三十六」歳の時に、かつての親友たちを「十六」年ぶりにたずね歩き、「二十」歳の時に遭った絶交の真相と向き合い、そこから自分が本当に生きる力を得て、「現実世界」に戻ってくる数として、この「五」があるのではないかと、私は思うのです。それまでの死んだような「四」の世界を抜け出してくる「五」ではないかと思うのです。

▼なぜ電話に出ないのか

『色彩を持たない多崎つくると、彼の巡礼の年』は最後にちょっと難しい場面が出てきます。それをどう受け取るかということが、この小説のポイントの一つだと思います。それはこんなことです。

フィンランドから帰国すると、沙羅から電話がかかってきます。沙羅が他の男性と付き合っているのではないかと不安になった多崎つくるが、沙羅にその話をすると、沙羅は三日待ってくれればちゃんと話すと言います。

でもその夜、奇妙な夢を見て、目が覚めた多崎つくるは沙羅のところに電話をします。時間は「午前四時」ごろです。コール音が「十二」回あって、電話に出た沙羅に、多崎つくるが、三日しか待てないと言うと、沙羅は「工期はきちんと守るから。水曜日の夕方に会いましょう」と言うのです。

会う前日の夜も多崎つくるは沙羅に電話をするのですが、沙羅が電話口に出る前に切ってしまいます。その後、沙羅からと思われる電話が、二回かかってくるのですが、多崎つくるは電話に出ません。このあたりの多崎つくるの行動がわかりづらいですね。自分から沙羅に電話をして途中でやめ、その返事と思われる電話が二回もかかってきたのですから。

なぜ電話に出ないのか。これは電話に出て、現実の沙羅と話して、孤独が解消されて、結ばれてはだめなのですね。村上春樹の主人公たちは、大切な人や大切なものと結ばれるとき、必ず自分の心の中に深く深く降りていきます。その心の奥深く、心の底で結ばれなくてはいけないのです。

ですから、沙羅からの電話に出ずに、夜、ベッドに独り入ったつくるが、心から沙羅を求める中で、多崎つくるに大きな成長が訪れます。多崎つくるがこれまで生きてきたこと、これから生きていくことへの、大切なことに気づくのです。

▼すべてが時の流れに消えてしまったわけじゃない

多崎つくるが、フィンランドにいるエリ（黒埜恵理）と再会して、ハグをする有名な場面があります。とてもいい場面ですね。ハグというものが再会した男女の間で流行ったのではないかと思うような場面です。そしてハグをした後、エリから「でも不思議なものだね」「あの素敵な時代が過ぎ去って、もう二度と戻ってこないということが。いろんな美しい可能性が、時の流れに吸い込まれて消えてしまったことが」と言われるのです。多崎つくるは黙って肯き、何かを言わなくてはと思うのですが、言葉に出てきません。

その時、つくるが言おうとして、言葉にならなかったこと。その言葉に、沙羅からの二回の電話に出ずに、夜、ベッドに独り入ったつくるが、心から沙羅を求める中で気づくのです。

エリに言おうとして言葉にならなかったこと、それは「すべてが時の流れに消えてしまったわけじゃないんだ」という思いです。それに続いて「僕らはあのころ何かを強く信じていたし、何かを強く信じることのできる自分を持っていた。そんな思いがそのままどこかに虚しく消えてしまうことはない」と思うのです。この言葉の後、数行で『色彩を持たない多崎つくると、彼の巡礼の年』は終わっています。

夜の闇の中で、自分の深い心の中で、本当に沙羅を思う中で、そのことに気がつくのです。この長編は多崎つくるが「死」を思う場面から書き出されて、巡礼の旅を経て、多崎つくるが「生」の意味に気づく場面で、終わっています。村上春樹作品の中の数字に関する私の考えからしたら、「四」(死)から始まり、「五」(死を通過した生)の世界に出てくるという小説なのです。

これは考えすぎかもしれませんが、「僕らはあのころ何かを強く信じていた」という「あのころ」とは、絶交される「二十」歳までのことですが、「二十」という数字は「四」と「五」を掛け合わせた数字で、私が述べてきたことを敷衍すると「四」(死)と「五」(死を通過した生)を掛けた数字ですね。そして仲良し五人組の中で、「多崎つくる」だけが、本名は「多崎作」であるにもかかわらず、「五」文字で表記されていることにも、〈「五」という数字は非常に象徴的なものではないか〉という村上春樹の気持ちの反映を、私は受け取ってしまうのです。

▼四本の指と五本の指と六本の指

「五」は手の指の数です。多崎つくるが、かつての親友たちをたずねる巡礼の旅で、最初に会うのはアオ(青海悦夫)ですが、彼が多崎つくるにこんなことを言っています。「なあ、おれたちはある意味、パーフェクトな組み合わせだったんだ。五本の指みたいにな」。そしてアオは右手を上げて、その太い指を広げて、こう続けます。「今でもよくそう考えるよ。おれたち五人はそれぞれの足りないところをみんなで自然に補い合っていた。それぞれの優れた部分をそっくり差し出し、惜しみなく分かち合おうとした」と。

その後もアオの言葉は続いていますが、つまり「五」は、そんな「生」の数なのです。

そして、この『色彩を持たない多崎つくると、彼の巡礼の年』を読まれた人にはわかりますが、同作には、手の指が六本ある人の話が何回か出てきます。また『ねじまき鳥クロニクル』（一九九四、九五年）の冒頭の章の名前は「火曜日のねじまき鳥、六本の指と四つの乳房について」というもので、やはり六本指の人の話が出てきます。これらはおそらくデビュー作『風の歌を聴け』（一九七九年）に出てくる左手の小指のない女の子と対応したものではないかと私は考えています。

『風の歌を聴け』には、その左手の小指のない四本指の女の子について、こんなふうに記されています。

僕は彼女の左手を取って、ダウンライトの光の下で注意深く眺めた。カクテル・グラスのようにひんやりとした小さな手で、そこには生まれつきそうであるかのようにごく自然に、4本の指が気持良さそうに並んでいた。その自然さは奇跡に近いものだったし、少なくとも指が6本並んでいるよりは遥かに説得力があった。

つまり、村上春樹はデビュー以来、手の指の数に興味があり、それは四本指にも、六本指にも興味を抱いているのですが、この〈パーフェクトな組み合わせの五本の指〉の話である『色彩を持たない多崎つくると、彼の巡礼の年』は『風の歌を聴け』から持続する「数」への興味を正面から書いたものなのだろうと、私は思っています。

055

再会の児童公園の滑り台はどこか

七夕神話と青梅街道

2016. 3

村上春樹の『1Q84』（二〇〇九、一〇年）は、小学校以来、離れ離れで生きる女主人公・青豆と男主人公・天吾が、中央線・高円寺駅の南口付近にある児童公園の滑り台で二十年ぶりに再会する物語です。

再会の場面は、天吾が児童公園の滑り台の上にあがって、腰を下ろしていると「気がついたとき、誰かが隣にいて彼の右手を握っていた」と記されています。「二人は凍てついた滑り台の上で無言のまま手を握り合った。彼らは十歳の少年と十歳の少女に戻っていた」とありますし、天吾は小学生の時に、握った青豆の手の感覚を記憶していて、「二十年間一度としてその感触を忘れたことはなかった」とも書かれています。

また『1Q84』のBOOK3には、BOOK1、BOOK2とは違って、牛河という男が視点人物として物語の中に加わりますが、その牛河も滑り台の上に座って、空にある二つの月を見ています。

牛河は高円寺南口の、天吾と同じアパートの部屋を借りて、天吾を監視しているのですが、彼が天吾を尾行していくと、高円寺駅近くの「麦頭」という名前のスナックバーみたいな店に入っていきます。その店から出てきた天吾が今度は児童公園に入っていって、そこで天吾は滑り台に上っています。

天吾が去った後、牛河は尾行を中断して、公園の滑り台に自分も上ると、空に月が二つ出ているのを発見するのです。

そして今度は、滑り台がある児童公園のすぐ近くのマンションに隠れ潜んでいる青豆が、滑り台の上に座っている牛河を認めて、牛河のあとを尾行し、天吾が暮らすアパートを知るという展開になっています。つまり、この牛河は、青豆を天吾のところまで導く役を果たしているとも言えます。

そして、天吾を青豆に導く役は「ふかえり」という美少女作家です。「そのひとはすぐちかくにいるかもしれない。ここからあるいていけるところに」と、ふかえりは巫女のような言葉で、世界を見通して天吾に告げています。

▼二十年ぶりの天吾と青豆

前回は、村上春樹作品の中にある数字の「五」という数字の意味について考えてみました。私は村上作品の中の「四」という数は、死、死界、霊、霊魂、あの世などを示す数ではないかと考えていますし、数字の「五」は「現実社会のちゃんとした生。死を通過した生。あるいは死を含んである生」を表しているのではないかと思っています。『色彩を持たない多崎つくると、彼の巡礼の年』（二〇一三年）で、主人公・多崎つくるが、親友四人から絶交されるまでの「二十」歳という数字は「四」（死）と「五」（死を通過した生）を掛けた数字ではないか……というようなことを書きました。

天吾と青豆が児童公園の滑り台で再会するのは、二人にとって二十年ぶりのことです。前回のコラムの最後に「二十」という数字について、自分の考えを記しながら、天吾と青豆の再会のことが気になっていました。

そこで、今回は『1Q84』の中の天吾と青豆の再会のことについて考えてみたいと思います。

でも数字に関することではありません。二人が再会する児童公園の滑り台のことについて考えてみたいのです。この児童公園の滑り台とは、いったいどこの滑り台かということを考えてみたいと思います。

▼七夕神話の織姫のイメージ

まず、この天吾と青豆を再会させる導き手である「ふかえり」と「牛河」について紹介してみましょう。ふかえりには、七夕神話の織姫のイメージがあります。その理由をいくつか述べてみましょう。

この物語にふかえりの『空気さなぎ』という小説が出てきます。新人賞の応募作ですが、小説家を目指している天吾が、この作品の下読みをしたのです。そこで、そのふかえりの作品の弱点として「だいたい題名からして、さなぎとまゆを混同しています」と天吾は話しています。

天吾の言葉通りで、なぜ『空気まゆ』と命名しなかったのかと思うほど、『空気さなぎ』の物語は「さなぎ」ではなく、「繭」に近いイメージです。『空気さなぎ』の中に出てくる少女がリトル・ピープルから「くうきさなぎ」の作り方を教えてもらう場面があるのですが、そこではリトル・ピープルたちは「空気の中から糸を取りだして、それですみかを作っていく。それをどんどん大きくしていくぞ」と少女に言うのです。

その少女にとって「空気の中から糸を取り出すのは、いったん慣れてしまえばそんなにむずかしいことではなかった。少女は手先が器用な方だったから、すぐにその作業を素早くこなせるようになった。よく見ると、空気の中にはいろんな糸が浮かんでいた。見ようとすれば、それは見える」と思うのです。リトル・ピープルたちも「そう、その調子だ。それでいいぞ」と言います。

空気の中から「糸」を取り出すのですから、明らかに「さなぎ」ではなく、「まゆ」です。そして、その糸ですみかを作っていくし、それを大きくしていく行為には織物のイメージ、さらにそれを織る織姫のイメージに繋がるものが、ふかえりにはあります。

▼水の上を渡っていく「ふかえり」

もう少し、織姫と思われる部分を加えると、七夕の際に、日本の七夕神話では、男性が川を渡っていくのですが、七夕神話の本場である中国では、織姫のほうが川を渡っていくのです。

日本が中国と逆なのは、百済経由の日本への影響かもしれませんが、ともかく中国では織姫のほうが、川を渡っていくのです。

そして、紹介したように、織姫のイメージがある『1Q84』の「ふかえり」も水の上を渡っていく女なのです。

牛河が監視している天吾の部屋から、ふかえりが外に出てきて、牛河が彼女を追跡する場面があります。

その時のふかえりの歩き方は「さざ波ひとつない広い湖面を歩いて横断しているみたいな歩き方だ。このような特別な歩き方をすれば、沈むこともなく靴を濡《ぬ》らすこともなく水面を歩くことができる。そういう秘法を会得《えとく》しているかのようだ」と、記されています。

さらに、スーパーマーケットに入って買い物をして出てきたふかえりは「ふたつの買い物袋はかなり重そうだったが、少女は軽々と両腕にそれを抱え、水たまりを移動するアメンボウみたいにすいすいと道路を歩いていった」と書かれているのです。

つまり村上春樹は、単なるレトリックとして、ふかえりが「水面を歩くことができる」と書いているわけではありません。そのことを確認するように「水たまりを移動するアメンボウみたいにすいすいと道路を歩いていった」と加えているのです。

このように、ふかえりは、水の上を自在に渡っていく女として描かれています。ふかえりが、なぜ水の上を「アメンボウみたいにすいすい」と移動できるような女として描かれているのか、それは、ふかえりを中国型の七夕神話の「織姫」として考えれば、受け取ることができるかと思います。

▼星明かりが名もなき岩塊を照らすように

さて、それでは七夕神話で、「織姫」とペアになる「牽牛」はどこにいるのでしょう。その「牽牛」が「牛河」なのではないだろうかと、私は思っています。

さきほど紹介したように、天吾のアパートに潜んでいたふかえりが、アパートから出てくる場面で、牛河が望遠カメラで、ふかえりの姿を覗いているのですが、その時、ふかえりが牛河のほうに視線を向けます。つまり牛河とふかえりの二人は、カメラの望遠レンズを通して、視線を交わすような関係になるのですが、すると、牛河は、ふかえりの視線で、身体《からだ》が痺《しび》れたようになってしまい、動きがとれなくなってしまうのです。

そして、ふかえりの視線によって刺し貫かれた痛みは「永遠に消えることはないのかもしれない。あるいはそれはずっと以前からそこにあったもので、俺は今までその存在に気づかなかっただけなのだろうか」と思うのです。

「ずっと以前からそこにあったもの」という「ふかえり」と「牛河」の関係も織姫と牽牛の関係ならばわかります。

さらに「牛河は自分が深田絵里子という少女に、全身を文字通り揺さぶられていることに気づいた」「まるで激しい恋に落ちた人のように。牛河がそんな感覚を持ったのは生まれて初めてのことだ」とも書かれています。また「これはおそらく魂の問題なのだ」「言うなれば魂の交流だった」「彼女は遥《はる》かに深いところで俺を理解したのだ」と牛河は思うのです。

これらは牛河が美少女作家・ふかえりに一瞬で恋をしてしまったと考えることもできますが、でもこれも織姫と牽牛の関係であると受け取ってもいいのではないかと思います。

なぜなら、そこに次のようなことも記されているからです。「俺が深田絵里子と巡り合うことはもう二度とあるまい。これはたった一度しか起こり得ないことなのだ」と牛河は考え、別れた後に「我々は今では再び遠く離れた世界の両端に立っている」と思ったというのです。この言葉も、そのまま受け取りにくいものですが、ここにも私は中国の七夕神話の反映を感じます。

七夕神話では、天の河の東に「織姫」がいます。そして天の河の西に「牽牛」がいます。織姫は天帝の娘ですが、二人を結婚させてあげると、織姫はまったく機織りをやめてしまいます。天帝は怒って、再び織姫を天の河の東側に戻させました。そして毎年、七月七日の夜だけ、織姫が天の河を渡って牽牛に会いに行くのです。

牛河が「我々は今では再び遠く離れた世界の両端に立っている」と思うのは、これは、天の河の東に戻された織姫と、西にいる牽牛のことを言っているのではないかと、私は思っています。「牛河」は『ねじまき鳥クロニクル』（一九九四、九五年）にも出てくる名前ですが、「天の河」と「牛河」は、よく響き合う名前ですね。

「牛河」と「ふかえり」を、「牽牛（彦星）」と「織姫（織女星）」の関係と捉えて、両者の関係に七夕神話を見ることに、それは考えすぎだろうと思う人もいるかと思います。

でも、例えば、村上春樹はふかえりが牛河のカメラの方を向いて、ファインダーを通して、二人が向き合うかっこうとなった瞬間のことをこんなふうに書いているのです。

ふかえりが牛河に揺るぎない視線を注ぐのですが、そのふかえりの視線について、村上春樹は「星明かりが名もなき岩塊を照らすように」と記しているのです。

つまり村上春樹は、ふかえりの視線について、「星」の比喩を使って表現しているのです。やはり、この「星明かり」とは恒星で三番目に明るい、こと座のベガ・織女星の明かりのことではないでしょうか。私には、そのように思われてなりません。

▼中里介山『大菩薩峠』と青梅街道

さてさて、今回考えてみたいと言ったのは、では、天吾と青豆が再会する児童公園の滑り台はどこにあるのかということです。

私は、『1Q84』という作品は、この七夕神話を含む物語であると考えて、あの再会の滑り台の場所を特定してみたいのです。

『1Q84』は、大衆文学の金字塔と言われる中里介山『大菩薩峠』が意識された作品だと思います。いくつかその理由を挙げてみましょう。

例えば、千葉県の海沿いの町（千倉）の療養所で、死の床にある天吾の父親の病室の本棚に本が並んでいるのですが、そこはこう記されています。

その大半は時代小説だった。『大菩薩峠《だいぼさつとうげ》』の全巻が揃っている。

その中里介山『大菩薩峠』は甲州裏街道である青梅街道を舞台とする物語です。このため『1Q84』も青梅街道沿いに物語が展開していくのです。

青梅街道は「新宿を起点とした道」ですが、『1Q84』で天吾のほうの物語は、天吾が編集者の小松と「新宿駅近くの喫茶店で打ち合わせをしている」場面から始まっています。

そこで、ふかえりの『空気さなぎ』という新人賞の応募作品について、二人が話しているのですが、そのふかえりの育ての親である戎野先生という文化人類学者を天吾とふかえりが訪ねる場面が『1Q84』にあります。戎野先生の家は青梅線の「二俣尾」駅から、タクシーで行く場所にあります。この「二俣尾」も青梅街道沿いの土地です。

その帰途、天吾は独りで電車に乗って戻ってくるのですが、立川から中央線に乗り換えると、三鷹駅で、天吾の向かいに親子連れが座ります。娘のほうは小学校の二年生か三年生ぐらいの目の大きな、顔立ちの良い女の子です。

この母子が荻窪駅で電車を降りる際に、その娘と視線が合ったことから、天吾は「小学校の三年生と四年生の二年間、同じクラスにいた女の子」である青豆のことを思い出します。天吾は小学校時代、十歳の時、同級生の青豆と人影のない教室で手を強く握り合ったのです。

その記憶喚起のきっかけとなった親子連れが降りていった「荻窪」で、青梅街道と中央線は交差しています。

また同作には「中野あゆみ」という新宿警察の婦人警官が出てきますが、新宿警察署は青梅街道沿いにあります。

ホテルでリーダーを殺害した後、青豆はタクシーで「新宿」に向かうのですが、その時、雷雨の影響で地下鉄が停まったというニュースを運転手から聞きます。タクシーの中で、青豆がしきりに地下鉄「丸ノ内線」のことを気にしています。その地下鉄「丸ノ内線」の新宿-荻窪間は青梅街道の地下を走っています。

そして、青豆がリーダー殺害後、隠れ潜む「高円寺の南口」というのも、青梅街道にほど近い場所にあるのです。同じ高円寺の南口、ふかえりの言葉によれば「あるいていけるところ」に天吾のアパートもあります。

まだまだ青梅街道と『1Q84』の関係をたくさん指摘することはできます。例えば「青豆」という変わった名前も「青梅」と並べてみれば、非常によく似た名前ですね。

▼「蚕糸の森公園」の滑り台

そして、高円寺の青梅街道沿いに「蚕糸の森公園」という杉並区立の公園があります。

これは農林水産省の「蚕糸試験場」の跡地につくられた公園です。同試験場が一九八〇年に筑波に移転したあと、その跡地に整備されたもので、公園のほかに、小学校、備蓄倉庫などが建設されています。つまり小学校と一体化した公園です。

青梅街道沿いにある門から、公園内に入ると、左手に「遊びの広場」があって、そこに滑り台があります。

七夕神話の「牽牛（彦星）」と「織姫（織女星）」のイメージがある「牛河」と「ふかえり」が導き手となって、「天吾」と「青豆」が二十年の歳月をかけて再会する物語が『1Q84』。その『1Q84』は青梅街道沿いに話が展開していく物語です。そうであるならば、この「蚕糸試験場」の跡地につくられた「蚕糸の森公園」の滑り台であるなら「天吾」と「青豆」は再会することができるのではないでしょうか。

蚕糸試験場は、明治四十四（一九一一）年に設置され、昭和五十五（一九八〇）年に筑波に移転するまでの七十年間にわたって、この土地にありました。

『1Q84』は、現実の「1984」年とは、時間・空間がねじ曲がった世界ですが、「蚕糸の森公園」の開園は昭和六十一（一九八六）年のことですので、一九八四年には公園整備中だったことになります。

私は勤務先の通信社の社会部時代、東京の新宿区、中野区、杉並区を担当する四方面と呼ばれる事件記者として、一九八二年から一九八四年まで働いておりました。その二年間、青梅街道沿いにある「蚕糸試験場」の跡地の前を毎日のように行き来しておりました。自分の生家が群馬県伊勢崎市の絹織物・伊勢崎銘仙を織り出す機屋《はたや》でしたので、「蚕糸試験場」に興味がないわけではありませんでしたが、「蚕糸の森公園」の中に入ったのは『1Q84』が出版された後のことでした。門から入ってほど近い場所には、養蚕に欠かせない桑の木が植えられているなど、蚕糸試験場の面影が残されていました。

牛河が、天吾を尾行します。天吾が高円寺駅から近い「麦頭」から出てきて、住宅地の街路を足早に抜けて行きます。「駅から遠ざかるにつれて、人影はいっそうまばらになっていった。やがて天吾は小さな公園に入っていった。住宅地の一角にあるぱっとしない児童公園だ」とあります。

この「住宅地の一角にあるぱっとしない児童公園」と大きな「蚕糸の森公園」は、違うではないかと考える人もいると思います。

その通りです。もちろん「住宅地の一角にあるぱっとしない児童公園」と大きな「蚕糸の森公園」は、現実世界では一致しません。でも『1Q84』は、現実の「1984」年の世界とは、時間・空間がねじ曲がっているのです。

▼柔らかな繭に包まれた監視装置

天吾が児童公園で滑り台に上り、そこから去った後、牛河もその滑り台に上ります。

そして『1Q84』のBOOK3の、その場面の次の章では、青豆が隠れ潜むマンションから、通りを隔てた児童公園を見ています。滑り台の上を青豆が見ているのです。

そこには「彼女は柔らかな繭《まゆ》に包まれた監視装置となり、滑り台に無心の視線を送っている」と記されています。

その文章の直後、滑り台の上に、牛河がいることを青豆が認め、彼を尾行することで、天吾が住む古い三階建てのアパートに到達することができたのです。

青豆は「柔らかな繭《まゆ》に包まれた監視装置」となって、滑り台の上の牛河を見つけ、天吾との再会への道をひらいています。「柔らかな繭《まゆ》」とは「ふかえり」の『空気さなぎ』のことでしょうか。ここにも七夕神話の「牽牛（彦星）」と「織姫（織女星）」のイメージが、村上春樹によって、記されていると思います。

会うことがかなわぬ男女が、長い時間をおいて会う話の代表は、東アジアでは七夕神話でしょう。「天吾」と「青豆」の神話的な愛にも七夕神話が反映していると読めます。その「七夕神話」と「青梅街道」が交差する場所に「蚕糸の森公園」があります。

やはり「天吾」と「青豆」が二十年の歳月をかけて再会する児童公園の滑り台は、青梅街道沿いにある「蚕糸の森公園」の滑り台と考えていいのではないでしょうか。それが、現実の「１９８４」年の世界とは、時間・空間がねじ曲がっている『１Ｑ８４』の物語では「住宅地の一角にあるぱっとしない児童公園」の滑り台に移されている、そう考えていいのではないでしょうか。


（ＢＯＯＫ２に続く）

▶索　引

［凡例］

・「村上春樹作品」に記載した項目のうち、村上春樹の著書、訳書は太字とした。
・「村上春樹作品」のうち、短篇集所収の作品は書名の下にまとめた。
・村上春樹以外の作家の作品名は、作家名の下に記載した。
・続けて言及されるページ数は「-」で繋げた。

村上春樹作品

【あ】

【か】

【ま】

【や】

【ら】

【わ】

人名・作品名

事項

【著者略歴】

小山鉄郎（こやま・てつろう）

1949年生まれ。群馬県出身。一橋大学経済学部卒。共同通信社編集委員・論説委員。村上春樹氏に注目し、85年から取材を続け、以降、村上氏へのインタビューは10回に及ぶ。その一部は、村上春樹のインタビュー集『夢を見るために毎朝僕は目覚めるのです』にも掲載されている。主な著書に、『白川静さんに学ぶ 漢字は楽しい』（新潮文庫）、『村上春樹を読みつくす』（講談社現代新書）、『あのとき、文学があった――「文学者追跡」完全版』（論創社）、『大変を生きる――日本の災害と文学』（作品社）、『村上春樹の動物誌』（早稲田新書）などがある。村上春樹文学の解読などで文芸ジャーナリズムの可能性を広げたとして、2013年度日本記者クラブ賞を受賞。

村上春樹クロニクル
BOOK1 2011―2016

二〇二二年 一月一〇日 初版第一刷 発行

著者 小山鉄郎
発行者 伊藤良則
発行所 株式会社 春陽堂書店
〒一〇四―〇〇六一 東京都中央区銀座三―一〇―九 KEC銀座ビル
電話 〇三―六二六四―〇八五五
装丁 赤
印刷・製本 ラン印刷社

ISBN978-4-394-19024-0 C0095